你携带着新的身体、
新的名字来到这里，
推开那扇红色的门，
便入了他的「命」，
所以，你真的准备好了吗？
　　　　　夜来风雨声、

夜来风雨声 著

诡舍

江苏凤凰文艺出版社

图书在版编目（CIP）数据

诡舍 / 夜来风雨声著. -- 南京：江苏凤凰文艺出版社，2025.3. -- ISBN 978-7-5594-9199-2

Ⅰ . I247.5

中国国家版本馆 CIP 数据核字第 20244VY881 号

诡舍

夜来风雨声　著

责任编辑	项雷达
特约编辑	代琳琳　杨晓丹　廖　琼
装帧设计	@Recns
责任印制	杨　丹
出版发行	江苏凤凰文艺出版社
	南京市中央路 165 号，邮编：210009
网　　址	http://www.jswenyi.com
印　　刷	天津鑫旭阳印刷有限公司
开　　本	680 毫米 × 970 毫米 1/16
印　　张	24
字　　数	443 千字
版　　次	2025 年 3 月第 1 版
印　　次	2025 年 3 月第 1 次印刷
书　　号	ISBN 978-7-5594-9199-2
定　　价	49.80 元

江苏凤凰文艺版图书凡印制、装订错误，可向出版社调换，联系电话 025-83280257

目 录

第一章 无人别墅区	001
第二章 祈雨村	046
第三章 送信	130
第四章 常春堂	169
第五章 古宅惊魂	217
第六章 黑衣夫人	275
第七章 罗生门	336
第八章 情绪失控	348
番外 迢迢路远	374

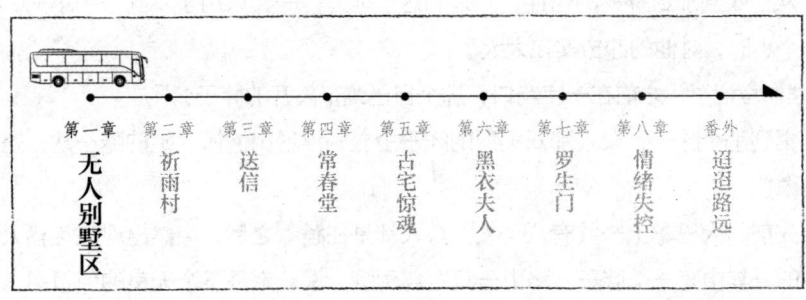

浓雾中，一辆破旧的大巴车正沿着一眼望不到头的公路缓缓驶来。车上共有七名乘客，三女四男。他们坐在车里，隔着车窗望着窗外的浓雾，表情各异。

疑惑、迷惘、恐惧……他们的面色同样苍白。仿佛在来时的路上经历了什么可怕的事。

大巴车一路前行，直至来到某座古老的别墅外，才终于停下。别墅被周围的浓雾包裹，通体漆黑，显得神秘而诡异。

车门打开，似乎在告诉里面的乘客们：该下车了。七名乘客缓缓下车，他们回头看了一眼，眸中带着一抹说不出的恐惧。因为，大巴车的驾驶位上空空如也。

是的，这辆大巴车没有司机。

随着最后一名乘客下车，车门自动关闭，大巴车再次启动，慢慢消失在迷雾深处……

站在黑色别墅外的七人面面相觑，彼此脸上难看的神色一览无遗。

"走吧……我想，我们已经没有其他的选择了。"关键时候，人群中一名瘦削的男人开了口，他戴着一副深褐色的方框木制眼镜，清秀的面容上透着与他人不同的冷静。

"真……真的要进去吗？"戴着金耳环的漂亮女人声音颤抖。她穿得很少，所以很冷，此时正用双手捂着双臂，不断摩擦，"万一里面……不安全呢？"

其他人沉默着。原本他们以为，这是一场恶作剧，或是某些人专门邀请他们来做节目。可是，当他们发现大巴车上根本就没有司机的时候，都陷入了深深的恐惧！

001

"所以，你要走回迷雾中吗？"宁秋水深吸一口气，努力让自己表现得平静。

其实他的心跳得很快。

从他收到那封神秘的信件，到来到这个地方，一共只用了不到一个小时。可这一个小时，对他的冲击实在太大了！

"你忘记了，之前在十字路口，那个自己跳车离开的胖子？"

提到那个胖子，女人那双美丽的眸子里立刻浮现出惊慌。她的腿一软，差点没站稳！

先前，大巴车上一共有八个人。众人都是在睡着之后，突然出现在这辆大巴车上的。其中有一个胖子，路上一直骂骂咧咧，说一定是某个无良的节目组，要请他们来做一场真人秀节目。

胖子不耐烦地说，他们的手机肯定被替换了，这辆车实际上是无人驾驶的，而浓雾场景是通过干冰等手段专门打造的。

最后，当大巴车在某个十字路口暂停时，胖子直接打开车窗，跳了下去，独自走入了迷雾。

事情发展到这一步，还算正常。然而，当众人来到下一个十字路口时，竟发现迷雾笼罩的十字路口处有什么东西……

随着大巴车缓缓靠近，他们才看清楚，那十字路口上躺着的……赫然是先前离开的胖子！

这一幕，直接把车上的众人吓傻了！

提起那个胖子，众人的脸色都十分难看。

"既然没有人敢走进那片迷雾，那我们就只能进入这座黑色的别墅了……"

宁秋水深吸一口气。他同样害怕。但不知为何，无论是看见十字路口上躺着的胖子，还是闻到奇怪的味道，他的反应都远没有众人那么大。而且，他对先前那封神秘的信很感兴趣。信的主人……究竟想要告诉自己什么呢？

随着宁秋水带头，众人跟在他的身后，推开了黑色别墅的铁门，进入了别墅外的花园。

周围寂静得可怕。众人不得不紧紧地靠在一起，中间那名戴金耳环的漂亮女人感觉到有人在揩她的油，却只是皱了皱眉，没有多说什么。

揩油就揩油吧……这种时候，也顾不上这些了。就这样，众人来到了黑色别墅的门外，宁秋水敲了敲门。

随着敲门声响起，门里很快传来了脚步声，后面的人都忍不住退后了几步，盯着门口，显得十分紧张。

吱——

门被打开了。不过众人预想之中的恐怖场景并没有出现。

开门的是一个精致美丽的少女。她看起来只有十五六岁。

"到了？进来吧。"

少女开口，众人这才发现，他其实是一个男孩子，一个很美的男孩子。不过，男孩的语气十分冷淡，没有多少感情。

众人看着宁秋水跟着男孩走了进去，一时间面面相觑，不知道该不该跟进来。

"你们最好快点进来……"就在众人踌躇之际，房内又传来了那名少年的声音，"那片迷雾……很不安全。"

提到了迷雾，众人又想起先前的胖子，吓得一哆嗦，争先恐后地进入了房间。

别墅的大厅很宽阔，装修风格古典，左侧整齐地摆放着书架，右侧是通往楼上的木制楼梯，中间休息区有三张大沙发。沙发中央，是一个燃烧着的火盆。房间内，四个人正围坐在火盆旁，望着火焰，神情呆滞，沉默不语。气氛在沉默中变得越来越冷寂。

"请问……这里是哪里？我们为什么会到这里来？外面的迷雾和大巴车是什么情况？"

宁秋水思索片刻，终于问出了这三个问题。然而，仍然没有人回答他。烤着火的四个人甚至没有多看他一眼。这时，宁秋水身后的络腮胡子男人刘承峰忍不住了："问你们话呢！都哑巴了？"

他的声音很大，在房间里轰然回响，吵得人耳膜生疼。

终于，坐在宁秋水对面沙发上的西装男开口了："我知道你们有很多疑问……如果你们能从第一扇诡门中安全回来，我会将这些问题的答案告诉你们的。"

众人一听，心中顿时涌起了一股不祥的预感。

"诡门？那是什么？"宁秋水的心头一动，想起了先前收到的那封神秘信件，开口问道。

西装男头也不抬，只是用手指了指别墅的三楼："你们的时间不多了，还有不到五分钟诡门就会开启，到时候，你们就会进入诡门中的世界，去完成任务。完成任务后，大巴车会来接你们。"

他说完，人群中一名矮小瘦弱的双马尾女子怯生生地问："如果……没有完成任务，会怎样？"

西装男闻言，缓缓抬头，直视着对方，那双平静而冷漠的眼睛让她的心头发颤。

"到时候你就知道了。"

另一名将头发染成金色的年轻男人吞了吞口水,问道:"可以……不、不去吗?"

西装男瞟了他一眼:"可以。不过……你以后都最好不要睡觉。"

金发男愣住:"为、为什么?"

西装男皮笑肉不笑:"因为,如果你不去诡门完成任务,那么……诡门后就会有东西出来找你。无论你逃到什么地方,它们都会找到你。然后……"

西装男没有继续说下去,但众人已经明白了结局。

宁秋水看了一眼三楼,最后对着西装男问道:"在我们进去之前,你还有什么要叮嘱的吗?"

西装男微微一怔,随后将目光移向了宁秋水,在看见宁秋水不同于众人的冷静之后,眼底闪过了一丝不易察觉的赞叹。

"叮嘱吗……有。诡门背后的故事,虽然无比凶险,但并非没有出路,只要你们找到出路,想要完成任务并平安归来……并不难。"

宁秋水点点头,说:"多谢。"

他说完,居然率先迈出了步伐,朝着楼上走去。

络腮胡子刘承峰见宁秋水这么果断,经过一番激烈的思想斗争后,也咬牙跟着走了上去。

"小哥……你胆子是真大啊!"来到了宁秋水背后,刘承峰低声说。

来时路上他其实就已经注意到了宁秋水。他很难不引起别人的注意——无论是在发现十字路口躺着的胖子时,还是闻到那股奇怪的味道时,宁秋水都没有表现出太大的反应。

"胆子大?"宁秋水自嘲地笑了一声,"你觉得,我们有的选吗?"

刘承峰身材高大,所以即便站在宁秋水下面一个台阶,身高也只比他低一点点。

"先前看见胖子的样子,小哥你眼皮都没眨一下,以前是不是……做那个的?"

"哪个?"

"杀手。"

"你小说看多了,现实里哪有那么多杀手。"

"呃……那……"

"我是苦行者。"

"难怪。法医？"

"差不多，兽医。"

刘承峰："……"

二人聊着，来到了别墅的三楼。一上来，二人便停止了谈话。一股浓重的气味伴随着木头腐朽的味道弥漫在空气中。别墅的三楼空无一物，只有一扇……木门。

木门上写着一行字："照顾床上瘫痪的老人五日。"

"照顾老人……这就是我们这一次的任务。"宁秋水目光闪烁。

其他人也陆陆续续地走了上来，看见木门上的字，都是一愣。

"只是……这么简单？"戴着金耳环的女人王雨凝有些难以置信。

众人窃窃私语，忽然，他们都停了下来，像是有某种感应一般，齐刷刷地看向木门。

咯咯——木门内传来一阵声响，仿佛有什么东西正在推门。

很快，一双苍白的手将木门缓缓推开。

随着木门的开启，众人眼前突然一黑，随即失去了知觉……

当众人恢复意识时，发现自己身处一片瑰丽的别墅群中。尽管这里修建得极为精致，却鲜有人影，显得异常死寂。

"是无人居住，还是他们都不在家？"

宁秋水穿过其中几座别墅，确认整片别墅群空无一人，安静得诡异。然而，经过仔细观察，他注意到园林有最近修剪过的痕迹，池塘里还养着金鱼，院子里也摆放着一些常用的工具，这些都表明这里应该有人居住。可这些人都去哪儿了？

宁秋水心头闪过一丝疑惑，继续朝前走。

很快，他看见了任务要求他们进入的那间别墅。辨认并不困难，因为在整座别墅群中，只有这一栋别墅外面站着人。

那是一个打扮靓丽、穿着华贵、手提行李箱的女人。她戴着遮阳帽，帽子上别着一朵小红花，牵着一个八九岁的小女孩，她们就这样站在院子里，面带微笑地看着来人。

女人的笑容很好看，是那种越看越迷人的类型，但不知为何，宁秋水看着她的笑容，总有一种……后背发凉的感觉。那种笑容，似乎并不像是迎接客人，更像是……

就在宁秋水出神的时候，一只大手拍在了他的肩膀上。

宁秋水吓了一跳，回头一看，原来是络腮胡子刘承峰。

"小哥，你也到了？"

宁秋水点点头："嗯，看样子，那间别墅就是我们要去的地方了。"

刘承峰远远看了一眼那间别墅，神情凝重了不少，又掐指一算，喃喃道："坏了……"

宁秋水见他这模样，眼睛一亮："怎么了？"

刘承峰摇摇头，说："没什么，只不过我的第六感超出常人，大家都叫我神棍，我有一种预感，这次不会很顺利。"

宁秋水呼吸一滞。

这家伙真是……他也不知道该不该信。

宁秋水无奈地摇了摇头，直接迈步，朝着那间别墅走去。

已经有人先到了。

别墅的女主人并没有与他们交谈，只是给了他们一个客套的微笑。当他们试图与女主人交谈，女主人也只会简单地回复一句："请稍等，还有几名护工没有来。"

大约过了十分钟，七人终于到齐了。

此时，仿佛某种条件被触发了一般，一直保持微笑的女主人忽然开口对他们说："都到齐了吧？非常抱歉，请各位一同前来照顾我的母亲，因为我的丈夫在外工作，而我又要带女儿去海边庆祝生日，家里实在无人照料，而我母亲年事已高，不仅瘫痪在床，智力也严重退化，我担心两三名护工可能无法应付，因此干脆将各位都请来了。关于报酬问题，请不必担心，如果母亲得到妥善照顾，等我回来后，我会单独向各位支付酬劳。"

她说着，引领众人走进别墅，来到二楼的一间宽阔的房间内。

房间的采光不佳，空气中弥漫着一股不大好闻的气味。靠窗的大床上，躺着一名老妇人，她正安详地看着宁秋水等人。然而，她脸上那几乎难以察觉的微笑，却让众人不由自主地感到一阵毛骨悚然。

"这就是我的母亲……"女主人为众人介绍道。然后，她走到老妇人的身旁，蹲下身子，深情地说，"妈，我要带团团去海边过生日，特意为您请来了七名护工，这五天他们会照顾您……"说完，她凑近老人的耳边，低声说了些什么。

随后，女主人起身，看向众人，微笑说道："虽然我母亲瘫痪在床，并有些老年痴呆，但她能听懂一些简单的话语，而且她的身体总体还算不错，没有其他疾病，胃口也好……哦，对了，我还没有带各位去过厨房。"

她说着，又带众人下楼，来到别墅的厨房。

厨房很大，桌上厨具一应俱全，而且都清洗得十分干净。在厨房入口的左侧，放着两个巨大的冰箱。

"现在已经入夏，雨季即将来临，这里的暴雨非常猛烈，未来三五天可能会有大风大雨，到时候买菜买肉会非常不便……"女人一边说，一边拉开其中一个冰箱门，里面塞满了各种肉类和蔬菜。她对众人微笑道："但大家不用担心，我已经为你们准备好了充足的食物和水。另外，我的母亲不喜欢吃蔬菜，所以你们给她做饭时，多准备些肉就可以了。"

说完，女人并没有立刻带着女儿离开，而是问道："各位还有什么疑问吗？"

宁秋水率先开口问："请问，这个别墅区没有其他人居住吗？"

女人愣了一下，随后淡然一笑，回答道："是的，这个别墅区有些年头了，但因为地理位置偏僻，除了我们之外，并没有其他人住在这里。实际上，如果不是因为我母亲，我们也不会选择住在这里。"

她顿了顿，又补充道："这五天里，你们可以把自己当作别墅的主人，二楼的房间我已经为你们全部打理好了，你们可以自由挑选自己喜欢的房间。但有一点要注意……你们绝对不能进入别墅的三楼，明白了吗？"

说这句话时，女人的表情突然变得极为严肃。众人见状，纷纷应允。

女主人见此，重新露出笑容，说道："既然各位已经了解，那我的母亲就拜托你们了！呀，车快开了，我要先跟女儿走了，不然会错过高铁……"

她说着，急匆匆地踩着高跟鞋走到门口，牵着女儿拉着行李箱朝外走去。

宁秋水隐约觉得有什么地方不对劲，于是走到窗口，注视着女人离去的方向。就在她们上车的时候，那个被女人牵着的小女孩却突然回过头来，与窗口的宁秋水对视了一眼。

这一眼让宁秋水愣在了原地。他的视力很好，所以他清晰地从小女孩的眼中看见了一抹……恐惧的神色！

她在害怕。害怕什么呢？害怕去海边？害怕自己的母亲？还是……害怕他们所在的这幢别墅？

就在宁秋水思考的时候，刘承峰——这个长着络腮胡子的壮汉又凑了上来，咂嘴道："看啥呢？人都走远了……小哥，没想到你年纪轻轻，居然好这一口……不错，不错，未来可期！"

别墅的女主人走后，众人回到了大厅，简单自我介绍后，他们开始讨论如何照顾老人。

这时,那个绑着双马尾、矮小瘦弱的女孩又怯生生地举起了手:"我叫严幼平,那个……话说,你们都是怎么乘坐大巴车的?"

有人回答:"我、我原本是在高铁上玩手机,玩得困了就睡了一会儿,醒来时就在大巴车上了。"

"我也是,原本在公司加班,忽然觉得很困……"

众人纷纷开口,惊讶地发现他们乘坐大巴车的方式竟然一模一样。这种诡异的情况让他们本就不安的心情变得更加紧张了!

"真是中邪了……"络腮胡子刘承峰骂了一句。

严幼平沉默了一会儿,又小声说道:"你们说,会不会……这是某个节目组用这种方式邀请我们参加真人秀?毕竟,我以前在电视上看到过类似的——"

她的话还没说完就被刘承峰打断了,他冷笑着说:"这么快就忘记了那个胖子吗?电视节目会用这么极端的方式?"

严幼平的心头猛地一颤,她瞪大了眼睛说:"万一……躺在路中间的只是个道具呢?"

"连那些血迹也是道具?"

"谁知道,万一是……动物的呢?"

严幼平还在试图自我安慰,但宁秋水突然的一句话,却击溃了她最后的心理防线,他说:"那不是动物的。"

众人都转头看向宁秋水。

他似乎已经接受了眼前的事实,显得格外冷静。

"我以前是兽医,对气味特别敏感,猫、狗、猪、羊、牛、鸡、鸭、鱼、鹅、鸽的气味和人的有很大区别。比如羊的气味特别膻,而人则有一种明显的铁锈味……我可以很明确地告诉大家,那个十字路口躺着的,确实是一个人。"

宁秋水说完,严幼平吓得全身一颤,抱着膝盖轻轻啜泣起来:"别说了……求你……别说了……"

见她这副模样,宁秋水的语气稍微缓和了一些。

"还是先想想怎么度过这五天吧……"一名长相普通,身高在一米七左右,眼神阴翳的男人说道。

他叫薛规泽。

宁秋水也进入正题:"我们一共有七个人,这一次的任务是照顾床上的老人五天,各位准备怎么分配?"

众人面面相觑,宁秋水见没人说话,于是说道:"这样吧,三名女生负责做饭和洗衣服,我们四名男士负责照顾那个老人……"

他的话音刚落,戴着金耳环的漂亮女生王雨凝便不满地道:"哟,女人就该为你们这些臭男人洗衣做饭吗?你们倒是会偷懒呢,听说那老人动不了,就主动请缨照顾……你们当我们傻还是怎么的?说是照顾老人,怕是什么都不用做,就在那儿偷懒吧?"

刘承峰一听王雨凝这话,当时就忍不住了,扬起下巴冷冷道:"多好一姑娘,怎么这么刻薄呢?"

王雨凝的脸色也沉了下来:"你这是在说谁?"

刘承峰还想再说什么,却被宁秋水打断:"你不想洗衣服做饭,我可以和你换,你去照顾老人,时间从早上九点到晚上十点,十点后估计天也黑了,我们也就洗漱休息了。"

王雨凝看了宁秋水一眼,冷哼一声:"那……谢谢了。"她虽然这么说,但语气里全无谢意,只有满满的嘲弄,"对了……现在已经五点多了,我饿了,你不是要做饭吗?去啊。"

宁秋水深深地看了王雨凝一眼,没有多说什么,转身对另外两名女生说道:"你们要换吗?"

一直没说话的女孩丫末举起了手:"我……抱歉,我是真的不会做饭。"

相比于王雨凝那副讨人嫌的模样,丫末则真诚了很多。这个社会,娇生惯养的孩子太多,不会做饭的男男女女大有人在,这并不奇怪。

宁秋水问:"有会做饭的爷们儿吗?"

剩下的三名男子沉默了一会儿,刘承峰不耐烦道:"哎,算了算了,我跟你去做饭洗衣服!真是一群废物,连这些都不会!"

王雨凝冷冷道:"说谁呢,嘴巴放干净点儿!"

刘承峰一瞪眼,指着王雨凝道:"要不是我不打女人,你看今天你死不死!"

王雨凝冷笑了一声,踩着自己的高跟鞋转身上楼去了。

厨房在一楼,老人在二楼,别墅很大,众人各自忙碌。

刘承峰骂骂咧咧,跟着宁秋水去了厨房。随行的还有那个不断抽泣的小姑娘严幼平。

"行了,少说两句。"宁秋水进入厨房,实在被刘承峰吵得烦了,便打断了他。

"不是……这气你都受得了?"刘承峰瞪眼。

宁秋水打开冰箱,开始往外取食材。

"你真以为去照顾那个老人……是个好差事?"宁秋水忽然说。

听到这话,刘承峰的呼吸忽然一滞:"小哥,你这是什么意思?"

宁秋水缓缓转过头,看着刘承峰和旁边的严幼平。

"还记得西装男跟我们说的话吗?他说等我们安全回来后,才会解答我们的疑惑。这意味着,诡门背后的世界有我们无法想象的危险!"

宁秋水说完,严幼平那瘦小的身子又是一颤!她颤声问道:"什……什么危险?"

宁秋水摇摇头:"现在还不清楚……但既然门上写着的任务是去照顾老人,那多半和那个老人有关系。总之……多小心吧。"

听到了宁秋水的嘱咐,刘承峰也不知道想到了什么,眼睛转了转,先前的阴郁一扫而光,嘿嘿笑道:"小哥,俺觉得你说的有道理,俺跟你混。"

宁秋水有些意外地看了刘承峰一眼,摇了摇头,没有多说什么。

他先将冰箱里的蔬菜拿了出来,然后看向冷冻室。正如别墅女主人所说,冰箱里确实有很多肉。女主人已经将肉切成块,分别装进了不同的袋子里。

宁秋水拿出了一个标注着"牛里脊"的袋子,扔进锅里,用小火解冻。

关冰箱门时,宁秋水的余光忽然注意到了什么,他将一块冻得梆硬的肉从冰箱深处拿了出来。装肉的袋子里有许多黑色的不明物质,只是被碎冰遮掩了大部分,根本看不清楚那些黑色物质是什么。

这个袋子上并没有贴标签,想来是女主人忘记了。

宁秋水盯着这块肉看了一会儿,谁知刘承峰这个糙汉也凑了上来,好奇地问道:"这肉怎么是黑的?"

宁秋水摇摇头,把肉塞回了冰箱:"不知道,也许是冻太久,坏了。"

三人在厨房里忙碌,出乎宁秋水预料的是,刘承峰这个看上去一副老混混模样的糙汉子,居然烧得一手好菜!他洗菜、切菜、炒菜的动作一看就是老手。

"吃饭了!"刘承峰将炒好的菜端到了桌子上,对着楼上大吼了一声。然后,他也不管楼上的人来没来,直接端起热腾腾的米饭,大口大口地吃了起来。

严幼平看着刘承峰那副饿死鬼投胎的模样,忍不住问:"不等他们吗?"

刘承峰没好气道:"等什么等!吃!"

说完,他又狼吞虎咽地吃了起来。

楼上传来了脚步声,王雨凝还在楼梯上,就看见刘承峰正在埋头狂吃,忍不住嘲讽道:"瞧你那吃相,跟个饿死鬼投胎似的……"

如果是以前,刘承峰绝对会狠狠还击。但这次,他似乎吃得格外专心,把王雨凝的嘲讽当成了耳边风。

王雨凝以为他认怂了，也不再理会，自顾自地吃起了饭。饭桌上，大家都沉默不语，不知道该说些什么。只是，他们觉得眼前越来越暗，到了后面，甚至连碗里的牛肉都看不太清了。直到宁秋水站起来打开了灯，他们才意识到……天黑了。

"哎！天怎么这么快就黑了？现在才不到七点啊！"一个叫北岛的男子怪叫一声，那一惊一乍的模样，让众人都觉得不是很舒服。

"叫什么？"本来脸色就不好看的薛规泽眉头皱得更深了，"没听别墅主人走之前说过，雨季马上要到了吗？天黑得早正常，别大惊小怪。"他呵斥北岛，语气有些过于激动，但大家都默契地没有再说什么。

别墅内的气氛愈发压抑。

"喂喂喂，你们就是这么照顾老人的？自己吃饱了，却把一个瘫痪的老人丢在楼上挨饿，这合适吗？不会有人真的以为照顾老人就是啥都不干吧？"吃饱的刘承峰放下碗筷，一边剔牙，一边对坐在对面的王雨凝阴阳怪气地说。

王雨凝攥紧了拳头，目光更阴冷了几分："哼，你以为谁都像你一样，只知道吃？真是让人作呕的家伙。"她嫌弃地踢了踢高跟鞋，去盛了一碗饭，又随便夹了些大家吃剩的菜，不情不愿地上楼了。

众人看着她的身影消失在漆黑的楼道中，不知为何，心跳莫名地加快了……

"你们刚才都在二楼吗？"宁秋水这时也放下了碗筷，问负责照顾瘫痪老人的三个人。

薛规泽"嗯"了一声，回答道："二楼都转遍了，除了那个瘫痪的老人，没有其他人。我们的房间都在老人房间的对面，共属一条廊道。"

宁秋水问："没发现什么异常吗？"

薛规泽摇了摇头，迟疑了片刻，答道："我们的房间里有一股……很奇怪的味道，我也说不出来那是什么味道，反正不好闻。"

"七个房间都有？"

"嗯，都有。"

这时，丫末轻声补充道："还有一个奇怪的地方……女主人给我们准备的房间，全部都有独立卫浴。"

北岛嗤笑一声："这有什么好奇怪的？人家有钱，不想上个厕所到处跑呗……"

宁秋水眉头一皱，道："不……确实很奇怪。这个别墅明明只有女主人一家居住,就算男主人在家,也不过四个人,为什么要准备这么多卧室和厕所呢?"

"这……这有什么好奇怪的,也许他们很好客呢?经常请朋友来家里开 party,有钱人不都喜欢这么做吗?"北岛的语气略显慌乱。

无人接他的话茬,众人又陷入了诡异的沉默。

直到……二楼传来一声刺耳的尖叫,刺破了这可怕的寂静——

"啊!!"

众人立刻看向二楼。

"发生什么了?"

"不……不知道!"

"去看看!"

众人迅速朝二楼而去,来到声源处——正是瘫痪老人所在的房间。先前端着饭菜的王雨凝此刻跌坐在地,靠在墙角,抱着自己的膝盖,瑟瑟发抖。热腾腾的饭菜撒了一地。

"发生什么事了?"宁秋水问。

王雨凝在众人面前,缓缓伸出一根手指,指着床上躺着的、表情僵硬的瘫痪老人,颤声道:"她……她……刚才……突然说话了!"

众人顺着她手指的方向,看向了此刻躺在床上望着窗外出神的老人。

刘承峰嗤笑了一声:"还以为什么事儿……你没听女主人说吗?她的母亲只是瘫痪了。瘫痪又不是植物人,为什么不能说话?还以为你多牛呢,一个瘫痪在床的老人就把你吓成这样?"

刘承峰好不容易抓住了机会,嘴巴宛如机关枪一样说个不停。可角落里的王雨凝似乎被吓坏了,哆哆嗦嗦的,愣是没还嘴。

宁秋水看了一眼床上的老人,又示意刘承峰帮忙收拾地面,自己则一把拉起了跌坐在地的王雨凝。

"她自己撒的,却要我帮着收,什么事儿……"刘承峰嘴上絮絮叨叨,却出奇地听话,迅速去厕所拿了毛巾,开始擦地。

这一幕有些违和感。看上去不好惹的刘承峰,竟然对宁秋水如此言听计从。但众人也没有询问。

收拾完房间后,宁秋水来到了老人的床边,认真看了看老人那慈祥的面颊,又帮她盖好了被子,转身与众人一同离开了房间。

回到一楼,外面的天已经彻底黑了。苍白的灯光照亮了大厅,但不知为何,众人总觉得自己仍旧身处黑暗之中。沉寂的气氛让人不安。

"好了，王雨凝，现在可以说了……刚才老人家跟你说了什么？"宁秋水坐在王雨凝对面的沙发上，给自己倒了一杯热茶。

一提到刚才发生的事，王雨凝稍微好转的脸色又变得煞白。她指尖紧紧攥着自己的衣角，说："刚才……刚才我不是在给她喂饭吗，她吃了一口牛里脊，就……就直接吐了出来！"

刘承峰瞪眼："她吐了？我做的饭很难吃吗？"

宁秋水蹙眉："刘承峰，先听她说完。"

刘承峰低声嘟囔了几句，不再说话。

王雨凝的眼神中透出恐惧，表情抵触，似乎很不愿回忆刚才的事。

"我还以为是太烫了，于是自己尝了一口，然而饭菜并不烫。我就又给她喂了第二口，可她还是吐了出来……而且这一次，她吐完，竟转过头盯着我说……说……"

她半晌说不出一句完整的话，薛规泽的眉毛皱得能夹死蚊子，急道："她说了什么，你倒是说啊！"

在薛规泽的催促下，王雨凝终于鼓起勇气咬牙道："她的声音很小，我没听清，但好像说的是……肉没……肉没味！对……她应该说的是肉没味！"

话音刚落，窗外竟划过一道可怕的闪电，紧接着便是震耳欲聋的雷声！

众人被这雷声吓了一跳！

"天啊，这雷打的……"

宁秋水看着外面漆黑的天空，忽然走到窗边，拉开了窗户。冷风夹杂着雨雾扑面而来。

"下雨了……暴雨，大风……这些都已经开始应验了……那封信……难道真的不是恶作剧？"

与其他人不同，宁秋水在乘坐大巴车之前，曾经收到一封神秘的信件。这件事，他一直没有告诉其他人。

就在大家窃窃私语，讨论着食物味道的问题时，宁秋水突然关上了窗户，并且关得严严实实，不让一丝风吹进来。

"行了，她不吃就算了，时间不早了，咱们还是早点休息吧。明早早点起来，再去给老人煮肉粥。你们选好房间了吗？"

正在讨论的众人突然陷入一阵沉默。

"咱们……真的要一人睡一间房吗？"这时，很少开口的丫末终于说话了，表情有些怯懦，似乎被刚才的事情吓到了。

薛规泽说："我们之前简单看过房间，房间很大，有双人床，也很干净，两个人睡一个房间正合适。"

严幼平的眼眶还有些红肿，一听说要两人一间房，便焦急道："可是……可是我们有三名女生啊！"

薛规泽叹了口气："房间不小，你们女生的体型都比较纤细，挤一挤应该可以睡下。"

三名女生互相看了看，都没有说话。没人喜欢跟陌生人睡一张床，但她们心里其实已经明白，这幢别墅……并不安全。

众人总觉得，阴暗的角落里似乎有某种东西，正在默默注视着他们……

关灯后，他们一同来到了二楼。

众人简单商议后，宁秋水和刘承峰率先进入了同一间房。三名女生选择了二楼右侧走廊最里面的房间，与他们需要照顾的老人相距最远。剩下的两名男生则选择了紧挨着宁秋水的房间。

不知为何，宁秋水似乎有一种特别的吸引力，靠近他时，大家会感到更加安全。

最后进入房间的是王雨凝。她还在为白天的事情出神，其他人已经纷纷走进了各自的房间。一时间，走廊上只剩下她一个人。

走廊灯的开关在楼梯口，而且是单控开关，她们选择的房间却在走廊最里面，至少有二十米的距离。如果她要关灯，就意味着这二十米的路程要摸黑走。

她的目光落在走廊尽头打开的百叶窗上。外面的树木在冷风中摇曳，形态显得诡异扭曲，仿佛随时可能冲进来将她吞噬。她忍不住打了个寒战，不敢再关灯，快步跑进了最里面的房间，然后用力锁上了房门。

房间内，宁秋水脱掉上衣，露出了一身线条分明、充满力量感的肌肉。

正在刷牙的刘承峰讶异地瞟了一眼。宁秋水穿上衣服时，可看不出来是一个这么健硕的猛男！

"宁小哥……没想到啊，你藏得还挺深！就这人鱼线，这小腹肌，那要是去夜店……不得老吸引人了？"刘承峰嘿嘿一笑，对着宁秋水挤眉弄眼。

宁秋水翻了个白眼："所以你为什么要一直跟着我？"

刘承峰闻言吐掉了嘴里的牙膏沫，收敛了脸上的小表情，正经道："小哥你倒是心细，不过我现在还不能说，等到我们这一次从诡门离开之后，我会告诉你的……"

听到刘承峰这个回答，宁秋水先是一怔，随后笑道："还挺神秘。"

刘承峰摇摇头，将话题移开："对了，小哥，你觉不觉得……那个老人有问题？"

宁秋水沉默了片刻，说："不只是那个老人，这一家人，甚至别墅群都有问题！"

刘承峰怔住，问："别墅群有什么问题？"

宁秋水道："别墅的女主人说，这个片区只有他们一家人居住，但其实我路过了不少别墅，都有人居住的痕迹，而且这些痕迹都是最近一两个月内留下的。这证明，这一片区域，不久之前是有人居住的。"

听着宁秋水的话，刘承峰的后背渐渐渗出了冷汗。如果宁秋水的观察没错，那……这些人去了什么地方？

宁秋水踱步来到窗前，神色凝重，双手揣兜，继续道："而且，一个人住的话，一般不会买这么大的花园别墅，所以住进来的人，基本都有家人或是朋友，就算他们出去工作了，家里也不应该一个人都没有。可实际上，这座别墅区貌似只剩下了……我们。"

他伸手一指。顺着他指的方向，刘承峰赫然看见，他们窗外前方的十几幢房子……全都是一片漆黑！竟然……没有一盏灯火！

"这……怎么会这样？！"他的脸色变得十分难看。

宁秋水缓缓道："这里，一定发生过什么事。"

他仔细检查了一遍窗户，确认锁得很紧，没有一丝风透进来。确定无误后，他拉上了窗帘，回到了床上。

没有风，躺在床上的二人，闻到了一股……奇怪的味道。

"什么味儿？"刘承峰问。

那股味道不浓，却一直缭绕不散，像是……某种东西腐烂变质了。

二人经过一番寻找，最终锁定了气味的来源——他们的头顶。

木制的天花板上出现了一片黏稠的痕迹，似乎有什么液体在渗透。这些液体呈黄褐色，味道令人不适。

"……这是怎么回事？"刘承峰感到一阵恶心，急忙将床拖开了一些。

宁秋水站在下方，眯着眼盯着天花板那片湿润的地方，许久之后才说："大胡子，你信我吗？"

刘承峰不明白宁秋水这话什么意思，但还是点了点头："信。"

宁秋水缓缓道："今晚，不要睡着，不要开灯，不论听见什么……都不要理会。"

刘承峰的身体一僵:"小哥,你的意思是……今晚要出事?"

宁秋水沉默了许久,才微微点了点头。

他关掉了灯,屋里立刻陷入了黑暗。

刘承峰躺在床上,心绪纷乱。尽管努力让自己保持清醒,但随着时间的推移,困意还是渐渐侵袭了全身……

不知过了多久,一阵奇怪的声音将他惊醒。声音来源于门外。那是一种……类似于两种金属物品互相摩擦的声音。

听着这让人不寒而栗的声音,刘承峰脑海里第一时间想到的便是刀叉!他经常做饭,对于厨具和餐具发出的声音再熟悉不过!

刘承峰猛地坐起身,想要开灯,但耳边忽然响起宁秋水的叮嘱,抬起的手又放下了。

"宁小哥,你在吗?"

刘承峰压低声音询问,身旁立刻传来了"嘘"的声音。

"不要发声。"

宁秋水的声音同样很低,还带着一丝微不可察的颤抖。显然,他也很紧张。

他们房间的门没有完全封闭,留有一条缝隙,走廊的灯光从门下透了进来。

随着那诡异的声音划过他们门前,一道模糊的黑影也随之闪过……

那刺耳的摩擦声几乎让刘承峰的心脏提到了嗓子眼!门外的那个东西……居然停在了他们的门口!

刘承峰攥紧拳头,呼吸都停滞了。门外的东西,究竟是什么?如果它进来的话……会发生什么?那一瞬间,他的脑子一片空白,仿佛失去了思考的能力。

好像是几分钟,又好像只是瞬间,门外那个恐怖的黑影终于再度移动,朝着走廊的更深处走去……

刺耳的摩擦声再度响起——

刺啦——

刺啦——

那种感觉,就像是一个刽子手,正在寻找一个被他折磨的犯人……

它一路走向更深处,在第二扇门前停了一会儿,又去到走廊尽头的那扇门,同样在门外停留片刻后,便彻底失去了动静。

宁秋水忽然从床上坐起,蹑手蹑脚地走到门边,将耳朵贴在门缝上。他听了很久,门外没有再传来任何声音,仿佛那个黑影就这么突然消失了。静静听了十几分钟后,他确认外面已经彻底安静,这才回到了床上。

"小哥,外面那是什么东西?"刘承峰低声问道。

宁秋水摇了摇头："不知道，它走路根本没有声音。"

听到这话，刘承峰的额头立刻渗出了冷汗。

房间里，一片诡异的寂静。伴随着鼻翼间弥漫的那股难闻气味，二人只觉得全身上下都冒着寒气。

嘀嗒——一滴液体从二人身旁滴落，砸在地面上。虽然这声响不大，但在寂静无比的房间里却显得格外清晰。

宁秋水甚至能够感觉到，随着这滴不明液体落下，身旁的刘承峰猛地颤抖了一下。

"小……小哥……"刘承峰的声音颤抖着，缓缓抬手，似乎想要触摸什么。

宁秋水深吸一口气，说道："不要开灯。如果你不想出事的话。"

刘承峰一愣："为……为什么？"

宁秋水摇了摇头："暂时还不能说……你只要知道，在有风的地方，最好不要开灯。如果灯开着，那就要远离。"

刘承峰听完，忽然想起之前宁秋水每次经过窗边，都会将窗户关得严严实实！莫名其妙地，他只感觉全身都冒着寒气！

随后，刘承峰的目光落在了门缝处，忍不住在心里抱怨几句。也不知道是谁最后一个进房间，居然没把走廊上的灯关掉！

发生了这样的事，二人无法再入眠，也顾不得同性相斥的尴尬，挤在了一张床上，似乎彼此的体温能够带来一些安慰。

迷迷糊糊过了不知多久，窗外渐渐亮了起来，雨势也小了许多。

刘承峰一看时间，已经是早上八点。窗外的光线虽不算明亮，但外面的情况也勉强能看清了。他的目光落在左手边的地板上。昨天那持续的水滴声，便是从这里发出的。

刘承峰下床，仔细查看地面上的污渍，俯身嗅了嗅。

"呕——"刺鼻的气味几乎让他当场作呕。

一旁的宁秋水也注意到了他的异样，走过来查看。宁秋水也低头闻了一下，脸色微微变了。

"这是……"

刘承峰凑近问："是什么？"

宁秋水沉默片刻，缓缓说道："这是……一般动物在高度腐烂时，脂肪会呈油状溢出——"

刘承峰忍受不了，急忙打断道："行了行了，小哥，你别说了！我……我知道了。"

他的脸色极差，抬头看向污渍上方。那木制天花板被污渍浸透的地方，从拳头大小逐渐扩大到了篮球般大。天晓得楼上到底发生了什么？

就在刘承峰陷入思索时，门外忽然传来了两声尖锐的女性尖叫声！

"啊！——"

两人对视一眼——出事了！

"去看看！"宁秋水率先打开房门，带着刘承峰走出房间。

一出门，一股浓烈的异味扑面而来，令他立刻皱起了眉头。

尖叫声正是从走廊尽头的百叶窗方向传来的。那里已经围满了人。

宁秋水和刘承峰快步走过去，拨开人群，只见丫末和严幼平瘫坐在门口的地面上，浑身颤抖，脸色惨白。地面上除了污渍，还有一股难闻的气息弥漫开来。

"怎么了？"宁秋水严肃地问道。

二人望向宁秋水，眼神中充满了恐惧，仿佛经历了极为可怕的事情！

她们的嘴唇颤抖着，连一句完整的话也说不出来，只是用手指向她们的房间，眼泪不住地流下。

宁秋水看向房门，正准备推开，却被一旁的薛规泽阻止。

他的脸色十分难看："里面……情况不太好。"

宁秋水瞥了他一眼，拨开他的手，先关上旁边透风的百叶窗，随后打开了房门。

当他们看见里面的情景时，所有人都屏住了呼吸！

他们看到，房间靠近门口的床上，躺着一个人，身下有着大片的暗红痕迹。

仔细一看，正是戴着金耳环的王雨凝！

有人出事了！

宁秋水走进房间，随着他一步步靠近，床上的身影逐渐变得清晰。

躺在床上的人，身体明显有伤痕，更让人心惊的是王雨凝的表情，她静静地闭着眼睛，面容平和，仿佛一切痛苦与她无关。

"天啊……"

跟着进来的刘承峰瞪大眼睛，双腿发软，几乎无法站稳。

"这、这、这……"他终于明白，为什么外面的两个女孩被吓成那样！

别说是她们了，就算是他自己，恐怕也撑不住！

宁秋水努力压下心中的不适，走近仔细检查了一番。其他人则站在外面，没人愿意再踏入房间一步。房里的景象，实在让人难以承受！

忽然，宁秋水意识到了什么，脸色骤变，转身冲向门外！

"小哥，怎么了？"

刘承峰看到宁秋水跑了，哪里还敢继续待在房间里，其他人也不敢留在二楼，纷纷跟着宁秋水一路跑到了一楼，最终来到厨房。

宁秋水盯着挂在墙上的餐具许久，才喃喃道："少了一对……"

一旁早已吓得不知所措的北岛赶忙问："什么少了一对？"

宁秋水缓缓吐出几个字："吃牛排的刀叉。"

听到这话，最先惊愕的是刘承峰。他昨晚听到房间外走廊上传来的金属摩擦声时，就觉得那是刀叉摩擦的声音！难道……刘承峰似乎想到什么事情，浑身开始发抖！

"少了一对刀叉，跟上面的事情有什么关联吗？"北岛仍在追问。

众人之中，大多数人还没反应过来。

宁秋水缓缓转过头，目光凝重地盯着他们，一字一句地说道："王雨凝身上的伤痕……很可能是刀叉造成的。"

他话音刚落，几人的面色顿时苍白。

"宁秋水，你……你说什么？"北岛结结巴巴地问，"你确定吗？"

宁秋水没有回复北岛，而是转向那两名女生，问道："你们昨晚有没有听到王雨凝的呼救声？"

二女摇摇头，眼中充满恐惧。

"没有，我们昨晚太困了，很快就睡着了……"

这时，薛规泽突然面色凝重，咬牙说道："我……我昨晚听到了……"

"听到了什么？"宁秋水急切地问。

"……就是金属摩擦的声音，现在想想，很像是刀叉！"

宁秋水和刘承峰对视了一眼，对他说道："你先去煮粥，多放些肉。我去看看……楼上的老人。"

刘承峰点点头："你多小心！"

"那我们呢？"有人问道。

"你们跟我来。"

严幼平和刘承峰留在厨房煮粥，而宁秋水则带着几人匆匆上楼，来到了瘫痪老人所在的房间。一进房间，众人就愣住了。

因为，瘫痪老人身旁的桌子上，赫然摆着一副刀叉——正是厨房丢失的那双！

似乎察觉到众人的到来，躺在床上的老人缓缓转过头，朝众人露出了一个温和的微笑。

"啊！"丫末吓得尖叫一声，连滚带爬地跑下了楼。

北岛和薛规泽的脸色也十分难看，要不是宁秋水站在一旁镇定如常，他们很可能也跟着丫末逃走了。

经历了刚才那种令人毛骨悚然的场景，宁秋水面对老人，不但没有表现出恐惧，甚至……还主动走了过去！

"你疯了？！"薛规泽忍不住叫道，脸色越发难看。

显而易见，躺在床上的老人，很可能就是昨晚那场悲剧的制造者。而且，她的精神似乎不太正常。

宁秋水没有理会薛规泽，径直走到老人身边，拿起那副刀叉仔细检查。刀叉很干净。他放在鼻尖闻了闻，没有异味。

宁秋水皱了皱眉，目光落在老人身上，陷入了思索。他俯身将耳朵凑近老人的嘴边，轻声问道："老人家……平时这屋子里，只有你一个人吗？"

老人就像是这个神秘世界里的NPC（非玩家角色），系统也为她设置了固定台词，她只是张了张嘴，低声呢喃："肉……肉没……"

她似乎精神有些问题，语句始终不连贯，一直重复着。

宁秋水微微眯起眼睛。

肉？肉什么？

他耐心倾听了很久，但始终没听到老人说出那第三个字。

此时，刘承峰端着一碗粥走了上来："不烫，可以直接喝。"

不得不说，粥的香味确实诱人——牛肉的香气夹杂着葱花的清新。宁秋水亲自将粥端到老人嘴边，用勺子舀了一点肉粥，递到老人嘴里。

众人屏住呼吸，紧张地注视着，生怕老人忽然做出什么反常的举动。然而，预想中的恐怖场面并没有发生。

老人安静地吃下了粥，但当她吃到某块东西时，突然皱眉，随即嫌弃地将其吐了出来。

那是一块牛肉。

紧接着，老人不再进餐，而是继续说："肉……肉没……"她又开始重复这两个字。

宁秋水靠近，将耳朵凑到老人嘴边，仔细倾听。这个举动在其他人看来，极其危险！

如果老人真的是昨晚的凶手，宁秋水现在的行为无疑是在冒险。好在，老人没有伤害宁秋水。而且正是这一次冒险，让宁秋水捕捉到了一个关键的信息——

"肉……没……熟……"

第三个字不是"味"，是"熟"！

可是……为什么会说肉没熟？

宁秋水自己舀了一口牛肉粥，尝了尝。熟了，绝对熟了。

他站在原地思索了好一会儿，忽然想到了什么，便对刘承峰说道："大胡子，快，去煮一碗没有肉的粥！"

站在外面的刘承峰闻言心里虽然有些疑惑，但还是按照宁秋水的要求去做了。很快，他端着一碗白粥走了进来。这一次，老人吃了下去，没有再吐出来。

众人见此情景，一时都愣住了。这是什么情况？喝牛肉粥会吐，喝白粥就不会？

宁秋水喂老人喝完碗里的粥后，将碗递给刘承峰，便退出了房间。

"小哥，这到底是怎么回事？"刘承峰好奇地低声问道。

宁秋水摇了摇头："很复杂，待会儿再说……对了，丫末呢？"

随着他问出这个问题，众人才意识到，刚才跑下楼的丫末不知什么时候已经消失了！

"丫末！"刘承峰大喊了一声。

然而，别墅内没有任何回应。众人的心头都笼罩了一层不祥的预感。他们匆匆来到楼下，到处找寻丫末的踪影。最终，宁秋水站在了被打开的大门前，望着外面的雨幕，对众人说道："不用找了，她逃出去了。"

"什么，逃出去了？"刘承峰离得最近，看了一眼外面阴沉的风雨，不由得打了个冷战。

众人听到这个消息后，脑海里浮现的第一个人便是那个大巴车上的胖子！

他们的任务是照顾这位老人五天，而这期间，如果有人离开了别墅……会发生什么呢？

宁秋水正准备返回一楼的大厅，目光却停在了门口的鞋柜上。他心头一动，蹲下身子在鞋柜里翻找起来。

"小哥，你在找什么？"刘承峰凑了过来。

"没有男人的鞋子。"宁秋水眯着眼，低声说道。

"什么？"刘承峰愣住了。

宁秋水的脑海飞速运转，仿佛不自觉间，他的思维变得异常敏锐："别墅的女主人曾提过，她的丈夫出去工作了。但这屋里……根本没有男人的鞋子。"

刘承峰的身体僵了一下："你的意思是……"

宁秋水的眼神突然变得凌厉："只有两种可能：第一，她的丈夫因某些原因搬离了这里；第二，她根本没有丈夫。"

刘承峰皱了皱眉："没有丈夫？可她的女儿……"

话还没说完，宁秋水便抬头与他对视，缓缓问出了一个令刘承峰背脊发凉的问题："你凭什么认为……那个小女孩就是她的女儿？就因为女人牵着她的手吗？"

两人对视了几秒，刘承峰的额头渗出了冷汗。他意识到事情远比想象中复杂。

是的，没有任何证据能证明，那个女人牵着的小女孩真的是她的女儿！

"……先回去吧。"宁秋水沉默了一会儿，望着门外阴沉的雨幕，心里突然涌上一股莫名的寒意，仿佛有什么可怕的东西正在雨中注视着他们。

他连忙关上大门，再三检查后，才和刘承峰返回了大厅。

此时，众人的脸色都不太好看。这座别墅原本住着七人，也算是热闹。现在王雨凝遇害，丫末也不知所终，房间里只剩下了五人。

"宁秋水，刚才那老人到底说了什么？"薛规泽面色苍白，虽然表现得相对冷静，但这也是因为他曾是殡仪馆的化妆师，见过许多遗体，所以心理承受能力比一般人强些。

在众人的目光集中到自己身上时，宁秋水直截了当地说道："她说……肉没熟。"

众人愣了一下。肉……没熟？

"胡扯！"刘承峰顿时不高兴了，瞪着眼睛骂道，"那肉熟没熟，我还能不知道？"

看到刘承峰抓狂的模样，众人的紧张情绪稍微缓解了一些。

这络腮胡子喊得凶，阳气十足，倒是给这死寂的别墅添了些生气。

与其他人脸上的恐惧截然不同，宁秋水显得异常冷静，仿佛……这样的场景他已经见过无数次。

"所以，那三个字……并不是'肉没熟'。"

议论纷纷的几人忽地安静下来。

"什么意思？"薛规泽皱眉问道。

宁秋水微微扬眉，解释道："楼上的那个老人年纪很大了，身体状况也不好，精神也不稳定。她吐字不清，而我们先入为主，受之前发生的事影响，下意识地以为老人说的前两个字是'肉没'。但实际上，我觉得楼上的老人，可能并不是在说这三个字。"

北岛嗤笑了一声："谁会在意那个凶手说了什么？你们难道没看到今早她旁边桌上放着的刀叉吗？显然，昨晚就是她害了王雨凝！"

顿了顿，他有些害怕地瞟了一眼二楼，确认没人后，才压低声音说道："说不定……王雨凝身上的那些伤，都是她造成的！"

他阴森的语气让严幼平吓得直接抱住了旁边的刘承峰。

刘承峰被吓得一抖，骂道："北岛，你搁这儿讲鬼故事呢？瞧把人家小姑娘吓成什么样了！"

北岛的脸色也很难看，双手紧张地搅动着，神经质地低声嘀咕："我不想像王雨凝那样……你们看见了吗？她明显是被人害的……太可怕了。"

薛规泽听得心烦，忍不住打断："够了！别再瞎说了！谁不想好好的？现在大家不都在想办法吗？！"

刘承峰的注意力又转回到了认真思考的宁秋水身上。

不得不说，宁秋水如此冷静自若的样子，给了众人一丝安慰，似乎成了大家的主心骨。

"小哥，你有什么想法吗？"刘承峰问道。

宁秋水瞥了他一眼："有个猜测，但今晚需要一个胆子大的人……跟我一起验证。"

众人一听这事儿要晚上做，立刻沉默了。昨晚的事让他们心有余悸。

过了许久，刘承峰咬牙问道："小哥，为什么非得晚上去？白天行不行？"

宁秋水摇了摇头："不行。"

刘承峰一愣。他原本想继续装哑巴，但看着宁秋水眼中的沉静，鬼使神差地说道："行，我陪你去！"话一出口，他就后悔了，心里暗骂自己：怎么就管不住这张嘴呢？！

"好，今晚你跟我一起。"

就在这时，二楼忽然传来了一声："不！不要！求你……我知道……啊啊！"

众人被这突如其来的尖叫吓得全身起了鸡皮疙瘩！

他们面面相觑，从彼此的眼中看到了深深的恐惧——

这声音，大家再熟悉不过了。正是之前逃出别墅的丫末！

这叫声只持续了短短几秒，随即归于平静。

宁秋水第一个冲上楼，紧随其后的是刘承峰和其他人。可当他们上到二楼时，却忽然停下了脚步。众人脸上浮现出震撼与难以置信的神情。

风从走廊尽头打开的百叶窗吹进来，带着一股说不上来的奇怪气味。

"天啊……"刘承峰艰难地吐出了几个字，浑身的汗毛都竖了起来。其他人也是脸色发白。

宁秋水盯着那扇百叶窗，眉头微皱。他清楚地记得，早上检查王雨凝的状况时，他顺手把窗户关上了，还锁了起来。外面的风再大，也不可能打开那扇窗，尤其是那锁只能从内部开关。

宁秋水感到一阵寒意爬上脊背。然而，他没有像其他人那样畏缩不前，反而迈出了脚步，朝着不断渗出液体的房门走去。

见到宁秋水的动作，后面的人不由张了张嘴，却不知道该说什么。这个家伙的胆子未免太大了。他难道不怕那扇门后面……有什么东西吗？

"宁秋水，你疯了吗？"北岛喊道，但宁秋水没有理会，径直朝走廊尽头走去。

忽然，人群里又挤出一个人——是刘承峰。他小跑着跟上宁秋水："小哥，等等我……"

随着刘承峰的加入，其他三人终于压抑住内心的恐惧，硬着头皮跟了上去。

走到尽头，宁秋水迅速拉下百叶窗并重新上锁。做完这些后，他在众人的注视下缓缓推开了紧闭的房门。门一开启，严幼平便捂住了嘴，其他人也吓得后退半步。

房间内，丫末躺在地板上。

除了宁秋水，没人敢走进去。他走到丫末身边仔细观察，然后说："和王雨凝的情况几乎一模一样，是同一个人做的。"

他看了一眼老太太的房间，忽然想起她之前说的那句话，瞳孔微微一缩。

难道是……

"等等，王雨凝不见了！"北岛突然指向床上，大声喊道。

众人转头看去，果然，原本躺在床上的王雨凝已经不见了，连床上的痕迹也完全消失了。她……去了哪里？

宁秋水瞥了一眼地上的痕迹，平静地说："先下楼。"

薛规泽瞪大了眼睛："下楼？那丫末……怎么办？"

宁秋水摇了摇头，淡淡地说："不用管，有人会处理。"

听到这话，众人只感觉背后发凉。他们一边跟着宁秋水下楼，一边忍不住低声询问："宁小哥，你说的是谁？"

宁秋水头也不回地说："作案者。"

"是……二楼的那个老太太吗？"

宁秋水没有回答。

回到别墅大厅后，众人陷入了一片沉默。恐惧如潮水般涌上每个人的心头。

直到傍晚时分，刘承峰终于忍受不了这沉闷的气氛，起身说道："我去做饭。"

宁秋水也跟着站了起来："我也去吧。这段时间……大家最好不要单独行动，不管做什么。"说完，他没有再看其他人，径直跟着刘承峰一起走进了厨房。

至于严幼平，自从得知作案工具是刀叉后，她无论如何都不敢踏入厨房半步。

厨房里，刘承峰见没有其他人进来，才压低声音问道："小哥，你今晚……打算上三楼吗？"

正从冰箱里拿食材的宁秋水微微一顿，随即笑着说道："看来，你也不像表面看上去那么单纯。"

"外粗内细嘛！"被夸赞后，刘承峰不好意思地挠了挠头，"小哥，我有点不明白，为什么我们白天不去三楼，非要等晚上去？那里……应该很危险吧？"

无论是别墅女主人离开前的提醒，还是众人的直觉，都让他们觉得三楼非常不安全。更何况，通往三楼的大铁门还被一把铁锁锁住了，而他们并没有钥匙。

宁秋水一边翻找着冰箱里的食材，一边淡淡说道："确实不安全，尤其是白天。"

刘承峰一愣，被这句话点醒后，他猛然意识到什么："你的意思是……那些事并不是二楼的老太太所为，真正的凶手……隐藏在三楼！白天它躲在三楼，晚上才出来……寻找机会？"

宁秋水微微点了点头："没错，老太太应该是普通人，是凶手用来吸引我们靠近的诱饵。不过，我有一个非常不好的推断，但只有今晚才能验证。"

宁秋水正说着，忽然注意到什么，翻找了一番，从冰箱里拿出了几块肉。

这些肉被真空包装着，没有任何标签。肉里似乎混杂着一些黑色物质。但由于碎冰过多，他们无法确定具体是什么。

于是，宁秋水将肉递给了旁边的刘承峰："切开看看。"

刘承峰拿出刀，小心地割开外面的真空包装，突然定住了。

"这是……"这真空塑料袋内装着的，竟然是一块带着浓郁毛发的肉！

刘承峰吓得立刻扔掉了手里的肉块。

宁秋水把地上的肉块捡起来，仔细端详了一下，又将它们重新放回了袋子里。"我想，我知道为什么二楼的老太太不吃肉了……"

刘承峰脸色发白："为什么？"

宁秋水缓缓说道："因为在我们之前，可能有人给老太太吃过这些肉，导致她对肉产生了强烈的心理阴影。而且你不觉得很奇怪吗？"

刘承峰皱起眉头："什么奇怪？"

宁秋水把肉包好后，塞回了冰箱。

"那个老太太明明已经瘫痪了，为什么窗户上还钉了那么多钢条，好像是怕她逃走一样？"

刘承峰回想了一下，的确是这么回事。然而，他突然感到一阵寒意，像是想到了什么可怕的事："你的意思是，老太太的瘫痪……"

宁秋水的眼神锐利，点了点头："很有可能。不过，这不算可怕，真正可怕的，还在后面。"

他又从冰箱里拿出了一块羊肉，递给刘承峰。

"还有更可怕的事？"刘承峰接过肉，脸色越发凝重。

宁秋水眉头微微蹙起："你没发现，这家里连一张照片都没有吗？"

正在切肉的刘承峰稍微停顿了一下。确实，之前别墅的女主人牵着的小女孩大概八九岁，过去这么多年，即便男主人和女主人离婚，家里总该留下些女人和孩子的照片。

可实际上，一楼和二楼都没有任何关于那个女人、小女孩或者老太太的照片。

为什么会这样呢？

"还有，如果我没看错的话，门口鞋柜里的那些女鞋……"宁秋水说着，忽然停了下来，最后摇了摇头，"算了，先做饭吧，很多疑惑……今晚应该就能解开了。"

见宁秋水不愿多言，刘承峰也没有再追问，只是暗暗打量着他。

这个男人，实在太神秘了。无论是之前见到胖子时，还是后来在诡门背后世界里经历一系列诡异事情时，他都没有表现出过多的惊慌。甚至……冷静得有些异常！这种近乎恐怖的心理素质，刘承峰在他过往的三十多年里从未见过！

他在外面的现实世界，真的是兽医吗？

刘承峰不禁对宁秋水产生了深深的好奇。

晚饭时间，众人坐在餐桌前，气氛沉闷，谁也没有说话。

"刘承峰，你怎么不吃菜？"薛规泽察觉到刘承峰只盛了一碗白米粥，几乎没动餐桌上的菜。今晚的羊肉很香，可刘承峰却一筷子都没夹，甚至把盘子放在了离自己最远的地方。

"啊？菜？哦，对，菜……我、我有点不舒服……"刘承峰含糊其词，脸色也不太好。

他和宁秋水没有把刚刚发现的事情告诉其他人。毕竟，已经有两人遇到了不幸。此时的他们早已如惊弓之鸟，如果再说这些，只会让气氛更加紧张。而且，就算说了，也对他们的处境没有任何帮助。根据任务，他们需要在别墅区照顾老人五天，所以无论如何，他们必须在这里待满时间。

吃完饭后，众人又面临一个新的问题——如何安排严幼平的住宿。随着两名女生在这场任务中的淘汰，队伍里只剩下严幼平一个女孩。

"我……我不想一个人睡！"严幼平看到大家沉默，急得几乎要哭出来。

开什么玩笑？要她一个人在这种诡异的地方睡觉，那还不如直接要她的命！

相比生死，男女之别对她来说根本不是问题。

"那这样吧，今晚你跟我们一起睡。我们两个人睡沙发，你睡床。"北岛提议道。

薛规泽也没意见。毕竟，团队的人越来越少。剩下的人也就越危险！

严幼平点点头，感激地看了他们一眼。这一切被宁秋水看在眼里，他微微摇了摇头。

宁秋水知道，如果隐藏在别墅里的凶手要害人，就算他们一百个人聚在一起也没用。

他看几人的脸色好了一些，才说道："时间不早了，大家早点休息吧……另外，记得检查门窗，一定要关好。再过三天，我们就能离开了。"

众人纷纷点头。

宁秋水关掉一楼大厅的灯，和大家一起上了二楼，确认众人都进了各自的房间后，才熄了走廊上的灯。这灯的开关在楼梯口。按理说，这种地方的灯一般都是双向或多向控制的，一个地方开，另一个地方关，更加方便使用。可不知为何，别墅二楼的走廊灯却只设了一个开关。

随着走廊的灯熄灭，整栋别墅瞬间陷入了伸手不见五指的黑暗中。

宁秋水感觉到一阵寒意，他正准备回自己的房间，忽然听到不远处传来一阵轻微的声响。

声音很轻，但在寂静的黑暗中格外清晰。

那是……通往三楼的铁门门锁被打开的声音！

宁秋水的身体僵住了。楼上……好像有什么东西下来了！而且……就在他身后！

那一瞬间，宁秋水感觉自己浑身上下的每一个细胞都被冻结了！刺啦——刺啦——冰冷的金属摩擦声从身后传来，让宁秋水头皮一阵发麻！那是……刀叉摩擦发出的声音！就在他的身后！而且距离他……越来越近！

与此同时，走廊尽头的百叶窗突然被一股狂风猛地吹开了！冷风夹杂着浓郁的异味,不断刺激着宁秋水的鼻腔和肺部!恐惧……迅速蔓延至全身!他……难道也要被删档出局了吗?

那一瞬间,难以言喻的恐惧如潮水般席卷而来,仿佛要将宁秋水彻底淹没!他抬起了手,下意识地想去开灯!光……他需要光!只有光,才能驱散这无尽的黑暗!然而,就在他的手即将摁下灯的开关时,他却硬生生地停住了!

脑海中,之前收到的那封神秘信件的某些内容浮现了出来——

  风不点灯,雨不燃烛。
  日不登楼,夜不瞑目。

——风不点灯。

宁秋水咬紧牙关,强忍着内心难以言喻的恐惧,没去开灯!他缓缓收回手,顶着冰冷的风,一步一步走向走廊的尽头!身后那可怕的金属摩擦声仿佛贴着他的耳畔,不断挑动着他的神经。

宁秋水深吸一口气,握紧拳头,强迫自己无视背后那令人紧张的声音,一步一步朝前迈进!

他在赌。赌自己没有触发所谓的"淘汰条件",赌身后的那个东西……无法伤害他!

一步……两步……

此时,宁秋水感觉到自己的肾上腺素已经飙升到了极限。每走一步,都是对他心理的巨大考验!他不敢跑,也没法跑。迎面而来的风寒冷彻骨,似乎穿透了他的肌肤,渗入了他的骨髓……全身僵硬无比。

好在……宁秋水赌对了。身后的危险似乎被某种力量阻挡,无法伤害他。当他终于艰难地走到了自己的房门前,握住了门把手,身后刺耳的金属摩擦声戛然而止,走廊上的冷风逐渐平息,借着微弱的月光,宁秋水看到走廊尽头的百叶窗,不知何时又重新关上了。

"难道……只是幻觉?"宁秋水喘息着,目光变得锐利。他感觉到身后的寒意逐渐散去,推开房门,才发现自己的衣服早已被汗水浸湿。

黑暗中,刘承峰的声音带着一些惊恐从角落里传来:"小哥,你……没事吧?"显然,他也听到了走廊上的声音。

宁秋水摇了摇头:"没事。"

刘承峰走上前,摸索着抓住了宁秋水的手,确认他依然有着温热的体温,才长长地松了一口气,佩服地说道:"小哥,你真是……胆子太大了!我还以为你回不来了！"

他压低声音，紧张地问："刚才走廊上，那个……是不是……"

宁秋水点头："它出现了。"

刘承峰瞪大眼睛，难以置信地问："它……它没伤害你？"

宁秋水沉默片刻，回答道："它不能随意伤害我们。只有当我们触发了某个条件，它才会对我们动手。"

刘承峰听到这话，想起之前发生的一切，心中波涛汹涌："所以……小哥，你知道条件是什么吗？"

宁秋水低声说道："知道一部分。之前已经告诉过你了。不过，那并不是全部的条件，具体有多少……还不清楚。"

他顿了顿，接着道："我们现在要做的……就是尽快找出事情的真相。"

刘承峰呼吸急促："可即便我们知道真相，又能对离开这里有多少帮助呢？"

宁秋水沉思了一会儿，说道："真相，或许也会带来应对它的方法。还记得之前那位西装男子跟我们说过的话吗？诡门背后的世界，从来不止一条出路，虽然看似充满危险，但并非完全无法反抗。何况，当时那个红裙女人提醒我们不要进入别墅的三楼，我想，那里一定藏着重要的线索。我们现在就像在玩一场不能叫停的密室逃脱，只有先通过眼前这一关才能知道到底发生了什么。"

刘承峰犹豫片刻，终于狠下心，咬牙说道："好！小哥，你说什么时候行动，我跟你一起！大不了，一起面对，也有个伴！"

宁秋水说："再等等。"

二人在房间里等待了许久。

直到后半夜，门外的走廊里忽然再次响起刀叉相互摩擦的声音。

三楼的那个……又下来行动了！

即便有心理准备，刘承峰依然清晰地感到自己身上的寒意袭来，手脚不自觉地微微颤抖着。这一次……会是谁呢？

随着摩擦声越来越近，刘承峰的心跳也加快了。他看了一眼身旁的宁秋水，发现对方竟然端起了茶杯，神色从容。

刘承峰愣了一下。随后，他由衷地佩服起了宁秋水的镇定："小哥，你是我见过的第一个在这种情况下还能悠闲地喝茶的人。"

宁秋水放下茶杯，无奈地回应："我也紧张，只不过不同的人表达紧张的方式不同。我一紧张，就喜欢吃点东西，或者喝点东西。"

虽然他这么说着，但声音依旧稳如泰山，几乎听不出任何情绪波动。

刀叉摩擦的声响停在了他们的门口。刘承峰的手心满是冷汗，生怕对方会突然闯进来。幸好，他担心的事情并没有发生。那声音在门口持续了一会儿，然后逐渐向另一间房移动。这一次的情景和昨晚如出一辙。声音最终在隔壁的门外消失了。

大约五分钟后，贴着门听动静的宁秋水没有再听到任何声音，他便小心翼翼地推开了一条门缝。

宁秋水观察了一会儿，随即将门缝推得更开了一些，探出半个脑袋，在黑暗的走廊上左右张望。除了走廊尽头被打开的百叶窗和呼啸的冷风，什么也没有。

"现在，走！"

宁秋水对刘承峰招了招手。二人蹑手蹑脚地走出房门，小心翼翼地在黑暗中潜行，朝着楼道口移动。

二人来到楼梯口，发现通往三楼的铁门已经被打开，一股浓烈的气味从上方弥漫下来。这股气味与他们房间天花板上滴落的液体味道相似。

刘承峰捂住口鼻，眉头紧锁，跟随宁秋水上了三楼。到达三楼后，气味变得更加浓重，像某种化学物质。刘承峰感到一阵强烈的不适，最终无法抑制身体的反应，不得不蹲在地上。

"呕——"刘承峰面色苍白，持续感到恶心。

宁秋水轻拍他的背，待他吐完后，刘承峰感觉稍微好了一些。

二人沿着漆黑的走廊前行，脚下的地板黏腻，刘承峰的脸色愈发苍白。

"果然……"宁秋水微微眯起眼睛。尽管他也感到空气中的气味无比浓烈，但他没有表现出太大的不适。事实上，在进入三楼之前，他已经大致猜到了楼上的情况。

踩着黏稠的地面，二人终于来到了一个散发异味的房间门前，缓缓拧开门，门后的景象令人震惊。

房间内，月光透过窗户洒入，映照在室内每个人的脸上，他们面容安详地躺在地板上，看起来就像睡着了一样。刘承峰吓得后退一步，身体不停颤抖。他望向其他房间，意识到什么，抖着手推开了其他几间房的门。

"我的天！"刘承峰几乎喊了出来。

果然，每个房间都呈现出相同的景象。先前突然下落不明的王雨凝和丫末也在其中。

刘承峰靠着墙面缓缓蹲下，脸色比月光还要苍白。

"他们……这么多人，究竟从哪里来的呢？难道……"

宁秋水的目光穿过窗户，望向远处漆黑的别墅群："恐怕……这个别墅区的所有原住民，都在这些房间里了。"

刘承峰吞了口唾沫，额头冒出冷汗。难道这个隐藏在别墅三楼的恐怖存在，已经侵害了整个别墅区的居民？

"看来我们并不是第一批来这里的，楼下的那些房间，甚至还专门配备了独立卫浴，显然是为那些照料老人的人准备的。"

宁秋水每说一句话，刘承峰的心跳就更加急促。

"小哥，我们还是赶紧离开吧！要是它回来，我们岂不是……"

刘承峰有些退缩，但宁秋水并没有离开的打算："我们已经很接近真相了……大胡子，你不想知道凶手到底是谁吗？"

听到这话，刘承峰先是一愣，随后苦笑："小哥，我发现你真的是不怕死啊！真相……比生命还重要吗？"

宁秋水反问道："你能离开这层楼，你能离开别墅吗？谁知道这里还有什么规则。也许从我们进入别墅的那一刻起，就已经触发了它的机制，只是运气好，暂时还没轮到我们。而且，它现在可能正在楼下活动，随着淘汰人数的增加，剩下的人将变得越来越危险。"

刘承峰脸色变幻不定，最后咬牙道："好！这次就相信你！"

他们穿过这些房间，来到走廊最深处的一间房。这是一间书房，门口干净得不似这层楼的风格。他们对视一眼，眼中都闪过一丝光亮。

"应该就是这里了！"

他们小心地推开门，浓郁的灰尘气息扑面而来。房间里陈设简单，不大不小的空间里，躺着一具遗体。根据骨架的大小和细节，像是一名十四五岁的女孩。她的手中还抱着一只玩偶小熊。那个小熊的眼睛黑乎乎的，仿佛在注视着众人。

宁秋水小心地来到女孩面前，仔细检查一番后，开口说道："她身上没有任何明显的伤痕……"

"不是被害的？"刘承峰疑惑道，"那她是怎么死的？"

宁秋水打量了女孩许久，说道："大概率是因为缺乏食物和水。凶手应该进不来这个房间，但她也出不去，被困在这里了。不喝水，不吃饭，大部分人三五天就会扛不住。看，这窗户被钢条钉死了，钢条上锈迹斑斑，与二楼老太太房间的情况不同，说明这些钢条早已钉上去，很可能是在她小时候，她的家人担心她翻窗子掉出去，毕竟这里是三楼，于是给她的窗户钉上了钢条。但当时，她的家人大概没有想到，正是这些钢条……断了她最后逃生的希望！"

刘承峰听着宁秋水的话，内心涌起一阵冰冷的感觉。他能想象到小女孩生前的绝望。外面有危险，而房间里没有其他出路，最终她只能在绝望中被困死在这里！

"哎，小哥，快看，这孩子的身后……好像有东西！"

宁秋水也发现了。他伸手去摸索，在黑暗中摸到了一本日记。他拿起来，灰尘上残留着指纹。翻开日记，借着窗外微弱的月光，两人看到了日记上的内容——

2037年6月1日，阴天

……姥爷打来电话，说姥姥快不行了，让妈妈回家一趟……但不知道为什么，一直很关心姥姥的妈妈却很坚决地拒绝了。

2037年6月9日，阴天

妈妈没去上班，她看上去十分害怕。妈妈在怕什么呢？

2037年6月12日，阴天

这几天，我看到妈妈一直在偷偷哭，问她哭什么，她不说话，只是紧紧抱着我。她抱得很用力，我感觉有些喘不过气。

2037年6月21日，小雨

姥姥去世了，姥爷打电话给妈妈，妈妈挂断电话后，脸色很苍白。她突然出门，直到深夜才回来，给我递了一块血红色的玉石，嘱咐我挂在窗口，无论发生什么事，都不要取下来。

2037年6月22日，暴雨

妈妈带上行李，和爸爸一起离开了家，只留下我和多年来打理这个家的保姆王奶奶。临走时，他们嘱咐我和王奶奶，如果看到他们回来，一定不要开门。

2037年7月12日，暴雨

妈妈回来了。我记得妈妈爸爸叮嘱我的话，但还是开了门。我……真的太想念他们了。

2037年8月1日，暴雨

不对……那……不是妈妈！

2037年8月15日，暴雨

我不是个好孩子，没有听妈妈爸爸的话，把那个可怕的东西放进来了……它现在就在外面……我又渴又饿，但不敢出去……

我……会死吗？

我该怎么办？

日记到这里就结束了。内容触目惊心，二人看完后，久久说不出话来。

"原来……那个二楼的老人，不是别墅女主人的妈妈，而是……别墅的保姆。"刘承峰的喉咙动了动。

宁秋水合上笔记，对着身后的刘承峰说道："别墅门口的鞋柜里，整齐地摆放着全新的女鞋，我在想，一个这么喜欢鞋的女人，如果真的要出去旅游的话，应该会带上几双吧？"

刘承峰愣住了。他们所有人都路过那个鞋柜好几次，但之前并没有人注意到。宁秋水的观察力实在令人佩服。

"而且，你不是想知道二楼的那个老太太一直在重复的那三个字究竟是什么吗？"宁秋水接着说。

刘承峰稍微回过神来，问道："是什么？"

在惨白的月光下，宁秋水和刘承峰对视，缓缓说道："二楼的那个老太太，其实不是在说'肉没熟'。她是想告诉我们……人还没走！"

刘承峰呼吸声急促，瞪大了眼睛："小哥，你是说，我们第一天看到的那个穿红裙的女主人……并没有离开？！"

宁秋水缓缓点头："对，根本没有离开。"

刘承峰腿一软，差点摔倒。他感到一阵麻木，全身发凉。

宁秋水站在窗边，伸出手，摸了摸窗口挂着的那块血玉。无论这是什么，用什么制造而成的，都不重要了。重要的是，这块血玉可以挡住别墅里的那个女人！

忽然，他想到什么，对刘承峰说道："大胡子，快！我们兵分两路，你去一楼厨房拿食物，优先装熟食！"

刘承峰愣了一下："那……那小哥你呢？"

宁秋水答道："我去二楼把老太太搬上来！"

033

刘承峰立刻明白了宁秋水的计划："我们难道不会撞到那个女人吗？"

宁秋水目光坚定，语气笃定而决绝："必须拼一把！我们剩下的人已经不多了，只有在它夜里行动的时候，才有可能进入三楼！过了今夜，想要再带着老太太和食物进入这里，恐怕就不那么容易了！"

刘承峰闻言，一咬牙："好！"

开弓没有回头箭。到了现在，他对宁秋水已经完全信任了。如果不是对方，他很可能第一夜就会被删档。眼下，必须放手一搏了！

二人小心地退出房门，确认那个女人没有回来后，便立刻下了楼，刘承峰直接去了厨房，拿起袋子开始装食物。尽管四周漆黑一片，刘承峰仍然谨记宁秋水的叮嘱，没有开灯。好在他白天在厨房忙碌，对食材的位置还算熟悉。然而，黑暗中，刘承峰的手抖得厉害。那些漆黑的角落和门后，似乎随时都有可能窜出什么可怕的身影！

他深吸一口气，强迫自己冷静下来。额头上，豆大的汗珠滚落下来。很快，刘承峰便装了满满三袋食物。他拎着食物，快速朝楼梯口跑去，看到宁秋水也背着老太太朝楼梯口走来。

老太太体型宽胖，大约一百五六十斤，若不是宁秋水体力超常，真的背不动！

"先上去！"宁秋水见刘承峰停在楼道上，直接吩咐。

刘承峰点头，带着食物就朝三楼跑去。宁秋水也朝三楼前进，但三楼地板上黏糊糊的，他不能走得太快，否则会摔倒。老太太身体虚弱，若是真摔着了，可能会受伤！

"快了，快了……"

来到三楼，宁秋水朝着尽头的书房疾步而去，刘承峰已经站在门内，露出半个身子张望着。他看着宁秋水的方向，一脸警惕。忽然，他似乎看到了什么，眼中流露出极大的恐惧！

刘承峰对着宁秋水挥手，惊恐地叫道："快！小哥！它……它追上来了！！"

背着老人的宁秋水一听这话，浑身冰冷！

刺啦——刺啦——

熟悉的刀叉摩擦声再一次在身后响起，宁秋水咬紧牙关，不顾一切地朝前奔跑！

到了这个时候，他也顾不得摔倒的可能了！宁秋水知道，如果自己再这样磨蹭下去，必死无疑！阴冷的气息顺着苍白的月光一同蔓延过来，包裹着宁秋水全身，他不敢回头看，也不能回头！

快一点……再快一点！

宁秋水心里咆哮着，紧紧咬着牙，拼命朝前跑去！即便他已经尽了全力，仍能听到身后的刀叉摩擦声越来越近……不行！他背着一个人，根本跑不过后面的女人！

眼看着距离门口只剩下了五步，一只冰冷而苍白的手却忽然从身后伸出，抓住了宁秋水的脖颈！

"你要……去哪儿啊？！"耳畔传来女人冰冷的声音。

宁秋水浑身发冷，力量以肉眼可见的速度被抽离。他还是……慢了。

就在宁秋水等待自己即将被删档的命运时，一个身影突然从书房的门后冲出，一把抓住了那个苍白的手臂！

"啊啊啊！"女人凄厉的惨叫声响起，随着一阵白烟，它松开了手，宁秋水也被另一只温暖的大手握住，被拖拽着进入了书房。

一进入书房，刘承峰便急忙来到窗边，将血玉重新挂了上去。做完了这些，刘承峰才猛地一屁股坐在地上，两条腿抖得厉害。

"啊！"外面的红裙女人发出尖锐的叫声，似乎愤怒无比。

直到这个时候，二人才借着月光看清了红裙女人的真面目。它的脸庞扭曲，嘴巴张得极大，露出锐利的牙齿，眼周布满了皱纹，看起来令人胆寒。它的四肢异常修长，手中紧握着被泥土覆盖的刀叉，极具威胁感！

"我的天……这到底是什么东西？就算是游戏里的 NPC 也没有设计得这么抽象的吧！"刘承峰感觉自己的呼吸都要停滞了，忍不住惊呼出声！

门外的女人焦躁不安，不断徘徊，似乎想要进入房间，但又似乎在忌惮什么，最终只能作罢，对着书房内的二人发出几声怒吼，转身离开了……

差一点，就差一点。如果不是关键时刻刘承峰冒着危险冲出来相助，宁秋水必定难逃一劫！

"多谢……"宁秋水盘坐在地，一只手撑在膝盖上，喘着气。刚才的危险真是难以想象！

刘承峰一边拍打着自己颤抖的腿，一边摇头道："应该是我谢谢你才对……要不是你带我来到这里，我可能早已遭遇不测。"

说完，他又笑了起来，那是一种难以掩饰的生还喜悦。刘承峰宛如一个得了失心疯的病人，趴在地面上哈哈大笑。许久之后，他才渐渐恢复正常。

"对了，其他人怎么办？"刘承峰将老太太的身体扶正，确认她没有大碍，这才对着宁秋水问道。后者目光微微闪烁："我们现在绝对不能出去。外面太危险，等明天看看能不能从三楼联系上他们，如果实在不行，那我们也算尽力了。"

对于陌生人的安危，宁秋水似乎显得很漠然。他当然不介意帮忙，尤其是那些人和他并没有仇恨。但前提是……自己不会陷入危险。毕竟，当时在询问这些人是否愿意和他一同冒险探寻真相时，他们中没有一个人站出来。危险的事情自己去做了，其他人坐享其成，谁来都不会乐意。他并不是大慈大悲的圣僧。

"对了，我还有一个问题。"刘承峰恢复后，似乎想起了什么。

"问。"

"你……为什么会知道别墅里的规则？"

提到了这个问题，宁秋水在黑暗中沉默了片刻，才道："因为，我在上大巴车之前，收到了一封匿名信。"

"信？"

"对，信上给了我一张照片和几句话。"说完，宁秋水缓缓念出了那几句话，"风不点灯，雨不燃烛。日不登楼，夜不瞑目。"

听到这几句话，刘承峰惊讶地睁大了眼睛，脸上浮现出难以置信的神色："天啊……这竟然对上了！小哥，你这可真厉害，背后一定有高人相助！那张照片呢？"

宁秋水瞟了他一眼，目光微动："你想知道？"

刘承峰愣了一下："怎么，不方便吗？不方便的话……"

他话未说完，宁秋水已经从黑格子衬衫里拿出了一张有些泛黄的照片，正面对着他。刘承峰看着那张照片，瞳孔骤然收缩！

"不是吧……"

在月光的照射下，刘承峰看到照片里的人正是他自己！二人隔着一张薄薄的照片对视，久久无言。

刘承峰看到自己的照片，却没有看见照片背后的字。在这张泛黄的旧照片背后，还有一行黑色字迹——

值得交往的朋友……

刘承峰伸手想仔细查看，可宁秋水却收回了照片，笑着对他说："很惊讶，对吗？我也很惊讶。原本，我以为这只是一场恶作剧，或者是谁填错了收件人……可是当我在那辆没有司机的大巴车上醒来，并且看到你时，我意识到事情并比我想象的复杂。那辆大巴车，那片神秘的浓雾，那扇诡异的门……还有大巴车上的我们。这一切的背后一定有一只我们看不见的手在操控！"

刘承峰苦笑了一声："小哥……恕我直言，现实世界中似乎没有人能做到这些。外面的情况你也看见了。那根本不是人力能办到的。"

宁秋水沉默。他没有继续争论，但那封神秘的信件，上面的内容至今都应验了。诡异的门，奇怪的规则……还有一个他根本不认识但愿意冒着危险出来救他的朋友。这是件很可怕的事，就好像……有人在他看不见的地方盯着他！

一夜无话。二人第一夜本就没怎么休息，现在又经历了如此紧张的事情，缓和下来后，困意如潮水涌来。直到翌日清晨，二楼传来的尖叫声才打破了别墅的沉寂。

显然，又有人出事了。

而且，让二楼的幸存者感到更恐怖的，不仅仅是一觉醒来又有人遭遇不测，还有三个人失踪了！这其中，除了大家心中的主心骨宁秋水，还有一个非常重要的角色！

毕竟，他们的任务是照顾床上的老人五天。现在老人都没了，他们还照顾什么啊？

宁秋水和刘承峰听着二楼传来的声音，得知昨晚出事的是北岛。

"呜呜呜……他们……他们怎么都不见了？是不是他们已经……呜呜……我好怕！我不想死在这里……"严幼平断断续续的哭声从楼下传来。

刘承峰对着窗户大声呼喊，想要将消息传递到楼下去，但似乎声音被束缚在三楼，无论刘承峰怎么大声喊，都没人听见。

"行了，别喊了。"

看着刘承峰那副不罢休的模样，宁秋水微微摇头。刘承峰对宁秋水的冷漠感到有些不适。

"小哥，你不是苦行者吗？我们就这么放弃他们，是不是有点太……"

宁秋水闭上眼睛说道："我虽然是兽医，但行医有三不救。"

刘承峰愣住了："三不救，哪三不救？"

宁秋水回道："不救必死之兽，费我精力；不救将死之兽，损我寿数；不救病重之兽，染我顽疾。"

刘承峰闻言，差点笑出来："小哥，你逗我呢？你是兽医，如果这也不救，那也不救，那你岂不是要饿死？"

宁秋水似笑非笑道："我是兽医，但不仅仅是兽医……谁告诉你，我是靠给宠物治病生活的？"

刘承峰摊手道："好吧……那小哥你会救什么样的兽呢？"

宁秋水随意地回答："看对眼了就救。就算知道救不活，我也会全力以赴……

037

哪怕付出代价。"

刘承峰有些惊讶地看了宁秋水一眼，笑了起来。这家伙……性格可真有意思。

笑罢之后，刘承峰忽然想到了什么，他在书房里写写画画，然后用窗帘绑着写了东西的本子，不停撞击着楼下的窗户！

既然他的声音无法传到二楼，那从二楼发出的声音……总可以吸引他们的注意力吧？

结果，他才撞击了几下，原本结实的窗帘竟然断了！刘承峰将剩下的半截窗帘扯了回来，仔细用力拉了拉，嘴上嘟囔道："不对啊……这么结实，怎么可能这么轻易就断了……"

他试了几次，结果都一样。诡异的现象让刘承峰感到背脊发凉，他隐约感觉到了一种不祥的窥视感，于是放弃了继续传递消息。

"怎么了？"宁秋水见他终于消停了，随口问了一句。

刘承峰额头渗出了冷汗："我感觉好像有什么东西盯着我，如果，我再继续做这件事……"

他没有继续说下去，但宁秋水已经心知肚明。显然，在别墅的规则中，三楼与其他楼层是隔开的。如果他们强行从三楼传递消息到二楼或者一楼，那就是破坏了规则，会遭遇可怕的后果！

"哎，这下，他们真的只能听天由命了……"

说着，他叹了口气，靠着窗边的小女孩坐下，从她手里拿过那个日记本，翻看了一会儿后说道："小哥……你说外面的那个女人究竟是什么情况？"

宁秋水想了想："从日记本上的记录来看，外面的那个女人应该与小女孩的姥姥有关，而且小女孩的父母一定知道些什么。但具体是什么情况，我们不得而知。或许，等这次事情结束后，我们回去可以问问那个西装男。"

刘承峰点了点头。

此后的三天，他们都在这个房间里吃喝拉撒。好在食物和水都比较充足，维持生计不成问题。至于楼下的两名幸存者，终于还是没能熬过最后三天。

当第三天夜里，薛规泽也被别墅里的女人袭击后，仅剩的严幼平在极度恐惧中崩溃了。

她跑出了别墅，逃入雨幕中，结果可想而知。

刘承峰感到有些难受。毕竟这些人也曾一起相处过一段时间，他们也不是什么坏人。但这种难受很快就随着时间消失了。

第五天的半夜，熟睡中的两人被窗外突然响起的汽车鸣笛声惊醒。他们迅速起身，站在窗口，朝着外面的雨幕看去。只见一辆大巴车停在别墅外面，正在按喇叭。

这辆大巴车，两人很熟悉——正是那天载他们进入迷雾的那一辆！

"哎！车来了！车来了！可是……小哥，我们该怎么出去啊？"

刘承峰看着停在别墅门口的破旧大巴车，刚欣喜地叫了几声，但一回头，内心的喜悦就被一阵冰冷的恐惧浇灭了！他看到那个穿红裙的女人站在门口，虎视眈眈地盯着他们！似乎这女人也知道，他们二人想要出去。

"必须快点想办法！那辆大巴车绝对不会等我们太久！"宁秋水眸光闪烁，四处寻找工具。就在他考虑拆掉窗户上的铁栅栏时，旁边一直躺着的老太太竟开口说话了。即便她的声音十分微弱，但两人离得近，还是听见了她在说什么。

"后生们……把我推出去吧……"

两人缓缓低头，看着老太太。老太太脸上的表情出乎意料地平静，眼神也恢复了短暂的清明。似乎在漫长的折磨之后，她已经想要结束这一切。

"它……在专注于一件事的时候……是没办法做其他事情的……把我推出去……趁它的注意力被我吸引时……你们赶紧离开……永远不要回来……"

刘承峰瞪大了眼睛："这怎么行？小哥，你真的打算把老太太推出去吗？"

宁秋水答道："推，死一个；不推，死三个。"

老太太也笑道："他说得对……我……也不会……怪你们……活着……对我来说……实在是太痛苦了……你们就当做个好事……帮我……解脱吧……"

刘承峰闻言，也不再犹豫，咬着牙，和宁秋水一同将老太太推到了外面那个红裙女人的面前！

原本红裙女人并没有打算对老太太做什么，因为它还需要老太太继续"帮忙"，但长时间的饥饿让眼前的机会变得弥足珍贵，它无法抗拒。

只见它慢慢向老太太走去，接下来会发生什么事大家心知肚明……

"快走！"

宁秋水一把扯过了窗台上的血玉，和刘承峰向楼下跑去！

好在，老太太并没有骗他们。女人在专注于一件事时，确实无法做其他事情。

"快！"宁秋水回头看了一眼，大声叫道，"它的动作很快！"

跑在前面的刘承峰后背冷汗直流，咬紧牙关，一路朝着楼下狂奔！

砰！他几乎是撞出了别墅大门！

前方大巴车黄色的车灯像是来自天堂的救命神光，牵引着二人。

随着宁秋水也跑出了别墅大门，三楼传来了咆哮声，紧接着，别墅里面便响起了急促的撞击声。那个女人……追上来了！

"小哥，快！快啊！"刘承峰并没有立刻进入大巴车内，而是站在了车门处，对着宁秋水大吼。

随着宁秋水跑到了车门口，他伸出手，一把将宁秋水拉入了大巴车上！身后，红裙女人距离宁秋水仅有三五步之遥！可随着宁秋水上了大巴车，那个女人却突然停下了追逐，不甘地对着大巴车里的二人疯狂咆哮！

但它也只能叫吼几声，不敢靠近，似乎对这辆大巴车十分忌惮。

最后，它只能缓缓转身，消失在了雨幕那头的别墅中……

重新坐上这辆无人驾驶的大巴车，宁秋水和刘承峰才真正松了口气。

"我们……我们安全了吧？"刘承峰喘着粗气，隔着车窗玻璃望着远处那个红裙女人进入别墅之后，才惊觉自己双腿发软。

"是的。"宁秋水淡淡地应了一声。

然后，两人都没再说话。时隔五天，这辆大巴车上原本载有七人，如今只剩下两人。刘承峰心里难免生出一种难言的空虚。他与其他人并无深厚感情，但亲眼见他们一个个消逝在眼前，难免心生兔死狐悲的感慨。

如果没有宁秋水，他的下场恐怕与其他人相差无几。

两人刚上车没多久，大巴车便关上了车门，缓缓驶动。很快，他们再度进入迷雾中，迷迷糊糊地睡着了。等醒来时，已是清晨。宁秋水活动了一下僵硬的身体，向车外望去，惊觉他们竟已经抵达了那座黑色的别墅小院外。

"喂，大胡子，醒醒。"宁秋水推了推刘承峰。

后者猛然一惊，大叫道："鬼！鬼来了！快跑！"

宁秋水无奈地看着刘承峰手足无措的样子，心想这人真是够惨，经历了那么多，连梦中也不得安生。

确认身旁的人是宁秋水后，刘承峰才抹了把汗，喘着粗气道："小哥，你吓死我了！"

宁秋水指着外面的小院，说道："下车吧，我们到了。"

两人一前一后下了车，走进那座黑色的别墅。再次进入大厅时，他们看到大厅里只剩下一个人——那名长相极为漂亮的少年。少年如瓷娃娃般，皮肤白皙红润，身材娇小纤细，若不是亲耳听见他讲话，几乎没人会想到他是个男孩。

"怎么就你一个人？"刘承峰蹙眉。

见两人从诡门中安全返回，少年的态度明显柔和了许多："言叔有事要处理，回到之前的世界了；潇潇姐去带新人过诡门；还有一个人在厨房做饭。"

宁秋水眼神一动："我们还能回到之前的世界？"

少年拨弄着火炉里的炭火，轻声道："为什么不能？能坐大巴车来，自然也能坐大巴车回去。"

说着，他叹了口气，揉了揉自己的长发："我最讨厌这个环节了，每次新人来，我都得解释一大堆事情，累得口干舌燥……更烦的是，通常今天刚说完规则，下周他们就触犯了规则。不过你们好歹从诡门里顺利出来了，有什么想问的赶紧问。"

两人对视一眼，思考片刻之后，宁秋水问："诡门和迷雾是怎么回事？"

少年答道："是一场全息游戏，我们都是被游戏选中的人。迷雾是一个与外界隔绝的独立游戏世界。只有搭乘大巴车才能进入迷雾世界。我们所在的这栋别墅叫'诡舍'，像这样的'诡舍'在迷雾世界中还有很多，类似游戏中的补给站。同理，诡门也有很多。每隔一段时间，我们必须进入诡门背后的世界，完成游戏颁布的任务，否则会被永久删除档案，被删除档案的人在现实生活中也会神秘消失。我们在诡门全力生存的同时，还要尽量收集拼图碎片。当碎片凑齐十二块，我们就能带着完整的拼图，乘大巴车前往迷雾世界的终点。"

说着，少年指了指大厅上方的一幅画。

两人看去，画框已经拼上了一半。画上描绘的画面甚是狰狞！

"迷雾世界的终点有什么？"宁秋水问。

少年耸了耸肩："那我就不知道了，毕竟我们没人去过那个地方。另外，你们别怪我们之前对你们冷淡，在这里，被删档是常事。如果你交了一个知心的朋友，而他在诡门里面任务失败，你会非常痛苦，毕竟没人知道被删档到底意味着什么，以后还会不会再见。"少年说到这儿，神色有些压抑。

"之前是不是……"宁秋水似乎明白了什么，但他还没有完全问出来，便见少年点了点头。

"就在你们来之前，大约半个月，言叔最好的朋友邙叔……留在了诡门后。而潇潇姐的好友栀子……也跟着留在了那里。所以大家的心情都不太好。"

两人回忆起刚进入诡舍时大厅中沉重的气氛，此时终于明白了原因。

"行了，马上要吃饭了，吃完后，你们如果不愿再留在这里，可以去别墅外的站牌等大巴车。一周后你们进入第二个任务时，大巴车会来接你们。"

餐桌上，四人默默无言，埋头吃饭。

"说实话，你们的厨艺真不咋样……"刘承峰吃了几口，忍不住吐槽了一句。

做饭的孟军抬头，冷冷地瞥了他一眼："不喜欢吃可以倒掉，也可以自己做。"

刘承峰本是个大大咧咧的人，脾气也不是很好，刚想反驳，却在与孟军对视的一瞬间，感到脖子一凉，好似有把利刃架在脖子上。他几乎可以肯定，这个叫孟军的男人不简单!

不过,刘承峰也不是吃亏的主儿,他挺了挺脖子道:"自己做就自己做!我话撂这儿,从今天起,我刘承峰就是这里的厨师长。以后我在,你们都别进厨房,想吃什么,我做!"

宁秋水忍不住笑了。

饭间,他得知这座诡舍里还剩下四个老人,良言是舍长,也是最早进入诡舍的人。少年田勋,与妹妹相依为命,是个孤儿。孟军是良言在外面世界的挚友,曾经是军人,有过边境战场的经历。唯一的妖冶美人白潇潇,身份神秘,众人对她知之甚少,只知道她在外面的世界……很厉害。

其间,宁秋水又提起了他们在第一扇诡门里那个红裙女人的事,谁知孟军和田勋听完后都一言不发。

"不是……你们怎么不说话啊?"见二人如此沉默,刘承峰忍不住嚷嚷道。他的话音刚落,孟军便端起餐盘,朝厨房走去。

"我吃饱了。"他淡淡说了一句。

宁秋水和刘承峰都察觉到了孟军对他们态度的转变。这种转变来得非常突然……好似刚刚回暖的春天,瞬间又陷入了寒冬。

"你们怎么了?我们说了什么很忌讳的事吗?"对于孟军态度的转变,刘承峰感到非常奇怪,就像自己说了什么不该说的话。

田勋的脸色阴晴不定,许久才呼出一口浊气:"你们啊……运气可真不好!"

二人对视一眼,宁秋水皱眉问道:"怎么说?"

田勋开始向他们介绍诡门背后的规则机制:"诡门里的'诡物'分为两种:一种诞生于本土,被困在特定区域,无论它们的力量多么强大,或者执念多么深重,当我们完成任务并离开诡门后,和它们的关联就算结束了。而另一种则比较特殊。虽然它们也遵循诡门的规则,但并不会局限于某一个地方。当它们袭击了一个区域后,就会继续到其他地方活动。这类诡物的执念……非常强烈!通常情况下,如果你们在前一个诡门遇见了它,接下来的任务很可能也会与它有关。而再次遇见它的任务,通常比普通的任务更复杂,成功通过的概率也更低。"

田勋顿了顿,语气中带着些许无奈:"也不知道你们经历了什么,第一扇诡门就遇到这样的诡物,难怪最后只有两个人回来。不过,恐怕你们的运气也到此为止了。不是我乌鸦嘴,只是建议你们回去准备好,做好充足的准备再去第二扇诡门吧。"

田勋长叹一声,帮二人收了碗筷,端进了厨房。

这时二人才明白为什么他们的态度突然转变。因为在他们眼中,他俩已经是"通不过下一关"的人了!

"真是的，这么看不起我们？能第一次通关，就能第二次、第三次！"刘承峰嘴上骂骂咧咧，虽然极力表现得不屑一顾，但宁秋水能听出他声音里那微不可察的颤抖。

洗碗后，田勋带着二人去了诡舍里属于他们的房间。

出乎意料的是，这群人并没有住在别墅里，而是住在院子后面的花园平房。这里环境优美，虽然冷清，但比那幢黑漆漆的别墅要好得多。

田勋将钥匙交给二人，嘱咐了一些事，自己则进别墅看电视去了。虽然他们的房间里也有电视，但别墅里的屏幕要大得多。

由于宁秋水和刘承峰都有心事，他们并没有乘大巴车回到原来的世界，想等舍长良言回来后再问问下一扇门的事。可是直到深夜，他们也没见到别墅里有人回来。

二人无奈，只好决定再等一天。

半夜，宁秋水睡不着，去院子里散心，却听见别墅里传来窃窃私语声。他眉毛一挑，去到后门偷听，里面传来的是一个女人和一个沉稳男人的声音。

男人的声音宁秋水认识，是孟军。那个女人……则从未听过，应该是白潇潇的声音。

"白潇潇……你确定没搞错？"

"怎么，不信我？"

"如果良言知道邝的淘汰是人为的，恐怕不会善罢甘休！"

白潇潇刚想说什么，忽然偏过头，冷冷地看向宁秋水所在的位置："谁在那儿？出来！"

宁秋水从黑暗中走了出来。

见是诡舍里的新人，白潇潇的神色稍微缓和了一些。她涂着鲜艳的红唇，颜色非常醒目。

"这么晚了，还不去睡觉？"

宁秋水不在意对方的态度，笑了笑："你们不也没睡吗？"

他径直坐到沙发上，看着火盆。随着他的加入，二人停止了刚才的话题。

"你叫什么名字？"最后，还是白潇潇先开了口。

"宁秋水。"

"嗯，第一扇门的感觉如何？"

宁秋水打开桌上未开的啤酒，喝了一口："说实话，不是很好，差点儿回不来。"

白潇潇心不在焉地"嗯"了一声，敷衍地安慰道："诡门背后的世界就是这样，一不留神就会陷入危险，不过过了第一扇，后面的会好一些……"

她话还没说完，一旁的孟军冷冷道："没有后面的门了。"

白潇潇一怔："孟军，你什么意思？"

孟军站起身，说道："你自己问他吧，我去睡觉了。"

说完，他头也不回地离开了。

白潇潇看向宁秋水，后者向她详细地描述了第一扇门的故事。当然，宁秋水隐去了部分事实，比如那封神秘的匿名信。他只提到了他们是偶然发现的规则。

白潇潇听完宁秋水的描述后，眼神几经变化。那是一种复杂的神情，带着赞赏、同情，甚至还有些许惋惜。

"孟军和田勋说得没错，你们在第一扇门背后遇到的那个红裙女人，确实不是普通的地缚灵，而是极为难缠的恶灵。不过，值得庆幸的是，这只是你们的第一个挑战，它的能力受到门的限制，再加上你们处事谨慎，及时找到了脱身的办法，否则后果难以预料。而且，下一扇门背后的故事，应该也和这个女人有关。如果你们能够小心应对，或许能从那扇门背后带回来一件诡器。"

宁秋水怔住："诡器？"

白潇潇手掌一翻，白皙的掌心里立刻出现了一把略显古旧的木梳，上面还残留着点点暗红的痕迹。

"就像这种东西。"她解释道，"一般来说，诡门内的东西是无法带出来的，但一些难度高的诡门里，会有特别珍贵的道具。这些道具各有妙用。比如我的这把木梳，只要梳一下头，诡物在一分钟之内就无法锁定被梳头的人。这些诡器能大大提高我们在诡门中的存活几率。"

宁秋水想起他从第一扇门后带出来的那块血玉，心中若有所思。看来，那块血玉，也是诡器。

白潇潇见他沉思，以为他被下一扇诡门的难度吓到了，稍做迟疑后说道："罢了，咱们诡舍最近人手紧缺，来的一些新人素质都不太行，前几次任务都失败了。下周你们进入第二扇诡门时，我免费带你们一次吧。毕竟，你们确实有潜力。"

白潇潇话音刚落，宁秋水突然想起之前田勋说过，白潇潇在外面带新人过诡门。他迟疑了一下，问道："这东西……还能带？"

白潇潇点头说："新人的前六次诡门任务可以让老人带着过。甚至有专门的'工作室'干这个。不过这种老带新的情况，一般都要收取高额报酬，毕竟大家都是冒着危险，即便是低难度的诡门，经验丰富的人也有可能失败……"

宁秋水点头，表示理解。既然是冒险，多收一些报酬也无可厚非。毕竟钱再重要，也比不上性命。

弄清楚了这些后，宁秋水在诡舍里休息了一晚，第二天坐上大巴车，回到了迷雾外的世界。

他一回家就打开了电脑。一位名为"鼹鼠"的好友发来了简短的消息：

查不到，那封匿名信邮局没有任何记录。邮局的人告诉我，我要查的那封匿名信……不存在。不过别担心，我会继续帮你留意。

宁秋水眯起了眼。鼹鼠是他的朋友，一个擅长找东西的人。

"连你都找不到吗……"宁秋水喃喃自语。

叮咚——

就在他出神的时候，门铃忽然响了。

宁秋水起身走到门边，打开门，是邻居穆翠，一个五十多岁的胖阿姨。她穿着一件花色衬衫，看起来刚逛完街，额头上还挂着汗水，笑眯眯地递给宁秋水一封信。

"秋水啊，你的信。"

宁秋水接过信，眼神骤然变化："穆姨，这封信……你从哪儿拿到的？"

穆翠漫不经心地回道："就在楼下的邮箱啊。你这孩子，总是这么粗心，回家记得常看看邮箱。"说完，她打开了自己家的门，进屋去了。

宁秋水拿着信，也关上了房门。他走到客厅的沙发上坐下，看着茶几上的信件，呼吸都急促了起来。

第二封信。

拆开信封，果然，又是匿名。这次没有提示，只有一张照片。

而照片上的人，竟是……白潇潇！

照片同样陈旧泛黄，像是有些年头了。但照片上的白潇潇和他见到的那个白潇潇明明年纪相仿！她脸上的笑容栩栩如生，唇红依旧，没有被岁月侵蚀，显得格外艳丽。

"怎么会……"这一次，即便是一向冷静的宁秋水，也忍不住惊讶了。这情形实在太诡异了！他缓缓翻过照片，手指微微颤抖。照片的背面，同样也有一句话——

她不能淘汰在你的第二扇门里。

"果然……"宁秋水后背一片冰冷。

寄信的这个人……在某个地方监视着他！只是……他为什么会有这些照片？又为什么要给自己提示？他究竟……要做什么？

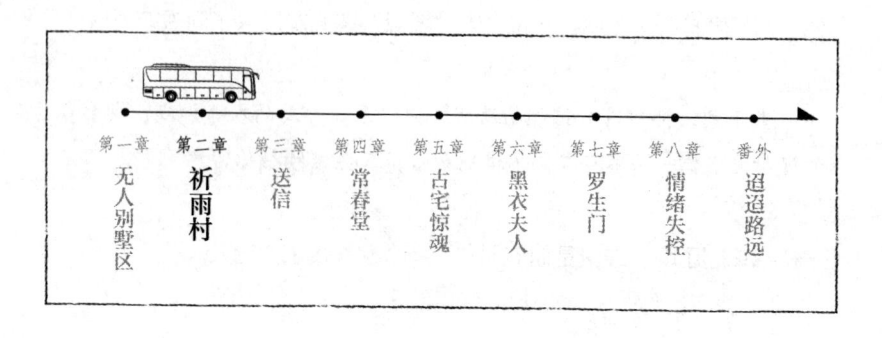

第一章	第二章	第三章	第四章	第五章	第六章	第七章	第八章	番外
无人别墅区	祈雨村	送信	常春堂	古宅惊魂	黑衣夫人	罗生门	情绪失控	迢迢路远

放下手里泛黄的照片，宁秋水感受到自己的心脏疯狂地跳动着！是谁在一直监视他？

甚至……就连迷雾世界都无法阻拦对方的窥视！

坐在沙发上，宁秋水许久之后才终于回过神来。迟疑片刻，他将这些信息发给了他的好友鼹鼠。

鼹鼠很快回消息："这下好了，上一封信还没查清楚呢，又来一封……行了，你别担心，我这段时间不忙，会想办法帮你，实在不行的话，我会联系那个女人……"

一提到"那个女人"，宁秋水明显一顿，片刻后说："谢谢。"

挂断电话，宁秋水像是被抽走了所有力气，软倒在沙发上。

几天后的一个早晨，宁秋水正在刷牙，忽然内心有所感应。他简单漱了口，来到窗口，朝楼下望去。果不其然，小区内升起了大雾。一辆破旧的大巴车停在楼下，以大巴车为中心，方圆十米内没有雾气，像是被隔开了。

宁秋水拉开家门，整幢大楼都寂静无声，仿佛这里只剩下了他一人。

宁秋水叹了口气，回家拿上了那块从第一扇门背后带出来的血玉，下楼去了。

一上大巴车，便听到了一个熟悉的声音惊喜道："小哥！"

宁秋水抬头望去，愣了两秒，才认出竟然是刘承峰。不过这次的刘承峰似乎整理了一下自己，剃掉了络腮胡子。

没了胡子的刘承峰看上去干净清爽了不少，但仍然显得粗犷。

"就我们？"宁秋水坐到刘承峰旁边。

"应该吧。"刘承峰叹了口气。

虽然他还是那副大大咧咧的样子，但宁秋水还是看出了刘承峰的黑眼圈，显然这几天他没睡好。

"这几天又做噩梦了？"宁秋水问。

刘承峰点了点头，拧开矿泉水瓶，咒骂道："该死的，那个女人……每天都在梦里出现，吓死老子了。"

宁秋水调侃道："看来她对你真是爱得深沉，正所谓千里姻缘一线牵，你得好好珍惜啊……"

刘承峰一口水差点喷出来："小哥，你过分了啊！既然你这么懂得珍惜，不如就让你去好好疼爱她吧！"

宁秋水耸了耸肩，惋惜道："我也想，可惜人家看不上我，一次也没出现在我的梦里。"

闻言，刘承峰脸色苍白了几分，低声嘀咕几句"人帅是非多"。

宁秋水忽然想到了什么，又问："对了，你还没告诉我，在第一扇门里的时候，为什么非要跟着我？"

刘承峰的眼睛一转，神秘兮兮地道："小哥，问你个问题……你信命吗？"

宁秋水愣了一下，认真思考片刻，摇头说："不信。"

刘承峰嘿嘿一笑："我信。"说着，他从口袋里翻出三枚用红、黄、蓝三色细线穿在一起的方眼铜钱。

"在第一扇门里，我算了三卦。最后发现，其他两卦全是死卦，只有你这一卦不同。小哥，你是我们团队里唯一的'生卦'。"

宁秋水目光闪动，笑道："刘承峰，你还会算命。"

刘承峰叹了口气："没办法，这年头，混口饭吃不容易，技多不压身嘛！"

"为什么之前你不告诉我？"

刘承峰一脸忌讳道："小哥，这也是有讲究的。第一，不能给自己算；第二，不能给同行算；第三，不能给已故之人算。除了这三不算之外，还有两不说。第一，不能尽说，讲得越多，折寿越多；第二，牵涉太大的事不能说，救人一命无妨，但若牵扯太多，便不能随意干预，否则天谴难逃！"

宁秋水明白了："所以，当事情结束后，你说出来就没事了，对吧？"

刘承峰点头："没错，已经发生的事，怎么说都行。"

大巴车驶入了迷雾中，再没有其他乘客上来。两人一路来到那座熟悉的诡舍别墅,刚进门,便看到大厅里坐着的四个人,他们似乎在商量着什么重要的事情。随着二人进入,谈话戛然而止。

"看来,我们来的时机不太合适。"宁秋水半开玩笑道。

良言淡淡回道:"诡舍是我们的家,也是你们的家,想回来就回来,什么时候都合适。对了,你们的第二扇门要开了,准备好了吗?"

宁秋水叹息了一声:"没准备好,难道还能不进去了?"

大厅里陷入了短暂的沉默。

白潇潇起身道:"走吧,去三楼。"

她换上了一身修身的运动装束,显得多了几分青春活力,不再像之前穿睡裙时那样显得过于妖冶。

二人跟随她一同来到了诡舍的三楼。中央依然是那扇散发着冰冷气息的木门。门外,多了几行红字:

任务:活过村子第七日的神庙祭祀。

线索:善良的人流尽了血,化为甘霖;慈悲的人舍弃了头颅,赐予安定;无辜的人闭上了眼,祈求着甘霖与安定的降临,他们等啊等,等啊等……

"这门上还有提示?"宁秋水惊讶道。

一旁的白潇潇解释道:"只有第一扇门没有。因为第一扇诡门的难度比较低,诡物想要赢……并不容易,大部分情况也就是吓吓人,不会真的动手。"

她顿了顿,眼中带着几分调侃,戏谑地说:"所以才说你们运气差,第一扇诡门就碰上了那种情况,差点儿全军覆没!过了第一扇门,第二扇门的难度会提升,但诡门也会给出重要的提示。至于之后的门……可以以后再说。眼下最紧要的,是想办法从第二扇门活下来。你们的第二扇门,可不简单!"

在白潇潇耐心解释之后,宁秋水默记下了诡门上的提示。

很快,进门的时间到了。那扇红色木门再次被一只苍白的手缓缓推开,随后三人的意识开始模糊……

当宁秋水再次恢复意识时,他发现自己站在一座巨大的破旧建筑前。两侧的白墙布满了裂痕,上面爬满了潮湿的青苔,地面满是碎石与杂草。右边的白墙上,用红色油漆写着"祈雨村旅游团招待所"。

旅游团……这一次,我们是以游客的身份出现吗?

宁秋水环顾四周，院子里共有十四人，三三两两地站在一起。毫无疑问，这些人和他一样，都是诡门外诡舍中的人。

很快，宁秋水找到了刘承峰和白潇潇。但两人的脸色都不太好看。宁秋水走上前，低声问道："怎么了？"

白潇潇努了努嘴，懒懒地说道："问他。"

宁秋水看向刘承峰，后者额头上渗出冷汗，眼神中透着恐惧。

"我刚才落在那片丛林背后的山脚，原打算按照路牌穿过丛林，可在丛林深处，却看到了一个……无头诡！"

宁秋水神情一凝："你确定？"

刘承峰喘息着，眼底满是深深的恐惧："我确定！它……一路向前走，然后……"

刘承峰的声音开始颤抖。

"然后呢？快说！"宁秋水催促。

刘承峰接下来的话让宁秋水感到后背一阵发凉。

"然后……它混入人群之中，消失了。"

"消失了？"

刘承峰重重地点头："对！它应该就藏在我们当中！"

说完，他恐惧地环视了一下四周，深吸一口气。宁秋水转而看向白潇潇："白姐，你怎么看？"

白潇潇摇了摇头："暂时不用慌，这才是第二扇门，诡物还没强到一出来就作恶！不过……还是要小心点。"

话音刚落，外面忽然传来一个中年男人的声音："各位，不好意思，让大家久等了！"

众人纷纷望去，只见一个穿着朴素、皮肤黝黑的中年人走了过来。

"自我介绍一下，我叫侯空，是祈雨村旅行社的领班，这几天我负责接待大家。平时我就在一楼大厅，如果各位有什么问题，可以随时找我。"他笑着给每个人分发了房间钥匙。

"村子旁边有免费的食堂，各位可以吃饱喝足后四处逛逛。我们村里有不少特色景点……七天后正好是村子里一年一度的神庙祭祀，大家可以一起参与，虽然外面的人不太信这些，但求个祝福总没坏处。"说完，他带着众人去往招待所。

整个过程，侯空的脸上始终挂着一抹浅淡的笑容。宁秋水只是看了一眼，就觉得浑身发冷。

"这就是大家的房间，电和热水二十四小时供应。村子有几条规矩，希望大家遵守。第一，村里有宵禁，零点到早晨六点最好不要出门；第二，村后的神庙因准备祭祀，暂时不允许外人靠近；第三，如果遇到什么奇怪的事，可以去找阮婆。"说完，侯空没等众人回应，便匆匆下楼走了。

宁秋水隔着大厅的窗户，看见侯空走进了那片浓密的黑色丛林，然后再也没有出现。

他回过神来，开始检查自己的住处。虽然招待所看上去破旧，木地板和门都满是裂痕，但房间里打扫得还算干净。宁、刘、白三人的房间彼此相邻。

宁秋水看了一眼墙上嘀嗒作响的时钟，下午三点，离晚饭还有一段时间。他在房间里转了一圈，发现床和地面都很干净，墙壁也显得新白。但空气中始终弥漫着一股焦灼的味道，仿佛有什么东西被烧焦了。

这时，宁秋水突然感到口袋里传来一阵温热。他下意识地掏出口袋里的血玉，发现血玉正散发着淡淡的红光！这一幕他并不陌生。在第一扇门后的别墅里，三楼的红裙女人靠近时，血玉也曾发出这样的光芒。

宁秋水的身体瞬间绷紧了——难道，他的房间里有什么奇怪的东西？

一想到自己的房间里，似乎有某种看不见的东西正在暗处窥视自己，宁秋水便感觉到一阵不适，浑身起了鸡皮疙瘩。

他不动声色地走出房间，来到走廊上。可让他头皮发麻的情景出现了。手中的血玉依旧散发着微微的红光，非但没有减弱，反而愈发明亮！

"什么鬼……"宁秋水忍不住低声嘀咕了一句。

他拿着血玉在四周晃了一下，内心的不安越来越强烈。因为他发现，只要身处招待所，这块血玉就会不断发光。难道……整个招待所都不对劲？

他沉思片刻，立刻找到了白潇潇和刘承峰，将他们带回了自己的房间，并掩上了房门。

宁秋水将血玉掏出，放在两人面前。

"哎，这不是我们上一个任务中的那块……等等，它为什么会发光？"刘承峰脸上的表情从惊讶逐渐变成了恐惧，他回想起了上一扇诡门后的经历，眼神不自觉地扫视房间的每个角落。可是什么也没有发现。

"别找了……"宁秋水摇了摇头，表情也变得严肃起来，"只要我们还在招待所，这块血玉就会发光。"

接着，他向白潇潇简要说明了血玉的来历和它的功能。

白潇潇听完后，眉头皱起，轻声说道："这个招待所确实有问题。"

她环顾了一下宁秋水的房间，目光落在木床上。这张床被清理得非常干净，就连床头的小角落里都没有灰尘，但……

白潇潇伸出修长的手指，轻轻划过床下的地面，指尖上沾着一层厚厚的灰尘，还有几缕毛发。

"看到了吗？"

宁秋水若有所思地点头，而刘承峰则是一头雾水。

"这不就是没打扫床底吗？很正常吧……"

宁秋水解释道："问题不在这里，而是积灰……太厚了。就像是……一间很长时间没有住过的房子，突然被清理出来供我们使用。"

刘承峰一怔。

"没错。"白潇潇看向宁秋水的目光中流露出一丝赞赏。她见过许多新人，像宁秋水这样细腻敏锐的人并不多。

"可是，这是村子的旅游接待所，那个叫侯空的NPC说，村子挺重视旅游业的，怎么可能会有很长时间没用过呢？"刘承峰不安地问。

宁秋水接着说："你说的对，除非……"他话音未落，抬头正好对上了白潇潇的目光。两人神情凝重，默契地点了点头，仿佛已经意识到了什么。

"除非什么？"刘承峰焦急地凑上前来。

宁秋水摇了摇头："暂时还不确定，回头再告诉你。"

白潇潇看了看时间，说道："现在时间不早了，而且我们也不知道村子里什么时候天黑，吃完饭就早点休息吧，明天再到村子里看看。"

刘承峰挑了挑眉："晚上时间还长，为什么不出去逛逛？"

他想起之前的任务，明明NPC告诫他们不要上三楼，结果通关的方法就藏在三楼。这次，那个侯空也告诉他们不要在夜里外出，或许……

白潇潇淡淡地瞥了他一眼，说道："诡门背后的世界，晚上通常极其危险。想想你们上一次的任务，诡物是不是都是在晚上出来的？如果没有明确的提示或确切的线索，我不建议在晚上行动。当然，如果你觉得自己是天命之子，那当我没说。"

刘承峰立刻怂了。

三人吃过晚饭后，各自回房休息。

事实证明，白潇潇的经验确实管用。因为七点左右，祈雨村的天色突然急剧变黑。从阳光明媚到一片漆黑，整个过程不到十分钟！哪怕最近的景点，他们去了也不可能这么快回来。也就是说……现在还在外寻找线索的人，只能摸黑回来了。

"现在还没到零点，应该不会有事吧？"宁秋水自言自语着。

月光皎洁，虽然外面黑得很快，但泥路依旧可见。血玉放在床上散发着微光。宁秋水躺下闭目休息。不久后，他突然惊醒。因为他听到房间里似乎有奇怪的声音。宁秋水屏息细听，感觉有某种东西在地板上缓缓爬行。

嘎吱——嘎吱——

那东西似乎有爪子，爬行时发出的摩擦声让人毛骨悚然。宁秋水僵硬地躺着，内心警铃大作！手中的血玉越来越烫，鼻腔中弥漫着一股白天闻到的焦煳味！

他想侧过头去看看床下的动静，但理智告诉他，此刻千万不能动！稍有不慎，可能就会生死一线！

"咕——"那东西发出低沉的咕噜声，似乎察觉到了宁秋水的存在，开始缓缓向床的方向靠近。

爪子摩擦地面的声音越来越近，焦煳的味道充斥了房间的每个角落。宁秋水竭力忍耐，没有发出任何声音。他知道，这个时候，任何动静都可能招来致命危险。

幸好，那东西似乎被限制了，无法爬上床，只是在地面上徘徊了一会儿，确认没有自己要找的东西，便悄然离开了房间。

临走时，它甚至轻轻带上了房门。

"这家伙……还挺有礼貌。"宁秋水在心里自嘲。

但他清楚地知道，刚才的情况有多么危险。如果他发出任何声响，或者与那东西对视，恐怕此刻已被删档出局。

随着那股焦煳气味逐渐淡去，血玉的温度也慢慢恢复正常。就在宁秋水准备继续睡觉时，外面传来了一声惨叫！

"救……救命……呃呃……"一个男人朝着招待所发出微弱的求救声，但回应他的，只有死寂。

宁秋水小心地下了床，走到木门边，将门反锁后，慢慢走到窗前，借着清冷的月光查看下方的情形。

他看见一个黑影踉踉跄跄地从树林中逃了出来，一边对着招待所呼救，一边疯狂抓挠自己的脖子，好像……那里有什么东西一样。他努力伸手想靠近招待所，但手却不由自主地缩了回去，整个人在院子里原地打转，始终无法靠近招待所。

男人的叫声令人头皮发麻！但招待所里，没有一个人出去救他。或许是没人听见。但就算听见了，也没人敢去救他。大家都知道，诡门背后的世界是多么危险可怕！贸然救人，可能不仅救不了对方，还会把自己也卷入其中。

终于，过了十几分钟，男人的声音渐渐消失。原本以为事情到此为止了，但接下来的一幕让宁秋水瞪大了眼睛，险些发出惊叫！

他看见，在月光下，男人跪坐在院子的空地上，双手用力拉扯自己的头部，而男人的嘴里还在求救："好痛……救我……"

他缓缓转向招待所，仿佛在一间一户地查看。宁秋水迅速收回目光，慢慢退回床上，心脏跳得飞快。

直到很久之后，外面终于安静了下来，宁秋水这才迷迷糊糊地入睡。

第二天早晨，宁秋水被敲门声惊醒。

他起身开门，看到白潇潇已经穿戴整齐地站在门口。她一如既往，面容淡雅，只有一抹艳红的唇色。

"吃完早饭，我们去附近的景点看看，也许能找到有用的线索。"

宁秋水点点头，没有多说话，迅速回房穿好衣服，下楼后看到刘承峰和白潇潇已经在门口等着。

招待所外，聚集了一大群人。宁秋水数了数，皱起眉头。少了三个人。是提前离开了，还是没有起床？抑或是……

"怎么了？"宁秋水走到刘承峰和白潇潇身边问道。

二人没有说话，白潇潇用下巴示意他看向远处的空地。那里躺着昨晚宁秋水看到的那个男人。

他拨开窃窃私语的人群，走到男人身前。

"你们有人认识他吗？"宁秋水回头对人群问道。

这时，人群中一个脸色苍白的小姑娘站了出来，柔弱地回答："他……他好像是我的朋友……但我不确定。"

宁秋水招了招手："那你过来仔细看看。"

小姑娘急忙摇头，带着哭腔："不……我不敢……"

宁秋水无奈，思索片刻也释然了。这是他的第二扇诡门，参与者大多是新人，第一次见到这种场景，反应不佳也在情理之中。

突然，人群中有人推了她一把，她向前踉跄几步，跪倒在男人面前。宁秋水立刻挡在她面前，对小姑娘说："我挡住了可能让你感到不适的部分，你看看他的衣着和其他细节，能确认身份吗？"

她小心地张开手指缝，几秒后点头，声音颤抖："是……是他。"

果然，是他们中的一员。

"他昨天去做什么了，你知道吗？"

小姑娘深吸了一口气，平复了情绪后说道："他……他昨晚想让我一起跟他去村子后山的神庙看看，他说那个叫侯空的NPC不让我们去那儿，肯定是因为那里有出路。但我害怕，所以没去……他一个人去了，之后就再也没回来。"

"神庙？"听到这话，刘承峰脸色一白，显然他之前也有类似的想法，只是碍于白潇潇的阻拦，没有付诸行动。

"看见了吧，这就是在晚上贸然行动的结果……"白潇潇的声音很轻，却让身旁的刘承峰打了个寒战。

"好了，咱们去食堂吃饭吧。"她轻轻打了个哈欠，接着便带头出了招待所，朝村子里的食堂走去。

身后的人群里有人瞪眼道："不是吧，这人就这么放在这里……不管吗？"

白潇潇头也不回："你要是有心，可以把他埋了，不过这都是没有意义的事。在诡门内，被删档的人……身体很快就会消失。"

宁秋水仔细检查后，似乎发现了什么，从男人的衣服里摸出一样东西，悄悄藏在掌心，然后站起身，跟在白潇潇和刘承峰后面，去了食堂。

食堂离招待所不远。与招待所不同，这食堂看上去有些古怪。

一般的食堂都是一个大厅，大家在里面一起用餐，可祈雨村的食堂却分为三层，还有不少专供用餐的小房间。

打饭时，宁秋水对着那名掌勺的阿姨问道："阿姨，你们这里的食堂都是这样的小间吗？"

那名打饭的阿姨似乎没想到宁秋水会问她这个问题，愣了一下，眼神中闪过一丝慌乱，才支吾道："对……对。以前也是大食堂嘛……后来有些来旅游的客人不喜欢，旅游业是村子里重要的……那个来源，所以我们就改成了这样的小间。"

宁秋水闻言，目光微凝："那个来源？哪个来源？"

打饭的阿姨移开了目光，说道："就是……经济，好像是叫经济吧。哎呀，我只是个做饭的，不懂这些。这方面的问题，您还是问问相关负责人吧。"

宁秋水微微颔首，笑道："谢谢。"

他端着饭来到一楼靠左的小隔间。白潇潇和刘承峰正在聊着什么，见宁秋水进来，刘承峰忙问道："小哥，你昨晚听到窗外有呼救声吗？"

宁秋水放下餐盘："听到了，就是外面那个男人的呼救声。他先是从树林里跑出来，然后开始疯狂抓挠自己的脖子，最后……"

听着宁秋水平静的描述，刘承峰觉得后背一凉。

"这怎么可能！"

夹菜的白潇潇淡淡道："诡门背后的世界，没有什么不可能的。昨晚看见这幕的，绝不止我和宁秋水。幸好没人出去，否则不知会发生什么事。"

白潇潇的话让刘承峰浑身一颤，他心里暗想，这两人怎么能如此淡定？

白潇潇倒是习惯了，宁秋水的心理素质不太寻常吧？

"所以……他为什么要那么做？"刘承峰小心翼翼地问道。

宁秋水从怀里拿出一个小木牌，放在桌上："我不知道，但我知道……他一定在祈雨村后山的神庙里遇见了什么奇怪的东西！"

两人看到木牌，神色一紧，那竟然是……一块牌位！

"这是从他怀里找到的。"

刘承峰瞪大眼："这这这……这你都敢碰！"

宁秋水摇头，拿出那块血玉，放在牌位旁。血玉没有发光。

"我查过了，牌位本身没问题，问题出在神庙里。"

白潇潇拿过牌位，手指轻轻摩挲着上面的名字，美眸闪烁："广川……"

她轻声念叨着，似乎想到了什么。随后她将牌位放到鼻子下闻了闻，秀眉轻挑："有香烛的气味，看上去的确是给死者供奉的东西。"

刘承峰凑过来闻了一下，脸色骤变。

二人见他状况不对，急忙问道："怎么了，有问题？"

刘承峰表情凝重，声音干涩："我师叔以前专门玩香料……一般给死者供奉的都是檀香或沉香，还有龙涎、藿香等。七香不仅是生者对死者的尊重，还能祛毒辟邪。但这个牌位上的香气……是槐木阴香！这种东西……市面上根本不会卖，只有香料高手自己用特殊方法制作！"

三人再次陷入沉默，意识到了村子的异常——祈雨村后山神庙里供奉的可能并不是什么神明！

"我早说了，你们这一次的诡门麻烦得很。"白潇潇罕见地露出一丝凝重，"它的难度可能比普通人的第四扇，甚至第五扇门还要高！"

宁秋水将昨晚房间里出现奇怪的事跟他们说了，二人均摇头，表示没有遇到这种情况。尽管如此，刘承峰的脸色仍然难看，这个村子……实在太古怪了。

"看来，我们得加快进度了，村子还有六天就要举行祭祀，这是诡门给我们的期限。如果我们找不到出路，恐怕会发生非常恐怖的事情。"白潇潇说完，嘴角露出了一丝让人发寒的笑容，刘承峰顿时毛骨悚然。

"行了，白姐，这诡门背后的世界已经够吓人了，你别再吓唬我们了。咱们吃完饭要去哪儿？"刘承峰举手投降。

白潇潇放下了筷子，道："去最近的缚罹祠。距离这里约二里路，顺便问问村民，广川到底是谁。我有预感，广川是解开这一切的关键线索！"

二人都表示同意。

饭后,他们回了招待所。正如白潇潇所说,那个男人已经不见了,连地上的痕迹也没了,仿佛什么都没发生过。

招待所里,侯空一直待在房间里,像个木偶般坐在办公桌旁,机械地重复着接电话和喝水的动作。

"哎!好,我会安排的!"

"咕噜!"

看了几分钟,三人都感到一阵寒意。宁秋水尝试跟侯空对话,但无论他说什么,侯空都只是微笑着说"好"。他们只得离开了招待所里。阳光洒在身上,却没有丝毫温暖。

"这个地方……太古怪了!"刘承峰搓了搓手臂,低声骂道。

白潇潇背上双肩包,说道:"这才到哪儿啊,奇怪的事情还在后面呢……看着吧,希望你离开这扇门时,心里不会留下什么阴影……"

缚噩祠。这是一座比较特殊的祠堂,位于村子大约两公里外的丛林深处。

这片广袤的丛林本身也是祈雨村的一道风景线,村民们花费多年时间和精力修建四通八达的小道和详细的路牌,让外来者既能体验丛林探险的乐趣,又不至于迷路或遭遇危险。

沿着丛林小道一路东行,两公里的路程并不长,约二十分钟便能抵达。

行走途中,刘承峰时常左顾右盼,似乎担心那个黑影再度出现,显得有些心神不宁。

幸好,他们一路顺利。抵达缚噩祠时,阳光愈发明媚,稍稍驱散了众人心中的阴霾。

祠堂建造得十分精致,隔着老远就能感受到其中的厚重与肃穆。

祠堂旁不远处有一条沟渠。此时并非雨季,沟渠里的水很浅,乱石嶙峋,还有一些被雨水冲毁的木桩零散地嵌在泥土中。

三人进入祠堂,外院里只有一名背影佝偻的老人正在扫地。旁边有一间小屋,似乎是老人平日里吃住的地方。祠堂内十分清静,除了老人,三人未见到其他人。

"老人家!"刘承峰大声喊道。可老人毫无反应。

走近之后,三人才发现,原来这老人听力不太好,只有一只耳朵勉强能听见外界的声音,必须靠得很近才能听到。

"也难怪会被派到这么个地方……"刘承峰感慨道。

三人向老人表明了想参观祠堂的来意,老人很高兴,告诉他们祠堂可以随便看,只要不乱动里面的东西就行。

这时候，白潇潇又询问老人，昨天有没有人来过祠堂，老人回忆了一下，说有两个人晚上来过，大概是八九点钟，但他们没待多久就离开了。

聊了一会儿，白潇潇忽然话锋一转，问道："老人家，您认识广川吗？"

老人皱眉，将能听见声音的耳朵贴近白潇潇："什么船？"

白潇潇大声说道："广川！广阔的广，山川的川！"

老人一听，脸色大变，急忙摇头："不……不认识！我不认识……从没听过这个人！"

他语无伦次，不断重复着，似乎极力想让众人相信，他真的不认识这个人。

宁秋水忽然从衣服里摸出一个牌位，递到老人面前："老人家，您仔细看看，真的不认识吗？"

老人看到这个牌位，眼中骤然闪现出无法形容的恐惧，他突然大叫一声，像是受到了极大惊吓，扔下扫帚，转身一瘸一拐地朝远处跑去。他边跑，嘴里还不停喊着："不是我……不是我干的……我什么都不知道……别来找我！"

老人慌不择路，跑到沟渠旁时被野草绊倒，摔进了沟中，立刻没了动静。

三人心头一沉，立刻来到沟渠旁查看。映入眼帘的场面让他们直接怔住了——只见那老人仰面摔在一根木桩上，整个人俨然神志不清了。

刘承峰吓得后退半步："……死，死了？"

三人的表情都有些僵硬。

"他显然知道一些事情，但出于某些原因不敢说。"白潇潇说着，将头转向宁秋水，问道，"秋水弟弟，你有什么想法？"

宁秋水盯着老人，陷入沉思，摇了摇头："我还在想食堂的事……"

白潇潇微微蹙眉："食堂？食堂怎么了？"

宁秋水轻声说道："你们不觉得，食堂的陈设有些奇怪吗？"

刘承峰挠了挠头："是挺怪，不过可能是村子里食堂的独特风格呢？"

宁秋水看着二人，问出了一句让他们背后发凉的话："有没有一种可能，现在的食堂，才是原本招待外来游客的地方？"

刘承峰呆了一下，随即倒吸一口凉气："你这么一说，好像真有点像！"

白潇潇眼中闪过一丝光芒："不是像，应该就是。食堂分了三层，除了打饭的地方，其他都是小隔间，正好和客房大小相仿……之前我也觉得奇怪，但没想到这上面去，现在线索似乎连上了。"

她拍了拍宁秋水的肩膀，赞赏道："秋水弟弟，你观察得真仔细！"

宁秋水被白潇潇这半调侃的语气噎了一下，心想：你这是夸我还是在损我？

"所以，原本应该招待外来游客的招待所被改成了食堂，而那幢久无人住的大宅子成了招待所？"刘承峰似乎想明白了。

宁秋水点头说："对。"

"可是……他们为什么要这么做？"

"不知道，但那大宅子不寻常，他们显然没安什么好心。"

三人穿过几扇门，进入祠堂内部，看到了主厅的一幅画以及旁边的雕像。雕像是纯金打造的，虽然只有巴掌大小，但对于祈雨村这样的小村子来说，绝对是一笔不菲的支出。

白潇潇把玩了一下金雕像，随后放回原处。

三人的注意力随即被那幅画像吸引。画像的地点似乎也是祈雨村，只是看上去颇有年代感，像是几十年前甚至更久的事情。

画中描绘的是一个人手持镰刀，踩在另一个人的背上。画里有三个人被绑着跪在地上，分别是一个中年男人、一个妇女和一个小孩。而持镰刀者的身后，站着一大群人，看上去像是村民，神情激愤，似乎在响应什么。

"这是什么情况？起义？"刘承峰被这幅画搞糊涂了。

白潇潇凑近画卷，纤细的手指轻轻摩挲画面，目光中闪过一抹疑惑："不对，你们看这背景……"

二人凑近细看，也发现画卷的背景有些过于苍凉。

"烈日当空，植被枯死，溪流干涸……"

"这是……旱灾？"刘承峰惊呼。

宁秋水喃喃自语："化为甘霖……"

那一瞬间，宁秋水感觉后背一阵寒意涌上心头。他隐约觉得，当年那场旱灾，村子里可能发生了极其可怕的事情……

就在宁秋水和白潇潇二人认真观察画像的时候，刘承峰走到一旁，查看了一下画像的注解。

"果然是旱灾……咦，你们快来看！"刘承峰似乎发现了什么，面色一变，向二人招呼道。

两人立刻走过去，当他们看到刘承峰手指的方向时，都为之一愣。那里……竟然出现了一个新的名字——广修。

"也姓广？会不会和广川有关系？"宁秋水眼神一亮，迅速浏览了一下图上的注解。

注解的内容大致如下：大约一百二十年前，祈雨村遭遇三年旱灾，溪流断流，不仅庄稼颗粒无收，就连山上的花草树木也完全枯萎。

那时，全村人的水源全靠一口古井维持。但大旱之后，村子陷入了饥荒，饿死的人越来越多。于是，部分村民去找村里的员外广修，希望他能分一些余粮。可那些村民去后，就再也没有回来。

其他村民察觉到异样，便悄悄前往广修家查看，趴在墙上，他们看到广修将那些前去借粮的村民残忍杀害……

这件事曝光后，村民们极为愤怒！在一位名叫阮开黄的中年人的带领下，村民们一起冲进广修家，将广修处决，他的妻儿则被关押在烟雨庙。烟雨庙是广修利用全村财力修建的求雨庙，村民每年在此献上贡品，祈求风调雨顺。但实际上，这座庙只是广修敛财的手段。

令人惊奇的是，广修被处决的当晚，天上便下起了雨，而烟雨庙也在雷电中起火。有人看到火焰在大雨中不但没有熄灭，反而越烧越旺，广修的妻儿最终也在火中丧命。

村民们都说，这是天降惩罚，恶人遭报应了。最终，村民们在阮开黄的领导下，逐渐恢复了安定的生活。为了纪念他的贡献，后人用黄金为他铸造了一尊袖珍雕像，并修建了祠堂。

这就是注解的全部内容。

"看来，那幅画里手持镰刀的人就是阮开黄，地上被绑着的是广修和他的妻儿。这么说……"宁秋水立刻拿出手里的牌位，看着上面的"广川"二字，略显激动道，"广川……会不会就是广修的儿子？"

白潇潇点头附和："大概率是这样的。"

她说着，忽然发现了什么，"咦"的一声，走向注解，仔细打量了一番，又从身上掏出一个小手电照了照，神情顿时变得严肃起来："这注解后面有东西！"

宁秋水和刘承峰闻言，立刻凑了过来："什么东西？"

白潇潇眸中光影闪动："不清楚，但注解背后的墙壁里似乎有个大空间。你们……先让开。"

二人知道她想做什么，刘承峰立刻阻止道："白姐，别乱来，之前那个扫地的老人不是说祠堂里的东西不能随便动吗？"

白潇潇冷静道："放心，我有分寸。"

见她执意如此，二人都退后几步，白潇潇也不再客气，从兜里掏出几枚硬币，挑选了一枚，在注解的方框上拨弄了一会儿，螺丝就被拧开了。

"还能这么拧螺丝啊！"刘承峰看得目瞪口呆。

随着螺丝被拧下，白潇潇小心地取下了注解，露出了一处向内凹的墙壁。而墙壁里的景象让三人都愣住了！只见那个不大的凹槽里，竟然有两个人，但他们显然已经没有知觉了。

"是他们？"宁秋水低声道。

二人看向他，刘承峰问道："小哥，你认识他们？"

宁秋水点头回应："你们还记得刚才那个扫地的老人说过什么吗，昨晚八点到九点，有两个游客来过这里……昨天在空地集合时，我虽然没看清所有人的脸，但衣服我还记得，这两人跟我们一样，都是从诡门外面来的！今早我还纳闷，外面的空地上明明只躺着一个人，为什么数量上少了三个！现在看来……另外两个人就在这里了。"

随着宁秋水说完，刘承峰却吞了一口口水："你们说……是什么东西把他们变成这样的？"

正当三人沉思时，忽然，一个让他们毛骨悚然的声音从背后传来："我不是已经告诉过你们……不要随便碰祠堂里的东西了吗？你们……就怎么不听呢……"

这个声音一出现，三人感到自己的灵魂仿佛被冻结了！

他们缓缓转头，看见那个明明已经失去知觉的老人，竟然再次出现在他们面前。只不过这次老人手里拿着的不是扫帚，而是一把寒光闪烁的剪刀。

他一步步逼近三人，深深的皱纹似乎要将他的五官全部吞没，身上的寒意也越发浓重。

三人都意识到，眼前的这个老者，已经不再是普通的人类NPC。

察觉到危险的他们，立刻想要逃跑，却发现无论如何也无法移动双脚。他们的双腿像是被灌满了铅，沉重无比。

"这就是诡物的力量吗……"

宁秋水的心里一片冰凉。他们太过弱小，在这种力量面前几乎毫无反抗之力。眼看着老人手持剪刀一步一步逼近，身后的白潇潇却镇定地开口说道："老人家，我们不是故意要碰祠堂的东西，但这里的物件……广川非常不喜欢，是他让我们来的。"

提到"广川"这两个字，老人脸上的狰狞表情瞬间僵住了。紧接着，他那双原本死气沉沉的眼睛里，浮现出极大的恐惧。他转过视线，紧紧盯住白潇潇："你在说什么……"

白潇潇的手心已渗出汗水，但她的表情依旧没有丝毫变化，继续说道："您不信的话，我们可以给你看一样东西。"

她话音刚落，宁秋水也察觉到老人气息的变化，立刻从身上掏出了广川的牌位。看到牌位的瞬间，老人忽然惊恐地大叫一声，丢下手中的剪刀，转身朝树林深处逃去……

老人离去后，三人终于松了口气，紧绷的身体逐渐放松下来。他们的后背已被汗水浸湿，刘承峰喘息着，带着钦佩的语气对白潇潇说道："白姐，还是你有办法啊！三言两语就把这老头吓走了！"

白潇潇长舒了一口气，轻声道："也只是随便试了试，如果不行的话，我还有其他办法……现在看来，这幅图的注解里描述的事情，恐怕和当年发生的事情并不一致，否则刚才那个老人不会如此害怕秋水手里的牌位。"

宁秋水看了一眼牌子，觉得背脊发凉，但还是收起了它："我们先离开吧，那个老人不知道什么时候还会回来，这里看上去也没有其他有用的线索了……"

这么一来一回耽搁，已经到了中午。他们回到了村子里的游客休息区，来到食堂打饭。

刚打完饭，便见一个身穿牛仔裤的窈窕女子走了过来，对他们说道："三位，有时间吗？"

宁秋水和刘承峰没有回应。白潇潇笑着说道："有啊，你有什么事吗？"

穿牛仔裤的女人伸出了手："我叫唐娇，方便一起开个会吗？其他的诡门参与者也都差不多到了。"

白潇潇迟疑了一下，点头说道："没问题。"

她跟在唐娇的身后，来到二楼一间较大的房间。里面已经坐着另外四名诡门参与者。

宁秋水扫视了一眼，皱眉道："怎么又少了三个人？"

他刚问完，房间里两个人的脸色变得十分难看。看他们的表情，那三个人应该是回不来了。

"到底发生了什么事，方便说说吗？"

或许是白潇潇的美貌起了作用，随着她柔声细语地问出这个问题，其中一人缓缓开口道："……没什么，就是他们三个人组队穿过了丛林，前往后山的神庙寻找出路。我们曾劝过他们，但他们执意要去，并且承诺无论有没有找到线索，都会在一个小时之内下来。那座山并不高，还有修整好的楼梯，上下方便，十分钟就能走完……然而我们在下面足足等了快三个小时，始终没有见到他们。于是我们猜测他们可能在山上遇到了什么危险，就在我们犹豫是否上山救援时……"

说到这里，那人仿佛回想起了可怕的场景，忽然捂住嘴，迟疑了。旁边的同伴表现得稍微镇定些，但脸色也异常苍白。见状，众人都没有催促，静静地等待着。

男人终于稳住了情绪，用几乎沙哑的声音说道："就在我们决定是要上山救人还是离开的时候，山上忽然有东西滚了下来，差点砸到我们……等到那东西彻底停在空地上，我们才看清，滚下来的是……他们三个人……"

听到这话，房间里的空气仿佛凝固了，众人屏住了呼吸，寂静无声。

男人喃喃自语道："就和今天早上招待所外面的情况一模一样……一模一样……"

见他显得有些神志不清，旁边的同伴狠狠拍了拍他的脸，把一瓶冰水递到他嘴边。随着几口冰水入喉，男人的情绪渐渐平复，盯着桌面一言不发。

沉默良久，唐娇才轻叹一声："大家都看到了现在的情况。这扇诡门也不知道是怎么回事，明明是第二扇，难度却高得离谱……实不相瞒，我已经闯过五扇诡门了，这次接下任务是为了带新人，但这扇诡门的难度，甚至不逊色于我当初经历的第五扇！如果大家不团结合作，这次很可能全军覆没！"

一听到"全军覆没"四个字，除了宁、白、刘三人，其他人的脸色瞬间变得惨白。

"合作当然没问题，但你想怎么合作呢？"白潇潇跷起了长腿，手撑着下巴，眨巴着眼睛看向唐娇。

唐娇显然不太喜欢白潇潇这种目光，眉头微皱。她的直觉告诉她，白潇潇不是新人。

而通常来说，老手可不好对付。

"合作很简单。我们现在的首要任务是在六天内找到这扇诡门的出路。进来之前，我想大家都得到了诡门上的提示，但仅靠这些提示是无法顺利离开这里的，我们需要更多线索。而线索，就在村子的各个参观点。"唐娇扫了一眼沉默的众人，语气坚定，不容置疑，"我建议我们两三人一组，分别去不同的参观点。这样的话，一到两天内就能搜集到所有线索！这是目前最快、最安全的寻生之路。找到出路的速度越快，牺牲的人就越少。"

唐娇话音一落，另一个姑娘弱弱地问道："那些参观点……会不会……不安全？"

众人望去，提问的正是今早被推到宁秋水身前的宗芳。她胆子小得很，今天一天几乎都待在房间里，除了吃饭，几乎没离开过招待所。

唐娇淡淡道："这是诡门背后的世界，你说呢？"

宗芳闻言，小脸瞬间苍白："那……那我能不能不去……"

她的声音已经带着一丝哭腔，唐娇却冷冷地说道："当然可以。不过你不去，我们冒着生命危险寻找的线索，也不会与你分享。"

宗芳听罢，顿时慌了："不……我去！我去！"

她虽然是个新人，但经历过第一扇诡门，也明白线索意味着什么。在诡门里，没有人能独自逃生，只有找到线索，才有可能活下来。

见没人反对，唐娇满意地点了点头："既然大家都同意，那么我们就分组去找线索吧。天黑大概在晚上七点，不过不用担心，只要在凌晨十二点前赶回招待所，遇见危险的可能性不大。"

其实现在该组队的都已经组好了，剩下的两三人自然组成了一组。

"我们现在还剩八人，共三组，我们之前去了方寸塘，那个景点的线索已经拿到了，各位不用去了。还剩四个景点，大家商量一下，今天每组去一个景点，如果回来晚了，明天再在食堂里开会交换线索。"

唐娇的话音刚落，白潇潇懒懒地道："我们也去了一个景点，并拿到了重要线索。"

"哦？你们去的哪儿？"

"缚噩祠。"

白潇潇话音刚落，唐娇的眼神里闪过一丝异样的光芒，她提出了一个有些过分的要求："既然如此，你们下午再去另一个重要的景点寻找线索吧。"

这话一出，刘承峰顿时坐不住了，瞪眼道："凭什么啊？！你怎么不去？"

唐娇双手抱胸，冷冷地说道："你想知道凭什么？好，我告诉你。第一，我拿到的线索在方寸塘，那里距离招待所最远，来回接近两个小时，意味着途中出现意外的可能最大，路途最危险。第二，我们今天下午也本打算去缚噩祠看看。最危险的事我都带头做了，还要检查是否有所遗漏，让你们多去一个景点寻找线索，不过分吧？"

刘承峰还想争辩，却被宁秋水拉住了。

白潇潇抿嘴笑道："不过分，一点也不过分。那就这么定了吧。"

众人稍做商议后，白潇潇决定下午去不涸井。这口井据说在大旱时未干，支撑了全村村民的生活，也是距离招待所较远的景点之一，与方寸塘相距不到半公里。

众人散去之后，刘承峰不满地说："凭什么啊？那女人说是合作，可对谁都一副高高在上的样子，看着就来气！"

白潇潇淡然地回道："你想活还是想死？"

刘承峰愤愤道："当然是想活！"

白潇潇说："那就别废话，跟我走。"

刘承峰瞪大了眼睛："不是，我说你俩是受气包还是怎么的，连人都怕。"

话还没说完，就被宁秋水打断了："那个唐娇说谎了。"

刘承峰一愣:"啊?说谎?小哥,你怎么看出来的?"

宁秋水冷静地说道:"你记录一下时间,我们去了不涸井后,你就明白了。"

刘承峰看向自己的手表,恍然大悟:"你是说,唐娇根本没去过方寸塘?"

白潇潇也接话道:"你也不想想,她哪来的时间?来回路程将近两个小时,还是在没有突发状况的情况下。我们光去缚噩祠就用了一上午,你觉得唐娇昨晚是摸黑去的方寸塘吗?如果不是,那她就根本没有时间。因为早上八点多我们吃早饭时,还看见她在招待所外面。"

刘承峰彻底明白了,这个女人骗了所有人,想拿他们当枪使!

"她居然利用我们!"刘承峰脾气暴躁,忍不住低声痛斥。

白潇潇冷冷道:"恐怕没这么简单,她隐瞒和欺骗我们的事,可能远不止这一件……这个女人,问题很大!"

白潇潇森冷的话让二人不禁打了个寒战。刘承峰吞了吞口水:"白姐,你还发现什么了?"

白潇潇摇头,展颜一笑:"如果我告诉你,在缚噩祠和后山出事的那三个人,很可能都是她指使的……"

刘承峰瞳孔收紧,眼中弥漫出巨大的震撼:"她为什么要这么做?"

"现在还不确定她的动机是什么……"

白潇潇不经意地看了宁秋水一眼。宁秋水低着头,一言不发,像是有心事。

"总之,线索的收集,还得靠我们自己。现在时间还比较充裕,我们先去最远的地方看看,这样后面的几天压力不会那么大。"

三人沿着密林中的指路牌,来到了不涸井。这口井开在翠绿的竹林中,井口爬满了青苔,周围杂草丛生,除了井旁的一个木牌之外,别无其他。看来已经很长时间没人来过这里了。

木牌上的注解记录了这口井的悠久历史,还简述了当年大旱时发生的事,提到了阮开黄和广修的故事。

"这些村民,倒是知恩图报……"刘承峰赞道,走到井边,朝井水里望去。

宁秋水和白潇潇站在木牌前,一左一右,打量了许久。

"有什么看法?"白潇潇问道。

她对宁秋水这个新人很感兴趣。他的心理素质甚至比去过几次诡门的老手还要出色。

"有个不好的猜测……"宁秋水语气凝重,"你记不记得,我们第一次见到侯空时,他提到如果遇到什么怪事,可以去找村里的阮婆?"

白潇潇若有所思:"你的意思是……阮?"

宁秋水点头："对，同姓，这个阮婆很可能是阮开黄的后人。当年村子里发生的事，绝对不止木牌上记载的那么简单，这些村民一定隐藏了关键的真相。还记得诡门给我们的提示吗？是谁流尽了血，化为甘霖？假设，那个被处决的广修，其实没做过什么坏事呢？"

他还想继续说下去，突然看见刘承峰面色骤变，正准备跳入井里。宁秋水连忙冲过去，抓住了刘承峰，拼命把他往后拖。

"刘承峰，你疯了？"宁秋水大喊。

刘承峰却像没听见似的，眼神呆滞，一边拼命往井里挤，一边喃喃道："好渴……我好渴啊……让我喝一口……就一口……"

宁秋水体力极佳，但即便如此，也只能暂时减缓刘承峰跳入井中的速度，根本无法彻底拉住他！眼看着刘承峰的上半身即将没入井口，白潇潇的声音从身后传来："秋水，再撑一下！"

"好！"宁秋水咬紧牙关，但他感觉如果再这样下去，自己也会被刘承峰带入井内！

换作是其他人，宁秋水早就松手了。但在上一扇门里，刘承峰冒着生命危险救过他，所以宁秋水没松手。他几乎将自己当成了绳子，死命拉住刘承峰。就在宁秋水快撑不住时，白潇潇从包里翻出了一面破旧铜镜，她一个闪身，将铜镜对准了井口！

"啊——"

凄厉的叫声从井底传来，与此同时，刘承峰也发出一声惨叫："小哥，小哥快拉我上去！"

宁秋水猛地将刘承峰拽了出来！他在地上滚了几圈，躺在一堆落叶中气喘吁吁，脸色惨白。白潇潇见状，收起了铜镜。

宁秋水注意到，铜镜上出现了几道裂纹。

"抱歉……"他低声说道。

白潇潇淡然道："诡门里就是这样，一不小心就会中招。越是深入诡门，大家就越依赖互相照应，有什么突发状况，也能及时帮忙。"说到这里，她的神情微微一黯，瞬间又恢复了平静。但宁秋水看在眼里。他知道，白潇潇肯定想起了自己的闺密。

宁秋水没有多说，只是看了看躺在地上的刘承峰，他似乎恢复了正常，但脸上还带着惊恐。

"大胡子，你刚才到底怎么了？"

刘承峰缓缓转头，满脸冷汗："我……我朝井里看了一眼，那里本来什么都没有，后来，井水里竟然浮现出很多脸！它们抓住了我的手，拼命往井里拽！"

竹林中，冷风吹来，三人不由得后背一凉。

"不过……"刘承峰面色微微变化，"它们最后像是被什么东西挡住了，我看见有个手里拿着发光的东西，就顺手把它拽出来了……"

二人闻言，目光一亮："什么东西？"

刘承峰摊开手，掌心出现了一个破损的木牌，上面用红绳系着，他随手擦了擦污渍，露出了一个大大的"阮"字！

"阮？"刘承峰一脸嫌弃，"还以为是什么重要的东西呢……"

白潇潇笑道："的确很重要……拿到这个东西，也验证了我们刚才的猜测。"

刘承峰迷惑不解："什么猜测？"

二人没有回答他，只是对视了一眼。

"看来，那个阮婆确实有问题……"宁秋水说道。突然，他眼神一紧，低声道："快！有人来了，藏起来！"

三人朝着另一头跑去，竹林那边有不少大石头，可以用来藏身。随着远处的黑影逐渐靠近，众人才终于看清，那是个什么东西！

来到不涸井面前的，竟是一个没有头的诡物！

"我去……"刘承峰低声骂道，刚缓下来的心脏又骤然收紧。

这个村子里到底还藏着多少危险的东西？

他们之前经历的第一扇诡门虽然阴森，但好歹只有一只诡物，而且基本只会在夜晚出现。

可祈雨村却不一样，这里几乎遍地都是诡物，而且在白天也可以毫无顾忌地袭击他们！

三人连大气不敢喘，只见那个诡物一路平稳地走到井边，拿起旁边的木桶，轻轻一甩，木桶便坠入了井中。接着……它开始打水。可是，随着木桶被诡物缓缓提起，里面装的却不是水，而是……一颗头！

诡物双手捧起了头，装回了自己的脖子上，那颗头上的眼睛开始转动，但很快，诡物又将头取下，放在一旁，继续重复之前打捞的动作……

如此场景持续了足足半个小时。

直到诡物似乎有所感应，停下了打水的动作，沿着自己刚才走过的路返回，留下了古井旁的十四颗头……

巨石后，刘承峰缓缓探出头，看了一眼："它要做什么？"

无人回应。宁秋水背靠巨石，目光出神，嘴里喃喃自语道："赐予安定……"

他隐约间好像抓住了什么重要的东西。可就在这时，却听探头探脑的刘承峰忽然惶恐地叫道："你们快看，这些……"
　　二人见刘承峰状态不对，也探头朝古井旁看了一眼。
　　这一眼，直接让他们从头凉到脚！
　　只见古井旁的那些头不知何时竟转了过来，直勾勾地看向了三人的藏身处，双眼散发着幽幽的光芒！
　　就在刘承峰颤声问出他们要不要跑路的时候，却赫然发现他身边已经没人了。刘承峰回头，看见宁秋水和白潇潇已经跑出了十米开外！
　　"不是，你们两个等等我啊！"
　　刘承峰愣住了，赶紧撒腿朝二人追去。

　　三人一路狂奔，直到前方出现了一个高台，才总算停了下来。
　　刘承峰手撑在了旁边的一棵树上，喘着粗气："你们俩真的……过分！跑路也至少说一声啊！"
　　宁秋水瞟了他一眼，摇了摇头："大胡子，下次放机灵点儿，这场面还不跑……等死啊？"
　　刘承峰回忆起了刚才的事，忍不住打了个寒战："不过话说刚才那是什么情况，它是在找……自己的头吗？"
　　宁秋水回道："应该是，值得一提的是，它身上穿的像苦难衣袂。"
　　提到苦难衣袂，白潇潇和刘承峰都想起了诡门的提示。
　　"难道……它就是那个慈悲者？"
　　宁秋水摸了摸下巴："应该是了。你从井里拿到的那个木牌还在吗？"
　　刘承峰点点头，掏出了木牌，递给宁秋水："白姐说这东西挺贵重的，所以我就留了下来。"
　　宁秋水接过刻着"阮"字的木牌，认真地看着上面的字，忽然莫名地问道："你们说……阮家的人是好是坏？"
　　二人面面相觑，都没有回答宁秋水。他们也没有答案。
　　宁秋水看了一会儿，便将木牌收了起来："这玩意儿不吉利，大胡子，我先帮你收着。"
　　刘承峰耸耸肩："无所谓，你想要就拿去吧。"
　　收起木牌之后，三人四下查看，才通过一块木牌确认了他们目前所在的位置。
　　"我们居然到了方寸塘？"刘承峰嘟囔了一句，目光落在了远处的高台上。说是高台，其实并不高。藤蔓爬满了青石，与池塘中心蔓延出来的黑色藻类共生。

石梯九级，四周有许多粗壮生锈的锁链。在石梯最上方的中心平台处，有一个大约四平方米的方形池塘。这便是方寸塘。

"哎，小哥，白姐，你们说……那台子上方的方寸塘里头会不会有什么奇怪的东西？"

刘承峰似乎已经从恐惧中缓了过来，也没有最开始那么害怕了。

二人都摇了摇头。

"小心，这个地方……感觉很不对劲！"

白潇潇的声音严肃了不少，脸上带着少有的凝重。她后背的汗毛都竖了起来。虽然周围并没有出现什么异常，可白潇潇就是觉得四周很不对劲。事实上，自从进入这个地方，白潇潇就觉得浑身发冷。

她很少会有这样的感觉。

宁秋水和白潇潇四处寻找着线索，可找了半天也没找到，反倒是刘承峰忽然发出了一声惊叫。

他们循声看去，发现刘承峰脸色发白，盯着地面上的黑藻，眼神中充满疑惑。

"大胡子，怎么了？"

刘承峰迟疑着说："刚才，我看见地上的这些黑藻……好像动了一下。也可能是我看错了……"

话音未落，三人就听见高台上的方寸塘传来水花翻动的声音，像是……开始沸腾了起来！

三人的注意力几乎在一瞬间被方寸塘吸引了过去。

水声汹涌澎湃地从方寸塘中传出，仿佛有某种东西要从中出现一般。他们的目光紧紧盯着高台上的方寸塘，心跳逐渐加速。

"退后！"白潇潇低声喝道。

三人缓缓地朝后退去，但很快，他们发现脚下的黑藻居然真的动了起来，迅速攀上了他们的腿，将他们牢牢固定在了原地。

"糟了！"刘承峰瞪大了眼。他伸手想要拨开这些黑藻，然而它们的力量极其强大，无论他如何挣扎，黑藻都纹丝不动，仿佛长在了他的身体上。

不远处，白潇潇把手伸入背包，似乎在寻找什么道具。可就在这时，一个红色身影从方寸塘中缓缓升起！

三人抬头望去，血液仿佛在那一刻凝固。

那是一个女人的身影。她身穿一件破旧的红色长袍，袍子上依稀可见斑驳的痕迹，像是饱经风霜，经历了无数岁月的磨损。

"天啊……"刘承峰只吐出了这两个字，浑身的毛孔似乎都在冒寒气。

女人仿佛被某种无形的力量操控，她的眼珠子转动了几下，忽然定住，锁定了高台下的三人！

她无声地迈着步伐，慢慢向宁秋水逼近，带着一种无法忽视的压迫感。最终，女人停在了宁秋水的面前。

此时，三人已然无法动弹！

白潇潇的后背早已被冷汗浸透。她知道自己身上有保命的道具，眼前的女人无法对她怎么样，但此刻她被黑藻束缚，根本无力救宁秋水，只能眼睁睁地看着女人的手指缓缓抬起，靠近宁秋水的额头。

"唔——"

一股寒意迅速蔓延至宁秋水的全身，危险的气息让他拼命挣扎。

然而，还未摆脱那股寒意，剧烈的疼痛便接踵而至。宁秋水感觉自己的身体仿佛要裂开，像是有一股无形的力量在一点点切割他的皮肤……最初，他还能勉强忍耐，但随着疼痛席卷全身，宁秋水终于忍不住发出一声叫喊。

正是这声让他稍微挣脱了束缚，身体朝旁边歪了一下。兜里的东西掉在了地上。啪嗒——这声音在寂静的树林中格外清晰。他们听见了，女人也听见了。

地上，那个属于"广川"的牌位静静地躺着。

女人的目光停留在牌位上，凝滞了片刻，随后轻轻抬手，将牌位拾起。她注视着牌位许久，仿佛陷入了遥远的回忆，没有再动。

宁秋水终于得以喘息。他看到女人眼中透出的悲伤，似乎明白了什么，不顾浑身的疼痛，急忙喊道："我不是村子里的人，我是来调查真相的！当年闹饥荒时，村子里到底发生了什么？广修一家人究竟是怎么死的？你一定知道，请告诉我！"

在宁秋水的质问下，女人竟缓缓抬起了头，只是她的眼神依旧冰冷。她注视着宁秋水，沉默良久，嘴角微微抽动，忽然发出如痴如狂的笑声："带她来见我……带她……来见我！"

重复几遍后，女人的身影忽然消散，重新回到了方寸塘中。

地上的黑藻也随之消退，恢复了原本的模样，仿佛这一切从未发生过。

咚——

宁秋水单膝跪地，眼看就要栽倒，幸好白潇潇眼疾手快扶住了他。

"秋水，你还好吗？"白潇潇关切地问。

宁秋水喘着气，摆了摆手。他感觉浑身的骨头都要散架了，试着站了几次都没有成功。

"我背你！"刘承峰没有多说，直接将宁秋水背了起来。

"小哥，你放心，我不会丢下你，从现在起我就是你的腿。"

宁秋水点了点头，喘了几口气，指着高台上的方寸塘说道："带我去看看。"

刘承峰看了看方寸塘，沉默片刻后缓缓放下了宁秋水，然后捂住小腿，哎哟哎哟地叫了起来："不行，我的腿抽筋了！"

两人无奈地翻了个白眼。

"放心，如果那个女人要对我们不利，我们早就完了。她愿意托付我们，说明暂时不会对我们下手。"

刘承峰叹了口气，复杂地看了宁秋水一眼："也不知道我刘某是造了什么孽，遇到了你这么个拼命的队友……"

虽然抱怨着，刘承峰还是把宁秋水背了起来，小心翼翼地朝着高台走去。

白潇潇跟在他们身后。上了高台，三人朝方寸塘一看，顿时愣住了。

"我天……"刘承峰的腿一软，险些摔下去。

他们看到，塘中有一个女人的身影，刚才幻影的真身应该就在下面。

"我们走吧。"宁秋水似乎意识到了什么，示意刘承峰带他离开高台。

下来之后，宁秋水拍了拍刘承峰的肩膀，示意他放下自己，似乎过了一会儿，他觉得好些了，已经可以自己走路了。

"没事吧，小哥？"刘承峰仍不放心，将信将疑地问了一句。

宁秋水摆摆手，虚弱地说："应该没什么大碍，只是全身疼痛，像是有刀子在割我……"

刘、白二人对视一眼，立刻明白了，这恐怕是女人方才在他身上用了什么招数。如果不是广川的牌位意外掉落，吸引了女人的注意力，现在宁秋水的下场只怕……

"看她的反应，她似乎……认识广川？"刘承峰说。

白潇潇略带讶异地瞥了刘承峰一眼，调侃道："没想到你这个粗心大意的家伙也有细心的时候。"

刘承峰哼了一声："我这是粗中有细！"

宁秋水道："不只是单纯的认识。应该是广川的亲人……要么是广川的妻子，要么是广川的母亲。我个人倾向于后者。"

刘承峰倒吸了一口凉气："这么说的话……当年村子里的那场大旱，的确发生了一些不为人知的事情，而这些事情并没有被村民记录下来！不过方寸塘里的那个女人让我们把'她'带来，那个'她'……又是谁？"

宁秋水与白潇潇对视了一眼，两人心照不宣地没有回答。

过了一会儿，白潇潇说："时间不早了，先回去吧。再过一会儿天就黑了。"

二人同意了白潇潇的提议。

实际上，时间还不算太晚，但他们从这里回招待所至少需要一个小时。怀着诸多疑问，三人踏上了归程。好在一路上还算顺利，他们没有再遇见什么奇怪的事。

回到招待所时，已接近晚饭时间。宁秋水和刘承峰回到房间简单整理后，便去敲门叫白潇潇一同吃饭，可白潇潇却神情凝重地站在房间里，没有立刻跟他们去食堂。

"怎么了，白姐？"见白潇潇神色不对，宁秋水心中一动，问道。

白潇潇冷笑道："我们下午走后，有人进过我的房间。"说着，她拿出了早前的那个黑色手电，往地上一照。

原本空无一物的地面上，竟出现了一串凌乱的脚印，虽然杂乱，但依然能分辨出是来自两个人。

二人脸色一变。

"这……"

白潇潇美目一闪，道："早上秋水提到昨晚房间里有一个烧焦的影子在找什么东西，我当时留了心眼，这个招待所的确有问题，但也不能排除人为因素。于是，午饭后，我回房间时撒了一层特殊的粉末在地上，你俩的房间也有。"

说着，她打着手电，沿着走廊上的脚印跟踪，最终发现他们三个人的房间都被人偷偷潜入过！而且根据脚印显示，潜入者是同一个人。

"三十五码的鞋，大概率是个女人。"白潇潇说着，瞥了宁秋水一眼，"看来，这就是某个倒霉蛋第一晚被那个烧焦的影子盯上的原因了。"

宁秋水没有说话，还在低头思索。一旁的刘承峰先按捺不住，紧紧握拳，愤怒道："到底是谁无缘无故来搞我们，要是让我抓住，非得……"

白潇潇看着怒不可遏的刘承峰，淡淡说道："你能怎样？"

"我……"

"我可警告你，在诡门背后，绝对不要胡来。"

"为啥？"

"因为诡门有它的规则，我们不能轻易触碰。其中一条就是，玩家之间不能自相残杀，如果在这个世界里，玩家把玩家干掉，那么玩家就会变成诡物 NPC。"

刘承峰听后，呼吸一窒。

白潇潇继续严肃道："玩家变成诡物，他们通常会第一时间去复仇，甚至……

可能牵连到其他人！"

刘承峰看着白潇潇严肃的表情，忍不住咽了咽口水，心里因愤怒滋生的那一丝恶念也随之消散了。

不过很快，他又忍不住说道："但我们总不能这样坐以待毙吧！这叫什么事！"

白潇潇翻了个白眼，叹了口气："你啊……真是个急性子！事情要一步一步来，别急。"

刘承峰也意识到自己刚才的样子有些失态，尴尬地挠挠头。

这时，一直沉默的宁秋水终于开口了："看来，我一直担心的事还是成真了。"二人都转头看向他，刘承峰皱着眉头："小哥，你在担心什么？"

宁秋水没有立即回答，只是指着地上的脚印，对白潇潇说道："虽然已经大致确定了，但我还想确认一下，白姐，你去看看，这脚印……是不是唐娇的？"

白潇潇点了点头，转身离开。没过多久，她回来了，脸色微冷地对二人点头道："是她！"

一听到这些脚印属于唐娇，刘承峰瞪大眼睛："居然是她！"

白潇潇翻了个白眼："拜托，大胡子，有这么惊讶吗？大家下午都去景点参观寻找线索了，只有她去了最近的缚罡祠……当然，她也有可能根本就没去，反正她嘴里从来没几句实话。"

刘承峰愤怒道："我就知道这个女人不是什么好东西，之前在房间里美其名曰开会，结果却是对着所有人颐指气使，骗我们当枪使！"

宁秋水一直盯着地面，忽然说道："白姐，手电筒给我。"

白潇潇点头，将那个可以照出地面上脚印的特殊手电筒递给了宁秋水。

宁秋水打开手电筒，沿着脚印在房间里转了一圈，最终停在了那个巨大的衣柜面前。他认真打量了一遍衣柜，然后上下摸索，最终在衣柜的某个极其隐蔽的角落里，于木质的狭缝中摸出了一个木牌。

木牌上拴着红绳，上面写着一个三人都非常熟悉的字——阮。

看见木牌后，白潇潇的目光微微一闪。刘承峰也像是明白了什么，惊道："昨天晚上，小哥，你房间里的那个影子是在找这块木牌？"

宁秋水点点头："大概是了。这块牌子应该是阮氏一族的象征，至少我们这些外来的游客是不可能轻易拿到的。唐娇能够拿到这么多阮氏族人的牌子，肯定见过村里的阮婆了……"

白潇潇微微挑眉："是阮婆指使唐娇做这一切的？"

宁秋水叹了口气："应该是，这也是最糟糕的情况。我们作为外来的游客，对村子里的这些传闻了解得远不如阮婆。如果她打算对付我们，确实防不胜防！"

刘承峰疑惑道："可是我们跟阮婆无冤无仇，她为什么要那么做？"

宁秋水沉默了片刻："我猜，可能和六天后的祭祀有关。大胡子，你还记得我们第一个副本里的那本日记吗？"

刘承峰点头："当然记得。小女孩的母亲接了个电话，说外公告诉她外婆的身体急剧恶化，快不行了，需要她回去一趟，但小女孩的母亲当时果断拒绝了。后来外婆去世后，她变得非常害怕，像是担心什么东西会找上门一样，甚至专门弄了一块不知从哪儿来的玉给小女孩护身……"

刘承峰说到这里，忽然怔住，喃喃道："小哥，你是说，那个小女孩的外婆，就是村子里的阮婆？"

宁秋水说道："没错。小女孩的母亲是阮婆的女儿，小时候在村里长大，她一定知道一些隐情。而阮婆的身体突然恶化，估计不是简单的病症，恐怕跟村里的那些事情有关！我猜，在我们身处第一扇诡门的那个时间线里，这个祈雨村已经失控了！那些怀有强烈意念的诡物，正在找阮氏一族复仇。"

刘承峰一想到那个场景，忍不住倒吸一口凉气："这阮氏一族到底做了些什么天怒人怨的事，居然能引来那样可怕的诡物？"

随后，他像是突然想通了什么。

"之前在方寸塘遇到的那个女人要我们带去的人……不会就是阮婆吧？"

白潇潇拍了拍刘承峰的肩膀："不错，长进了！"

刘承峰无奈道："那接下来我们怎么办？直接去找阮婆，把她带到方寸塘？"

宁秋水摇头："村里有那么多想对阮氏族人下手的诡物，但他们还是安然无恙，说明他们有些厉害的本事，没那么容易对付。还是先想想怎么处理唐娇吧。"

"还能怎么办，以彼之道，还治其身！我们可以把那些牌子放到她的房间里，也让她感受一下那种不安的感觉。"刘承峰的语气里透着不快，提到唐娇时，他的情绪明显变得激动，"不过有一点我还没想通，她这么针对我们，对她究竟有什么好处？如果我们出了事，反倒没人帮她寻找出路，她不是更加危险吗？"

面对刘承峰的疑问，白潇潇解释道："诡门里有两个奇怪的隐藏规则：第一是当一扇诡门中淘汰的人超过进入人数的百分之九十，任务难度就会大幅降低，里面的东西对人动手的限制也会增加。就像刚才在方寸塘，如果只剩下秋水一个人，那个女人也不会轻易对他动手，需要一个先决条件，而这个条件不容易触发。第二个隐藏规则是，诡门中必须有淘汰事件发生。如果有人在其他人都没淘汰前找到出路，这条出路就会随机减少庇护的人数，副本之中的诡物会随机选择十分之一的玩家下手。最后就是补偿机制，如果在其中一扇诡门后，只有一个人通关，他就会得到一件诡门赠予的诡器！"

听到最后这句话，宁秋水和刘承峰立刻变了脸色。

"巨大的利益驱使，什么疯狂的事都有人敢做。"白潇潇对此似乎早已见怪不怪。

"所以在副本里组队的几乎都是同一阵营的人，很少有不同势力的人组合在一起。至于把这些木牌放进唐娇的房间也不是不行，不过她的房间上锁了，我们得想办法开锁。"

这时，刘承峰笑了笑："不用那么麻烦，找根铁丝就行，其他的交给我。"

二人讶然地看着他："你还会这个？"

刘承峰干咳一声："事先说明，这门技艺是师父教我的，我可没用它干过坏事。而且现在是法治社会，我的本事足够养活自己，根本不需要冒险。"

二人点点头，他们很快找来一根铁丝交给刘承峰，只见他将铁丝弯成奇怪的形状，三人来到唐娇的房门前，确认周围没人后，刘承峰熟练地拨弄了几下，锁孔里传来轻微的声响。

唐娇的房间与其他人的几乎一模一样。

宁秋水在房间里找了找，最后选择将写着"阮"字的木牌放入了唐娇的枕头下。

"只放一个吗？"

"一个就够了。"面对刘承峰的质疑，宁秋水回应道，"对方也不是完全没有防备，放太多了，反而容易暴露。"

刘承峰还是不放心，追问道："那她会出事吗？"

房间有这种东西并不意味着一定会有危险，毕竟宁秋水第一晚就安全度过了。

从宁秋水的描述来看，只要晚上那个影子出现时躺在床上不动，也不要发出任何声音，就会没事。

"不用太担心……如果今晚她没事，我还有后招。"白潇潇慵懒的声音中带着几分冷意。

她双手插在口袋里，眼神中透着不加掩饰的凌厉。对于唐娇这种人，她向来没什么好感，也绝对不会心慈手软。

三人做完了这一切，确认没有留下什么痕迹，便小心地退出了房间。

随后，他们来到了食堂准备吃晚饭。

经过白天的观察，刘承峰这次看食堂的眼神明显不同，带着一种审视的意味。很快他便发现，宁秋水的推测完全正确，这样的建筑风格怎么会是食堂，分明就是个宾馆！

村子里的村民将原来的招待所改成了食堂，又将一幢平时少有人住的空房子改成了新的招待所，这其中的小心思，确实耐人寻味。

他们端着餐盘来到中午约定的房间，房间里的气氛依旧沉闷。

好在这一次，人数没有减少。

看到宁秋水三人端着餐盘走进房间，唐娇正准备夹菜的手明显顿住了，她微微抬起眼皮，略带惊讶地扫视了三人一眼，但很快恢复了正常。

"你们终于回来了，这么久没出现，我还以为你们出事了呢！"唐娇故作轻松地吐了口气，脸上挂着微笑。

然而，已经知晓唐娇所作所为的三人，无论如何都觉得她脸上这虚伪的笑容令人反感。

表面上她团结大家寻找线索，背地里却将所有人都出卖了。

"也没什么，我们看完不涸井后，顺便去了一趟方寸塘，耽误了一点时间。"

白潇潇话音刚落，坐在他们左边的姑娘便急切地说道："既然大家都到齐了，我们是不是可以交换一下线索了？"

众人点头同意。

"先说我们的吧，下午我们去了枫叶桥……"开口的这个眼镜男，哆哆嗦嗦地描述了他们在枫叶桥的遭遇，不过所谓的"线索"基本都是些无关紧要的表象。

唐娇和她的伙伴听得非常认真，等眼镜男说完，唐娇还假意夸了几句，称他的线索非常有用，说不定整合其他地方的线索后，能找到出路。

眼镜男那队三人眼中闪过一抹喜色，齐刷刷地看向了宁秋水三人。

"对了，宁秋水，你们下午有什么收获吗？不涸井和方寸塘那边怎么样？"

面对眼镜男的询问，宁秋水平静地将他们下午的遭遇讲了一遍，但隐瞒了女人的部分事实，只说幸亏白潇潇手里有保命的诡器，否则他们三人可能就回不来了。

他讲故事的方式颇具技巧，像个说书人。即便只是通过宁秋水的叙述，众人也能感受到当时的惊险！坐在最远处的唐娇眼中闪过一丝不悦，但很快她的表情被狰狞和冷笑取代。

"运气不错……可惜，运气救得了你们一时，救不了一世。"

一想到三人房间里的"东西"，唐娇的嘴角止不住地上扬。眼前这几个人，恐怕还不知道自己正被耍得团团转。等到他们发现时，已经晚了。

有了阮婆的承诺和帮助，她必然会是那个最后通关的人，不仅能顺利完成任务离开这里，还会获得诡门赠予的诡器！

想到这里，唐娇激动得连握筷子的手指都在微微颤抖，但她很快便稳住了情绪，深吸一口气对大家说道："目前线索已经收集得差不多了，有些事情我还需要时间思考，明早吃饭时我们在这里集合，到时我会把所有的线索整合告诉大家，包括方寸塘和缚噩祠的情况。今天大家辛苦了，吃完饭就早点休息吧，这村子晚上不安全。"

另一队的人隐约觉得有些不对劲，大家今晚都分享了线索，而唐娇作为发起者，却只字未提。他们虽然是新人，但不傻。

就在他们怀疑自己是不是被唐娇耍了时，白潇潇幽幽地说道："唐娇，我们大家都已经分享了线索，你却藏着掖着……是不是不太合适？明早可以告诉我们的事，难道今晚就不能说吗？"

她话音刚落，眼镜男立刻推了推眼镜，怯怯地附和道："对呀！有什么就说出来嘛！正好大家还可以一起讨论，三个臭皮匠，顶个诸葛亮呢！"

如果说白潇潇的话是导火索，那么眼镜男的附和便是点燃的火苗。众人的目光齐刷刷地投向唐娇，她的脸色瞬间僵住了。桌下，她紧紧攥住了拳头。该死的白潇潇……

早在中午看到白潇潇的眼神时，她就知道这个女人不好对付，对方很可能也是过了几扇门的老手。

一般来讲，诡门中的新人在诡物的强大压迫下，对玩家的戒备心都会减少不少。可怕的环境氛围使他们变得更容易相信陌生人。因此，新人是非常容易被欺骗的。

这一点，唐娇屡试不爽。

她手里有三件诡器，都是通过"带新人"的方式在前两扇相对简单的诡门中获取的。

然而这一次，她似乎遇到了一个麻烦。

尽管众人注视着她，唐娇也不是个轻易屈服的人，她心念一动，一个连环计策浮现在脑海。随后，她双手抱胸，靠在椅背上，露出挑衅的神情，看着众人说道："你们确定想知道这个线索？"

眼镜男见她神情不对，疑惑道："这个线索很特殊吗？"

唐娇毫不畏惧。

"当然，否则我早就告诉你们了。我了解到的缚噩祠和方寸塘的隐藏线索有一定的风险，知道这些线索的人……今晚可能会遇到一些奇怪的事情。你们确定还要听吗？"

那三名新人立刻犹豫了起来。

如果真是这样，唐娇不告诉他们线索也是可以理解的，甚至从某种程度上来说，还是在保护他们。

白潇潇看着唐娇那挑衅的神情，早已看透她的心思。这个狡猾的女人，无非是想激自己发难。

在唐娇的设想中，接下来白潇潇不信邪，非要听这个线索，然后今晚会被离奇淘汰，这样唐娇的说法就得到了印证，剩下的三名新人不但会对她感恩戴德，还会对她产生极大的信任，进而变得更加听话，甚至成为她的提线木偶！然而，这一切早已被白潇潇看穿。

她本就是个过了很多次诡门的老手，见过太多尔虞我诈，唐娇这种人，她遇到过不计其数。不过，她还是决定配合对方把戏演下去。

"我不怕，你把这个线索告诉我吧。正好我也可以帮各位鉴别一下，这个自称过了五扇诡门的老人，是真是假。"

眼镜男那个小队的人一听，面露喜色。这姑娘不错。

"那就多谢白小姐了！"

白潇潇摆摆手："不用谢。"

三人离开了房间，唐娇将身边的小姑娘也叫了出去，房间里只剩下了四个人。

唐娇从容地从兜里掏出一个木牌放在桌上，三人看去，果然是那个写着"阮"字的身份牌。

"这个，就是我发现的线索。"

白潇潇故作惊讶道："就这？"

唐娇点点头，说："就这。"

她不想再多说，收起了木牌，转身离开了房间。在唐娇眼中，宁、刘、白三人仿佛已经被删档了，跟他们多说一句话都是浪费时间。

唐娇离开后，刘承峰忍不住骂了一句："天杀的，我现在看见这女人的嘴脸就想给她两巴掌！"

白潇潇白皙的手指轻轻敲打着桌面，悠悠地笑道："我也想。不过，咱们犯不着跟一个快淘汰的人动怒，她估计挨不过今晚。"

很快，夜幕降临。众人待在各自的房间中，思索着生存的线索。其实大多数人都思考不出什么，因为从头到尾，他们没有拿到过什么有价值的线索。

窗外的月色依旧皎洁，透过玻璃洒进房间，却有种说不出的冰冷感觉。

不知何时，宁秋水在梦中被一个奇怪的声音惊醒。他仔细听了听，很快就明白了——这声音正是昨夜那个影子在地面爬动的声音!

但这一次,影子并没有进入宁秋水的房间,而是一步一步,爬过了宁秋水的房门,朝着前方继续爬去……

听着声音渐渐远去,宁秋水蹑手蹑脚地下了床,打开了一条门缝,偷偷观察。尽管走廊很暗,但因为一侧有阳台的月光,宁秋水还是看清了地上爬行的黑影。

那是个孩子。

看到这一幕,宁秋水忽然想起了白天在缚噩祠看到的注解。注解中描述,广修的妻子和儿子被关在烟雨楼中,后来烟雨楼在暴雨中被雷劈中,燃起了大火,尽管大雨倾盆,火势却没有被扑灭……

他猛然意识到什么,掏出身上的那个牌位。

——广川。

"是了……这应该就是广川……广修的儿子!所以这幢所谓的招待所,其实就是广修一家为村子修建的烟雨楼!"

意识到这个真相,宁秋水的心不禁揪紧了。祈雨村的村民居然将烟雨楼改造成了招待所,专门招待外来人。他们……究竟有什么目的?正在宁秋水思索之际,前方某个房间传来了门被打开的声音。

没过多久,房间里传出了女人的叫喊声:"不……不是我……你找错了人……啊!"

这声音,宁秋水再熟悉不过,正是唐娇!

她也不知道在房间里遭遇了什么,不久后,声音逐渐弱了下去……

宁秋水听得头皮发麻,默默地关上了自己的房门,然后回到了床上。

这一夜,所有人都没能入睡,蜷缩在被子里瑟瑟发抖。

直到黎明来临,走廊那头传来了一道惶恐的哭声:"唐姐……唐姐!!!"

惊慌过后,大家聚在一起讨论此事。

"昨晚她的叫声,你们都听见了吗?"眼镜男颤声问道。

白潇潇看着躺在地上的唐娇,眼中没有一丝怜悯:"当然听见了。"

"那……那为什么没人去救她?"

"那你听见了,为什么不去救她?"

"我……我不敢,我们都是新人,身上没有什么道具……"

白潇潇冷笑道:"道具可是很珍贵的,任何从诡门里带出来的诡器,无论作用强弱,都有使用次数限制,绝对不会超过三次!我为什么要浪费珍贵的道具去救一个无关紧要的人?"

眼镜男沉默了，众人也都沉默了。只有那个趴在地上的小姑娘还在大哭。这个小姑娘名叫骆燕，是唐娇诡舍的新成员，似乎和唐娇关系不错。此时她跪在地上哭得十分伤心。

刘承峰看着她的模样，觉得她有些可怜，刚想上前安慰，谁料骆燕突然抬起头，愤怒地指责他们："你们这些自私的人，明明有道具，却不救唐姐！现在好了，唐姐淘汰了，线索没了，大家都别想出去！"

白潇潇双手环胸，懒懒说道："她的确淘汰了，但对我们寻找线索并没有影响。毕竟唐娇从一开始就在说谎。而且她肯定不止有一件道具，只是昨晚她太大意了，甚至没把这些道具放在身边。明知道诡门危险重重，却如此托大，她完全是自作自受！"

白潇潇的话音刚落，眼镜男突然意识到什么，立刻问道："白潇潇，你刚才说唐娇从一开始就在说谎，这是什么意思？"

白潇潇回答道："有些是我的猜测，我就不说了。我说一些我能明确证明她说谎的事——唐娇根本没去过方寸塘。别看她咄咄逼人的样子，其实都是在唬我们！"

她话音刚落，跪在地上抽泣的骆燕突然激动地说："你胡说，唐姐明明去过那里！我跟她一起去的！"

她急切地想为唐娇澄清，但并不是为了证明唐娇的清白，而是为了自保。她知道，一旦大家知道唐娇没去过方寸塘，那么她作为唐娇的跟班，自然也没去过。接下来，她可能会面临两种情况：要么被众人抛弃，排除在合作之外；要么独自前往剩余的景点，冒险获取线索并与大家分享。

尽管选择第二条路也不是不可以接受，但自从昨天傍晚宁秋水向众人讲述了他们的遭遇后，骆燕彻底慌了。而且唐娇曾隐晦地告诉过她，那些景点非常危险。

"哦？你跟她一起去的，你确定？"白潇潇微笑着问。

不得不说，平日里妩媚的白潇潇在气质转变时，带给人的压迫感极强。简单一句话，就让骆燕哽住了。

许久后，她憋红了脸，嘴硬地说："我确定！唐姐的确去过那里！"

"撒谎都不会撒。"白潇潇摇头道。

"我没撒谎！"

"好吧，那你要是能回答上我的一个问题，就能证明你没撒谎。"

"什……什么问题？"

白潇潇笑了笑："大家都没去过方寸塘，所以我不会让你描述方寸塘的样子，毕竟其他人也不知道真假。我就只问你一个问题，你们是什么时候去的？"

听到这个问题，骆燕心里一紧。这问题乍一听简单，实则不然。

他们到村里已经是第三天了，唐娇在第二天中午的时候信誓旦旦地告诉众人，她们去过方寸塘。也就是说，唐娇去方寸塘的时间只能是昨天中午之前。

骆燕本想说她们上午去的，但她突然想到方寸塘是离村子最远的景点，便脱口而出："我们是第一天下午去的，就是刚进入诡门的时候，那个时候是下午三点。我们见时间还早，就想着去景点看看，说不定能发现什么。"

当骆燕说出这句话时，大家基本上已经确定她们是在说谎了。

"那你是什么时候回来的？"白潇潇冷笑道。

骆燕吞了吞口水，勉强说道："忘……忘了。回来的时候已经很晚了，我没看时间。"

"没看时间？你戴着电子手表，却没看吗？"

骆燕浑身一颤，情绪到了临界点，她猛地站起身，愤怒地对众人喊道："我说了，我们去过方寸塘，第一天下午去的！你们不信就算了！一群人围着我一个新人算什么本事？"

说完，她拨开众人，头也不回地跑回了自己的房间，砰的一声关上了门。

白潇潇对此似乎毫不在意。

"白姐，咱们是不是做得太过了？"刘承峰低声在白潇潇耳边问道。虽然他疾恶如仇，但对无辜的人总是心软。

"雪崩时没有一片雪花是无辜的。"白潇潇冷冷道，"唐娇不可能告诉她重要的事，但她绝不会什么都不知道。她选择了沉默，眼看着这一切发生。你觉得她是好人？"

刘承峰沉默了。

"这个叫骆燕的女人，胆子虽小，但还算有些心机。要是她有能力和胆量，恐怕做得比唐娇还狠。"

白潇潇说完，打了个哈欠："我困了，回去补个觉。昨晚真是吵死了，弄得我一晚上没睡好……"

诡器是诡门赐予试炼者的礼物，因而具有高度的私人性。一个人可以在同一扇诡门中将自己的诡器借给他人使用，但无法赠予，并且当诡器拥有者淘汰后，所有诡器都会被封印，变成普通物品。

骆燕等众人离开后，谨慎地打开了自己的房门，压抑着内心的恐惧进入了唐娇的房间，颤抖着在房间里搜寻。最终，她在唐娇的背包里找到了三件诡器。

尽管她明知规则，但仍将诡器装了起来——谁知道能不能派上用场呢？

人在绝望中，哪怕看见一点希望的影子，也不会轻易放过！

骆燕也是如此。可当她将这三件诡器装入背包准备离开时，却猛然停住了脚步。

刚才还躺在这里的唐娇消失不见了！

骆燕吓坏了，她匆忙冲出唐娇的房间，回到自己的住所，迅速反锁了门

大约到了早上十点，眼镜男三人又外出寻找新的线索，而一直积极的白潇潇这时才刚起床，洗漱完毕。宁秋水搬了张椅子，坐在空地上晒太阳，显得从容不迫。

但刘承峰已经急了："小哥，你们怎么回事？咱们不去找线索了吗？"

宁秋水头也不回，摇晃着椅子，眉头紧锁，像是在思考："还找什么线索？"

刘承峰走到他面前，焦急地说："咱们不是还有一个景点没去吗？那儿或许有关键线索。"

宁秋水摇了摇头："没有用的。"

就在刘承峰想继续询问时，白潇潇的声音从后面传来："我们已经知道关键线索，再去冒险寻找，只会听到村民们的谎言。"

刘承峰一头雾水，白潇潇解释道："这些景点是村民们建造的，是他们想让我们看到的。所以，想从中找到真相是不可能的。"

"那怎么办？神庙祭祀还有不到五天就开始了！"刘承峰焦急万分。

白潇潇轻叹一声："急也没用。"

这时，宁秋水又问："你们觉得，阮氏一族在诡门的提示中扮演的是什么角色？他们是流尽鲜血，还是舍弃了头颅？又或者……是渴求着甘霖与安定？"

白潇潇思索了一下，问道："秋水，你觉得呢？"

宁秋水转头，眼神清明："答案是……都不是。"

二人一愣。

"起初我也不明白诡门的提示，但现在大致明白了。"宁秋水说道，"你们注意提示的顺序。善良的人流尽了血，化为甘霖；慈悲的人舍弃了头颅，赐予安定。既然如此，为什么无辜者还在等待甘霖与安定？"

二人猛然醒悟。

"他们既没有得到善良者的甘霖，也没有得到慈悲者赐予的安定。"宁秋水继续道，"在他们中间，还存在一个……作恶者！他让善良者流尽了血，让慈悲者失去了头颅，也让无辜者一无所获！"

听完，刘承峰的呼吸变得急促："小哥，照你这么说，阮婆是作恶者？"

白潇潇冷笑道："要让阮婆体现出地位，最好的办法就是……让村子不安定。"

仿佛雷击，刘承峰呆住了。

宁秋水接着道："昨天中午食堂打饭的阿姨，眼神闪烁，一定知道些什么。但我今早去食堂找她，发现她不在，食堂的工作人员说她要中午才会来。我们还有时间，再等等吧，中午我想带着广川的牌位和她单独聊聊。"

二人点了点头。

如果能从一个知情人口中直接问出事情的真相，那自然是最好。

等到中午开饭时，三人便走进了食堂。然而，当宁秋水看见那个打饭的食堂员工时，却皱起了眉头。这个人……不是昨天那个！他心中隐隐生出一丝异样的感觉。

"大叔您好，我想问一下，昨天那个打饭的阿姨怎么没来？"

打饭的老头愣了一会儿，才反应过来宁秋水问的是什么。

"她啊，好像身体不太舒服……"

"身体不舒服，她生病了吗？"

打饭的老头摇了摇头："这个我就不清楚了，没细问，估计是些小毛病吧……村子里医疗条件不好，有时偶尔会有些小病痛，也算正常。"

宁秋水听后，又向老头打听了那个阿姨的住址。得到了信息后，他端着餐盘去了白潇潇和刘承峰的房间。

"小哥，怎么样？"刘承峰一边吃饭，一边问道。

"她没来，听说是身体不舒服。但我觉得事情没这么简单，吃完饭我们去她家看看。"

二人点头同意。饭后，他们按照老头的指引，进入了村民居住的村落。

老实说，这是他们第一次到村子里来。村子里的参观景点和招待所与村落截然不同。前者的建筑非常精致，而村民的居住环境却显得相当简陋，甚至有些穷乡僻壤的感觉。

原本以为村民的经济状况还算不错，但眼前的景象却让他们大为震惊。地面铺满了泥巴和碎石，房屋大多是泥瓦房，连砖墙都没有。整个村子充满了萧瑟和破败感。

"这地方怎么会这么破？"刘承峰低声嘀咕了一句，就连他也察觉到了村子里的异样。

三人沿着土石路前行，偶尔经过的村民都会用奇怪的眼神看他们。

那是一种难以言喻的审视，带着愧疚和一丝阴森。但无一例外的是，这些村民的目光都是偷偷的，没有人敢直视他们。

"这些人心里果然有鬼。"宁秋水冷笑了一声。

很快,他们来到昨天那个打饭阿姨的住址。推开破旧的栅栏门,三人走进院子,正好碰上一个从屋里出来的中年男人。

他手里端着一盆水,旁边搭着一块毛巾。看到三人,中年男人的表情瞬间变得惊慌,但很快被他压了下去。

"你们是谁,到我家来干什么?"中年男人的语气冷淡,明显对三人怀有敌意。

"我们是来找糜兰的。"宁秋水开口说道。

糜兰,就是昨天在食堂打饭的那位阿姨。

中年男人神情一冷,说:"你们找错了,这里没有叫糜兰的人。"

他说完,就想要赶他们出去。

就在宁秋水考虑是否硬闯时,白潇潇忽然开口了:"你最好不要拦我们。实话告诉你,想见糜兰的不是我们,而是……"

她走到中年男人跟前,低声对他说了一个名字。

听到这个名字,中年男人的脸色瞬间变得惨白,后退了两步,额头上冒出了冷汗。

"糜兰是我妻子,她今天身体不适,我不想让她见外人。"

白潇潇微微一笑:"放心,我们只是有些事情想问她,问完就走。"

中年男人叹了口气,放下手中的盆子,带着三人进了屋。

房间里比外面还要破旧,家具上积满了岁月的痕迹,仿佛很久没有打理过。

糜兰躺在床上,脸色苍白,嘴唇微微发紫。她闭着眼,似乎睡着了。

白潇潇上前摸了摸她的额头,发烧了,而且温度不低。

似乎是三人的动静惊动了她,糜兰忽然睁开了眼睛,惊慌道:"你们……什么时候进来的?!"

宁秋水让刘承峰关上房门,房间顿时昏暗下来。

宁秋水开口道:"我们有些问题想问你,问完就走。"

糜兰看到宁秋水后,表情稍微缓和了一些,但随着他下一句话的出口,糜兰的身体顿时绷紧了!

"为什么要把烟雨庙打扫给我们住?"

糜兰脸色苍白,支支吾吾地回答:"什……什么?我不明白你在说什么……"

宁秋水笑了笑:"我们现在住的大楼,应该是烟雨庙的旧址吧?"

听到这话,糜兰整个人都剧烈地颤抖了起来。

一旁的中年男人见状正要阻止,却被宁秋水拿出的一样东西吓住了。看清之后，中年男人跪倒在地，嘴里不停地念叨着："不关我们的事……不是我们做的……不要来找我们……"

宁秋水手里拿着的，正是广川的牌位。

"我只有一个问题，为什么要把烟雨庙整理出来，给我们这些外来的游客居住？"宁秋水盯着床上的女人，目不转睛。

糜兰紧紧咬着嘴唇，原本想要沉默不语，但当她看到宁秋水手中的那块牌位时，浑身不由得发抖！

"那不是我们的本意……我们也不想这样……"糜兰的声音透着愧疚和无奈，"但是祭祀马上就要到了……如果我们还没有准备足够的……"

她话音未落，屋里的中年男人突然大声吼道："糜兰！住口！这种事情能随便说吗？"

三人被中年男人的吼声吓了一跳，纷纷转头看向他，发现他眼里充满血丝，神情显得极度紧张。

"不能说……这种事情绝不能说出来！如果让阮婆知道了……我们就完了！"

提到"阮婆"，中年男人像触及某种禁忌般，神情愈发惊恐，几乎要崩溃。原本打算将一切都告诉宁秋水三人的糜兰，也似乎被中年男人的吼声惊醒，紧咬嘴唇，不再出声。

眼看房间气氛再次僵持，平静地站在宁秋水身旁的白潇潇突然从口袋里掏出一把锋利的刀！刀上刻着一个人的名字——栀子。

"我在外面已经经历了太多，所以……来到诡门后的世界，我一般不喜欢动手。"白潇潇的声音骤然变得冰冷，与平时懒散的样子完全不同！她身上散发出令人不寒而栗的气势，整个房间仿佛笼罩在寒气之中，就连宁秋水和刘承峰也被她吓住了！

"如果查不出真相，我们就会淘汰。既然反正都是淘汰，不如在淘汰前多解决几个……作陪吧。"她说着，持刀一步步逼近中年男人。

中年男人急忙抄起旁边的木凳试图反击，然而他显然低估了白潇潇的身手。她只是轻轻一侧身，下一刻，刀锋已经贴近中年男人的脖颈，白潇潇将他制服在地！

贴近死亡的冰冷让中年男人终于冷静下来，不敢再有任何动作。

一旁的宁秋水和刘承峰也愣住了。

"我告诉你，这一刀避开了你的动脉，但只要我稍微一转手，你就没命了。听懂了吗？"

此刻的白潇潇，冰冷的气质展露无遗。

在死亡的威胁下，中年男人微微点了点头，他不敢动作太大，因为刀还在他脖子上。

"现在，回答我们之前的问题。"

中年男人闭上双眼，犹豫了片刻，终于沙哑着嗓音说道："我可以告诉你们真相，但你们一定不能告诉其他人。"

白潇潇嫣然一笑，前一刻还冷酷的面容，瞬间变得亲切起来："放心，我们绝对不会说出去。不过我们也知道不少，如果让我发现你撒谎……后果自负。"

说完，她将刀收回，优雅地擦拭干净上面的血迹。中年男人脖子上的伤口并不深，明显没有伤及要害，只是流了些血，很快就止住了。

他长长舒了口气，显然已经明白，眼前这三个人如果得不到想要的答案，自己和糜兰都很难活下去。

"这件事太久远了，我们了解的也不多，我就长话短说吧……"中年男人缓缓说道，"村子里每年都会举行神庙祭祀，而神庙的祭品……并不是家畜。"

三人虽早有心理准备，仍然不由得打了个寒战。

"你们祭祀什么？"

中年男人面露难色："祭祀……百年前死去的人。"

"为什么要祭祀他们？"

"这我不知道……一切都是阮婆在主持，我们只负责按照她的要求提供祭品，其他的我们不管……"

宁秋水听到这里，忽然问了一个奇怪的问题："村子里为什么这么穷？"

听到这个问题，中年男人沉默了很久，才开口道："每年，村里的每户人家都要卖掉大量的粮食和牲畜，用这些钱去修建神庙和土地庙，这样来年才能风调雨顺……"

宁秋水闻言，忽然笑了："这一切也是阮婆在主持吧？"

中年男人点点头："是的，正因为有阮婆，祈雨村才能安稳度日。虽然穷，但至少能活下去。"

宁秋水思索片刻，竖起一根手指："最后一个问题，广修一家人当年……究竟是怎么死的？"

他话音刚落，外面忽然传来一个陌生而冰冷的老妇声音："百年前，广修一家人在村子闹饥荒时，不仅私自囤积粮食，还残害了前来借粮的村民。这家人平日里作威作福，借着烟雨庙的名义敛财也就罢了，但在这种生死存亡的时刻，他们竟做出如此天理不容的情事，害得村里百姓生活困苦，到处都是饿死的人。幸好我家先祖阮开黄站了出来，带领村民冲进广修的家，这才结束了他作恶多端的一生！"

这个声音一出，房内的五人瞬间绷紧了身体！

尤其是中年男人和床上的糜兰，浑身颤抖，脸色惨白，早已没有一丝血色……

这苍老的声音突然响起，所有人都感到猝不及防。即便是第一次听到，宁秋水三人几乎瞬间便断定，声音的主人正是村里的阮婆！

对方尚未踏入房间，恐怖的压迫感已经穿透破旧的木门扑面而来。

很快，门被推开了。一张苍老的面孔出现在众人眼前。看到这张面孔的瞬间，房间里的中年男人立刻瘫倒在地，仿佛失去了所有力气，眼中也失去了神采。

他明白，自己完了。阮婆不知何时站在门外，也不知她听了多久。如果阮婆真的听到了他们刚才的对话……

恐惧与绝望像潮水般涌上中年男人的心头。他深知阮婆的手段，接下来会发生什么，他根本不敢想象……

"村子里应该有专门为外来客人准备的招待所，三位忽然往村子里面跑，所为何事啊？"

阮婆一身富态，手中拄着一根龙头拐杖，水桶粗的腰间别着一个特殊的木牌。这个木牌，三人已经见过很多次了，正是阮氏的身份牌。

"也没什么事……就是忽然发现食堂里打饭的阿姨换了人，随口问了下，听说阿姨身体不好，正好我是学医的，就过来看了看。"宁秋水脸不红心不跳，平静地回答了阮婆的话。

他可没撒谎，上面每一个字都是真的。

阮婆瞟了宁秋水一眼，她的眼神犹如饿狼盯着猎物。

宁秋水敏锐地注意到，阮婆脖子靠近肩膀的位置有一片红斑。虽然她衣服穿得挺严实，但隐约能看到那片红斑像是一种疮，长了一圈，乍一看上去，甚至给人一种阮婆脖子上有血痕的错觉。

"村里没有医生，但我们有自己的方法治病，就不劳您费心了。"阮婆说着，缓缓走到了床边，看向床上的女人，眼神冷漠，像是在看一具没有生命的躯壳。

阮婆对着床上的女人伸出右手，房间里的男人忽然发疯似的扑向阮婆，抱住她的腿，哀求道："阮婆大人，您行行好，放她一条出路吧！兰子只是发烧烧坏了脑子，她什么都没说！是我说的，求求您饶她一命吧！"

男人一边磕头一边求饶，但阮婆却表现得十分冷漠。

"我听说有外来者进了村子，所以来看看。你的妻子不是发烧了吗，我帮她看看……怎么，你不希望你妻子快点好起来吗？"阮婆苍老的声音中带着若有若无的关切。

男人迟疑了一下，看了看床上的糜兰，沉默很久，最终松开了手。

阮婆伸出苍老的手指，在空中虚握了一下，嘴里念叨着什么，然后对着糜兰的脸洒了点东西。她的举动像极了某种古老的巫术，而随着阮婆做完这些，床上瑟瑟发抖的女人忽然安静了下来，脸上不再是先前那样的恐惧，反而露出微笑，眼神也变得空洞了。

"好了，你的妻子已经痊愈了。"

阮婆说完后，似乎有些疲惫，语气中带着挑衅的意味，目光扫向宁秋水，仿佛在问他的医术能否这么快生效。

宁秋水微微一笑，说："阮婆真是好手段，今天让我们长见识了。既然糜兰阿姨已经没事，那我们就打扰了。"

阮婆没有多说，看着三人一步步走出房间，冷冷的目光让他们背脊发凉。当他们走远时，阮婆身后的木门也缓缓关上了。

房间内的角落里，中年男人惊恐而绝望的目光随着那扇破旧的木门缓缓闭合而消失不见……

"天啊……这老太婆真是吓死人了！"

刘承峰在路上骂了一句，抖了抖身上的寒意。

刚才在房间里，被阮婆盯住的那一瞬间，他竟感到一股彻骨的凉意从背后爬上来。

"白姐，你身手这么好，刚才怎么不出手直接把她绑了？我们直接带到方寸塘去不就完事了吗？那个女人应该就是要找这个阮婆吧，只要她报了仇，或许就会告诉我们真相，甚至指引我们找到出路。"

白潇潇收起刀，恢复了她惯有的慵懒神态。

"俗话说，练武之人不能随便动手。我是有点小伎俩，但也只是些拳脚功夫，遇到这种人，我可惹不起。"

宁秋水说道："这个阮婆确实不寻常，但她的状态看起来也不对劲，身上不仅长了些红色的丘疹，还散发着一股腐臭的味道。"

白潇潇皱了皱眉："你也闻到了？我还以为是我的错觉。"

宁秋水笃定地点了点头："我闻到了。这个村子里的人，好像都很害怕广川。不过，村子里有阮婆，似乎没发生过什么怪事，至少不会经常发生。这么想来，就只剩下一种可能了……"

两人看向宁秋水，不约而同地问道："什么可能？"

宁秋水缓缓说道："祈雨村的村民一定做过对不起广川一家人的事情，不过他们可能也是被蒙在鼓里，被迫参与。他们心里有愧，才会害怕。不过广川一家都是百年前的人了，当年阮开黄带头处置了他们，现在的村民并没有参与。大多数人只是知道当年的真相，但为了名声选择了隐瞒……还记得我们之前去的那些景点吗？几乎每个带注解的地方都会提到当年的饥荒，歌颂阮开黄的功绩。但真相，很可能跟这些记录上的说法……截然相反！"

宁秋水话音落下，三人沉默了一会儿。

走在最左边的刘承峰忽然问道："可如果广家没有作恶……村民们当时为什么要冲进他们家呢？"

三人停下了脚步。片刻后，他们猛然抬头，眼中出现了难以言喻的惊惧！

"难道是……粮食！"

一个可怕的念头开始在他们脑海中生根发芽。粮食，这两个字浮现在他们的脑海里，挥之不去。

"不会吧……为了粮食，至于吗？"刘承峰倒吸了一口凉气。

他恐惧的并不是结果，而是村民杀害广修全家的原因——竟然只是为了粮食。

"这种事情在历史上并不少见。"宁秋水语气沉重，"大灾之年，甚至有'易子而食'的惨事。当然，这并不是最可怕的。最可怕的是，那些人在度过危机后，用谎言掩盖了罪行，并将责任推给了无辜的受害者。当年，广修一家失去的，不仅仅是粮食，还有他们的性命和清白。"

白潇潇也叹道："这才是真正的可怕之处……明知你是无辜的，却迫于压力没有人愿意替你发声。我大概明白，为什么这个村子里出现那么奇怪的诡物了……这已经不单纯是生死恩怨。"

三人沉默着走回了招待所。虽然他们基本已经猜到当年发生了什么，但依旧没有找到出路。

时间过得飞快，晚饭时间到了。除了唐娇，他们只剩下七个人。

饭桌上，大家一片沉默。只有骆燕盯着餐盘，神情恍惚。宁秋水看着她，心中隐约觉得她脸上的笑容似曾相识，却一时想不起来在哪里见过。

其他人也察觉到骆燕的不对劲，纷纷悄悄挪远了些。于是，餐桌上形成了一个奇怪的局面——骆燕孤身坐在一边，其他六个人挤在另一边。

"骆燕，骆燕！你笑什么呢？"宗芳忍不住问。

骆燕没有回应，只是继续盯着餐盘，时不时发出一阵笑声，仿佛在听着某个只有她能听见的笑话。宗芳心里发毛，如果不是房间里还有其他人，她早就跑了出去。

"她到底怎么了？"眼镜男慌张地问道，但没有人回答他，因为大家都不知道。

宁秋水边吃饭边观察着骆燕，忽然，他猛然想起骆燕的笑容为何如此熟悉。这笑容，不久前他在糜兰的脸上见过！

当时，阮婆对糜兰念咒，撒了些东西，糜兰就露出了这样的笑容！

难道是……阮婆的手笔？她究竟想做什么？

宁秋水还在沉思时，骆燕突然站起身，朝门外走去。她的步伐僵硬，像是个失去灵魂的躯壳。没有人敢阻拦她，直到她走远后，宗芳才怯生生地问道："我们……会死吗？"

她的声音带着哭腔。

"只剩四天了，能去的地方都去了，能找的线索也都找了，可我们还是没有找到出路。难道这扇门里根本就没有出路？"

在巨大的压力下，人的情绪会先崩溃，情绪崩溃后，智力也随之下降。众人的脸色都不太好。

"白潇潇，你们找到什么有用的线索了吗？说出来大家一起想想办法，总比各自为战强。"眼镜男虽然能力平平，但他积极寻找出路的态度，给其他人带来了一丝信心。

"我们确实找到了些线索。现在还剩七个人……不，准确来说，只剩六个人了。"

白潇潇开始讲述村庄百年前的饥荒，又提到了诡门的提示。

"诡门给的提示从来不完整，事实上，这村子里除了'善良者''慈悲者'和'无辜者'，还有一个'作恶者'。而那个作恶者就是阮婆！关于出路，我的猜想是：我们需要帮助善良者复仇，铲除作恶者，帮助慈悲者找到失去的头颅，才能恢复村庄的安定。我们只剩不到四天的时间。如果在祭祀前没有完成这些事，我们将迎来'善良者'和'慈悲者'的最终清算！"

"呀！你们这么说的话，我们倒是错失了一个好机会！"眼镜男咬着牙，猛地一拍手，惋惜道，"下午的时候，那个阮婆来过一次招待所……早知道这样，我们就应该把她绑起来！"

宁秋水缓缓道："你不应该感到可惜，你应该感到庆幸。如果当时你知道这件事，并且对阮婆动手……那最后出事的大概率是你。"

他向众人描述了下午在村子里发生的事情，几人立刻明白了为什么骆燕会变成现在这副模样，那一定是阮婆搞的鬼！

"她……她为什么要把骆燕变成那样？"

听到阮婆那神秘莫测的能力，原本还觉得遗憾没对她采取行动的眼镜男，此时只觉得后背一阵冷汗。倘若他们当时回来得再早一些，说不定他们也已经遭遇了阮婆的毒手，变成了和骆燕一样行尸走肉般的存在！

"我想……这可能跟唐娇的淘汰有关。"白潇潇说道，"原本唐娇就是阮婆手中的一颗棋子，用来迫使或引导我们去做一些事，现在这颗棋子没了，她不得不亲自出手……"

她话音刚落，一旁的宁秋水忽然像是想通了什么，语气中带着一丝激动说道："我终于明白了，这就是问题的关键！"

众人立刻转头看向他，脸上写满了疑惑和好奇。

刘承峰问："小哥，你想到了什么？"

看着众人的神情，宁秋水缓缓吐出一句让他们毛骨悚然的话："从我们进入诡门的那一刻起，我们就已经被提示误导了，祭祀并不是在四天后才开始……事实上，从我们来的那天起，就已经开始了！"

话音落下，整个房间里陷入了死一般的寂静。

"还记得我们诡门上的任务吗？任务是让我们顺利通过第七日的神庙祭祀，但这并不意味着神庙祭祀是从第七日才开始的。回顾一下我们现在经历的一切……"宁秋水的语速越来越快，思维也越发清晰。

"阮婆一开始找上唐娇，承诺让她活下去，并与她联手引导我们一步步走向淘汰……那些在唐娇指引下偷偷上山的人，去往不同景点的人……其实都是阮婆早已算计好的！在我们眼中，这些景点可能藏着线索……可在阮婆眼里，那都是危险的地方！方寸塘、缚罴祠、不涸井，甚至我们居住的招待所烟雨庙，都游荡着可怕的诡物！这个村子……从我们进入的那一刻起，就已经在设法将我们献祭给那些亡者，正因为如此，唐娇淘汰后，阮婆猜测我们之中有人已经发现了真相，她便不再寻找内应，而是直接亲自出手！"

随着宁秋水一字一句地揭露这个事实，众人不禁感到一阵寒气。

"原来早就已经开始了吗？"眼镜男喃喃自语。

随着宁秋水的猜测，众人忽然想起了一件一直在发生但却被他们忽略的事——每天都有人淘汰。房间里陷入了死寂，所有人都在沉默。

他们一直以为四天后才开始的祭祀，实际上在两天前就已经开始了。

"该死！我们应该早点发现这一点的！"眼镜男忍不住低声咒骂了一句。

这时，白潇潇已经吃完饭，放下了筷子。

"好了，时间不早了，大家今晚还是不要外出了。村子里本就不安全，另外，回房间的时候，记得检查一下每个角落，如果看见一块写着'阮'字的木牌，务必尽快丢出去！"

众人带着沉重的心情回到了各自的房间。宁秋水仔细检查了一遍房间，确认没有遗漏，才把门锁上。

村子里天黑得很快，没过多久，外面便彻底黑了下来。今天发生了太多事，宁秋水脑子里一片混乱，他坐在床上开始整理思绪。

"虽然对当年的事情有了大致的推测，但许多细节依然模糊不清，比如广修一家的真正死因，那个慈悲者为何会以苦行者的形象出现？可现在阮婆对我们已经产生了很强的警觉，想要把这些事一一查清恐怕不容易了……"

村子里现存的大部分人年龄都在七十岁以下，之前他们刚进入村子时，宁秋水就一直在留意。

事实上，以村子的医疗条件来看，这些村民能活到六十岁以上已是难得。因此，活着的这些人对于百年前发生的事情，恐怕所知不多。一些细枝末节，他们可能是真的不清楚，估计也只是听长辈们提到过一些重要的事情。

"看来，关键还是在阮婆身上！"

宁秋水的目光变得犀利。虽然他们不愿与阮婆起正面冲突，但眼下来看，这已是无法避免的。由于房间里没有了木牌，今晚大家都没再遇到广川。

到了第二天，宁秋水起来吃早饭，却发现白潇潇不见了。

是的，白潇潇不见了。

宁秋水早上和刘承峰一起敲了敲她的门，却迟迟没有回应。他们以为白潇潇可能早起去吃饭了，但当他们来到食堂时，依然没看到她的身影。

宁秋水询问了食堂的工作人员，打饭的大爷说他没有见过白潇潇。

二人觉得有些不对劲，急忙返回招待所，再次来到白潇潇的房门前。轻轻扭动门把手，门竟然就这样打开了。房间里空无一人，隐约还能闻到白潇潇常用的洗发水香味。

"糟了……"刘承峰喃喃道，"白姐不会昨晚遇到什么不好的事了吧！"

宁秋水仔细检查了一遍房间，摇了摇头，神色凝重。

"没有任何打斗的痕迹，也没有反抗的迹象，而且她带走了自己的背包，从这些细节看，白姐应该是主动离开的……"

"主动离开？"刘承峰皱起眉头。

"对。"宁秋水点头，"白姐不是莽撞的人，能让她冒险独自离开，一定是昨晚她发现了什么特别重要的事情。"

尽管宁秋水确定白潇潇是自己离开的，但他不确定她还能否安全回来。毕竟，这个村子实在太奇怪了，尤其是招待所门前的那片树林后山，他们至今还没敢接近。他们推测，那个地方很可能就是传说中的禁地，贸然靠近，可能会引发不可预料的后果。

"小哥，你说白姐到底去哪儿了？"刘承峰忍不住问。

宁秋水摇了摇头，心中也无法判断白潇潇究竟看见了什么，才会让她做出如此反常的举动。

"先等等吧，我们还有时间，别慌。现在最重要的是保持冷静，一旦乱了，事情就会变得更复杂。"

刘承峰点点头，虽然心里焦急，但也只能暂时按捺下来。然而，这一等就是一整天。直到夜幕降临，白潇潇依然没有回来。

这下，不仅是刘承峰，连其他三个人也坐不住了。

"什么？白潇潇也失踪了？"眼镜男满脸震惊。

今天早上，他们发现团队里另一个人——骆燕，也失踪了。然而，由于宁秋水和刘承峰一直在担心白潇潇，两个小组之间并没有交流，这件事他们刚刚才知晓。

"这么说，白姐会不会是跟着骆燕走的？"宁秋水若有所思。

"那今晚我们要行动吗？"眼镜男有些紧张，脸色也不太好。

"我们手里没有护身的诡器，晚上行动太危险了，等明天白天再说吧。"宁秋水沉思片刻，最终决定放弃夜间行动。

他们之前选择晚上行动，是因为有明确的提示。来到第二扇门，白潇潇曾提醒过，除非有特殊情况，晚上最好不要随意走动，因为夜晚的危险程度远远超过白天。

众人再次检查了自己的房间，确认没有遗漏的木牌后，才锁上了房门。宁秋水则等大家都回到房间后，悄悄来到白潇潇的房间。

白天的搜查有些仓促，宁秋水觉得以白潇潇的谨慎性格，她不可能什么都不留下。因此，他决定晚上再次仔细检查一次。

这一次，他在白潇潇的枕头下发现了一面遍布裂痕的铜镜。对于这面铜镜，宁秋水并不陌生。之前在不涸井，正是靠着它，白潇潇救下了差点被拖入井中的刘承峰。

"白潇潇故意留下这面镜子，是不是意味着她预感到自己可能会遇到危险？"宁秋水望着铜镜中的倒影，忽然愣住了。

尽管房间里没有开灯，但借着月光，他清楚地看到，镜中映出的并不是他自己，而是一个披散着长发、身穿红色嫁衣的女人。宁秋水觉得，这个女人并不会伤害他。

"镜子还留有灵力,说明白潇潇没有被删档!"他心中燃起一丝希望。

虽然有了这面铜镜,但晚上出门终究过于危险,宁秋水决定等天亮再做打算。

回到自己的房间后,他躺下休息,却始终心绪不宁,牵挂着白潇潇的安危。第二封神秘来信上说,白潇潇不能淘汰在第二扇诡门里。如果她真的淘汰了……会发生什么?

辗转反侧间,天色渐渐亮了。

清晨的阳光透过窗户洒进房间,宁秋水疲惫地起身,简单洗漱后敲门唤醒了其他人。

"小哥,去哪儿?"刘承峰依然对宁秋水充满信任,完全听从他的指挥。

"我昨晚仔细想了想,白潇潇应该只会去两个地方:第一个是树林后的后山,第二个是阮婆的住处。后山实在太危险了,我们先去阮婆的住处看看。"

眼镜男皱眉道:"可是阮婆也不简单,要是被她发现,我们恐怕会惹上大麻烦。"

宁秋水点头:"直接闯进去肯定不行,所以我们得想个办法先把阮婆引开。"

大约早晨九点钟的时候,有三个人悄悄进入了村子。

与上次宁秋水三人进村时一模一样,村民们打量他们的眼神中,带着几分愧疚。正因为如此,没有任何村民与他们三人对视。每当目光接触到的瞬间,村民们就会迅速移开视线,假装继续忙于手里的事情。

宁秋水心里清楚,这些村民都被阮婆的力量挟持了。否则,前天下午阮婆不可能这么快就赶到糜兰的家中。一定是有村民偷偷通风报信。

果然不出所料。早已埋伏在阮婆住址附近的宁秋水二人,看到一个穿着粗布麻衣的人影从村口跑了出来,径直朝村西某座庙旁的宅邸奔去。那座宅邸占地面积比庙还大,大门两侧摆放着两座石狮子,做工精致,气势不凡。

不久之后,那村民和阮婆一同从大门走出,快步朝村里走去,宁秋水望着阮婆的背影,总觉得她看起来比以前更加佝偻,走路也不那么稳了。

确认他们走远后,宁秋水和刘承峰一同潜入了阮婆的宅邸。刚一进去,他们就感受到了异样。

阮婆的宅子很大,宁秋水站在院子中央,四处环顾,低声道:"他们为我们争取的时间不多,分开找!"

"嗯!"刘承峰点了点头。

随后,宁秋水朝左走,他则朝右走。他们很快搜遍了阮婆常用的房间,但几乎一无所获。

十分钟后，刘承峰双手叉腰，喘息着站在宁秋水面前。他心里有些着急，眼神时不时瞟向大门，似乎担心有人会突然进来。

"我已经好久没体验过这种心惊胆战的感觉了！上次还是十一年前偷师叔的酒喝……"

宁秋水沉默片刻，忽然瞥见院子西南角的某个地方。那角落隐在茂密的花草中，看上去像个存放杂物的小房间。

"去那里看看。"宁秋水伸手一指。

二人立刻走到了那不起眼的小房间门口。与其他房间不同，这里上了锁。

"奇怪……她平时就一个人住，为什么还要锁门？"刘承峰挠了挠头，然后熟练地掏出铁丝，插入锁孔。只听"咔嚓"一声，门锁应声而开。

宁秋水面露复杂，瞥了刘承峰一眼，刘承峰不解地问："小哥，你这是什么眼神啊？"

宁秋水摇了摇头，推门而入。屋内漆黑一片，弥漫着一股奇怪的气味，正是阮婆身上的味道。摸索了一会儿，宁秋水终于找到了灯。"啪嗒"一声，灯光亮起的瞬间，二人顿时愣住了。

房间里的景象让他们全身的汗毛都竖了起来。只见房间中放置着三排货架，货架上摆放着一个个巨大的玻璃罐。

那玻璃罐里……赫然是……

"这……"刘承峰的腿又开始不由自主地颤抖起来。

"等等！"宁秋水仔细观察了一下，低声惊呼道，"这些东西……是活的！"

刘承峰惊愕道："什么？！"

宁秋水面色难看，心中一片冰冷。这些东西怎么可能还活着？

"小哥，快关灯！"刘承峰似乎意识到了什么，急忙催促道。

然而，宁秋水却对他做了一个噤声的手势。

"嘘——"

见他如此认真，刘承峰也闭上了嘴。

很快，宁秋水走到房间角落，掀开一块布，露出一个崭新的玻璃罐。看到了罐子里的东西后，刘承峰瞪大了双眼，竟一句话也说不出来。

"怎……怎么是白姐？！"

看着罐子里的景象，刘承峰只觉得自己的心脏被狠狠地揪紧了！他无论如何也没想到，白潇潇会出现在这个玻璃罐里！这种震撼是难以言喻的。

要知道，白潇潇可是过了许多次险境的人，身上还有不少保命的诡器，如果连她都对付不了阮婆，那他们应该怎么办呢？

二人仔细观察了一下白潇潇，她原本妩媚的面容有些苍白，那双平日里带着慵懒神色的眼睛，此刻看起来空洞而无神。

宁秋水查看了瓶底。不知道阮婆究竟用了什么方法，居然让白潇潇活了下来！

宁秋水抱着罐子关上了灯，整个房间顿时再次陷入黑暗。原本的声音也渐渐消失了。宁秋水带着罐子走出这间空屋，对着罐子里的白潇潇轻声说道："白姐，听得到吗？你现在情况怎么样？"

大概沉默了三秒钟，白潇潇开口说话了："现在是什么时候了？"

宁秋水把时间告诉她。不得不说，白潇潇确实不同寻常，即便在这样的境况下，她依然保持着镇定。

"还好……不是很晚。"白潇潇的声音虚弱，却像是松了口气，"听着，我们的时间不多了，接下来我说的话，你们一定要记住！"

宁秋水点点头："白姐，你讲。"

白潇潇又沉默了一会儿，像是在积蓄力气。

"阮婆的身体出了问题，似乎是长时间通过某些方法来压制村子里的诡物，导致她受到了反噬。在她卧室的床下，有一个机关，拧开之后，会出现一个暗格，里面有一本非常重要的书，书中记载着这个村子的真相，还有安全前往后山神庙的方法。你们必需拿到那本书……另外，千万不要和阮婆正面对抗，你们不是她的对手！"

宁秋水等她说完，立刻问道："还有办法可以救你吗？"

白潇潇面无表情，此刻的她也做不出什么表情了。

"如果你们能在今天落日之前找到我的身体，并且带过来，我就能活。我的身体……在后山的神庙上。"

宁秋水点头应道："好！"

他正要将罐子放回原位，却又听见白潇潇的声音："对了……后山神庙的情况很复杂，你直接找会很难。"

宁秋水微微一怔，接着听到白潇潇低声说道："我的左臀上有一块匕首形状的胎记，挺明显的……"

听她说得有些含蓄，宁秋水不禁哭笑不得。不过二人都明白，在生命面前，这些事情已经无关紧要。

宁秋水将罐子小心地放回原处，反复确认没有留下痕迹，这才轻手轻脚地退出了房间。

"大胡子,上锁!"

刘承峰点点头,重新将门锁好,并将锁的位置恢复成原样。

"小哥,刚才白姐跟你说了什么?"

宁秋水沉默片刻,还是摇了摇头。关于白潇潇胎记的事情,还是不要告诉其他人了。毕竟白潇潇也是个女孩子。

"先去阮婆的卧室,把那本记录了重要线索的书找到!"

二人再次进入了阮婆的卧室。之前他们来过这个房间,但没想到阮婆如此谨慎,竟在平日里只有自己住的地方设下机关。

在白潇潇的指示下,他们很快找到了阮婆床下的机关,轻轻一拧,一个暗格出现在他们面前。果然,暗格里放着一本泛黄的书。

书看上去十分陈旧,即便被好好保存,但还是难掩岁月的痕迹,一些地方因翻阅过多而出现了破损。宁秋水不假思索地拿起了书,关上了暗格。接着,他们走出阮婆的卧室,来到了院子里。

正当二人准备离开时,院子的大门缓缓被开了——一张苍老的、布满皱纹的熟悉面孔出现在了他们面前!

四目相对,屋内屋外的人都愣住了。空气中充满了尴尬的气氛,尤其是阮婆看见宁秋水手中拿着她藏着的重要书籍。

宁秋水沉默了一瞬,随即转身:"大胡子,快跑!"

随着一声大叫,二人不顾一切地往西侧的拱门冲去。身后的阮婆神色顿时变得狰狞,怒吼了一声,拄着拐杖一瘸一拐地追了上来!

"天哪,咱们可真是倒霉透了!"刘承峰忍不住骂道,"你说这老太婆早不回来,晚不回来,偏偏咱们要走的时候回来了!"

宁秋水没有回答,他脑海里第一时间浮现出阮婆宅邸的地图。

他们之前已经搜过一圈,宁秋水将阮婆宅邸的大致通道都记了下来,由于这个地方的墙太高,上面还布满了尖锐的玻璃碎片,所以根本无法硬翻出去,他们也不能与阮婆正面交锋,唯一的办法就是绕一圈。

好在阮婆只有一个人,平时也没有村民来这,所以她相对孤立无援。

"小哥,你快看!"

刘承峰回头一看,吓得浑身一震。

只见阮婆原本步履蹒跚,此刻竟以一种奇快的速度追赶他们。她丢掉了手中的龙头拐杖,面容扭曲,眼神中透出无法言喻的渴望,跑步的姿势也越来越怪异。

"你们竟敢擅闯我的住处!我要让你们付出代价!"

阮婆疯狂地咆哮，跑在后面的刘承峰感到膀胱一阵紧张，冷汗从额头上流了下来。他清楚，阮婆绝对不是在开玩笑。

"她的速度怎么越来越快了？"

两人好不容易绕到宅邸的大门口，却发现门被阮婆从里面反锁了！

显然，多疑的阮婆早已预料到宅邸可能会有人闯入，特意多留了一手。大门上装的是老式的锁，配合结实的锁链，将门牢牢锁住。

"快，大胡子，开门！"

宁秋水看到阮婆已出现在拱门拐角，心跳加速，仿佛钟声在胸腔中回响，每一声都仿佛要从喉咙里跳出来！

刘承峰看到门上的锁，立刻掏出一根铁丝，开始捣弄锁眼。与此同时，阮婆的身影越来越近。两人仿佛已经闻到了阮婆身上那股刺鼻的气味！

"我好心好意招待你们，你们竟然企图偷我的东西！既然你们这么喜欢这里，那就永远留下吧……"

由于宁秋水挡着，阮婆没有留意到站在他身后开锁的刘承峰。她的手中，不知何时多出了一把刀，刀刃上还残留着一些黑色的黏稠物质，恶心至极。眼看阮婆步步逼近，锁终于打开了！紧接着，刘承峰猛然一脚踹开了大门！

砰！

宁秋水率先冲了出去，此刻可没时间讲什么礼让，活命才最重要！

阮婆没想到他们竟然会开锁，或许是因为宁秋水手中的书太重要，她并未放弃，继续紧追不舍

"她怎么跑得这么快，腿脚这么好，平时拄拐杖是装样子的吧？"跑了大约半公里，宁秋水还算轻松，刘承峰已气喘吁吁，脸色发白。

由于常年锻炼，这点体力消耗对宁秋水来说不算什么，但并不是每个人都能像他一样。

"阮婆身体并不好……别看她现在追得这么猛，过度消耗必然会让她付出代价！"

刘承峰听了，脸上浮现了一丝轻松的神色："这么说，咱们可以耗死她？"

宁秋水摇摇头，稍微放慢了脚步，气喘吁吁的刘承峰也跟着放慢，终于稍微缓了口气。

"我或许能耗死她，你不一定……不过别担心，我手上这本书对她极其重要，她不会轻易放弃。她现在速度变慢了，我们也假装体力不支，让她觉得有机会抓住我们，这样她会继续下去……"

刘承峰回头看了一眼仍在追赶的阮婆，心里暗自佩服这个女人的耐力。她居

然能跑这么久，如果速度减慢，自己一定会陷入绝望。

"小哥，这条路好像有点熟悉？"

刘承峰好像意识到什么，抬眼看向宁秋水。

宁秋水一边调整呼吸，一边回答："当然熟了，这条路是通往方寸塘的。"

听到这个熟悉的名字，刘承峰眼中瞬间亮起了希望的光芒。

"还是你厉害，就这么把她引过来了？"

宁秋水扬了扬手中的书："这些东西对她太重要了，阮婆不会轻言放弃。"

两人继续调整节奏，你追我赶的局面持续，他们越来越接近方寸塘。那座高台已经透过密林，映入他们的眼帘。就在刘承峰以为终于得救时，他再次回头望向阮婆，这一眼却让他的笑容僵住了。

不过短短几秒钟，三人之间的距离缩短了几十米。

"糟了，她快追上来了！"

刘承峰跑了这么久，肺部已经感到强烈的不适，呼吸困难，头脑发昏，全凭一股强烈的求生意志在支撑着。即便如此，他的身体几乎已到极限。即便想要再加速，也是有心无力。

照目前的情况，阮婆很快就会追上他。刘承峰心中充满绝望，脑子里只剩一个念头——如果这次能顺利离开这里，他一定要好好练习长跑！

"喂！你要找的东西是不是这个？"

阮婆扑倒了刘承峰，眼看她手中的刀就要落下，宁秋水的声音突然让阮婆的动作停了下来。她缓缓抬头，用那双布满血丝的眼睛，死死盯着宁秋水手中的书。

下一刻，她看到宁秋水猛地将书扔了出去，方向正是方寸塘。

阮婆愤怒至极，竟然放开了刘承峰，迅速朝在空中坠落的书跑去，赶在书掉落方寸塘之前接住了它。

拿到书的阮婆，佝偻着身躯站在高台上，背对着池水，眼中充满了浓烈的杀意。

"游戏结束。"她的声音冰冷，嘴角挂着胜利的笑容，"真是可惜啊，最后还是我赢了。事实上，我从来没有输过……从来没有！"

宁秋水拉起躺在地上的刘承峰，慢慢走到了方寸塘外，站在高台下方，直视着阮婆。

"是的，游戏结束了。"他笑道。

阮婆看到宁秋水脸上的笑容，表情微微僵硬，内心升起一股极其不祥的预感！

就在此时，方寸塘忽然传来了水花翻涌的声音，那个声音如同池水在沸腾般，咕噜咕噜地冒着泡。

阮婆听到这个声音，身体不由自主地颤抖起来。她低下头，看着脚下的青石，眼中浮现出巨大的恐惧！

她……怎么会来这个地方？

先前她为了拿到宁秋水手中的书，不得不进入"特殊"状态，而在"特殊"状态下，阮婆的理智是有限的。此时她想要离开高台，然而黑藻忽然蠕动起来，缠绕住她的身体，将她牢牢固定。

"不……不！"阮婆尖叫着用手中的刀疯狂地切割这些黑藻。

她的刀的确锋利，然而黑藻数量太多，无论她如何切割，都会有新的迅速补上。

最终，连她的手臂也被彻底固定了！

越来越响的水声从她身后传来，站在高台下的二人很快看到一个女人从水面缓缓浮现，出现在阮婆身后！女人伸出手，轻轻一划，阮婆手中的刀便掉了下来，落在了二人面前。

"呃……"阮婆痛苦地呻吟，但黑藻很快封住了她的嘴。

女人拿着那柄刀，仔细端详着，片刻后，她的眼角流下了泪水，嘴里发出如泣如诉的幽怨声："修哥……"随着女人的呼唤，刀仿佛有了生命，微微颤动，似乎在回应她。

阮婆还在拼命挣扎，她的确有些本事，就在女人的注意力被刀吸引的时候，她居然一只手将黑藻撕开，嘴里开始念叨着奇怪的语言。

随着她的声音响起，女人发出了一声哀号，缠绕阮婆的黑藻竟然燃烧起来，最后化为虚无。

站在高台下的二人被这一幕震惊了！

"这老太婆这么厉害？"

刘承峰见阮婆即将脱困，突然捡起一块石头，猛地朝阮婆砸去。

不知是运气好还是天意，那块不大不小的石头正好砸进阮婆的嘴里，卡住了她的喉咙。

阮婆瞪大了眼，捂着喉咙不停咳嗽，当她终于将石头吐出来时，黑藻再次缠绕过来。

这一次，她再没有机会挣脱了。

宁秋水没有立刻离开，并不是因为他不害怕，而是女人手上还有一样非常重要的东西——那本在阮婆卧室里找到的书。只有得到这本书，他们才能够安全进入后山，才有可能救下白潇潇。

宁秋水一向对朋友极为重视。白潇潇既然敢冒险进入第二扇诡门，带他们一同完成任务，他也不会在白潇潇遇险时轻易抛弃她。

宁秋水看着哭泣的女人，咬牙上前一步，说道："你要的人，我们已经带来了，你也报仇了，可以把那本书还给我们吗？我需要它救我的朋友！"

捧着刀哭泣的女人听到宁秋水的话后，忽然抬起头，眼中含泪，直直地望着宁秋水二人。

刘承峰见势不妙，急忙拉了拉宁秋水的袖子，低声说道："小哥，我觉得这女人看咱们的眼神不对，要不赶紧走吧！白姐的事，咱们再想办法。现在阮婆已经完了，我们可以去她的住处再仔细搜搜，那里说不定还有其他重要线索。我们要是在这里淘汰，白姐也出不去了！"

他的话音刚落，刚才还在原地哭泣的女人，忽然出现了他们面前！

难道……眼前的女人要恩将仇报？这个念头一出，连宁秋水都不禁微微颤抖。

不过好在，女人只是缓缓伸出手，将那本湿淋淋的书递给了宁秋水。

紧接着，她又将手伸向了自己的眼睛。女人的手轻轻覆在双目上，须臾一瞬光亮，再睁眼时，她的瞳孔里已无神采。她竟然将自己眼睛的力量送给了他们！

但显然，女人并不想害他们。

既然女人不想害他们，那就说明她的眼睛一定有其他的作用！

二人收下后，眼前一阵恍惚，再回过神来时，女人已经消失不见。地面上的黑藻迅速枯萎，在短短几秒内化为粉末。

宁秋水心头一动，缓步走上寸塘的高台，看着池水中漂浮的痕迹不断消散，最后化为淤泥，沉入塘底……

"小哥，怎么了？"刘承峰站在高台下，朝着宁秋水问。

宁秋水摇了摇头："没什么，她……走了。"

刘承峰自然明白宁秋水话中的含义，他长长吐了口气，靠在树旁闭目休息。

"这女人倒也算恩怨分明。小时候，师父还没去世，他跟我说过，人有时比怪物更可怕。当时我以为是玩笑话，可是随着我闯荡江湖，才发现……真是如此。"

二人回想起在这个村子里经历的一切，似乎确实如此。

想害他们的，一直是这个村庄的人！

宁秋水忽然笑了一声，真是讽刺。

他翻开手中的书，认真看起来，脸上的笑容渐渐消失。

刘承峰察觉到宁秋水的异样，急忙问道："小哥，怎么了？"

宁秋水长吁了一口气，平复了一下情绪，将书递给了刘承峰："你自己看吧。"

刘承峰翻看书中所记录的当年真相，顿时双目喷火，拳头紧攥！

"浑蛋，阮氏这帮人渣！他们做了这么多伤天害理的事，居然还能活到现在！"

通过书中的记录，两人了解到百余年前的真相。那时，村子确实遭遇了大旱和饥荒。当时，广修家是村里最富有的一户，开仓放粮，救济村民，也正是因为这个举动，村民们开始逐渐偏向广修一家。这对于阮开黄来说，可不是什么好事。

因为，他正准备竞选下一任村长。然而，他也没有办法……毕竟在这个大家随时都可能饿死的年头，他也得靠广修一家人的施舍活下去！

但好景不长，经过半年的放粮，即使广修家再富有也即将断粮。看着自己的妻儿，广修不得不做出了一个痛苦的决定——停止放粮。正是这个决定，让心怀歹意的阮开黄看到了机会！

实际上，阮开黄不需要多做什么，世人往往只记得坏事。当广修站在家门前，面对黑压压的村民，宣布自己家已无余粮，再也不能施舍时，被谣言蛊惑的村民们看他的眼神……变了。

村民们的情绪随着饥饿逐渐发酵，怀疑、贪婪、憎恨……

两天后，村民们饿得发昏，开始啃树皮，吃草根时，阮开黄站了出来。

他只说了一句简单的话："昨天晚上，我爬到了广修家的墙上，看见了他们一家在吃肉。"

当众人意识到阮开黄骗了他们的时候，一切都已经晚了。

就在广修死去的当天晚上。村里的大旱突然结束了。一场久违的暴雨从天而降，村民们欢呼着、哭喊着，同时也充满内疚和自责。

广修死了，大旱也结束了。

可是不久之后，村中流言四起，说是广修平日里做了触怒神明的事，虽然表面上修建了烟雨庙来供奉土地神，但实际上是借庙宇私藏财物，因此触怒了天神，降下了大旱。

这些流言正是阮开黄故意散布的。他需要通过这样的手段来快速摧毁广修在村民中的声望。

最终，他成功了，也如愿成为了村长。

后来，阮开黄在烟雨楼放火，导致广修的儿子广川丧命，并秘密绑走了广修的妻子朱南钰，企图将她据为己有。

朱南钰从小貌美，即便生了孩子，容貌和身材也几乎没有变化。她温婉柔弱的气质，使她成为远近闻名的美人。

阮开黄天生相貌丑陋，牙齿歪斜，他的父母生前担心他娶不到老婆，四处为他张罗对象，但见过阮开黄长相的姑娘，或摇头离去，或即使同意婚事也被阮开黄嫌弃。久而久之，他的父母也放弃了。

广修死后，阮开黄被朱南钰在广修遗体旁痛哭的模样深深吸引，几晚辗转难眠，脑海中不断浮现她的面容。欲望难耐之下，他策划了一出伪装的"神罚"——天雷震怒，烧毁烟雨庙，借机烧死朱南钰和广川。

事实上，广川死了，但朱南钰被阮开黄秘密绑走，藏在了家中的地下室。

接下来的几个月，朱南钰遭遇了难以言喻的折磨。

最后，朱南钰在冰冷的池水中死去。可这场刑罚，并没有因为朱南钰的死而结束。

阮开黄指使手下处理了她的遗体。半个月后，阮开黄得知之前帮助他的人离奇死亡。起初，他以为这只是个意外，直到他连续做了几个噩梦，村中也不断发生怪事，阮开黄这才意识到问题的严重性。

阮开黄知道，迟早会轮到他。但他不愿放弃来之不易的权力和地位。最终，他花大价钱派人去到几十里外的一座寺庙，向一位前来云游的苦行者求助。

苦行者法慧随村民来到祈雨村，他一进村便说道："已经难以化解了。要么让村民们搬走，要么所有人都得死在这里！"

村民不敢耽搁，立刻带着苦行者去见村长阮开黄。

"真的没有其他办法了吗？"阮开黄面色惨淡，不断诉说着自己的苦衷。强调阮氏族人世代为村长，自己绝不能让村子就此落败。

苦行者听了他的话，被阮开黄所谓的牺牲精神感动，高声说道："我不入地狱，谁入地狱！"

苦行者告诉阮开黄，还有一个办法可以保护村民安全——将慈悲者的头颅砍下，再按特殊的方法接回去，然后将他和因为怨恨死去的死者安放在一起，建庙诵经七日七夜，便可还村子太平。

但这个方法的前提是，苦行者的头颅不能够离开他的尸体……一旦与身体分离，他的力量便会彻底消失。

当年，阮开黄谨记这一点，直到他去世之前，都没有任何人靠近这座神庙。那段时间，是村子少有的宁静时光。

然而，这样的日子在阮开黄的儿子继任村长后便结束了。他缺乏威信，村民们对他的信任逐渐减少。当年他父亲做的事被人知道，村里很多人幡然醒悟，知晓了真相。

阮开黄去世后，阮鑫接任村长，祈雨村的噩梦由此开始。为了震慑村民，稳固自己的地位，阮鑫独自前往后山的神庙，无视苦行者的警告，触碰了禁忌。

从那时起，村子接连发生了怪事……

接二连三的事件让阮鑫意识到自己犯下了大错！

阮鑫急得不知所措，找了一名村民，模仿父亲的样子，给他钱财，让他去阮开黄当年去过的地方寻求帮助。然而这次……失败了。

几十年过去，那里早就香火断绝，变成了一座废弃的空庙！

村民怀着绝望的心情回到祈雨村，而村子的怪事还在持续。最终，在无计可施的情况下，村民们准备背井离乡，离开这个生养他们的村子。

如果不是万不得已，没人愿意离开故土，尤其是在没什么积蓄的情况下。

就在这时，村子迎来了转机。

一个女人出现了。她先是询问村子的情况，在了解之后，竟然破天荒地告诉阮鑫，她可以帮忙解决村子的问题，条件是阮鑫必须娶她过门。

原因阮鑫并不清楚，但他别无选择。为了保住权力，阮鑫同意了，抱着试试看的心态，看看她是否真的有办法。结果令人惊讶，娶了这个女人后不久，村子竟然真的恢复了平静。

可好景不长，没过两年，女人难产而死，只有她的孩子奇迹般地活了下来，是个女孩。这个女孩便是现在的阮婆。

她自幼聪慧，一直在研究母亲留下的遗物，并从父亲口中得知了当年的事情。

十一年后，阮鑫死于心脏病，阮婆继任村长。此时，她已经在村中建立了相当的威信。

然而，继位后的她变本加厉，不仅散布谣言，还大肆逼迫村民上交财物用于兴建庙宇，实际上这些财物大多进了她的腰包。即便如此，村子里仍然不时有人离奇死亡。村民数量不断减少，阮婆意识到事情不能再这样下去。于是，她想出了一个办法：用外来人代替村民成为神庙的祭品！

从那一年起，村子开始大力发展旅游业，每到祭祀之时便开放村子供人参观。不得不说，这个办法相当奏效。从旅游业兴起后，村子再也没有人离奇死亡了。

这就是祈雨村的全部真相。

"这些人真是丧尽天良！"刘承峰愤愤不平，眼中充满愤怒。

"这个方法且不说是否伤天害理……本身就是饮鸩止渴。"宁秋水叹了口气。

两人拿着书往回走。

"还记得白姐说的话吗？阮婆已经开始遭到报应了……"

刘承峰莫名想起了他们在第一扇诡门背后遇见的那个红裙女人，忍不住打了个寒战。

"我们在第一扇门后遇见的那个红裙女人NPC，应该是融合了祈雨村几代人的怨气，也难怪她如此凶残。"

宁秋水说道："当务之急是救出白姐，然后帮苦行者找到他的头颅。我估计，只有苦行者才有办法解决眼前的混乱。"

再一次回到招待所时，已经是下午。

二人简单吃了点东西，发现眼镜男三人也在，他们的面色很难看，身上还有一些伤痕。好在伤得并不重。

然而，当他们看到宁秋水和刘承峰回来，却没有见到白潇潇的身影，眼镜男的脸色立刻沉了下来。毕竟他们这次冒着巨大的风险去吸引阮婆，甚至险些丧命，结果却没有什么收获，难免让人感到沮丧。

"没找到白姐吗？"那个胆小的姑娘宗芳弱弱地问道。

宁秋水沉默了片刻，说道："找到了，但她现在的状态很不好……另外，阮婆已经死了，这对我们来说是个好消息。"

听到阮婆已经死去，众人的脸色才稍微缓和了些。毕竟，这个村子里一直想害他们的，正是阮婆！

"太好了！"眼镜男狠狠地挥舞了一下拳头，"那我们也就安全了！"

站在房间窗口向外望的刘承峰却嗤笑了一声："安全了？你想得倒是挺美！"

眼镜男被他这么一嘲讽，脸色顿时僵住了，有些不解地问道："难道不是吗？想阻挠我们的不就是阮婆吗？现在阮婆死了，我们自然就会安全很多！"

宁秋水说道："你再想想……为什么阮婆要把我们献祭给那些逝者？"

听到宁秋水的话，眼镜男愣了一下，随后似乎意识到了什么，额头立刻冒出了细密的汗珠。

是啊……虽然一直想对付他们的是阮婆和祈雨村被蛊惑的村民，但若不是迫于某种压力，他们又怎么会对外来者动手呢？

"这本书上记载了安全进入村子后山的方法，到时候我们兵分两路，你们去寻找那位苦行者遗失的头颅，我们则去寻找白潇潇的身体……"

宁秋水说完后，眼镜男身旁的另一个成员开口说道："一定要浪费时间去救她吗？我的意思是，她都已经……"他停顿了一下，"根本没有存活的可能了吧？若是我们冒着巨大的风险将她的身体带出来，结果却没能救活她，那岂不是白费力气了？"

这个成员平日里不声不响，说话的次数极少，以至于宁秋水和刘承峰对他几乎没有印象,甚至不知道他的名字。他的质疑,让众人开始动摇。

的确,这是一件非常绝情的事。抛弃同伴,尤其是一名曾为团队做出贡献的同伴,心里难免会有负罪感。可是现在,他们已经见过了太多的危险景象,在这种生存压力下,他们只想着尽快找到出路,安全离开这里。

"你现在能毫无压力地说出这些话,是因为有人已经替你做了危险的事。"刘承峰冷笑了一声,"希望你在陷入危险时,也有人能眼睁睁地看着你被抛弃。"

那人轻描淡写地回道:"可现在陷入危险的不是我,不是吗?"

听到这话,刘承峰再也忍不住了,猛地站起身,准备动手,却被宁秋水拉住了。

"上山的方法已经告诉你们了,接下来各走各的路,谁也不欠谁。"

眼镜男点了点头:"好,还是得谢谢你们提供的这本书……我们会尽力去找的。"

他们起身离开时,那个不知姓名的男人回头看了宁秋水和刘承峰一眼,嗤笑道:"两个蠢货!"说完头也不回地离开了。

刘承峰气得不行,用拳头狠狠捶打了一下桌面,发出"砰"的一声。

"那个混账东西,我们根本不该把这本书的内容分享给他们!"

宁秋水却冷静地说道:"无论他们愿不愿意,他们都得帮我们,毕竟如果他们不照做,所有人都会陷入危险。稍微准备一下吧,现在动身正好,争取天黑前回来,把白姐的身体带给她。"

刘承峰点头。他们简单收拾了一下绳子和背包,确认没有遗漏后,穿过树林,来到了后山的山脚下。

这是他们第一次来这里。与书中记载的基本一致,整个后山笼罩在一层淡淡的红雾中。

一来到山脚下,刘承峰忍不住打了个寒战。

"怎么突然降温了?"他嘟囔着,眼睛因为不安,不时环顾四周。

这并不是他的错觉,宁秋水也感觉到温度骤降。

这座山,异常静谧,静得有些诡异。一条修建得十分整齐的石阶弯弯绕绕地通向山顶。二人抬头望去,却始终无法穿透那片淡红色的雾气,根本看不清山上有什么东西。只觉得十分不舒服,仿佛有什么雾气背后冷冷地注视着他们。

可是,既然已经走到这里,他们也没有回头的打算。

当他们的脚踩上石阶的那一刻,奇怪的事情发生了——原本干净整洁的石阶忽然流下了不明液体,空气中弥漫着一股异味。

他们再次抬头望去,发现液体似乎从石阶的尽头、那片红雾中流出的。

更可怕的是，当他们再一次回过神时，石阶上浮现了许多透明的人影……

"小哥，这是什么情况？"

宁秋水摇了摇头，神情凝重。

"恐怕，这才是这座后山的真正面貌。我们之前看到的，可能是被掩盖的假象。"

刘承峰小心地跟着宁秋水一步步向上，眼神中充满了无法掩饰的恐惧。

"小心点，尽可能远离它们！"宁秋水简单扫视了一下，继续前行。

"天啊……阮婆究竟害了多少人？"

二人从山脚一步步往上，走到山腰时，已经看见了几十个人影，他们好像被封存在透明的介质中，飘浮在半空中。对比躯壳，他们的头部看起来更透明一些，仿佛风一吹就会消失，再仔细看，他们的脖颈处被一层黑色黏液覆盖。

"这不就是……"

看到这一情况，刘承峰立刻联想起阮婆宅邸中那间破旧小屋。

原来如此！

"她究竟想要做什么？？"

刘承峰的腿已经开始发抖，幸好他上山时手里拿着一根棍子，勉强能在湿滑的石阶上站稳。

宁秋水思考了片刻，似乎想到了什么："还记得白姐说过吗？阮婆的身体已经出了问题。之前我们第一次见到她时，我就闻到她身上有一股气味，而且她的脖子上还有大片的红色的疹子，看上去就像是那个地方开始腐烂了。我在想，阮婆是不是想通过某种方式……换一个新的身体？"

虽然他们从阮婆房间里找到的古书上没有任何相关的记载，但宁秋水的猜测让刘承峰倒吸了一口凉气。

阮婆脖子上那一圈红疹，他也曾看到过。

宁秋水的猜测……极有可能就是事实。

"加把劲，等我们找到了白姐，这一切都会真相大白！"

二人终于来到了山顶，好在路上的那些人影没有发生异动。

石阶尽头是一片巨大的密林平台，在密林中央，有一座被藤蔓和杂草覆盖的神庙。石阶上不断流出的液体就是从神庙墙壁上的砖瓦缝隙间流淌出来的……

神庙中也有许多人影，宁秋水很快通过衣着认出了白潇潇。虽然找得很顺利，但他心中总觉得有些不对劲。

为了确认，宁秋水让刘承峰先出去，自己则轻轻拉下了白潇潇的裤子，发现左臀上方确实有一个匕首形的胎记。

确认无误后，宁秋水和刘承峰一起用绳子将白潇潇的身体绑起来，这样做并不是为了别的，只是为了防止她的身体在下山时出现异动，给他们造成威胁。

做完这些后，宁秋水让刘承峰把白潇潇扛在肩上，自己则在神庙中四处打量。

内心的那股不安感……愈发强烈。

"不对……不对劲！"宁秋水努力让自己冷静下来，四处搜寻。他总觉得有什么地方有问题，但一时之间，又说不上来。这种感觉是他刚刚找到白潇潇时忽然出现的。

到底是哪里有问题呢？

就在这时，他的余光瞥见了墙角的人影。正是这一瞥，让他背脊发凉。

他终于知道哪里不对了！

那个人的头部和身体的透明度是一致的！而此刻，他正在用一种诡异的笑容盯着二人！

"跑！"

宁秋水没有多说，直接对刘承峰大喊。可就在他们转身准备逃跑时，神庙的大门却"砰"的一声关上了！外面的阳光透不进来，整个神庙陷入了伸手不见五指的黑暗中。站在黑暗中的二人，身体僵硬得像冰块一样，动弹不得。

就在此时，他们的身后传来了脚步声……

黑暗中，二人感觉自己的灵魂仿佛凝固住了！

"小哥，咱们现在怎么办？"刘承峰的声音抖得厉害，他感觉此时大脑一片空白！

宁秋水没有回复，只是手中已经握住了白潇潇留给他的那面铜镜。如果说现在还有什么能救他们一命的东西，那就只能是这面铜镜了！

他当初在不涸井亲眼见过这铜镜的威力。白潇潇用铜镜轻轻一照，井底的诡物便尽数散去。当然，宁秋水也知道，此时此刻，神庙中的这只诡物，远远不是不涸井底的那些东西能比的。

"这个家伙应该就是广修吧！"

身后越来越近的脚步声仿佛踩在二人的心口，每一步都像要将他们的心脏踩碎！

宁秋水紧紧握着手中的铜镜，掌心的汗水已经变得黏腻。

终于，脚步声停在了他的身后，紧接着便是漫长的、悄无声息的死寂。这种在黑暗中等待审判的感觉实在太糟糕了。饶是心理素质强大的宁秋水，此刻也觉得全身上下的毛孔都在渗出冷汗。

他知道，广修就在自己身后，正盯着他。

宁秋水非常想要转过头，可他根本动不了。胸口的那块血玉不断散发着灼热，几乎要将他的肌肤灼伤。

正是这时，他手中的铜镜突然苏醒了！

黑暗中，传来了女人幽咽的哭泣声。

声音响起的一瞬间，他们猛地打了一个哆嗦，这才发现自己能动了！

"大胡子，快去推门！"宁秋水几乎是吼出来的。

刘承峰也知道，女人能争取的时间不多，大步冲向神庙的大门，用力推开了门。

外面的光亮洒了进来，几乎窒息的二人终于感受到了一丝生的气息。

他们不顾一切地冲出神庙，朝着山下狂奔。

下山之前，宁秋水回头望了一眼。

他看见，穿着嫁衣的女人站在了广修面前，红色的身影正在以肉眼可见的速度变淡。

广修依然站在原地，似乎被游戏设置的规则阻拦住了，但他的眼睛，正盯着下山的二人。

"快！"宁秋水又大声催促了一句。

抱着白潇潇身体跑在最前面的刘承峰听到了催促，再一次加速！他大口呼吸着，头也不敢回，一路狂奔。

宁秋水跑在刘承峰后面，忽然听到手中传来某种东西破裂的声音，他低头一看，发现铜镜已经彻底碎掉了。镜中的那个穿着嫁衣的女人也在此刻消失不见。他的心沉到了谷底。

他原本以为这个铜镜还能用第二次，但现在看来，它已经到了极限。

宁秋水又回头看了一眼，只是一眼，他的心脏猛地揪紧。只见身后的山顶上，摆脱阻挠的广修竟然从神庙里走了出来，站在被染红的石阶上方，冷冷地注视着二人。而且每过一秒，他的身影就会出现在下一个九级阶梯上。

"刘承峰，再快点，他追上来了！"宁秋水大喊了一声。

跑在前面的刘承峰号叫："已经是最快了，小哥，我跑不动了！"

宁秋水加快速度，一把将白潇潇的身体从刘承峰的肩上扯了过来。虽然白潇潇并不重，百斤左右，但即便如此，普通人扛着成年人跑路，根本跑不了多久！好在宁秋水身体素质不错。

由于山上和山脚的距离并不远，二人很快跑下了石阶，他们不敢回头，也不敢停下，直接钻入了树林。

前方忽然出现了三道人影，宁秋水抬眼一看，竟然是眼镜男一行人。

"快跑！"宁秋水冲他们大叫了一声。

三人一时没搞清楚状况，看着宁秋水和刘承峰拼命朝他们跑来，一时间有些发蒙。

什么情况？

就在他们愣神的时候，宁秋水和刘承峰已经和他们擦肩而过。

"跑啊！"宁秋水头也不回，又大喊了一声。

这一声，众人才反应过来！

由于他们跑在后面，似乎吸引了广修的注意，广修不再追着宁秋水和刘承峰，而是把目标转向了他们！

"宁秋水，你个浑蛋！"跑在最后的男人对宁秋水咆哮，眼里满是恐惧。

他早上在村里受了伤，偏偏伤在了腿上。现在加上内心的紧张和恐惧，他根本跑不动，只能眼睁睁看着前面四人离自己越来越远……

"救我，我还在后面！"吕霆感受到身后越来越近的冰冷气息，他惊恐地朝前方伸出了手，慌乱地大喊。然而，前面的人只顾着逃命，根本没人回头看。

吕霆终于明白了刘承峰之前所说的话，他不愿意为队友冒险，到了现在，队友也同样不愿为他冒险。

"该死，关键时候没一个靠得住的！"他愤怒地在心里骂着，却不敢停下脚步。

跑着跑着，吕霆突然感到有些不对劲……身体似乎越来越轻。

这种感觉来得非常突兀，一旦出现便再没有消失。

直到最后，身体仿佛变成了一根轻飘飘的羽毛，失去了重量。

吕霆无法感知到自己的身体了。他惊恐地望着前方，只见一个和他穿着一样的身影，摇摇晃晃地朝前跑着！那具身影没跑多久，就跌倒在地，再也没有动静。

"快，天快黑了！"宁秋水一路狂奔，连他也快撑不住了。

远处的落日正在一点一点地下沉，夕阳的余晖也逐渐消失在地平线。他必须尽快赶到阮婆的宅邸。

"大胡子，快开门！"

宁秋水大喊一声，刘承峰立刻跑上前，一脚踹开了阮婆的大门，冲到那个不起眼的小房间外，拿出铁丝开始开锁。

刘承峰的技巧相当熟练，很快门锁就打开了。

宁秋水来到角落，立刻抱出了那只崭新的透明玻璃罐，对她说道："白姐，你

109

的身体已经带回来了,接下来怎么办?"

白潇潇的面容显得格外僵硬,眼神也逐渐变得呆滞,相比白天,她更像是一个失去了生机的雕像。

宁秋水见她状态不对,连忙拍了拍玻璃罐,大声喊着她的名字:"白潇潇,白潇潇,能听到我吗!"

或许是拍打起了作用,白潇潇那僵硬的眼睛终于微微动了一下。她看向外面的宁秋水,片刻后,用极度虚弱的声音说道:"你们……回来了……"

宁秋水回头看了一眼即将落下的夕阳,对她说:"我们带回了你的身体,现在该怎么办?!"

白潇潇轻声回应:"把玻璃……砸碎……将我……放回……身体上……"

哐当!

随着白潇潇的话音落下,宁秋水毫不犹豫地将玻璃罐摔向地面,脆弱的瓶子应声而碎,液体洒了一地。

在夕阳落下的最后一刻,白潇潇终于躺在宁秋水的怀里,缓缓睁开了眼睛。她的脖子上只留下了一道淡淡的红痕,仿佛只是被绳子勒过一样。

她如水般的眼睛先是轻轻颤动了一下,仿佛一滴水滴入了湖中,打搅了镜面的宁静,接着她的目光逐渐恢复了神采。伴随着一声轻轻的呻吟,二人才终于松了口气。

"吓死我了!白姐,我们差点以为你回不来了!"

刘承峰看到白潇潇终于苏醒,抹了一把额头上的冷汗,大口大口地喘着气。

白潇潇道了声谢,轻轻从宁秋水怀里撑着手站了起来。她看着远处已经落下的夕阳,苦笑着说道:"这扇诡门,确实凶险。我以为我已经足够谨慎了,没想到还是差点翻车……"

说完,她看向两人,眼中闪过一丝感激。愿意冒着生命危险来救你的人,在诡舍少之又少。除了感激,白潇潇对宁秋水也有了一些说不出的情义。她知道,在山上的神庙里,宁秋水看到了她的胎记。

不过,经历过生死的人,对这种事的在意程度并没有普通人那么高,所以她很快便恢复了平静。

"其他人呢?"白潇潇问。

"估计就剩下五个人了吧。"

一提到剩余人数,刘承峰的脸色立刻变得难看。他们进来的时候有十四个人,短短五天就剩下不到一半了。

现在只剩下最后两天,若是他们无法在最后两天帮助赐予"安定"的苦行者找回头颅,那他们将面临广修和过去百年内所有亡灵的清算!

"话说,你们觉得广修会追到这里来吗?"

刘承峰十分不安地朝身后的大门看了一眼。他的担忧不无道理。广家人本就对阮氏一族心存怨恨,而现在广修已能离开神庙,第一件事情,很可能是来找阮婆复仇。

"我觉得咱们需要担心的,可能不仅仅是广修……"宁秋水听了刘承峰的提醒,神色忽然变得沉重,左右四顾,似乎在寻找着什么。

"秋水,怎么了?"白潇潇察觉到宁秋水的异样。

宁秋水缓缓开口,说出了一个让两人不寒而栗的事情:"我们当时按照你的指引,在阮婆的卧室里找到了那本书,正当我们准备离开时,阮婆突然回来了。接下来,我们经历了一场追逐战……我们逃走时,阮婆家的大门应该是开着,她为了尽快从我们手里夺回那本书,根本不可能有时间先关门再继续追我们的。而村民一般不会来这个地方。所以,在我们离开阮婆宅邸的这段时间里……究竟是谁进来过?"

随着宁秋水的话音落下,两人只觉得浑身的汗毛都竖了起来。他们警惕地盯着周围的黑暗,仿佛那些不引人注目的角落里,随时可能会跳出什么东西。

"不管怎样,先离开这里!"三人立刻离开了阮婆的宅邸。

路上,白潇潇听两人讲述了救她的经过,并说道:"让我看看那个女人给你们的眼睛。"

宁秋水和刘承峰没有拒绝,直接将眼睛的灵体交给了白潇潇。经历过这几天的经历,他们之间已经建立了高度的信任。

白潇潇认真观察了一会儿,忽然说道:"应该不是诡器。诡器通常是完整的,不会被分成零件。"

刘承峰疑惑道:"不是诡器?那这东西岂不是没什么用?"

白潇潇摇了摇头,正色道:"虽然不是诡器,但这双眼睛应该有重要的作用,否则她不会在离开前交给你们。而且既然是她交给你们的,也只有你们能使用,其他人拿到也没用处。"

她说完,把眼睛还给了两人,宁秋水看着手中的光亮,陷入了思考。

很快,他们回到了招待所,也就是曾经的烟雨庙。

"咱们真的要回这地方吗?这地方不是有些奇怪吗?要不我们去食堂里凑合一晚?"这是他们第一次在夜晚站在空地上打量住处。三人只觉得住的地方阴森得可怕,那些黑暗的窗口仿佛一张张嘴,随时准备吞噬他们。

111

"眼镜男他们也没回来……"宁秋水望向眼镜男的房间，发现里面没有灯光，窗帘也没有被动过。他猜测，眼镜男三人要么是被广修抓住了，要么是发现了什么，离开了这里。

"还是不要回去了，里面不安全。"

宁秋水掏出那块血玉，越接近招待所，血玉发出的红光越强烈。

"走吧，去食堂，不出意外的话，其他人也在那里。"

此时，天已经完全黑了，村子十分不安全。三人决定先去食堂凑合一晚。

来到食堂时，远远就看到里面亮着灯。这一抹灯光为死寂的食堂增添了一丝生气。走进食堂后，他们进入点灯的房间，看见了眼镜男和宗芳对视着，沉默无语。

"白潇潇！"看到白潇潇出现，眼镜男有些惊喜，危急时刻，多一个人总比少一个人好，尤其是白潇潇冷静机智，是团队里的得力成员。

"你们那边情况怎么样？"

面对白潇潇的询问，眼镜男点了点头，面色略显苍白，说道："他……广修从山上追下来，我们各自逃命，没人去管他，后来我们回到招待所，等了很久也没有见到他，却等来了……"

提到在招待所经历的场景，眼镜男和宗芳都轻微发抖，显然仍未从那段经历中恢复过来。

"现在情况已经很清楚了，随着阮婆的死亡，祈雨村原本受到压制的诡物，束缚少了很多……"

听到这话，宗芳的眼泪立刻流了下来，她捂住嘴，竭力不让自己发出声音。绝望笼罩着所有人。

"这么说，我们岂不是死定了？"刘承峰如烂泥般瘫坐在了凳子上，眼神也变得呆滞。

"死定了倒不至于……"白潇潇双手抱胸，接下来的话又为众人带来了生的希望，"任务的时限是七天，这意味着诡物在七天内仍受到游戏规则的束缚，无法肆意伤害我们。否则，以广修的能力，我们根本坚持不到现在。现在的问题是，如何在明后天尽快找到苦行者的头颅，并还给他。只有'慈悲者'拿回自己的头，才能给村庄带来安宁。"

"呜呜呜……你说得轻巧，村子这么大，我们怎么找啊？谁知道被扔到了什么地方？我们现在只有五个人，怎么可能在两天内找到……找不到的……我们死定了……呜呜呜……"

在恐惧和绝望的折磨下，宗芳这个本来就胆小的姑娘，情绪开始崩溃。众人没有责怪她，也没有说话。

其实，这个姑娘给他们的感觉还不错，虽然胆子很小，经常哭泣，但无论是去景点找线索，还是上后山，她从未退缩。即使害怕，她也一直坚持跟着眼镜男。

况且，眼下的情况，真不能怪宗芳。

"宗芳说得对，如果我们继续这样漫无目的地寻找，根本不可能在两天内找到。"一直沉默的宁秋水此时开了口，"关于苦行者，肯定有明确的线索，我们一定是遗漏了什么重要的东西，大家好好想想！"

房间内沉默了一会儿，虽然大家不抱太大希望，但仍努力回忆从进入诡门以来的一切经历。

有什么遗漏吗？似乎没有。甚至他们觉得，这五天他们好像什么也没做。气氛在沉默中愈发压抑。

终于，宁秋水再次拿出了女人留给他的那只眼睛。关于这个道具的用法，女人没有告诉她，诡门也没有任何提示。然而这一刻，宁秋水似乎突然领悟到了什么，鬼使神差地把眼睛放在了桌子上。

众人不明白他在做什么，但都注视着他。

片刻的沉寂后，放在桌上的眼睛突然开始"咕噜咕噜"地转动起来。

众人见此情景，立刻精神一振。

"快，大胡子，把另一只也给我！"宁秋水对刘承峰说道。后者点头，赶紧将另一只眼睛递了过去。

宁秋水把两只眼睛放在一起，随着它们的转动，众人发现，它们同时朝着一个方向望去。

而那个方向，竟然是祈雨村内部！

"这……这是在提示我们，我们要找的东西在祈雨村中吗？"宗芳轻声问。

宁秋水摇了摇头："不确定，但有这个可能。毕竟我们看不见的东西，或许道具能看见，我们帮女人完成了心愿，这双眼睛可能是她留给我们的回报。不管怎样，明天我们得去一趟祈雨村。"

众人点头，有一个目标总比像无头苍蝇般乱找要好得多。祈雨村不小，真要挖地三尺，别说两天，就算再给两个月，也难完成。

众人安排了守夜，宁秋水是第一班。

当其他人都睡下后，宁秋水拿出之前在阮婆宅邸找到的那本古书，认真翻看了很久，才在书中发现了一些细节——

"移花接木之术？"

第一次看到了这几个字，宁秋水感到眼皮一跳。他越看越心惊胆战……

原来，阮婆现在用的身体根本不是她原来的身体！她通过这种术法，将自己嫁接到别人身体上，再将无头的身体抛到山上给广修发泄，让广修误以为自己已死，从而暂时平息他的怨气。广修被阮婆以此方式骗了二十多年。

然而，纸终究包不住火。即便广修再怎么愚钝，被蒙蔽了二十多年，也该看出端倪。而且，阮婆在反复使用移花接木之术时，发现她的大脑越来越愚钝、衰老。

阮婆认为这是头颅与身体的不匹配所致。于是，她开始疯狂寻找更合适的身体，宅邸里的罐子也越来越多……

"难怪村民这么怕她……"一个轻柔的女声忽然从宁秋水身后传来。

他回头一看，竟是白潇潇，不知何时，她已站在他身后，默默看了许久。

"白姐还不睡？"

白潇潇坐到宁秋水旁边，拿出手机点亮屏幕，晃了晃："已经凌晨两点了，轮到我守夜了，你去睡吧。"

宁秋水看了看白潇潇的手机屏保，上面是一个颜值极高的年轻女人，比白潇潇还美，是那种难得一见的美人。她的气质与白潇潇截然不同，少了些成熟的妩媚，多了几分古灵精怪的稚气。

"她就是栀子？"宁秋水脱口而出。

白潇潇没想到宁秋水会提到栀子，一时间有些愣住。片刻后，她低声"嗯"了一声。

"可以跟我讲讲她的故事吗？我现在还不困。"

提起这个旧人，白潇潇的眼中闪过一丝无法掩饰的痛楚。

栀子曾是一个活泼开朗的女孩，却没想到会以那样的方式结束自己的一生。

"……她以前很胆小，和宗芳很像，但做事情总是十分主动，包括寻找出路的线索。当时我们是一起进入的诡门，基本上都是栀子带着我，一同寻找出路……哪怕有时候会被吓哭，她也会硬着头皮继续走，大家都很喜欢她的幽默和活泼……那个时候，诡舍里的人还很多，有十五个。我那时候怕生，也怕他们，是栀子帮助我快速融入了这个集体。

"因此，我一直对她心怀感激，我们很快成了好朋友，她的适应能力很强，非常适合这种环境，那时候我有严重的恐惧症，几乎隔三岔五栀子就会带着我进入难度较低的门，帮我克服内心的恐惧。她告诉我，这是提升自己能力最快的方法，多亏了栀子的不断帮助，我才渐渐地适应了这个光怪陆离的世界……

"那是我最快乐的时光。我们一起吃饭、看电视、聊天，还一起去诡门背后的世界刷副本……"白潇潇轻声说着，语速平缓，仿佛沉浸在回忆中。她那张精致的脸上挂着淡淡的笑容。

手机屏幕的灯光打在她的脸上，宁秋水能够看见她的眼中涌动着一种怀念的情绪。显然，她真的很珍惜这段时光。

"本来我们以为这样的日子会一直持续下去。可是后来，诡舍发生了一件谁都没有预料到的事……"

提到那件事，白潇潇的表情突然变了，变得有些恐惧。宁秋水见状，不禁对当年诡舍发生的事感到好奇。

在他的认识里，白潇潇一直是一个冷静且镇定的女人。她曾经经历过许多生死危机，无论经验还是心理素质，都远非常人能比。

然而，冷静如白潇潇，竟然也会对那件事感到害怕！

但她似乎并不想过多描述，只是含糊其词道："……那件事情之后，诡舍里大半的人都不在了……老人几乎全没了，我们不得不接替他们的位置，继承了他们的意志，有时候还要去危险的地方……完成任务。"

虽然她没有具体说明发生了什么，但宁秋水猜测，应该和诡舍里的拼图碎片有关。

"他们……是为了那个拼图碎片？"

白潇潇沉默了很久，最终轻轻点头，叹了口气。

"如果不去追求拼图碎片，会怎样？"宁秋水问出了他最关心的问题。

白潇潇看了他一眼，唇角带着一丝苦涩的笑意。

"我知道你想问什么，你大概认为，只要一直完成低难度的任务，通关率就会有保障，尤其拥有了诡器后，几乎不可能失败，对吧？"

宁秋水点了点头，确实如此。

白潇潇再次叹息："迷雾世界里，每个被选中的人必须经历九扇门。前三扇门的间隔是一个星期，第四扇到第六扇是六个月，第七扇到第九扇则是一年。而每扇门的难度会比前一扇更高。当然，你的情况特殊，根据统计，第七扇门的淘汰率已高达 95.796%，第八扇和第九扇的淘汰几乎是必然的……"

"所以，诡舍的每个人都想在第七扇来临前，想尽办法收集拼图碎片，逃离这里，回归正常生活。而拼图碎片只会在第四扇门后出现。只有集齐完整的拼图，才能获得去迷雾世界终点的资格。"

宁秋水皱眉问："终点，那里到底有什么？"

白潇潇摇了摇头，眼中闪过一丝迷茫："不知道……进入终点的人，都没有出来过。"

"既然如此，你们为什么确信到达终点就能回归正常生活？"

宁秋水的问题很尖锐，白潇潇沉默了许久，才低声道："有时候，未必非得确定事实如此。人，总得找个念头活下去，不是吗？"

宁秋水与她对视片刻，缓缓点头："的确如此。"

与其面对第七扇门近乎百分之百淘汰率，不如收集拼图碎片，去终点看看。就算是淘汰，至少能满足一下好奇心。

拼图碎片，对这些人而言，更多的是一种心理上的安慰，是活下去的希望。

至于白潇潇他们与其他人的争端，宁秋水没有多问。他知道自己帮不上忙，而且他也不喜欢随便卷入麻烦。除非白潇潇需要他帮忙，那是另一回事。

"好了，快三点了，聊了这么久，赶紧去休息吧，明天还有一场硬仗要打！"

宁秋水点点头，心里明白自己接下来要面对的局面。他起身回房间准备休息。

身后的白潇潇则撑着下巴，偏头望着他的背影，眼中闪着微光，不知道在想什么……

终于等到了第六天的黎明。

众人的精神状态都不是特别好，昨晚因为需要守夜，加上后山山顶上的广修走了下来，大家心里都悬着，不敢睡得太沉。

众人早早来到食堂的大厅等候，想好好吃上一顿早饭，然后去村子里寻找苦行者。

然而，今天却有些反常。原本应该早早来工作的食堂大爷大妈们，今天却意外缺勤。众人从早上五点多钟一直等到九点，食堂里竟然没有一名工作人员出现。这突然出现的怪异情况，让大家心头蒙上了一层阴影，觉得哪儿都不对劲。

"今天什么情况，连做饭的人都没来？"一夜没睡好觉，又饿着肚子的刘承峰皱着眉头，十分不满地抱怨了一句。

他走到食堂门口，朝远处的路张望了一下，确认没人来后，似乎失去了最后的耐心，径直走向厨房。

不久，刘承峰端着一锅粥走了出来。

"屋子里就剩这点东西了，将就吃吧……"他说完，打了个嗝，似乎还带着些卤水味。

看着众人怪异的眼神，刘承峰干咳了几声，有些尴尬地解释："我……我就多吃了个卤蛋，那可是我翻了半天才找到的……"

大家也没责怪他，毕竟要不是刘承峰，他们连这顿早饭都吃不上。

简单地填饱了肚子后，众人收拾了一下东西，朝着村庄的方向走去。

今天的天气不太好，天色阴沉，当他们进入树林后，头顶传来雷声，接着便下起了小雨。

雨水打在林叶上，发出的密集的噼啪声，众人心中隐隐不安。

穿过重重灌木，终于来到村口，眼前的景象让他们惊呆了！

站在村口的众人发现，整个村子被一场暴雨笼罩。

那雨仿佛要将整个村庄淹没般倾泻而下。更令人恐惧的是，雨水的颜色异常红，甚至伴随着一股诡异的气味。

刘承峰忍不住爆了一句家乡话。虽然众人听不懂，但也猜得到他是在骂人。

"我……我不想进去了！"原本精神就紧绷的宗芳，看到村子里那红雨滂沱的景象，腿立刻软了。她紧紧夹住双腿，努力不让自己失态。

众人见状，脸色也变得苍白无比。

所有人都想起了他们进入诡门之前，门上所写的那段提示。

"广修……是不是在村子里？"

这个名字一提起，所有人不由得打了个寒战。昨天的经历，已经在他们心中留下了深深的阴影！

"小哥，这村子太奇怪了，进去简直是送死啊！"

宁秋水没有立即回应，现在眼前的村庄，几乎每个角落都弥漫着猩红的气息，显然广修已经来过了。如果他走了，为什么村子里还在下红雨？如果他没走，进去岂不是自投罗网？

思绪纷杂交织，宁秋水深吸一口气，强迫自己冷静下来。他取出那双眼睛，放在掌心。

眼睛在他手中缓缓晃动，最终，凝视着村子里的一个方向。

宁秋水思索了一下，说道："这样吧，我先进去看看，如果两个小时后没有出来，你们再想别的办法……"

听他这么一说，众人的眼神都微微发生了变化，尤其是宗芳。她的眼神中透出一种崇拜，几乎像小迷妹看偶像一样发光。

"宁哥，你真是太厉害了……现在这种情况你都敢一个人进去？"宗芳的语气里充满了敬佩，甚至还夹杂着一丝隐隐的羡慕。

她心想，如果自己有这么大的胆子，就不至于自从进入这扇门后，每晚都提心吊胆，连觉都没睡好。

白潇潇的眼中也闪过了一丝讶异。

她早就见识过宁秋水的心理素质，但直到这一刻，她才意识到自己还是低估了这个新人。

她几经生死才克服了内心的恐惧，而宁秋水的胆量，似乎天生就比常人大。

白潇潇不由得在心中感叹：人比人，真是气死人。

"一个人进去太冒险了，我陪你。"刘承峰说道。

"我也一起吧。"白潇潇略作思索后，也加入了他们。

眼镜男和宗芳稍微犹豫后，也决定一同进入。

众人小心翼翼地走进村子，他们适应了好一会儿，才勉强能够接受这股味道。

幸好眼睛为他们周围形成了一个隔绝红雨的小范围安全区域，众人才勉强得以继续前行。

随着深入，天色虽然不暗，但阳光根本无法透进村子，四周一片灰蒙，透着诡异。

忽然，刘承峰低声惊呼："快看！"

顺着他手指的方向，众人屏住了呼吸——他们从未见过如此场景。

只见在红雨的深处，村子道路两旁，每家每户的房门外……都站着几个意识呆滞的人！

他们的脸上挂着微笑，直勾勾地注视着进入村口的众人，仿佛在无声地欢迎他们的到来。

"啊！"宗芳受不了可怕的场面，忍不住尖叫一声。

宁秋水赶紧拉住她："害怕就不要看，别蹲在地上，遇到危险来不及跑。"

宗芳被他扶着，情绪稍微稳定了一些，但仍然不敢抬头。白潇潇上前帮忙，扶住宗芳。

"我来吧，你安心找路。"

宁秋水点了点头，继续领着众人，朝村子深处走去……

"还好他们不会动。"

随着众人不断深入村庄，他们的恐惧稍微平复了一些。因为他们很快发现，那些村民其实已经失去意识。他们之所以安放在门口，是人为所致。

众人大约走了十几分钟，宁秋水忽然停在了一座荒废已久的小楼前。这座小楼由砖块掺杂着水泥构建，里面遍布蛛网，房间里厚厚的灰尘表明已经很长时间无人居住了。

"就是这里。"宁秋水说道。

他们走到了檐下，为了确保安全，宁秋水掏出了身上的血玉。血玉散发着微弱的红光，宁秋水四处走动，突然发现血玉出现了裂痕。宁秋水没有多说什么。他知道，血玉的使用次数是有限的。白潇潇曾经告诉过他，任何从诡门背后得到的诡器，使用次数都有限。强大的诡器通常最多能使用三次，而血玉这类特殊的诡器，虽然次数较多，但也不是无限制的。

"里面应该没有诡物，如果有的话，血玉的亮光会有变化。"宁秋水的语气显得镇定，但他心里并没有完全确定。毕竟，广修实在太可怕了，也不排除对方有隐匿气息的能力。

"一起进去吧，大家都小心点！"白潇潇说道，率先推开了门。

吱呀——一声刺耳的摩擦声响起，老旧的木门被推开了。房间里弥漫着浓厚的灰尘味，伴随着老鼠的吱吱声。众人走进房间后，那些老鼠受惊般地窜成一条黑影，消失在角落里……

这幢小楼比普通的村民房屋要大不少，在这个贫困的祈雨村里，能住在这样的大房子里的，显然身份不一般。

一楼大厅的左侧墙角挂着一张被厚厚灰尘覆盖的照片，照片上是一家三口：一个男人、一个女人和一个小女孩。宁秋水认出了照片中的男人，他曾在阮婆房间的古书上见过他——阮开黄的儿子，阮鑫。阮鑫是阮婆的父亲，也是祈雨村演变成如今模样的关键人物之一。

"看来，这里是阮鑫的家。"

他们继续寻找，最终在一楼大厅南边的房间里发现了一口棺材。几人面面相觑，白潇潇手握木梳，走上前打开了棺材。棺材里没有如他们预想般跳出什么东西。只有一具身体和一颗保存完好的头颅。这颗头颅紧闭着双眼，尽管面色苍白，但并没有带来阴森的感觉，反而有一种说不出的……安详。除此之外，众人还注意到，头颅上没有一根头发。

白潇潇试图将这颗头颅取下，可就在她触摸到头颅的一瞬间，一双苍白的双手猛地抓住了她的手腕！

众人见状，正要上前帮忙，白潇潇却开口道："你曾经害了整个村子，还不够吗？你看看村子外面，现在已经成了怎样的地狱！以前犯下了错误，难道现在还要继续执迷不悟？"

或许是白潇潇的话起了作用，也或许是他原本就只剩下了一丝执念，总之，随着白潇潇的质问，尸骨松开了手。众人发现白潇潇的手腕处多了两道黑色的指印。

"白姐，没事吧？"刘承峰关切地问道。

白潇潇摇了摇头："我们快离开吧，我总觉得这个村子……有些不对劲。"

众人点了点头。就在他们离开房屋的那一刻，突然传来了宗芳的叫声！众人看见，走在最前面的宗芳竟然被倾盆而下的红雨淋得浑身湿透。她惊慌地退回到房檐下，双手抱住自己，蹲在地上大哭，仿佛自己命不久矣。

宁秋水觉得情况不对，迅速拿出那双眼睛。然而，当他把眼睛放在掌心时，众人才看到，那双眼睛竟然以肉眼可见的速度化为了一汪清水……

"怎……怎么回事？"刘承峰愣住了。

他们原本仰仗这双眼睛在红雨中横行无忌。如今，眼睛消失了，难道意味着他们所有人都会被这场红雨淋成落汤鸡？

"找找房间里有没有伞。"宁秋水立刻做出了反应。他已经开始感觉到有些不对劲。虽然说不上哪里不对，但那种糟糕的预感越来越强烈，仿佛有什么可怕的事情即将发生——

他必须尽快离开这里！

众人在房间里翻找了一圈，却没有找到雨伞。

"真是见鬼了，这屋子怎么连把伞都没有？"

"这可是祈雨村。"眼镜男笑得有些苍凉，"光听名字就知道他们多喜欢雨，不准备雨伞也不算稀奇。"

无奈之下，众人只能硬着头皮走入红雨之中。他们知道，这个村子里充满了危险，拖得越久，遇到危险的可能性就越大。

大雨倾盆，众人一进入雨幕中，立刻感觉到一股刺骨的寒意。此时，他们终于明白宗芳为何会反应那么剧烈。众人不敢耽搁，冒着雨，拼命朝着村口奔去！

五人从房间出来后，沿着通往村口的道路行进，宁秋水走在最前面。

他刻意控制着速度，没有奔跑。

宁秋水很清楚，这场雨已经给他们带来了极大的心理压力。如果他这个领头的贸然跑起来，其他人很可能会更加慌乱，到时候可能会发生无法控制的意外。作为领头人，他必须稳住节奏，既要快速前行，又不能显得慌张。

没有了女人赠予的双目，众人不得不伸出手挡在眼前，勉强避开从天上落下的雨水，这样才能看清前方的路。就在他们跑到村子中央的大路上，刘承峰突然发出了一声惊叫。

"天哪！"

随着他的叫声落下，其他人也发现了村子里的异样。那些原本站在自家门口的村民不知何时转过了身，盯着大路上的五人！这一幕，几乎直接击溃了宗芳的心理防线。

她尖叫一声，捂住了头，慌乱地朝着一个陌生的方向跑去……

雨越来越大，伴随着淡淡的雾气，遮蔽了众人的视线。宁秋水只能凭着记忆朝村口走。在宗芳崩溃的时候，宁秋水试图拉住她，但没有成功。白潇潇也没能阻止她。

"宗芳！"眼镜男大喊一声，想要追上去，却被刘承峰一把拉住。

"你清醒一点！我们现在自身难保，先去村口，快走！"

被刘承峰拉住的眼镜男显得非常痛苦，虽然之前他并不认识宗芳这个小姑娘，但经过这段时间的相处，宗芳的表现让他产生了很大的好感。他不愿意看到这个胆小但懂事的女孩在这扇诡门中淘汰。然而，意外总是来得如此突然。

宗芳终究没能逃离身后的黑暗……她没跑多远，身影便消失在了雨雾中。

众人隔着雨幕，隐约看到一个模糊的黑影。他们心里都清楚，那个黑影正是广修！

"快走！"宁秋水大吼一声，锁定了村口的方向，冲了过去！

众人紧随其后，拼命奔跑，但无论他们跑得多快，身后的黑影依然步步紧逼。广修看似没动，但他的身影却在雨中迅速接近！

"不对！"白潇潇突然喊了一声，"快停下！"

众人立刻停住脚步，因为他们对白潇潇有着绝对的信任。

"怎么了，白姐？"刘承峰擦了一把脸上的雨水，急切地问道。

白潇潇回头，凝视着那个不断靠近的黑影，眼中闪过一丝狠意，片刻后，她咬牙道："冲向他！"

众人一愣。

"快！"白潇潇没有多作解释，率先朝着那个黑影冲了过去。

宁秋水和刘承峰对视了一眼，几乎没有犹豫，紧跟其后。眼镜男的理智告诉他这行为是在找死，但对三人的信任让他也咬牙跟了上去。

就这样，众人奋力朝着黑影冲去！随着他们越来越接近黑影，心跳也加速到极限，仿佛随时会从胸膛跳出。他们不明白白潇潇到底发现了什么，但一旦她的判断出错，他们所有人都将被删档！

很快，广修的面孔出现在了众人的视野中，他狞笑着，眼中充满怨恨，伸出手对准了白潇潇，张开了那张可怕的嘴。这一幕让众人呼吸一滞！

"别停下，别回头！"白潇潇在即将与广修接触的一刻，大声喊道。

下一秒，她的身体穿过了广修，毫发无损地继续朝着前方的雨幕奔去。见此情景，众人心中一震，鼓起勇气也冲向广修！最终，他们都毫发无伤地穿过了广修，继续跟着白潇潇狂奔。而身后的黑影则转过身，盯着他们的背影，却迟迟没有动作……

"我的天，白姐，这到底是怎么回事？"刘承峰仍然惊魂未定。

白潇潇喘着气，缓缓解释道："诡门有一个奇怪的规则……这个规则只应用于前三扇门,那就是诡物在短时间内只能攻击一个人,虽然这扇诡门的难度超乎寻常,但它本质上还是第二扇诡门,必须遵循这个规则。"

众人听后,顿时恍然大悟。刚才宗芳已经被广修淘汰了,所以在短时间内,广修不能再对他们出手。

"明知无法攻击我们,他却还是现身追赶,唯一的解释就是……他在故意将我们驱赶到某个地方。"白潇潇继续说道,"因此,刚才他驱赶我们的方向肯定不是出口!"

随着白潇潇的解释,宁秋水皱起了眉头:"如果我没记错,那个方向的确是出村的路。"

白潇潇摇了摇头,说:"秋水,你确实很聪明,但有些思维还是太僵硬了。这个村子是开放的,出口可能不止一处,不一定是那个方向。而且,你没注意吗?我们来时的路上并没有雨。"

这一线索让众人一震,他们低头看着自己身上的水渍,仿佛终于明白了什么……

"这是广修的执念,之前有女人的双眼保护我们,现在双眼已毁,我们完全被广修的执念笼罩。在这种情况下,出村只有两种可能:第一,离开雨幕后,我们直接被删档;第二,我们永远无法离开雨幕。"

刘承峰明白了:"白姐,你的意思是,这场雨其实就是广修的'诡域'?"

白潇潇点点头:"可以这么理解,我已经用诡器测试过了,所以及时阻止了你们。"

众人倒吸一口凉气,尤其是宁秋水和刘承峰。他们深刻感受到了这扇诡门的危险程度。如果不是白潇潇带他们进来,他们很可能早已被删档。

"那我们该怎么逃?"眼镜男喘息着,问出了一个沉重的问题,"照你这么说,无论如何我们都无法离开这场雨。"

"没那么严重。"

白潇潇指着远处的红色雨幕,众人努力眺望,才发现这片红雨笼罩的区域远不止村落!

"阮婆死后,广修身上的束缚彻底解除,他的执念开始释放,凡是他经过的地方都会开始降下红雨。我们只要沿着其余的路去后山的神庙就行了。"

刘承峰好奇道:"可是,我们不去寻找苦行者了吗?光有头也没用啊!"

白潇潇摇了摇头:"已经找到了……你们跟我来就行!广修受规则限制的时间不会太长,我们得抓紧时间!"

众人点了点头,跟着白潇潇,沿着广修经过的路线,朝着村庄后山的神庙前进。

　　他们走得很快，毕竟，谁也不知道诡门能帮他们争取多长时间……

　　此时此刻，隐藏在红雨中的广修，就像是悬在他们头顶的利刃，随时可能落下！

　　他们跌跌撞撞地往山上走，来到半山腰时，宁秋水朝山下看了一眼，心脏一紧。

　　"快，广修追上来了！"他大喝一声。

　　众人闻声看去，看到那个黑影站在山脚，冷冷地抬头注视着他们。仅仅对视一眼，众人便感到浑身冰凉。下一刻，黑影忽然出现在第二道石阶的小平台上。

　　这前后不过两秒！

　　"别看了，快走！"白潇潇咬着牙，带着众人连滚带爬到了山顶，进入了几乎是被雨水浸泡的神庙。

　　"白姐，苦行者呢？"刘承峰发现门口已经被广修堵住，惊恐地大叫！

　　此刻，白潇潇却显得十分镇定，苍白的脸上露出了一丝微笑："苦行者……不是一直都跟着我们吗？"

　　三人闻言一怔。说完，她在二人惊讶的目光中，走到了眼镜男的面前。

　　"你不是一直在找吗？现在，我们帮你找到了。"

　　眼镜男低下头，迷惘的眼神中终于流露出清明的神色。

　　"我想起来了……"他笑了笑，"谢谢你们。"

　　言罢，三人眼前的眼镜男身形忽然变得模糊，当他再次显现时，已是苦行者的模样。

　　这个苦行者，三人并不陌生。就在几天前，他们目睹了他在不涸井旁打捞头。

　　然而，无论是宁秋水还是刘承峰，都没想到这个苦行者竟变成了他们的一员，藏在他们中间。刘承峰瞠目结舌，喉头动了动，却说不出一句话。

　　苦行者缓缓将头颅安在脖子上，那场景就像机器人在给自己更换身体的零部件。他双手合十，面色安详地向三人深深鞠了一躬："多谢各位。接下来的事情……就交给我吧。"

　　苦行者转身，朝着门口的广修走去。

　　广修在看到苦行者的那一刻，眼神中忽然透出了一丝迷茫。苦行者伸手，轻轻摁在广修的额头上。

　　"冤有头，债有主，广施主……该做的你做了，不该做的你也做了，现在还是放不下心中的仇恨吗？"

　　广修的眼神比先前清明了很多，但依然充满愤怒！他伸手狠狠地抓住了苦行者的手腕。然而，苦行者身上似有灵光庇佑，丝毫不受广修的影响，两人就这样僵持住了。

这时，宁秋水忽然说道："广修，你还记得我们进入村子时，为什么我们身上没有沾上红雨吗？因为我们身上带着你妻子朱南钰的双眼。"

广修听闻，气息一滞，那双充满仇恨的眼睛死死盯着宁秋水！后者并未停下，继续说道："我们来到这里，都是因为你妻子朱南钰的帮助。并不是我们希望你放下仇恨，而是朱南钰不愿看到你继续被仇恨折磨。她累了，所以她觉得……你应该也累了。"

听到这番话，广修忽然捂住头，发出了一声撕心裂肺的喊叫："啊！"

此时，神庙外的雨幕中，出现了一个红衣女人。她牵着一个小孩子，静静地站在那里，注视着广修。

苦行者抬手一指，广修缓缓回头，盯着远处，直到雨水的颜色逐渐褪去，化为了一场真正的甘霖。

广修嘴里传出一个中年男人的声音："我等这场雨，等了好久啊……"

苦行者双手合十，念了一声佛号："是啊，但或许……你的妻子和孩子也等你很久了。"

广修长叹一口气，站起身，走向了妻子和孩子，抱住了他们。

随后，一家人的身影都在雨中消失了……

目睹这一幕，神庙中的三人终于松了一口气，瘫坐在地上。

他们……通关了。

"大师，多谢您了。"他们由衷地向苦行者道谢，如果不是他，他们今天一定会出局。

苦行者微笑着摇了摇头："我不入地狱，谁入地狱？此间心愿已了，也再无执念徘徊，我也该走了。"说完，他的身影逐渐变淡，最终在风中化为了细沙，消散不见。

外面的风吹进来，凉爽宜人。

宁秋水疲惫地走出神庙，仰头用雨水洗了把脸，随后大口大口地啜饮着这场甘霖……

三人在一场清冽的瓢泼大雨中回到了招待所外。

时隔五天，三人竟然有一种恍若隔世的感觉。他们依稀记得，来的时候招待所外的空地上还站着十一名同伴。然而，仅仅五天过去，这里只剩下了他们三人，而其他从诡门外进来的人……全都没能通关！

这种空旷的氛围，让三人有些难以适应。

"唉……"刘承峰叹了口气，目光复杂，心里带着一丝愧疚。他总觉得，这些人之所以进入诡门，和他们有着不可分割的关系。

"只怪他们运气不好，别多想了。"似乎猜到了刘承峰心中的想法，白潇潇开口安慰道。

刘承峰点了点头，突然问道："对了，白姐，你怎么知道那个眼镜男就是苦行者？"

白潇潇耸了耸肩："你还记得第一天我们进来的时候，你遇见了什么吗？"

刘承峰回忆了一番。确实有些久远了，毕竟他们中途经历了太多事情，这些细节很容易被忽略。经过一番思索，刘承峰想起自己刚进入诡门时，落在了后山的山脚下。那时，他亲眼看见一个没有头的人，混入了众人之间！

刘承峰恍然大悟。

"我们三个人肯定都不是那个'慈悲者'，而真正的'慈悲者'原本就是死者，不会再死一次，所以那些死去的人也不可能是'慈悲者'。答案已经不言而喻了。"说到这里，白潇潇轻叹了一声，"可惜那个女孩没能顶住压力，本来她离成功离开诡门只差一步了……"

宁秋水和刘承峰没有回话。他们心中也为那个叫宗芳的女孩感到惋惜。一个努力不拖团队后腿的人，眼看就要成功脱身，却在最后一刻功亏一篑！

这件事也警示着他们，诡门背后的世界到底有多么残酷。

接下来的两天，三人除了食物较为匮乏外，休息得格外舒坦。这种置身于诡门世界，却知道自己已经完全安全的心情，甚至让他们隐隐感到一种莫名的兴奋。

刘承峰还主动前往村子里寻找食物。然而除了几个发芽的烂土豆，他什么都没找到。

到了第七天半夜，明亮的月亮高悬在夜空中，这时，一辆破旧的鸣笛大巴不知从何处驶来，静静地停在了招待所外面……

三人警觉地穿好衣服，带上行李，直接上了大巴。周围已经开始出现浓雾。随着大巴车缓缓驶入雾中，村庄的迷雾很快散去，而那辆破旧的大巴车早已经消失得无影无踪，好像从未出现过……

大巴车停在了诡舍门口，三人一下车，就看见了一张可爱俏丽的少年脸庞，正是田勋。见到他们平安归来，诡舍门口的孟军转身走进了房间，头也没回。而田勋则满脸兴奋："牛啊，没想到你们真的回来了！"

他激动得脸涨得通红，看上去粉粉嫩嫩，十分可爱。他上前给了白潇潇一个拥抱。

宁秋水站在旁边,好奇地问田勋:"你们……怎么知道我们回来了?"

田勋耸了耸肩:"诡门背后的世界和这里的时间流逝速度不一样,无论你们在那里待多久,都会在进入诡门当天晚上十二点准时回到诡舍……当然,前提是你们能顺利通关。"

宁秋水恍然大悟。

再次回到这个漆黑的别墅中,宁秋水和刘承峰竟然感到了一种久违的温暖。穿着西装的良言依然坐在火盆旁烤火。

"真是难得……"他说道,"作为新人,你们居然能在如此高难度的诡门中通关。"

他的目光中流露出几分赞赏。

一旁剥着香蕉的田勋嘟囔道:"还不是因为咱白姐肯带他们?"

白潇潇却摇了摇头,"别提了,我差点也折在里面……多亏他们俩冒着生命危险救了我,否则我现在恐怕回不来了。"

众人听后,脸色微变。

"那扇诡门世界这么危险?"有人问道。

白潇潇点头:"最危险的其实不是诡物,而是那里的人也会为了生存互相伤害。"

她详细描述了诡门世界的经历,众人听得心惊胆战,尤其是她在夜晚与阮婆纠缠的情节,简直让人汗毛倒竖。而田勋更是瞪大了眼睛,剥好的香蕉忘记吃,直到故事讲完,他才咽了口唾沫,震惊地看着宁秋水和刘承峰。少年这才意识到,这两个一直被他轻视的人,似乎并不简单,尤其是宁秋水,在白潇潇的描述中,他冷静果断、观察入微,是个极为出色的求生者。

"秋水哥……你以前是干什么的?警察?杀手?"

宁秋水耸了耸肩:"兽医。"

众人一听,有的信,有的则不置可否。

"好了,回来就好……"闲聊了一阵后,良言起身,似乎要去休息。

"一个星期后,你们的第三扇诡门将会开启,这扇诡门的难度应该比第二扇低一些,但依然不可掉以轻心!"良言警告道,"很多我认识的参与者,都在前三扇门中失手,所以你们放松的同时,也别忘了保持警觉。只要度过前三扇门,你们就有六个月的时间了解迷雾世界和诡门的秘密,并为第四扇门做好充分准备,到时候时间会宽裕许多。"

宁秋水和刘承峰点了点头,心中的紧张稍微缓解。

"潇潇……"良言突然开口唤了一声正盯着火盆出神的白潇潇。

白潇潇抬头看了看:"怎么了,言叔?"

"……后天有个特别的任务,你跟我一起进诡门。"

白潇潇点了点头,心领神会,没再多说什么。众人各自回房休息。

宁秋水洗漱完后,正要准备上床,却发现自己坐着的衣服里……似乎有什么东西。他伸手一摸,竟然摸出了一本书!

宁秋水记得这本书,是从阮婆床下的暗格里找到的。

"一般的道具无法带出诡门,难道这本书是一件诡器?"他的眼睛一亮。

在上一扇诡门中,宁秋水已经深刻感受到了诡器的力量。有了诡器的人,与没有诡器的人在诡门背后的通关率完全不同。如果在上一扇诡门里中,宁秋水三人没有诡器傍身,恐怕他们早已淘汰。

下一扇诡门将在一个星期后开启,如果宁秋水手上多一件诡器,他的通关概率将大大提高。

他翻看了一会儿后,将这本书收好,他不知道这书到底有什么用,只能以后再慢慢研究。

一夜过去,到了第二天,刘承峰早早起床,为大家做了早饭。他的手艺实在了得,在材料充足的情况下,简单的一碗土豆泥加瘦肉粥,便俘获了田勋的胃。

这个少年连吃了三大碗,打着饱嗝,躺在沙发上,拍着自己圆滚滚的肚皮,舒服地眯着眼睛。

"大胡子,你这手艺太好了,是几星级厨师啊?在米其林工作吗?"

刘承峰打着哈欠,缓缓喝着粥,笑着说道:"我可不是厨师。你们有口福了,在外面,我可没时间做饭……"

田勋闻言,偏过头来:"那大胡子,你到底是做什么的?"

刘承峰一副世外高人的样子,笑道:"算命!"

众人听到这话,表情都有些古怪,田勋则憋了半天,终于忍不住,捂着肚子哈哈大笑起来。

"哈哈哈……"

刘承峰莫名其妙,转头看向唯一一个仍在平静吃饭的人,问道:"怎么了,我不像?小哥?"

宁秋水抬了抬眼,微微一笑:"我想他们可能是觉得,这都什么年代了,居然还有人在外面招摇撞骗。"

田勋附和道:"对呀,大胡子,都什么年代了。"

刘承峰瞪了他一眼:"去去去,少来,小孩子懂什么?我这叫文化传承人!"

田勋笑着直摇头,也许是觉得他们不会那么快被删档,他的心情明显变得轻松活泼了很多。

"大胡子,我问你,你一个月能赚多少钱?"

刘承峰想了想,说道:"一般一个月一两千,少的时候几百块。"

一听这话,田勋忍不住又笑了出来。

"不是吧,大胡子,就你这个手艺,当厨师一个月怎么着也能赚好几万。"

刘承峰淡淡地回道:"可是我现在比较自由。"

这个理由,众人并不太相信,但刘承峰没多说,他们也没有继续追问。毕竟每个人都有自己的秘密,而秘密,通常是不能随便分享的。

不过,宁秋水倒是微微抬眼打量了一下刘承峰。田勋说得没错,以刘承峰的手艺,随便开个小馆子,只要度过最开始的那一两个月,之后月入几万并不是夸大。但他偏偏选择了当一个穷困潦倒的"文化传承人",这确实令人深思。

吃完早饭,良言早早离开了,他似乎总是很忙。

宁秋水看着良言离开的背影,问田勋:"言叔一般都忙什么呢?"

田勋玩着魔方,头也不抬地答道:"找拼图碎片。"

宁秋水微微一怔,田勋说道:"言叔很厉害,咱们诡舍的拼图碎片一共六个,其中有一半是他找到的!"

田勋的语气中充满了钦佩和感激。

"言叔已经……到第七扇诡门了?"宁秋水问。

田勋摇了摇头,眸中再次闪现钦佩之色:"第九扇。"

宁秋水愣住了:"第九扇?"

田勋点头:"言叔还有半年就要进入第九扇门了,他看过提示,觉得自己多半会在那里淘汰,所以他一直在接单子刷门,想在这之前凑齐拼图碎片……"

宁秋水懂了。

"如果是我,我也会这么做。"

沉默很久,田勋忽然有些低沉地说道:"你不懂,言叔其实是放心不下我们。他从来不怕死,也没打算避开第九扇门。那些拼图碎片……是他为我们刷的。不过,大家心里也清楚,凑齐拼图碎片也许只是个愿望而已。到目前为止,我们只听说过有前辈们凑齐过拼图碎片,但从来没人见到真正凑齐拼图碎片的诡舍。"

宁秋水抬头看了看墙上挂着的拼图,随口问道:"凑齐这个很难吗?"

田勋叹了口气:"很难……因为总有人在任务中淘汰。假如你收集到两个拼图碎片,但你淘汰了,那么这些碎片会消失,其他人就得重新收集。拼图碎片从第四扇到第六扇门产出，机率大概是十分之一。但这只是产出的机率，想要拿到它，不仅要防着诡物，还要提防一同进入诡门的人……"

田勋没有再继续说下去，但宁秋水已经通过他的描述，感受到了其中的危险和挑战。

"言叔的好友……也是因为拼图碎片而淘汰的吗？"宁秋水低声问道。

提到邝叔，田勋摇了摇头："不知道，他们没告诉我。可能是觉得我年纪小，不想让我参与他们的争斗吧……"

宁秋水表示理解，伸手轻轻揉了揉田勋的头发。

"午饭我就不在这儿吃了，外头还有事。回头他们问起的话，你帮我说一声。"

田勋应了一声："好。"

告别后，宁秋水走出别墅，搭上大巴离开了迷雾世界。

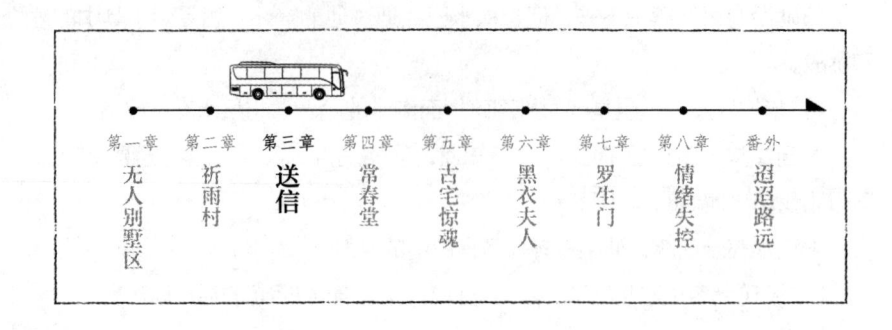

第一章 无人别墅区 | 第二章 祈雨村 | **第三章 送信** | 第四章 常春堂 | 第五章 古宅惊魂 | 第六章 黑衣夫人 | 第七章 罗生门 | 第八章 情绪失控 | 番外 迢迢路远

宁秋水重新回到了自己的房子，简单打扫了一下卫生。他将师父的相框仔细擦拭干净，放回了原位。大扫除结束后，宁秋水洗了个澡，随后回到房间，打开电脑，查看鼹鼠发来的消息。

"棺材，邮局确实查不到那封信件的任何信息。后来我联系了一个很厉害的朋友睢鸠，她似乎找到了一些线索，你什么时候有空？我可以安排你们见面。"

宁秋水看着这封邮件，心里微微一动。对于那两封神秘来信，他一直很在意，总觉得好像有人在暗中监视自己，这种被监视的感觉非常不好，宁秋水迫切想查出寄信的人究竟是谁，以及他的目的是什么。

于是，他立刻回复了鼹鼠："我这周随时有空。"

他的目光扫过邮件中提到的"睢鸠"，微微皱眉，仔细回忆了一下。这个人，他曾有所耳闻的。无论是鼹鼠，还是洗衣机，都曾提到过这个叫睢鸠的女人。

宁秋水的朋友虽不多，但每一个朋友都是各自领域的佼佼者。洗衣机是他的好友之一，虽然他们不常联系。洗衣机除了帮宁秋水解决私人问题外，还在为神秘机构工作，涉及很多机密。

至于睢鸠，她有什么特殊之处，居然能够结识洗衣机？

鼹鼠很快回了消息，安排宁秋水明天在一家老式咖啡馆"良木缘"与睢鸠见面。

翌日，宁秋水如约来到咖啡馆，不久后，一个身姿窈窕的女人踩着高跟鞋，走了过来。她戴着墨镜，身上散发出一股冷意。虽然与白潇潇一样美丽，但一眼就能看出，这个女人不好惹。她很快看见了宁秋水，径直走到他对面坐下。

"你就是棺材？"女人问道。

宁秋水微微皱眉，但很快舒展开来，说道："我更喜欢你们称呼我为……兽医。"

雎鸠笑了笑："兽医？如果不是我知道你过去做过的事，我可能真的信了。"

宁秋水不置可否，轻轻抿了一口咖啡。

"你查到那封信的来源了？"

雎鸠摇摇头："没有，但我有一个你可能感兴趣的消息。"

"哦？"宁秋水挑眉，"什么消息？"

雎鸠不慌不忙地从包里拿出一根女士香烟，点燃后轻轻吐出一口烟雾，语气平静。

"今天来找你，不是为了帮你，而是交易。"

宁秋水直接问道："你想要什么？"

她上下打量了他片刻，才淡淡道："帮我惩罚一个人。"

宁秋水微微一愣，随即问道："他做了什么？"

"背叛，伤人。"

说完，她从包里掏出一张照片递给宁秋水。照片上是个长相英俊的男人。

"他伤了谁？"宁秋水随口问道。

雎鸠平静地说道："伤了我。"

"什么意思？"

"今晚。"

"你不打算躲？"

"不躲。"雎鸠说完，脸上浮现出一丝苍白的微笑，"今晚之后，你再动手。"

宁秋水收起照片，问道："会发生什么？"

雎鸠沉默片刻，随后轻声道："总之，在我的事情没有办完之前，你不要进房间。"

宁秋水叹了口气："行吧。所以，你要告诉我的是什么消息呢？"

雎鸠轻轻呼出一口烟，缓缓道："其实，收到神秘来信的人……不止你一个。"

宁秋水猛地抬头，眼中闪过一丝震惊："什么意思？"

"字面意思。"她轻轻掐灭了香烟，站起身来。

走到门口时，雎鸠停下脚步，头也不回地说道："还有另一个人，也收到了类似的来信。信件没有署名，查不到来源，邮局也没有任何记录，就这么凭空地出现了。大约在一周前，她找上了我，让我帮忙调查过。"

宁秋水皱眉："那人是谁？"

睢鸠没回答，淡淡道："她叫'红豆'，只联系过我三次，我稍微调查了一下，没有查到任何有价值的信息。你如果感兴趣，今夜我死后，你可以带走我的笔记本电脑，自己去找线索。"

说完，睢鸠便离开了。

宁秋水独自坐在包间里，看着没喝完的咖啡，陷入了沉思……

夜幕降临，宁秋水换上一套黑色卫衣，背上工具包，离开房间。前往江宁小区。根据睢鸠提供的信息，他找到了十一幢楼，乘电梯直达二十七层，站在2704号房门口。这里一片寂静。

宁秋水拿出听诊器，贴在房门上。通过听诊器，他立刻听到了室内的声音：女人的喊叫和男人的叫骂。房间隔音效果很好，若没有听诊器，外面的人根本听不到里面的声音。

"高潘，你放心，我爸妈留给我的钱，你一分都拿不到！"

"我那么爱你，你为什么要这样对我？"

"爱我？你在乎的只有钱吧！可怜我当初年少无知，居然相信了你……咳咳……"

女人的话音未落，突然剧烈咳嗽，随即房间里传来一声闷响，她的声音戛然而止。大约三十秒后，宁秋水听到男人低语："你不给我钱，他们就不会放过我……是你害了我！我不得不这样做！你醒醒！哈哈哈……你起不来吗？这样也好，温馨，我是你的丈夫，你走了，钱就是我的了吧！"

男人的笑声持续了一会儿，忽然发现自己家的防盗门被打开了。

一个穿着黑色卫衣，戴着黑色口罩的瘦削男子站在门口，只露出冷峻的双眼。

房间里的景象令人不寒而栗。

大厅中央，宁秋水看到睢鸠浑身是伤，但她的嘴角挂着微笑，像是在嘲讽，又像是在自嘲。看到睢鸠的笑容，宁秋水明白了：她既深爱又恨着眼前的男人，无法离开，又无法继续和他共处，最终选择了同归于尽。

震惊过后，高潘意识到一切被外人目睹，眼神立刻变得狠厉。

他绝不能让宁秋水活着离开！

高潘一步步逼近宁秋水。然而，宁秋水转身缓缓关上了房门。

这个动作让高潘愣住了。

宁秋水转过身，手中多了一把自制的工具。这种工具在近距离下威力极大，同时又不产生太大声响。

看到对方手持武器，高潘瞬间腿软："你……你是兰桂坊的人？再给我一个星期，我一定会还钱的！我们立过字据，你们经理也同意了！"

宁秋水平静地说道："不用紧张，我不是兰桂坊的人。我是兽医，专门清理这座城市中的野兽。你也可以叫我'棺材'。"

高潘微微一愣，下一秒，宁秋水果断出手。

高潘嘴唇微动，身体抽搐了几下，随后晕倒在地。

宁秋水熟练地伪造了一个男人家暴后的现场，并小心地抹去了所有与自己相关的痕迹，最后，他带走了雎鸠的笔记本电脑。至于这个男人，会有警察来处理。

回到家时，已是凌晨三点。他洗了个澡，去掉身上的味道后，安然入睡。直到第二天中午才醒来，他打开雎鸠的电脑，查看里面一个名叫"红豆"的人。

这是一个新注册的账号，个人资料里几乎没有任何信息，包括性别。但有意思的是，这个人的签名曾经修改过——

执迷不悟。

看似无厘头的四个字，却仿佛透露着一种决心或精神状态。

红豆上次与雎鸠的联系是在四天前，内容非常简短：

红豆问："查到了吗？"

雎鸠说："暂时没有。"

宁秋水截了个图，发给了鼹鼠："鼹鼠，帮我查一下这个红豆。"

很快，鼹鼠回复："没问题。"

结束对话后，宁秋水简单收拾了一下，外出用餐。

雎鸠很快被人发现。警方前去调查，随后洗衣机联系上了宁秋水。

"这事跟你有关系？"

宁秋水没有隐瞒，这本就是他工作的一部分。

"对，雎鸠让我做的。"

洗衣机来到了宁秋水的家中，他的外表虽然英俊，却显得格外颓废，不修边幅。

"细节跟我说说，我要备个案，回头跟'空调'汇报。"

宁秋水没有隐瞒，将所有细节一五一十地告诉了他，记录完后，洗衣机邀宁秋水一起去吃了一顿炒河粉，之后匆匆离开。

接下来的几天，宁秋水没有收到鼹鼠的任何消息，似乎这个叫"红豆"的人和那封信一样难找。到了第七天，宁秋水半夜醒来，拉开窗帘，发现外面又被一层浓雾笼罩。

  他走出房门，来到了外面，破旧的大巴早已在等候，上面隐约传来轻微的鼾声。

  宁秋水走上了大巴，果不其然，刘承峰正戴着墨镜，靠在座位上熟睡。他的手边放着一面特殊的平金帆。

  宁秋水无奈地摇头，这家伙……

  他随便找了个位置坐下，车子缓缓驶入迷雾。不久，他们再次来到了诡舍的门前。

  宁秋水叫醒了还在打鼾的刘承峰，后者被惊醒，猛然念道："大威天龙，大罗法咒，妈咪妈咪哄！"

  看见宁秋水后，他尴尬笑道："原来是你啊，啥时候来的？怎么没叫我？"

  宁秋水笑着摇摇头："看你睡得太沉了，没忍心叫你。下车了，到了。"

  刘承峰迅速收拾了东西，跟着宁秋水下了车，来到了诡舍门口。

  打开门后，他们看到大厅里还坐着两个人。一个是美少年田勋，正全神贯注地看着电视，另一个则是穿着睡袍的白潇潇。她那修长的腿在火光中格外显眼，令人一时难以移目。

  见到他们二人，白潇潇微笑道："还以为你们不来了呢。"

  宁秋水摇了摇头："想不来都难，车子已经停在门外了。"

  白潇潇懒洋洋地问："这次还需要我陪你们吗？"

  宁秋水和刘承峰都表示不用。刘承峰显得有些忌惮，低声说道："白姐，这次的难度不大，我们自己就行。"

  白潇潇扫了他们一眼："那你们自己小心，我困了，先去睡了。"

  她起身揉了揉田勋的头发，走向别墅后院，临出门时还回头看了一眼上楼的二人，嘴角微微扬起。

  田勋则没说什么，继续认真地看着电视。在他看来，能从第二扇诡门中回来的人，第三扇诡门应该也不是什么问题。

  宁秋水和刘承峰来到了别墅三楼，看到中间木门上写着的字——

  任务：将信送到铁门背后的"人"手中

  提示：

  1. 沾血的信不能送到"女人"手里。

  2. 一个"男人"最多只能收到三封信。

  3. 投票正确指认凶手后，任务结束（只有一次指认机会）。

再一次苏醒过来的时候，宁秋水已经置身于一个密闭的空间里。

这里更像是一座仿牢笼布置的密室逃脱现场。

头顶悬挂着一盏白色的大灯，尽管有灯光照耀，宁秋水仍看不清天花板究竟有多高，光线最终消失在无边的黑暗中……

他们的四个方向分别有两扇锈迹斑驳的铁门，每个铁门中央设有一个可以上下滑动的翻盖，约有一个篮球大小。

在这牢笼的中央摆放着一张钢铁打造的桌子。桌子上整齐放着八封信，每一封都非常干净。桌子旁还有一个时钟，秒针嘀嗒作响，虽然声音不大，但在这冰冷寂静的环境中却格外清晰。

除此之外，桌上还有一个婴儿样的道具。

在场一共有八人，彼此对视，眼中透出或多或少的警惕，一时间没有人敢上前。

"小哥，咱们要不要过去看看？"刘承峰低声问道。

宁秋水点了点头。

他们距离桌子有些远，再加上灯光昏暗，他看不清楚具体的细节。于是，他和刘承峰一起走向铁桌。宁秋水并没有立刻查看信件，而是仔细打量起桌子上的婴儿，发现原来是真的。尽管他不是法医，但这方面经验不少，简单查看后，他便下了结论："窒息。"

一旁的刘承峰皱眉回道："看来任务要求我们找到凶手，应该就是杀害这个孩子的人。"

其他人见两人无事，才慢慢走近铁桌。

"怎么回事？我们不是来送信的吗？怎么会在牢里？"

"我还以为这次的任务地点只是一处偏远落后的地方，所以才需要人送信，结果竟然是在监牢里！"

众人议论纷纷，语气中透露着不安。他们的不安源于目前的处境和预想中的情景完全不同，毫无心理准备。

就在众人议论时，一个看上去相对沉稳的青年走上前来，问宁秋水："朋友，有什么发现吗？"

这名青年叫许刚。互通姓名后，宁秋水说道："是窒息死亡。"

可能是经历过前面两扇诡门，大家的心理素质有所提升，也可能是因为现场人数较多，加上眼前的场景并不恐怖，气氛没有预想中的那么紧张。

"好了……情况大家也都看到了，过来商量一下吧！"许刚抬手招呼其他人。

众人看了他一眼，虽然没有多说什么，但都围了上来。

"门上的提示大家都看过了，废话不多说，直接进入主题。这次任务是送信，线索也很清晰——通过送信的方式来找出杀害婴儿的凶手。在这个任务里，我们都是同一战线的战友，有什么好想法、好点子都要及时说出来。如果遇到困难，大家也会尽力帮助。"

众人互相打量，没有反对，默许了许刚的提议。

"桌上有八封信，我们也有八个人……是不是意味着每个人送一封？"一个女生小声问道。她是一个长相清秀的女孩，名叫项莹，正挽着旁边男人的胳膊，看上去两人关系亲密。

"谁送都一样吧？"一个留着山羊胡子的男人说道。

很快，另一个人反驳道："谁送都一样？那你去送所有的信啊！"

"凭什么？"

"不是你说谁送都一样的吗？"

"我……"

两人争执了几句，便陷入了沉默。显然，大家都不是傻子，各自心里都有些顾虑，明白送信肯定暗藏危险。

宁秋水没有去查看桌上的信件，而是四下环顾，走到一扇铁门前查看。刘承峰也学着他的样子，走到另一扇铁门旁，不时摸着下巴发出"啧啧"的声响。

其他几人则显得有些胆怯，没敢靠近那些锈蚀的铁门，他们总觉得门后隐藏着什么不祥之物。

经过一番勘察，宁秋水很快发现，这些铁门的右上角都标注了红色的数字，分别是1到8。

北面的两扇门标注为1、2，西面的是3、4，东面的是5、6，南面的是7、8。而他们正好位于这些门的中间。除了数字，铁门上还标注了里面关押的"人"的名字。这些名字可能与寄信和收信的线索有关，但数字的作用是什么呢？

就在宁秋水思索时，人群中突然传来一声惊呼："许刚，你背后……怎么有东西！"

发出惊叫的人叫谢诚，他和许刚一同进入了诡门。伴随他的惊叫声，所有人的目光都集中在许刚的背上。只见他的后背竟然渐渐被染上一片红色！

这一幕让在场的人全都愣住了，纷纷后退几步，眼中满是疑惑与不安，紧紧盯着许刚。许刚也感受到了周围的异样反应，却没有立即转身，只是微微侧头，向身后的人问道："怎么了？"

谢诚站在人群中，咽了口唾沫，小心翼翼地对许刚说道："许刚……你有没有觉得自己背后有点不对劲？"

经过谢诚的提醒，许刚似乎也感觉到了什么。他轻轻动了动身体，脸色立刻大变，因为他清晰地感受到了一丝刺痛。

不过，许刚表现得相当冷静。他既没有大喊大叫，也没有做出激烈的反应，而是调整了一下呼吸，对身后的谢诚说道："谢诚，现在我要脱掉我的衣服，不管你看到什么，都直接告诉我……明白了吗？"

谢诚点了点头："好。"

于是，许刚慢慢地脱掉了自己单薄的短袖。众人看见他的后背，瞬间愣住了。

"谢诚，看清楚了吗？我后背上到底是什么？"许刚脱下短袖后，立刻问道。

而这时，众人终于看清了他的后背——那里有一个鲜红的数字"5"。

了解到自己的情况后，许刚皱了皱眉，正准备说些什么，忽然听到了宁秋水的声音："这应该不是特例，每个人的后背上都有数字。"

众人这才回过神来，开始细细感受，才发现自己的背上也有刺痛和黏糊的感觉。

很快，他们互相得知了彼此的序号。宁秋水和刘承峰是1、2号，楚梁和项莹是3、4号，许刚和谢诚是5、6号，安石与柳檬是7、8号。

"这些数字是干什么用的？"有人发出了疑惑的声音。

没有人回答，因为大家都不知道。但随着他们发现这些红色的数字，所有人的心情都沉重了下来。这些数字绝不仅仅是编号，一定有其特殊的含义。

"谁知道这是什么……会不会是我们的淘汰顺序？"有人大胆猜测。

这个猜测让数字靠前的人脸色顿时难看起来。

"这么说我岂不是第二个？"刘承峰瞪大了眼睛，情绪变得紧张不安。

项莹咬紧了嘴唇，似乎随时都会哭出来。这时，宁秋水站了出来，平静地说道："不必太担心，这些数字应该不是淘汰顺序，因为铁门的角落里也有阿拉伯数字'1'到'8'。即便真的是淘汰顺序，那也是我先。"

众人投去几道惊讶的目光，心情也稍微放松了些。宁秋水的镇定，稍微安抚了大家紧绷的情绪。

"那这些数字有什么意义？"项莹提出了问题，众人一时陷入了沉默。

是的，假如这些数字与淘汰无关，它们的特殊用途又是什么呢？是提示吗？几个简单的数字，究竟想传达什么信息？

就在众人沉默时，宁秋水忽然注意到桌上一个不起眼的小地方，脸色顿时一变。他迅速拉住刘承峰，从怀中不动声色地掏出一本古书。

刘承峰不明所以，但看见宁秋水的脸色不对劲，也赶紧站到他身边。

"怎么了，小哥？"他低声询问，但宁秋水只是微微摇头，示意他不要出声。

宁秋水紧握古书，手心渗出了冷汗。

就在这时，放在桌上的时钟突然响了起来！

叮——叮——叮——

这个声音节奏缓慢，仿佛闹钟铃声，在空旷死寂的房间中，显得尤为刺耳。

众人的目光被闹钟的声响吸引过去，但很快，他们的神情从困惑变为恐惧。随着闹钟的声声响动，头顶的黑暗中突然伸出了一双苍白而修长的手臂！它的手指细长而尖锐，猛地抓住了站在正下方的山羊胡子男人安石。在安石惊恐的目光中，那双手迅速地将他拖入了头顶的黑暗。

众人抬头紧盯着那片深不见底的漆黑虚空。片刻后，一声撕心裂肺的叫喊从高处传来。就这样，安石被突如其来的力量卷入黑暗，随即消失在众人眼前，空气中弥漫着一股难以言喻的恐怖气息。

大约十秒后，闹钟的声音终于停了下来。

"怎么回事？！"有人慌乱地问道。

所有人的脸色都很难看，大家都明白，头顶那双手与桌上的闹钟有着密切的关系。但没有人敢靠近那个闹钟，大家都心存忌惮，担心再次触发什么未知的危险。

宁秋水沉默地等待了半分钟，确认没有新的动静后，才悄悄收起手中的书，走向铁桌。目光落在闹钟上，宁秋水凝神细看了片刻，缓缓开口道："我们都被它的外形迷惑了，这根本就不是什么时钟，而是一个……倒计时的计时器！"

倒计时的计时器。

这几个字一出，所有人的神经瞬间绷紧！

"倒计时？什么东西的倒计时？"

有人慌乱四顾，抬头紧紧盯着那片黑暗，不敢有丝毫松懈，仿佛害怕那双惨白的细长手臂再次从中伸出！

宁秋水站在中间，冷静地对众人说道："倒计时还剩下八分钟。我猜测，这应该是我们送信的倒计时。如果在这八分钟内我们没有送出一封信，倒计时结束时，很可能会再淘汰一个人！"

谢诚睁大了眼睛："天哪，送信还要倒计时？"

众人的脸色变得凝重。

"难道是想通过倒计时给我们制造极大的压迫感，进而影响我们的判断和分析……"宁秋水摸着下巴，目光落在桌上的八封信上。

信件的数目并没有因为人数的减少而减少。他逐一翻阅这些信件。众人也上前快速浏览了这八封信件。信上的内容非常少，只有一两句话，很快就看完了。

看过信后，众人的脸色都微微变化。

"这些信只有署名，没有……没有收件人呀！"柳檬说道，神情有些慌乱。

她和安石来自同一个诡舍。经历过前两扇门的柳檬很清楚，其他诡舍的人不可尽信。安石淘汰了，几乎意味着她要孤军奋战。

"的确，这些信只有署名。"许刚仔细翻看了一番，叹了口气。

他们原本需要通过信件内容判断谁是凶手，已经相当困难，毕竟信中是否有谎言也无法确定。现在，他们查找凶手的路上又多了一道障碍。

宁秋水再次细读信件，信件内容如下：

信件一
院长说过，这件事情不能闹大，影响医院声誉，而且我们本来也没有错，没必要继续帮他们追查了吧……
——云薇，护士，1号

信件二
我喜欢你的脚，涂上红指甲，连同袜子一起寄给我，我会沉默得像块石头……
——乐久，病人，6号

信件三
七年前是我接生的她，当时那家人并不激动，我以为他们不喜欢孩子，没想到时隔七年，他们会再生二胎……
——王宇，医生，8号

信件四
呜呜呜，警官，请一定抓住凶手，不然妈妈会崩溃的，她现在的样子真的好吓人……
——李悦，死者亲姐，2号

信件五
如果你能找到杀死我孩子的凶手并将他绳之以法，我愿意付出一切！
——温良，死者母亲，3号

信件六

真是棘手的案子，休假期间被叫回来，这个小男孩真可怜，让我看看你们医院的监控吧，也许能找到些什么……

——东雀，警司，4号

信件七

放心。

——光邹，病人，5号

信件八

我只是……只是想要一个儿子，真的那么难吗！

请帮忙查到这个凶手，我愿意付出一切！

——李飞赧，死者父亲，7号

以上，就是这八封信的全部内容。

目前这些信都没有被染红。

"这些信的内容好乱，根本不知道写给谁的！"有人忍不住抱怨，但很快有人发现了端倪。

"不，还是有迹可循的。"许刚说道，指着左边的第四封信，"比如这封信，虽然信封没写收件人，但信中提到了'警官'，显然是写给警察的。"

他又指着第五封和第八封信："这两封是受害者的父母写的，虽然没写明收件人，但从语气来看，应该也是给警司东雀写的。"

许刚话音落下，众人脸上露出了一丝希望的神色。

胖子楚梁笑道："这么一来，我们只需先把这三封信交给警司就行了！"

他和项莹一组，可能因为太紧张，之前一直没怎么说话，所以众人对他印象不深。

就在他准备伸手拿信时，宁秋水开口了："我劝你最好想清楚再动手。"

楚梁一愣。

"想清楚？还有什么好想的？"难道信里有陷阱？

宁秋水摇了摇头，叹了口气："真不懂你们是怎么通过前两扇门的……还记得诡门上的提示吗？提示中说，一个'男人'只能收到三封信，如果东雀是个'男人'，那么把这三封信全部给他后，我们就无法再寄信给他了。同时，也无法再从他那里得到任何有用的信息！"

胖子顿时哑口无言。

这时，许刚的朋友谢诚开口了："仔细想想，确实是这个道理！"

宁秋水扫视了众人一眼，继续说道："事实上，这三封信，是诡门给我们的陷阱！"

许刚并没有因为宁秋水反驳他的观点而生气，反而推了推眼镜，问道："宁秋水，可以详细解释一下吗？"

宁秋水说道："别忘了，这些人当中有一个是凶手！如果你是凶手，为了不让真相被揭露，会怎么做？当然是用谎言搅浑水！而这些人中，唯一可以确定不是凶手的，就是这位叫东雀的警官。换句话说，他是个非常关键的角色……无论是惩治凶手，还是为我们提供线索！"

人群中，项莹皱起眉头，目光扫过闹钟，发现倒计时只剩下三分钟。她一边焦躁，一边咬牙说道："你凭什么说他不是凶手，就因为他是警察？真是可笑，万一他是凶手，而且撒了谎呢？从一开始你就把他排除在撒谎的行列外，自然认为他不是凶手！"

项莹话音刚落，许刚开口道："不，他说的对……这个叫东雀的警察，不可能是凶手！"

听到许刚也如此笃定，众人都齐刷刷地转向了他！

"不是，你们这么相信东雀？万一诡门就是利用我们这样的心理呢？"项莹的脸色不太好看。

许刚淡淡地瞥了她一眼，双手揣在兜里："首先，信件上的署名是不能作假的。这是个推理游戏，如果连这点都作假，我们就找不到任何有用的线索。从信上的称呼可以看出，这一家人跟东雀警司并不熟，否则小女孩信上的称呼不会是'警官'，而是'东雀叔叔'，或者'东雀警官'。基于此，如果我是这个警察，并且我是凶手，首先要有一个动机。请问我为什么杀害一个与自己完全不熟的家庭的小孩？动机是什么？光从这两点，就可以将东雀警司彻底排除。他没有作案动机。"

项莹的目光再次扫向了中间桌上的倒计时。

"还剩最后两分钟，不管信送给谁，快点行动，不然又要有人遭殃！"她催促着，语气中带着明显的不耐烦。

众人看到她的表现，心里都有些不舒服，但没人说出来。毕竟如果倒计时结束，信还没有送出去，淘汰的是谁还不知道！没有人会把自己的性命当儿戏。

"宁秋水，你有什么想法吗？"许刚皱了皱眉，思索片刻，依然毫无头绪，便看向了对面的男人。

141

"第一封信肯定要送给'女人'。"宁秋水平静地说道,"我们的信都还没有染红。'男人'收到信的机会只有三次,能不送就尽量先不送。而且,信最好一封封地送,这样可以最大限度地保证我们的存活时间,留出足够的思考缓冲期。我是'1'号,第一封信我来送。"

说完,他拿起了一封信。

这封信是第二封信。信件来自一个心理异常的病人,但不知道是写给谁的。

宁秋水选择将它寄给了1号门的护士云薇。他拿着信走到北边的铁门前,伸手轻轻敲了敲标有1号的铁门。

很快,铁门中间的翻盖发出响动。众人紧张地注视着那个地方,连呼吸都屏住了。他们想看看,那扇门后的人到底是什么。

翻盖被打开的瞬间,站在宁秋水身后的六人忍不住向后退了一步,脸上显出惊恐的表情。翻盖背后是死寂的漆黑一片,伸手不见五指,没人知道那头究竟是什么。

在这漆黑的深处,隐约能看到一双眼睛!见到这双眼睛,即便是胆大的宁秋水也被吓了一跳。但他很快镇定下来,对着里面的人说道:"这里有你的一封信。"

说完,他将信递到了铁门中央的翻盖处。

沉默了几秒后,一只苍白的手从翻盖口伸了出来。

原来门内的是木头做的假人。

这只惨白的手没有做出任何攻击动作,而是接过了信,缓缓收了回去。但仅仅隔了几秒,里面那只手再次伸了出来,指缝间夹着一封染血的信,还有一个铁盘。

看见铁盘上的东西,众人都不由得屏住了呼吸。那是一双涂满颜料的木头脚!脚上穿着薄薄的白色丝袜,这道具制作得非常逼真!

宁秋水接过了云薇递给他的信件,又将装着那双脚的铁盘放到了中央的铁桌上。

身后传来了翻盖关闭的声音,宁秋水回头看去,铁门的翻盖已经被里面的人关上了。

没有了那双眼睛的凝视,众人的心情也稍微放松了一些。他们下意识地绕过桌子,走到了宁秋水的对面。

"小哥,快看看刚才那个'女人'给你的信吧。"刘承峰经历过前两扇门后,眼前的场景对他来说已经不算什么。他几乎没有任何不适,反而将注意力集中在宁秋水手中的那封信上。

宁秋水点了点头,没多说什么,直接拆开了信封,里面只有几个简单的字。

信件九

请不要说，这对他（她）很重要。

"果然……"宁秋水的眼中闪过一丝光芒。

这个叫云薇的护士显然知道一些重要的事，但由于某些原因没有说出来。她不仅没说，甚至还刻意隐藏。她究竟想隐藏什么呢？又为什么要隐藏？信中的那个"他（她）"又是谁？

就在宁秋水沉思的时候，桌上的倒计时铃声再次响起！

叮——叮——叮——

众人的身体瞬间随着铃声绷紧了，恐惧地抬头望向头顶的无尽黑暗，连呼吸都停止了。

然而这一次，那双瘦长手臂并没有伸出来。直到倒计时停止，进行下一个十分钟，也没有人淘汰。

看到这一幕，众人松了一口气，兴奋起来。

"果然是这样，太好了！"

"是啊，安全了！"

"只要这样，我们就还安全！"

"没错，没错……"

然而，宁秋水和许刚脸上却没有丝毫高兴。他们紧盯着桌上那封从1号门护士云薇手里得到的信，脸色凝重。

兴奋之余，众人看到宁秋水和许刚的脸色不太对，也稍微冷静了下来。

柳檬试探性地问道："怎么了？有什么不对劲吗？"

宁秋水指着桌上的那封信，说道："我们将干净的信交给门后的'人'，他们还给我们一封染血的信。如果这是一个固定规则，那么就说明，我们能与铁门背后的'女人'交流的机会不多，毕竟'女人'不能拿到沾血的信件。我们手上的这些干净信件，很快就会用完。看来这次规则对我们的限制很严，每封信只能使用一次，所以每次使用都很关键！"

人群中，项莹又开始大声嚷嚷："我觉得那个护士肯定有问题！说不定就是她，不然她为什么那么怕6号说出什么？一封简单的信，就吓得她乖乖照做，这还不能说明问题吗？"

许刚摇了摇头："哪有那么简单？你有一点没说错，这个护士确实知道些什么，甚至知道真相……但我个人认为，凶手不是她。第九封信提到了另一个人，虽然我们还不知道那人是男是女，但一定与凶手有关！"

143

他的话音落下,谢诚也站了出来,他盯着铁桌上的道具,忍不住打了个寒战。

"我、我补充一点……"他咬牙说道,"我觉得6号有问题,嗯……我不是在说我自己,是说铁门背后的那个6号。他的精神看起来不正常,像个变态。有没有一种可能,这个'人'是诡门故意安排的障眼法?他其实什么都不知道,只是假装自己知道点什么,故意让我们浪费仅有的信件在他身上?"

众人惊讶地看着他,宁秋水心里也有些讶异,心想这次遇到的人还不算太蠢。

谢诚的角度很新颖。6号的确可能在干这种事。

"所以……我们该把这封信给他吗?"刘承峰挠了挠头。

如果说前一扇诡门,他还能凭借人情世故推测出些东西,那这一扇诡门,他就真的完全不知所措了。对刘承峰而言,这扇诡门的难度甚至比上一扇还高。事实上,在场的很多人也是如此。

侦查破案这种事,本来就是警察的职责,他们完全不擅长,也毫无头绪。

宁秋水也从未参与过警察的破案行动,只能根据手头的有限信息尽力推测。

"大胡子,你去把这封信交给7号李飞赧,死者的父亲。但不要把道具给他。"宁秋水沉思片刻,将9号信件递给刘承峰。

后者微微一愣:"这封信给李飞赧?"

宁秋水点头:"对。本来我想先看看医生的态度,但问题是我们不知道医生是男是女,仅凭名字来判断实在太冒险。"

站在角落的柳檬小声问道:"那不用把信给6号乐久……病人吗?这封信应该是1号写给6号的吧?"

宁秋水回答道:"信的确是1号写给6号的,但如果给了他,什么都探查不出来。你把东西给他,他回递的信要么继续索要,要么沉默。你不给他,他肯定还会继续威胁索要。无论怎样,我们从他嘴里获得有用信息的可能性都很小,暂时没有必要浪费时间。最大的问题是,我们不知道6号究竟是'男人'还是'女人'。虽然从表现上看,他像个心理异常的男人,但没有确凿的证据,在目前可以周旋的情况下,没必要冒险。还有问题吗?如果没有,大胡子就去送信吧。"

众人面面相觑,摇了摇头。他们中的大部分人脑中一片混乱,什么都不懂。现在看到有个领头羊站出来,且从容不迫,自然都愿意跟着行动。

刘承峰对宁秋水百分百信任,接过信后直接来到7号李飞赧的门口,他深吸了一口气,学着宁秋水的模样,轻敲三下。

铁门上的翻盖被打开,一个男人的脸露了出来。那张木头脸上,五官雕刻得很端正,却让人不寒而栗。他看着刘承峰递来的信,微微一笑,接过这封信后,很快又递回一封染着血的信件。

然后，他盖上了翻盖。

刘承峰松了口气，即便知道这个过程不会有危险，但他仍觉得后背发冷。他真的害怕那男人忽然从翻盖伸出手把他抓进去！

回到铁桌前，众人打开了第十封信——

信件十

我不知道你想警告我什么，但我一定会抓到杀害我孩子的凶手，并且亲手报仇！

我怀疑是护士做的，只有她经常接近我的妻子和孩子，而我和王医生是好朋友，他不会害我，更不会做出对不起我的事情。医院应该有监控吧，为什么不调出监控看看？

第十封信写了很多内容。

众人读完后，立刻把目光锁定在"监控"二字上！

"医院有监控，我们通过送信的方式，指引门后的人调出监控，真相不就大白了吗！"

就在一片嘈杂声中，许刚忽然想到了什么，翻出了之前的警察信件。

那是第六封信件。

东雀警司似乎也第一时间想到查看医院监控。

"你怎么看？"许刚抬头，看着认真思索的宁秋水。

宁秋水说道："医院的监控应该只有两个人能看，一个是护士，另一个是医生。"

他话音刚落，项莹忍不住双手抱胸，冷笑道："这么简单的事，那不如每人送一封，反正有一封是没有染血的信。"

宁秋水道："我不太建议把这封信送给护士。"

项莹皱眉，不满地说道："有什么不建议的？这也不行，那也不行，你就不能肯定我们一次吗？你是不是觉得只要否认了别人，就能显得自己聪明？"

她说完，冷哼一声，直接拿起了第六封信。

"楚梁，这两封信我们一起送，你把那封染了血的信送给医生。"

楚梁有些迟疑，他拿着那封染血的信，侧头看看宁秋水和许刚，见二人保持沉默，才忐忑地朝着8号门走去。

他和项莹来自同一所诡舍，关系不能闹僵，不然日后不好相处。毕竟大家抬头不见低头见。在其余五人的注视下，他们拿着两封信，分别来到了1号和8号门。

145

站在锈迹斑驳的门前，两人才意识到送信并不如想象中那么简单。因为他们清楚，门后的'人'并非常人。即便隔着铁门，直面这一切，依旧让他们感到莫名地紧张。

"别担心，只是送封信而已，这在规则允许的范围内，不会出事的。"项莹深吸了一口气，在心里默默安慰自己。

然而，无论怎么安慰，内心的紧张依旧挥之不去。她伸出手，准备敲门，但在最后一刻停了下来，仔细检查了手中的信，确认没有任何的血迹。

尽管如此，她依旧感到一丝不安，尤其是当她站在1号门前时，这种不安越发强烈。

她的潜意识告诉她，这封信不应该送到门后的护士手里。然而，她的固执让她忽视了自己的直觉。话已经说出口，如果此刻退缩，她将失去所有的发言权。因此，这扇门，她必须打开。

项莹伸出手，轻轻敲了敲铁门。

门内传来动静，项莹后退一步，握着信的手不由得颤抖起来。

"怎……怎么回事？"她脸色发白，不明白为什么到她这里会出现问题。

"可能是那个护士……"谢诚低声说道。

"该死……"她在心里咒骂。

铁门后的护士终于揭开了门上的滑盖，但出现的并不是一只手，而是一张脸！她的眼睛转动着，却没有看向项莹，而是盯着她背后的铁桌。

"他同意了吗……"门后的木偶人应该被设置了什么程序，竟然可以说话，并且露出一个机械的笑容。

项莹吓得后退几步，冷汗已浸透背部，她竟一时忘记了递信。

直到身后的楚梁大喊，她才回过神来。

"别理，快把信给她！"

楚梁的喊声让项莹恢复清醒，她咬紧牙关，上前将信递给门后的"人"。

"这是……你的信！"

护士的眼睛在项莹和信之间徘徊许久，终于接过了信。

见到信被收下，众人终于松了口气。

只是，项莹还在门外等待，因为按照规则，门后的"人"会还给他们一封信。

然而，这次等待的时间似乎有些长。就在项莹感到不耐烦时，滑盖再次被打开，她正准备上去接信，没想到伸出来的那只手却死死抓住了她。她发出一声尖叫："放开我！"她拼命挣扎，却无法摆脱这如同钢钳般的手掌。

"你们还愣着干什么？快来救我啊！"

然而，没有人敢上前救她。众人的脸色都不好看。

最终，项莹被那只手拖入了门内。

铁门后，传来一个女人低沉诡异的喃喃声："对不起，对不起……可是我不能……我真的不能……我不能让他（她）知道事情的真相……"

这是云薇的声音。她自言自语了很长时间，几乎都是在重复这几句话。

最后，云薇安静下来，铁门的滑盖也关上了。

此刻，站在大厅中央的众人才如梦初醒。

楚梁嘴唇发白，喃喃道："怎，怎么会这样……她明明……手上拿着的信是干净的呀……为什么会……"其他人的脸色也非常沉重。

他们终于意识到，原来只是单纯地按照诡门上的指示送信，并不代表绝对安全！

"我们早该想到……"许刚咬了咬牙，继续说道，"诡门上的提示只是部分信息，它不会告诉我们全部规则。看来，即使不将染血的信送到女人手里，我们也依然可能面临危险。"

宁秋水表情平静，似乎早就料到这一切。

"这与铁门后是男人还是女人无关，只跟送信对象有关，我已经提醒过她不要送这封信了……"

众人沉默。

项莹淘汰后，宁秋水在众人心中的地位被抬高。他们终于意识到，这个人不仅冷静，确实有真本事。

"你能说得更详细点吗？"柳檬开口，自从安石被删档后，她格外小心。

宁秋水解释道："送信过程中存在某种潜在的危险规则。你们别忘了，铁门后的'人'并不是真正的人，惹怒他们的后果是什么，不用我多说。你们可能觉得送信怎么会惹怒他们？当然会。比如1号铁门后的云薇，她想隐藏真相，保护某个人。如果她察觉我们试图追查真相，她可能会阻止我们，以防真相暴露。再比如4号门的警司东雀，他负责查案，如果他拿到的信件中有掩盖真相的信息，他可能会采取行动制止我们。而且，门后的这些'人'在行动后，不会返还新的信件。"

众人恍然大悟。

"这诡门真是太坑人了！"

楚梁的额头上满是冷汗。刚才是他和项莹负责送信。如果信件调换，现在出事的就是他！

叮叮叮——

桌上的闹钟再次响起，但众人没有理会，他们清楚，只要信送出，这一轮的十分钟内，他们就不会有事。

"对了，楚梁，把你刚刚从医生那里拿到的信拿出来吧。"宁秋水对楚梁说道。

楚梁点头，拿出信件，摊开放在铁桌上。信上沾着暗红的痕迹。

信件十一

我查看了监控，但我动摇了，不确定是否应该将真相公布。我想，这就是为什么老院长和云薇护士不希望这件事情继续查下去。

如果我说出真相，会不会太自私了？也许，我应该销毁医院的监控录像。我该怎么做？

信的内容让众人陷入沉默。监控确实记录下了凶手的犯罪过程。但看过监控的人，却似乎不愿意继续追查。为什么？他们都认为，揭露真相对这一家人未必是好事。

"这是一封非常有用的信！"许刚激动地说道。

医生和护士看过真相后的反应十分相似，他们的表现不像是凶手，倒更像是……在包庇凶手！什么样的人会让医院选择包庇？

"凶手会不会是那一家三口中的一个？"一直沉默不语的刘承峰忽然开口。众人纷纷抬头看向他，他被这些灼热的眼神吓得后退半步："我只是随口一说……"

宁秋水却说道："不，你说得没错，凶手很可能就是这一家三口中的一人。"

刘承峰愣住了："我刚才真的是开玩笑的……"

宁秋水笑道："我可没开玩笑。"

"小哥，你是不是发现什么了？"刘承峰问道。

宁秋水沉默片刻，说道："还记得我们背后的数字吗？"

提到他们背后的数字，被先前场面震撼的众人才想起，这个问题早被他们忽略了。

"其实，前三扇门除了'特殊状况'，难度并不大，只要稍微细心一点。我在发现我们背后的数字时，就在思考它的意义。如果只是简单的编号，诡门不会在我们背后留下那么明显的伤口来'提醒'我们数字的重要性。我将我们的情况和门上的做了对比，发现八个人正好对应八扇门。那么，我们和门后的'人'之间有什么共同点吗？"

宁秋水一边娓娓道来，众人一边专注地听着。

"首先，我们可以排除性别，比如我和云薇的性别不同，如果反着来，7号安石和铁门背后的 7 号李飞赦也对不上。所以，性别不是关键。排除掉性别后，我注意到另一个点——我们这次进入诡门的是四组人，恰好每组两人。你们回忆一下自己和队友的数字，再看看铁门上的数字，就明白了。"

众人闻言急忙回忆，片刻后，他们发现了关键：每组成员的数字相连，正好对应东西南北四个方向的铁门。

"宁秋水，你的意思是……每扇铁门里关着的两个'人'也是一队？"许刚似乎抓住了什么重要线索。

宁秋水点头："你可以这么理解，他们的目的相同。假设这一推论成立，那么接下来看——1号护士和2号死者姐姐都不希望凶手被抓到；4号警司和3号死者母亲希望凶手被抓到；5号和6号病人不希望凶手被抓到；8号医生和7号死者父亲希望凶手被找到。请注意！这是在没有交换任何信件时，他们最初的心理状态。"

宁秋水尽量简化思路，向众人解释道："首先，医生和死者父亲起初都希望找到凶手，这一点通过后来的两封信件可以感受到。但医生在查看监控后，开始犹豫，与死者父亲产生分歧。不过，这部分暂且不论。其次，5号和6号病人都不希望凶手被找到，6号的心理状态显然不太健康，他借助目前的局势满足自己的需求，一旦凶手被抓，事情结束，他就无法再通过这个事要挟护士或知情人。所以，从他的立场来看，他自然不希望事情这么快结束。至于5号病人，他的信件很简短，为什么简短？因为说多了容易出错，显然他也想隐瞒真相。"

"照你这么说，不就出现悖论了吗？"柳檬咬着嘴唇说道，"1号门的护士不想揭露真相，但2号门的死者姐姐却希望真相大白啊……"

柳檬越说越觉得不对劲，冷汗从背后渗出。她缓缓抬头，问道："你的意思是，那个小女孩在信上撒了谎？"

宁秋水点点头。

桌子上摆放的第三封信件，是8号门的医生写的。他提到，七年前曾为死者的母亲接生。也就是说，那时候出生的，就是死者的亲姐姐。

"这小女孩应该不会是凶手吧？她没理由会对自己的弟弟做这种事！"楚梁愣愣地说道，似乎被自己脑中的想法吓到了。

"还不确定是不是她，但她的嫌疑很大，而且她确实有动机。"

许刚拿起桌上的第八封信，说道："这个家庭的父亲有严重的重男轻女倾向，不确定女孩是否在家中受到了轻视。如果是，她就有下手的动机。这样看来，我赞同宁秋水的推测——这个女孩不希望真相被揭开。她可能就是凶手。"

众人看着桌面上的信，陷入了短暂的沉默。

"接下来，我该把信送给谁？"许刚问道。他像是在询问众人，又像是在自言自语。

他盯着桌面上的信件，目光时而闪烁着思索，时而显得迷茫。

此时，站在他身旁的宁秋水突然说道："你敢不敢冒险？"

许刚回头看向宁秋水，问道："怎么冒险？"

"你拿一封我们认为比较危险的信，送给那个小女孩。如果你平安无事，那就说明我们的推测是对的。"

许刚心头一震，他明白了宁秋水的意图。

"你想把第一封信递给2号门的小孩？"许刚问。

宁秋水点了点头，坦诚地说道："我无法完全确定危险性。如果我的推测是错误的，你可能会有危险。我没有权利强迫你为了大家冒险，你也可以送一封看起来更安全的信。"

许刚认真思索着宁秋水的建议。这确实是个危险的决定。如果他们的推测是正确的，2号门的小女孩不希望真相被揭露出来，那么他给她送上云薇的信，表明自己也不希望真相暴露，或许她就不会伤害他。

但如果他们的推测是错误的，而小女孩其实迫切地想要真相被揭露，那么这封信很可能会置他于危险境地。正当他沉默时，一旁的谢诚忽然拿起了第一封信。

"我来吧！"谢诚咬紧牙关说道，"老许，上一扇门，我欠了你一条命。如果我遇到危险，正好还给你；如果我留下来了，那我们就离真相更近了一步！"

许刚一把抓住谢诚的手腕，轻轻摇头，示意他不要冲动。

"还没到非得冒险的地步……"

谢诚回应道："我们本来就不是专门从事刑侦推理的人，随着时间推移，不知道会遇到什么危险，拖得越久，对我们越不利。你忘了我们在第一扇门时经历的事情吗？"

提到第一扇门的经历，许刚的嘴角微微抽动了一下。那扇门让许刚记忆犹新，时常在夜晚的梦中回溯。

他们的第一个副本也是硬核推理类型，虽然当时副本中只有一只诡物，而且行动受到很多限制，但他们却在副本世界里晃荡了三天，没有人出局。可到了第四天，却一下子少了五个人！

后来他们离开那扇门，回到了诡舍，听老人们讲解才明白，原来在许多推理类型的副本里，诡物的能力会随着时间推移逐渐解封。起初，诡门的规则可能只有一条，甚至没有明确的规则，但随着时间流逝，背后可能会逐渐增加两条，甚至三条以上的规则。

二人不确定眼前的副本世界是否也遵循这种模式，但他们也不敢冒险。

"放心，老许，宁小哥说得对，我们背后的数字肯定有特殊含义，现在已经排除了其他不可能的情况，剩下的应该就是真相。我不会轻易出事的。"

听了谢诚的安慰，许刚这才松开手。

"小心点，一有不对劲就赶紧撤退！那些诡物应该无法从铁门背后出来！"

许刚的叮咛让谢诚微微一笑："好。"

他拿着信走向第二扇铁门，深吸几口气，平复心跳后，轻轻敲了敲铁门。

铁门背后的小女孩迅速打开了翻盖。

看到小女孩的脸，谢诚呆立了片刻，仿佛变成了木偶一般。

"谢诚，快把信给她啊！"身后的许刚喊了他一声。

谢诚这才回过神，急忙把手中的信递给了小女孩："小妹妹，这是你的信。"

小女孩怯生生地伸出瘦弱的手臂，接过信件。看到她的手臂，谢诚再次确认了自己的想法，原本悬着的心终于安定了下来。

他心里明白，这个小女孩不会伤害他。果然，短短几秒后，小女孩递出一封染血的信，交给了谢诚。

"谢谢你，小妹妹。"谢诚忽然说出这六个字。

门后的小女孩眼中闪过一丝迟疑，但很快便合上了翻盖。

谢诚拿着那封信，回到了中央大厅。众人见他安然无恙，纷纷松了口气。

"你们推测得没错，那个小女孩的表情确实很胆怯，明显是长期生活在不受重视的家庭。而我能回来，说明她确实不希望我们查出真相。"

谢诚的语气显得有些沉重。他似乎开始理解为什么医院的医生和护士也不急于找到凶手。

如果这个小女孩长期被忽视，而她又与弟弟的事有关，一旦真相揭开……

"小女孩的反应证明了我们的推测。"宁秋水轻声说道，"铁门背后的1、2号都应该有着相同的目的，作为受害者家庭的一员，她不希望凶手被揭发，看起来，凶手就是她了。"

宁秋水摸着下巴，目光变得锐利。

由于这是第三扇门，难度并不高，也没有出现意外的变异情况。他们背后的数字和铁门上的数字，实际上是诡门为了降低难度，在很大程度上给他们提供了通往真相的线索。

"但是……我们真的要把真相说出来吗？"柳檬轻声问道。

她低着头，头发遮住了她的脸，众人看不清楚她的脸，也无法猜测她此时的心情。但所有人都听出了柳檬话中的犹豫。

"为什么不?"胖子楚梁嘟囔道,"我们只要投票给凶手,就可以离开这个游戏了!"

他话音刚落,宁秋水冷冷地打断了他。

"我要纠正你一个观点——"宁秋水说道,"诡门上的第三条提示是,投票给正确的凶手后,任务结束。可是任务结束,并不代表我们就能安全离开这里。一码归一码,这是两码事。"

楚梁愣住了,在场的大多数人也都露出困惑的神情,显然没有完全理解宁秋水的意思。只有跟宁秋水一起经历过第二扇门的刘承峰,知道宁秋水指的是什么。

"又是……文字游戏!"刘承峰喃喃道。

宁秋水点了点头:"对,还是文字游戏。虽然新人前三扇诡门的难度不会太高,但在诡门给我们提供了如此明显的线索的情况下,推理出真正的幕后凶手实在是太容易了。看看桌上的信件,才用了多少?难道你们不觉得,这次的副本未免太简单了?简单得有点……不寻常。"

众人陷入了沉默。许刚的眼神突然闪动了一下。

"这次我们的任务是,将信件送给铁门背后的'人'。所以,当我们指认出正确的凶手,任务结束的意思,就是我们不再需要继续送信了。而不是说,我们可以离开这里,回到原来的世界!"

众人终于明白了过来!

"该死!"

"居然在这里还被摆了一道!"

醒悟过来的众人,后背瞬间冒出了冷汗。他们又想起之前的诡门,几乎都有时间限制,而偏偏这一扇没有,原来这是诡门埋下的陷阱!

"如果是这样,那任务结束后……会发生什么?"柳檬小声问道。

宁秋水摸着下巴,目光幽幽地扫过四周的铁门。

"不清楚,但我猜……我们将面临最终的清算!找到正确的凶手,或许与出路有关,但这本身不是出路。只有找到真正的出路,才有可能在最后的清算中活下来。"

有了第二扇门的经历,宁秋水早已预感到了这一点。就算他们真的找到了幕后的凶手,并进行指认,这个副本的考验就结束了吗?恐怕没那么简单。

因此,宁秋水再次仔细思考诡门给出的提示。原本通过几封简单的信件确认凶手是一件很麻烦的事,至少对他们来说是这样。但有了他们身上的号码和铁门上的号码提示,只要能够确认这些号码的共同点,就能很快找到真凶。因为在所有"人"中，小女孩是唯一一个明明是受害者，却不愿意查出真相的"人"。

如果仅仅指认小女孩就能通关，那这扇诡门的难度未免太低。

放在第一扇门，这或许有可能。但若是放在第三扇诡门，显然其中还隐藏着别的陷阱。

众人沉默着，时间一分一秒地过去，不少人目光时不时瞟向2号铁门。他们变得焦躁不安，因为倒计时已来到了最后的两分钟。如果他们不进行指认，就必须要送出下一封信。

这时，宁秋水终于缓缓开口："直接指认小女孩为凶手，恐怕是一条死路。"

他的眼神格外锐利。众人一怔，柳檬问道："你发现了什么？"

宁秋水直言不讳："直觉。我相信自己的直觉，它救过我很多次。如果我们指认了小女孩为凶手，那当八扇铁门打开时，她可能会死……我们也可能会出局！有一点大家应该能直观感受到，如果这扇诡门的目的是指认凶手，那这应当是我们的任务，可它却将这条信息放在了提示里。"

众人点了点头，这一点确实不难理解。

"反推回来，说明我们的最终任务并不是找到凶手。"

这句话让众人茅塞顿开，新的思路开始涌现。

如果目的是指认凶手，那诡门不会将这条信息放在提示里。

"这么说，我们未必要指认……"许刚脑子转得快，立刻抓住了重点，"提示里说的是正确指认凶手，而不是指认正确的凶手，这两者是有区别的！前者的'正确'可以是为了我们活下来，而后者的'正确'仅仅是针对真相。"

宁秋水摇了摇头，听不懂许刚在说什么。他并不喜欢咬文嚼字。

"快点，只剩不到半分钟了！"谢诚提醒道。

宁秋水略一思索，对许刚说道："许刚，你把小女孩的信送给她的母亲。"

"小女孩的信？"

"第四封。"

"好！"许刚点了点头，宁秋水之前的表现已经赢得了他的信任，他毫不犹豫，拿起了第四封信，走向3号门。

"注意观察那个女人。"宁秋水在他身后嘱咐道。

许刚比了个OK的手势，敲开了3号门。翻盖被拉开后，许刚将信递了进去，与此同时，他一直注视着门后面的木偶女人。对方身形瘦长，神情呆滞，皮肤苍白，显得虚弱不堪。

宁秋水觉得自己站得太远，便自己走了过来，靠近铁门，观察着里面的女人。

沉默片刻，女人递出一封信，然后关上了门。宁秋水的目光始终停留在她的手臂上。

这时，刺耳的倒计时声再次充斥了整个大厅。

众人头顶突然传来一声奇怪的响动，这让他们立刻回忆起了之前的事件。那个叫安石的男人，就是这样消失在了头顶的黑暗中！

当他们抬起头看时，却被眼前的景象惊呆了！

原本笼罩在黑暗中的天花板，不知何时显露出来，一个足有近十米高的巨型木偶被无数丝线固定在天花板上，束缚它双臂的丝线似乎随时都会断裂，木偶不停挥舞着双手，试图抓住下面的众人，但丝线的束缚让它总差那么一点点！

不过……只差一点点了。

只要丝线再松开一些，他们就会被抓住！刚才的响声，就是丝线松动，木偶手臂垂落时发出的声响！

"怎么会这样？"柳檬慌乱极了，立刻钻到了铁桌下。

其他人纷纷效仿，好在铁桌足够大，勉强能遮住他们。

过了足足两分钟，头顶依然没有动静，众人这才小心翼翼地探出了头。那个巨型木偶张牙舞爪，但确实够不着他们。

"我们……又触发了什么规则吗？"许刚皱眉问道。

宁秋水看了一眼桌上的闹钟，微微摇头："是时间，这个副本是有时间限制的。虽然任务没有明确说明，但头顶那个家伙的变化已经告诉了我们一切。诡门正在通过这样的方式逼迫我们快速做出决策。"

众人听到这里，心里一沉。

看着头顶近在咫尺的手臂，后背发凉，他们不知道这东西什么时候会突然掉下来，随时可能抓走其中一个人。

"那我们该怎么办？下面那封信该怎么送？"胖子楚梁已经彻底慌了神，嘴巴颤抖，连话都说不清楚。

"不用送信了，我知道……该指认谁为凶手了。"宁秋水开口，眼神幽深。

"什么？"

"你已经找到出路了？"

听到宁秋水说出这句话，众人神色皆是一喜！

"厉害啊，小哥，还是你有办法！"刘承峰眉飞色舞。又让他躺过了一扇门。当领导固然很爽，但是躺着过门……也很爽啊！

许刚看着宁秋水，眸中闪过复杂的情绪，既有羡慕，也有钦佩。当然，也有些许遗憾。

他很希望宁秋水和他在同一间诡舍,这样他就可以跟着一个厉害的人学习,彼此成长。许刚心里清楚,一旦被迷雾世界选中,要想活得长久,必须靠自己。

"那我们现在……赶快指认吧!"楚梁脸上的肉一抖一抖的,他的眼睛总是时不时瞥向头顶的木偶,一只手紧紧抓住中央的铁桌,似乎随时准备躲到下面。他真是一刻也不想在这里多待了!

宁秋水扫视了一圈众人:"我还有件事情需要确认,这件事可能有一些风险,虽然不大……但如果我出了意外,你们可以指认死者的父母为凶手。"

宁秋水的语气十分平静,仿佛在谈论一件平常的小事,但众人听着却不禁心惊肉跳。

"小哥,你要做什么?"站在一旁的刘承峰一听宁秋水要冒险,有点站不住了。

宁秋水解释道:"应该没有什么问题,我只是想弄清楚一件事。"

说完,他在众人的注视下,径直走到了2号铁门。然后,他轻轻地敲了敲门。

咚咚咚!

随着敲门声,2号铁门的翻盖被拉开了。一个小女孩的脸出现在宁秋水的眼前。宁秋水怔了一下,忽然明白了谢诚送信时为何会停顿。因为这个小女孩脸上的表情真的很让人心疼,哪怕是木偶人,他依然能感知到她的情绪。

宁秋水靠近铁门的翻盖,轻声问道:"你难过吗?"

小女孩怔怔地看着门外的人,眼中浮现出迷茫的神色。她没有摇头,也没有点头。沉默片刻后,她僵硬地递出了一封染血的信,可宁秋水却将手伸进了铁门,抓住了她的手腕!

这一幕,让身后的人都惊呆了。

他们对铁门后的"人"避之不及,而宁秋水却主动出击,简直就是胆大包天。

刘承峰刚想上前,就被宁秋水制止:"都站在原地,别动!"

刘承峰迟疑了片刻,还是停下了。

宁秋水的注意力再次转向小女孩,贴近铁门,低声道:"我知道你做了什么,但我不会说出去。"

小女孩的身体猛地一颤,但很快又平静下来。她抬起那双迷茫的眼睛,带着几分畏惧和疑惑。或许是感受到了宁秋水的真诚,她轻轻点了点头。

"嗯。"小女孩低声应道。

"但我想知道,你为什么会伤害他。"

随着宁秋水问出这句话,小女孩的眼中居然缓缓流出了泪水。她伸出满是疤痕的小手,胡乱地擦了擦眼泪,断断续续地说出了让宁秋水震惊的话:"爸爸妈妈……不喜欢小孩子……他们平时都不理我……我很害怕……我害怕弟弟也像我一样得不到关爱，有一次爸爸妈妈吵架，我怕他们打弟弟，就把他藏在了柜子里……我没想到……"

听完小女孩断断续续的述说，宁秋水的喉咙仿佛被石头卡住了。他久久无法说出一个字。这时，他终于明白了，为什么医院的院长、医生、护士，还有那个知情的病人都不希望查出真相……因为他们想要保护这个可怜又天真的女孩！她确实让弟弟失去了生命，但并非因为嫉妒，而是……因为担心。

这个小女孩根本不知道，父母对她的忽视是因为重男轻女。天真的她只以为爸爸妈妈不喜欢小孩子。害怕弟弟和她一样受到同等的待遇。真正的罪魁祸首，是她的父母。

得知真相的宁秋水愣在原地许久。他并没有觉得轻松，反而觉得心口压着一块沉重的大石头，几乎喘不过气来。

"我知道了……"他愣住了两三分钟，终于回过神来，松开了小女孩的手腕，轻轻擦去了她脸上的泪水，"你没有伤害你的弟弟……是你的父母害了他。"

宁秋水只说了这句话，然后站起身，在小女孩迷茫的注视中，默默走回到大厅中央。

"小哥，你跟她说了什么？"刘承峰见宁秋水没事，松了口气，第一时间凑上前来。

宁秋水摇了摇头："回头再跟你说吧，先去指认凶手。"

他没有第一时间告诉刘承峰实情，因为他清楚刘承峰一向疾恶如仇，恐怕会无法冷静应对。众人来到房间的一角，那里有一个特殊的盒子，盒子中间有一个红色按钮。盒子里还有一张字条。

> 按下按钮，所有铁门都会打开，当着警察的面指认凶手，如果人证超过三名，警方会立即逮捕凶手！

之前众人的注意力都集中在外面的信件上，没有想到盒子里还有一张提示字条。看到纸条上的字，宁秋水知道这是一种暗示。不过无妨，反正他们已经知道出路在哪儿了。他猛地按下了盒子中间的红色按钮。

刺耳的摩擦声中，众人看见那八扇锈迹斑驳的铁门缓缓打开了。八名散发着阴冷气息的木偶人从门后走了出来。几"人"脸上挂着诡异的笑容，静静地盯着宁秋水他们……

见到从铁门背后走出的这些"人"，宁秋水几人全都站在原地，不敢轻举妄动。

那些家伙散发出的压迫感，实在太过强大。与其说这些从铁门背后出来的

"人"等待着审判,不如说他们才是审判他人的裁决者!

这八"人"的脸色全都异常惨白,毫无血色。他们静静地站在众人面前。

"凶手是谁?"死者的父亲率先开口,冷漠的声音不带一丝情感,配合他嘴角那怪异的微笑,令人不寒而栗。

细心的人注意到,在他说出这句话后,那个小女孩开始瑟瑟发抖……

其实,宁秋水还有一件事并没有告诉大家。之前,他让许刚带着一封信去见小女孩的母亲。送信并不是为了从她那里得到新的信件,而是为了确认她身上是否有伤痕。

这是一个非常重要的信息。

如果小女孩的母亲身上有伤,那就说明是父亲在施暴,她也可能曾经试图保护小女孩,或者与小女孩一样,都是这个家庭中父亲的发泄对象。然而,小女孩的母亲身上并没有任何伤痕。

这让宁秋水更加确定,小女孩对弟弟可能怀有怨恨,并将自己的情感发泄在他身上。可是……他错了。连宁秋水自己也没想到,小女孩的初衷竟然是为了保护他。这让他感到无比震撼。他没想到,一个这样可怕的家庭,竟然能养出如此温柔的女孩。

此时,死者的父亲问出这句话后,代表着最终的审判即将降临!凶手,终将付出代价!

众人沉默不语,因为站在最前面的宁秋水也保持沉默。

死者的母亲突然发出一声凄厉的啼哭,尖叫道:"是谁害了我的孩子?是谁?"

这一声尖叫几乎刺破了众人的耳膜。有几人忍不住捂住耳朵,甚至弯下腰痛苦地呻吟。

宁秋水看向了护士云薇、医生王宇,以及5号病人光邹。他对三"人"无声的反应感到满意,转向了身材魁梧的东雀警司,问道:"如果我们指出了凶手,你能保证我们的安全吗?"

东雀叼着烟,面色冷淡地回答:"不能,但我会立刻抓捕凶手。"

有了他的保证,宁秋水才终于放下心来。他抬手先指向了死者的父亲,然后又指向了死者的母亲。

"是这对夫妇,他们害死了自己的孩子。"

死者的父母面露狰狞,眼中杀气弥漫,向前迈了一步,似乎想要扑向宁秋水。宁秋水后退半步,眼神看向东雀。东雀平静地掏出腰间的警棍,死者的父母立刻停止了动作,眼中露出巨大的恐惧。显然,他们对警司非常畏惧!

"不许对证人动手。"东雀冷冷地说,随后转向宁秋水,"你说他们是凶手,有证人吗?"

宁秋水抬手指了指趴在地上的云薇,又指了指王宇,最后指向了光邹。

"他们都看见了。我有三个证人,你可以问他们。"

东雀点了点头,向三"人"伸出手指,淡淡问道:"他说的……属实吗?"

三"人"对视了一眼,目光不经意地扫过那个瑟瑟发抖的小女孩。他们眼中闪过一丝复杂的情绪,最后竟然点了点头。

"是他们。"他们肯定地说。

看到这一幕,死者的父母慌了。

"不!不!他们在说谎!我们怎么会伤害自己的孩子?"

宁秋水看着他们惊恐的表情,只觉得格外恶心。或许在他们眼里,小女孩根本不算他们的孩子,只是某种附属品。

宁秋水想起自己处理过的类似案件,那时洗衣机曾对他说过一句话:"在这个世界里,做任何事情都需要考资格证,唯独当父母不需要。"

这一刻,宁秋水终于深刻体会到了这句话的含义。

两"人"还在极力为自己辩解,但东雀警司并没有给他们机会,拿出身上的镣铐将他们铐住。紧接着,地面上出现了第九扇门。警司直接带着两"人"走了下去。

众人目送他们消失后,才终于松了一口气。

"结束了……"楚梁满是汗水的脸上,终于露出了一丝笑容。

原本紧张的众人也在此刻稍微放松了一些。他们认为,想要伤害他们的诡物已经被带走了。然而,仅过了片刻,头顶传来的奇怪声音让他们不由得抬头望去。

这一望,令他们瞬间寒意袭身!他们看到,那个被丝线束缚在天花板上的巨型木偶,正在逐渐脱离丝线的控制!

"不……不!"

原本已经松了一口气的胖子,忽然被木偶那瘦长的双臂抓住,整个人被猛然提起,悬在了半空中。

"快跑!"穿着白大褂的医生王宇大喊道。

眼看着木偶的手掌再次落下,他竟然一个闪身,从口袋中掏出一把手术剪刀,奋力刺入了木偶的掌心!木偶痛苦地挣扎起来,四处挥舞着手臂。

尽管如此,王宇医生并没有为他们争取到太多时间。木偶的力量极为可怕,没多久,王宇便倒在地上,无法动弹。众人终于如梦初醒,急忙朝着地面上那第九扇门跑去。

由于这个地方并不宽敞，最接近铁门的柳檬几乎在一瞬间就冲了进去。紧随其后的是谢诚和许刚。当轮到刘承峰时，他满怀欣喜地准备踩入门内，却突然被一只手从背后拉住。

"小心！"宁秋水及时提醒。几乎与此同时，一只巨手狠狠压在了入口处！

巨大的撞击声传来，刘承峰全身冷汗直冒。心中一阵后怕。他想，如果不是宁秋水及时拉住他，恐怕他早已淘汰！

虽然他们避开了巨手的袭击，但接下来面临的问题却让他们束手无策。他们该如何逃出这个地方？

木偶有两只手，随着身上的丝线逐渐解开，它那张满是钢牙的嘴也开始慢慢逼近二人。宁秋水和刘承峰准备侧身逃跑时，忽然看到护士爬到了木偶的手上，开始咬它！宁秋水灵机一动，迅速拿起桌上的那双木制脚，猛地扔进了木偶的嘴里。下一刻，6号病人便朝着那双脚扑了过去！

木偶的嘴里出现了异物，它本能地收回了手，而宁秋水和刘承峰也趁机逃进了第九扇门。

刘承峰大口喘息着，一只手撑着墙壁，休息片刻才勉强平复了心跳。

"走吧。"宁秋水淡淡地说，二人便向门后的长长甬道走去。

这条甬道漆黑无比，没有任何光源，二人只能摸索着前进。黑暗和死寂让他们心生不安。

这次诡门的考验……真的结束了吗？如果结束了，为什么要安排如此漫长的通道？那辆本该载他们返回诡舍的大巴为何也不见踪影？宁秋水心中的疑问越来越多，他开始觉得事情不太对劲。

"小心点……不太对劲。"他提醒刘承峰，刘承峰也在这个时候说出了一件让宁秋水背脊发凉的事。

"小哥，我有件事要告诉你……你不要害怕。"

"说吧。"宁秋水应声。

刘承峰深吸一口气，停下脚步，低声说："我们刚才……一直在绕圈。"

宁秋水皱眉："你确定？"

"我确定！刚才的十分钟里，我们已经在这条甬道里绕了三圈。"刘承峰坚定地回答："这就像是鬼打墙，普通人光凭方向感是发现不了的。"

为证明自己的推测，刘承峰脱下一只鞋扔在地上。二人继续前行，没走多久，宁秋水就踢到了那只鞋。

"果然如此……"宁秋水喃喃自语。

这时，刘承峰从口袋里掏出了一盒火柴，点燃了其中一根。

"你还有火柴？刚才怎么不用？"宁秋水颇感无奈地说道。

刘承峰不好意思地笑了笑："刚想起来嘛……很多东西不能带入诡门，我上次带了一把小小的水果刀，都被扣下了，没想到火柴可以带进来。"

提到了这一点，宁秋水愣住了。他突然想起白潇潇曾在祈雨村拿出过一把锋利的小刀。

难道那是一件诡器？

他又摇了摇头。现在也不是思考这个的时候，最紧要的是如何离开这里。

"对了，如果我们一直在绕圈，为什么没碰到之前下去的人？"刘承峰疑惑地问，"他们都去哪儿了？"

二人朝前走了一段，忽然发现地上有一摊血迹。他们立刻警觉起来。

"奇怪，消失了……"刘承峰低声说道。

"什么消失了？"宁秋水问。

"那股力量……我们刚才还在绕圈，现在好像正常了。"刘承峰解释。

二人继续小心前行。忽然看见前方有一个黑色的棍状物。他们走近一看，顿时心里一凉——那竟是东雀警司的警棍！

难道说，他在押送犯人的过程之中出了意外？就在这时，刘承峰手中的火柴燃尽了，他迅速点燃了另一根。当微弱的火光再次照亮四周时，二人猛地愣住了。

刚才还在不远处的警棍竟然消失了！

这个恐怖的发现，直接让两人心头一紧，仿佛被什么狠狠揪住了。

刘承峰硬压下内心的恐惧，手里拿着火柴，一步一步向前走去。他感觉自己的步伐变得异常沉重，似乎每一个细胞都在抗拒这个动作。可他明白，他必须继续前进。在他走了三四步后，脚下踢到了什么东西。他将火柴递给了宁秋水，宁秋水点燃火柴，缓缓蹲下身子，借着微弱的光芒，他们看到地上竟然躺着东雀警司。

"秋……秋水……"刘承峰突然开口，他这次没像往常一样叫宁秋水小哥，而是直接叫了他的名字，声音结结巴巴，透着几分恐惧。

宁秋水抬头，瞬间明白了刘承峰为什么会这样。在他手中那根烧到一半的小火柴的映照下，两张脸赫然出现在他们面前！正是被东雀警司押送的那对夫妇。

"是你们害了我的孩子，我要你们付出代价！"

站在最前面的男人咆哮着，双眼通红，死死地盯着刘承峰，抬起双手，猛然向刘承峰扑去。

刘承峰想要后退，可身体却像被什么束缚住了一样，动弹不得，眼看那男人的脸越来越近，宁秋水刚准备把身上携带的诡器拍向男人的脸，身后忽然传来一个小女孩清脆的声音。

"是我。"

这声音一出，正要掐住刘承峰脖子的男人猛地停了下来。二人看到，男人的双眼缓缓抬起，转向了他们身后黑暗的甬道。这是一种冰冷决绝的目光，透着杀意！

死者的母亲也走上前来，夫妇二人面带笑容，死死盯着黑暗的甬道。

"原来是你，那你现在该偿还他了！"话音刚落，他们竟然无视刘承峰和宁秋水，直挺朝着黑暗中跑去。

"快跑，别回头！"黑暗中传来小女孩最后稚嫩的声音。

宁秋水回头看了一眼，可那里什么都看不见，只有一片浓密的黑暗。他咬牙推了推前方的刘承峰。

"跑！"

二人不敢耽搁，转身拼命朝前跑去。路上，他们又看到了一个熟人。虽然没看清细节，但从衣着上判断，那正是先前进入甬道的柳檬。

"难道……他们都在这里遇到了危险？"

这个念头在刘承峰脑海里一闪而过，他忍不住打了个寒战。

幸运的是，他们没有再遇到鬼打墙，跑了不到两分钟便到达了一个宽阔的平台。周围被浓雾覆盖，平台中央停着一辆破旧的大巴。

二人毫不犹豫地冲了上去，进入大巴后，终于松了一口气。

车内明亮的灯光让他们紧绷的神经稍稍缓解。

"你们终于到了！"

车上传来一个熟悉的声音。刘承峰和宁秋水抬头看去，发现谢诚和许刚正坐在车辆最后一排的角落。

"你们也平安出来了，真是不容易啊！"刘承峰竖起大拇指。

许刚摇摇头："这话应该我们对你们说才对，你们是怎么出来的？"

刘承峰把刚才经历的事情一五一十地说了出来，二人听完后神色微变。原来，他们也是靠着小女孩的帮助，才从那对夫妇手中逃生。迷路时，也是小女孩带着他们来到这里。

"唉……"

四人得知真相后，心情沉重地望向甬道尽头的黑暗。那对夫妇，在知道真相后，必然不会反省自身的错误……也许，他们会继续忽视自己的女儿吧？

纵观整个事件，婴儿是无辜的，小女孩也是无辜的，真正应该承担责任的是那对夫妇。然而，他们不仅逃脱了制裁，甚至还继续作恶。

刘承峰愤愤地拍了拍座位，怒道："该死的，这叫什么事？这要是在外面，我一定要让那对夫妇付出代价！"

大巴启动，没有再给他们停留的时间，车辆直接消失在了迷雾中。

"你们回来了！"

推开诡舍的房门，正在客厅与孟军下飞行棋的田勋兴奋地叫了起来。

二人点了点头："嗯。"

"怎么了，你们看上去不太高兴……"田勋的小脸上写满了好奇。

刘承峰走到沙发前，拿起茶几上的一瓶汽水，直接打开，大口喝了起来。

"别提了……"

他叹了口气，将他们在副本中遭遇的事情一一道出后，田勋的笑容也消失了。

"诡门背后的故事，确实让人难以释怀。饿了吗？厨房里有些剩饭剩菜……"

刘承峰摇了摇头，似乎没有食欲。他转头看向宁秋水，正准备问他是否要吃东西时，发现宁秋水的目光始终落在孟军身上。

孟军也察觉到了宁秋水的注视，低头一看，发现胸口的纽扣开了，胸膛上的纱布被血浸湿。

"这是怎么回事？"宁秋水问道。

"与你无关。"孟军淡淡地回应。

"我记得在诡门内受的伤无论多严重，回到诡舍都会恢复得很快。你是在外面受的伤？"

面对宁秋水的疑问，孟军没有回答，只是站起身，径直离开了。他走后，宁秋水又把目光转向田勋："怎么回事？"

田勋尴尬地笑了笑，含糊道："跟另一个诡舍之间的恩怨。之前邝叔被删档……和他们有关。"

宁秋水有些不解，走上前，坐在了田勋的对面。

"无意冒犯，但我很好奇，你们为何如此确信邝叔是被害的，而不是自己出了意外？"

田勋沉默了许久，仿佛在组织语言。宁秋水也不再追问，只静静等待。

最后，田勋缓缓开口："那是一扇低级诡门，而邝叔身上有非常厉害的诡器，有诡器在身，他不可能会被淘汰。况且，邝叔和言叔都是诡舍里有名的强者，他们已经闯过了第九扇门。要不是有人干预，不可能栽在低级诡门里。那次是邝叔通过朋友介绍，带了一个新人过第四扇诡门，结果新人没事，邱叔却倒在了里面。事后，我们一直在外界寻找那个新人，但他就像人间蒸发了一样，杳无音讯。事实已经很明显了，有人故意做局。"

宁秋水听到这里，大概明白了。

"后来白姐在外追查，发现可能和另一个诡舍有关，于是……"

"你们也不用想太多，这事是我们老一批人的恩怨，不会牵连到你们这些新人。"就在这时，白潇潇慵懒的声音从他们身后传来。

众人回头看去，白潇潇穿着运动装，脸上还挂着汗珠，显然刚从器材室锻炼完出来。

"需要帮忙吗？我有个朋友很擅长找人。"宁秋水随口问道。

白潇潇微微一笑，迈着轻盈的步子走向他们，给自己开了一瓶啤酒。

"谢谢，但是不用了。我们已经基本锁定了对方的身份，孟军上次去找人时吃了亏，险些回不来，后来我们请了行内一位高手帮忙处理。"

"谁啊？"宁秋水又问。

白潇潇耸了耸肩，说道："一个代号叫'棺材'的厉害人物，听说他在这一行有七年经验，处理过不少棘手的事情。我们也是花了不少钱才请到他，幸亏孟军有些关系，不然我们可能都找不到这个人。"

宁秋水听到"棺材"这个名字，愣了一下，随即皱了皱眉。

"怎么了？"白潇潇注意到宁秋水的神情不对。

他微微摇了摇头："没什么，白姐，你们花了多少钱？"

白潇潇咽下一口略带苦涩的啤酒，竖起了两根纤细的手指："两百万。"

宁秋水有些意外。他以前确实以"棺材"的身份私人接过不少单子，有的收费很高，有的则分文未取。但像这样一次性付清七位数，而且不是以1开头的单子，确实少见。从白潇潇那漫不经心的语气里，宁秋水听得出，这个女人在外面非常有钱。

在夏国，两百万不是个小数目。很多人拥有的资产远超两百万，但要他们一次性拿出这么多现金，几乎是不可能的。资产和现金流完全是两码事。

"好了，时间不早了，你们早点休息吧。"白潇潇淡然道，"接下来你们有六个月的时间可以休整，大概在五个月后，你们会收到诡门的提示，可以提前准备下一个副本。另外，如果你们不介意的话，下一扇诡门，我会和你们一起。"

刘承峰一听，忍不住"哎哟"一声，笑了起来："还有这种好事？白姐，你下一扇门还带我们？"

白潇潇摇摇头："算不上带，进入第四扇门后，可能会出现拼图碎片，不过机率不大。我进去也是碰碰运气刷碎片，你们也留意一下，或许会有收获。"

"希望你们这六个月的时间不要浪费。"她继续说道，"等时机到了，我会邀请你们加入一个特殊的组织，在那里，你们可以结识一些新人，挑选合适的人选，一起进入前三扇诡门，同时熟悉生存规则，这对你们日后进入第四扇诡门会有帮助。或许你们还能得到一两件诡器。具体的事情，明天再说吧。我先去洗澡了，锻炼了这么久，全身都是汗。"

白潇潇说完，直接一口气喝完了手中的啤酒，随后头也不回地离开了。

"你们玩飞行棋吗？"田勋，这个精力旺盛的夜猫子，兴致勃勃地看着宁秋水和刘承峰。

宁秋水笑着对他说："我不会，不过大胡子可是个高手。"

说完，他也起身离开，只留下一脸茫然的刘承峰。

"我什么时候成了玩飞行棋的高手，怎么我自己不知道？"他一脸迷惑地自言自语。

一夜过去，由于昨晚刘承峰和田勋玩得太晚，直到中午十二点后他们才起床。简单洗漱后，吃了午饭。这时，白潇潇坐在大厅里，打开电脑，带着他们进入了一个特别的网站。

这个网站没有被迷雾世界选中的人无法进入。即使有内部人的引荐也无济于事。它更像是专门为迷雾世界中的人设计的交流平台。

在网站上填写了身份记录后，二人便能随时用手机或电脑出入这个网站。当他们看到网站中的注册人数时，都不由得震惊——竟然有数万人被迷雾世界选中！

原本他们以为只有夏国才有这种事，后来发现，不仅仅是夏国，全球各地都有被迷雾世界拉入的玩家！

在这个网站上，所有发布的信息都必须经过审核。老玩家无法伪装成新人混淆视听，每个人的身份都会被核实。新人发布的求助帖很多，琳琅满目，而这类帖子之所以频繁出现，是因为迷雾世界里淘汰率极高。

能坚持到第六扇诡门之后的人寥寥无几，前三扇诡门的淘汰率居高不下，好不容易挺到了第四扇，以为已经适应，难度却骤然上升！

宁秋水和刘承峰对第四扇之后的诡门难度深有体会。白潇潇告诉他们，因为遇到特殊情况，他们遇到的第二扇诡门综合难度已经接近第五扇。那一次，如果不是宁秋水有血玉护身，如果不是白潇潇冒险进去带他们，如果不是恰好当时有个倒霉蛋上山拿着广川的牌位下来……太多的如果了。

即便有白潇潇这样的老人带他们，再加上二人的素质也不错，尤其是宁秋水，甚至比一般的老人更加谨慎心细，但就是这样，他们还是险些回不来！

那次一共进去了十三个人（有一个是医生冒充），最终出来的只有三人。白潇潇的忠告是："不要抱有任何侥幸心理。越是后面的诡门，逻辑越发混乱，故事体系会被简化，但规则增多，出路会更加难找！"

了解了这一切之后，白潇潇离开了诡舍，乘坐大巴回到了外面的世界。

出人意料的是，宁秋水选择继续留在这里。晚饭后，他回到房间，继续浏览那个网站。他的目光锁定在了一个名叫岳茹的女孩身上。

她即将进入第三扇诡门，由于诡舍中的大佬们忙着刷拼图碎片，没有时间顾及新人，她在网上发布了求助帖。还有五天，她就要进入第三扇诡门了。

宁秋水注意到她，是因为她发了一张照片。他认识这个女孩。三年前，宁秋水负责处置了她的父母。这是他为数不多的"公务"之一。当时，岳茹在国外读书，未曾涉足她父母的犯罪，因此幸存。她并不认识宁秋水，没人知道她的父母是他处置的。所有真相都湮没在当年的战乱中。

宁秋水找到岳茹，与她签订了契约。处理完这些后，他才乘坐大巴，离开了迷雾世界。

到家后，宁秋水准备开门，忽然注意到锁孔外的小金属圈位置不对。这个圈通常是他用来确认是否有人闯入的。他意识到家里有人进来过，或许此时人还在。

宁秋水家里一般只有两个人会来，一个是鼹鼠，另一个是洗衣机。但这两人不会擅自闯入他家。他晃动钥匙，听到门内传来了急促的脚步声，对方显然察觉到他即将开门，脚步声逐渐靠近。

快到门口时，对方突然放缓了脚步，尽量压低声音，一步一步地靠近门口，走到大约五步之内，他停住了脚步。宁秋水凭借敏锐的听力，捕捉到一丝衣物摩擦的声音。他猜测，对方应该是蹲下身子，趴在了地面上。

对方的动作让宁秋水断定，这是一名同行。他迅速做出决策，转而打开隔壁房间的门，进入了属于他自己的另一套房。房间内，他熟练地从衣帽间的暗格中取出装备：两把钉枪、防弹衣和热视镜。

通过监控，宁秋水发现家里有三名潜入者，他们配备了全套装备。宁秋水看了看自己的钉枪，沉默片刻后，他决定报警。

二十分钟后，特警逮捕了三名潜入者，其中一人愤怒地在警车里叫嚣："有本事报警，没本事跟我们正面较量？报警算什么能耐？抓他，他手上的事也不干净！抓——"

话还没说完，特警见他情绪失控，为了确保安全，便迅速采取措施让他安静下来。

随后，特警握住宁秋水的手，神色感激地说道："宁先生，多谢你帮忙，我们找这些人很久了！"

宁秋水微微一笑："应该的。"

宁秋水目送他们离开，忽然收到了一条来自鼹鼠的信息。

"有个单子，先帮你接了，对方给的钱很多（两百万），而且任务目标符合你的要求，详情已经发到了你的邮箱，回头你看一下。另外，上次帮你查的那个'红豆'，有一些新线索，资料也发到你邮箱里了。"

回到自己的房间，宁秋水打开了电脑，查看鼹鼠发给他的那些邮件。邮件一共有两封。

宁秋水优先查看了关于红豆的事情。他对这个跟自己一样收到神秘信件的人感到好奇。通过红豆，或许能够追查到一些关于寄给他神秘信件的人的线索。然而，打开邮件后，只有一个网吧的地址和一段模糊的监控录像。

红豆是个非常谨慎的人。他与睢鸠交流时，总是在小网吧。幸运的是，那天网吧的老板刚好安装了监控，拍到了红豆的身影。鼹鼠为了搞到这份录像，花费了不少心思。可惜的是，录像实在过于模糊，且由于角度问题，这段视频几乎没有任何实质性的帮助。

鼹鼠与网吧老板及常来的工作人员确认过一次，红豆当时使用的身份证也不是他本人的，而是临时卡。

宁秋水揉了揉眉心，突然睁开眼，又打开睢鸠的电脑，给红豆发了一则消息。

"神秘信件的来源暂时没有查到，但我发现了一个跟你类似的人，如果你感兴趣，我可以安排你们见面。"

做完这一切，宁秋水等了一会儿，见红豆没有回复，头像依旧是灰色的，他关掉了睢鸠的电脑，转而查看鼹鼠发来的第二封邮件。

第二封邮件内容很简单。他给了宁秋水白潇潇在外界的联系方式，以及他们之前谈论的条款，需要宁秋水协助解决的事情等。

宁秋水看着联系人号码，犹豫了一会儿，最终还是加了白潇潇的好友。这次通过得很快。

"你就是棺材？"

"嗯。"

"之前谈论的条款，你看过了吗？"

"嗯。"

"有什么问题吗？"

"没有，不过……"

"不过什么？"

"我可以免费帮你一次。"

白潇潇看到这条消息时，正坐在私人泳池边，穿着浴袍晒着日光浴。她拨弄了一下墨镜，确认自己没有看错，内心涌出了一种莫名的荒谬感。

两百万在夏国可不是个小数目。自己与对方素未谋面，对方居然说可以免费帮她？怪！实在太怪了！

她的手指在键盘上敲了几下，咬着下唇，目光闪烁，心里嘀咕着这个家伙到底是什么情况……

"我接触过不少做你这行的人，都是趋利而往，你为什么不要钱？嫌少吗？"

"不，只是私人原因。"

"方便说说吗？"

"不方便。"

"好吧，既然你不想说，我也不勉强，什么时候有空，见个面聊？"

"不见面。"

白潇潇看着电脑上那冷淡的回复，一时间有些失笑。这家伙还真有个性，好奇心往往就是这样被勾起来的，越是见不到，越想见。她略一思索，手指再次敲上键盘。

"你这次要对付的人很棘手，是一个团体，我可以提供不少有用的信息。"

"好，发给我。"

白潇潇眉头微皱，轻叹一声，继续打字："太多了，面谈吧。"

屏幕那端久久没有回应，她不耐烦地连发了几条消息。

"怎么说？"

"人呢？"

电脑前的白潇潇有点抓狂，宁秋水无论如何都不愿见面，他越是这样，白潇潇越想看看他到底长什么样子。作为一个男人，不喜欢钱？难道喜欢女人？

她找了一张美女图片，经过精心修饰后发给了宁秋水，并挑逗性地问道："看见了吧，我可是难得一见的美女，出来聊聊？"

"还有别的事吗？"

"呃……没了。"

167

"下了，拜。"

这场短暂的聊天到此结束。白潇潇思绪有些凌乱，深吸几口气，才勉强平复。她拨通了一个电话："喂，我是上次找你的委托人山鬼。你不是说棺材很好说话吗？他死活不跟我见面。"

另一边，鼹鼠听着电话里白潇潇那有些泄气的声音，不禁笑出了声。他对宁秋水的性格很了解，知道宁秋水并不是一个冷血的人，他属于夏国的机密组织"地藏"。能让宁秋水表现得如此冷淡的，通常只有两种人：一是不喜欢的人，二是身份麻烦的人。

白潇潇显然属于第二种。

"没事，你把重要的资料发给他，他会完成任务的。"鼹鼠随口敷衍了一句。其实对方的资料无关紧要，因为他查到的信息已经足够全面。

入夜，石榴城的边缘区域，一个拖着麻袋的老者步履蹒跚地走过。他翻捡垃圾桶，收集瓶瓶罐罐。

深夜，街道寂静无声。老者走了很久，来到一个废弃的车棚，将麻袋扔到一旁，径直走进铁皮屋。

一进屋，老者的气质瞬间改变。他挺直了脊背，摘掉胡须，露出原本的面容。他走到屋角，掀开盖布，露出了监控设备。

他仔细查看监控，直到某个时刻，发现一个身影——一个似乎无意跟踪他，但在每个监控点都出现的人。他脸色一变，拿出手机，发送了一条讯息："救我。"

不久，对方回复询问情况。他正要继续发消息，忽然背后的门被一只手推开。他回头，只见一个陌生的身影出现在门口，瞬间让他心中一紧。

宁秋水走进来，迅速控制了局面。处理完现场后，悄然离开。宁秋水明白，解决问题的过程往往不是最难的，如何不留痕迹地处理一切，才是真正的考验。

最后，宁秋水拍下了现场的照片，消失在了夜色中。

第一章 无人别墅区　第二章 祈雨村　第三章 送信　**第四章 常春堂**　第五章 古宅惊魂　第六章 黑衣夫人　第七章 罗生门　第八章 情绪失控　番外 迢迢路远

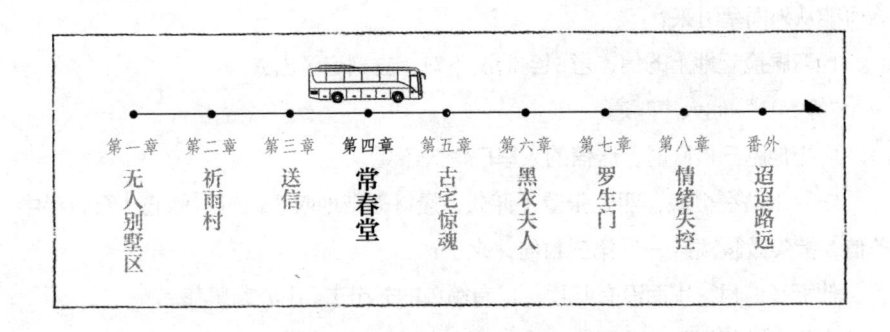

翌日。

白潇潇早上刚从温软的大床上醒来，便看见了棺材给她发来的消息。她要解决的目标已经被妥善处理。此外，他还找到了一些与目标身份相关的资料，如果白潇潇需要，可以寄给她。

白潇潇盯着棺材发给她的视频，沉默片刻后回复道："你给我一个地址，资料我自己去取，我要确认这个人的身份。"

宁秋水看到这条消息，没有多说，直接发了一个地址过去。他早就预料到白潇潇会这么回复，所以事先将相关资料准备好，并放在了一个安全的地方。如果白潇潇不去取，另有他人会去处理这些资料。

处理完这些事情后，宁秋水舒心地睡了一觉。醒来时，鼹鼠已经查到了之前潜入他家的那几个人的身份。那几人属于一个叫"半山腰"的组织，动机尚不明朗，但鼹鼠查到，他们的账户近期有大笔转账，且除了针对宁秋水的行动外，没有接其他任务。

看来，有人盯上他了。

宁秋水皱了皱眉。他一向行事谨慎，按理不该暴露。不过，他还有时间去找"半山腰"的幕后者好好谈谈。正当他思索时，门外传来了敲门声。

"您的信。"

门外的中年男人说完便离开了。这种行为让宁秋水愣了几秒。送信者似乎确定他就在房间里。

宁秋水走到门边，隔着猫眼确认外面没有异常后才开门。

169

门缝中插着的信随即掉在了地上。

看着这封信，宁秋水脑中闪过了一瞬的空白。他家的门是防盗门，这封信怎么可能从外面塞进来？

他弯腰捡起地上的信，意识到情况不对，立刻追了出去。

"等等！"他大声叫道。

可当他跑到楼底时，送信的人早已消失不见。

宁秋水站在楼底，四处张望了许久，最终无奈地叹了口气。他低头看着手中的信，指尖微微颤抖——第三封信，来了！

他拆开信封，里面没有照片，只有简单的五个字：小心鸢尾花。

宁秋水皱起眉头。鸢尾花？这是什么意思？

他让鼹鼠查了一下鸢尾花，但最终也没有明确的答复。难道这和迷雾中的诡门世界有关？

宁秋水回想起之前收到的两封神秘信件，内容都和诡门相关。看来，鸢尾花也可能和接下来的任务有关，只是不确定是他的第四扇门，还是和岳茹的那扇门有关。

他又一次仔细地检查了信件，却忽然发现了不对劲的地方。

宁秋水走回房间，拿出了前两封信，对比三封信的字迹。他发现第三封信的字迹显得格外潦草，写信的人似乎很急。人为什么会急？很可能是因为时间不多了。

宁秋水心中涌起一阵紧迫感，这也让他更加坚定要找到这个人的决心。

与此同时，白潇潇那边让他感到意外。在确认完目标身份后，她还是按照约定打了钱。两百万，准时到账。鼹鼠按照协议抽走了五十万，剩下的一百五十万通过多个渠道最终进入了宁秋水的账户。

账户里的这笔钱让宁秋水有些复杂的感受。他做过很多次任务，但从未赚过如此高额的报酬。

时间很快来到了他和岳茹进入诡门的日子。

迷雾升起，宁秋水乘坐大巴前往诡舍，简单和同伴们打了招呼后，他径直去了三楼。

在三楼的诡门前，宁秋水看见了这次任务的要求和提示。

任务：在常春堂之中度过五天

提示：笑男

常春堂门外。

宁秋水穿着民工的衣服，找到了神色间略显惶恐的岳茹。她身上散发着一股淡淡的香气，显得柔弱清秀。此行，众人的身份是来常春堂拆迁的工人。拆迁小队共有十一人，简单寒暄过后，大家互相通了姓名。

所有人都是从迷雾世界来到这里执行任务的"诡客"。"诡客"是他们对自己的称呼，但宁秋水觉得这个名字有些幼稚。

到了约定的时间，常春堂保安走进保安亭为他们开门。宁秋水注意到，保安看他们的眼神有些奇怪，神色严肃，与其说是一个普通保安，更像是站岗的士兵。

众人提着工具走进常春堂后，保安带着他们一路右转，穿过一条长长的杏林小道，来到一座空旷寂静的宿舍楼前。这栋宿舍楼位于常春堂西侧，和其他宿舍楼相隔较远。宁秋水简单扫视一圈，发现宿舍楼内空无一人，连宿管也不在。门口杂草丛生，积灰严重，明显显示这栋宿舍楼已久无人居住。

保安指着宿舍楼，对众人说道："就是这栋楼了。合同你们都看过了吧？你们有一个月的时间拆除这里。其间，常春堂食堂对你们免费开放，除了一日三餐外，晚上九点到十一点还有夜宵供应。住宿问题你们自己解决，不想租房的话，可以住这里。常春堂没有多余的空房了。还有，晚上动静小点，快考试了，他们需要安静。"

说完，保安点燃一根烟。宁秋水留意到，保安的目光每次扫过这栋宿舍楼时，都会迅速移开，仿佛楼里有什么让他忌惮的东西。

"还有什么问题吗？"保安抽了几口烟，神情略显平静，但脸上的严肃感未消。

宁秋水好奇地问道："我有个问题，这栋楼虽然看上去有些旧，但结构没问题。如果是管道坏了，只需要修补即可，为什么要整栋拆掉？"

保安脸色微微僵了一下，但很快给出了一个圆滑的回答："这是常春堂的决定，我只是个保安，我也不知道原因。"

宁秋水眼神微动，保安的回答巧妙地避开了进一步的追问，仿佛在刻意隐藏什么。但他的语气却透露出一个重要信息——这栋宿舍楼曾经发生过一些不好的事情，而且这件事让常春堂高层非常忌讳，以至于决定拆除整栋楼。

"好了，我得去执勤，有事找常春堂的王主任，他在财政楼304。"保安说完便丢掉烟头，踩灭后匆匆离开。

众人望着保安的背影，心里不禁被蒙上了一层阴影。显然，这个保安隐瞒了某些真相。

人群中有人带头走进宿舍楼。

"走吧,先看看情况。"

反正在这里待着也没用,剩下的人也陆续跟随进入。

宿舍楼内遍地垃圾,随处可见被遗弃的衣物和生活用品。楼共五层,没有电梯,众人先在前三层查看,宁秋水带着岳茹在一楼走廊走了一圈,岳茹不动声色地贴近他,似乎有些害怕。

她贴得很近,宁秋水既能闻到她身上的香气,也能感受到她的体温。作为常年从事特殊工作的人,他一向与女性保持距离。但由于契约的缘故,他对岳茹没有那样苛刻。这是场公平的交易,他帮助她通过诡门,她为他提供历练的机会。

虽然现在是白天,但宿舍楼采光不好,加上保安先前的表现,让这里平添几分阴森。宁秋水朝走廊尽头走去,岳茹轻轻拉了拉他的衣袖:"秋水哥,那边好黑……你确定要去吗?"

宁秋水扫了一眼手中的血玉,笑道:"没关系,要是害怕,你可以在楼外等我。"

这个笑容十分官方,他并不在意岳茹要做什么,只要不给他添麻烦就行了。

宁秋水语气里的决心让岳茹咬牙坚持跟上。

"我还是跟你一起吧,两个人有个照应。"

他们来到走廊尽头的房间,之所以选择来这里,是因为其他房间全都敞着门,唯有这一扇紧闭。

宿舍楼里此时共有十一个人,分散在前三层楼,每层楼大约都有三四个人。也因此,大家并不太害怕,认真地考察着这里的环境。毕竟,接下来的五天里,他们都将住在这里。

宁秋水握住冰冷的门把手,轻轻一扭,门随即被打开。房间里的景象与其他宿舍并无二致。也许只是走时顺手关上的?或许是被风吹的?宁秋水有些失望,但他还是走进房间,仔细寻找可能的线索。毕竟到现在,他们还不清楚诡门提示里的"笑男"是什么意思。

然而,当宁秋水和岳茹一同走进房间后,忽然听到一个男孩的笑声:"嘿嘿……"

声音清脆稚嫩,声线细柔,听起来有些中性。二人不禁毛骨悚然,因为笑声竟然是从衣柜里传出来的!

两人对视一眼,宁秋水看到手中的血玉轻轻泛着光。他一步步走向衣柜,猛地打开柜门。

衣柜里空空如也。

可笑声再一次响起，这次竟是从二人身后传来的。

这突然的笑声让两人措手不及，声音似远似近，好像有什么东西在他们耳边低语。寒意骤起。随着笑声的出现，宁秋水手中的血玉裂痕更加明显，仿佛随时会碎裂。他猛地回头，然而什么也没看到。

"秋水哥，我……我觉得这房间不太对，要不我们快点离开吧。"岳茹的声音微微发颤。她原以为跟着有经验的宁秋水会让她安心点。没想到他竟如此鲁莽，明知道房间不对劲，还硬要进去。此时，她已经有些后悔，但也不敢独自行动。

宁秋水没有理会岳茹的话，再次将目光投向衣柜，柜子里放着一张生日贺卡，上面写着"生日快乐"，还标注了日期：6月23日，但并不清楚这是在祝福谁。贺卡上画着一个戴尖帽的白衣人，旁边是五个红衣人。红衣人围着白衣人击掌，像是在为他庆祝生日。

虽然画风简单潦草，但宁秋水还是能清晰地看到，这些人的脸上都挂着笑容。那笑容用红色勾勒，而这种红色比人身上的颜色更鲜艳。

看着这简笔画，二人不由得一阵毛骨悚然，仿佛是画中的人在盯着他们笑。

宁秋水赶紧将画放回原处，正当他们准备转身时，走廊上再次传来笑声。这次，笑声不再似虚似实，而是清晰地传入了众人的耳朵里，他们甚至还听到了脚步声。

脚步声急促，在走廊上来回奔跑。

不仅是宁秋水和岳茹听见了，一楼的另外两人也听到了这个声音。他们迅速退出房间，来到走廊里，但声音却在他们到达的瞬间消失了。就在几人疑惑的时候，陈如婉似乎看见了什么，忽然指着宁秋水的头顶，发出一声惊叫："啊！"

众人顺着她手指的方向看去，只见宁秋水头顶的天花板上，错落着一个又一个的脚印！

滴答——

一滴水滴从天花板上落下，险些落在宁秋水脚边。

"走！"宁秋水忽地抓住了岳茹的手，急忙带她跑向宿舍楼外。岳茹没有反抗，如果不是宁秋水坚持要进来，她是绝不会愿意进入那扇关着门的房间的。

看到宁秋水带头逃跑，一楼剩下的两个人也跟着他们一起跑出了宿舍楼。

直到外面温暖的阳光洒在身上，他们才终于松了一口气。

"可恶……"陈如婉低声骂道。她和一起进来的男人杨桐是情侣。他们是首次进入第三扇诡门的新人"诡客"。走廊上刚刚经历的那些事件让他们心有余悸。

"那个保安绝对有事情瞒着我们！这栋楼有问题，而且问题不小！"陈如婉咬牙切齿地说。

岳茹叹了口气，道："如果没问题的话，诡门也不会让我们进来了。也不知道二三楼的人现在怎么样了……"

陈如婉冷笑："你还有心情关心他们？不如想想今晚该睡哪儿。虽然保安允许我们离开常春堂去外面住，但显然我们的任务不允许。"

陈如婉虽然话锋尖锐，但她说的没错。这次任务要求他们在常春堂里生活五天。这意味着这五天里不能离开。而保安之前也明确表示，常春堂里没有多余的房间供他们居住。

因此，他们的选择有限：要么住在这栋废弃宿舍，要么睡在小树林里，无论哪种，都不是什么理想的选择。

就在他们犹豫时，二楼和三楼的人也相继跑了出来，面色难看，显然也经历了诡异的事情。好在，他们并没有触发规则，所有人都安全撤了出来。

即便如此，众人不得不面对一个事实——

这栋楼有诡物！

"真是奇怪了！"一个又高又胖的男人愤愤地朝草丛吐了口口水，脸色阴晴不定，"谁爱住谁住，我王隆这辈子都不会再踏进这栋楼一步！"

显然，刚才的经历让他心生恐惧，满脸是汗。

王隆的抱怨刚落下，陈如婉便冷笑道："差不多就行了吧。刚才我们出来的时候也跟你一样，巴不得赶紧离开这儿。但我问你，今晚不住这里，住哪儿？"

胖子瞪着眼，想反驳，却无言以对。

众人陷入了短暂的沉默。半分钟后，宁秋水开口："其实没必要太担心，我们能站在这里，说明还没有触发这扇门的规则，也侧面说明触发规则并不容易，毕竟我们刚才在楼里有十一个人。另外，诡门给了提示：笑男。这两个字可能和我们刚才遇见的诡物有关，也许这里的人能提供一些线索。"

众人面面相觑，立刻明白了宁秋水的意思。

"现在离晚上还有些时间，大家可以分头行动，先去食堂吃饭，同时打听一下关于笑男的事。"

此时，距离晚餐还有一段时间，宁秋水和岳茹索性在园里漫步。

他们在路上找到几名学员，试探性地询问关于"笑男"二字的含义。然而，那些学员一听到这两个字，立即脸色大变，转身离去，连一句话也不愿多说。两人连问了几次，结果都如出一辙。

似乎在这个常春堂里，笑男是一个极为忌讳的话题。

接连碰壁七八次后，宁秋水意识到，这样继续下去毫无意义，他们必须采取更加强硬的措施。眼看学员快要下课放学了，他们索性在凉亭坐下，稍做休息。

太阳已西斜，岳茹坐在宁秋水对面，目光注视着偶尔经过的学员和教职工，忽然轻声问道："秋水哥，你有没有发现什么？"

沉思中的宁秋水被她的声音唤回了思绪，他抬起头，平静地说道："嗯。我们从下午进校到现在，几乎见到的每个学员和教职工，他们的表情都非常严肃。"

稍做停顿，宁秋水下了结论："他们之所以这样，可能和笑男有关。"

岳茹点了点头，微微靠近，低声说道："秋水哥，在宿舍楼的时候，我还看到了一件事……"

宁秋水的目光微微一闪。因为天气炎热，岳茹白皙的脖颈上渗出了细细的汗珠。她靠近时，淡淡的香气萦绕在宁秋水的鼻间。

"什么事？"

岳茹并不在意他打量的目光，四下看了看，压低声音道："当时所有人都从宿舍楼撤出来，我看到三楼靠中间的宿舍阳台上，有一个面色苍白的男孩站在窗户后，对我们笑……"

想起那时的画面，岳茹不由得全身发冷。

"他的笑容很奇怪……明明不想笑，却仿佛用尽全身力气在勉强挤出笑容！"

她的身体开始剧烈颤抖，陷入了那段回忆中。刚才外面人多，她并未感到害怕。此时回想起来，寒气直冒！回忆中的人群似乎都显得不那么真实，反倒像是背景板，而那窗户后面的男孩……仿佛只是在对她一个人笑！

宁秋水温暖的双手按在了她的肩膀上，安慰道："别多想了。任务给了我们五天时间，这说明触发它行动的条件没那么容易满足。我们今天还有时间，可以继续调查。"

岳茹深吸了一口气，勉强压制了内心的恐惧，点了点头。

到了晚饭时间，他们来到食堂的一个角落，这里坐着一个面容稚嫩、戴着眼镜的男生，正独自吃饭。宁秋水和岳茹在他两侧坐下，男生先是一愣，看到二人低头吃饭，神色有些不自然，但还是继续吃自己的饭。

吃着吃着，男孩发现二人同时抬起头，目光盯着他，他顿时有些慌张。

"怎……怎么了？"他小声问。

宁秋水微微一笑："没事，同学，不要紧张。我们只是想问你一个问题，问完就走。"

男孩看上去胆小，点了点头。

175

宁秋水靠近了些，压低声音问："你知道笑男吗？"

听到这两个字，男孩的脸色骤变，急忙摇头，小声嘟囔道："不知道……没听过。"

说完，他端起盘子想要离开，却被宁秋水抓住了手腕。男孩想要挣脱，但没想到宁秋水的力气那么大！

"说说吧，不然手受伤了，恐怕学习会受到影响。"宁秋水语气中带着淡淡的威胁，手上的力气稍稍加重，男孩立刻感到手腕传来一阵剧痛。

他看向宁秋水，想继续硬撑，但很快被他眼中的冷厉逼退了。事实上，再平和的人，经历过某些事情后，气质总会有所变化。更何况是像宁秋水这样长期接触生死的职业兽医。

短短的对视后，男孩终于妥协，哆嗦着嘴唇，低声道："我可以告诉你们，但你们不能说是我讲的。"

宁秋水笑了："我连你名字都没问，你说呢？"

男孩咽了咽口水，四下看了一眼，像是在寻找什么东西，确认没什么异常后，才小声说道："笑男是常春堂流传的一则传闻。最早的起源，来自常春堂西侧那栋废弃的宿舍楼，笑男据说是从那里出现的。那里曾经发生过一些不好的事情，一名学员精神失常，伤害了宿舍里的五名室友。之后，他也选择结束了自己的生命。

"据传，警方在处理现场时，发现六个人的脸上都挂着笑容。从那天起，宿舍楼接连发生意外。在一年内，那里失去了十六名学员。虽然他们的离开方式各有不同，但无一例外，他们的脸上都带着微笑。常春堂里的人都说，这一切都是笑男的'杰作'。据说，只要有人在常春堂里露出笑容被他看到，他就会来找你……"

提起关于笑男的传闻时，男孩脸上的恐惧愈发浓烈。两人都知道，普通的传闻不至于让对方如此害怕。

"最近常春堂发生过意外吗？"宁秋水再度发问。

男孩紧闭双唇，没有回答，但他的沉默已经说明了一切。

"明知常春堂有危险，为什么你们还要留在这里？"岳茹有些不解。

常春堂如果为了声誉和利益掩盖此事，也算说得过去。可在里面的学员和教职工，明明察觉到了，却什么都不做吗？

"还能怎么办呢？"男孩发出一声叹息，显得无奈，"学业对我们来说至关重要。况且这种事，说出去也没人信。之前我跟家里说过，想让他们帮我转学，结果他们只是要带我去看心理医生……"

说到这里，男孩有些愤懑，站起身，端起餐盘准备离开这个让他感到不安的地方。

宁秋水及时拉住了他:"最后一个问题,答完你就可以走了。"

男孩面露难色:"求你们放过我吧,这食堂这么多人,为什么非盯着我不放……我只是个新生,很多事情我也不太清楚。"

宁秋水盯着他,问道:"常春堂西侧的废弃宿舍楼,当年出事的那几个人在哪间宿舍?"

男孩的眼神里闪过一丝忌讳,显然不愿提起此事,但他也知道不回答的话,宁秋水不会轻易放他走。无奈之下,他低声说道:"124。"

124?这不就是一楼最里面的那个房间?

两人愣了片刻,男孩趁机挣脱宁秋水,匆忙离去。临走时嘴里低声咒骂了一句晦气。当然,两人并没有听见,就算听见了也不会介意。

宁秋水沉默了片刻,神情若有所思。岳茹轻轻戳了戳宁秋水的腰:"秋水哥,你怎么看?"

宁秋水反问道:"你觉得呢?"

岳茹显然没想到宁秋水会将这个问题抛给自己,犹豫片刻,最后小心翼翼地说道:"如果那个孩子没有骗我们的话,只要我们五天不笑,应该就没事。"

宁秋水盯着岳茹的脸,虽然她一直表现得害怕,但他总觉得哪里有些不对劲。不过他并没有表现出来。他心里暗想,这个女孩恐怕没有表面看上去那么简单。

早些时候,他们一起进入那个屋子,虽说岳茹表面上很害怕,可实际上手脚却非常稳健,完全没有慌乱。小姑娘这是扮猪吃老虎啊!

"事情应该没这么简单,否则常春堂也不会持续发生这些意外。"他说道,"不过我们至少掌握了一些重要线索,如果能够弄清楚事情的来龙去脉,也许能找到出路。"

经过一段时间的了解,宁秋水知道,低级诡门的前四扇背后都有着明确的逻辑,只要能够解开诡物的执念,就能够平安过关。这也是低级门和中高级门之间最大的不同。

就在宁秋水说完这些话后,他突然感到口袋里有东西……裂开了。他伸手一摸,心顿时凉了半截,是那块玉!

他从第一扇门中带出来的那块玉非常好用,可以用来探查附近是否有诡物存在。然而,这东西的使用次数有限。早在第二扇门时,它就已经出现了裂痕,而刚才更是彻底碎裂。这意味着,这件诡器的耐久度彻底耗尽了。

但宁秋水此刻没有时间心疼诡器,他拉着岳茹急忙起身离开了食堂。他们并没有注意到,就在他们起身后的那一瞬间,几滴水滴从头顶悄然滴落,正好落在他们刚才坐的椅子上。

177

食堂里人很多，学员们三三两两地攀谈着，或是闲聊，或是讨论学习，但他们的神情都格外严肃。

当然也没有任何一个人注意到，在食堂天花板的角落里，趴着一个怎样的存在……

"怎么了，秋水哥？"离开食堂后走了很远，岳茹才敢小声询问。

两人站在路灯下，宁秋水回头看了一眼食堂，表情显得凝重："刚才……他就在我们附近。"

听到这话，岳茹不由得打了个寒战："你是说……"

她还没将那两个字说出口，宁秋水便竖起了食指："嘘。"

岳茹见状，立刻噤声。

"还是谨慎些为好。天已经黑了，先回宿舍楼吧。明天再去图书馆或者常春堂的档案室问问看……"

岳茹点了点头。

经过了两扇诡门，她也清楚，每当夜幕降临，门后的世界便充满了危险。

常春堂的路灯下，行人正在迅速减少。他们匆匆赶回了常春堂西侧废弃宿舍楼门前的空地。这里已经站着四个人，但他们并没有进去。显然，白天发生的事情让大家对这栋宿舍楼心生忌惮，没有人愿意轻易踏入。没有人知道，一旦进去，会不会遭遇更可怕的事情。

"其他人还没回来吗？"

那四人摇了摇头。

宁秋水看了看手机："再等他们一个半小时，如果他们还不回来，我们就进去休息。"

听到今晚真的要在这栋宿舍楼里过夜，一个人高马大的男人显得有些慌乱，结结巴巴地说道："我、我们……今晚真的要在这里……过夜吗？"

他瞟了一眼黑漆漆的宿舍楼。

白天的阳光还能驱散一些阴森的气息，然而到了晚上，无数个黑暗的窗口仿佛一张张巨口，等待着将他们吞噬！

他们隐约还能看到一楼地板上的绿色安全通道标志，闪烁着微弱的绿光，标志上那个奔跑的小人仿佛在无声地提醒他们：快离开这栋楼！

"已经没有其他选择了。"相比于男人的焦躁不安，宁秋水则显得十分平静，"马上就要入夜，常春堂晚上不会有任何人，睡在外面会更危险。任务已经限定了范围，这五天内我们不能离开常春堂。"

其实大家心里都明白这个道理，但没有人愿意直面现实。因为他们所面对的，不仅仅是死亡，还有内心深处的恐惧。

众人等待了大约半个小时，其他人也陆续回到这里。确认人数无误后，他们总算松了一口气。至少到目前为止，还没有人出事。

"好了，大家都到齐了，接下来讨论各自收集到的线索吧！"

众人围坐在空地上，这样既能看到彼此的背后，又能清晰地听到对方说话。

"我先说吧。"宁秋水开口道，"诡门给我们的提示，是一个传说，指代当年的一名死者，而这个死者出事的地点，正是在我们面前这栋宿舍楼的一楼。常春堂的人对此事讳莫如深，他们不愿意多谈。我的汇报就这些。"

宁秋水话音刚落，坐在旁边的一个扎着马尾辫的女人忍不住问道："只有这些吗？没有更详细的信息了？"

宁秋水看了她一眼。这个女人名叫南芷，是一个通过了第四扇门的"半老人"，来这里历练。

"我不是说过了吗，常春堂的人对此事很忌讳。我们问了七八个人，他们都避而不谈，不愿意详细讲述。"

南芷听后不再追问，脸色不太好看："我们的情况也差不多，问了很多人，一提到笑男，他们转身就走……本来想去图书馆查查，但图书馆下午三点就关门了，没找到什么有用的线索。"

她对面的一个瘦削的男人刚想说什么，却被身旁的同伴拉住了。他的同伴淡淡地说道："我们也是。"

众人听到这话，有人皱起了眉头。

"什么叫'你们也是'？你们不是查到了什么，不愿意分享吧？"

那个男人冷冷地回答："首先，大家各凭本事查的线索，凭什么要跟你分享？其次，这个常春堂里的人对笑男避之不及，他们都没查到，你又凭什么认为我查到了？"

见他这副态度，质疑他的高大男人顿时不满，站起来怒目而视："你说什么？想挨揍啊？奉劝你别太嚣张，别逼我揍你！"

他的身材确实高大，站起来后给人很强的压迫感，身上的肌肉也显示出他常年锻炼。然而，之前态度不佳的男人却冷笑道："肌肉大了不起？过门不是靠肌肉的，你这么厉害，怎么不去和那些东西较量？像你这种四肢发达、头脑简单的人，能活过第一天就算你有本事！"

高大男人听到这话，忍无可忍，撩起袖子准备动手，却被几个人勉强拉住。

见气氛紧张，那个牙尖嘴利的女人陈如婉站出来打圆场："行了行了，大家都是一起过门的人,没什么利益冲突,闹这么僵干什么?不想说就不说吧。时间也不早了,常春堂里的人越来越少了,外面不安全,我们回去休息吧。"

虽然她这么说,但没有人动身。大家心里都明白,宿舍楼里有些奇怪的东西。最终,还是宁秋水主动站起来,带着岳茹走进了宿舍楼。见他们进去,后面的人也纷纷跟了进去。

宁秋水这次没有在一楼徘徊,而是带着岳茹上了二楼,选择了一个相对干净的房间住下。

他们上楼时,听到一楼门口传来了争吵声:"别碰我!"

说话的是那个大块头,他脸上明显不悦,怒瞪着身后的人。对方之前才诅咒过他,说他第一天晚上就会出事。如果不是众人拉着,他当时恐怕就动手了。

众人基本上都选择住在一、二楼,只有那对情侣去了三楼。

夜幕很快降临,宁秋水和岳茹坐在房间的两张床上,静静对视,神色都有些凝重。

"秋水哥,你说,如果我们今晚就这么睡着了,他会不会来找我们?"岳茹显得很担忧。

宁秋水摇了摇头:"如果真能一觉睡到大天亮,反而是件好事。我担心的是,今夜可能不会那么平静。"

他们只有在触发规则时,才会真正遭遇危险,如果能平安地睡过去,或许就能避开许多麻烦。但人在高压环境下,往往难以入睡。两人心里各有心事,静静等待着夜晚的来临。

宿舍里的床都是上下铺,他们都睡在下铺,方便遇到突发状况时逃跑。岳茹的目光紧盯着头顶的床板,实在是睡不着。

房间里的灯熄灭后,黑暗笼罩四周,室内变得更加寂静无声。他们甚至能听到窗外传来的虫鸣声。

"今天外面那些人,为什么不愿意分享自己得到的线索和信息?"岳茹打破了沉默,"大家一起寻找出路,不是会更容易吗?"

宁秋水平静地回应:"按照诡门的规则,必须有人被删档。这意味着每个人心里都有自己的打算,没人会百分百信任他人。而且,最重要的是,一旦有人出事,虽然不能直接找到出路,但有可能会找到触发规则。这对逃出去也有帮助。"

听到这里,岳茹不禁感到浑身一阵寒意。在这个诡异的地方,面对未知的危险已经够让人恐惧的了,没想到还得防备身边的人……

"真的会有人为了……"岳茹没把话说完,但宁秋水明白她想问什么。

"有,我遇见过。"

他曾在第二扇诡门时，遇到过一个叫唐娇的女人。为了自己通关，她私下与阮婆交易，打算淘汰其他人。如果不是白潇潇足够机警，他们可能连自己怎么出局的都不知道。

"所以，你才没有将所有事情告诉他们？"岳茹接着问。

宁秋水没有否认："死道友，不死贫道。而且相比他们，我已经说得够多了。"

岳茹陷入了沉默。的确，虽然宁秋水也有保留，但相比其他人，他提供的信息已经算是最多的了。二人不再交流，安静地闭上眼睛，尝试入睡。

半夜，岳茹忽然被某种奇怪的声音惊醒了。那个声音很奇怪，仿佛从很远的地方传来，虚无缥缈，无从寻觅……但随着声音逐渐清晰，岳茹感觉到一股寒意从心底升起，蔓延全身。

那是走廊上传来的歌声。听上去，似乎不止一个人在唱。

"祝你生日快乐……祝你生日快乐……祝你生日快乐……祝你……生日……

"嘿嘿……

"嘻嘻嘻……"

生日歌结束后，紧接着是一声男孩清脆的笑声。这个笑声……岳茹记得很清楚，正是白天他们在一楼尽头房间里听到的声音。而现在，这笑声就在他们的门外！

与最初听见的声音不同，这笑声让人毛骨悚然，且格外清晰！

被子里，岳茹感受不到身体的温度，僵硬得不敢动弹。她甚至不敢朝那扇紧闭的门看去。门上有一个小窗，能够看到走廊的一部分。她害怕一旦看过去，玻璃方框上会映出一张扭曲的笑脸！

白天，她曾在宿舍楼外匆匆一瞥见过一次了，虽然模糊，但已经给她留下了严重的心理阴影。她绝不想再见到那张脸第二次。

门外的笑声依旧在他们门前徘徊不去，岳茹的心脏跳得如同鼓点。那种感觉，就像身处寒冷的冰窖中，仿佛正在慢慢失去生机。

她想叫醒旁边床上的宁秋水，可又害怕惊动门外的那个东西。最终，内心的挣扎让她选择继续装睡。她下定决心，不论外面发生什么，都绝不睁开眼睛！

"嘻嘻嘻……嘻嘻……"

笑声渐渐远去，最可怕的事情没有发生，他没有突然出现在二人的宿舍，而是消失在了走廊的尽头。尽管如此，岳茹依然不敢睁眼，双手紧抓着被角，继续假装睡着。渐渐地，她的意识模糊，迷迷糊糊地进入了半睡半醒的状态。

再一次恢复意识时，外面的天色已经亮了。

第二天，众人起床吃饭。然而在清点人数时，却发现少了两个人，正是昨天的大块头和他的队友。

"呵呵，我早就说过了，这种头脑简单、四肢发达的人撑不了多久！"昨天跟大块头不和的那个男人再次冷嘲热讽道。他叫黄晖，是一个过了五扇诡门的老人，也是专门带自己诡舍的新人来过门。

"你说话能不能不要这么难听？"南芷皱了皱眉，"也许人家只是睡着了，还没醒呢？"

黄晖嗤笑一声："睡着了？昨晚有几个人睡得着？你居然还编得出这种话，我就不信你们没听见走廊上那笑声！"

黄晖的冷嘲热讽让众人的脸色变得难看。的确，昨天那种高压环境下，谁也难以入睡。大部分人只是半睡半醒，也确实听到了走廊上传来的笑声和生日快乐歌。

"有人知道他们住哪个房间吗？去看看？"宁秋水询问道。

黄晖懒懒地答道："219，就住在我们隔壁的隔壁的对面，那家伙昨晚睡觉前还对着我挥拳头呢。"

众人闻言，一起来到了219门口。刚一停下，宁秋水就皱起了眉。他闻到了一股很浓的气味，伸手按在门把手上。一股熟悉的冰冷顺着手心蔓延到肩膀。这种冰冷，他昨天在一楼尽头的房间里也感受到过。

不祥的预感萦绕心头，宁秋水推开门，众人看到屋内的景象，全都愣在了原地。

宁秋水谨慎地查看了一下房间，确认安全后才走了进去。他没有触碰任何东西，只是简单观察了一下，然后走了出来。

"昨晚你没有听见什么动静吗？"宁秋水问道。

住在二楼的人全都摇了摇头，包括岳茹。

"只有男孩的笑声和生日快乐歌。除此之外，昨晚既没有听见他们的叫喊声，也没有听到有东西闯入他们的房间。"

宁秋水点了点头："走吧，先去吃饭吧，这里没有有用的线索了。"

说完，他带头朝宿舍楼外走去。路上，众人的脸色都不太好看。

食堂里，岳茹看着旁边大口吃着牛肉包子的宁秋水，又看了看自己面前几乎没动的白粥，忍不住说道："秋水哥，你胃口挺好啊！"

宁秋水头也不抬，淡淡地回了一句："嗯，还行。"

说完，他又吃了一个小笼包。

"说真的,这常春堂虽然有些怪事,但伙食还不错,在这地方念书也不是不能接受。"

宁秋水的声音含糊不清,岳茹听得忍不住翻了个白眼,轻轻搅动着碗里的白粥。突然,她问道:"对了,秋水哥,你不觉得那大块头有些蹊跷吗?"

听到这里,宁秋水的目光扫向远处的另一张桌子。黄晖正坐在那里吃饭。似乎察觉到了宁秋水的注视,岳茹也回头看了一眼:"你怀疑是黄晖做的?"

宁秋水点了点头:"应该是。他可能发现了某个触发规则。昨天我们进门时,他故意蹭了蹭大块头……"

岳茹回忆了一下,确实有这么一幕,当时大块头还很不爽地骂了几句。

"这……只是个意外吧?"岳茹不确定地问。

宁秋水掰开手中的包子,盯着里面的肉馅说道:"没有人会刻意接近自己讨厌的人,除非是迫不得已,或者想加害对方。"

说完,他把包子里的肉馅吃掉,把包子皮随手扔在盘子里。

"不吃了?"

"吃不下了,这些包子皮留着给食堂后院的猪吧。"

"那我们之后去哪儿?去图书馆吗?"

宁秋水沉默了片刻:"不,去找那个保安。"

其实,宁秋水还有些事情没有告诉岳茹。比如他在大块头的房间里,并非什么都没有看到。但他没有说出来,他不想吓到这个小姑娘,也不想让众人感到恐慌。

二人来到保安亭,依旧是昨天那个保安值班。看到他们,保安还以为他们要出去采购什么,便直接给他们放行。然而,宁秋水却径直走进了保安亭内,对保安说道:"可以聊聊吗?"

保安有些愣住,似乎没想到他们是来找自己的。他沉默片刻,挑了挑眉:"有事快说吧,我这儿还挺忙,待会儿要去巡视常春堂。"

宁秋水直接指向他们拆迁的地方:"那栋楼到底怎么回事?"

保安不解:"什么怎么回事?那栋楼要拆迁啊,怎么了?"

宁秋水眯了眯眼:"那栋楼里是不是有人出过事?"

保安听到这话,皱起了眉头:"你说什么?我在这儿工作这么多年,可从没听说过常春堂里有学员出事……别乱说,小心我告你们诽谤!"

宁秋水继续说道:"可是关于笑男的事情,常春堂里可是传得沸沸扬扬。"

保安叹了口气,点燃了一根烟:"哦,原来是这个传闻啊。那只是学员之间的谣言，当不得真。"

宁秋水反问道："真的是谣言？你不信？"

保安斩钉截铁地答道："当然不信，我一个保安，怎么会相信学员们的玩笑话？"

宁秋水点了点头："好，那你笑一个。"

保安的脸色瞬间僵住。

宁秋水注意到，从昨天他们进入常春堂到现在，保安的神色一直很严肃，从未见过他笑。起初他还觉得保安可能性格如此，但在了解到关于笑男的事情后，他终于明白，保安并不是天生严肃，而是因为不敢笑。

看到宁秋水挑衅的眼神，保安的脸色愈发难看："你们是来拆迁的工人，做好你们自己的事就行，打听那么多做什么？还怕常春堂拖欠你们工钱不成？"

说完，他摆了摆手："行了，没什么事就赶紧走吧，我还要去巡逻。"

他下了逐客令，宁秋水却没有离开，反而坐了下来："没错，我们是来拆迁的工人，其他的事本不该打听。可常春堂并没有告诉我们，拆这栋楼可能会丢命啊。"

他的语气突然变得阴森，保安不由得打了个寒战。他还没来得及回应，宁秋水继续说道："以前住在这楼里的学员出事了，之后常春堂就频频出现意外。我们这些外来人要是也出了事，你猜猜，下一个会是谁？"

保安听完，脸色微变，背后隐隐冒出冷汗。

"你当我是吓大的？"

宁秋水淡淡一笑："早解决问题总比拖着强。你瞒着我们，常春堂也不会给你什么好处。不如跟我们说说，或许我们能帮上一点忙，毕竟这楼早点拆，对大家都好。"

或许是被宁秋水说动了，保安沉默了一会儿，随后拉上了保安亭的门，坐在了二人对面，神色阴沉。他吐出的白烟缓缓升起，空气中弥漫着一股呛人的气味。

"大概一年前，常春堂里发生了一起非常严重的案件。"保安回忆起那件事，眼中流露出一丝恐惧，"那个学员叫李真，学习成绩很好。可就在6月23日那天晚上，他突然持刀袭击了自己宿舍的五名舍友……"

宁秋水皱眉："没人发现吗？"

保安摇了摇头，将手里的烟蒂胡乱扔到了烟灰缸里，又点燃一根新烟。他夹烟的手指微微颤抖："这是有预谋的行动。警方推测，李真先攻击了在厕所的舍友。等其他室友回来时，他逐个下手。李真动作很快，那些人根本来不及反应。"

保安的声音低沉下来："最诡异的是，第二天他还穿着舍友的校服，若无其事地去上课。"

宁秋水和岳茹听到这里，不禁感到一阵寒意。宁秋水忍不住问道："可我听说李真最后自杀了？"

保安的表情变得复杂："这件案子后来成了悬案。有人说他自杀了，也有人说他逃走了。总之，李真失踪了。事发两天后，警方接到报案后展开了调查，但李真仿佛从人间蒸发了一样，始终没有找到他的踪迹。"

"不对呀，照你这么说，学员消失的当天常春堂应该就会开始寻找，为什么会在两天后才找到那几名学员？"岳茹敏锐地发现了保安话中的漏洞。

这是个非常明显的漏洞，学员和外界不同，他们每天都在常春堂里，周围有许多人关注，一旦消失，最多不超过十二个小时就会被发现。尤其是这些学员还在宿舍里，不可能等到两天后才被发现。

要知道，根据警方提供的数据，他们的遇害时间是6月23日，那段时间天气炎热，平均温度都在三十五六度。虽然宿舍里装有空调，但白天通常是关闭的，衣柜在不到二十四小时内就会开始散发出异味。

说到这个漏洞，保安并没有露出说谎的紧张神色，反而显得格外凝重，甚至有些恐惧："很奇怪吧？我也觉得奇怪。那两天里，常春堂仿佛没人发现有人失踪……直到李真失踪的那天，才注意到他的室友也不见了。事情发生后，那些学员的班主任和宿管全部停职了。后来，宿管辞职，从此杳无音讯。班主任虽然承担了责任，但事情结束后，他也没有继续教书，而是去了图书馆当管理员。我知道的就这么多，如果你们觉得我在说谎，可以去图书室找李真的班主任核实……好了，我该去巡逻了，再不去的话，常春堂要扣我工资了。"

保安匆匆离开。

他走后，岳茹看向宁秋水："秋水哥，接下来怎么办？"

宁秋水摇了摇头："如果他没有说谎的话……我们先去图书馆看看吧。"

宁秋水和岳茹来到图书馆外，惊讶地发现大门被锁住了。宁秋水拨弄了一下门口的锁，确认这里没有开放，里面空无一人。

他看了一眼时间，说："现在是上午十点半，图书馆怎么会没开？"

二人心中充满疑惑。图书馆位于常春堂中心，旁边就是水塔，位置四通八达，人来人往，但却没有人多看一眼。

宁秋水走到一名正在扫地的阿姨旁，询问道："阿姨，您好，请问这图书馆为什么关了？"

阿姨摆摆手，用方言回答："我不清楚，时开时不开的，你们去问常春堂的老师吧。"

说完，她便转身离去。

两人对视了一眼，又在图书馆外等了一会儿，直到中午，图书馆依然没有开门。无奈之下，他们只能去食堂吃饭。打完饭后，他们在食堂的一个角落里再次看到了那个瘦弱的男孩。男孩也注意到了他们。对上宁秋水笑意盈盈的目光，他只感到浑身一紧，立刻起身想离开。然而，宁秋水和岳茹已经坐到了他的旁边。

男孩欲哭无泪："大哥大姐，食堂这么多人，能不能别总找我啊？薅羊毛也不能逮着一只薅吧！"

宁秋水淡淡一笑，问道："怎么称呼？"

男孩面色难看，但他知道宁秋水力气大，而且对方不是常春堂的人，若是在食堂大声呼救，事后恐怕会遭到报复。最终，他无奈低声说道："你们叫我顾冬成就行。"

说完，他忍不住好奇地瞥了一眼宁秋水旁边的岳茹，但也只是一眼。

"放心，我们这次找你，只是问个很简单的问题，常春堂图书馆一般什么时候开？"

听到这个问题，顾冬成明显松了口气，他还以为宁秋水又要问关于笑男的事情。

"吓死我了，还以为你们要问那件事呢。图书馆一般周一、周三和周五开放，其他时间都关着，因为没什么人去，所以常春堂就只在市里有领导来视察时才开馆。"

"今天周几？"宁秋水问。

"周二啊，你们不会是做卷子做糊涂了吧？"顾冬成冷笑一声，随即表情又有些僵硬，带着几分自嘲说道，"哦，忘了，你们不需要做卷子，看来是我写卷子写傻了……"

确认二人没有提笑男的事后，顾冬成也不急着走了，继续坐着吃饭。

"我吃饱了。"岳茹站起来，端着餐盘朝倒饭处走去。

她实在没什么胃口，脑海里总是浮现出早上看到的那几个黑色塑料袋，还有里面的东西。

岳茹离开后，顾冬成忽然神秘兮兮地用胳膊轻轻撞了撞宁秋水："哎，大哥，那是你女朋友吗？真好看……"

正在思考的宁秋水回过神，摇了摇头："不是，勉强算朋友吧。"

顾冬成挑了挑眉："我猜也是，不过话说回来，她身上怎么有一股鸢尾花的香味啊？我们常春堂也没有这种植物啊。"

听到这句话，宁秋水的脸色瞬间变了，他的目光如闪电般锐利，令顾冬成不由得一阵发毛！

"你刚刚说……她身上有鸢尾花的香气？"

顾冬成点点头，说："对啊，你闻不出来吗？"

"你确定是鸢尾花？"

"我确定。我妈以前常用蓝色妖姬的香水，那玩意儿就是鸢尾花为原材料制作的，我再熟悉不过了，肯定没闻错！"

看到宁秋水神情严肃，顾冬成有些紧张，缩了缩脖子："大哥，我是不是说错话了……"

宁秋水收回目光，摇摇头："没什么，只是想起了一些过去的事。"

这时，岳茹走了回来。宁秋水也站起身，对她说道："我吃好了，我们走吧。"

看着二人离去，顾冬成挠了挠头，心里觉得他们有些怪，但到底哪里怪，他也说不上来……

今天是周二，图书馆不开门。

里面可能会有重要的线索，但两人无法进入。尽管他们可以设法偷偷溜进图书馆，但没有刘承峰在，没人会开锁。而且图书馆位置显眼，几乎随时都有目光注视着他们。一旦常春堂发现他们擅自闯入，他们可能会被驱逐出校。对他们而言，这无疑是个死局，因为任务要求，这五天内他们不能离开常春堂。

"秋水哥，接下来我们该怎么办？"岳茹问道。

两人漫无目的地走着。宁秋水看了她一眼，说："再去常春堂档案室问问吧，不过别抱太大希望，这种事常春堂一般不会对外人透露。"

岳茹点点头。

事情的发展正如宁秋水所料。提到当年的事情，档案室的人都缄默不语，神色中甚至透着几分厌恶，显然不愿再提起这些旧事。最终，宁秋水只获取到了一些关于李真的个人信息。

原来李真来自单亲家庭，父亲以前是电工，七岁那年，父亲在暴雨天修理电器时意外去世，留下母亲独自抚养他。李真从小成绩不错，虽然不是尖子生，但也名列前茅，按理说正常升学进入重点大学不是问题。大学毕业后，只要不急于结婚，他可以减轻家庭的负担。

根据常春堂的记录，李真从未表现出暴力倾向，所以他的突然失控实在令人费解。

"难道是暴力？他的室友经常欺负他，导致李真一怒之下……"岳茹猜测道。

"有这个可能，但事情恐怕没这么简单。根据资料，李真是个极具忍耐力的人，从小失去父亲，在母亲的抚养下长大，估计受了不少冷眼与欺凌。但他的执念，可能不仅仅是因为同学们的欺负这么简单……"

说到这里，宁秋水不由得又看了一眼水塔旁边的图书馆。他如此渴望进入那里，不仅是为了寻找有用的线索，更重要的是，他想见一个人。毕竟，纸上记录的东西与亲耳听到的，是有差别的。

两人闲逛了一阵后，宁秋水回到他们暂住的那幢废弃宿舍楼。岳茹怎么也不愿意进去。她觉得晚上有那么多人在，可能还安全一些。而白天只有他们两个人，进入这个宿舍实在太危险了！

她不愿意进去，宁秋水也没有强迫她，只身一人走进了宿舍楼。他还是去了一楼。站在走廊尽头，他抬头看向之前出现脚印的天花板。那里的脚印已经消失不见了。

宁秋水一步一步朝着尽头走去，虽然现在是白天，但由于楼房的采光效果不好，里面并不算昏暗，但也确实显得有些阴郁。想到自己可能会遇见奇怪的东西，他的心里不禁有些紧张。

事实上，他选择在这个时候进入宿舍楼是有原因的。白天的时候，大家都分散在常春堂的各处，而笑男的目标显然是常春堂的所有人，而不仅仅是他一个。所以从理论上来讲，他在这个时候撞到笑男的概率并不高。

他缓缓来到走廊尽头的那间宿舍门前。

一年多前，李真就在这里袭击了五名室友。即便是在白天，宁秋水走进宿舍时，也明显感觉到背脊发凉，皮肤起了一层鸡皮疙瘩。

他不确定这是心理作用，还是其他原因引起的……他走进宿舍后，第一时间打开了所有衣柜。果然。六个衣柜间里，他们昨天找到的那张生日贺卡，已经不见了。

"果然在我们离开后，还有人进来了……"宁秋水神情一凛。他似乎已经明白了，昨天那个大块头为何会出事。

是黄晖拿走了那张贺卡，在进门时不经意间塞进了大块头的衣服或是裤子的外兜里。这本来是个愚蠢的行为，但在这个地方睡觉，大家基本都不会脱衣服，一是嫌脏，二是担心随时可能出现危险，所以大块头没有发现身上的贺卡，也很正常。

宁秋水不动声色地退出了房间。

黄晖这么做，仅仅是针对大块头吗？他不可能这么快就掌握了规则。黄晖应该是在用大块头测试这些规则！

想到这里，宁秋水心头突然涌上一个可怕的猜测。他迅速离开房间，来到二楼的大块头居住的宿舍外。

那张被放在大块头身上的贺卡，不见了。

为什么贺卡会消失不见？是被神秘力量取走了？还是有人在他们离开之后，又悄悄进入了这个房间，拿走了贺卡？宁秋水的脑海里迅速浮现出各种可能性，黄晖的那张脸又出现在了他的脑海中。

宁秋水突然想起之前在第二扇门时，白潇潇曾告诉他一件事——如果一扇诡门里的人数不断减少，最后只剩不到十分之一，诡门的难度就会大大降低。而如果只有一个人完成任务，那这个人就会收到一件诡门单独赠予的诡器！

"那家伙不会是想用这张贺卡，除掉其他所有人吧？"宁秋水的神色变得凝重，"看来不仅仅是门外有野兽，门内也一样。"

他准备离开时，身后的走廊突然传来男孩的笑声。宁秋水的脚步顿时停住，随后他头也不回，迅速朝着楼梯口走去。然而，那个笑声依旧没有停下。同时，宁秋水听到有人在唱歌。

"祝你生日快乐……祝你生日快乐……祝你……生日……快……"

唱歌的声音并不是一个人发出的，像是来自好几个人的合唱。而且在一群孩子的声音中，还夹杂着一个成年男子的声音。宁秋水对这个声音很熟悉，那是……大块头的声音！他出事后就失踪了，居住的宿舍离奇被毁，原来他是进化成了副本里的NPC，加入了这群孩子的生日庆祝。

想起昨晚的事，宁秋水不再犹豫，直接跑向楼梯口。在拐角处，他侧头看了一眼。就是这一眼，让他不由得背脊发凉！

在走廊的另外一端，他看见五个男孩围着大块头和他的室友。他们一边唱着生日歌，一边机械地拍打着双手。当生日歌结束后，他们发出了一阵笑声，笑得非常用力，像是在释放身体的所有力量。突然，这群人齐刷刷地转头，目光如炬地盯住了走廊尽头的宁秋水。

宁秋水不再犹豫，飞速冲下楼梯，一口气跑出了宿舍楼。

在宿舍楼外，岳茹急忙迎了上来。脸上写满了慌乱，她似乎也听到了楼里传出的歌声。

"秋水哥，没事吧？"岳茹关心地问。

宁秋水摇了摇头："没什么事，你怎么出汗了？"

今天的天气并不热，现在又是傍晚，岳茹不应该流这么多汗才对。她的脸色苍白，咬着嘴唇说道："我……我刚才又看见三楼的玻璃窗户处，有一张脸盯着我看……"

说完，她抬手指向窗户。宁秋水顺着她的目光看去，那里什么都没有。窗后，蓝色窗帘紧紧拉着，只有一条缝隙。没看到任何人的脸。但岳茹的神情，不像是在说谎。她似乎真的看到了什么可怕的东西。

　　"先走吧，等晚上大家回来再看看。"

　　二人随即离开了此地。

　　吃完晚饭后，众人陆续回到了宿舍楼外的空地上。大家心照不宣，每天早晚都会清点人数，确认是否有人被删档。大约在晚上十点，所有人都回到了这里，所幸今天没有人出局。

　　不过，宁秋水在路灯昏暗的光线下，注意到有几个人的脸色不太对劲。首先是陈如婉和她的男朋友，两人脸色苍白，手指轻微颤抖，仿佛刚经历了什么可怕的事情。另一个引起宁秋水注意的是黄晖，他的面容阴沉，目光冷冽，像猎鹰般锐利地扫视着在场的每一个人。

　　"今天大家还有什么想说的吗？"梳双马尾的女人南芷问道。

　　现场的气氛沉闷而压抑，不仅因为早上的事，大家对彼此也充满戒心，即便有人查到什么重要线索，恐怕也不愿与他人分享。

　　就在众人沉默不语时，宁秋水突然开口："我查到了一点关于笑男的事。"

　　随着他的话音落下，所有人的目光都集中到了他身上。其实连岳茹都没想到，宁秋水居然主动与大家分享信息。这跟他第一天的表现截然不同。要知道，第一天晚上，他可是刻意隐瞒了许多重要的事情。

　　"听说在这个常春堂里，只要笑了，就可能会被笑男盯上。昨晚那个大块头和他的室友，会不会是因为这个原因才被淘汰的？"

　　宁秋水说完之后，人群中立刻有人站出来附和："他说的是真的，我们也查到了。这个常春堂的人都很严肃，他们不敢笑，估计就是怕被笑男盯上。"

　　胖子王隆盯着对面漆黑的宿舍楼，冷不住打了个冷战，他总觉得漆黑的窗后藏着什么东西……在盯着他们。王隆哆嗦了一下，转头对众人说道："你们今晚上还要睡里面吗？昨晚的事情，你们忘记了？"

　　陈如婉冷笑了一声："不睡里面，难道我们睡空地上？"

　　王隆并没有理会她的讥讽，站起身认真地说道："为什么不行？我们把东西搬出来，就在这空地上睡，让两个人轮流站岗放哨，这样不是更安全吗？"

　　众人陷入了沉默。

　　"抱歉，我们不想睡外面。"片刻后，陈如婉的男朋友说了一句。

　　众人心知肚明，他顾虑的是什么。其实大家对彼此都不放心，若是他们睡着时诡物来了，放哨的两个人逃跑了，那剩下的人岂不是成了猎物？

尽管诡物一般只在触发规则时才会出手，但谁也说不准这些条件究竟是什么。他们这样排排躺在外面，难保诡物不会对他们下手。睡在房间里，好歹有一扇门隔着。虽然不一定有用，但至少让人心里多了一份安慰。

众人已经不是第一次进入诡门执行任务的新手了。他们的心理素质或许不够强，表现也不尽如人意，但对诡门里的一些规则还是清楚的。如果他们触发了这扇门中的规则，光靠一扇门想要阻止诡物当然是不可能的，但那也比没有好。

"我也不想睡在外面……谁知道守夜的人会不会在看见诡物后直接就跑掉？"陈如婉附和道。

说完后，他们径直朝着黑暗的宿舍楼走去。宁秋水盯着陈如婉的背影，忽然开口道："陈如婉，你们确定要住在三楼吗？"

陈如婉和她的男朋友身形一顿，回头看向宁秋水，语气中带着一丝不满："怎么，我们住什么地方还要经过你的同意吗？"

宁秋水并不在意她的语气，只是平静地说："有件事情我得跟你们说明，信不信随你们。岳茹已经连续两次在三楼看见过笑男了。"

听到这话，二人脸色微变。

他们彼此对视了片刻，陈如婉最终回道："谢谢……"

她的语气没有之前那么尖锐，但仍然拉着男友的手，朝三楼走去。

宁秋水看着他们的背影，似乎明白了一些事，但没有说出来，毕竟人太多了。

"你们胆子可真大，反正今天说什么我也不会进去住了！"王隆骂骂咧咧地走到外面的草丛里，拖出早就藏在外面的被褥，往地上一铺，"就算今晚被外面的蚊子咬死，我也绝不会踏进这栋宿舍楼一步！"

众人见他心意已决，也没有再劝。

经过一番商议，大部分人还是选择进入宿舍楼。夜幕降临，外面的危险不比宿舍楼里的少。毕竟笑男的传说可不仅仅局限于这幢宿舍，而是流传在整个常春堂。无论逃到哪里，只要还在常春堂，处境其实没什么不同。

宁秋水等人也进了宿舍楼。他们将房间选在了二楼，但不是之前住的那间。

岳茹好奇地问："秋水哥，咱们不住之前的那个房间吗？"

宁秋水摇了摇头："不住，换个房间。"

他没有解释原因，但岳茹似乎明白了什么，若有所思地看了宁秋水一眼。

他们住进了隔壁的房间。

"秋水哥，你说今天那个黄晖会不会……"岳茹躺在床上，翻来覆去，难以入睡。

宁秋水语气平静地回应："有这个可能……"

但他的语气中不再有昨日的从容。岳茹似乎察觉到了这一点。

"秋水哥，你是不是发现了什么？"

宁秋水沉默了一会儿，没有回答。大约过了一分钟，他才低声说道："如果不出意外的话，今晚……恐怕不止两个人被删档。"

听到这话，岳茹心头一紧。时间一分一秒地过去，宁秋水那边很快便传来了均匀的呼吸声，似乎已进入梦乡。岳茹躺在床上，盯着上方的床板，一动不动。这时，她不禁有些羡慕宁秋水的睡眠质量。

或许如宁秋水所言，在诡门背后的世界，能够入睡本身就是一件难得的幸事。对于那些睡眠质量好的人来说，漫长的夜晚也不过一瞬间的事。而对于她而言，这无尽的长夜却如同煎熬，至少还要熬过五六个钟头。

许久之后，岳茹依然无法入睡。她的心情在这种内心的拉扯中变得愈发烦躁，睡意也渐渐消失。最终，她顶着凌乱的头发从床上坐了起来。

出乎预料的是，今夜走廊外竟然格外安静。没有听见歌声，也没有听见笑声。难道是那诡物良心发现了？

清冽的月色透过窗户洒进宿舍，让原木漆黑的房间变得略显清晰，周围的景象隐约可见。岳茹忽然之间有些好奇，外面那个叫王隆的胖子睡着了没有。于是她悄悄下了床，蹑手蹑脚地走到窗前，朝外面的空地望去。

这一望，岳茹立刻被眼前的景象吓得踉跄后退，险些摔倒！她紧紧捂住嘴巴，不让自己叫出声来，但眼中的恐惧却无法掩饰。

外面的场景，仿佛在她的心中留下了深深的阴影。她清晰地看到，那个原本应该躺在空地上的胖子，不知何时竟然直挺挺地坐了起来。即便隔得有些远，岳茹仍能隐约看见，此刻胖子的脸上挂着一个极为扭曲的笑容。那笑容显得格外夸张，像是他用了全身的力气去笑！

胖子一边笑，一边机械地拍打着手掌。而在他周围，竟有六个模糊的身影。它们手持利器，正一步步靠近胖子。

这一切，岳茹都看得清清楚楚。她忍不住凑近窗户，想看得更清楚些。就在她凝视窗外的瞬间，她看到了此生最为恐怖的场景。

昏黄的路灯和惨白的月色交织下，那几道身影竟然同时抬起了头，直勾勾地盯着她！他们的脸上，全都挂着……极其诡异的笑容！

被这些脸盯住的一瞬间，岳茹感到全身冰冷，仿佛灵魂都被冻结了。她的每一个毛孔都在冒寒气，那种肾上腺素飙升、全身紧绷的感觉，已经很久没有体会过了。

即使之前在前两扇门内，她遇到的危险她也能从容应对。然而此时此刻，当她被这六个诡异的身影盯上的时候，死亡的阴影似乎近在咫尺。她能清楚地感受到那种无形的威胁。岳茹的表情变得僵硬，手不自觉地伸进了口袋，紧紧握住了某样东西。

她迅速跑到宁秋水旁边，用力摇晃着他。但不管她怎么用力，宁秋水始终没有任何醒来的迹象。看着他安静的睡颜，岳茹意识到情况不妙。除非有什么力量刻意干扰，否则他不可能在如此大的动静下依旧沉睡。

"难道，我被盯上了吗？"岳茹心里一阵恐惧："为什么是我？为什么是我啊！明明这栋楼里还有那么多人……"

她努力让自己冷静下来，内心不断自我安慰："你身上有保命的诡器，想想前两扇门，诡物虽然可怕，但它们无法真正伤害你。"

握着口袋里那颗"大白兔奶糖"，岳茹的情绪稍微平复了一些。这颗糖并不是她从诡门中找到的诡器，而是她意外获得的。在第二扇诡门做任务时，队友因为表现不佳，一个接一个地出局，而岳茹却稀里糊涂地完成了任务，甚至连诡物的影子都没见过。等她出来时，手里多了一颗"大白兔奶糖"。

后来经过诡舍的老人介绍，她才明白原委：原来，当时进入的人数超过了十个，其他人都失败后，系统自动降低了任务难度。诡物的行动被极大限制，甚至连吓唬她都变得困难。

虽然每件诡器的作用不同，但它们都有一个共同点——除了探查类诡器，其他的诡器都能抵挡诡物的攻击。岳茹握紧手中的糖，心想："有这颗糖在，应该没什么问题。"

尽管如此，她心中仍充满忧虑。毕竟楼下正盯着她的，可是足足六只诡物啊！

她攥紧"大白兔奶糖"，回到床上，假装睡觉。岳茹早有心理准备，无论走廊外传来什么声音，她都绝不会睁眼，也不会开门。然而，事情的发展出乎她的预料。

外面的走廊出奇地安静。她等了很久，却既没有听见任何动静，也没有笑声或其他声响。这原本应该让她松一口气，但内心的不安却愈发强烈，总感觉有什么不好的事情正在发生。

这种压抑的不安感迫使她睁开了眼睛。刚一睁眼，她差点吓得魂飞魄散！

由于睡觉的姿势，她正对着阳台。透过窗帘的缝隙，她看见五张面目扭曲的脸，从上到下排开，正盯着她不停发笑。它们的表情虽然没有裂口女那般夸张，但脸上的肌肉过于紧绷，看得人不寒而栗。

岳茹没有尖叫，她已经发不出声音了。强烈的恐惧如同潮水般涌来，几乎让她无法呼吸。此刻，她唯一能做的，就是控制自己紧紧握住手里的那颗"大白兔奶糖"。

窗外，五张可怕的脸静静地注视着她。它们没有进一步的动作，安静得令人不安。就在岳茹以为它们不会再有动作的时候，她惊恐地发现，那五张脸的眼神竟然在缓缓上移！顺着它们的视线，岳茹也慢慢抬头看向自己的上方。

借着透过窗缝的月光，她看到床板仿佛在轻微晃动。她的头顶，难道有什么东西？想到这里，岳茹感觉浑身血液仿佛凝固了。

她猛地想起，窗外只有五张脸。可是，之前她在外面的空地上，明明看见了六道身影！

那么，剩下的那个影子……去哪儿了？

叮当！就在此时，岳茹上铺忽然有个黑色的东西掉了下来，发出一声清脆的响动。这一声让她猛然惊醒，她的视线立刻移向地上的黑影。那是一把尖刀！

岳茹感觉自己呼吸困难，然而更令人恐惧的事情还在后面。当她稍微探出头时，余光瞥见窗帘那儿的五张脸……竟然不见了！

滴答——滴答——

几滴水滴落在她的身旁，在寂静的环境中，声音格外刺耳。岳茹的大脑早已一片空白，无法思考。她僵硬地转过头，发现上铺竟然伏着六道影子！它们就这样看着她，无声地对着她咧嘴笑着。

"啊！"岳茹再也承受不住，发出一声尖厉的叫声划破夜空，随即她双目翻白，昏了过去。

在她昏倒之后，那六道影子并没有离开，它们围在她的周围，机械地拍着手，开始低声唱起了那熟悉的生日歌："祝你生日快乐……祝你生日……快乐……祝你……"

那声音让人头皮发麻，但就在它们唱到第三遍时，忽然停了下来。

其中一个白色的影子盯着地上昏迷的岳茹许久，缓缓拾起她旁边的刀，然后悄悄收了起来。接着，它打开了岳茹紧握的右拳，从中拿走了一颗糖。

随后，六道影子全部消失在了房间里。不久，走廊里传来了低沉的笑声："嘿嘿嘿……嘿嘿……"

离开宁秋水和岳茹所在的房间后，笑男并没有消失，它依然在走廊上徘徊，似乎在寻找下一个目标。

躺在地上昏迷的岳茹并没有察觉到，一直熟睡的宁秋水，不知何时竟然坐了起来。他脸上的神情和熟睡时截然不同。宁秋水盯着岳茹看了许久，才慢慢下床，将她抱回到床上。然后宁秋水又回到自己的床上，继续睡去。

门外，笑男的笑声在走廊来回荡了几次，最终离开了二楼。与此同时，楼上传来了"咚咚"的脚步声，声响一直持续到凌晨才逐渐消失。三楼只有陈如婉和她的男友，究竟发生了什么，众人也无法知晓。

终于，熬到了第三天。窗外的阳光照常洒下，宿舍楼内紧张的气氛也逐渐消散。岳茹迷茫地睁开眼睛，她盯着头顶的床板看了许久，终于回过神来，突然发出一声惊恐的尖叫："啊！"

她的叫声尖锐而短促，因为她很快便意识到自己并没有死去。

她转头看向旁边床上的宁秋水，对方睡眼惺忪，满脸疑惑："大早上的，你叫什么？"

岳茹僵硬地摇了摇头，内心充满困惑。她茫然地环顾四周，地上没有任何污渍，但昨夜的记忆仍然清晰。

"难道……是我做了噩梦？"岳茹这样想着。然而，当她下意识地摸了摸自己的口袋时，所有疑惑瞬间烟消云散。她猛然意识到，昨晚自己没有死，是因为那颗诡门赠予的"大白兔奶糖"救了她一命！

尽管明白了这一切，岳茹心里没有丝毫的喜悦，因为她知道那颗奶糖只能用一次。现在这次机会已经用掉了，如果笑男再找上她，她将难以逃脱。

想到这里，岳茹不由得浑身颤抖："我明明什么都没做，它们为什么要找上我？"

她浑浑噩噩地洗漱了一番，随后便失神地跟着宁秋水走出了宿舍楼，来到外面的空地。空地上已经站着四个人，地面上除了两个黑色塑料袋，还有几摊呕吐物。

"胖子没了？"宁秋水淡淡地问了一句。

站在空地上的陈如婉神色凝重，轻轻点了点头："昨晚应该少了三个人，王隆、黄晖的室友和南芷的室友都被删档了……现在只剩我们六个人了。"

她的神情沉重，任务要求他们坚持五天，而现在才两天，已经有五个人出局。再这样下去，只怕……

就在陈如婉话音落下不久，经历了短暂的沉默后，黄晖终于忍不住，指着众人厉声说道:"谁拿了贺卡?赶快站出来!"

众人被他突如其来的举动吓了一跳。

"什么贺卡?"岳茹谨慎地后退两步,站到宁秋水身后。

黄晖的表情扭曲,宁秋水看了也觉得有些不对劲。他像是受到了极大的冤屈一般,怒极反笑:"不说是吧,行,那我就直接摊牌了!昨天早上,大块头住的宿舍里出现了一张笑男的生日贺卡,这张贺卡晚上出现在谁的房间里,那个人就会被笑男盯上。可是昨晚我回宿舍找贺卡时,发现它不见了!你们谁拿了那张贺卡,自己站出来!"

这话一出,众人的表情都变了。

宁秋水冷冷地问:"所以是你害了大块头?"

黄晖脸上的笑容更显扭曲不已:"是我。我也不想那样对他的,谁让他昨天说话太难听,还一直挑衅我。"

陈如婉嘲讽道:"我怎么记得是你先口不择言?还有,就算我们知道卡片在哪儿,凭什么交出来?交出来不就是被你拿走,然后晚上来对付我们吗?"

黄晖的眼神如狼般盯着她,阴森森地说:"别在这里给我装清高,如果你拿到那张贺卡,你也会和我做一样的事。我提醒你们,现在我不是你们的敌人。我没能力对你们下手,但拿着贺卡的人可以!要知道,如果我们都出事了,那他一个人在这里,不仅会更安全,等任务完成后,还能获得一件诡器!"

黄晖是一个不讨喜的人。除了他嚣张的言辞之外,众人真正排斥他的原因,是因为他曾经害过人。没有人愿意相信一个为了自己的利益,不顾一切去伤害他人的人。

然而,此刻他说的话却格外有煽动性。

确实。如果说贺卡是一柄隐藏的利器,那么在巨大的利益诱惑下,谁能保证得到它的人不会对其他人出手呢?毕竟,背地里的行动不容易被发现,也不会受到任何惩罚。

简简单单的一番话,让众人之间立刻形成了一层无形的隔阂。虽然嘴上没有表露,但彼此的眼神已经流露出些许怀疑。

黄晖正是要达到这样的效果。他当然不指望自己站出来说几句话,那个藏着生日贺卡的人就会把它交出来。他的目的,是在众人的心中埋下怀疑的种子,破坏他们之间的团结。毕竟,多几双眼睛帮他留意那个拿着贺卡的人,对他来说总归不是坏事。

"好了,关于生日贺卡的事情,大家暂且放一边吧。"宁秋水淡淡地说道,"宿舍楼里的房间那么多，而贺卡只有一张，自己留心点，不会那么轻易被算计。我们还是集中精力想一想笑男的事情吧，还有三天时间，诡物的限制可能会随着时间推移而逐渐变得宽松，到时候，如果我们还没有找到出路，局势只会越来越危险……"

众人心事重重，却也只能去食堂吃早饭。

或许是因为他们今天起得够早，宁秋水一到食堂就看到角落里坐着一个熟悉的人。

这个人正是顾冬成。在见到他的那一瞬间，宁秋水有些惊讶。

原因很简单。昨天在食堂时，他亲眼看见顾冬成笑了。正常人笑是难以避免的，毕竟这是一种习惯。而顾冬成当时和他们聊天时，似乎一时忘记了关于笑男的事，笑了出来……

可今天，他又出现在了熟悉的位置，仿佛什么事都没有发生。这一幕给了宁秋水一个重要的提示：传说未必都是真实的。

爱笑的人不一定会被笑男盯上，而不笑的人也未必能逃过笑男的攻击

之前第一次和顾冬成聊天时，从他沉默的反应中，宁秋水便知道，这一年里常春堂仍然有学员意外去世。这表明，保持严肃、不苟言笑并没有预想的效果。因此，昨晚在空地聚会时，宁秋水特意提到了这个传闻。想验证"笑"是否真的是笑男行凶的关键。

然而，从今早的情况来看，显然不是。昨晚又有三人"遇害"。如果他们是因为前两天笑了而遭殃，那顾冬成的例子就解释不通了，因为他也笑了，却安然无恙。不仅如此，顾冬成似乎连笑男的影子都没见过。这让宁秋水明白，是否笑与笑男的行为并无直接关联。

宁秋水和岳茹端着餐盘，又坐在了顾冬成对面："早啊。"

看见宁秋水那张熟悉的脸，顾冬成愣了一下，嘴里的粥还没咽下去，便被呛住了："咳咳咳……"

顾冬成剧烈咳嗽了一阵，脸涨得通红，终于缓过气来，无奈地说道："你们怎么又来了？"

宁秋水笑了笑，调侃道："怎么，你不希望看到我们吗？"

看着宁秋水脸上的笑容，顾冬成脸色一变，立刻提醒："别笑，小心被笑男盯上！"

宁秋水耸耸肩，淡然道："无所谓。对了，今天是周三，图书馆应该开门了吧？"

顾冬成点点头："图书馆周一、三、五开门，时间大概是早上九点或十点吧。

我也不太清楚，毕竟我很少去，就是下课时路过看到的。"

宁秋水吃了几口饭，忽然抬起头问了让顾冬成意外的问题："最近常春堂应该有学员出事了吧，你了解那些学员吗？"

顾冬成的表情僵住了。沉默了一会儿，他回答："不算了解，但那些学员成绩都不太好。说是因为学习压力大，精神出了问题。不过，大家私下都说是笑男干的。"

说完，顾冬成看了看手表，加快了吃饭的速度，囫囵吞了几口包子，起身匆匆说了句"快迟到了"，便朝食堂门口跑去。

他离开以后，岳茹忍不住说道："怎么还专挑成绩不好的下手？真奇怪！而且他们的情况那么反常，警察怎么会觉得只是精神问题呢？"

宁秋水回道："诡门背后的世界和迷雾外的现实世界是不一样的，既然是诡物作祟，警察当然找不到任何线索，只能把问题归结于学员自身。而且这里的考试日期也与外面不同，这扇诡门世界的考试日期应该比我们那边晚两到三个月。至于笑男，应该也不是专挑成绩不好的下手，而是……"他说到关键处，忽然停住了。

岳茹急了："而是什么，秋水哥？"

宁秋水若有所思地看了她一眼，微微一笑："没什么，只是一些无端的猜测而已。吃完我们去图书馆看看吧，那里可能有重要线索。"

见宁秋水不愿多说，岳茹以为他也没有把握，只好低头继续吃饭。她低头时，眼中带着一丝恐惧，但在恐惧的背后，还有一种不易察觉的……狠厉！

她仿佛下定了某种决心，咬碎了嘴里的包子，咽了下去。

"我吃饱了。"岳茹放下筷子。

两人收拾好餐盘，离开了餐厅，向图书馆走去。他们运气不错，今天图书馆开得早。顾冬成告诉他们，图书馆一般九点钟才开门，但此时还不到九点，门已经敞开了。里面很凉快。二人进去后，发现图书馆空荡荡的，一个人影也没有。

"请问，这里有人吗？"宁秋水叫了一声。

二楼传来了一阵不急不缓的脚步声。很快，一个戴着眼镜、头发花白的中年男人出现在二楼栏杆处。

"你们是……"

宁秋水微微一笑："我们是校外的人，想和您确认一些关于李真的事情。"

他知道眼前这个男人是图书馆的管理员，也是一年前李真的班主任。

提到这个名字，中年男人的表情微微变化，他在二楼仔细打量着宁秋水和岳茹，片刻后才点了点头，说道："上来吧。"

二人顺着旋转楼梯上了二楼，立刻闻到了一股茉莉花茶的香气。中年男人拉开窗帘，搬来了两把椅子，放在小茶几对面，三人便坐下饮茶。

"你们是李真的家属？"

面对他的询问，宁秋水摇了摇头："不是，只是一些与他有联系的人。我们想知道，当年究竟发生了什么？"

如果是常春堂其他人听到这话，恐怕早就把他们赶出去了。但让二人意外的是，眼前这个戴着深褐色方框眼镜的中年男人，自始至终都保持着平静。

他先是喝了一口茶，随后轻叹一声："麻绳专挑细处断，厄运专找苦命人。当年的事，真是造化弄人啊。其实，那件事也是我的心结。我很喜欢李真这个孩子。我带了他三年，这三年里，我是看着他一点点长大的……"

说到这里，中年男人的语气中流露出一股说不出的愧疚。他稍微平复了情绪，接着问道："李真是单亲家庭，你们知道吧？"

两人点了点头，表示清楚。

"他父亲在他七岁那年因为一场意外去世了，妈妈独自一人将他抚养长大。"中年男人叹道，"他们真的很不容易。李真是个爱笑的孩子，他妈妈也是，每次见到他们，他们总是在笑。有一次我出于好奇，随口问了李真一句'你在笑什么'，他的回答让我很意外。他说'我也不知道自己为什么笑，但妈妈告诉我，如果我对别人笑，别人也会对我笑。爸爸去世后，很多人欺负我和妈妈，我只希望他们能对我们好一点，就像老师您这样'。"

说到这里，中年男人的鼻子微微发酸。为了让李真能读书，他的母亲几乎什么脏活累活都做过。四十多岁的女人，看起来像是六十多岁。

他亲眼见过李真母亲那张被风霜侵袭的脸，还有那双布满老茧和伤痕的手。

"李真一直都是个好孩子，即便有同学拿他开玩笑，或恶作剧，他也从来不生气，只是笑笑就过去了。他非常爱他的妈妈，也相信妈妈对他说的话。虽然日子艰难，但他们母子一直怀抱希望，坚信未来的生活会越来越好。李真的母亲还对他承诺，等他大学毕业找到工作后，她就会退休，不再做那些辛苦的活儿。如果不是那件事，李真不会变成后来那样……"

提起那件事，中年男人的脸色开始变得难看。

宁秋水喝了一口茶，轻声问道："哪件事？"

中年男人闭上双眼，神色痛苦，仿佛不愿回忆："6月22日那天中午，李真的母亲……去世了。"

听到这个消息，两人神色一凛。

"去世了？"

中年男人点了点头，继续说道："医院打电话通知李真，当时我也在场，我们赶到医院时，他妈妈已经快不行了。临终前，她只对李真说了三个字……"

宁秋水低声问："哪三个字？"

中年男人缓缓答道："要笑着。"

话音一落，三人陷入了沉默。

许久后，宁秋水才又问道："冒昧问一句，李真的妈妈是怎么去世的？"

中年男人捧着茶杯，神情有些恍惚。

"车祸，因失血过多离世。"

"失血过多？"宁秋水重复道，眉头微皱。

"嗯，当时的医生告诉我们，李真的妈妈其实伤势并不严重，主要是因为失血过多才不幸离世。"

宁秋水嗅到了一丝不对劲。伤势不重，却因失血过多而亡？

"车祸之后，不是应该有人立即报警或者叫救护车吗？如果伤势不重，怎么会因为失血而导致死亡？"

中年男人紧紧攥着茶杯，手指微微泛白："那天很早，李真的妈妈是在扫街道时被车撞了，肇事司机逃逸。其间，虽有一些路人经过，但没人愿意停下来帮忙打电话。他们可能怕迟到，或者不愿意卷入麻烦，都选择绕开……医院接到电话时，已经过去了半个多小时。"

说到这里，中年男人的愤怒显而易见。只是停下来打个电话，哪怕耽误几分钟，可能就能拯救一条生命……这真的有那么难吗？

他没有想到，谁也没有想到。一场本可以避免的悲剧，就这样荒谬地发生了。

"后来，我出钱帮忙处理了李真妈妈的后事，本打算让他请假休息一段时间，回头我再帮他补补课，但李真拒绝了我——"

他正说着，宁秋水突然抬头，打断了他的话："抱歉打断您，我想确认一下，6月23日是李真的生日吗？"

中年男人停顿片刻，点了点头，说："那天的确是李真的生日，我还给他送了一个生日蛋糕，但因为准备得匆忙，没有附上贺卡……"

听到这里，宁秋水微微眯起了眼睛。他的脑海里开始勾勒出一些模糊的线索，继续问道："李真的室友……是不是经常欺负他？"

中年男人摇了摇头："这我不太清楚，李真是个很内向的孩子，很多事情他都埋在心里。我也曾经问过他，但他说宿管和同学们对他很好。但我想，他之所以做出这种事，宿舍里可能还是存在一些矛盾，要是我能早些发现就好了……"说完，他痛苦地揉了揉脸，神情落寞。

宁秋水明白，中年男人对李真的愧疚，源于他对这个孩子的深厚感情。他真心喜欢这个学员。看着原本即将拥有美好未来的李真，突然堕入深渊，中年男人感到深深的自责。他认为，是自己的疏忽导致了这一切。

因此，事发后，他辞去了班主任的职位，选择留在图书馆做管理员。

"我想，我知道笑男出现的原因了……"脑海中的无数细节开始拼凑，宁秋水呢喃着，只有他自己能听见。

被笑男盯上的原因，宁秋水并不清楚，可能性有很多。也许只要进入过那栋宿舍楼的人都会被盯上，或者是做了什么欺负同学的事情，甚至可能只要出现在常春堂就会触发条件。不过，被他盯上并不一定会出事。从中年男人的描述中，宁秋水似乎明白了笑男的执念来源。

"我还有最后一个问题……关于常春堂里笑男的传说，您知道些什么吗？"

提起笑男，中年男人的动作明显停顿了一下："你们是因为笑男的事来找我的吗？如果是这样，我恐怕要说声抱歉了，因为这件事情，我也无能为力。"

宁秋水开口道："我其实是想问，他有找过您吗？"

中年男人微微一愣，随后陷入了沉默。

"找过。"

"什么时候的事？"

"大概半年前吧。"

"他和您说了什么吗？"

中年男人摇了摇头。他抬手指向一个方向，二人顺着他的手势看去，那是图书馆二楼深处的几排书架。由于那里没有窗户，灯光也没打开，显得有些阴暗幽深。

"他当时出现在那里。我发现他后，他就离开了，什么话也没说。"

宁秋水若有所思地点了点头，随后与中年男人告别，离开了这里。

走的时候，中年男人站在门口，对他们说道："如果没什么事，就早点离开常春堂吧。"

宁秋水回头微微一笑，没有多说什么。

当他的目光不经意间扫向图书馆二楼的窗户时，整个人却愣住了。他看见玻璃窗后，竟然站着另一个人。那个人脸色苍白，正对着他们用力地笑着！

岳茹显然也看见了，两人迅速离开。

回去的路上，岳茹一直在发抖。她低着头，宁秋水看不清楚她的表情。但如果他此刻蹲下，就会发现岳茹的表情异常诡异。她像是在笑。一边因为恐惧打着寒战，一边却在偷偷发笑。这笑容里，还夹杂着一抹难以言喻的阴冷。

"秋水哥……"岳茹突然开口。

宁秋水没有看她，随口应了一声："怎么了？"

"我肚子有点不舒服，想回去上个厕所。"

"常春堂其他地方也有公共厕所……"

"我知道，可是我没带纸。"

宁秋水摸了摸口袋，也没带，便说道："好吧，要我陪你吗？"

"不用了，谢谢！反正也快到午饭时间了，你先去吃饭吧，我上完厕所再过来找你。"

岳茹礼貌地对宁秋水笑了笑，然后匆匆离开。

看着她的背影，宁秋水脸上的温柔表情逐渐消失，目光变得深沉，不知道在想什么。

他们在图书馆待了很久，眼看已经接近中午，宁秋水便去了食堂打饭。他在熟悉的位子坐下，不久后，一个熟悉的身影也走了过来。

"哎，大哥，今天怎么没看见那姑娘？"顾冬成好奇地问道。

之前宁秋水和岳茹总是一起过来吃饭，但今天他只看到宁秋水一个人。

"她回宿舍了，一会儿就来。"宁秋水解释道。

"哦。"顾冬成点了点头，低头开始吃饭。

没过多久，岳茹也来到食堂，打了饭后在宁秋水旁边坐下。她的手微微颤抖着。顾冬成似乎注意到了什么，突然从书包里拿出一小盒葡萄糖递给她："你是不是没吃早饭啊？我以前没吃早饭时也会头晕，手抖，喝点葡萄糖就好了。"

岳茹愣了一下，随后摆摆手说道："我不是没吃早饭，也不是头晕，只是刚才肚子不舒服，有点虚了。"

顾冬成恍然大悟。吃完饭后，顾冬成回去午睡了。岳茹看着宁秋水，问道："秋水哥，现在我们已经调查了很多，你找到出路了吗？"

宁秋水看了她一眼，反问道："我们的任务是什么？"

岳茹思索了一下，说道："在常春堂里度过五天。"

"那我们要如何才能度过五天呢？"宁秋水问。

岳茹下意识地回答："躲避笑男的袭击？"

宁秋水摇了摇头："不对。"

"不……不是吗？"岳茹一脸困惑。

宁秋水指向远处的校门："这五天我们无法离开常春堂，只能留在这里。笑男的力量玄妙无比，如果他决心对付某个人，除了诡器之外，几乎无法阻止他，更别提逃跑了。常春堂就这么大，你能跑到哪里去？"

岳茹咬着嘴唇，问道："那我们该怎么办？"

宁秋水平静地说道："想要在这里安全度过五天，唯一的办法是让笑男不对我们出手。这需要满足三个条件之一。

"首先，是弄清这扇诡门内所有的规则。但这不太现实，因为要验证这些规则必须有人淘汰。我们人数有限，再继续冒险，只会让局势更加危险。

"第二，是解开笑男的心结。虽然我还没搞清楚诡门背后这些存在到底是怎么回事，但生前的执念一旦化解，就不会再对我们构成威胁……至少前几扇门是这样的，所以我们才要调查真相。"

岳茹抬头看着宁秋水，轻声问道："那第三呢？"

宁秋水语气平静，却说出让岳茹头皮发麻的话："解决掉除自己以外的所有人。"

听到这第三个条件时，岳茹的表情明显一滞。

宁秋水似乎没有察觉，继续说道："我们进入诡门的人数超过了十人，所以当只剩下一人时，就会触发诡门的'十分之一'隐藏规则。这道规则会给诡门背后的诡物戴上重重的枷锁，在这种情况下，别说是被笑男袭击，他连出现吓唬你都不太可能。

"只有满足这三个条件中的一个，我们才能从诡门中离开。第一个和第三个条件难度都很高，只有第二个相对简单，我们现在已经查到了一些关于当年的真相，也大致摸清了李真的执念，但由于部分事情被隐藏，我们不清楚他当时与室友之间究竟发生了什么。因此，我对于出路只是有所猜测，并没有明确的答案。"

岳茹有些激动地问："什么猜测？"

宁秋水看了她一眼："今晚在空地上大家集会时，我一起说吧。"

岳茹点了点头，没有表现出任何不快。

根据前几天的经验，白天人很多，通常是安全的。即使笑男出现，也只是吓唬他们，不会真的动手。真正难熬的是这五天的夜晚。

好不容易熬到傍晚，他们吃完饭后立刻回到空地，静心等待。不久，其他人也陆续回来了，表情各异。

"你们有查到什么有用的线索吗？我可以用我查到的来交换。"

绑着双马尾的南芷有些紧张。昨晚她的室友已经淘汰了，现在只剩她一个人，一种强烈的不安感在心中蔓延。她看着周围的同伴逐渐减少，心理愈发焦虑。更何况，时间已经过了一大半，她却对于出路仍毫无头绪。她只想尽快找到出路，离开这扇诡门。

"你们有人去过图书馆吗？"宁秋水问。

陈如婉、她的男友和南芷举起了手，黄晖则依旧阴沉地盯着他们。

"有调查到什么吗？"宁秋水继续问。

陈如婉摇头："没有，图书馆里都是些没用的书籍，根本找不到有用的线索。"

"没和管理员聊过？"宁秋水追问。

陈如婉愣住："你说那个花白头发的老头？跟他聊什么？他一个图书馆管理员，能知道什么？"

宁秋水无语。他不明白这些人是真的迟钝，还是装糊涂，已经过了第三扇门了，怎么还会有这种想法？

不过，陈如婉的男友开口道："我单独跟管理员聊过，得知了当年大部分真相，但这似乎对寻找出路没什么帮助。"

南芷也说道："是的，我们现在得想怎么活下去。"

宁秋水沉默片刻："李真有一个执念，我不确定这是不是出路，但如果你们走投无路，可以试试。"

众人听后，眼睛都亮了起来。

"什么执念？"有人问。

宁秋水说："李真生前希望别人对他和他母亲好一些，他总是对别人笑，希望能换来同样的回应。那些遭遇不测的人，可能就是因为在他对他们笑的时候，没有回应。如果今晚你们被他盯上，可以试着对他笑一笑。"

陈如婉的男友附和道："这个方法可能有用。我之前在走廊上看到那些诡物笑得很用力，像是不情愿却硬要笑。这可能跟笑男的执念有关。"

听到可能的出路，众人之间的气氛缓和了不少。

"另外，还有一个问题。关于那张生日贺卡……"宁秋水缓缓开口，"李真生日那天，只有他的班主任送了他蛋糕，并没有附上贺卡，但笑男对那张贺卡有着极大的执念，我推测那张贺卡可能是他室友用来整蛊他的道具。各位，今晚睡觉前最好仔细检查一下宿舍，免得再被算计。别忘了，出卖队友……也是一种通关方法。"

宁秋水意味深长地扫了一眼众人，目光最后落在黄晖身上。黄晖见状，不满地咬牙道："你看什么？我说了，卡片不在我手里！"

陈如婉冷笑："你的话谁信？谁知道是不是贼喊捉贼？"

黄晖反讥："要不是我提到贺卡，你们能知道有这事吗？谁知道那张贺卡现在在哪儿？"

众人心里明白，找不到贺卡，他们今晚很难安心入睡。如果有人有心暗中动手，绝不会提前把贺卡放在房间的某个角落。毕竟，每天大家睡的房间都不固定。他完全可以等到深夜，再偷偷把贺卡放在目标房间的门口，或是折成纸团放在门框上。

现在距离入夜还有点时间，黄辉提议："不如直接进入大楼，把每个房间都搜一遍。"

岳茹轻咬嘴唇，举手表示赞同："偷走贺卡的人不太可能随意丢弃，我们一起搜，应该能找到。"

她话音刚落，众人的目光齐齐投向她。岳茹感受到这些视线，脸色微微僵硬，低声道："我……我说错什么了吗？"

大家都摇了摇头。

宁秋水目光闪烁，但掩饰得很好。从进入诡门至今，他还是第一次见岳茹这么主动地表达意见。

"简单搜一下吧，至少前三层。"

尽管这个方法不太聪明，但活下来的六个人都不愿意拿自己冒险。他们宁可多费些力气。

流汗总比流血要好。

众人立刻动身，趁着太阳落山前，对宿舍楼的前三层展开了全面搜查。他们找得很仔细，也非常迅速。毕竟这里的大部分宿舍都已经完全清空，想要找到一张贺卡其实并不难。

一个钟头后，已经搜索完前三层的众人依然没有找到贺卡。他们离开宿舍，再次回到了空地。此时，岳茹走在宁秋水的前面。借着外面昏暗的光线，宁秋水突然注意到岳茹的脖子上似乎有一个黑点。他走近了一些，尽管光线暗淡，仍能看清，那里确实有一个黑点。

看到这一幕，宁秋水不由得脊背一凉。他缓缓抬起头，所幸，头顶并无异常。他继续扫视天花板，没有任何奇怪的脸庞或脚印，天花板干净如常。

"怎么了，秋水哥？"岳茹察觉到身后跟着的脚步声忽然停下，便回过头来，看到宁秋水正盯着天花板出神。

宁秋水摇了摇头，平静地说道："你脖子后面有东西。"

听到这话，岳茹脸色骤变。她下意识地摸了摸脖子，发现手指间沾上了黑色的液体。她愣了一下，然后焦急地举起手掌，小声问道："秋水哥，这是什么？你帮我看看还有没有？"

"有。"宁秋水拿出湿巾，试图帮她擦掉黑点。然而他很快发现，那黑点无论怎么擦，始终留有一点痕迹，根本擦不掉。

"秋水哥，你又发现什么了？"岳茹本已慌乱，见宁秋水表情异常，心里更是涌起不祥的预感。

宁秋水没有说话，皱了皱眉，突然转身背对着她："你看看我的脖子上是不是也有？"

岳茹立刻凑过去查看，发现宁秋水的脖子干干净净的。

她用手轻轻摸了一下，突然惊恐道："有！有！秋水哥，你脖子上也有！"

宁秋水回头看了她一眼，微微眯起眼睛。他刚才已经清楚地感觉到，岳茹摸他的手指是湿润的。这个女人因为害怕，居然将液体也抹在了他的脖子上！

宁秋水抽出一张湿巾，递给岳茹，说道："帮我擦擦看。"

岳茹心虚地接过湿巾，擦了几下后，她的慌乱情绪反而有所缓解："擦不掉，秋水哥，这可怎么办？"

宁秋水眯起眼睛说："或许这也是笑男对我们出手的契机。只要白天沾上了这种擦不干净的液体，晚上他就会来找我们。"

听到这里，岳茹的脸色变得更加难看。她想起了之前那些淘汰的人，那些人和他们一样，似乎什么都没做，却莫名其妙地被笑男盯上了。原来，这扇诡门背后竟然还有这样的规则！

"我早就应该想到，第一天我们去一楼的房间搜东西时，走廊上就出现了大片脚印，当时就有液体滴下来，不过我躲开了。如果当时我没有避开，恐怕第一晚我就已经出事了！"

岳茹心里莫名感到一阵寒意，恐惧和无助逐渐蔓延。她明明什么都没做，为什么？

外面的天色暗得很快，伴随路灯亮起，云以肉眼可见的速度变得阴暗昏沉。

众人来到了外面的空地上，盘坐成一个圈，静静地等待着。虽然距离睡觉还有一段时间，但为了安全起见，大家决定暂时待在外面，至少大家在一起时，心里稍微能得到一些安慰。

宁秋水也没有隐瞒，将他和岳茹脖子上无法擦去的液体如实告诉了大家，并让他们自行检查。很快，他们确认自己身上并没有类似的痕迹。四个人不自觉地与宁秋水二人拉开了一些距离。

黄晖依旧不改本性，冷嘲热讽道："看来今晚又要有人倒霉了……"

反倒是之前言辞犀利的陈如婉，居然安慰起了他们："你们先不要慌，现在还不能确定这是笑男的手笔。就算是，你们今晚也未必会出事，毕竟，我们可能已经找到出路了，不是吗？如果他真来找你们，你们可以试试回应他笑容，成功了，你们能回去，我们也能回去。"

从陈如婉的语气中，可以听出她并不希望宁秋水和岳茹出事。至少，她不希望宁秋水出事。毕竟，宁秋水的存在，确实为大家提供了不少帮助。

"我们会小心的。"宁秋水回应道，"此外，你们也要留意那张贺卡。虽然我们没有找到它，但不代表它不在宿舍楼里。"

宁秋水的语气中带着些许深意。几人甚至有一种错觉，仿佛宁秋水知道那张贺卡在哪里。不过他们没有多问，毕竟如果宁秋水若真的知道，也不会轻易告诉他们。

很快，时间就到了晚上十点多。外面已经完全黑了，一个人影都没有。众人陆续进入了宿舍楼，准备休息。

岳茹跟在宁秋水的身后，不安地走上了二楼。在走廊里，她一边走一边用眼神打量着宁秋水的背影。她的眼神时而阴狠，时而恐惧，仿佛做出了某个重要的决定……

今夜，宁秋水又换了一个房间。

正所谓防人之心不可无，他的这种行为在岳茹看来非常正常，毕竟"狡兔三窟"。

令岳茹意外的是，尽管知道自己脖子后面有疑似笑男留下的、擦不掉的黑色液体，宁秋水今夜依然很快入睡。躺下没多久，房间里就回荡起他平稳的呼吸声，甚至伴随着轻微的鼾声。

如果是第一次认识宁秋水，岳茹大概会觉得他是在装睡。但经过前两天的相处，她发现这人的睡眠质量就是这么……离谱。只要一躺下，不久便会沉沉睡去。

她侧目看着宁秋水安静的面庞，忍不住在心里吐槽了一句："这人属猪的吗？这么能睡？"

她低头看了看手机，屏幕上显示的时间是十一点整。根据她之前两晚的观察和记录，笑男通常会在午夜之后出现。也就是说，如果她想做什么，还剩下一个小时的时间。

岳茹将手伸进了口袋，摸到了一张折叠得四四方方的硬纸片。触到纸片的瞬间，她的心跳不由得加速。她先是吞了吞口水，缓缓转头看向床上的宁秋水，轻声呼唤道："秋水哥，醒醒，秋水哥……"

她叫了好几声，但宁秋水依然毫无反应，丝毫没有要醒来的迹象。到了这个时候，岳茹慌乱的心稍微安定平复了些，眼神中隐隐流露出一丝阴沉。

"不能怪我，你们都不能怪我……我只是想回家，明明大家都没有做错什么，为什么被锁定的是我……"她像是在自言自语，声音越来越小，仿佛是在给自己打气，"秋姐说过，只要你们都被删档了，我就能回家！"

说到这里，岳茹的脸上浮现出笑容。她掀开被子，光着脚蹑手蹑脚地站了起来，确认宁秋水依然熟睡后，掏出那张折叠多次的硬纸片，悄悄地塞进了他的被褥里。

然后，她轻轻走向门口，将门无声无息地推开，探出头来在走廊上四处张望。确认无人后，她咬紧牙关，迈步走入了漆黑的走廊。

来到三扇门之后的一个房间前，岳茹停下了脚步，谨慎地朝门上的玻璃窗内瞥了一眼，确认里面有人。接着，她抬手摸了摸自己后颈上的黑点。无论她怎么擦拭，这液体始终无法完全抹去。即便之前用湿纸巾清理过，不久后它又重新浮现。

岳茹的计划很简单，她要用身后的液体，一点点将这扇门涂满。看着眼前的门逐渐显现出黑色，岳茹露出了一抹满足的笑容。

做完这些，她轻手轻脚地走进了另一个房间，躺在床上，沉浸在自己完成"杰作"的喜悦中，完全没有注意到，黑暗的走廊尽头有一双眼睛正注视着她。如果她稍微细心一点，一定会发现那人正是已经睡下的宁秋水。

待岳茹关上房门后，宁秋水才慢慢走到她的门前。他将岳茹塞进他被褥里的贺卡取了出来，揉成小团，悄悄放进了她门框的凹槽中。随后，他回到自己的房间，静静等待着今夜的审判……

时间一分一秒地流逝，躺在床上的岳茹心中莫名紧张。她做这些事，并非一时冲动，而是早已在脑海中反复推演了无数遍。

宿舍里有位老人曾告诉她，在一些多日生存的诡门中，每天淘汰的人数通常有限，一般来说，最多不超过三人。虽然这个规则并非绝对，但大多数情况下都得到了验证，这都是大家在无数次生死经历中总结出的经验。

岳茹的目标很明确，她要帮助笑男淘汰掉除她之外的三个人！只有这样，她才有很大概率活下来。

第一个目标，当然是宁秋水。

他们两个人都被一种神秘、无法洗净的黑点标记了。在这种情况下，笑男对他们的仇恨度应该是相同的。然而，宁秋水手中却多出一张生日贺卡。因此，笑男肯定会优先去找宁秋水。

其次，如果笑男是通过他们脖子后的印记来锁定目标，那么岳茹已经在黄晖和南芷的门上留下了相同的痕迹，这样一来，他们的宿舍无疑比她的更显眼。

如果她的计划没出差错，今晚淘汰的三个人应该就是宁秋水、黄晖和南芷。至于那对情侣该怎么办，那是以后的事。至少今晚，她是安全的。

"你们不要怪我，要怪就怪你们运气不好。我也不想对你们下手的，但是我真的不想被删档……"岳茹不断喃喃自语，仿佛这样做让她感到一丝不安。但如果再让她选择一次，她还是会这么做。

"祝你生日快乐……祝你……生日快乐……祝你……生日……快……乐……"

走廊里，一阵歌声如期而至。

听到这歌声，岳茹不仅没有感到恐惧，反而嘴角扬起了一抹灿烂的微笑。

"秋水哥，你说得对。死道友，不死贫道！"

歌声从走廊尽头传来，慢慢向这边靠近，其间夹杂着一个男孩清脆的笑声。

"嘻嘻嘻……"

声音越来越近，最终竟然停在了岳茹的门口。

房间里，岳茹听着门外不断回荡的歌声和笑声，脸上的笑容逐渐僵硬。

岳茹发现门外的歌声和笑声久久徘徊不去，脸上满是惊恐与不解。

为什么会是自己？按照她的计划，今晚无论如何都不应该轮到她。明明他们同样被黑点锁定，那张生日贺卡此刻应该在宁秋水的被褥里。笑男要找的人，应该是宁秋水才对。

她反复思索，却无法想到，那张应该在宁秋水被褥里的贺卡，此时此刻已经被悄然放在了她的门框上。

"祝你……生日……快乐……祝你……生日快乐……"

门外的歌声越来越刺耳，岳茹浑身颤抖，双手捂住耳朵，蜷缩在被子里，瑟瑟发抖。

"不……不可能！它们不可能是来找我的，应该先去找宁秋水才对！"

岳茹的脸色苍白如纸，但事情并没有因此停止。门口传来一声奇怪的锁响，随之而来的是床边沉重的脚步声。她能够清晰地感觉到，有几个"人"站在床边……

它们机械地拍打着手，仿佛在进行某种欢迎仪式。

岳茹紧紧抓住被角，嘴里不断重复着自我安慰的话语。

拍手声逐渐消失，岳茹静静等了很久，门外再没有传来奇怪的声音。不安的内心稍稍平复了一些，但她不敢掀开被子。然而，藏在被子里的岳茹很快意识到不对劲——被子里竟然没有一丝温暖，反而弥漫着刺骨的寒意。

"嘻嘻……"突然，一阵男孩的轻笑声从她的被子里传出。

岳茹瞬间感觉大脑一片空白，

男孩的笑声越来越近，仿佛在黑暗中慢慢逼近她！

终于，岳茹忍不住了。她尖叫一声，用尽全身力气掀开了被子："啊！"

借着窗外洒进的月光，岳茹惊恐地看见，床上竟多出了五道影子，虽然感受不到它们的重量，却能够感受到它们身上散发出的阵阵寒意。这些影子带着笑容，直勾勾地盯着她。

床边，一个人影静静地站立，无声地笑着，手中握着一把发着寒光的利器。这一幕让岳茹心中升起一股莫大的恐惧，几乎让她灵魂出窍。

"不是我……不是我！"她慌乱地喊，"你们找错人了，你们要找的人在217！还有221！不是我……"

话音未落，岳茹眼前一阵恍惚，当她再次回过神来时，发现自己站在宿舍中央，周围围着五个影子，空气似乎都被凝固了。

她眼睁睁地看着自己变透明，直至逐渐消失，内心的恐惧不断扩大。

突然，她想起了宁秋水之前的提醒，急忙大笑起来，模仿它们的笑声，用尽全身力气笑着："哈哈哈……哈哈……"

然而，这笑声并没有起到任何作用，那五个身影继续靠近，完全没有停下的意思。她的感知渐渐模糊，唯一能感觉到的是自己正在一点点变轻、逐渐消散……

在这一刻，岳茹终于明白，宁秋水的猜测是错的，这根本不是一条出路。回应这些人的笑容根本无济于事！

她崩溃了，直到完全失去意识。

随后，那些模糊的身影走向了另一扇门。那扇门被岳茹涂上了液体。门内，住着南芷和黄晖。没过多久，走廊里又一次响起了那低沉的歌声："祝你生日快乐……祝你生日快乐……嘻嘻……"

翌日清晨，宁秋水醒来，看见身旁的床已空无一人，他揉了揉太阳穴，慢慢起身。

走进卫生间时，他摸了下自己的脖子，表情凝重。昨晚岳茹涂抹在他颈部的黑点仍未消失。这意味着，今晚笑男很可能会来找自己。

虽然身边还留着一本从第二扇诡门内带出来的古书作为防身之物，但宁秋水并不愿轻易动用它，除非到了万不得已的地步。

"难道他们已经被删档了？这么说的话，我昨天晚上的推论就是错误的……"

宁秋水推开房门，径直走向岳茹住的房间，发现她并不在房间。

看来她已经离开了副本。于是他顺手拿走了那张贺卡。

昨晚在空地上，宁秋水故意当着众人的面，讲出了自己对出路的推测。他需要人去帮他验证。当时他非常确定，贺卡在岳茹身上，所以她晚上一定会有所行动。目标要么是他，要么是其他人。

如果岳茹的目标是他，一定会趁他睡着后换一个房间，到时候宁秋水只需将那张贺卡扔到她房门口即可。若她的目标是其他人，对宁秋水来说也无所谓，毕竟所有人都听到了他在空地上的那番话。他并没有欺骗他们，回应笑男的笑容确实可能是出路，但仅仅是可能。

宁秋水神色平静，他已经给过她机会了，可她没有丝毫悔意，甚至想拉其他人下水以求自保。对于这样的人，宁秋水从不心慈手软。

回想起之前在一楼寻找贺卡时，岳茹并没有跟随他，当时宁秋水没多想，可当他出来时，看到岳茹脸上的汗渍和急促的气息，他立刻意识到，岳茹并非被吓到，而是刚经历过剧烈运动。结合笑男出现时的反应，宁秋水猜测，在他寻找贺卡时，岳茹脱了鞋，跑到二楼，进入大块头住过的房间，拿走了那张贺卡。笑男之所以没有第一时间盯上他，是因为楼道里还有另一个人——一个拿着贺卡的女人。

宁秋水没有当场揭穿她，毕竟某种程度上，他也是靠着对方才能进入这扇诡门进行历练。然而昨晚，局势已经到了他不得不出手的地步。

现在，不仅是岳茹，另外一个人也在房间里遇袭了。至于这个人是黄晖还是南芷，他还不确定

离开宿舍楼，宁秋水再次来到空地。此时这里除了他之外，只有三个人，分别是陈如婉和她的男朋友，还有南芷。见到南芷的那一刻，宁秋水明白，昨晚遇袭的是黄晖，这有些出乎他的预料。

"就剩咱们四个了。"南芷的声音中带着颤抖。

宁秋水点了点头："对。"

"岳茹昨晚淘汰了。"陈如婉若有所思地打量着宁秋水，疑惑道，"昨天你们住在同一个房间，为什么她出局了，而你没事？"

宁秋水从怀中掏出那张已经被揉皱的贺卡，丢到他们面前："因为昨晚她带着这个东西。"

看到这张贺卡，众人的神色立刻变了，看向宁秋水的目光中带着怀疑和警惕。

"不必用这种眼神看我，如果我想害你们，等你们看到这张贺卡时，已经是今晚了……有打火机吗？把它烧掉吧。"

宁秋水简单向众人描述了昨晚岳茹的行为，南芷浑身一颤，即便她一向脾气温和，此时也忍不住瞪大眼睛，愤怒地说："太过分了！大家无冤无仇，她居然想

害我们！我就说今早起来时，门上为什么有黑色液体，还以为是昨晚笑男留下的，没想到竟然是她搞的鬼！活该她被删档！"

陈如婉的男朋友拿起那张贺卡，想用打火机将其烧毁。然而，他们很快发现，贺卡根本点不着。

"怎么回事？贺卡居然烧不掉！"

看到这诡异的一幕，众人心里升起一股难以言喻的寒意。如果贺卡无法销毁，他们之间的信任也将岌岌可危。

"交给保安吧，让他帮我们把这东西扔到常春堂外面去。"关键时候，宁秋水想到了常春堂的保安。

众人目送着保安将贺卡扔到校外，总算松了一口气。他们不能离开常春堂，而外面的垃圾桶很快就会被清洁工清理，随着贺卡的消失，众人之间脆弱的信任也变得牢固了些许。

"接下来就要讨论出路的问题了……"

回到空地上，四个人围坐在一起，开始商议这次诡门的出路。

"今晚是最后一夜，熬过今晚，明天我们就能离开。所以，今晚将会是最凶险的一夜！昨晚岳茹和黄晖的遭遇，间接证明了我之前的推测是错的。回应笑男的笑容没有任何效果，他仍然会攻击我们！"

随着宁秋水的话音落下，其他三人的脸色变得更加难看，平时牙尖嘴利的陈如婉，此时也显得格外沉默，一言不发。

南芷抓着自己额前的刘海，满脸苦恼："不应该啊，我们已经探寻到了真相，按理说，笑男的执念应该就是这个才对。如果不是回应他的笑容，那我们到底该怎么做呢？还是说，图书馆的管理员是在骗我们？"

今天图书馆不开门，他们无法再次去找管理员核实。然而，凭借宁秋水多年来识人的眼光，他觉得那个男人没有说谎。宁秋水仔细回忆了中年男人给他们讲的那些话和诡门的提示，忽然间，他似乎捕捉到了什么……

"错了。"他说道。

几人面面相觑："什么错了？"

宁秋水叹了口气："我之前的推测错了。这扇诡门的难度并不高，是我们这些笨蛋把它的难度硬生生提高了。我们忽视了诡门提供的重要提示，反而在瞎猜……"

经过他的提醒，众人立刻想起了诡门给出的线索"笑男"。

陈如婉的男朋友恍然大悟，喃喃道："笑男，笑男，他的执念肯定是笑啊！要逃过他的追击，只需要让他不笑就行了！"

诡门的提示已经非常明确，只有"笑男"两个字，每个字都至关重要，可他们一直忽略了这个提示，才让这扇诡门的难度大幅增加！

面对自己的男朋友，陈如婉依旧是言语犀利："你说得倒轻巧，让他不笑就行了，可哪儿那么容易？笑男之所以一直笑，是因为他母亲的临终遗言。你觉得他会听我们的，还是听他母亲的？"

众人陷入了沉默。

陈如婉的话虽然尖锐，但也有道理。一边是自己深爱的母亲，另一边则是一群陌生人，笑男会听谁的，答案显而易见。他们找到了出路，却无力做到。就像一群被困在浅滩上的人。

片刻沉默后，宁秋水忽然开口："我们说的话他可能不听，但有一个人说的话……他也许会听。"

三人先是怔住，随后意识到宁秋水所指的那个人是谁。

"你是说图书馆的管理员？"

"对，他以前是笑男的班主任，带了他三年，对他也很好，帮助过他和妈妈很多次。如果管理员愿意帮忙劝说，笑男或许会听。"

南芷皱眉："可今天图书馆也没开，我们怎么去找他？"

宁秋水答道："我们不能离开常春堂，但他可以来。打电话给他，说明情况，他应该不会拒绝。"

由于这位老师曾在常春堂任教，他的联系方式并不难找到，保安室就有。

通过电话沟通后，宁秋水详细说明了情况。电话那端的中年男人沉默片刻，随后让他们在常春堂等他。

半个小时后，他来到常春堂，简单扫视了一眼保安室里的四人，皱眉说道："跟我去图书馆坐坐吧。"

他们跟随中年男人来到图书馆，男人用钥匙打开大门，带他们上了二楼，并泡了几杯热茶。

"你们当时进来几个人？"中年男人问。

"十一个。"

"所以短短四天……不，应该是三个晚上，就少了七个人？"

四人点头应道："对。"

中年男人神色微变，视线落在宁秋水身上，招手示意他过去："让我看看你脖子后面的黑点。"

宁秋水没有隐瞒，此刻他们最重要的事情就是尽快在天黑之前找到让笑男停止笑的方法。

213

中年男人试图用湿巾擦拭宁秋水脖子上的印记，令人惊讶的是，一直擦不掉的黑点在他手中却轻易被抹去了。

看着湿巾上逐渐淡去的黑点，中年男人长叹一声，目光有些迷离："我就知道他还是放不下。自从在馆里的书架后见到他后，我就再也没见过李真。我原以为他已经释怀，离开了。没想到，他仍徘徊在常春堂里。这一年来，我一直在想，如果当时把他接回家，会不会就不会发生这一切……"

宁秋水也吐露实情："昨天中午我们离开时，还在二楼见过他。只是不知道为何，他没有来找您。如果他真如您所说，是个好孩子，我想他可能是心怀愧疚，所以不敢见您。"

听到这里，中年男人愣住了，随后苦笑道："愧疚？李真有什么好愧疚的，是我对不起他，他从未对不起我。"

宁秋水摇头："那是您这样认为，或许在李真心中，他为辜负您三年来的辛苦栽培感到愧疚。他伤害无辜，但这也许并非他的本意，如果您能帮他化解执念，对他而言，或许是一种解脱。"

中年男人沉思了一会儿，几人已经向他讲明了大部分情况。

"没想到，李真母亲临终前的嘱托，竟变成了束缚他的执念。好吧，告诉我，我该如何见到他？"

几人面面相觑，宁秋水说道："您今晚留下来，听我们安排。对了，冒昧问一句，您贵姓？"

中年男人答道："免贵姓杨，杨树的杨。"

终于入夜了。

众人一直等在废弃的宿舍楼外的空地上，直到晚上十一点五十五分，眼看时间差不多，他们便走进了同一间宿舍。今夜是他们在这所常春堂的最后一个夜晚。如果处理不好，只怕今晚将损失惨重。

四个人聚在同一间宿舍，数着时间。宁秋水手中握有一件保命的诡器，倒显得不是特别紧张。

他扫了一眼陈如婉和她的男朋友，两人看起来也并不慌张。宁秋水猜测，他们身上应该也有诡器，否则当初不会毅然决定避开其他人，独自上三楼睡觉。

四人中最紧张的无疑是南芷。她身上没有任何防身的东西，唯一的一件诡器昨晚已经用掉了。要不是如此，昨天淘汰的可不止两个人。

时间很快来到午夜。南芷紧盯着手机上显示的零点，指关节因过度用力而泛白，脸色惨淡，嘴唇也毫无血色。

214

"时间到了……"陈如婉的男朋友深吸一口气，强打起精神。

宁秋水掏出手机，编辑了一条只有一个数字"1"的短信。与此同时，走廊尽头传来了熟悉的歌声："祝你生日快乐……祝你……"

笑男的笑声夹杂其中："嘻嘻嘻……"

这些声音迅速逼近，最终停在了宁秋水四人所在的门外。四人立刻感受到一股寒气从门缝中渗入，身体不由得打了个冷战。

透过门上的玻璃框，他们看到一张脸颊突然贴近。

这一幕吓得南芷失声尖叫，慌忙中后退，撞上了桌子。如果不是此刻房间里还有其他三个人，她不敢想象独自面对这样的场面该如何应对。

看着门外那张笑脸，宁秋水毫不犹豫地将信息发送给了他的班主任。紧接着，他大步上前，竟然主动打开了宿舍的大门！

这一举动不但惊住了房间里的人，连外面的李真也愣了一下。

"李真，今晚有人想见你。"

当听到自己的名字时，李真身上的阴冷气息不减反增。然而，就在这时，一只温暖的手握住了他的手腕。感受到那手的温度，李真的身体瞬间僵住了。

"李真，这么久了，为什么一直躲着老师？"

李真缓缓扭过头，与身后的杨老师对视片刻，手中的尖刀无声地落在了地上。

李真的脸上那用尽全力堆出的笑容，变得有些惨淡。他原本模糊的身影渐渐恢复，只是皮肤依旧苍白。他穿着校服，静静地笑看着自己的班主任。

他看到那个与自己并无血缘关系，却照顾了自己三年的男人，头发已经白了不少。

"李真，你知道我为什么这么喜欢你吗？因为你真的很像我的儿子。他也聪明坚韧，虽受尽苦难，但始终对生活怀有希望。"杨老师平静地述说着，"我第一次见到你时，你就像是上天赐给我的礼物，可惜，当年我没能留住他，后来也没能留住你。甚至，我连跟你道别的机会都没有。"

说到这里，杨老师露出一丝苦笑，继续说道："那天在医院，你的妈妈告诉你要笑着……她是希望你在没有她的日子里，依旧能积极面对生活。可这世上，哪有人真的无坚不摧？我曾经经历过亲人离世的痛苦，我知道，任何的苦难都有可能击垮一个人。所以，我不怪你辜负我这三年对你的付出，只希望你能原谅我……没能照顾好你。"

他说完，紧紧抱住了眼前穿着校服的李真，低声说道："如果觉得累了，就别笑了，休息一下吧。你已经坚持很久了，不是吗？"

李真的笑容一点点消失，最后他也抱住了杨老师，沙哑地说道："对不起，老师。"

旁边那五个模糊的红色身影逐渐消散……

与此同时，城市某个不起眼的垃圾场里，一张满是褶皱的生日贺卡在悄然燃烧，没有引人注意，也没有发出耀眼的火焰，只是静静地化为一堆黑色的灰烬。

贺卡燃尽后，常春堂废弃宿舍楼的走廊里，在这场副本中，NPC 李真和那五名室友也一同消失不见了，只剩下一名坐在地上的中年男人，终于与自己的心结和解。

而他身边，是四个劫后余生的幸运儿。

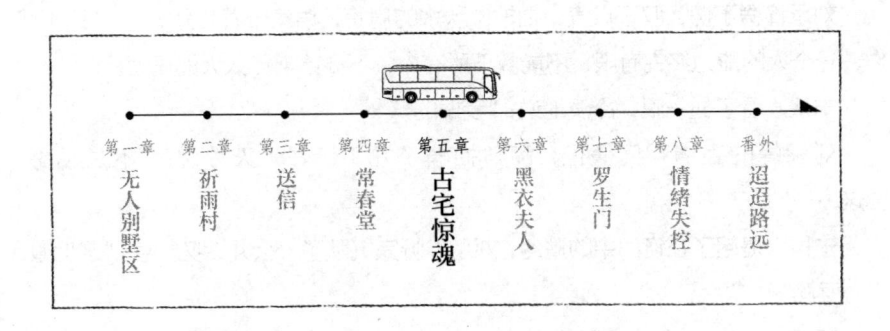

```
第一章  第二章  第三章  第四章  第五章   第六章   第七章  第八章  番外
无人别墅区  祈雨村  送信  常春堂  古宅惊魂  黑衣夫人  罗生门  情绪失控  迢迢路远
```

到了第五日下午，常春堂外忽然升起一大片迷雾。见到这浓厚的雾气，众人明白，他们回家的时候到了。

他们穿行在常春堂里，已经看不到任何人。幸存的四人都清楚，他们与这个诡门世界的 NPC 已经彻底隔绝。熟悉的破旧大巴早已在校门外等待多时。

上车后，众人因为疲惫，纷纷昏昏睡过去。连续五天的紧张压力，严重消耗了他们的精神和意志。

宁秋水醒来时，大巴已经停在诡舍门外，不知等了多久。他下了车看了看手表，已是午夜。推门而入，大厅的火盆发出微弱而温暖的光，刘承峰独自坐在那里烤着玉米。

"小哥，回来了！"刘承峰见到宁秋水，露出开心的笑容，递给他一根烤好的玉米。虽然表面有些焦黑，但香气扑鼻。

"怎么就你一个？"宁秋水问道。

"今天周末，田勋回去陪他妹妹了。我本来下午也睡着了，结果晚上小观出了点事，师兄师弟们拿不定主意，我回去处理了一下，没吃晚饭，回来饿了，就烤了几个苞谷吃。"

宁秋水咬了几口玉米，赞道："烤得不错。"

玉米外皮脆香，内里软糯，一股甜味在口中回荡。

"小时候观里条件不好，吃不起大米，十顿有八顿都吃苞谷红薯，我跟师父从小烤到大，这技术当然熟练。"刘承峰憨笑。

宁秋水能感受到刘承峰对过去的那段日子的怀念。

刘承峰问他："对了，你这次保护的那个小姑娘怎么样了？"

宁秋水语气平静："淘汰了。"

刘承峰愣了愣，叹了口气，拍拍宁秋水的肩膀，语气带着几分安慰："这不怪你，一个人的能力终究有限，不能救下所有人，不要给自己太大的压力。"

宁秋水看了他一眼，冷淡地说："我做的。"

刘承峰的表情瞬间僵住，嘴角抽搐了几下，好半天才说："不是小哥，你这……"

宁秋水提起了在诡门中的遭遇，刘承峰听完沉默了一会儿，叹息道："这世道，人心叵测呀！"

"我吃完了，先去休息了。"宁秋水起身告别，走回房间，打开手机，看到鼹鼠发来了一堆消息。

消息大致内容是，之前他帮助白潇潇解决的目标，背后的组织竟与之前派人对付他的那个"半山腰"有关系！这让宁秋水心中一惊。如果属实，诡舍前辈邝叔的淘汰，可能与半山腰脱不了干系。

他陷入了思索。这些人里，显然也有人进入了迷雾世界。只是目前还不知道，他们的作案动机是什么。白潇潇曾提到，每个人的诡器都具有高度的私人性，因此不可能为图谋诡器而行动，这背后必然会有更大的隐秘。

邝叔身怀绝技，能成功对付他的人必定是有周密的计划和足够的实力。如果没有足够的利益，谁会冒险？显然，邝叔牵扯着一个不为人知的秘密，而白潇潇和田勋并没有向宁秋水透露全部真相，甚至可能他们自己也不完全知情。

宁秋水突然想起了那三封匿名信，难道这两件事之间有某种联系？

他躺在床上，盯着手机上的信息，沉默许久，最终回复了鼹鼠："帮我查查这个组织，我想见见他们的首脑。"

发送完消息，他便睡去了。

第二天，宁秋水吃完午饭，与刘承峰道别，搭车返回到住处。他进入房间，拿出之前帮白潇潇处理的那个目标的手机，用塑料纸袋装好。大约十分钟后，一个矮胖的年轻人敲门而入，宁秋水将手机递给他，随后对方匆匆去。

再次关上房门后，宁秋水打开了睢鸠的电脑，出乎意料地发现聊天框里红豆竟然回复了他。

"信件的事情有进展吗？"

宁秋水心跳加速，手指轻敲键盘，很快回复："没有查到，另一个人也是一样，也许你能提供一些信纸上的线索给我，可能会有所帮助。"

红豆沉默了很长时间，就在宁秋水以为不会收到回应时，屏幕上却弹出了一张图。

　　那张图有些奇怪。

　　四周一片漆黑。中间是一条狭窄的小道，仅脚掌宽。小道两旁黑暗幽深，而尽头是一扇诡门。与诡舍三楼的那扇诡门不同，这扇门是完全被涂红的。

　　一个男人背对着画面站在门前，左手捂着胸口，右手似乎正要敲门。

　　由于距离太远，画面中的门和人都显得模糊不清。

　　"这是那封信上的贴画，查到后记得联系我。"

　　发完这条消息，红豆便下线了。

　　宁秋水坐在电脑桌前，盯着那幅画沉思了许久。他将画截图发给了鼹鼠，让他帮忙查找有没有类似的解析。

　　时间飞逝，转眼间已是下午。鼹鼠发来了一个新文件，内容详尽。仔细阅读后，宁秋水才明白，半山腰是一个完全隐藏的地下组织，现在的领袖叫云杜。今晚，云杜将在石榴城南部的大会堂参加一场重要会议。

　　云杜随行带着三十个保镖，除了明面上跟随的四人外，还有二十六个混杂在人群中，伪装成普通人。这些人需要宁秋水自己识别。

　　鼹鼠还发来了大会堂周边的地图和建筑布局，宁秋水仔细记下后，开始制定计划。他必须想办法在不惊动云杜的情况下，应对这些保镖。虽然应付三十人对他来说并不难，但关键在于要迅速且隐秘。

　　这次任务对宁秋水的能力是一大考验。他已经很久没有从事如此高强度的工作了，毕竟他已不再是那个十几岁的少年，反应力也大不如前。十八岁时，他曾凭借敏锐的感知和判断，成功躲避了近距离的攻击。如今，他虽经验丰富，体力增强，但反应速度已稍逊。

　　不过，经过多年磨炼，他的眼力与心智更加成熟。确认好时间与地点后，宁秋水随身带上几件武器和些许现金，前往石榴城南部进行实地考察。

　　石榴城南部治安较差，犯罪频发，警力有限，常常对一些小事睁一只眼闭一只眼，除非涉及重大财务损失或人身安全，他们才会出手干预。

　　宁秋水在大会堂外的街道上闲逛，边走边观察，寻找隐蔽的观测点。踩点结束后，他来到一家咖啡馆，听着舒缓的音乐，静静等待夜幕降临。咖啡馆二楼的一个包间刚好可以俯瞰大会堂门口，隐蔽性极高，不易被察觉。

　　晚上九点左右，一辆豪华的加长黑色轿车缓缓驶到大会堂前。看到车牌的瞬间，宁秋水眼中闪过一丝锐利的光芒。

他知道，自己等待的目标到了。

一个头发半白、身穿西装的瘦弱中年男人从车后门下来。随后，四名高大魁梧的黑衣人也一同下车，护送他走入大会堂。

目送他们离去后，宁秋水戴上鸭舌帽，扫码付钱，离开了咖啡馆。他拿出手机，打开通讯录，翻到最下面，给洗衣机发了一个信息。

"石榴城南，三十一。"

前者是地点，后者则是今夜将消失的人数。

宁秋水沿着大会堂周围转了一圈，按计划确定周边情况。这期间，他买了路边摊的小吃，喝水，丢垃圾，偶尔扫视路人和小贩。确认完所有目标后。他开始了行动。

他来到一个旧小区，目光锁定了几名在周围晃荡的年轻人。他们大多是小混混，宁秋水挑了几个看上去身体素质不错的，给每人转了一千块钱。小混混们见到这笔钱，眼睛都亮了，心里乐开了花。

"看见那边的水果摊了吗？"宁秋水指向远处的摊位，四人点头示意。于是，宁秋水继续说道："去抢点东西，挑些好拿的，拿完就跑，不要回头，钱就是你们的了。"

小混混一听，觉得简直是天上掉馅饼。即使没这钱，他们平时也时常做些类似的事，对他们来说根本不算什么。

"就这么简单？"其中一人不禁问道。

"就这么简单。"宁秋水点头："不过，我有个要求。你们一个个去，不能同时行动。要是摊主追你们，你们就跑向那条街。"

他说完，指了指一条街道。小混混们心领神会，按照指示行动。

那名水果摊贩并非真正的小贩，而是伪装的保镖。他在那辆加长黑色轿车抵达大会堂后才现身。先处理掉他，是因为他占据了关键位置，稍稍移动就能监控两侧的保镖。不先除掉他，后续的行动很容易暴露。

解决掉这个"天目"可以为宁秋水争取些时间，但不多，因此，他必须趁这段时间迅速完成剩下的计划。

当宁秋水解决完外面的二十六名保镖，时间已经过去了将近两个小时。

坐在黑色加长轿车里的司机正低头玩着手机，忽然听到车窗上传来一声轻响。他抬眼看去，却什么也没看到。可当他刚刚低头，窗户就又传来了一声清脆的撞击声。

司机皱了皱眉，这次他贴近玻璃，发现玻璃上有一道浅浅的划痕，似乎是小石子碰撞造成的。司机知道这辆车价值不菲，顿时心生愤怒，迅速摇下车窗，想要看看是谁这么不长眼，对这辆车扔石子。

可是，当车窗刚摇下来，司机立刻感到情况不妙。按理说，如果真有小混混或者调皮的孩子在车旁闹事，外面的二十六名保镖早该有所行动了。

他刚意识到这一点，危险却已逼近。

宁秋水手持武器，将头探进车内，露出微笑，说道："下车。"

司机双手高举，不敢反抗，慢慢地从车上走了下来。

"你认识我吗？"宁秋水问道。

司机摇了摇头。

夜色昏暗，两人距离又近，再加上轿车车体的遮挡，外人根本看不清他们的情况。

"我叫棺材，在这一行算是有点名气，你们之前在找我，对吧？"

听到"棺材"这两个字，司机的身体明显抖了一下。他根本想不通，为什么这尊佛会突然出现，而且还能在二十六名保镖的严密防护下，悄然来到自己身边。

"不用看了。"宁秋水语气平静，"不过，今晚我的目标只有三十一人。如果你配合的话……这个数字不会再增加，懂了吗？"

司机浑身一颤，随即急忙点头："懂……懂了！"

宁秋水似乎看穿了他的心思，微微一笑，耐心解释道："你们选错了地方，这里的掩体太多，给你们制造了大量的视觉盲区和干扰。待会儿云杜出来之前肯定会给你打电话，你要正常沟通，不要露出破绽。"

司机咬了咬嘴唇，声音带着一丝颤抖："可是，如果他发现我说谎，事后一定会找我算账！"

"没关系，他会比你先走一步。"宁秋水冷静地说道。

司机看着宁秋水手中的钉枪，无奈地点了点头。二人等了约半个小时，司机的手机响了。

宁秋水拍了拍他的肩膀，简单安抚道："说话自然点，别让他察觉，否则今晚你不会有好下场。"

司机握紧手机，手不由自主地发抖。他和云杜共事多年，对"棺材"这两个字再熟悉不过。在业内，这个名字就像一张通往地狱的单程票，听到的人无不心生畏惧。接通了电话后，他深吸一口气："老板，一切正常。接下来我们去哪儿？"

电话那头传来一个镇定自若的声音："上车再说，这里人多耳杂。"

挂断电话后，二人坐进车内。这辆车的玻璃是单向的，外面看不见里面的情况。远处，云杜和四名保镖正在走来，宁秋水平静地坐在后排，轻轻敲打着座椅。车门拉开，云杜意识到不对，想要逃跑，但被抓住了手，车门"啪"的一声关上，司机立刻上锁。外面的保镖试图破门而入，但车窗防护严密，他们无计可施。

宁秋水笑道："你的防护措施做得不错。"

云杜恢复镇定，问道："你是谁？想要什么？直接说。"

宁秋水点头："就等你这句话，云老板。开车，南行，去郊区。"

就在此时，云杜伸手想按车内的按钮，但下一刻他便痛呼一声，宁秋水随即折断了他的腕关节，司机惊恐不已，急忙踩下油门狂奔。

"别叫了，男人连这点痛都忍不了？"宁秋水淡淡说道，但云杜依旧因疼痛呻吟。宁秋水掏出一把折叠刀，笑道："再叫，我不客气了啊。"

云杜吓得立刻闭嘴，紧咬牙关。

司机紧张地问："棺材，我们去哪儿？"

听到这个名字，云杜开始意识到不妙："你抓我，迟早会有人来救我。你现在做这些，有没有考虑过后果？"

宁秋水淡然回应："他们找不到你的。过了南郊的桃花林，你身上的所有定位设备都会失效。我只需要处理后面三个跟过来的保镖。"

云杜冷笑道："我的保镖可不止三个。"

宁秋水一直盯着后视镜，查看后面两辆车子，漫不经心地说道："现在只剩下他们三个了。而且他们很快也会遇到麻烦。"

车子继续行驶，宁秋水看了看时间，让司机往右转。

云杜面色微变，但仍保持自信："不可能……"

话音未落，两辆泥头车擦肩而过，后方传来剧烈的撞击声和爆炸声，彻底粉碎了云杜最后的一丝侥幸。

穿过桃花林，三人驶入了丛林公路。车停后，宁秋水将云杜拖出车外。

"好了，云老板，现在我们可以好好聊聊了。"宁秋水坐在他旁边，问道，"为什么要派人潜入我家？"

云杜沉默片刻，突然爆发出一声惨叫。

"相信我，云老板，你不会是我见过的骨头最硬的人。"宁秋水冷静地说道。

云杜满脸大汗，勉强笑道："难道我说了，你就会放过我吗？"

宁秋水语重心长地回答："如果你能告诉我幕后主谋，我会考虑放你一马。"

云杜考虑片刻，最终选择妥协："我们也不想对你动手，是因为你接了不该接的单子，有人对你起了杀心……"

"是山鬼的单子？"

"对。她要对付的人，不只是属于半山腰这个组织，还和另一个迷雾世界的组织'罗生门'有关。"

听到了迷雾世界，宁秋水眯着眼睛："你也知道迷雾世界？"

云杜喘息着："这不是什么秘密，看样子你也是被选中的人……如果你没被选中，那我告诉你的这些很快你就会全部忘记。"

宁秋水若有所思，但很快又问出了另一个问题："你认识邱吗？"

听到了这个字，云杜的瞳孔骤然收缩。他慌乱地摇头："不，不认识！"

宁秋水轻晃手中的刀，语气沉着："快点说，我的耐心有限。"

云杜拼命摇头，眼中流露出之前未曾见过的恐惧，仿佛回忆起了某种无法提及的事情，嘴唇剧烈颤抖："我不能说……真的不能说！"

宁秋水的眼神微微一变。

正当他思索着如何让云杜开口时，云杜突然做出了一个出人意料的举动——他猛地抓住宁秋水持刀的手，狠狠地将头一压，刀刃瞬间没入他的身体。

云杜随即软倒在地，如同失去支撑的泥团，嘴角却浮现出一抹诡异而释然的笑容。

宁秋水看着云杜逐渐冰冷僵硬的身躯，陷入了长久的沉默……

这个家伙到底什么情况，宁愿牺牲性命也不愿意透露真相？

看着云杜倒在地上的身影，宁秋水终于意识到，这件事远比他想象的更复杂。如果这个秘密能让一个畏惧死亡的人主动选择放弃生命，那背后牵扯的事情就绝不会简单。

月光下，宁秋水静静地蹲在云杜身旁，宛如一尊雕像，场景显得格外诡异。过了片刻，他站起身，离开了现场。

在回去的路上，司机握着方向盘的手一直微微颤抖。

"你不用太紧张，我不会对你不利。回去好好休息，明天吃完早饭就报警，让他们处理后续的事。"宁秋水的语气平静，但接着又补充了一句，"不过，如果我发现你泄露了不该泄露的信息，那下一个消失的就会是你了。"

司机连忙摇头，保证自己绝不会乱说话。

宁秋水坐在副驾驶位，神色如常。他并没有让司机送他进城，而是让他将车开到郊外某个地方，然后下车，独自消失在夜幕中。

宁秋水并不担心司机会撒谎。半山腰的人能找到他，已经说明他们掌握了足够多的信息。对他们的首脑采取行动是宁秋水对他们的警告。如果他们再破坏行业内的规矩，他可不会再留情。

回到家中，宁秋水简单检查了一下防护措施，休息了一晚。第二天醒来后，他打开电脑，看到鼹鼠给自己回了消息。之前找到的那部手机里，有一个特殊的联系人，名叫"八尺"，据说，白潇潇曾委托宁秋水解决的那个人，在临终前给这个"八尺"发了求救信息。但对方没有任何回复，也查不到与这个ID相关的任何资料，仿佛这个"八尺"只是一个空号。

得到这些消息，宁秋水并不意外。凡是与迷雾世界有关的事情，从来不会简单。八尺，罗生门……一些零散的线索浮现在他脑海中，但一时难以拼凑完整。

宁秋水没有催促鼹鼠，只是简单向洗衣机交代了昨晚发生的事情。随后，他登录迷雾世界网站，叫来了一辆破旧的大巴，返回了诡舍。

距离下一扇诡门开启还有一段时间，宁秋水决定再接几单，看看能不能弄到一些诡器。

值得一提的是，诡器十分稀有。并不是诡物用过的物品就能称为诡器。离开上一扇诡门时，宁秋水曾试图带出笑男用过的尖刀，但未能成功。

刚推开诡舍的大门，宁秋水就看到了白潇潇和孟军正在客厅商议什么。见到他，两人神情都有些复杂。

宁秋水笑了笑："看来我来得不是时候。"

白潇潇摇了摇头："你来得正是时候。我们接了一个特殊的单子，是朋友介绍的。那人说他的第四扇诡门里有一块拼图碎片，我们想进去看看，你要一起吗？"

换作别人，白潇潇绝不会邀请新人进入第四扇诡门。一来是不负责任，二来新人可能会拖累整个团队，甚至带来灭顶之灾。但她见识过宁秋水的心理素质，这样一个冷静且能主动寻找出路的人，放入团队绝对是利大于弊。

"还能提前知道诡门里有拼图碎片？"宁秋水有些惊讶。

白潇潇点头："有拼图碎片的诡门，提示里会特别标注。而且从第四扇门开始，提示都会提前出现，到时候你会有感应。当然，如果你不想去，我们也不强求。"

宁秋水思考片刻，问道："有关于那扇诡门的提示和信息吗？"

白潇潇点了点头，拿出一张打印好的照片递给他。宁秋水仔细一看，照片上是诡门上的提示。

"这照片经过迷雾世界网站的审核，绝对真实可靠。"

照片上有几行醒目的字：

任务：帮助郑超导演完成他的影片拍摄

提示1：诡物的本体可以被消除

提示2：不可随意破坏拍摄场景或是器材

拼图碎片：1

"任务难度很高，我们不会强迫你。"孟军罕见地开了口。

白潇潇也附和道："带有拼图碎片的任务，难度通常比同级的其他诡门要高出不少。"

宁秋水没有立即答应，也没有马上拒绝。他好奇地问道："我有点不明白，像这种带拼图碎片的任务，应该会有很多人一起参与吧？到时候岂不是会很混乱？"

白潇潇微微一笑，解释道："首先，除了特殊的副本外，大部分任务都有人数限制，最多不超过二十人。其次，每个执行诡门任务的'主人'最多只能带三个'客人'。最后，这类任务的风险非常大，不是所有人都敢参与。"

宁秋水点了点头，心里明白了几分。

"我可以加入你们，大概什么时候出发？"

"今晚。"

"这么快？"

"对，我们没有太多准备时间。如果你决定加入，我就将你拉入契约团队。"

宁秋水同意后，白潇潇迅速将他拉进了团队。查看团队成员信息时，宁秋水发现，这次要带的是盟友诡舍的一位成员，名叫丰鱼，性格阳光开朗。

到了晚上，刘承峰为他们准备了一桌丰盛的晚餐，虽然味道很不错，但众人总觉得氛围有些怪异。尤其是配合刘承峰那凝重的神情，仿佛这是他们的最后一顿饭。

"哎，大胡子，你别这么严肃好不好？搞得好像我们再也不回来了一样……"白潇潇忍不住翻了个白眼。

刘承峰这才反应过来，有些不好意思地挠了挠头："哈哈哈……抱歉，刚才在想事情。"

白潇潇惊讶地说道："哟，你这么心大的家伙也有烦恼？"

刘承峰笑着"嗐"了一声，脸上带着尴尬，也没再多解释。

晚餐结束后，众人向刘承峰告别，前往了三楼的诡门。就在进入诡门前的几分钟，他们看到门上浮现出与照片上相同的任务与提示。

没过多久，里面伸出一只苍白的手推开了门，三人随即失去了意识……

"……对对对，剧本已经选好了，租赁的场地快到期了，我也没办法。来不及了，时间很紧，这地方再过一周就要重新修建，听说是要拍古装剧。

"之前我朋友给我新剧本时，还说过我那些老旧的拍摄道具该换了，但这不赶时间嘛，只能先凑合用。

"演员都到位了，这十七位演员都挺能吃苦，像他们这么敬业的年轻演员确实不多了……

"编剧和老王有些私事，我让他们先回去，我和摄影师先把片子拍出来，后期处理再交给他们……放心吧，这周我肯定完成！"

一个圆脸的胖男人小心翼翼地挂断电话，长舒一口气，抹了抹额头上的汗水。然后，他拍了拍手，面对一旁杂草丛生的空地上站着的十七名演员，说道："大家好，我是导演郑超，请各位听我说两句。这次拍摄条件艰苦，真是辛苦各位了。但剧本和场地都是公司安排的，我也做不了主。所以我们争取尽快拍完，早点回去。大家放心，梦龙公司从不拖欠工资，拍完立刻结算。

"我们的拍摄时间只有一个星期，计划每天三个场景，一共二十一个场景，七天刚好拍完。饮食住宿方面，大家不用担心，公司提前准备好了帐篷和食材，水源就在山坡那头，三五分钟就能走到。剧本我已经整理好了，马上发给各位，待会儿等太阳落山就拍第一个场景。"

郑超神情中透露出一丝兴奋。虽然这是一部公司强制要求他拍的小成本电影，但作为悬疑题材爱好者，在这样的环境下拍摄悬疑片，难免让他有些兴奋。

众人接过剧本，简单翻阅了一下，了解了大致内容。故事讲述一群探险者进入一座古宅，逐步揭开埋藏在其中的秘密。由于他们的祖先曾迫害过古宅的原住民，探险者们在追寻真相的过程中不断受到恶灵的威胁，最终，只有男女主角向恶灵真诚忏悔，得到了原谅，成功逃离古宅。

此时，摄影师王蓬一言不发，一直专注于调试摄像设备，脸色却透出几分凝重。作为配角之一的宁秋水敏锐地注意到了王蓬表情的异常。那并不是对工作的专注，倒像是在为某件事担忧。

他在担忧什么呢？

休息时，宁秋水将剧本折好，走到王蓬面前，打了声招呼："您好，我叫宁秋水，是这部戏的配角。"

突然响起的声音让王蓬吓了一跳，他抬头看着宁秋水，愣了几秒才回过神，慌忙握了握手，说道："摄影，王蓬。"

他的回答简短而礼貌，但似乎不愿多说什么。就在他低下头继续调试设备时，宁秋水突然问："你看上去脸色不是很好，是不是知道些什么？"

王蓬手上的动作停顿了一下，宁秋水这话有些意味深长，仿佛他也意识到了这个地方有问题。

王蓬抬头认真看了一眼宁秋水，又瞥了一眼地上的影子，低声道："导演说公司提前派人来踩点，并留下了食物和帐篷，对吧？"

宁秋水点点头。

王蓬清了清嗓子，压低声音："我朋友在公司后勤部门。三天前，四个人来踩点，但他们从那以后就没再回去过。"

宁秋水闻言，眉头紧锁："你的意思是……他们失踪了？"

王蓬点头："对，四个人全部失踪了，我朋友报了警，但每次拨打报警电话时都显示线路繁忙，太奇怪了。她之前还劝我不要来，我现在忽然觉得，自己当时应该听她的话……"

摄影师王蓬说到这里时，脸色变得十分难看。他朝不远处那座阴森的古宅看了一眼，忽然低声说道："搞不好……这地方真的有问题。"

宁秋水听到这话，顿时感到汗毛直立。

"我真不想在这儿多待，赶紧拍完走人吧。"王蓬接着说道，"如果可以的话，你找机会跟导演提一下，能三天拍完就别拖到七天。"

说完，他继续调试起摄像机。夕阳即将落山，正是白天与黑夜交替的那一刻，他们准备拍摄一场关键的戏。

随着蛋黄般的夕阳缓缓沉入西山，导演郑超也召集众人，安排了第一个场景的拍摄。

"各就各位，拿好道具，背上书包，像探险队一样，复习一下自己剧本上的内容！"他吩咐道，"站在那条路上，待会儿看到我的手势就朝古宅走，然后各自演起来。听懂没有？"

众人对导演比了个"OK"的手势。郑超兴奋地跑进古宅，爬上东边的小土墙。他抬起手臂，向王蓬喊道："摄影师就位了没有？"

王蓬大声回应："摄影已就位！"

"好，开机！"

随着郑超一挥手，众人浩浩荡荡地向古宅走去。剧本早已背熟，这倒不是因为他们多么热爱演艺，而是他们清楚这可能影响自己的命运。

暮色降临，山林因为茂密的树木遮挡，显得格外阴暗。摄像师跟随他们前行，捕捉每一个画面。众人有说有笑地来到古宅门口时，身后的摄像师突然惊叫："我的天！"

众人惊愕，纷纷回头，只见摄影师弯腰，动作怪异。虽然天色渐暗，他们看不清发生了什么事，但有人注意到，摄影师的镜头对准了古宅东边的那座土墙。

摄影师一会儿抬头，一会儿弯腰，像是在确认什么，重复几次后，突然发出一声喊叫："快跑！"

说完，他跌跌撞撞地朝下山的方向跑去，很快消失在夜色中。诡异的场景让众人感到不寒而栗，即便是十七个人挤在一起，依然觉得寒意透骨。

摄影师究竟看到了什么，吓成这样？一时间，众人有些慌乱。但毕竟这是第四扇诡门，他们也有了心理准备，很快强压下内心的恐惧。

"别慌，去看看！"有人提议。

这时，人群中又传来一个带着颤抖的声音："你们快看……那座土墙！"

顺着声音的指引，众人将目光集中在古宅东边的那座裂痕遍布的小土墙上。刚才导演郑超就是站在那里指挥，摄像师跑走时，他既没有阻止，也没有发出任何的声音。借着微弱的月光，众人看到郑超保持着原来的姿势，双肩耷拉，脚尖踮起，一只手高举着，诡异得如同一个木偶。

"导演！"白潇潇冲着郑超喊道，但没有任何回应。

众人小心翼翼地靠近土墙，却看到他依然保持着之前的姿势。

夜幕下，众人只感到背脊发冷。他们刚进入诡门，诡异的事情就发生了，而且原本可以提供线索的导演和摄影师，一个行为离奇，另一个跑下山下落不明。

这就是有拼图碎片的诡门难度吗？宁秋水陷入了沉思。

他闻到一股熟悉的香气，侧目发现白潇潇靠近，低声提醒："小心……通常在有明确指引出路的诡门世界里，危险更大！"

宁秋水点头回应："我想去看看摄影机。"

白潇潇闻言，看向古宅外远处路边的那个摄影机。

"我陪你去。"她说道。

二人走出古宅，来到摄影机旁。摄影机仍在运行，宁秋水检查了一下，随后走到旁边的小桌子处，打开连接的电脑，翻开了之前拍摄的录像。他将录像调至开头，点击播放。

此时，不远处有几个人靠近，站在白潇潇和宁秋水的身后，认真地看着录像。

起初一切正常，摄像机始终在拍他们。然而，当他们走到古宅门口时，摄像机的画面右上角捕捉到了站在土墙上的郑超。就在这一瞬间，查看录像的众人脸色骤变！

他们看到的，远不止郑超一个人。土墙上，还站着一个男人。

它拿着一把剪刀，站在郑超身后……

录像继续播放，宁秋水突然浑身一紧，意识到有什么不对劲。那剪刀的声音，竟然越来越响，越来越清晰！就像是那个声音离他们……越来越近！

察觉到不对劲的宁秋水立刻按下了暂停键，随着电脑上的录像停下，那道诡异的声音也随之消失。

"怎么了？"身后有人疑惑地问道。

宁秋水回道："你们没发现刚才那个声音……离我们越来越近了吗？"

此话一出，众人面色骤变。近大远小，这是常识，不仅适用于画面，也包括声音。只不过因为声音是从电脑里传出来的，大家下意识认为只是电脑的音量变化，没有多想。

少数几个人和宁秋水一样，刚才脑海中有闪过类似的念头。幸好宁秋水反应迅速，及时暂停了录像。

"还好……"宁秋水盯着电脑上静止的画面，稍稍松了口气，最糟糕的事情并没有发生。

他不放心，又把录像倒退到最初的状态，随后关闭了电脑。

"这也太诡异了！任务让我们拍电影，结果第一天，导演和摄影师全都没了，这还怎么拍？"丰鱼站在孟军旁边，瞪大了眼睛抱怨道。

众人的表情都不太好看，不时有人朝那座黑漆漆的古宅望去。那里除了年代久远的建筑外，只剩下一片死寂。

这次任务没有规定时间和地点，只给了他们一个指令。经常过门的老人都清楚，这种任务比限制时间地点的更为凶险。

"任务要求我们帮导演完成拍摄，就算导演和摄像师不在了，我们还是得把戏拍完，而且要严格按照剧本来拍。"一个高挑的女人冷静地说道。

她叫程心，手里拿着女主角的剧本。她话音刚落，对面的一个瘦小女孩阴阳怪气地说道："是啊，有些人巴不得赶快把戏拍完，然后大家都没了，只剩下她一个活下去，毕竟她手里的是女主角剧本。"

程心皱眉道："我也是为了大家好。这可是诡门背后的世界，任务要求的事必然有风险，不拍的话，我们可能就被困在这里，你觉得老宅里的那个东西会放过我们吗？"

到了第四扇诡门，大家都明白事情不简单。虽然恐惧笼罩着他们，但大多数人仍保持警惕，并且防备心很强。

"真是可笑，不拍摄的话，危机随机降临，拍了却可能按照剧本来。"那个瘦小女孩继续说道，"你拿着女主角的剧本，要是这么想拍，也行，不如我们换换剧本，你用我的，我用你的，我保证一句话都不再说。"

女孩说着走到程心面前，将自己的剧本递了过去。程心瞥了一眼剧本，封面上写着一个名字"于雪"。看过剧本的人都知道，于雪是剧本中第一个消失的配角。

难怪女孩不愿意配合拍摄。因为按照剧本，她就是第一个遭遇不测的人。

"怎么样？换不换？"

女孩咄咄逼人的态度让程心有些慌乱，她后退一步，将自己的剧本紧紧攥在手里，放到身后："每个人的剧本是导演分发的，你拿到了女配剧本，只能怪你运气不好，我凭什么要跟你换？"

男孩冷冷道："既然不愿意换，那就别装得一副为大家好的样子，虚伪！"

程心被她撑得哑口无言，只能咬紧牙关，怨恨地瞪着女孩。

"各位也别怪我自私，毕竟剧本显示，最终只有男女主角活下来，其余十五个拿到配角剧本的人都没能走出这座宅子。我知道你们急着拍完离开，但在弄清楚情况之前，我绝不会拍。如果有人愿意代替我拍这个配角剧本，我当然没有意见。"

女孩自始至终显得冷静，态度明确。她叫君迢迢，是个经历过第六扇诡门的老人。

"反正今晚是拍不成了，大家先找个地方休息吧。"白潇潇站出来，缓和了当下的紧张气氛。

"那个，我说一句啊，导演不是说有人去古宅踩过点，给我们留下了食物和帐篷吗？我们现在是不是该进去取出来？"丰鱼干咳一声，指了指远处的古宅。

众人盯着古宅，沉默片刻，显然对那个地方心存顾虑。

忽然间，他们看到了恐怖的一幕——

有一道黑影，不知道什么时候出现在郑超旁边，忽然伸出了双手，从后面拥抱住了郑超，将郑超拖入了古宅之中……

"那是什么东西？"

人群中，有几个人的心跳不由得加快。

"可、可能是山里的野兽吧，闻到了气味……"

"山里的野兽？你还真敢想！"

"难不成是古宅里的诡物？可是，为什么？"

众人疑惑不定，宁秋水看向白潇潇，后者微微摇头，示意他不要贸然进入古宅。

"既然这样，咱们今晚就在这空地上休息吧。刚才发生这样的事情，估计没人愿意进古宅。而且我刚才进去时看了看，里面不但很大，地形可能还很复杂，贸然进去容易迷路。这是第四扇诡门，里面还有拼图碎片。如果贸然和大部队走散，尤其是在晚上，后果不堪设想。"

君迢迢双手抱胸，态度坚决，她的话说服了众人。

现在进入古宅无疑是冒险。

"大家都不是一个人来的，自己团队里留一个人守夜，其他人睡觉。彼此之间不要隔得太远，当然，你们要是胆子够大，想去其他地方睡，我也没意见。"说完,君迢迢和另一名男子走到空地边,选择了一处干净干燥的地方坐下。

她说这么多话的目的,一是为了提高自己的话语权,二是希望队伍里的这些人不要这么快出事。毕竟按照诡门的"十分之一法则",只有等剩下最后一个人时,诡门的难度才会骤降。

所以,想要团队通关,活下来的人越多越好。

宁秋水四人选择了一个离古宅较远的位置坐下,远离其他人。夜晚山上的虫鸣声很大,偶尔还能听到野兽的叫声。

"白姐,军哥,你们有发现什么吗?"丰鱼开口问道,似乎他与二人已经不是第一次一起进入诡门,对他们很信任。

白潇潇环视了一圈,低声说道:"这次看似没有时间限制,其实是有的。还记得郑超打电话时讲的那些话吗?"

三人点了点头。

"他说一周后会有人来将这里改造为古装剧的拍摄地,但我想,事情恐怕没那么简单。"白潇潇继续道,"根据诡门的特性,如果一周内没完成任务,接下来遇到那些'人',恐怕会发生不可预料的事情,所以我们必须在一周内完成所有拍摄任务。"

孟军接话道:"话是这样说,但我们这次的重心应该是找到诡物的本体,尽早消除威胁。只要没有诡物的干扰,哪怕只剩半天,我们也能完成拍摄。如果我们在拍摄时一直被诡物干扰,不仅进度受阻,可能还会有人丧命。"

白潇潇和孟军的思路非常清晰,丰鱼听后若有所思,突然拍了拍宁秋水,问道:"哎,秋水哥,你有没有什么发现?"

见三人目光聚焦在自己身上,宁秋水沉默片刻后说道:"把你们的剧本给我看看。"

所有人都有一份剧本,但是宁秋水现在并不清楚三人的身份,他仔细翻看了几人的剧本后,沉思片刻道:"目前线索太少,盲目猜测没有意义。不过我们的身份还算不错,虽然是配角,但我们在剧本中是较晚出事的。如果前面的人想要拍摄的话,可以暂时不用阻止,先看看情况。"

宁秋水环顾四周,低声说道:"诡门的规则注定有人被删档,我们不会主动害人,但也没必要刻意救他们。如果明天有人想开机,就让他们去拍吧,正好看看按照剧本拍摄会不会有危险。"

三人都点了点头。

这时,丰鱼悄悄戳了戳宁秋水:"秋水哥,我之前看你和那个摄影师王蓬聊过,你们说了什么？"

当时空地上的人非常多，大家都在相互攀谈，属于自由活动的时间，所以宁秋水去找王蓬聊天这件事没多少人看见。不过他们作为宁秋水的队友，当然注意力会放在他的身上多一些。

宁秋水简单复述了当时的谈话内容。丰鱼听后眼神一亮，兴奋地说道："这么说，那只诡物在我们来之前就已经出现了！它的本体应该就是老宅里的某样东西。还记得诡门的第二条提示吗？不可以随意破坏场景或器材。这说明诡物的本体要么是器材，要么就是场景中的物件！如果王蓬没有撒谎，这两个信息相互验证，诡物的本体应该就在老宅里！"

宁秋水对此点了点头，虽然他早有猜测，但事情可能并没有这么简单。

"白姐，我有一个问题。"宁秋水突然问道，"提示二对我们的行为有限制，那我们怎么确定不算是'随意破坏'？"

白潇潇耐心解释："这是前辈们用生命总结出的铁则，意思是我们每人最多只能破坏一件物品。假如破坏两样都不是诡物的本体，诡门就会解除对诡物的限制，它会立刻找到我们，并对我们下手。"

宁秋水的神情变得凝重，他原以为还有两三次试错机会，看来这次诡门对他们并不宽容。几人商量好轮流守夜后便各自休息。

一夜无话，第二天清晨，空地上的众人逐渐苏醒，第一时间清点人数——十七人。昨夜并没有人再出事，这说明诡物的行动似乎也有限制。

大家开始讨论当天的计划，其中有六人坚决不愿意继续拍摄，包括宁秋水四人、君迢迢和她的朋友。

"大家都在冒险拍摄，你们这样坐享其成，是不是太自私了？"人群中传来冷嘲热讽的声音。

白潇潇回道："我们当然不会什么都不做。在你们拍摄时，我们会在古宅里搜寻诡物的本体，如果找到疑似的物件，我们会收集起来，事后处理。"

对方不依不饶："谁知道你们是真的在找，还是偷懒呢？古宅里东西那么多，你们随便拿个东西糊弄我们，我们也不清楚。"

人群中有人附和："是啊，你们太自私了！"

君迢迢终于忍不住开口："你们要是不满，可以不拍，谁逼你们了？我们现在有十七个人，即使有人出事了，其他人也可以补拍他们的剧本。还有整整七天时间，我真搞不懂你们急什么？明知道拍摄有风险，还非要硬往上凑，难道就不能先去找诡物的本体吗？"

她实在受够了这些人的争吵。

人群中，一个身材魁梧的男人冷笑道："找诡物的本体？稍微有点脑子的人都不会说出这么愚蠢的话！一点线索都没有，你打算把老宅翻个遍吗？更何况，诡门还对我们有各种限制。"

两方意见分歧严重。

宁秋水等五人认为，必须先找到诡物的本体并将其摧毁，才能继续拍摄电影。然而，另外的人却不同意。他们大多数人觉得，趁现在大家还活着，应该尽快完成拍摄并离开。毕竟在诡门之中，诡物的行动受到限制，不可能在一天之内置所有人于险境。因此，一天内拍完所有剧本内容，才是最快的脱身之策。

经过一番争执，双方未能达成共识，最后不欢而散，宁秋水一行几人决定去古宅探索，试图寻找疑似诡物本体的道具，而其余人则按照剧本内容拍摄。

进入古宅后，宁秋水等人立刻感到一阵寒意。他们走过一条狭长的小路，来到了一个院子，院子分为正房和偏房，正房在左，偏房在右，院子中央还有一口干枯的水井，水井周围满是青苔。四人借着天光朝井内看了一眼，井里只有一些乱石和青蛙，别无他物。这是电影第四场的拍摄场景，也是第一个男配角消失的地方。

剧本里讲述的是，住在这两个房间的四人夜里听到井里传来哭声，外出查看时，全部被拖入井中而消失。剧本并未详细讲明井里藏着什么，但此时的四人都不愿再靠近那口井，他们简单搜寻后，转向后院的柴房。

刚一进入柴房，宁秋水便皱起眉头。这个房间有腥味，虽然很淡，但因为房间不通风，他还是闻到了。他顺着气味走到堆放杂物的小间，打开门，发现里面非常整洁，甚至还有食物、水和帐篷。

"原来他们没说谎，梦龙公司的人果然提前踩过点，还给我们准备了这么多东西。"丰鱼惊讶道，进屋仔细查看后，再次确认，"确实是梦龙公司的物资，标志还在。"

宁秋水提醒道："擦一下，看看有没有灰？"

丰鱼点头，在物品上轻轻擦拭了一下，发现大部分没有什么灰尘，显然这些物资是最近才被放置的。

宁秋水皱眉打开手机照明，对着货物的缝隙寻找什么。白潇潇低声问："你在找什么呢？"

"这个地方我觉得不太对劲。"宁秋水简单地回应。

他仔细搜寻了一番，但没有发现异常。随后回到了柴房里。忽然，他注意到靠近灶台的泥土地有一块颜色与其他地方不同，因为光线昏暗，很难察觉。

宁秋水思考了一下，忽然说道："不对！"

三人凑上前来，丰鱼好奇地问："哪里不对，秋水哥？"

宁秋水目光锐利："之前来这儿的人，不是被诡物淘汰的。"

"啊？为什么？"丰鱼愣住了。

宁秋水伸手指了指地面上的痕迹，三人立刻反应过来。

"如果那些人真是被诡物淘汰的，这些痕迹早就消失了。我们进来时，土墙上的痕迹已经不见了。这说明诡物会抹去所有的痕迹。但这些痕迹依然存在，说明这件事与诡物无关。"

三人回想起昨晚的事情，神色凝重。孟军从口袋里掏出一个小手电筒，照向地面："他说得对，地上有重物拖拽的痕迹，显然这些人死后被拖到了别处，诡物不会留下这样的痕迹。"

孟军收起手电，眼神中透露出对宁秋水的佩服。之前白潇潇就提过，宁秋水并不简单，如今看来，他确实与众不同，洞察力敏锐，很多经验丰富的老人也未必能做到。

"除了诡物，这地方还有什么会害人？"丰鱼一脸不可思议，"难道山里藏着什么危险生物？"

他忽然想起看过的电影《致命弯道》，那些食人魔的形象至今仍在他的脑海中挥之不去。

"食人魔不太可能，可能是某种大型野兽。能同时攻击并制服四个人的，要么是猛虎，要么是熊。"

孟军的神色依旧凝重。

他们手无寸铁，如果遇到熊还有机会逃脱，但要是碰上了猛虎，后果恐怕和遇上诡物没有太大区别。

"等等，这样说来，诡物的本体未必是古宅里的东西？"宁秋水猜测，"也许是我们从外面带来的……比如拍摄设备？"

丰鱼双目发直，喃喃道："这样想的话，也不是没有可能。毕竟诡物出现的时候，恰好是我们开机之后。"

他的话音刚落，远处院子里突然传来一声呼救声。

四人脸色一变，立刻冲向声音的方向。

然而，当他们穿过柴房的拱门，来到院子里时，四人同时停下了脚步。

眼前的场景让他们不寒而栗……

他们清晰地听到了那声呼救……竟然是从井底传出来的。

这院子上空没有树叶遮挡，虽然阴云密布，看起来要下雨，但是光线依然充足。院子中央的枯井也没有任何遮掩，一眼就能看见，旁边更没有湿滑的淤泥。

正常人……怎么会掉进井里呢？

"救命！救救我！求求你们，救我！"

井底的呼救声越发凄惨，听得人心惊胆战。丰鱼沉默了片刻，咬紧牙关，准备上前救人，却被宁秋水一把拉住。他回头看向宁秋水，后者摇了摇头。

宁秋水用唇语对他说了三个字，顿时让丰鱼背脊发凉。

"不是和我们一起进来的人。"

丰鱼这时才意识到，他们过来时并没有明显的脚步声，那么井底的人怎么会知道他们来了呢？一想到这里，丰鱼不由得腿软。倘若刚才宁秋水没拉住他，自己过去了，现在会是什么样的情景？

四人盯着那口枯井，听着传出的呼救声，步步后退。离开院子后，他们立即转身狂奔，头也不回。

当他们跑远时，枯井中的呼救声也随之消失。

"这地方真是奇怪！"丰鱼喘着粗气，体力明显不如其他三人。稍微调整呼吸后，他抬头发现三人的表情有些不太对，便问道："怎么了？"

宁秋水神色凝重，指向前方的拱门，顺着他手指的方向，丰鱼立刻愣住了——拱门后，空地上赫然出现了那口枯井。

"这是刚才的院子！我们又回来了？"丰鱼瞪目结舌。

宁秋水沉声道："是的，我们又回来了。"

"秋水哥，刚才是你带路的，怎么又绕回来了？"

"不是我们绕回来了，我们一直是朝着古宅门口跑的……"宁秋水解释道。

白潇潇接话："刚才我们跑的方向，的确是古宅门口。"

见白潇潇也这么说，丰鱼忍不住吞了吞口水。

就在这时，前方拱门后的那口枯井里，忽然传出了一个声音："为什么不救我……你们为什么不救我？明明可以救我的，却选择袖手旁观！都是因为你们，现在……你们都来下面陪我吧！"

话音刚落，一只手臂突然从枯井中伸出，紧紧扣住了井边。见此情景，四人哪里还敢停留，立刻转身狂奔。

然而不到一分钟，他们再次发现自己回到了原地。

丰鱼看到这一幕，感觉喉咙发干。他经历的诡门很少，心理素质也没得到太多锻炼，此时遇到麻烦，难免惊慌。

"这……怎么办？我们还要继续跑吗？"他望向站在原地的三人，声音颤抖

235

地问。

宁秋水忽然说道:"不对,那家伙现在还不能对我们出手,快往那边跑!"

说完,他率先朝枯井另一侧跑去!白潇潇和孟军对视一眼,拿出随身的诡器,紧跟在宁秋水身后。丰鱼当然也不甘落后,迅速取出一件特别的诡器,戴在头上,跟了上去。

跑过枯井时,所有人都屏住了呼吸,心跳仿佛停止。他们看见了井里的东西。那是一个男人,眼眶深陷如无底黑洞,最恐怖的是它有一把红色剪刀。

这家伙正是昨晚攻击导演郑超的那只诡物!

"呵呵呵……"正在努力爬出的诡物发出瘆人的笑声,四人不敢停留。

跑在最后的丰鱼,心中莫名有些火气,路过时竟然朝井里吐了一口痰。

四人穿过院子,朝古宅门口跑去。这一次,他们没有再陷入循环。冲出古宅大门口时,四人如释重负。

他们当然不认为外面很安全,但至少外面不仅有他们四个人。

他回头看了一眼,古宅里的诡物并没有追出来。

"我真服了,秋水哥,你怎么知道那边能跑通?"丰鱼拍着宁秋水的肩膀,气喘吁吁地说道。

宁秋水摇头:"我也不知道,只是猜测,试一下而已。从昨晚的情况看,那家伙如果能对我们动手,早就动了,不会一直趴在井口吓唬我们。它吓唬我们,应该有两个原因:一是暂时无法出来,二是不希望我们找到正确的出路。随便赌了一下,没想到还真赌对了。"

白潇潇眼神幽幽,低声对孟军道:"怎么样,我就说带上秋水没错吧?他很厉害的!"

孟军微微点头。有这样一个队友在,他的心理压力减轻了不少。

"我是真不想再进那个古宅了!"丰鱼心有余悸地说,"什么都没找到,差点命都丢了……"

丰鱼话音未落,忽然注意到远处空地上有七人围在电脑前,他们紧盯着屏幕上的录像,神色凝重。宁秋水四人从古宅门口跑出来时,他们竟然毫无察觉。

宁秋水等人敏锐地察觉到气氛不对,立刻走了过去。

"喂,你们怎么回事?"丰鱼开口询问。

七人抬头看了丰鱼一眼,却并没有回应。眼神中带着些许排斥,似乎对之前几人不配合拍摄的行为颇为不满。

"你们不是去找诡物的本体了吗,怎么空着手回来了?"人群中一名女人冷淡地讽刺道。话一出口，气氛更加冷了几分。

"是去找了，遇到诡物了。"宁秋水平静回应，丝毫不在意对方的态度。

见状，一些人脸上的冷漠稍稍缓和，主动问道："在哪里？怎么遇到的？"

"我们在宅子里发现了一些线索，但不太信任你们，所以只能用线索做交易。"宁秋水微微一笑，"我可以先告诉你们一点，梦龙公司之前派来的四个人已经全部失踪了。"

听到这句话，众人脸色一变。

"失踪了？"

宁秋水点了点头："是的。"

坐在电脑前的年轻男子推了推眼镜，沉默片刻后道："你们看过自己的剧本吗？"

宁秋水几人点头："看过。"

"没觉得奇怪吗？十七个演员，除了男女主角，其他十五个都是受害者。那……诡物呢？"

男子的提问让宁秋水几人愣住了。这个细节他们忽略了。剧本里明明有十七个角色，可除了男女主角外，其他十五人都没了。那么，诡物呢？谁演的诡物？

沉默片刻后，丰鱼咽了口唾沫，声音微颤："你们的意思是，剧本里根本没有安排演诡物的演员？"

众人点头。

"那……你们怎么拍的？"丰鱼继续问。

"还能怎么演，当然随便找个胆子大的演员去当诡物，按照剧本上的演呗……好在这个电脑和那台摄像仪器似乎是无线传输的……呵，真离谱，谁能想到这么破旧的仪器可以做出如此高端的操作？托了它的福，我们不用进去陪那四个演员了。"

虽然这么说，可男人的语气中听不出丝毫的感激和轻松。但凡稍微有点经历的人，就知道这其中是受了某种神秘的力量在影响。这绝对不是什么好事。

"对了，你刚才想跟我们说什么？"男人转向宁秋水问道。

宁秋水说："之前来踩点的人遭遇不幸，多半是山中野兽所致，并非诡物所为。"

众人听后陷入沉思。

与此同时，演员们已经按照剧本找到了自己的场景。那是一间昏暗的屋子，窗户被一层油腻的纸封住，外面的光线几乎无法照进来。四个演员心里都有些忐忑，但也明白，这次行动关系重大。

他们相信，诡物的行动是有限制的，并且每天只会"带走"三个人。他们选择去做前面那几个倒霉蛋，是因为经过商议后，众人一致决定，将这扇门里发现的诡器和拼图碎片都让给第一队去拍摄的成员。

重赏之下，必有勇夫。

尽管他们不确定是否能在这扇门里找到拼图碎片，但有拼图碎片的诡门必定藏有诡器！最终，这支四人小队决定铤而走险。

四人手握剧本，走进了那间阴暗的屋子。他们先做了简单的搜索，其中一人守在门口，防止门意外关闭，

"重点搜角落，床底、柜子，还有门后面。"队长徐武是个沉稳的中年男人，指挥得当。三名队员确认屋内安全后，他才走进房间，说道："剧本的内容你们都记好了吧？待会儿，乔霜，你去那个脸盆旁。我在外面敲门后会躲进隔壁房间。这个时候你们再开门，简单左右看一下，确认没人后立刻转身，然后古戴从床下伸手抓住床沿，乔霜你发出尖叫，这场戏就结束，明白了吗？"

三人点头表示明白，但拿着摄像机的穆森还是感到有些紧张。这原本是个简单的场景，没什么可怕的。三人身上共用一件诡器防身，徐武也有一件诡器。

拍摄开始，徐武轻轻敲了三下房门，随即快步走进隔壁房间，将门虚掩起来。房间里的光线瞬间变得昏暗。徐武紧贴在门缝处，静静地聆听隔壁的动静。

门被推开的声音传来，显然乔霜已经按照剧本开始行动。紧接着，徐武又听到了脚步声，仿佛有人在来回走动。

怎么还不尖叫？是在加戏吗？徐武心中升起一丝疑惑。

时间拖得越来越久，已经超过了五分钟。这座古宅并不安全，拖延只会增加他们遇上危险的可能。

"他们到底在干什么……"徐武低声嘟囔，伸手想开门看看情况。但当他用力推门时，脸色骤变——门，不知何时，已经彻底关上了。

就在这时，漆黑的房间里，传来了熟悉的脚步声，可这声音……竟然不是来自隔壁，而是来自他的身后！

刚才他的注意力一直集中在隔壁，加上头一直贴在门口，所以他下意识地认为声音来自隔壁。直到他想要推门出去时，才发现不对劲！他刚才听到的声音，分明是自己房间发出来的。

可是，自己并没有推门，推门声又是从哪儿来的？难道是房间里的那个老式衣柜？想到这里，徐武浑身起了一层鸡皮疙瘩。若是衣柜发出的声音，那里面又藏着什么东西呢？现在在他身后不停踱步的……又是什么？

徐武的身体开始颤抖。他身上的诡器并不算强大，最多能稍微抵挡一下袭击，

但也仅仅是一下而已。正当他纠结要不要撞门逃走时，身后的脚步声忽然停了下来，房间再次陷入死寂。

他不敢回头，不确定回头是否会触发危险。汗水从他的手心渗出，握着的香囊似乎正在逐渐发热。他咬牙准备冲出房间时，房间角落里那停滞的脚步声又响了起来——咚！咚！咚！这一次，脚步声径直朝他走来。

察觉到这一点的徐武，背脊顿时一阵酥麻，后背如有无数蚂蚁在爬。他的心跳加速，身后的那个东西……是发现了他吗？脚步声缓慢而沉重，压迫感直线上升，徐武感到窒息，内心的恐惧彻底爆发。他拼尽全力撞向房门。

嘭！嘭！嘭！他连续三次用力撞击，力度越来越大。黑暗中，脚步声在他身后不到半米的距离，似乎安静了下来。但他知道，这并不意味着对方离开了，而是被他身上的诡器暂时阻挡了。

手心的香囊越发滚烫，仿佛有什么正在燃烧。徐武的表情因疼痛而扭曲，他知道，这个香囊无法为他争取太多时间。这扇诡门里的诡物，绝非等闲。他再次用力撞门，哪怕手臂剧痛，骨骼几乎要裂开，也不敢停下。

终于，面前的木门被他撞开了一条缝，外面的光线像一根绳索，拉住了徐武绝望的心。他看到希望，疯狂地继续撞门，眼看着门缝越来越大，可就在此时，手里的香囊忽然化为飞灰。

嘭！这一撞，他感觉自己撞到了钢板上，门纹丝不动。而身后那东西，也迈出了最后一步——嗒。很轻、很轻的一道脚步声。

紧接着，一双手从他身后伸出，按住了木门，缓缓关上……希望的光彻底湮灭。

房间里只剩下冰冷和伸手不见五指的黑暗。与此同时，另一个让人头皮发麻的声音响了起来。

咔嚓——咔嚓——

徐武浑身冰凉。他知道这声音，是剪刀在剪东西。

它在剪什么呢？

"拍完没？"

"嗯，拍完了，这个场景应该过了！"

"呼……咱们运气不错，居然没有遇到诡物。"

房间里，三个年轻人松了一口气。和预想不同，恐怖的事情并没有发生，他们顺利完成了拍摄。

"好了，这个场景拍完了，咱们先出古宅，看看那边什么情况。"三人推门而出，来到隔壁房间外，敲了敲紧闭的房门，"老大，我们拍完了，先出去吧？"

等了一会儿，房间里没有传出任何声音。三人面面相觑，觉得有些奇怪。于是他们又敲了几下，房间里依然没有回应。

他们感觉到不对劲，猛地推开门。房间里昏暗不明，借着门口透入的光线，隐约可见地上躺着的人，就在他们进来的瞬间，徐武的身体也在慢慢消失。这一幕让摄影师的手一抖，摄像机险些掉落。众人的目光最终停在房间角落的老式衣柜旁，那里有一只皮鞋。

乔霜咽了口唾沫："那不是队长的鞋吗！"

"赶紧走！"乔霜咬了咬牙，额头已布满冷汗。他心里清楚，现在他们毫无防护。一旦进入房间，藏在里面的诡物若把门关上，他们将无路可逃。

三人从古宅逃出后，门口那些正在看录像的人立刻抬起头。

"发生了什么事？"丰鱼远远地问道。

逃回来的三人气喘吁吁，奔至众人面前，惊魂未定地扶着膝盖喘息。看到他们这副模样，其他人立刻意识到，他们在古宅里遇见了奇怪的东西。

"你们队长呢？"坐在电脑前的眼镜青年问道。

乔霜苦笑了一下："不出意外的话，他应该是出意外了。"

三人把他们在古宅中的经历讲述出来，众人听后，神色都有些变化。

"看来，事情和我们想的不太一样。"程心轻声说道，"我们正常按照剧本拍摄，演员未必会真的出事。"

一直沉默的孟军突然开口："这不好说。毕竟剧本里第一幕没有出现任何意外。剧本中，进房间的人只是被床下突然伸出的手吓了一跳。"

一名五大三粗的汉子说道："说得对，还有待观察。对了，你们都没有进那个房间确认情况吗，已经是进入第四扇门的人了，怎么这么粗心？"

之前在床下假扮诡物的古戴有些恼火："喂，你说话能不能过下脑子？我们什么保命的诡器都没有，万一它还在房间里，我们进去岂不是自投罗网？你就这么希望我们出局？"

那男子皱了皱眉，但没有再说话。

宁秋水抬头看了看天空，开口道："好了，组织几个人和我们一起去老柴房的货物间，把帐篷和食物搬出来吧。看这天应该是快要下雨了，咱们淋点雨倒是没什么，电脑要是淋坏了，大家都没的拍。"

众人彼此看了一眼，没有拒绝宁秋水的提议。

头顶的乌云浓厚，仿佛压城而来，将整座山头笼罩其中。众人跟随宁秋水一行进入了古宅，很快来到了堆放帐篷和食物的杂物间，大家齐心协力将物资搬出了古宅。

　　帐篷刚撑开，天上就淅淅沥沥地下起了雨。雨虽不大，却连绵不断，给大家造成了不少干扰。好在梦龙公司派来踩点的人准备得十分周全，除了充足的食物和水，还留了生火做饭的工具。

　　早前，君迢迢和宁秋水一行人进入古宅，此时才回到空地上。她和同伴的脸色都不太好，显然在古宅里遇到了些什么。午饭时，大家都沉默不语。宁秋水四人在帐篷内煮着午餐肉和小白菜，气氛凝重。

　　"白姐，下午我们有什么安排？"丰鱼突然问道。

　　白潇潇回道："先看看他们拍摄下一个场景……那个场景是要出事的。第一个女配的死亡时间到了。而且我思来想去，根据目前仅有的线索来看，诡物的本体应该不是古宅里的东西……有可能是我们带过来的那些物件。"

　　丰鱼一边嚼着午餐肉，一边含糊不清地说："白姐的意思是……那些拍摄设备？"

　　白潇潇摇了摇头："诡门不会给悖论提示。我们带来的摄像机和电脑肯定不是诡物的本体，毕竟如果把这两样东西摧毁，任务也无法继续了。即便我们解决了古宅里的诡物，任务完成不了，大家还是会被困在这里，直到出局。"

　　"有没有可能，诡门的提示是一个陷阱？"丰鱼又问。

　　白潇潇摇头道："不会。诡门难度越高，提示越关键，对进入者越有帮助。不过正常情况下，诡物是无法被轻易消灭的，这次诡门却给了我们一个解决方法，这只能说明一件事情……"

　　宁秋水和丰鱼都看向白潇潇，异口同声道："说明什么？"

　　白潇潇原本妩媚的脸瞬间严肃了许多："说明这扇诡门非常危险。一般的诡门里，诡物每天的行动都会受到限制，通常不会攻击超过三个人。尤其是前三扇门，基本都遵循这个规则，即便是第四扇到第六扇门，九成以上也如此。但这扇门显然不同，老宅里的那只诡物……它的行动似乎不受限制。"

　　丰鱼听后，手中的午餐肉险些掉到地上，张大嘴惊呼："没有限制？"

　　白潇潇语气略显迟疑："嗯，感觉是这样……但也未必完全没有约束，它可能是按照我们还没发现的某种规则行事。"

　　没有人认为白潇潇是在危言耸听。宁秋水和丰鱼都明白，经常进出诡门的老人，有时直觉比证据更管用，就像有些学霸虽然可能忘了某些语法规则，但他们的语感往往是对的。

一直闷头吃饭的孟军忽然冒出一句："会不会是……剧本？"

众人都停下了动作，丰鱼眼睛一亮："有道理啊！我们是按剧本拍的，在剧本上，除了男女主角，其他人可都被删档了。如果古宅里的诡物是按照剧本行动的……岂不是说他们拍得越快，我们就越危险？糟了，我得赶紧告诉他们，不能再乱拍了！"

丰鱼刚起身，便听到不远处的帐篷里突然传来一声女人的尖叫："啊！"

四人闻声，立刻放下碗筷，冒着雨跑了出去。其他人也被这声尖叫吸引过来。
"怎么回事？"
"不知道，快去看看！"

他们赶到尖叫声的来源处，发现是程心。她蜷缩在角落里，浑身湿透，仿佛淋了雨，也像见到了什么可怕的东西。

程心是一个人进入诡门的，没有队友。经过众人的询问后，她缓缓抬起手，指向一旁正在咕噜作响的锅。众人顺着她的手看去，纷纷后退一步，脸色瞬间变得苍白。

锅里漂浮着一块石头，石头上雕刻着一张模糊的人脸，最诡异的是，眼球从石面凸出，足有一公分，眼窝深陷，仿佛正用死寂的目光盯着众人。随着水的翻滚，那双"眼睛"仿佛在转动，令人不寒而栗。

与此同时，蜷缩在角落里的程心忽然发出了一阵低沉的笑声，声音阴冷刺骨："呵呵呵……"

众人侧目，看见她从身后掏出了一把泛着寒光的剪刀！
"她不是程心！"
"快跑！"
不知道是谁喊了一声，众人立刻四散奔逃。

程心拿着剪刀，缓步走出帐篷，透过朦胧的雨幕，冷冷地注视着逃亡的众人……

众人疯狂地朝古宅跑去，天上下起了大雨，山路变得又湿又滑，十分陡峭。若贸然下山，恐怕即使没有被诡物追上，也可能因脚下打滑而出事。古宅虽危险，但已是众人唯一的选择。

跑到一半，宁秋水和白潇潇几乎同时回头。他们看见身后的雨幕中，那个拿着剪刀的黑影并没有追上来，而是突然消失了。

"不对！"宁秋水忽然停下脚步，喊道，"等等！"

孟军他们也随即停了下来。

"怎么了？"白潇潇抹去脸上的雨水，将湿透的刘海扎到后面，露出光洁的额头。

宁秋水指着远处的帐篷，说道："它的目标不是我们。"

三人顺着他指的方向看去，果然没有看到什么身影。空地上只有淅淅沥沥的雨声。

"不对啊，它的目标不是我们，那它是来干什么的？"丰鱼一脸疑惑，甩了甩湿透的长发，显得异常狼狈。

"难道是……"白潇潇眼中忽然闪过一丝紧张的神色，惊呼道，"不好！它是来找自己的本体的！先把我们吓走，再把本体藏起来，这样我们就拿它没办法了！"

三人对视一眼，神色骤变，随即毫不犹豫地往回跑去。那东西过于可怕，甚至具备一定程度的智慧，连自保的道理它都懂！

回到空地后，四人在原来的位置找了一圈，发现那个身影已经消失了。白潇潇的猜测得到验证。它并不是来对付他们，而是吓走众人后，将本体藏了起来。

"坏了！它把本体拿走了，咱们怎么找？"丰鱼捂着头，满脸沮丧，"这山这么大，就算它没藏进山里，随便扔到古宅里的某个小角落，咱们也找不到啊！"

丰鱼从未见过如此狡猾的诡物，无法对抗也就算了，连智谋也被碾压，让他实在难以接受。

宁秋水三人虽然没有回应，但他们凝重的神色表明，他们的想法和丰鱼其实一样。

突然，宁秋水像是想到了什么，快步走到那个黑影先前出现的帐篷前，仔细查看。锅里的石头已经不见，但帐篷角落里仍留有一摊水迹，正是它曾经停留的地方。

"水？"宁秋水眼神一凝，目光中闪过一道光芒。他对三人说道："你们在门口守着，我进去看看。"

白潇潇点头："小心！"

丰鱼也担忧道："秋水哥，千万小心，里面……"

他话还没说完，宁秋水已经钻进了帐篷，在那只诡物曾停留的地方仔细检查。检查完毕后，他从帐篷里走出来。

"发现什么了吗？"白潇潇目光闪动，急切地问。

宁秋水望向远处古宅的门口，那里已有一些黑影反应过来，正朝这边走来。他说："先回我们的帐篷，回头再说。"

他们回到自己的位置，帐篷里专门为他们准备了毛巾。众人擦了擦头发，脱下外套，放在火旁边烘烤。

　　丰鱼无意瞥见了白潇潇的腰，眼睛顿时瞪大了："白姐，你这腰是怎么练出来的啊？回头教教我姐，她也想要这样的身材，之前还为瘦腰考虑过去做肋骨拆除手术呢。"

　　白潇潇翻了个白眼，带着几分调侃道："差不多得了啊，一会儿看出火气了，可没人帮你解决。"

　　丰鱼干咳了两声。他身旁也坐着两个血气方刚的男人，但是孟军就跟一块木头似的，直勾勾地盯着那焰火，也不知道在想什么。一旁的宁秋水更是眉头紧锁，一言不发。

　　"对了，秋水哥，你刚才一个人进帐篷检查什么呢？"丰鱼问道。

　　宁秋水回过神，注意到几人的目光都集中在自己身上，于是解释道："在检查水。"

　　"水？"丰鱼不解。

　　"嗯。"宁秋水继续说道，"你们没发现吗？那个帐篷完好无损，但之前那东西出现的位置却有一摊水迹，而且它也是浑身湿透的样子……"

　　经过宁秋水的提醒，众人才想起，之前他们到帐篷门口时，看见"程心"全身湿透。当时大家的注意力都被锅中翻滚的石头吸引，忽略了这一点。

　　丰鱼挠了挠湿漉漉的头发，嘟囔道："这没什么奇怪的吧，可能是从古宅里过来时淋了雨，合情合理啊。"

　　宁秋水摇了摇头，反驳道："你说的有道理，但结合白姐的推测，再想想呢？"

　　丰鱼沉默片刻，突然抬起头，眼中闪过一丝激动："是它的本体，它的本体淋了雨！"

　　"之前那么长时间，它都没带走自己的本体，而是在下雨后突然出现！这说明它的本体不能长时间接触水，甚至不能被淋湿！"

　　听到这一推论，几人的思绪逐渐明朗。白潇潇咬了咬唇，若有所思地说道："这么说……它的本体，真的是剧本？"

　　他们带来的东西其实并不多，或者说那位郑超导演带过来的东西很少。除了拍摄所需的设备和电池外，就只剩下剧本和修改剧本用的笔。

　　笔是肯定不怕水的。只有纸和电池才会。

　　如果本体不是电池的话，应该就是他们手中的那些剧本。

　　"不对，剧本也说不通……我们每个人的剧本都带在身上，起码不会扔在外面的雨里，那东西不可能沾上水。"

本以为找到了真相，孟军的这番话又让他们陷入了困惑。确实，剧本是导演分发给他们的，虽然大家觉得这东西没什么用，但都保存得很好。明明有帐篷，谁也不会把剧本扔在外面淋雨。

"我去确认一下吧，他们应该都回来了。"孟军起身，离开了帐篷。

不久后，他湿漉漉地回来了，脸色有些不好看。

"跟我们想的一样，每个人的剧本都保存得很好，程心也没事，她只是当时吓坏了，跑去了其他队伍的帐篷。"

听到孟军的话，大家陷入了沉默。本以为找到的重要线索，突然就断了。难道他们的方向错了？诡物的本体不是剧本？

宁秋水直盯着帐篷里的焰火，一言不发。他总觉得自己遗漏了什么重要的东西，可一时间他也想不起来自己遗漏了什么，短短的一天里，发生了不少的事情，他脑子里的信息有些混乱。

因为大雨，那些热衷拍戏的人此刻都缩在各自的帐篷里，不敢乱跑。好消息是，他们在山顶，哪怕雨再大，也不会积水，至少不会莫名其妙地因灾害遇难。

"他们不拍戏了？"丰鱼掀开帐篷的帘子，笑了一声。

宁秋水道："其实这种天气也能拍，古宅虽破漏，但电脑可以放在帐篷里，无线连接。摄像机也不怕雨，或许他们不想拍的真正原因是这雨实在太冷了。"

三人都默认了宁秋水的说法。

幸亏他们还有足够的小气罐能生火，他们很快便烤干了自己的身体，又用小锅接了外面的雨水，烧了一大锅热腾腾的开水，慢慢喝着。

身体渐渐暖了起来，他们重新穿上了自己的外套。

这场雨实在又大又冷，大家都心照不宣地没有再提拍摄的事，静静等待雨停。不知是否因这场雨，老宅里的那个东西暂时没有再出现。也许，它和他们一样，都不喜欢这场雨。

不知不觉，夜幕降临。

"四人轮班守夜还是两人一组？"

"两人一组吧，遇到紧急情况可以互相照应。"孟军说完，停顿了一下，又说道，"我守前半夜，谁跟我一起？"

丰鱼急忙举手："军哥，我跟你一起！"

宁秋水有些意外地看了他一眼。白潇潇靠近，低声解释："孟军救过他的命，两次。跟着孟军，他觉得安心。"

宁秋水点了点头，心中明白。如果有人救了自己两次，换作是谁，都会觉得安心吧。

宁秋水和白潇潇在帐篷里休息，等到了后半夜，孟军把他们叫醒，他们才走到帐篷门口继续守夜。

"真是抱歉，把你拉进了这么诡异的地方……"白潇潇轻叹。

宁秋水没有责怪她，也没有虚伪地说"没关系"。他看着月光下的白潇潇，虽然她的口红早已被雨水洗去，但唇色仍然显得很鲜艳。

"在第二扇诡门里，我欠你一个人情，现在正好还上。"宁秋水说道。

白潇潇笑了："你不也救过我一次，按理说，早就还清了。"

说完，她有些尴尬地抿了抿嘴。

两人沉默了一会儿，宁秋水忽然问："对了，白姐，你在外面的世界……很厉害？"

白潇潇愣了一下，随即露出一丝调皮的笑容："怎么，秋水，你有事求我？"

宁秋水摸了摸鼻子："能帮我查个人吗？或者帮我查一张图片？"

白潇潇没有拒绝："小事，不过得等我们出去再说。"

宁秋水点了点头。帐篷外，雨还在下，没有停下的迹象。正因为这场雨，大家才难得享受了一段平静时光。

两人坐在帐篷门口，闲聊着。关系渐渐熟络了之后，白潇潇发现宁秋水并不像表面看上去那样情感冷淡，他只是擅长隐藏自己的情绪，不喜欢通过表情表露内心。而宁秋水也发现，白潇潇并非如想象中那样成熟，偶尔会开一些幼稚的玩笑。

聊着聊着，宁秋水的思绪渐渐放空，心情也平静下来。突然，他意识到了什么，猛地起身说："我想起来了！"

他突如其来的举动让一旁的白潇潇愣住了："你想起什么了，秋水？"

宁秋水缓缓转头，直视白潇潇，一字一句道："我们没猜错，它的本体就是剧本。"

两人对视了几秒钟，白潇潇才开口："怎么说？"

宁秋水目光犀利地说："白姐，你还记得我们刚进这扇门时，导演郑超在空地上打电话的情景吗？"

白潇潇点了点头。她一向心细，刚进入门后便留意了周围的一切。郑超的电话内容，她也记得清楚。

"记得，怎么了？"

宁秋水缓缓复述了郑超当时说的话："……对对对，剧本已经选好了……之前我朋友给我新剧本时，还说过我那些老旧的拍摄道具该换了……"

白潇潇立刻明白了："朋友给的新剧本？这么说，郑超手里有两个剧本？"

"对。"宁秋水点头，"诡物的出现几乎证实了这个猜想。我们每个人的剧本都在帐篷里，只有导演的东西还在外面。剧本是纸质的，所以才害怕雨水。导演手里有两个剧本，那个旧剧本复印了十七份，给了我们，但实际上，这部电影可能并不是按我们手里的剧本拍的……"

宁秋水的眼神闪烁着，继续说道："按照我们手中的剧本，我们是一群来古宅'探险'的人，但在导演朋友给的新剧本里，我们是来古宅'拍戏'的。这是典型的套娃操作，导演用了他朋友的剧本，但没告诉我们真相，这样拍出来的效果才更真实。之前来古宅踩点的那四个人，也许是导演或梦龙公司安插在这里的'诡物'，但由于某些意外，他们在这里失踪了，否则我们一定会在古宅里遇见他们。"

白潇潇听完，若有所思："这么一想，也不是没有可能啊。不过郑超导演和他的朋友大概没料到，新剧本在诡门的力量下，真的变成了诡物。"

宁秋水沉默了一会儿，说："白姐，我得纠正一下……也许导演的朋友早就知道，新剧本是诡物。"

白潇潇一怔，随后抬起头："他知道？可……"

宁秋水似乎看穿了她的疑虑，轻声道出一个让白潇潇后背发凉的可能："一个能轻松给导演提供剧本的人，有没有可能……是另外一个导演？如果说，他手里还有第三个剧本呢？如果说，在第三个剧本里，导演、摄影师，甚至包括之前为我们踩点后失踪的那四个人，全都是剧本里的演员呢？"

套娃。

白潇潇感觉细思极恐。

"不过，这也只是我的猜测，而且对于我们如何离开这里没有多大帮助。我们只需要找到诡物的本体就行了……"他说完，目光转向雨幕中的古宅。

那座古宅是唯一可能存放"剧本"的地方。

山上的林木枝叶稀疏，树下遮不住雨，只有古宅的瓦顶可以勉强挡雨。这场雨仿佛是诡门的暗示，不仅间接透露了诡物的本体，还帮他们缩小了搜寻范围。

次日清晨，雨势渐小，从昨夜的哗哗声变成了淅淅沥沥的细雨。四人坐在帐篷里吃早餐，其间，宁秋水将他昨晚对出路的猜测和发现告诉了其他两个人。

丰鱼听后显得有些激动："你们也太厉害了！这下我们不仅知道了诡物的本体是什么，还锁定了搜索范围。只要发动其他人，很快就能在古宅里找到它的本体并销毁，到时候大家都安全了，想怎么拍就怎么拍！"

丰鱼兴奋之余，突然发现三人的神色沉重，没有一丝即将脱困的欣喜。他不解地问道："你们怎么了？现在离成功就差一步了，这不是好事吗？"

白潇潇缓缓说道："恐怕未必是好事，你还是低估了人性的复杂。丰鱼，拼图碎片和诡器往往与真相或出路有关。现在狼多肉少，如果将出路透露给其他人，万一他们找到了剧本，并且发现附近有诡器或拼图碎片……那我们岂不是很吃亏？要知道，诡门里的东西都可以抢夺，唯独诡器和拼图碎片不行。假如有人先拿到这两样东西不放手，咱们就一点办法也没有。"

白潇潇顿了顿，面色突然变得阴冷："当然，这还是理想情况。如果某些心狠手辣的人得到了本体，你猜，他们会怎么做？"

白潇潇凑近了一些，那张带着寒气的脸让丰鱼不由自主地后退了半步："怎……怎么做？"

一旁的孟军冷冷地接道："他会将本体藏起来，用这个作为要挟，让诡物听从他的命令。接下来，他只需带着剩下的人快速将戏拍完，完成主线任务，接他们回家的大巴就会出现，但其他人都回不去了。他会让诡物解决掉除他以外的所有人，毕竟，诡物的限制可能是根据剧本计算的，一旦拍完剧本，诡物的限制就解除了。当所有人都被解决后，他再毁掉诡物的本体。之后，他不但有充足的时间去寻找拼图碎片和那件诡器，在离开诡门时，诡门还会因为'一人存活规则'额外赠送他一件属于第四扇诡门难度的诡器！"

孟军说完这些后，丰鱼的后背已经被冷汗浸透。

"不要高估任何人的道德底线，两件诡器和一个拼图碎片，在这个迷雾世界里……真的会让人发疯！"

不要高估人性。

这是白潇潇和孟军，这两名经常进出诡门的老人对丰鱼的忠告，也同样是说给宁秋水的警示。

在诡门里，危险的不止是那些诡物，还有一同进入的伙伴。许多未能走出诡门的人，直到最后一刻都不清楚自己究竟是被诡物所害，还是被人暗算。孟军和白潇潇的话如同两盆冷水，从头浇到脚，令丰鱼感到彻骨的寒意。

"在诡门背后，你可以不去害人，但绝对不能不防人。昨夜秋水的推测，千万别和任何人说……这可是关乎你生死的事，小鱼鱼！"白潇潇眨着眼睛调侃道，丰鱼却忍不住打了个寒战。

他咽了咽口水，急忙说道："放心，我绝对不会说！"

他是真的被孟军的话吓住了。现实中都有不少因利益而失去理智的人，何况是在诡门这种没有法律约束的地方？人在这里会变成什么样，谁也无法预料。他们只能保持沉默。

吃完早饭，丰鱼有些无聊地躺在帐篷里，双手枕在脑后，望着头顶，叹道："唉……我们就这么干等着吗？"

宁秋水坐在帐篷口，目光一直注视着远处的其他帐篷，说道："当然不是，那些人很快就忍不住了，肯定会继续拍摄。只要他们开始拍戏，我们就能进入古宅寻找剧本。目前来看，诡物似乎不能分身，如果有剧本干扰，它应该会优先攻击拍戏的人……不过，也说不准。但至少进入古宅的不止我们，安全系数会高一些。"

果然，没过多久，主张拍戏的那群人已经蠢蠢欲动。他们认为，诡物的行动或许与时间有关，拖得越久，危险越大。早点完成拍摄，对大家都有好处。

不过，经历了昨晚的事情，他们对诡物是否在按时间规律行动也没有了把握。如果他们坚定信念，昨天下雨后就不会停下拍摄，而是继续赶工。显然，他们的意志并不如想象中坚定，内心充满了不安和犹豫。不过，事情已经发展到这一步，除非有明确的事实证明他们错了，否则他们不会轻易停下。

很快，第二个小队组建好了，他们用防雨的衣物裹着剧本，匆忙朝古宅跑去。见状，宁秋水几人也动身了。而在另一边的小帐篷里，君迢迢叉腰观察着，皱眉看着宁秋水四人的背影，突然说道："他们怎么进去了？"

她身后的男人闻言坐起身来："谁？"

这个男人名叫庚扈，是雇佣君迢迢带他过这扇门的雇主。

君迢迢回道："白潇潇他们……我记得他们之前并没有参与拍摄，现在怎么突然朝古宅里跑？"

听到白潇潇的名字，男人立刻回想起来。她在人群中颇为引人注目。男人随口说道："谁知道呢，或许他们改变主意了吧。"

君迢迢沉默片刻，微微皱眉，咬着指甲说道："我觉得不对劲，他们看上去很老练，一开始坚决拒绝拍戏，现在突然进入古宅，可能发现了什么……我想跟过去看看，你要一起吗？"

男人看了一眼雨中的宅子，宅子伫立在细雨里，显得格外阴森。他总觉得那里隐藏着什么不为人知的东西。

"不，我还是待在这里吧。"他微微颤抖了一下，拒绝了。

君迢迢也没有勉强，毕竟他是她的雇主。如果能顺利带他离开这扇诡门，她将得到一笔丰厚的酬劳，足以在迷雾外的世界享受数月。

"行，那我过去看看，你最好和其他人待在一起，安全些。"

说完，君迢迢抬手挡了挡眼前的雨，快步跑向了那座古宅……

"糟了！"进入古宅没多久的丰鱼忽然拍了拍脑袋，"我忘带剧本了！哎呀，白姐，你当时走在最后，怎么也不提醒我一下！那东西放在帐篷里，不会被人拿走吧？"

白潇潇没搭理他。

宁秋水笑道："无所谓，那些东西本来就没什么用，拿走就拿走吧。"

丰鱼松了口气："既然秋水哥你都这么说了，那行吧。"

他们来到了一个保存较好的院子，这里的房间几乎没有漏水。院子中央有一棵古老的槐树，高大而茂密，但看上去显得阴沉。老槐树上不时有雨滴落下。

"一共三间房，分两组，先搜两边，再搜中间。发现问题立刻通知其他人。"孟军分配完任务后，带着丰鱼走向左边的房间，宁秋水和白潇潇则前往右边。

进门时，走在后面的白潇潇脸上露出了一丝笑容。她伸手从背后慢慢取出一把红色的剪刀。前面的宁秋水神色不变，悄悄将手伸进胸口，从衣服里取出一本一直随身携带的古书。

"你很怕我们找到那个剧本？"宁秋水缓缓转身，直视着眼前的"白潇潇"。她的笑容淡淡的，却让人感到一股彻骨的寒意。这似乎是诡物的标志。一旦盯上猎物，就会笑。

"白潇潇"没有回应。与之前那些因怨气形成的诡物不同。眼前的这位无法与人沟通，但宁秋水确信它能听懂自己说的话。因为就在他话音落下时，"白潇潇"的眼中闪过一丝冰冷的杀意，随即猛然向他扑来。

宁秋水没有躲避，他迅速掏出古书挡在身前。红色的剪刀划过古书，只留下了一道裂痕。紧接着，古书的书页自动翻动，似乎有某种力量从中涌动出来。

"白潇潇"的身形开始模糊，逐渐化为一个表情痛苦的男人，似乎正努力挣脱这股神秘力量的束缚。

"这本古书竟然能伤到第四扇门的诡物！"宁秋水略感惊讶。他知道大多数诡器只能限制诡物或进行防御，极少数能对其产生实际伤害，虽然无法彻底消灭它们，但足以为拥有者争取宝贵的时间。

眼前这个手持剪刀的男人即将挣脱束缚，宁秋水果断一脚将它踢开，趁机跑到孟军和丰鱼所在的房间，敲开了门。

"快逃！"

没有多余的解释，二人也看到了对面房间门口的男人，立刻跟宁秋水一起飞速逃离了院子。

"怎么回事？"丰鱼惊恐地问道，"白姐呢？"

宁秋水一边跑，一边神色凝重地答道："被调包了。落单的人会更危险，希望她没事。"

他们先是逃出拱门，随后在小巷中穿过多个路口，最后停在一座荒废的院落中。

"不行了，我跑不动了！"丰鱼双手撑着膝盖，气喘吁吁道，"那东西真是防不胜防，居然能变成我们的样子！"

宁秋水点头："确实，它已经这样做过一次，我早该有所防备，可是我还是大意了。如果不是你之前在房外忽然问了它一个问题，我可能还没这么快反应过来……"

丰鱼笑了笑："看来我还是有点用的，哈哈！不过，白姐是什么时候被调包的？"

众人陷入了沉默，没人知道白潇潇是什么时候被调包的。自从进入宅子后就没人再跟她说过话，她一直走在队伍的最后面。现在三人甚至不知道，她是否还安全。

"我们接下来怎么办？是继续找剧本，还是先找白姐？"丰鱼问道。

孟军语气冰冷且坚定："找人。"

对于孟军的选择，宁秋水并不意外。他早就感觉到，这个外表冷漠的男人其实很在意朋友。三人沿原路返回，这次他们格外警惕，手持诡器，随时准备应对可能出现的危险。然而，一路上再也没见到那个男人的身影，仿佛它消失了。

"它可能去找那群拍戏的人了……这家伙倒是'雨露均沾'。"丰鱼笑着调侃。

他们回到原来的院子里，刚走到大槐树下，便看到对面房间的木门被推开。白潇潇和君迢迢的身影出现在他们面前。

"白姐！"丰鱼惊喜地喊道，正准备冲过去，但想到之前的经历，他停住了，只远远对白潇潇挥了挥手，眼中带着一丝警惕。

经过确认，他们确定眼前的两人都是本人。

"白姐，刚才真是吓死我们了！"丰鱼埋怨道。

白潇潇双手叉腰，咬着嘴唇，无奈地说："我也不知道怎么回事，走着走着发现你们不见了，自己出现在一条陌生的小路上……当时我还以为那东西找上我了，可等了半天什么都没见到，后来才反应过来，它应该是去找你们了。我在宅子里转悠了好久，后来碰见了她。"

说完，白潇潇用下巴示意旁边的瘦弱女孩君迢迢。

宁秋水皱了皱眉："它有这样的能力，却没对你下手，反而选中了我们……真

251

有意思。"

"它难道不是随机行动吗?"丰鱼不解,他觉得这很正常。

"是随机的,但也有优先顺序。"宁秋水解释道,"无论是一开始被选中的导演郑超,还是后来的徐武,都是在落单时遇袭的。这说明它更倾向于攻击落单的人。"

孟军插话道:"有两种可能。第一,它的能力受到了限制,无法在变成他人的样子后立刻对那个人动手。第二,可能是这个院子里的三个房间里确实藏着什么重要的东西,它急着对我们出手,就是为了阻止我们发现这些。"

"你们刚才找到什么重要的东西了吗?"宁秋水问向白潇潇。

白潇潇摇了摇头,叹了口气:"没有,什么都没找到……"

说完,她对宁秋水眨了眨眼。宁秋水不动声色地转头看向君迢迢:"你呢?"

君迢迢抱着双臂,说:"拜托,我可是和白潇潇一起的,我要是找到了,她能不知道吗?而且,我根本不知道要找什么……"

丰鱼满脸不信:"你这女人撒谎眼睛都不眨一下。你不知道找什么,还闯进这古宅?"

君迢迢无奈道:"我进来是因为看到你们进来了,才跟进来的。古宅这么危险,你们为什么进来?"

宁秋水道:"我们当然是来找诡物的本体。前面刚有一群人进来拍戏,它盯上我们的可能性不大,即使盯上,也不会一直盯着。"

君迢迢眼珠转了转:"那我跟你们一起吧,多一个人更安全,我也能帮忙。"

听到这话,四人心中都骂了一句人精。君迢迢并没有直接问"你们知道诡物的本体是什么吗",她索性选择加入他们。如果他们不同意,就说明他们确实掌握了关键线索,不想让她参与;如果同意,她就可以借机与他们一起行动,寻找诡器和拼图碎片。

丰鱼忍不住说:"哇,你这女人真不害臊,打算让我们当挡箭牌吧?"

君迢迢厚脸皮道:"别这么说嘛,这古宅这么大,什么东西都有可能是诡物的本体。多一个人,多一个劳动力嘛。"

宁秋水笑了笑:"可以,但如果找到诡器和拼图碎片,归我们。不然,我们不会带你。而且,我们找到本体后,不会第一时间销毁它,你知道我们会做什么。"

君迢迢的笑容消失了,叹了口气:"我认栽。玩不过你们,毕竟你们四个人都不蠢。而且我还带着一个拖油瓶。这样吧,我们交易。我给你们提供一条非常重要的线索,作为交换,你们找到本体后,保证我和我朋友的安全。"

四人对视一眼,白潇潇点头:"可以。线索是什么?"

君迢迢缓缓道:"聪明反被聪明误,诡物也一样。"

四人愣了一下 丰鱼脸上满是怀疑："你逗我们呢？随便说一句故弄玄虚的话就算线索？"

君迢迢摇头："我没说这是寻找本体的线索，但我可以肯定，这是一条出路线索，来自诡门之外的提示。是不是故弄玄虚，等你们找到出路，自然就会明白。"

白潇潇沉默片刻："知道了，谢谢你的线索。如果我们找到出路或是诡物的本体，发现你没骗我们，我们会履行承诺。"

君迢迢点头："既然这样，我就先走了，这地方确实不安全。其实这次进门，我本来也没打算拿走诡器或拼图碎片。原本还想着把这条线索告诉其他人，大家一起找出路，可这次进来的好几个人都是独狼，没有队友，我不敢冒险……你们懂的。"

说完，她离开了。四人目送她远去，陷入了沉默。

"你们觉得她的话有几分可信？"丰鱼不确定地问。

宁秋水说道："可信度很高。她没有骗我们的动机，外面那些人更不靠谱。时间拖得越久，对她越不利。我们要是淘汰了，她的处境更糟。不过我更加在意的是，她这条线索究竟是从哪儿来的？"

宁秋水想到了他之前收到的三封神秘信件。难道君迢迢就是"红豆"？还是说，有更多人收到了这些神秘信件？

思绪翻涌，但眼下最重要的还是完成任务。其他事情，出去之后再查。

"聪明反被聪明误，诡物也一样。"

这是一条非常模糊的提示，但某些字眼已经得到验证。它确实非常狡猾，至少在他们遇到的诡物中名列前茅。它不仅利用雨天的氛围吓走众人，还会伪装。而君迢迢的提示似乎表明，它在行动时会留下破绽。

诡物行动时，因为自作聪明，会留下破绽？四人站在原地思索了一会儿，没什么头绪，只能继续在古宅内搜寻。

或许是诡门的保护机制起了作用，那只诡物暂时没有再出现。他们很快搜遍了古宅能够遮雨的地方，却依然未见剧本的踪影。

"这家伙真狡猾，到底把剧本藏哪儿了？找了这么久也没找到……"丰鱼满身是汗，叉着腰，迷茫地打量四周。

白潇潇咬了咬唇，神情中带着思索，轻声道："你们说……会不会有种可能，那只诡物根本没拿走剧本，或者它根本没把剧本放在古宅里？"

宁秋水被她一提醒，忽然想起了重要线索，目光一亮。

"你说得对……我们可能被那诡物耍了！之前，剧本被淋湿的时候，它浑身

253

都是湿漉漉的，但刚才我撞见它时，它身上却一点水渍都没有。"宁秋水指了指众人头顶的天空，接着道，"你们看，这雨一直下个不停，山里的空气又潮湿阴冷，十几张纸叠在一起如果被淋湿，哪怕放在干燥的地方，一个晚上也很难完全干透。所以仔细想想，有什么地方能让湿透的剧本迅速变干？"

三人神色微变，几乎同时想到答案。

"只有有火的地方，才能让剧本这么快变干。"孟军低声说道，"所以剧本……应该在空地的某个帐篷里！"

宁秋水点头道："君迢迢的提示是对的。它先找到我们而没去理会那些拍戏的人，可能就是为了暗示它的本体在古宅，怕被我们找到。但它没想到，自己干燥的样子反而暴露了真相。我们快回空地！"

宁秋水话音刚落，四人立刻动身，迅速离开古宅，返回铺满帐篷的空地。

剧本本身并不特别，每个人手上都有一份，而且几乎一模一样。唯一的区别在于，每本剧本的封面标注了不同的身份。不过，谁拿着什么身份的剧本并不意味着必须按照剧本来演戏，演员如果不配合，光有剧本也是没用的。因此，大家并不特别在意手中的剧本。

宁秋水四人分头寻找。很快，当他们回到自己的帐篷时，白潇潇手中拿着一本崭新的剧本，说："找到了。"

四人眼睛一亮。不出意外的话，这就是那只诡物的本体！只要摧毁它，诡物就会消失。

"先别急着摧毁，剧本里可能有重要线索，也许能找到与拼图碎片和诡器有关的信息。"宁秋水说道，然后从白潇潇手中接过剧本，翻开仔细阅读。其他几人也围了过来，认真查看。

当他们看完剧本的内容后，心里都掠过一阵寒意。宁秋水的猜测基本正确——这个新剧本里也有他们所有人的戏份，但他们不再是来古城探险的人，而是配合导演来古宅拍戏的演员。剧本里，还出现了那个拿着剪刀的男人。

"我们果然被导演算计了，可恶！"丰鱼忍不住低声咒骂，脸上写满愤怒。

宁秋水沉声道："看样子，这扇门里的诡器，就是那个男人手中的红剪刀。"

突然，一阵阴风掠过，帐篷门口悄然浮现出一个黑影。四人顿时警觉，目光紧紧锁定那道身影。

"谁？"宁秋水问道，手里握紧了剧本，随时准备在对方发动攻击时将剧本撕碎。其他三人也纷纷拿出诡器，紧张地盯着门口。

帘子被一只苍白的手缓缓拉开，那张熟悉又令人不安的脸显现出来——正是那个手持红剪刀的男人。

不过，它进了帐篷后，并没有发起攻击，而是呆滞地站在宁秋水面前，仿佛一个傀儡。

宁秋水微微斜着眼睛观察了一下，忽然开口道："坐下。"

话音刚落，令人震撼的一幕出现了——它竟然真的盘坐在了宁秋水面前！

"这……什么情况？这诡物成了我们的跟班了？"丰鱼又惊又喜地说道。

如果真是这样，那岂不是意味着他们在这扇诡门背后不仅已经安全了，还获得了一个极为强大的帮手？

宁秋水继续试探着发出几条指令。只要是一些简单的指令，它都会照做。看来，他们手里的这本剧本……就是诡物的本体。

"剪刀给我。"宁秋水对着诡物说道，对方拿起那把红剪刀，轻轻递给了他。

接触到红剪刀的瞬间，宁秋水立刻感到一股刺骨的寒意。根据之前的经验，他的直觉告诉他，这把红剪刀不是一把普通诡器，而是和他胸口的古书一样，拥有强力！

收起剪刀后，宁秋水看向身旁的三名队友："东西先由我暂时保管，出去之前我们再做定夺，现在是要马上处理这只诡物，还是留着？"

"我的建议是，尽快处理掉它。"孟军声音透着几分冷意，"虽然现在它的本体在我们手中，但我们毕竟是人，总要休息，一旦我们稍不留神，它就有可能夺回它的本体。这东西留在手里，像是一把双刃剑，我个人更愿意称它为定时炸弹。我们又不需要利用它去对付别人，所以没有理由继续留下它。"

白潇潇微微挑眉："我们已经拿到了一件诡器，很赚了，拼图碎片当然也要尽力获取。我建议摧毁本体，但暂时不要告诉其他人。趁这个机会，我们可以在古宅里搜寻，争取找到那个藏起来的拼图碎片！"

她说完之后，三人都看向了丰鱼。后者耸了耸肩："呃，这种事你们做决定就好，不用问我，我毕竟就是个混子……嘿嘿。"

丰鱼对自己的定位很清晰，也没有太多主见，不愿参与决策。在他看来，只要不拖团队后腿，跟着这三位大佬，过这扇诡门肯定是没问题的。

众人达成一致后，宁秋水毫不犹豫地将剧本扔进了火堆。

那只诡物站在他们面前，眼中透出一股怨恨，但它无法动弹，身体渐渐在火焰中燃烧，最终无声无息地化为灰烬。

见诡物消失，四人都长舒了一口气，心里的大石头终于落下。

诡物消失后，宁秋水手中的那柄红色剪刀虽然依旧冰冷，但已不再带有先前的刺骨寒意。

"好了，离天黑还有不少时间，古宅也不算大，咱们还是按之前的分组，各自搜寻。"

孟军说道。

"还要分组吗？单独行动会不会更快？"确认诡物彻底消失后，丰鱼渐渐放松下来，甚至显得有些兴奋，跃跃欲试。

孟军瞥了他一眼："单独行动是快，但也更危险。现在还不能排除其他隐患，小心为上。而且时间还来得及。"

听到这话，丰鱼不再坚持。几人进入古宅，开始了细致的搜寻。

此时，正在古宅拍戏的那些人也一切顺利，再没有发生恐怖的事情，顺利得让他们自己都觉得有些不真实……

宁秋水和白潇潇搜索时，再次路过了那间柴房。宁秋水心中一动，走了进去。

他盯着地面上那些早已干涸、变得暗沉的印迹，隐隐感到一丝不安。他觉得自己好像忽略了什么重要的细节。

宁秋水缓缓蹲下身，凝视着这些印迹，眉头微皱。

白潇潇注意到宁秋水的异样，走上前，将一只手轻轻放在他的肩膀上，轻声问道："发现什么了吗？"

宁秋水摇了摇头："没发现什么，只是心里有点不安。"

他确实感到不安。

作为第四扇诡门，而且是带有拼图碎片的门，除去导演这个副本中的NPC，到目前为止只淘汰了一个人。这合理吗？要知道，这次进入诡门的共有十七人。两天过去了，还剩下十六人。这给人的感觉，就像是那只拿着红色剪刀的诡物……在有意拖延。

其他诡门中的诡物都急于淘汰所有人，它却似乎能不动手就不动手。

"对了，白姐，之前你遇到君迢迢时，在房间里找到了什么？"宁秋水忽然问道，想起白潇潇曾对他眨眼示意。

白潇潇闻言，笑道："找到了一件诡器。"

宁秋水微微一愣："还有诡器？"

白潇潇点了点头，随即拿出了一柄匕首。

看到匕首，宁秋水的脑中灵光一现："你确定这是诡器吗，白姐？"

白潇潇笃定道："确定，你摸摸就知道了。"

宁秋水伸手接触匕首，冰冷刺骨，与普通铁器的触感截然不同。

"多注意这种感觉。"白潇潇提醒道，"以后在诡门里遇到诡器，能第一时间辨认出来。"

宁秋水若有所思，忽然说道："我有个疑问，不知道白姐能否解答？"

"你说。"白潇潇点头。

宁秋水盯着匕首，低声道："我一直以为，诡器应该都是与诡门里重要角色有关的东西。比如我在第一扇诡门里拿到的那块血玉，是小女孩母亲求来镇压诡物的。还有第二扇诡门里的阮婆古书，以及这扇诡门中从诡物手中得来的红剪刀……我觉得它们之间有某种共同点，所以，我想求证一下，我的推测是否正确？"

白潇潇眨了眨眼，似乎在思索："这一点我倒是没有特别留意，但你这么说倒也有道理……我拿到的诡器也都和诡门背后的重要角色相关。"

说到这里，白潇潇的声音忽然停住了。是啊！他们的注意力一直被古宅中的诡物吸引，忽略了这个细节！如果每扇诡门的诡器都与重要角色有关，那她手上的这把匕首……又与谁相关呢？

白潇潇越想越觉得不对劲，脖颈后的汗毛不自觉竖了起来。

宁秋水打断了她的思绪："这也只是个猜想，暂时不必太担心。多加小心，我们还是以寻找拼图碎片为主。"

白潇潇点了点头，回应道："嗯。"

时间飞快过去，天色渐渐暗下来，四个人几乎把古宅的每个隐匿角落都翻一个遍，还是没有找到拼图碎片。回到帐篷里的他们，神情略显沮丧，但宁秋水很快调整情绪。

"拼图碎片到底藏在哪里呢？古宅都翻遍了，连那口枯井也下去找过了，还是没有！"丰鱼一边拍打着被蚊子叮咬的腿，一边抱怨道。

宁秋水没有继续纠结，而是转向孟军和丰鱼，问道："下午你们在找拼图碎片时，有没有遇见什么奇怪的事？"

两人听后愣了一下，随即都摇了摇头。孟军依旧沉默寡言，能不说话就不说话，倒是丰鱼思索片刻后说道："秋水哥，你这么一问，我倒真想起有个地方有点不对劲。"

三人的目光立刻集中到他身上。

"哪里不对劲？"

丰鱼被三人的目光盯得有些不自在，挠了挠头说道："我也说不上来，就是感觉，好像有什么东西在盯着我。"

"没关系，畅所欲言。"宁秋水安慰道。

丰鱼清了清嗓子，继续说道："今天下午我和军哥一起在古宅里找东西时，总觉得有双眼睛一直盯着我。特别是在室外能被雨淋到的地方，这种感觉尤为强烈，一进屋就好多了。"

他话音刚落,三人的表情都变得微妙起来。丰鱼见状,忍不住问道:"你们也有这种感觉吗?"

宁秋水摇了摇头:"我没有这种感觉,不过你的直觉可能没错,或许当时真的有什么东西在盯着你。"

丰鱼闻言,浑身的汗毛顿时竖了起来:"秋水哥,你别吓我,诡门背后的诡物都已经解决了,还能有什么东西?"

这时,一直沉默的孟军开口了:"我也有同样的感觉,而且非常清晰。起初我以为是人,后来我带丰鱼在那三个院子里绕了几圈,没发现任何可疑的痕迹。但那种被人盯着的感觉,只有在屋子里才会消失。"

"离开古宅之后呢?"宁秋水皱眉问道。

孟军回答:"离开古宅后就没有了。"

四人陷入沉默。几分钟后,丰鱼忍不住问道:"那……咱们明天还去古宅找拼图碎片吗?"

宁秋水摇了摇头:"我建议明早就摊牌,让其他人尽快完成拍摄,我有种不安的预感,总觉得有什么不好的事要发生。我们已经拿到了两件诡器,可以说是收获颇丰,最重要的是尽快完成任务,平安返回。"

其他三人也点了点头,他们的想法与宁秋水相同。任务完成后迅速离开才是上策,见好就收是明智之举。

一夜过去,雨依旧未停。

清晨,宁秋水几人把其他人叫醒,向他们说明了当前的情况。众人起初半信半疑,但宁秋水等人带头开始继续拍摄电影的后续情节。

在拍摄了几幕危险的场景后,看到没有人出事,之前那个手持红剪刀的男人也没有再出现,大家才逐渐相信宁秋水他们的说法。尽管每个人心里都有些小心思,惦记着这扇诡门背后的诡器和拼图碎片,但眼下还是必须先完成电影的拍摄。

毕竟,主线任务关系到他们所有人的安危。

很快,剧情推进到最后一幕。女主角闫菲菲逃进一座院子,院子里矗立着一棵巨大的槐树。她抬头,发现槐树上方有什么东西凝视着她,顿时惊叫一声,昏倒在地,随即男主角出现,抱起她离开古宅,故事至此结束。

所有人都显得迫不及待,因为只要拍完这最后一幕,破旧的大巴车就会来接他们回到诡舍。到时他们就有足够的时间,可以寻找拼图碎片,即便遇到危险,也可以迅速躲进大巴车里。只要有一人未上车,大巴车就不会发动,直到任务的隐藏时限结束。

演员们来到了院子里，女主角闫菲菲仍由程心担任，摄影师早已在院内就位，男主则在另一个房间里等待。

随着拍摄开始，程心惊慌地从对面拱门冲出，其间频频回头，仿佛身后有某种可怕的东西在追她。她跑到大槐树下，扶着膝盖喘气。没过多久，她忽然像发现了什么，缓缓抬起头，仿佛看到了极其可怕的东西，随即大声尖叫，昏了过去。

此时，摄影师对远处的男主招手示意，男主立即冲了出来，将程心抱起，快速跑向古宅门口，摄影师紧随其后，一同跑出了古宅。出门后，摄影师按下停止键，激动地挥起双手，喊道："OK！结束了！"

大家兴奋地围到电脑前，查看刚刚的拍摄成果。然而，还没看多久，身后传来了男主有些疑惑的呼唤声："程心……程心？"

大家回头一看，只见男主将程心放在地上，但程心没有站起来，而是软倒在他怀里，像是失去了知觉。

众人见状，意识到情况不对，赶忙上前查看。他们掐了掐程心的人中，她才缓缓苏醒。刚清醒过来，程心的眼神中立刻浮现出巨大的恐惧，随即剧烈挣扎起来。

"有诡物……有诡物！"程心死死抓住一人的手臂，力气之大，甚至在对方手臂上留下了明显的红痕。

被抓的人赶紧抽回手臂，看着手上的抓痕，不满地说："程心，你是不是疯了？哪有什么诡物？拍戏拍糊涂了吧？"

程心浑身颤抖，几乎站不稳："真的有！我看见了……就在那棵老槐树上……它们在对我笑！"

程心的话音刚落，众人背后不由自主地感到一阵寒意。

"你们相信我！槐树上的东西，绝对是诡物。"她情绪激动，看到众人脸上带着怀疑的神色，程心感到自己的心跳加快，几乎要从喉咙里跳出来。

众人见程心如此激动，心中也明白她并非开玩笑。如此看来，古宅里真的还有诡物，而且是四只？

"别怕，我们的主线任务已经完成了，接我们的车很快就会到，到时候不管有多少诡物，都没关系。"有人试图安慰着程心，也像是在安慰自己。

小雨轻飘飘地落下，虽然不足以打湿众人的衣服和头发，但那股寒意却没有减退。有人忍不住朝古宅大门看去，生怕黑暗中会突然冒出什么可怕的东西。

众人聚集在空地上，等待了大约半小时，却迟迟不见迷雾和大巴出现。不少人开始焦虑起来。他们不是已经完成任务了吗？为什么大巴还不来？

天空的雨渐渐变大，空气也变得愈发阴冷，众人只得退回帐篷中避雨。

"该死的，车子怎么还不来？"庚扈躲在帐篷里，忍不住抱怨。

除了第一扇诡门外，后面的诡门都是别人带他过的。他在现实生活中非常富有，花了大量金钱在迷雾世界的网站上寻求帮助。正所谓有钱能使鬼推磨。虽然现实生活没有迷雾世界那么危险，但贫穷也能将人逼疯。

君迢迢正是一个经济拮据的人。

此刻，她蹲在帐篷口，一边观察宁秋水他们的动向，一边留意古宅的情况。这样的突发状况，她也始料未及。

"按理说，我们的任务应该已经完成了……"君迢迢皱眉道，"难道是白潇潇那边出了什么问题？"

想到这里，君迢迢回头嘱咐了庚扈几句，便走进雨中，朝宁秋水他们的帐篷走去。

拨开帐篷帘，君迢迢一进来就感觉到气氛有些压抑，内心顿时生出一种不好的预感。

"怎么回事？"她问道。

四人看着她，都没有说话。良久，白潇潇才开口："我们也不太清楚，按照你的提示，我们的确找到了诡物的本体并将其烧毁……你也看见了，后来它没有再出现。可现在电影都拍完了，为什么大巴车还不来接我们？"

君迢迢闻言，仔细打量四人的表情，片刻后，心中一沉——他们的神色并非装出来的，这意味着当前的困境，并不是他们造成的。

"以前大巴有过晚点的情况吗？"丰鱼闷声问道。

白潇潇、孟军、宁秋水，甚至连君迢迢都摇了摇头。他们经历的所有诡门中，大巴从未晚点过。

"只要主线任务完成，无论在哪里，车子都会准时出现。"白潇潇说道。

"那现在大巴没来，是不是意味着我们的主线任务还没完成？"丰鱼问。

"应该是这样。"

丰鱼满脸疑惑："可我们的任务不就是帮导演郑超拍完电影吗？新老剧本都拍完了，任务不是已经完成了吗？"

君迢迢听到这里，忽然插话："什么新剧本？"

白潇潇向她解释了新老剧本的事情，还把宁秋水之前的猜测一并告诉了她。大家已经意识到了情况有异，没必要再隐瞒。毕竟，他们已经拿到了两个诡器，算是赚到了。当然，前提是能安全回去。

"如果新老剧本都拍完了，任务还没结束……难道还有第三个剧本？"君迢迢第一时间想到了宁秋水的套娃式猜测。

"不应该啊，即便秋水的猜测是对的，那第三个剧本也应该在郑超的朋友手里。郑超肯定不知道第三个剧本的内容，否则他也不会在古宅出事。因此，就算有第三个剧本，那也跟郑超无关。"

众人陷入沉默，如果诡门的任务是"帮助导演拍完这部影片"，那么确实可能存在第三个剧本，因为任务并没有明确指明是哪个导演。

然而，诡门上的任务描述已经非常清晰，明确提到是郑超。理论上，郑超手里只会有两个剧本，而这两个剧本的内容他们已经拍完了。可是，任务仍未结束。

事情仿佛陷入了死局。

帐篷外的雨越下越大，噼里啪啦地打在了帐篷上，发出细密的声音。

宁秋水拨开门帘，目光越过君迢迢，看向古宅的方向。这一眼，让他神色骤变。几乎瞬间，他站了起来。其他几人见状，也立刻朝古宅望去。

即便隔着密集的雨幕，他们仍能清晰地看到古宅门口站着的四个恐怖黑影。

这些黑影与他们相距大约百米，但只需一眼，就能感到一股刺骨的寒意！

"该死！"

"果然，老宅里还有诡物，而且是四个！"

"糟糕，之前盯着我们的……不会就是它们吧？"丰鱼想到昨天下午在老宅寻找拼图碎片时，一直有种被窥视的感觉。起初他以为是自己的错觉，但现在想到盯着他们的，或许正是老槐树上的四只诡物，顿时感到双腿发软。

"不好，它们过来了！"孟军忽然开口，声音严肃而凝重。

远处的雨幕中，四道黑影正朝他们所在的空地飘来，速度极快，甚至超过了他们全力奔跑的速度。大雨中，它们丝毫不受阻碍。

帐篷内，众人迅速取出了护身的诡器，君迢迢也即刻返回了自己的帐篷。她的雇主还在那里，那可是五十万的赏金！

"不对，它们不是冲着我们来的……"宁秋水皱眉，发现那四道黑影虽然朝空地而来，但并非直奔他们的帐篷，而是沿着下山的路。

"它们要干什么，要下山？"

四人在帐篷内谨慎地注视着黑影。很快，它们到达了下山的路口，其中一只停留在原地，其余三只则转头直奔空地这边。

"糟了，它们堵住了我们的退路！"丰鱼惊叫。

宁秋水毫不犹豫地拨开帐篷门帘，大喊一声："跑！"

宁秋水率先朝远处阴森的古宅冲去。此时，他们顾不得那古宅中的阴暗与诡异了，留在空地上只会更加危险。

身后很快传来了惊恐的叫喊声："救命！"

好在有其他人吸引了注意力，三只诡物暂时没有追向他们。然而，就在四人跨入古宅大门时，宁秋水忽然感到背后袭来一股寒意。

他回头看去："快逃，一只诡物追来了！"

大雨中，四人默契地分为两组，分别朝不同方向跑去。眼下这种情况，独自行动太过危险，而四人一起目标太大，两人一组相对更安全。

宁秋水与白潇潇迅速逃向古宅东侧，得益于之前的搜寻，他们对古宅的地形与躲藏点十分熟悉。很快，他们躲进了一个疑似曾有女人住过的房间，藏进最角落的衣柜里。柜子里没有衣物，只有灰尘和老旧木柜的气味。衣柜虽不大，但足以容下两人。

"大意了……"黑暗中，白潇潇轻声自语，手指摸到了她之前找到的那柄匕首，"如果没猜错，那几只诡物就是被这把匕首所伤。袭击它们的不是诡物，而是人。这也解释了为何它们遇袭后，柴房里的印迹没有消失。但问题是，为什么之前没看到它出现呢？"

沉默片刻后，宁秋水低声回应："看来我们的猜测是对的……虽然逻辑上还有些不通，但可以肯定，郑超导演应该有第三个剧本！只有这样才能解释为什么我们拍完前两个剧本后，主线任务还没有结束。"

白潇潇有些疑惑："可我们搜查过郑超导演的东西，那里只有两个剧本，没有第三个。如果真的有第三个剧本，它现在会在哪里呢？"

挤在衣柜里的白潇潇本来还有些尴尬，毕竟二人的衣服都被雨水打湿，贴在一起的触感让她有些不自在。然而，笼罩在周身的压迫感让她迅速压下了心中的尴尬。

"第三个剧本不会离我们太远。如果拿不到它，我们所有人都会陷入绝境……外面有四只诡物，我们不可能一直躲下去，迟早会被找到！随着人数的减少，幸存者的压力只会倍增！再仔细想想，我们一定遗漏了什么关键信息……"

宁秋水的话音刚落，忽然一只冰凉的手捂住了他的嘴。他立刻停止了喋喋不休。

此时，柜门和房间的门都紧紧关着，外面的诡物飘在空中，走路时没有任何声响……尽管白潇潇没有解释，但宁秋水明白，她一定察觉到了什么。这个历经多次诡门考验的女人，心思远比外表看起来更为细腻。

果然，片刻之后，外面的房门被推开了。

吱——

刺耳的声音划破空气，不知道是风带来的，还是伴随着风雨进来的什么东西，蜷缩在柜子里的两人感到一阵莫名的寒冷。

宁秋水觉得白潇潇捂着他口鼻的手有些紧，使他有点喘不过气。他轻轻握住她的手，缓缓将其移开。二人默默无声，可能是因为紧张，宁秋水的手握得稍微有些用力，而白潇潇的掌心也渗出了细密的汗水。

尽管什么都看不见，屋内只有外面传来的雨声，但他们隐约感觉到有什么东西正在房间里徘徊，寻找……宁秋水和白潇潇连呼吸都压得很轻。

此时，他们甚至有些感激外面那场雨，因为雨声掩盖了他们剧烈的心跳。

时间在黑暗中一点一滴地流逝，宁秋水和白潇潇感到身上的寒意越来越重，仿佛有什么看不见的东西正在耳边轻轻吹气……

这种感觉持续刺激着他们的神经，但二人没有任何动作。不到万不得已，他们绝不会轻举妄动。

就在那种毛骨悚然的感觉快要爆发时，门外传来细微的脚步声，不大不小，像是有人在慌乱中逃跑。

正是这脚步声，吸引了外面那个东西的注意，让二人身上那股令人战栗的感觉消退了大半。

大约过了三分钟，寒意完全散去。白潇潇小心翼翼地推开一条缝，朝外看去。

空荡的房间里，什么都没有，只有地上残留的大片水渍……

"它走了。"白潇潇轻声道。

宁秋水闻言松开了手，轻轻推开了衣柜的门。

两人出来后，确认屋子里没有异常，才稍微松了一口气。宁秋水回过头，看到白潇潇正在揉着刚才被他用力抓住的手，带着歉意说道："抱歉，刚才有点紧张。"

白潇潇走到他身边，瞥了他一眼，调侃道："没事，我也不是什么娇滴滴的小公主。不过下次你牵女孩子的时候，别这么用力了，毕竟不是每个女孩都承受得住。"

她晃了晃微微发红的手，随即走到门口，轻轻将门掩上。外面情况不明，再加上大雨倾盆，贸然出去绝非良策。

宁秋水蹲下身子，开始仔细观察地上的水渍，白潇潇见状，沉默地站在一旁，没有打断他的思路。

几分钟后，宁秋水忽然低声说道："原来第三个剧本……在那个地方。"

白潇潇心头一震，忙问道："在哪里？"

宁秋水抬起头，目光锐利，隐约闪烁着光芒："在郑超手里。"

白潇潇愣住了："郑超？他……不是已经……"

宁秋水平静而坚定地回道："对，但如果郑超真的不在了，我们的推理就会有不合理的地方。按之前的推测，第三个剧本应该是在郑超朋友手里，而郑超本人只是他朋友剧本中的一个演员，一个牺牲品。但你有没有想过，或许郑超根本没有朋友，而出事的那个'郑超导演'其实并不是真正的郑超。"

白潇潇瞬间如遭雷击，愕然道："第一天晚上，出事的那个导演不是郑超？你是怎么想到的？"

宁秋水指了指地上的水渍："你注意到这些水渍了吗？诡物通常不会被雨淋湿，除非它的本体正处在雨中。但它们没有去找本体，而是直接朝我们来了，这说明它们不怕雨。而且，它们从古宅出来后，第一时间不是追我们，而是堵住了下山的路。与其说是瓮中捉鳖，不如说是它们的本体正在山路上淋雨，怕我们下山后发现真相。根据上一只诡物来推测，它们的本体大概率是一种物品，不会轻易被丢弃。因此，很可能有一个携带着物品的人。"

说到这里，宁秋水问道："那么，现在山下有谁呢？"

白潇潇嘴唇轻动："摄影师……王蓬。"

宁秋水点头："对，或者说……真正的郑超！"

白潇潇被宁秋水的思路彻底震惊了！

之前卡住的疑点此刻豁然开朗。

"还记得我们是怎么确认'导演郑超'和'摄影师王蓬'身份的吗？"宁秋水的声音仿佛带着某种魔力，唤醒了白潇潇的记忆，让她回想起许多细节。

"是他们自己说的……"白潇潇一边回忆，一边说道，"我们是他找来的演员，按理说应该认识他们，尤其是导演。可是，在最初集结时，那个胖子还特意自我介绍了一下，说自己是'郑超导演'，这说明我们之前并不熟悉，他是故意这么说的。"

宁秋水点头："没错，这跟第二扇诡门的伎俩如出一辙。实际上，从我们恢复意识的那一刻起，这部'电影'就已经开拍了。而那个'假郑超'恐怕也是受骗者。如果他早知道自己回不去，肯定不会来到这个地方。

"至于'摄影师王蓬'，他的身份很难让人怀疑。毕竟人们总是先入为主，潜意识里就会把站在摄影机旁边的人当成摄影师，他甚至无需多说一句话。从我们看见他的那一刻，他就被贴上了'摄影师'的标签。

"我被骗了，我相信任何一个正常人都会被骗。那个叫郑超的导演，是个极善操控镜头语言、玩弄人心的家伙，更是一个为了拍戏不择手段的疯子！"

这一切细节在此刻拼接起来。白潇潇的手脚微微发抖。

进入这扇诡门前，她从未料到背后竟然有这么大的阴谋。从始至终，最可怕的不是诡物，而是那个将所有人玩弄于掌心的导演郑超。

"当然，君迢迢给我们的线索也很重要。"宁秋水目光锋利，"聪明反被聪明误，诡物也一样。我们总觉得后者是重点，忽略了前面的那句话，实际上，两者都至关重要。郑超用一句'我是导演郑超'控制了我们的思维，但他没想到，也正是这句话暴露了他！现在，真正的郑超很可能正在山路上，通过某种方式拍摄着我们在山上的一举一动。或许，这才是孟军和丰鱼先前感觉被偷窥的真正原因，而不是老槐树上的那四只诡物，毕竟，那时它们都还被封印着。"

宁秋水说完，望向门外的暴雨。顿了顿，他继续说道："还得感谢这场雨，它给了我们重要的线索。或许，这就是诡门的怜悯？"

白潇潇走到宁秋水身旁，与他一起望着雨幕，眼中泛着微光："你打算冲出去吗？"

宁秋水说道："这是唯一的出路。只有找到那四只诡物的本体并摧毁它们，我们才能顺利离开。"

"你的想法没问题，但你要做好心理准备……古宅里有三只诡物在搜寻我们，且不说我们能否安全躲过它们的搜查，即便躲过了，下山的路口还有一只诡物在盯着我们。此去山下，一旦我们的推测有误，就意味着……"

白潇潇没有继续说下去，但宁秋水已经知道她想说什么。危险如影随形，仿佛一把看不见的刀悬在他们脖子上。

虽然他们都有诡器，但诡器的使用有严格限制。除了探查类诡器，防御、束缚，甚至攻击类型的诡器，在一个诡门世界中最多只能触发三次。无论进入该扇诡门的人带了多少诡器，都只有三次使用机会。而诡器对于诡物的阻拦效果十分有限，关键时候或许能保命，但若想正面对抗，那是自取灭亡。

白潇潇将这些告知宁秋水，并不是为了阻止他，而是要他做好最坏的心理准备。事到如今，诡物的束缚已所剩无几。

"还记得我们之前走的那条路吗？昨天下午，从那条路出去时，我们没有感觉到任何窥视，我想是因为那里没有郑超的'眼睛'。我们从那条路走。"

白潇潇点了点头，到了此时，他们只能放手一搏。若继续待在这儿，被找到只是时间问题。

宁秋水小心翼翼地推开一条门缝。外面大雨滂沱，雨滴如针，冰冷刺骨，打在身上令人感到迷离恍惚。屋外一片漆黑，偶尔风吹过，树叶摇曳，让人不禁怀疑有什么东西在暗处注视着他们。二人屏气凝神，朝着记忆中的路段摸索前进。

无论是宁秋水还是白潇潇，心理素质虽强，此刻却难免紧张。想到那几只飘忽不定的诡物可能随时出现在宅邸的任何角落，心跳不由加快。他们小心前行，偶尔耳畔传来若有若无的惨叫声，仿佛被这场暴雨掩盖了。每一次听到惨叫，都意味着又有人被找到了。

此时，宁秋水才深刻体会到，自己从第一扇诡门中得到的那块血玉有多珍贵。若是在这场紧张的追逐游戏里，有一件能探查诡物的诡器，无异于拥有了巨大的优势。可惜，他的血玉已经碎了。

不久，他们穿过了两个院子，突然遇到麻烦。不远处，一个跌跌撞撞的身影看见了他们，片刻的愣神之后，便疯了一般朝他们跑来。

宁秋水和白潇潇见势不妙，转身就跑，没想到，那人眼见追不上他们，竟疯狂呼喊起来："救命！我是程心啊，救救我！我不是诡物！"

程心的叫声尖锐刺耳，声音穿透力极强，传得很远。听到她的狂呼，宁秋水和白潇潇不但没有停下，反而跑得更快了！他们知道，这个时候遇到人，可能比遇到诡物更糟。毕竟，诡物是无声的，但人会叫喊。程心显然是见他们不救她，便想拉他们一起下水！

幸运的是，程心的腿受了伤，慌乱中踩到滑腻的东西，摔倒在雨坑里，二人的身影很快消失在她的视线中。她绝望地望着他们消失的背影，一只手紧捂着受伤的腿，崩溃地哭泣："救命……求求你们救救我……谁能来救救我啊！"

她哭了一阵，忽然停住，似乎察觉到了什么。她缓缓回头，雨中，一个黑影正向她逼近。刚才的呼救声，已将诡物引向她的位置，她惊恐地大叫："不……不要！"

但那道黑影已迅速靠近，一只冰冷的手抓住了她的头发，将她拖入了一个黑暗的房间，随着门被紧紧关闭，她的声音戛然而止。

与此同时，屋旁的拱门中，两个鬼鬼祟祟的身影悄然出现，他们快速穿过院子，朝古宅大门方向跑去。穿过一条破旧的青石巷时，宁秋水看着地面，忽然皱眉道："有脚印。"

白潇潇低头一看，果然。在大雨冲刷中，地面依然留下了几串模糊的脚印。

"看来已经有人抢先从这条路逃出去了。"她低声喃喃道。

他们加快脚步，顺着脚印的方向朝古宅大门跑去。可是当他们看见那扇大门时，却发现有一道黑影正在门前徘徊。

"正门被封了，走那头！"

二人立刻折返，然而青石巷的尽头，又有一道黑影迅速靠近。

"糟了！"

前后皆被诡物堵住，他们无路可逃。二人急忙撤出巷子，回到古宅入口附近，拿出了诡器。虽然没有交流，但彼此的决心已然传达。

就在此时，一间几乎废弃的破旧小屋里，传来一个女人的声音："这里！"

他们循声望去，看到一块木板被轻轻推开，一双熟悉的眼睛映入眼帘。

这双眼睛的主人，正是君迢迢。

二人见状，急忙跑了过去，君迢迢迅速掀开木板，露出一个地窖，二人跳进去后，她立刻将木板复原。

地窖弥漫着一股潮湿的霉味，淤泥遍地，令人极为不适。虽然这里空间较大。但光线昏暗，几乎看不清东西，因三人靠得很近，宁秋水和白潇潇还是注意到君迢迢的一只手臂断了。

"你的手怎么回事？"宁秋水压低声音问道。

听到这个问题，君迢迢眼中闪过一丝怒意，她咬牙说道："还不是那个该死的男人。我们当时被诡物发现，我给了他一件诡器护身……还用另一件诡器暂时封住了诡物五秒钟，本来可以一起逃走的，没想到庚扈那个家伙害怕逃不掉，竟然把我踢回房间，还关上了门！"

说到这儿，君迢迢的声音也冷了下来，二人不禁为她捏了一把汗。能从这种险境中逃出来，二人对她心生佩服。

"你收回借给他的诡器权限了吗？"白潇潇问道。

在诡门中，这种借给别人的诡器，权限是可以收回的。

君迢迢深吸一口气道："没有。"

"为什么？"

"我要他活着。"

她没说更多，二人也没有追问。他们原本就不熟，更何况这是人家的私事。

很快，他们便感受到一股从头顶缝隙中透下的寒意。三人都清楚，诡物就在附近徘徊。

黑暗潮湿的环境下，三人都有一些紧张。若是能听到头顶的脚步声，或许心里还会踏实些，可诡物飘无声息，这无疑更增加了他们的恐惧。

过了很长时间，远处传来一声哀号。哀号声消失后，宁秋水轻步走向木板，推开了一条缝隙观察外面。

"它应该走了。"他轻声对两位女生说。

君迢迢这时才敢开口："你们为什么来这里？"

白潇潇答道："我们要下山。"

君迢迢听后愣住了:"下山?"

二人这才将他们的发现和推测告诉她,君迢迢听完,神情震惊。

"你要跟我们一起走吗?"白潇潇问道。

君迢迢沉思片刻:"我在这扇诡门里,只剩一次使用诡器的机会了。如果你们的推测是错的——"

她的话还没说完,便被白潇潇便打断了:"如果错了,我们也逃不掉。"

君迢迢直视着二人,沉默了一会儿,最终点头道:"好,我跟你们一起。不过古宅大门有诡物守着,我们不能直接过去。哪怕可以用诡器短暂束缚它,时间也不够我们跑到山下。更何况,下山的路口处还有诡物。"

三人的神色变得凝重。古宅四处封闭,若想离开,必须另辟蹊径。

君迢迢突然说道:"我知道一条路,是之前偶然发现的。但我们需要工具,最好是铲子。"

听到要拿铲子,宁秋水和白潇潇都是一愣。

白潇潇问:"怎么,那条路还要自己挖?"

君迢迢点了点头:"你们还记得宅子东边那堵土墙吗?"

那座土墙,二人当然记得。

第一天那个自称是"郑超导演"的家伙,就是在土墙上遭到袭击的。

"之前我无意中在土墙上看见了一个老鼠洞,才发现墙是泥土堆砌的,没砖石。被大雨一冲,肯定又黏又湿,只要咱们有工具,很快就能挖开。"

宁秋水回忆道:"柴房里有把火钳,能用,而且离这里不远。"

他顿了顿,对两位女生说道:"一起去的话,目标太大了,你们留在这儿接应我,顺利的话,我大概五分钟就会回来!"

白潇潇皱了皱眉,但她没有反对,只叮嘱道:"路上小心。"

宁秋水点头,撑开木板消失在雨中。

时间仿佛被拉长,短短的五分钟,竟有种度日如年的感觉。终于,头顶传来急促的脚步声,接着有人轻轻敲了敲木板。

"快出来,外面暂时安全。"宁秋水的声音传来。

两位女生对视一眼,紧握手中的诡器,推开木板,看到宁秋水拿着火钳,这才松了口气。

他们一路小心翼翼地来到土墙,白潇潇和君迢迢负责望风,宁秋水开始用火钳挖掘。宁秋水的体力惊人,十分钟后,他气喘吁吁地说道:"挖通了!"

白潇潇和君迢迢惊讶地看着他,没想到这副瘦削的身躯竟然隐藏着这么强大的力量。

"接下来还有一个问题……"宁秋水喘着气继续说道,"这个地方和古宅大门形成了视觉盲区,足够支持我们跑到至少一半的路程,才会被诡物发现。"

他停顿了一下,眉头紧锁:"但无论怎样,等我们接近下山路口的时候,就会被两只诡物同时发现,到时候还是会面临前后夹击的问题。想要安全通过路口,至少得有一个人留下来,在合适的时机,吸引住宅邸门口那只诡物的注意力。"

宁秋水说完这句话后,三人陷入了短暂的沉默。

留在宅邸里,吸引大门口的那只诡物,风险极大。倘若运气不好,在宅邸里逃亡时遇到了另一只巡逻的诡物,几乎是无路可退。他们毕竟都是凡人,不是什么神仙。无论经历过多少次诡门,人在面临危险时,难免心生恐惧。

沉默了一会儿,白潇潇刚想开口:"要不……"

她的话还没说完,君迢迢已抢先说道:"我来。"

二人有些意外地看着她。

君迢迢被二人的目光看得有些无语:"别用这种眼神看我,我可不是那种会为了团队牺牲的人……只是没有更好的选择了。我受了伤,跑不快,一旦在空地上被诡物追上,几乎是无望了。反倒在这座古宅里,还能利用地形和它们周旋。我救过你们的命,也希望你们不要让我失望。"

宁秋水和白潇潇对视一眼,默默点头。

君迢迢不愧是从第六扇门中成功逃脱的人,她清楚自己该坚持什么、放弃什么,面对当前的局势也有清晰的判断。

"好吧,你自己小心!"

君迢迢之前救过二人,所以他们对她也有感激。白潇潇率先从洞里钻了出去,就在宁秋水也准备钻洞时,却听见身后君迢迢叫住了他:"喂……"

宁秋水回头:"怎么了?"

君迢迢神色复杂,雨水将她的头发打湿,凌乱地贴在脸上,让她看起来十分狼狈。

"帮我个忙……如果我最后没能出去,请将这个送到昆华医院二号住院楼的604号房,交给一个叫君鹭远的人。"

她说着,将一串佛珠从手腕上摘下,递到宁秋水手中。

宁秋水看着手里的这串佛珠,沉默片刻后,点了点头:"好。不过我还是希望,这东西最后能还给你。"

君迢迢闻言,露出了一个浅浅的笑容:"谢谢。"

道别之后,宁秋水钻进了土洞。

他们小心地借助空地上的帐篷制造视觉盲区，尽量避免过早被守在下山路口的诡物发现。随着距离越来越靠近，二人心中的紧张感愈发强烈。此时，他们几乎已经没有遮蔽角度可以利用了。

"再等两分钟……"宁秋水低声说。他无法确定君追追是否已经成功吸引走了守在古宅大门口的诡物。经过短暂的等待，二人毫不犹豫地冲向下山的路口。

白潇潇递给宁秋水一把木梳，这是一件非常珍贵的诡器，拥有强大的效果。用它梳头后，接下来的一分钟内，使用者将不会被诡物选中。

"待会儿我来吸引它的注意力，我体力好，身上还有其他诡器，它锁定不了你，你直接下山。"白潇潇交代道，"务必要找到这些诡物的本体，并将它们摧毁。"

如果换作其他人，她可能会选择自己下山。但宁秋水的能力让她相信，由他下山更为稳妥。

宁秋水没有迟疑，接过梳子紧握在手中。穿过帐篷区后，他们发现守在古宅大门的诡物已经不见了，然而，下山路口的另一只诡物却盯上了他们。它快速飘来，直扑宁秋水。

宁秋水无法躲开，急忙用木梳梳过头发，下一刻，诡物竟从他的身体穿过！宁秋水回头对白潇潇喊道："快跑，白姐！"

白潇潇毫不迟疑地朝古宅狂奔，诡物则仿佛没看见宁秋水，紧追白潇潇不放。宁秋水抓住机会，向山下逃去。山道湿滑，两侧无护栏，极其危险，他尽量压低身体，以免摔倒后滚落山崖。

在山腰处，他发现了一个熟悉的身影——正是"摄影师王蓬"。他支了个小雨棚，坐在电脑前，兴奋地观察着屏幕上的影像。见到迎面走来的宁秋水，郑超愣住了，刚站起身，便被宁秋水一拳打中脸部，几颗牙齿飞出。郑超眼前一黑，跟跄倒地。好不容易爬起来后，宁秋水又一拳打在他的腹部。

郑超跪倒在地，胃里翻腾，呕吐不止，一时失去了行动力。宁秋水趁机拿走电脑桌上的剧本。这剧本非常干燥，显然不是诡物的本体。

随后，宁秋水将雨中暴露的物件尽数毁坏，走到郑超面前。郑超勉强抬起头，脸上竟带着难以言喻的兴奋。

"游戏结束了，郑超导演。"宁秋水冷淡地说道。

郑超缓缓开口："哈哈哈……你真是这次拍摄的意外之喜啊！"

宁秋水目光冷峻地盯着他："虽然诡物的本体可能是物品，但我还不确定，毕竟你也被雨淋湿了，为了我的朋友，只能请你离开了。"

他走到郑超身后，双手缓缓放在郑超的头部两侧，微微施力。

"看着自己逐渐失去掌控,却无能为力的感觉……是不是很有趣?"宁秋水冷声说道。

郑超听到耳边的低语,瞪大了双眼。恐惧与寒意瞬间涌上心头,令他恢复了几分理智。

"别……别这样……我可以让它们停下……"他艰难地求饶。

"它们的本体是什么?"宁秋水问。

郑超声音微弱:"在我胸前的口袋……有一支笔……"

宁秋水伸手从他胸前的口袋里摸出一支钢笔,随后用力一折,钢笔应声而断。

接着,宁秋水拖着虚弱的郑超继续朝山上走去。郑超试图逃脱,可是宁秋水的力气大得惊人,他的挣扎无济于事。

过了一会儿,宁秋水看见古宅门口,白潇潇跌跌撞撞地走了出来,随后又有几人陆续出现。他确认那些诡物已经消失,这才走回郑超身边,俯视着他。

"别伤害我……我可以给你们资源,让你们成为大明星!不到一年,你们就会大红!我还可以请公司为你们——"

宁秋水平静地打断他:"不必了。"

宁秋水一脚将他踢开,拿出第三个剧本。

翻开剧本,宁秋水愣住了。剧本上竟然详细描述了他们此前经历的一切,甚至包括他刚刚对待郑超的过程。

"怎么可能?"

宁秋水不停翻阅着剧本,仔细对比每一个细节。越是对比,他越感觉后背发凉。

"是剧本的问题吗?"他心中疑惑,"难道我们从一开始做的所有事情,都是剧本设定好的?我们,只不过是提线木偶……"

想到这里,宁秋水的神情有些恍惚,但他很快恢复过来。

不可能……如果真是这样,这扇诡门根本没有任何意义。这个剧本应该只是记录了已经发生的事情,就连郑超也知道这部电影是不可控的,所以见到他时才会说他是这次拍摄的意外之喜。

现在导演不在了,拍摄也就结束了。

话音刚落,不远处便升起了一阵迷雾,悄然向他们靠近。不到半分钟,四周已被迷雾笼罩。就在这时,迷雾中响起了汽笛声,一辆破旧的大巴车缓缓出现。

见到这辆车,被暴雨淋成落汤鸡的众人欢呼起来:"结束了!"

"怎么回事,任务怎么突然结束了?"有人疑惑。

"谁知道呢,或许有人把任务做完了吧?"

"下次再也不进带拼图碎片的诡门了，太吓人了！"

他们被诡物逼入古宅时，还有十六人，如今却只剩下九人。大家心里都清楚，如果不是有人及时完成了任务，或许还会有更多人无法离开。

众人陆续登上大巴车，迫不及待地想离开这个阴森的地方。宁秋水与白潇潇、孟军和丰鱼会合后，急忙问道："没看见君迢迢吗？"

三人都摇了摇头。宁秋水焦急地翻开第三个剧本，快速翻到最后几页。当看到君迢迢的结局时，他不禁怔住了。

君迢迢成功吸引走了古宅门口那只诡物的注意，但在撤退时，又遇见了另一只诡物，最终……没能逃脱。

宁秋水盯着那段文字，心中莫名恍惚。

这个女孩……就这么被淘汰了？

一个曾通过六扇诡门的老人，一个即使在队友背叛、绝境之中也能从诡物手中脱险的强者，就这么不明不白地出局了？

宁秋水将手伸进口袋，摸了摸那串湿润的佛珠，喉咙一阵干涩。入行多年，他以为自己早已对这些事情麻木。可如今，这个仅见过几面的女孩的离去，竟让他感到莫名的触动。

"这是没法避免的事，你不要自责。"白潇潇轻轻拍了拍他的肩膀，安慰道，"无论通过过多少扇诡门，人都很脆弱……习惯就好。"

宁秋水沉默了许久，才将手从兜里抽出："走吧。"

他扶着白潇潇上了车。她修长的腿上有三道深深的伤痕，好在伤势并不严重。孟军和丰鱼虽然没有受伤，但二人神色黯然，尤其是平时话多的丰鱼，此刻一言不发，似乎还没从之前的恐惧中恢复。不管怎样，他们脱困了，而且收获颇丰。

可宁秋水并不感到喜悦。

当他再一次合上第三个剧本时，一个碎片突然出现在他的掌心。那是一个散发着混沌白光的碎片。

白潇潇瞥见后，红唇微张，随即不动声色地将手按在宁秋水的掌心，迅速将碎片塞进了宁秋水的口袋。

"回去后再拿出来。"她低声叮嘱，宁秋水点了点头，表示明白。

所有人上车后，大巴立刻发动，驶入了无尽的迷雾深处……

因为坐在一起，白潇潇从大巴的玻璃窗上看见了宁秋水不太对劲的表情。

她鬼使神差地再次握住了宁秋水的手，似乎想给他一些心灵上的安慰，她记得自己以前难受时，栀子就是这样紧紧握着她的手。

手心的温暖和柔软让宁秋水微微一怔，随后便听到白潇潇轻声说道："迷雾世界就是这样。人很脆弱。别说是君迢迢，当初邱叔披荆斩棘来到第九扇诡门，已经是万中无一的人中龙凤，最后不也没能走出一扇低级门。"

白潇潇的声音轻柔且平静："也许未来的某一天，我们也会这样，稀里糊涂地就没了。诡门是一种诅咒，它会让人们在绝望中失去珍贵的一切。"

宁秋水感受着手心的温暖，思绪又回到了年轻时。那时，他是一匹孤狼，不交朋友，也不敢交朋友。

洗衣机告诉过他，在混乱地带生存，不能信任任何人。所以，他对离别毫无感觉。匆匆一瞥，人走了，像是一片被风卷走的落叶。他没有时间了解他们。

但君迢迢不一样。她理智、自私、但不邪恶。她懂得权衡团队和自身利益，甚至在关键时刻救了他和白潇潇。

这是一个有血有肉的女孩。

从有限的接触中，宁秋水几乎可以猜到，君迢迢进诡门是为了迷雾网站上的单子。庚扈给了她一大笔钱，而她迫切需要这笔钱，哪怕在危急时刻被庚扈抛下，她都没想过要反抗。

至于她为何如此需要这笔钱，恐怕与医院里那个叫君鹭远的人有关。从姓氏看，二人是亲人。她冒险进入诡门，是为了给君鹭远治病。

想到她交给他的那串佛珠，宁秋水心里颇有感触。

回到诡舍时，已经是深夜。白潇潇和孟军先去休息了，丰鱼加了宁秋水好友，再三道谢后下线。

宁秋水没有休息，他乘大巴离开迷雾世界后，又打了夜间的士，前往昆华医院。他直到拿到那串佛珠，才知道君迢迢原来和他在同一座城市。

昆华医院就在石榴城。

来到了二号住院楼 604 房，宁秋水轻轻敲门，很快门开了。开门的是一个文弱的年轻人。

"你找谁？"他问。

宁秋水看了眼房间，里面有两张病床，靠外的是个老人，已经睡着了。另一张床被帘子挡住，看不见。

"请问君鹭远是在这个病房吗？"年轻人点头，为他让路。宁秋水进门后，年轻人将房门关上。

"你是鹭远的亲属吧？他姐姐怎么没来？"

宁秋水迟疑了一下："他姐……有点事。"

年轻人点点头:"你们要聊天的话小声点,我爷爷睡着了。"

宁秋水应了一声,径直走到帘子后面。帘后,他看到一个十五六岁的男孩,平静地坐在病床上,望着窗外的夜空。

看见这个男孩的背影,宁秋水握住佛珠的手微微用力。

"是姐姐让你来的吗?"君鹭远的声音很平静,仿佛已经知道发生了什么。

宁秋水坐到他身旁,从口袋里拿出一串佛珠,递给君鹭远。

君鹭远轻轻抚摸着手中的佛珠,耳边传来宁秋水低沉的声音:"抱歉。"

他抬眼,淡然问道:"为什么要向我道歉?"

宁秋水直视他,语气坦然:"你姐姐救了我们,但我们却没能保护她。"

君鹭远的脸上毫无悲伤之色,他忽然转头看向宁秋水,低声说道:"既然你欠我姐姐一个人情,那就帮我一个忙吧。"

宁秋水问:"什么忙?"

君鹭远苍白的脸上浮现出一丝微笑:"带我去迷雾世界的终点。我想在那里……和我姐姐道别。"

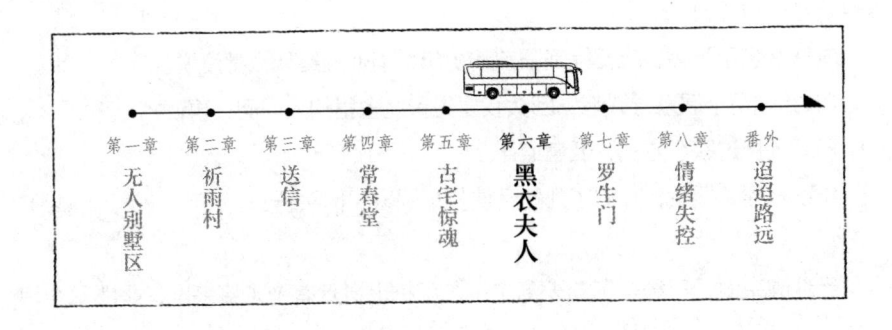

第一章	第二章	第三章	第四章	第五章	**第六章**	第七章	第八章	番外
无人别墅区	祈雨村	送信	常春堂	古宅惊魂	**黑衣夫人**	罗生门	情绪失控	迢迢路远

宁秋水浑身一震，难以置信地看着君鹭远。眼前的少年，怎么会知道迷雾世界的事？而且，他似乎还对终点有所了解？

君鹭远与他对视，语气坚定："我知道你有很多疑问，我也有。我什么都不确定，但我想试试。姐姐是我在这个世上唯一的亲人，你们可以对不起她……但我不能。"

说完，他从枕头下取出一封信。

宁秋水看到信的瞬间，瞳孔猛然收缩。果然，收到这封信的不止他一人！

"看看吧。"君鹭远将信递给他。

宁秋水指尖微颤，打开信封，里面只有一句话："拨开重重迷雾去往终点，在彼岸尽头，青铜树盛开的地方，你将与挚亲再见。"

"怎么样？你欠我姐姐的人情，现在可以还给我了吗？"君鹭远对宁秋水笑着，但声音已有些哽咽，"无论付出什么代价，我只想再见她一面，好好跟她道别。"

宁秋水心中满是疑惑："你知道这封信件是谁寄的吗？"

君鹭远摇了摇头，说："我不知道，它突然出现，没有署名。但上面的内容应该不是虚假的，因为我收到信后不久，姐姐就跟我提过诡舍和迷雾世界的事。你不就来自那个地方吗？"

宁秋水对男孩能记住迷雾世界里的事情感到有些惊讶。没有被迷雾世界选中的人，即便了解到其中的事，也很快就会遗忘。

他很快想到那封信，难道……是信的缘故？

"如果你听你姐姐讲过,那你应该知道那个地方有多危险。"

"我知道,那是个属于诡物的世界,但我不怕。哪怕在途中被删档,对我而言也算是一种解脱。"

宁秋水张了张嘴,想要拒绝眼前的少年,但他最终什么都没说。

"我给你留个联系方式吧,回头我要先和诡舍里的人问问,再确定一下。"

君鹭远接过联系方式,低声道谢。

宁秋水摇了摇头,叮嘱了几句,便打车回家,倒头睡去。

当他醒来时,已经是第二天下午了。手机上显示有个未接来电,是鼹鼠今早打的。

他回拨过去,电话那头传来熟悉的声音:"棺材,上次那张图没查到什么有用的信息。只遇到个江湖术士,瘦弱不堪,瞧了这图跟我聊了几句,事后非得找我要钱,不给就报警,说我欺负夏国的非物质文化遗产传承人……"

宁秋水听着鼹鼠那带着几分无奈的语气,心里却微微一动:"那个人长什么样子,你能描述一下吗?"

"很难具体形容,当时也没太在意。只记得他戴着一副圆框墨镜,穿得特别复古。我也没多问,只是在乘凉时把画放在旁边,结果他路过看到后,主动过来攀谈,说可以帮我看看。"

宁秋水眉头一挑:"那他跟你说什么了?"

鼹鼠打了个哈欠:"他跟我说,这幅画的意思就是'命'。"

"命?"

"对啊,你知道这些江湖术士就喜欢扯这些。他说那幅画上的'一人叩门'就是'命'字。"

"倒也有几分道理。"

"他还说这幅画的意思是'入门即入命',而且那门被红色覆盖,预示着大凶,入命之后,凶多吉少,嗨,都是些江湖骗子的把戏,扯得我头都痛。"

宁秋水听着这些话,沉默了许久。

入门即入命?

他从不信命。但经历了迷雾世界后,他发现,或许真的有某种力量在冥冥中操控着一切。

"行了,不聊了,我这边还有事。等我处理完手头上的事,再帮你查查信的事吧,实在查不到也没办法了。"

"好。"

挂断电话后，宁秋水在床上瘫了很久。他的思绪很少会如此混乱，直到剧烈的饥饿感袭来，他才拿起手机点了份外卖，然后联系了另一个人："喂，白姐，我是秋水。"

电话那头，白潇潇穿着浴袍，擦了擦头发，打开一瓶起泡酒，随意喝了几口："说吧，有什么事需要我帮忙？"

"我想请你帮我找一个组织。"

"什么组织？"

"罗生门。"

电话那头的白潇潇沉默了片刻，开口问道："你是从哪里听到这个组织的？"

"有些现实世界的事，我不太方便说。"

"行吧，也不用查，罗生门不是现实世界的组织。他们的主要势力盘踞在迷雾世界，巅峰时期听说诡舍里曾经有过六名通过第八扇诡门的大佬。不过最近听说出事了，少了两个，但他们依然是迷雾世界内的巅峰势力，很多大单子都是直接找他们。"

宁秋水犹豫了一下，还是说道："邱叔的事，可能和罗生门有关系。"

白潇潇听后，神色一变："你查到什么了？"

"只是猜测，偶然接触到的一些线索。石榴市之前发生了几件事，我有个朋友在警察局工作，提起过。细节我不便透露，抱歉。"

白潇潇眼神微微闪动："没事，还有其他事吗？"

宁秋水想起君鹭远，说道："我这里有个比较特殊的人，想进咱们诡舍，有没有办法？"

"他没有被诡门诅咒过吧？"

"没有。"

"那就可以。不过你最好劝他想清楚，诡门背后的世界，诡异而残酷，远超人们想象。"

宁秋水沉默了一会儿，说道："有机会我先带他来给你看看？"

白潇潇应道："没问题，我住在迷迭香，到时候带他来迷迭香门口，给我打个电话就行。"

宁秋水答应了。

这时，另一个电话打了过来。

"那就先这样吧，白姐，我的外卖到了，先去吃饭了。"

"好，拜拜。"

简单吃完晚饭后，宁秋水打开了睢鸠的电脑，找到红豆，并发了一个消息："我知道那幅画的意思了。"

这条消息一出，原本灰色的头像立刻亮了起来。

红豆："说来听听。"

宁秋水："我可以告诉你，但我有一个条件，我们得见一面。"

红豆："不见面，告诉我，我可以给你钱。"

宁秋水："为什么不见面？"

红豆："你是真傻还是假傻？"

宁秋水看着红豆的回复，皱了皱眉，感觉这里面似乎有什么隐情。

宁秋水："什么意思？"

红豆："你这么急着见我，那你肯定也收到了那封神秘的来信，对吧？"

宁秋水没有否认，回了个"嗯"。

红豆："遇见我算你运气好。要是碰上那些人，现在估计人都不知道在哪儿了。长话短说，收到神秘来信的事千万别张扬，一定要低调，越低调越好。"

宁秋水问："为什么？"

红豆："因为有人专门负责处理知道这些事情的人，而且他们非常厉害。"

宁秋水心头一紧，想起自己之前遇到的那些人。半山腰的老板云杜告诉他，这些人找上他是因为他接了山鬼的单子，惹到了罗生门。可现在看来，事情可能远不止如此。

难道是因为他收到那封信，而不是接了山鬼的单子？可知他收到信的只有睢鸠和鼹鼠，睢鸠已经不在了，难道是……鼹鼠？

这个想法让宁秋水惊出一身冷汗，但他很快否定了这个猜测。

他和鼹鼠的关系非同一般。如果鼹鼠想害他，早就动手了。宁秋水回想起，或许是鼹鼠在帮他寻找信件来源时，不慎泄露了什么信息。紧接着，他又想起了另一个人。

邝叔。

这个他素未谋面的男人，会不会也是因为收到信件后，被盯上了？毕竟，邝叔出事的原因一直是个谜。

没人知道当时在诡门里发生了什么事。唯一一个跟随邝叔一同进入诡门，见证了所有事情的"新人"，现在已经人间蒸发了。

就在宁秋水陷入思索时，红豆又发来了消息："喂，兄弟，你还在不在？"

宁秋水："在。"

红豆："这么久不回消息，我还以为你出事了。"

宁秋水无言以对。

红豆："好了，该说的也说完了，现在告诉我，那张图到底什么意思？"

宁秋水："一人叩门是为命，入门即入命。"

看到这句话后，红豆直接下线了。宁秋水后续发了几条消息，但红豆再也没有回复。

他只好关掉电脑。

第二天中午，宁秋水来到医院为君鹭远办理了出院手续，然后带他前往迷迭香。

这是石榴城最富饶的区域之一，随着高楼大厦渐渐消失，取而代之的是绿化和古典的豪华建筑。君鹭远看着窗外，虽然身体虚弱，但没有晕车。他的目光中透出一种对自由的向往。

看得出来，他已经很长时间没有离开过医院了。

"你得了什么病？"宁秋水问。

"白血病。"君鹭远并不回避这个折磨他多年的病症，"治疗需要很多钱，家里穷，那些钱都是姐姐拼命赚来的。"

他顿了顿，声音变得低沉："我一直想结束这一切，不想再拖累她……"

说到这里，君鹭远陷入了沉默，没有继续。宁秋水能猜到，君迢迢可不会放任君鹭远这么做。

没过多久，车停在了一座端庄华丽的庄园外。庄园占地广阔，里面有六十四座私人豪宅，每一座都价值不菲。若不是因为白潇潇，宁秋水大约永远都不会来这个地方。

宁秋水拨通了白潇潇的电话。不一会儿。白潇潇便身穿红色睡裙走了出来，脚下的黑色人字拖随意摆动。举手投足间透着几分妖娆和贵气。

"老祁，我朋友，开下门吧。"白潇潇笑着对门口的保安说道。

保安会意，立刻放行。

他们顺利进入庄园。穿过鱼塘，来到白潇潇的家。一楼是一个巨大的私人泳池。上到二楼，白潇潇走向阳台，坐在红木摇椅上，舒展双腿，脚丫轻轻一蹬，踢掉了拖鞋，长腿交叠在皮垫上。阳光下，皮肤泛着微微的光泽。

"这位怎么称呼？"她问道。

"君鹭远。"男孩的眼神清澈，透着一股说不出的熟悉感。

听到这个名字，白潇潇愣了愣，像是求证般看向宁秋水，后者点了点头："君迢迢的弟弟，有白血病。"

他将情况和白潇潇详细说了一下，白潇潇的表情变得严肃。

"迷雾世界不是想进就能进的……"她低声说道，"如果没有受到迷雾世界的诅咒，想要主动进入的人，得先完成试炼。通过试炼后，才能加入诡舍，且会跳过前三扇门，直接从第四扇诡门开始。"

白潇潇直言不讳地将事实告诉了君鹭远。她和宁秋水一样，欠了君迢迢人情。所以，她并不希望君鹭远冒险。至于君鹭远后续的医疗费用，她可以全权负责。

"我不怕。如果我在试炼中出了事，我认。"君鹭远态度坚定，"我要去诡舍，一直走到迷雾世界的终点。"

白潇潇叹了口气，从旁边的箱子里拿出了一瓶气泡水，打开喝了几口。她继续说道："除此之外，还必须有一个诡舍的老人主动陪你进入试炼，难度和第四扇诡门差不多。"

听到这里，君鹭远怔住了，看向宁秋水，默不作声。他没法要求宁秋水陪他冒险，也没有强迫别人的习惯，只能沉默。

"不过你不用担心，如果你真的决定进去，我可以带你，但我不能保证你的安全，所以你要想清楚，不要冲动行事。"

君鹭远露出了一个苍凉的笑容："姐姐是我在这世上唯一的亲人。不用担心我的安危，能走下去就说明我适合这里，如果不能，也算是解脱了。"

宁秋水开口："我带你吧，顺便也能历练一下。"

白潇潇看了宁秋水一眼，问道："秋水，你想好了？"

宁秋水点头，见他从容的神情，白潇潇也不再多言。

"既然你们决定好了，那就准备一下吧。去诡舍和诡门签订契约，完成后他所有的疾病都会治愈，然后你们就要参加试炼。"

宁秋水点头，从迷雾网站上叫来了一辆大巴。很快，大巴车伴随浓雾出现在白潇潇家外。外面的一切都仿佛被这场迷雾隔开，不但没有了人的身影，连虫鸣声都消失了，只剩下绝对的寂静。

"我还有点事，就不陪你们回去了，今夜在诡舍门口等你们。"说到这里，白潇潇不经意地看向了宁秋水，像是在对他们说，又像是在对他说，"平安回来。"

宁秋水点头，走上大巴。

大巴在迷雾中行驶，君鹭远一直盯着窗外。

"秋水哥，你们第一次也是坐这辆车去的诡舍吗？"

"所有人第一次都是这样。"宁秋水回答。

君鹭远没再说话,脸上浮现出了一抹微笑。对他而言,或许能见到世界的另一面,也算是一种恩赐。

到了诡舍,只有孟军在大厅里喝着酒,盯着无聊的肥皂剧,认真得让人难以想象。

"又来新人了?"孟军瞟了一眼宁秋水,经过上一扇诡门后,他对宁秋水的态度好了些许。虽然还是一副冷淡的模样,但是见面会点点头,偶尔会说句话。

"不是新人。"

宁秋水简单说明了情况,孟军点头:"可以,我带你们去。"

走到楼梯口时,宁秋水掏出了上次入门时获得的拼图碎片,然后将它拼在了那个拼图上。光线一点点消失,最后和拼图融为一体。

"已经是第七个了。"孟军说道,"希望你能安全回来。"

他带着他们来到三楼。这里的木门,完全关闭着。孟军让君鹭远伸出手,用刀子轻轻划破他的手掌,然后让君鹭远将手贴在木门上。门忽然震动,起初是微弱的敲击声,渐渐变得剧烈,像有什么东西在门后疯狂撞击。

宁秋水不自觉退了一步,君鹭远也下意识地想要后退,可他的手仿佛被门粘住了,无法动弹。

突然,木门打开了一个缝隙,一只苍白的手臂猛地抓住了君鹭远的手腕。

刺骨的寒意瞬间蔓延全身,君鹭远感觉灵魂好似被冻结了,瞪大眼睛看着那只冰冷的手,心脏狂跳。

正当他以为自己撑不住时,那只手突然松开,寒意迅速消退,身体和灵魂的温暖回来了。君鹭远低头,看到手腕上多了一道黑色的手印,但身上的痛苦却消失无踪。

"契约签订后,诡门会赐予你健康的身体。"孟军淡淡地说,"之前的伤病、苦痛,甚至先天残疾都会被治好。但不要以为这是恩赐,它只是不喜欢没有反抗能力的玩具。"

下一刻,诡门上出现了几行字:

  任务:在莫妮卡夫人的庄园中度过五日,并找到离开庄园的大门钥匙

  提示1:不要淋雨

  提示2:不要与它长时间对视

"欢迎各位来到莫妮卡古堡参观。"城堡门口站着一名穿着笔挺西装的中年男人，脖子上挂着一枚十字架。他面带微笑，面对十六名参观者说道："我是这里的管家，尼尔。莫妮卡女主人正在偏殿，请各位稍做休整。祈祷结束后，我们将共进晚餐。这顿饭我为大家准备了很长时间，希望能够让各位满意。"

说完，尼尔管家转身走进了古堡，在门口静静等待众人依次进入。

在场十六人好奇地打量着周围，这里是第四扇诡门。天朗气清，没有下雨的迹象。君鹭远站在宁秋水身旁，四处张望着："姐姐以前就是在这样的地方工作吗？"

宁秋水低声提醒："牢记诡门的任务和提示，进入古堡之后，不要乱碰东西，视线不要在同一处停留太久。"

君鹭远点点头。

众人找到了自己的队友之后，依次进入古堡。路过门边的管家时，他们都会不自觉地瞟上两眼。根据以往的经验，他们来到诡门世界背后遇见的第一个人物往往比较重要。这个管家皮肤苍白，脸上毫无血色，笑容也显得有些僵硬，给人一种不太像活人的感觉。经过他身边时，还隐约感到一丝冷意。

宁秋水也打量了管家一眼，但他的注意力更多集中在管家的腰间。诡门任务要求他们在古堡中生存五日，并找到离开城堡的钥匙。钥匙最有可能出现在什么地方呢？当然是管家的身上。然而，那个本应挂着钥匙的地方却空空如也。

众人都进入城堡后，尼尔管家没有关门，而是带领众人朝大厅走去。有人回头望着那扇敞开的城堡大门，忍不住发问："尼尔管家，城堡的大门平时不关吗？"

"城堡的大门只会在下雨天关闭。"管家淡淡回应。

这让众人觉得有些奇怪，为什么下雨才关门？

"请问，为什么下雨天的时候城堡才会关门呢？"有人再次问道。

管家没有阐述详细的原因，只说道："这是夫人的要求。"

尼尔带领众人来到第一个大厅，并向他们介绍道："这是小主人小时候最喜欢的地方，他常常在下雨天坐在壁炉旁边读书。"

随后，尼尔继续带领他们前行，走进一条昏暗的廊道。这条廊道的采光不是很好，众人走进这里后，身上莫名感到阴冷了些。

"这里是壁画廊，挂着的都是小主人的作品，他以前喜欢画画和写诗。"

墙上挂着各种涂鸦和诗文集，虽然画作稚嫩，但都被装饰得极为精致。宁秋水扫了一眼，发现画的内容大同小异：房间一角坐着一个小孩，窗外大雨，房门紧闭，但门外似乎站着什么，门缝透出一条长长的影子。这样的画共有六幅，分别位于城堡的六个不同位置。仿佛小孩正在躲避什么。可无论他躲到哪里，都会被找到。

宁秋水微微蹙眉，忍不住问道："管家，请问小主人现在在哪儿？"

尼尔回头，微笑着回答："请稍等，夫人正在祈祷，很快就会从后院的偏殿回来。"

听见他的回答，众人的表情不约而同地发生了些许变化。宁秋水正准备继续追问，君鹭远抢先一步开口："我们问的是小主人。"

尼尔依然保持着微笑："各位稍少安毋躁，祈祷还有十分钟就结束了。晚餐已经为各位准备好。"

话音落下，场面瞬间陷入了一种异样的沉寂。众人都察觉到了管家的异常。尼尔带领大家进入第二个大厅，那里耸立着一座卡尔蒙特的雕像。根据管家的介绍，卡尔蒙特是这扇诡门中的神祇，信奉者众多。然而，这座白色石膏像却被钉在十字架上，前方摆放着一张长桌，仿佛有意将雕像一分为二。这奇特的场景，让人不禁感到一丝莫名的不安。

管家站在雕像下，像一尊黑色的雕塑，身上透出一股阴冷的气息。他的身体一动不动，只有眼珠偶尔转动，不时打量着众人，脸上带着奇怪的笑容。

十分钟后，远处传来厚重的钟声——当、当、当。钟声过后，尼尔才又动起来，对众人恭敬地说道："抱歉，让各位久等了。夫人已经归来，大家请入坐，我去为各位准备晚餐。"

尼尔说完后便径直离开，只留下众人站在原地。大家各自聊了几句，忽然听到西侧昏暗的走廊传来高跟鞋的清脆声响。

脚步声不急不缓，却格外清晰。众人齐刷刷地望向那边，随着脚步声渐近，一个身穿黑裙的瘦高女人逐渐出现在视野中。

当看清她的模样时，所有人心头都不由得一紧。

这个女人大约五十岁，只是远远地看上一眼，就会让人感觉十分不舒服。

黑色的裙子，黑色的高跟鞋，苍白的皮肤，以及鲜红的指甲油。她的身高接近两米，身材纤细，气质华贵，却莫名透出一股阴冷。值得一提的是，她的手臂非常长。即使她接近两米高，手臂垂下时，几乎可以触到膝盖。

她的脸上带着僵硬的微笑，轻轻点头示意众人后，便无声地坐到了主位上。随着她的动作，众人也纷纷入坐。几分钟后，尼尔推着一辆小车进来，车上摆满了热气腾腾的美食，香味迅速弥漫开来。

尼尔戴上白手套，将食物一一摆在众人面前，面带微笑地说道："请夫人与各位用餐。"

话音落下,尼尔推着车离开。黑衣夫人拿起刀叉,熟练地切着盘中的牛排。见她开动,宁秋水等人也不再迟疑。

餐桌上沉闷无声,只有刀叉碰撞和咀嚼的声音。二十分钟后,女主人吃完了。她的食量惊人,光牛排就吃了七块。一般的成年男人都没办法吃下这么多。吃完饭后,女主人起身,再次对众人点头示意,然后转身离开。

众人吃完后,尼尔熟练地收拾餐具。

"请稍等片刻,我把这些送到厨房,然后就带各位去今晚住宿的地方。"尼尔微笑着对众人说道,然后再次推着餐车离开。

五分钟后,他回到了这个地方,领着众人向二楼走去。刚到楼梯口,众人忽然听到头顶传来了一道"轰隆隆"的雷声,所有人面露惊讶之色。然而,雷声过后,外面便传来了密集的雨声。

尼尔听到雨声,神色微变,抱歉道:"外面下雨了,根据夫人的要求,雨天必须关上城堡的门,请稍等。"

说完,他从胸口摸出钥匙,匆匆下楼。

他走后,众人面面相觑,目光中透出深意。能锁门的钥匙,自然也可以开门。他们要寻找的那把钥匙已经出现。

"秋水哥,我们要找的就是那把钥匙吗?"君鹭远轻声问。

宁秋水点头:"对。本以为找这钥匙要费不少功夫,没想到刚进这扇诡门,钥匙就出现了。不过,这未必是件好事,那钥匙……只怕不好拿。"

君鹭远点头。第一次进入诡门的他,既好奇又警惕。

不久,尼尔回来了,继续带着众人上楼。宁秋水盯着地板上尼尔走过的路,眉头微皱。有水渍,为什么会有水渍?难道刚才管家出去过?他不是去关门吗?出去做什么?

虽然心中疑惑,宁秋水并未表露,跟随尼尔来到古堡二楼。

"这里的房间只能从内部上锁,所以没有准备钥匙。我们共准备了十六个房间,各位自行分配。"尼尔顿了顿,意味深长地补充,"一个房间最多住两人。明早六点,我会准备好早饭,放在楼下的桌子上,十点时,我再去收拾餐具。祝各位在古堡度过愉快的夜晚。"

他忽然停下脚步:"对了,忘了提醒各位,古堡三楼是小主人和夫人的房间,夫人不喜欢客人去那儿,所以没什么事的话,各位最好别去楼上。哪怕去了,也不要靠近东边的走廊。"

说完，尼尔转身离开。

众人看着这条走廊的十六个房间，分别是 201 到 216 号房，每边各有八个。宁秋水带着君鹭远走进了最里面的 216 号房间。房间被打扫得干净整洁，有独立卫浴。靠近窗台的位置上摆着一些纸、画笔，还有一个解压的小玩具。

二人稍做检查，君鹭远捏了捏小玩具，又放回原位，目光落在桌上的纸笔上。

"真奇怪，为什么给客人准备这些东西？是用来画画的吗？"

他正准备检查纸笔时，宁秋水忽然说道："既然觉得奇怪，就别乱碰这些东西。"

君鹭远停住，看到宁秋水神色严肃，便点头应道："好。"

"还有，诡门背后的世界，夜晚一般比较危险，什么东西都可能会出现，如果听到了什么声音，记住，不要理会。"

宁秋水简单介绍了诡门里的一些注意事项，君鹭远默默记下。宁秋水走到他身旁，透过玻璃望向外面阴沉的天空和滂沱大雨。

"这场雨来得可真怪。"他说道。

"的确，感觉就像是……专门为我们下的。"君鹭远回应。

隔着朦胧的雨幕，他们看见了庄园后方的偏殿。那里一片漆黑，虽然是偏殿，却隐隐透着一股阴森的气息。哪怕隔着几百米，宁秋水也能感觉到那地方不对劲。

时间过得很快。二人洗漱完毕后，各自躺在床上，静静听着窗外的雨声。雨越下越大，声音也越来越响。起初听在耳里，还算舒适，可到了后半夜，君鹭远迷迷糊糊间被窗外一阵剧烈的敲打声惊醒。

啪！啪！啪！

这激烈的声音瞬间驱散了他的困意。不对！这不是雨声！他迅速察觉到异常，微微睁开眼睛，朝窗户望去。

这一眼，直接让君鹭远从头凉到脚。窗帘后竟站着一个瘦高的黑影！就在他们的窗外，快速拍打着玻璃。

啪！啪！啪！

每一次拍动，都会发出剧烈的声响。君鹭远的心脏已经提到了嗓子眼，仿佛随时会跳出来。窗外的那个东西是什么？这里可是二楼！它是怎么站在外面的？

一时间，无数恐怖的念头涌上他的脑海。即便他自认为做好了心理准备，此时也感到手脚冰凉。

他缓缓移开目光,看向旁边床上的宁秋水。对方似乎已经熟睡,躺在被窝里一动不动。见状,君鹭远深吸一口气,强迫自己闭上双眼,假装没有听见窗外的动静。他此刻只祈祷着,窗外的东西不要把窗户敲碎。被窝里,君鹭远清楚地感觉到自己在剧烈发抖。

姐姐以前为了给他治病,就是在和这样的东西纠缠吗?想到姐姐,他鼻子微酸,双拳不自觉攥紧,内心的恐惧似乎稍稍减弱了。

它应该进不来吧?君鹭远深吸一口气,努力压下内心的恐惧。

只要窗子不破,自己就是安全的!

然而,刚闪过这个念头,窗外的敲击声突然消失了。君鹭远好奇地轻轻睁开眼,接下来的景象让他刚刚平静的心再度颤抖起来。

他看见窗外的黑影一点一点变得清晰。

他情不自禁地吞了一口口水,仍然将眼皮睁着一条缝,观察着窗帘上映出的影子。

很快,君鹭远发现了一件让他头皮发麻的事。那个黑影并不是窗外某个东西的投影,而是窗帘上的水渍逐渐汇聚成的。换句话说,那个东西一直都在进入他们的房间,只不过是一点一点进来的!

君鹭远的目光落在宁秋水的床上,后者还在熟睡。

他再次望向窗帘时,惊恐地发现水渍越聚越多,最终形成了一个接近两米高的瘦长女人的轮廓。这个女人,正是古堡的黑衣夫人!

清脆的高跟鞋声出现在房间里。黑衣夫人一步一步走到他们的床前,伸出涂着红色指甲油的手,拉开了宁秋水的被子,认真看了看后又轻轻盖了回去。

紧接着,她走向君鹭远。君鹭远的心脏剧烈跳动着,尽管他竭力让自己看起来放松,但紧张的气息却无处遁形。幸运的是,黑衣夫人似乎并未察觉他的异常,收回手,转身走到窗前的书桌旁。

她翻开桌上的画册,一页接着一页,动作快速而仔细。房间里传来了她冰冷的声音:"怎么找不到呢?怎么找不到呢?怎么找……"

这声音冰冷得令人毛骨悚然,直到她翻完画册,声音才渐渐消失。

君鹭远等了一会儿,才慢慢睁开眼睛,确认房间里已没有那个瘦女人。他长舒一口气,余光扫过宁秋水的床,发现对方正睁着眼睛,直直地看着自己。

"秋水哥……你,你没睡着?"

宁秋水点了点头,竖起食指示意他小声些。随后,宁秋水从床上坐起,起身走向窗帘。地上、窗帘上和书桌上的空白画册上,都有些水渍。

他小心地拉开窗帘,窗外大雨倾盆,但那个瘦长的身影已然不见。正当宁秋水转身时，隔壁215的窗户突然传来了剧烈的敲打声。

房间里的二人对视一眼，宁秋水立刻来到床边，将耳朵贴近墙壁。君鹭远学着他的动作，静静倾听隔壁的动静。

拍打声、脚步声……还有那熟悉的自语："怎么找不到呢？怎么找不……"

这一切跟刚才他们房间的情形如出一辙。

然而，当他们以为黑衣夫人将要离开时，却听到了她的笑声："找到了！"

而后，隔壁便彻底没了声响。

他们屏息凝神，等待了许久，可是什么都没听见。大概十分钟后，窗外才又传来微弱的敲击声，似乎是来自214房间。

"看来，今晚无人能够幸免。"宁秋水盘腿坐在床上，声音凝重。

君鹭远微微颤抖着，没有回应。宁秋水没有看轻他，反而感到惊讶。对于一个第一次进入诡门的人来说，能有这样的表现，已经很不错了。

"秋……秋水哥……那个女人在，在找什么东西？"君鹭远的舌头有些打结，冷汗不断从脸上滑落。

宁秋水目光停留在桌上的空白画册上，沉默片刻后说道："等明天早上，应该就知道了。"

门窗之间的敲击声一旦隔离了两个房间，就基本听不见了。所以宁秋水二人也不知道其他房间的人到底怎么样，他们只能在房间里安静地休息，等待第二天的到来。

窗外，雨声依旧，二人躺在床上没有说话，宁秋水的呼吸声很快便平稳地传出。君鹭远却睡不着，才经历过那样的事，他现在还没有完全平复下来。他闭上眼睛尝试入睡，但心烦意乱，不得不叹了口气，坐起身来。

房间里一片黑暗。鬼使神差地，他走到了窗边，小心翼翼地拉开了窗帘。透过密集的雨幕，他看到庄园后院的偏殿，那里漆黑而安详，静谧无声。

不知不觉间，君鹭远的思绪回到了姐姐身上。他知道，他姐姐应该也清楚只要他进入诡舍，身上的病就会好。然而，君迢迢宁愿冒着巨大的风险为他赚取治疗费用，也不愿让他涉足这个是非之地。

此刻，君鹭远更加深刻地体会到，瘦弱的姐姐究竟承受了多少。他的决心更加坚定，一定要抵达迷雾世界的终点。那封信的内容是真还是假已不重要，它已成为他继续走下去的信念。

正当他出神时，忽然闯入视线的黑影将他拉回了现实。君鹭远瞳孔一紧，迅速压低身子，透过玻璃小心凝视远处通往偏殿的小路。

在那条路上，一个高瘦的黑影正拖着类似绳索的东西，缓缓前行……即便隔得很远，但君鹭远一眼就认出了她。

她在做什么？为什么要拉条绳子？他心中疑惑，继续观察。然而，不久后，他的目光中闪现出巨大的惊恐。因为他看到，黑衣夫人拖着的绳子后竟然绑着三个人。

她独自将他们拖到偏殿门前，伸手轻轻一推。偏殿的大门应声而开。接着，她把这些人拖入了偏殿内部。

再往后的事情，君鹭远就看不见了。

她把那些人拖进偏殿里面做什么？君鹭远的脑子里闪过了很多种念头，他盯着偏殿门口很久，但大门一直未再打开。

没人知道黑衣夫人在里面做什么。直到凌晨四点左右，君鹭远终于困意上涌，他放弃了观察，回到床上，很快进入了梦乡。

大约早晨八点，走廊上响起了嘈杂的脚步声和议论声，吵醒了君鹭远。他急忙坐起身，发现宁秋水已经不在身旁。

君鹭远急忙洗了一把脸，然后走出房间，来到了走廊。隔壁215房间外，聚集了很多人，宁秋水也在其中。

"秋水哥，发生什么事了？"君鹭远上前问道。

宁秋水神色凝重，指了指215房间："这个房间的人不见了。"

君鹭远一怔，不见了？他疑惑地望向房间，设施与他们的房间相差无几，只是桌上的空白画册不见了。看到那空白画册，君鹭远瞬间联想到昨晚黑衣夫人在他们房间翻阅画册的情景。当时，它一边翻阅，一边自言自语："怎么找不到呢？"

难道她是在找画画的人？如果昨晚有人在那个画册上留下了痕迹，是不是就会被黑衣夫人抓住并拖进偏殿？

一想到这儿，君鹭远后背一阵发凉。他记得，昨晚刚进入房间时，他也曾打算翻看那本画册，幸好宁秋水及时阻止，否则昨晚被拖走的或许就是四个人了！

回想起昨晚的场景，君鹭远急忙拉了拉宁秋水的袖子，后者会意，跟他回到了房间。

"怎么了？"宁秋水问。

君鹭远将昨晚看到的情况一五一十地讲了出来。宁秋水听后沉默不语。见状，君鹭远低声问道："秋水哥，你说那个黑衣女人是不是在找画画的人？"

宁秋水点了点头，又摇了摇头："昨晚我也这么想的，本来打算今天早上进出事的房间查探情况，但没想到画册却不见了。所以我现在也不太确定它找的人是不是在画册上画过画。如果它是在找画画的人，那就有可能是在找自己的孩子……"

宁秋水顿了顿，接着说道："你还记得昨天管家跟我们介绍古堡时的情形吗？"

君鹭远点头："当然记得！"

"每次提到古堡的小主人，他就会及时住嘴，似乎这是一件不能提起的禁忌。自从我们来到这里后，就一直没见过那个小主人的身影，包括昨晚吃饭他也没出现，所以，我猜测他可能出了意外。"

听到这里，君鹭远明白了："秋水哥，你的意思是，这位小主人喜欢画画，所以黑衣女人下意识地将喜欢画画的人当成了它的孩子？"

"有这个可能。"

宁秋水虽然这么说，但他心里隐隐觉得事情并不简单。根据他对诡门的了解，进入诡门的前期接收到的信息量越多，就越可能碰到"烟幕弹"。诡门不会这么轻易让他们弄清楚真相。

他们来到215房间，很多人都进去寻找过。

"你们谁看到桌上放着的那本空白画册了吗？"一个矮矮的微胖的男人站在门口问道。

这个男人叫光勇。因为昨天他向尼尔问了一个问题，宁秋水记住了他。站在房间的人全部摇头，表示没看到过。

"那谁是第一个进去的？"站在214房门口的一位戴着圆框眼镜的女人问道，颇有几分文艺气质。她叫温倾雅，曾经进入过第五扇诡门，这一次带自己的朋友过门。

众人面面相觑，一名瘦削的男人举起了手。众人的目光齐聚在他身上，他却突然指向宁秋水，说道："他是第一个进去的。我应该是第二个，当我来的时候，房间里只有他，其他人都还没到。"

他说完，众人目光齐刷刷地转向宁秋水。

"而且，他就住在216号房间，离得很近，昨天215房间里发生了什么事情，他们应该很清楚。"那个瘦削的男人笃定道。

宁秋水看了他一眼，微微蹙眉。

"你是第一个进去的？"温倾雅推了推眼镜，目光透着几分探寻，紧盯着宁秋水。

宁秋水沉默片刻，缓缓道："我的确住在216，但不是第一个进入215的人。"

"那你怎么证明？"温倾雅挑眉。

宁秋水环视众人一圈，若有所思地问："证明什么？"

温倾雅答道："当然是证明你不是第一个进入215房间的人。"

宁秋水耸了耸肩："我没法证明。"

众人一时愣住。宁秋水接着说道："不过，你们又怎么证明我是第一个进去的呢？没有证据就直接扣帽子，这合适吗？"

温倾雅反驳道："但你就住在隔壁，嫌疑确实不小吧。"

这时，君鹭远皱眉站了出来："你有病吧？一上来就针对秋水哥，214房间也在旁边，为什么不怀疑他们？"

温倾雅转头瞥了214房间一眼，懒懒地回答道："你说的没错，214号房也是怀疑对象……但昨晚他们也出事了。和215房间一样，里面的人和那本画册都消失了。"

宁秋水淡然道："昨晚发生了什么，你们心知肚明，不去怀疑黑衣女人拿走了画册，反而来怀疑我，还一唱一和，你们想干什么？"

之前指认宁秋水的那个瘦削男人冷笑道："就怕有人心思不正，想借机对同伴动手。"

"所以你怀疑我？"宁秋水挑眉。

"我亲眼看见你一个人在房间里，当然怀疑你！"瘦削男人道。

宁秋水没有争辩。的确，当时走廊上只有两个人，一个是他，另一个就是这瘦瘦的男人。从对方的角度，他有理由怀疑自己，但宁秋水不会像他一样直接扣帽子。

"我说三点，然后提一个问题。"宁秋水思索了片刻后开口，神情平静，面对众人的质疑，没有表现出丝毫的惊慌，"第一，他没有说谎，今天六点二十三分，走廊上只有他一个，而我当时正在215房间查看。"

说着，他指了指那个瘦削的男人。这一举动让在场的人都愣住了。他们原本以为宁秋水会辩解，没想到他居然就这么大大方方地承认了。

"第二，昨晚我们的确听到了215房间的动静，但即便贴着墙也听不太清楚，那个黑衣女人大概在找什么东西，并且在215房间找到了。不排除她带走了桌子上的空白画册。第三，今早我进入215房间时，发现房间被人翻找过，很可能在我之前，有人已经来过了。然后我提一个问题，214房间应该还有一个人，你们谁是住在214的？"

众人面面相觑，半晌没有人开口。

"开什么玩笑，214昨晚出了事，怎么可能还有人？"有人质疑道。

"对啊!"

宁秋水敏锐地察觉到不对劲,数了数人数,发现少了四个。他怔住了,君鹭远也立刻意识到了问题。

"不对!怎么少了四个人?"他大声说道,"你们今早有谁见过214房间的房客了吗?他是不是下去吃饭了?"

众人见二人神情异常,心中不由得起了疑虑。

"我可以非常确定地告诉你们,没有人下去吃过饭。"那个瘦削男人开口道,"我的房间在楼梯口,因为昨晚上发生的事情,我一直没睡着,一大早就在门口守着。那个时候是五点四十左右,早饭还没开,直到我出来,都没有人从我的门口经过。你们呢,为什么刚才说214房间应该还剩下一个人?"

听到他这么说,君鹭远的额头渗出细密的汗珠,他说道:"我昨晚也没睡着,黑衣女人离开后,我一直守在窗边,看着远处的偏殿。后来她出现在雨里,牵着一根绳子,拖着三个人进入偏殿。我不会看错,只有三个人。"

听到这话,众人心中一阵寒意。

如果他没有说谎,那剩下的那个人……去了什么地方?

昨晚应该只有三个人被带走,但今天早上却发现少了四个人。有一个人莫名消失了。

"不能确定消失的是214的住客,也有可能是215的……"温倾雅沉思片刻,盯着君鹭远说道,"昨晚风雨交加,又离得那么远,他很可能没有看清那三人的面容。"

"这才第一天晚上,就发生这种怪事。"有人忍不住打了个寒战。

任务要求他们在古堡生活五天,也就是说至少要在这里待四个晚上,可是第一晚就少了四个人。

"如果他没说谎,那么已经有三个人确定出局了。"温倾雅继续说道,"还有一个人失踪,不知去向。"

她在众人中踱步,整理出现有信息:"出事的两个房间,画册都被拿走了。黑衣夫人昨晚似乎在寻找什么,还翻看了画册。所以,这两个房间的人很可能动了笔和画册。虽然我不能完全确定,但是至少能推断出这扇诡门的一个规则就是,不能用房间里的笔在画册上画画。黑衣夫人应该不会只出现一晚,说不定她每晚都会来。"

温倾雅的话音刚落,不少人的脸色变得苍白。

"当然,你们也不必过分担心。"她冷静地说道,"一来这只是猜测,二来只要不触发规则,她也不能拿我们怎么样。行了,人暂时也找不到了,先下去吃饭吧。"

她说完，深深看了宁秋水一眼。

宁秋水冷静沉着的表现，让她刮目相看。欣赏之余，也多了一份警惕。她知道，这样的人若是想在诡门里做什么，防不胜防。

众人一起来到了一楼的餐厅，饭桌旁坐着一个让他们心惊的身影——黑衣夫人。

她仿佛全然不记得昨晚的事情，安静地坐在主位上，吃着早餐。众人站在走廊处，看着它，莫名感到背脊发凉。夫人似乎察觉到了他们的注视，转过头，惨白的脸上露出一丝诡异的笑容。

她吃完最后一片面包，放下刀叉，起身离去。高跟鞋踩在地面上发出的声音渐渐远去，她瘦长的身影消失在另一条走廊尽头。

等她彻底走远，众人悬着的心才稍稍放下。冷风从远处阴暗的走廊吹来，不少人这才意识到背后已被冷汗浸透。

众人陆续来到餐桌前，坐在昨晚的位置上，默默吃着早餐。宁秋水看了一眼旁边的雪白石膏像，一直不明白，为什么要把它放在餐桌旁？

他思索了一会儿，很快把目光移开，因为诡门的提示上写着"不要与它长时间对视"。宁秋水不确定"它"指的是什么，因此选择对任何东西都不多看。

饭后，众人开始商量接下来的行动。

"我简单说一句……"光勇用餐巾擦了擦自己的嘴，"我建议，大家分成两组，一组去找管家拿钥匙，另一组去三楼探探，那儿或许有重要线索。"

光勇说完，立刻有女孩反对："三楼不是不能去吗？管家说黑衣夫人不喜欢外人去三楼，要是在那里被她发现的话，岂不是……"

温倾雅却揉了揉头发，竟然同意了光勇的提议："黑衣夫人的确不喜欢外人去三楼，但她要去偏殿祈祷，只要弄清楚她去祈祷的时间，我们就能避开她！"

听到这话，众人眼前一亮，宁秋水也有些讶异地看了她和光勇一眼。

这扇门里的聪明人貌似不少。

"稍微等一会儿吧……"见众人有些跃跃欲试，宁秋水开口说道，"马上到十点了，管家会来收东西，到时正好可以问他。"

众人同意了这个提议。

果然，十点一到，通向城堡厨房的那条漆黑长廊立刻传来了推车声。穿着西装的管家微笑着走到众人面前，仿佛没有注意到桌旁空着的四个座位，礼貌地向大家问好后，戴上了一双干净的白手套，开始收拾餐具。

众人互相交换了眼神，最后还是光勇开口："那个，尼尔管家……"

"怎么了，尊贵的客人？"尼尔停下手中的活，转头微笑着看向光勇。

光勇不敢跟他一直对视，将目光移向一旁，问道："请问夫人一般什么时候去祷告？"

"夫人通常下午两点到六点半去偏殿祈祷。"尼尔回答。

"天天如此吗？"光勇接着问。

尼尔的语气突然变得意味深长："并不总是。夫人有时只是去偏殿转一转，很快就会回来。"

说到这里，他似乎察觉到众人的意图，语气明显加重："夫人不喜欢外人去三楼。"

收拾完东西后，他很快离开了。餐桌上的众人互相对视，陷入了沉默。

"他刚才是不是说黑衣夫人可能会回来？"

"好像是。"

"那我们上三楼岂不是很危险，万一碰上她没去祷告，我们不就被抓住了？"

君鹭远看着众人有些畏惧的神色，轻轻咳嗽了一声，鼓起勇气说道："其实也没那么危险。我们分组之后，六个人里可以再分成两组，其中四个人去找东西，两个人站岗放哨。一旦发现黑衣夫人回来，马上通知其他人撤离三楼。"

众人目光落在君鹭远身上。他脸上还带着稚气与忐忑，但提议却很合理。

"我们上去找东西吧。"宁秋水开口道，"还有谁愿意和我们一起？"

餐桌上几人互相看了看，随后三男一女站了出来："我们跟你们一起吧。"

这四个人来自同一间诡舍。

"三楼肯定藏着重要线索，越早找到，越能推测出古堡发生过什么，也能找到出路。"光勇道，"好，那剩下不愿意去三楼的人，就跟我一组吧。"

众人点头，吃过午饭后，他们开始制定计划。

宁秋水等人先回到自己的房间，从窗户观察远处的偏殿。直到一个黑色的瘦长身影走进偏殿，他们才行动起来。

他们一路来到古堡三楼，刚进去便感觉一阵寒意袭来。这不是由低温引起的寒冷，而是一种如影随形、挥之不去的阴冷。仿佛有什么可怕的东西隐藏在阴影深处，窥视着他们。

三楼的地形复杂，弯弯绕绕，有五条走廊。这里窗户不多，采光差，走廊上也没有灯，显得格外阴暗。

他们大致查看了一下。最东边的走廊挂着许多画，看到画的瞬间，众人都惊了一下。画上的都是黑衣夫人！尽管画中夫人的姿态各异，但所有的脸都直盯着画外，配合走廊的昏暗，散发着一种诡异的气氛。

"这个女人到底是有多么自恋？"一个经常健身的小伙子忍不住搓了搓手臂。尽管他身体健壮，平时冬天也穿短袖，此刻却觉得冷得瘆人。

随行的女孩苏小小笑道："我听说这种年纪的女人最是……所以应该会喜欢你这样年轻力壮的小伙子！廖健，要不晚上你去那位夫人的房间试试，她要是心情好了，没准会放我们一条出路呢？"

廖健狠狠瞪了她一眼："苏小小，都什么时候了，你还有心情开这种玩笑。"

苏小小翻了个白眼，嘟囔道："没趣。"

随即她话锋一转，说道："行了，我去帮你们看着，你们去找线索吧。一旦有情况，我会叫你们的。"

说完，她走到窗前，盯着外面的偏殿。

窗外仍然下着大雨，尽管是白天，光线依然昏暗。不过想看清偏殿的进出情况还是没有问题的。君鹭远在宁秋水的示意下也走到苏小小身旁。

"你们两个人互相照看着一点，虽然夫人不在，但这一层楼未必就安全。"

二人应声。剩下的四人则分散开去寻找线索。

宁秋水来到北边的走廊，推开一扇门，迎面扑来一股厚重的尘土味。闻到这股味道，宁秋水就知道这个房间已经很长时间没有人来过了。简单搜寻后，他并没有发现什么有用的线索。然而，当他准备离开时，忽然看见了房门背后的花纹。

这个花纹立刻引起了他的警觉。因为看到花纹的第一眼，宁秋水就有种莫名的熟悉感。他在哪里见过呢？他思索片刻，突然想起，在一楼走廊挂着的小主人画作中看见过这个花纹。那幅画描绘了小主人蜷缩在房间角落，门缝下有一条扭曲的影子，而门后的花纹正是眼前这扇门上的。

也就是说，小主人曾在这个房间里躲避过某种未知的威胁。

宁秋水又仔细观察了房间，确认这里就是画中的那个房间。

"难道……"他心头一动，似乎想到了什么，立刻离开去其他房间寻找线索。

一间、两间、三间……随着他逐间查看，他发现这些房间都出现在了小主人的画作里，都是他曾躲藏过的地方。

"他住在三楼，这层楼只有他和黑衣夫人，也许还有管家……他究竟在躲避什么？难道是黑衣夫人？不对，从管家透露的信息来看，黑衣夫人应该是他的母亲才对。"宁秋水心中生出了诸多疑惑。

难道，这座莫妮卡庄园中还隐藏着其他的危险？

正在宁秋水沉思之际，一声喊叫声从另一条走廊传来。

"啊!"

这声音来自一个男人。宁秋水闻声而动,急忙冲出房间,朝着声音的方向跑去。当他赶到时,门外已经站着两个人。

"怎么回事?"宁秋水问道。

两人面色惨白,廖健指着房间,颤抖着说:"我不知道。刚才的喊叫声就是从这个房间里传出来的,但我们进来时,里面根本没有人,而且庞云远也不见了。"

庞云远是跟着他们一起的年轻男人。宁秋水站在门外,仔细打量着房间。这房间与之前看到的没什么不同,都在走廊的壁画上出现过。古堡的小主人应该曾在三楼的每个房间里躲藏过。而此刻,庞云远就这样在眼前的房间中消失了。

"喂,出什么事了?"苏小小从走廊另一头走了过来,见三人都站在门口,脸色凝重,忍不住问道。

"庞云远……刚刚在这个房间里消失了!"廖健指着房间,哆嗦着回答。

"消失了?"苏小小难以置信地走近,站在宁秋水旁边,望向房间内,"一个大活人,窗户关着,怎么会突然消失了呢?"

"你怎么不在窗边看着?"宁秋水问道。

苏小小哼了一声:"还不是因为你们出事了,我才过来。放心,窗子那边有鹭远盯着,有什么问题他会叫我们的。"

宁秋水皱了皱眉,压下了心中的不快。君鹭远迟早需要一个人经历这些事情,让他单独待一会儿也好,也算是一种历练。况且,他还借给了君鹭远一样保命的东西,应该不会出事。想到这里,宁秋水走进房间开始勘察。其余三人也跟了进来,但搜寻一圈后,什么异常都没发现。房间里既没有打斗的痕迹,也没有什么反常之处。

那么,庞云远刚才究竟遭遇了什么,竟让他发出那样凄厉的喊声,随后又凭空消失?

众人陷入了深深的疑惑。

这时,宁秋水忽然想到了什么。他走到门外,环顾了一下房间的位置,发现它靠近大走廊,是进入小走廊的第一个房间。

"你们之前见过他吗?"宁秋水问廖健和另一个人。

两人摇头,廖健答道:"没有,我们三个分散在不同的小走廊里找线索,直到听到叫声才赶到这里。"

宁秋水点点头:"我明白了。"

苏小小忍不住问:"你明白什么了?"

"还记得鹭远说他昨晚看到黑衣夫人拖着三个人,但今天早上却有四个人消失了吗?"

三人点头,今早还因为这事闹过一场小矛盾,所以他们记得非常清楚。

苏小小恍然大悟:"你的意思是,214或者215房间失踪的那个人,跟庞云远一样?"

"没错。"宁秋水道,"他们遇到的情况应该相同。"

听到这里,三人立刻打起精神。

宁秋水带他们走出房间,指着房间的位置说道:"从我们开始排查到现在,至少已经过去十几分钟了。你们应该已经查到各自走廊的第二间或第三间房,但庞云远还停留在第一间,这说明了什么?"

众人稍做思索,苏小小最先反应过来,惊讶道:"说明他在这个房间里发现了什么!"

宁秋水目光一动:"没错!他一定在这个房间发现了什么,注意力被完全吸引,导致他一直在跟那个东西……对视!"

众人顿时背脊发凉,立即想到了诡门的提示:"不要与它长时间对视。"

"我的天……"廖健叫出声来,背后一阵发麻,要是他当时遇上了那东西,现在消失的就是他了。他有些犹豫:"要不咱们还是撤吧?庞云远一个活生生的人就这么消失了。而且我们到现在也没找到什么有用的信息……"

苏小小瞥了他一眼,嘲讽道:"廖健啊廖健,你胆子怎么这么小?都已经通过好几扇门了,要是退缩有用,诡门里也不会有那么多人出事。不如趁这个机会,把三楼彻底搜一遍!"

廖健急忙摆手:"不了不了,小小你胆子大,你替我搜吧,我去窗口守着。"

说完,他快步走向大走廊。然而,不久后廖健的喊叫声又响了起来!

众人心头一凛,急忙赶去,发现廖健坐在地上,背靠着墙,惊恐地盯着东边的第五条走廊。君鹭远站在旁边,脸色苍白,双腿发抖。

"怎么了,夫人回来了?"苏小小急忙问。

廖健疯狂摇头,指着第五条走廊,却说不出话。众人看去,也被眼前的景象惊住了。走廊两侧挂着的黑衣夫人画像,正不断渗出水滴,一滴,两滴……顺着墙壁流下。而画像上的黑衣夫人,眼睛缓缓转动,齐刷刷地盯着他们。

"跑!"宁秋水感到危险,毫不犹豫地拉着君鹭远狂奔,其余三人紧随其后。君鹭远忍不住回头看了一眼,这一眼差点让他魂飞魄散!窗外不知何时出现了一张脸,正死死盯着他们。那脸惨白,双目空洞,涂着鲜艳的唇红,正是去偏殿的黑衣夫人!

她冷冷地注视着他们的背影，拉开了窗户。

"秋水哥，她追过来了！"君鹭远惊恐地喊道。

众人随着他的叫声回头一看，发现黑衣夫人竟然拖着一把镰刀，迅速朝他们追来。众人见状，哪里还敢耽搁？疯狂地朝楼梯口奔去。

然而，跑着跑着，他们意识到有些不对劲。原本不到五十米的走廊，竟跑了半分钟也没有跑到尽头。当他们再次回头时，黑衣夫人距离他们越来越近。

"糟了！"众人的心直往下沉。继续这样下去，不用一分钟，他们就会被追上。

"大佬们，有什么诡器赶紧拿出来，再不用就来不及了！只要破了这鬼打墙，我们就能跑出去！"廖健喊道，"苏小小，我记得你不是有一个棺材钉吗？为什么不用啊？"

下一秒，一个棺材钉飞到了他的手上。

"好了，廖健，现在它是你的了，快上吧！"一路狂奔的苏小小对廖健挤眉弄眼，还做了个加油的手势。廖健瞪大眼睛，看着手中的棺材钉，一时间有种想要掐死苏小小的冲动。

"秋水哥，这样下去不行，你别管我了，自己跑吧！"君鹭远气喘吁吁地跟在宁秋水后面，语气里透着疲惫。他是众人中体质最弱的，若不是宁秋水一直拉着他，他早就落在后面了。

说话间，他把宁秋水给他的红色剪刀还了回去。并非他想放弃，只是常年卧病在床的虚弱尚未完全恢复，此刻他已经快到极限。再这样下去，他恐怕会成为宁秋水的负担。

"再坚持一下！"宁秋水的声音依然稳重，跟其他人的慌乱形成了鲜明对比。君鹭远咬紧牙关，忍着胸口的疼痛，拼命跟着他跑。

他们跑了十几米后，宁秋水忽然停下，拔出那把红色剪刀，狠狠扎向墙边的盆栽。

盆栽瞬间破裂。

"跑！"宁秋水大叫一声，没有任何一句多余的话，拉着君鹭远继续冲向楼梯口。这一次，鬼打墙消失了。

众人赶在黑衣夫人追上之前跑到了楼梯口，但眼前的景象让他们猛地停住。穿着黑色西装的管家尼尔正站在楼梯上，笑吟吟地看着他们。

身后的黑衣夫人已经逼近，镰刀高高举起，眼看就要落下。就在这紧要关头，管家开口了："夫人，现在是偏殿的祷告时间。"

他的话让黑衣夫人停下了动作。她与尼尔对视了片刻，最终拖着镰刀缓缓离去。众人终于松了一口气。

君鹭远瘫坐在地上，大口喘气，手脚颤抖，不知是累的还是吓的。刚才的那一幕，真是千钧一发。

五人中，只有两人身上有诡器。诡器并不易得，运气不好的人甚至到了第五扇、第六扇诡门，依然没能得到一件诡器。

"夫人不喜欢外人进入三楼。"尼尔再次提醒了一句，然后转身下楼。

见他走远，宁秋水忽然开口问道："尼尔，你知道小主人去了哪里吗？"

他们之前也曾向管家打听过这件事，但尼尔当时仿佛没听见一般，选择了无视。

这次，尼尔停下了脚步，沉默了片刻，才用一种微妙的语气回答："是啊，小主人究竟去了哪里呢？真是奇怪……"

他说完后就继续走了。

宁秋水眉头紧锁，总觉得尼尔的话里暗藏着什么。

众人回到了二楼，心情稍微放松了些。

"天啊，你们没看到，刚才那镰刀离我只有一厘米！我们真的没事吗？"

"当然没事，我摸了，你还有温度呢。"

"闭嘴吧，苏小小！"

看着廖健他们对苏小小的态度，宁秋水有些意外。苏小小长得很漂亮，在异性中绝对算得上有吸引力，但奇怪的是，身边几个男人似乎对她没什么特别的反应。

察觉到宁秋水的疑惑目光，廖健轻笑了一声，调侃道："这家伙，跟咱们一个构造。"

宁秋水立刻明白了，原来苏小小只是长得像女生，实则是个男人。

"不过话说回来，你怎么知道那个盆栽有问题？"廖健收敛了笑意，问道。

宁秋水回答："鬼打墙总有个关键节点。前面明明只有一个盆栽，但我们经过了多次，所以我猜它有问题。"

这一点其实显而易见，只是刚才情势紧张，众人的注意力全都集中在黑衣夫人身上，才没察觉到。

"只是，不知道这座古堡的管家为何要帮我们？"回忆起刚才发生的一切，宁秋水不禁陷入了沉思。

"不对啊……"刚刚缓过气的君鹭远忽然疑惑道，"光勇他们六个人不是去找管家了吗？为什么刚才管家出现时没看见他们？"

廖健没好气地回答："还能为什么？没找到呗！"

"这管家看着就不太像正常人,神出鬼没的……"杨阳怯生生地接话,"你们说,他们会不会已经被管家控制住了?"

苏小小摇摇头:"怎么可能?他们有六个人呢,就算出了什么事,也不可能全都……"

这次他说话没有用伪音,而是恢复了他原本浑厚的男声。众人听后,都不由得用带着些许异样的眼神看向他。苏小小的声音和外貌确实很有反差。

"也是,先等等看吧。"杨阳说道。

经过刚才的事情,大家也不敢轻易再去古堡三楼了。

宁秋水沉默了片刻后说道:"我要去古堡大门那边看看,有人跟我一起吗?"

几个人有些疑惑:"古堡大门?你去那儿做什么?"

宁秋水耸耸肩:"没什么特别的事,就是随便看看,反正也没别的事做。"

君鹭远第一个站到宁秋水身旁,虽然没说话,但行动已经表明了态度。苏小小眨了眨眼,若有所思地说道:"我跟你一起吧!"

随后,他回头对廖健和杨阳说道:"你们两个可别乱跑,要是再遇上那个黑衣女人,肯定有麻烦。"

二人回想起刚才的遭遇,忍不住打了个寒战。

"知道了,你们快去快回!"廖健挥了挥手。

宁秋水三人朝古堡入口方向走去。路上,苏小小饶有兴致地打量着君鹭远和宁秋水,然后问道:"你是带人过门吗?"

宁秋水"嗯"了一声。

苏小小眼睛一亮:"那你岂不是一个过了第五扇、甚至第六扇门的大佬?"

宁秋水想了想问道:"有没有可能,我只是一个才过了第三扇门的新手?"

苏小小满脸不信:"不可能,绝对不可能!"

宁秋水笑了笑,没有继续在这个问题上争辩。

他们很快便来到了古堡的大门口。这扇门已经紧紧关闭,外面传来密集的雨声。宁秋水轻拍额头,笑道:"我说怎么觉得不对劲。任务是让我们寻找庄园的大门钥匙,而古堡只是庄园的一部分,我们进来时就已经在庄园里,所以忽略了这个细节。"

他之前一直疑惑,为什么下雨时管家去关门,回来时脚上却带着水渍?现在他终于明白了,管家当时不仅关了古堡的门,还去关了庄园的大门。

接着,宁秋水又来到那个挂满古堡小主人亲笔画的走廊。再次进入这里,他莫名感到一阵寒意,仿佛有无数只蚂蚁从脚后跟慢慢爬上背脊。那些画作背后,仿佛有什么在注视着他。但当他仔细感受时，这种感觉却又消失了。

他取下几幅画检查，墙壁是实心的，里面没藏东西。难道是画本身的问题？宁秋水感受着手里那幅画的重量，没什么特别之处，于是他将画挂回原位，继续巡视画廊。

苏小小忽然低声说道："你们有没有觉得，好像有什么东西在盯着我们？"

宁秋水点头，表示自己也有这种感觉。

君鹭远警惕地环顾四周，轻声道："会不会是这些画像有问题？我发现只要盯着这些画像十几秒，就会有那种被人窥视的感觉。"

听他这么一说，苏小小立刻将自己的视线放在其中一幅画上。大约过了十秒，他忽然移开目光，声音微微颤抖："的确有这种感觉！不能长时间盯着这些画，诡门上的提示，可能指的就是这些画像。"

君鹭远眼神微微一亮，但很快又露出迟疑："可我们之前找过三楼的房间，那些房间里面没有画像啊，难道这些画会自己移动？"

苏小小陷入沉默。如果画像不能凝视，那为什么之前消失的人所在的房间里却没有画像？他们的失踪难道与画像无关？

宁秋水回想起自己在三楼搜查房间时，曾隐约察觉到异常。他注意到一扇房门背后的纹路，和小主人画中的门纹路完全相同。但当时并未细想，那种不对劲的感觉也只是一闪而过。

如今，这种感觉再次浮现，但他暂时压下心中的疑惑，继续在画廊上搜寻。只要他们的视线不在同一幅画上停留太久，那种被窥视的感觉就不会出现。

宁秋水认真巡查着走廊，突然在一个不起眼的黑暗角落里，发现了第七幅画！这幅画的位置极为隐蔽，藏在最黑暗的角落，加上画中大量使用黑色，使它难以被人发现。

他走近画前，看到面中的内容，心里微微一震。这幅画同样出自城堡小主人之手，笔迹与前几幅几乎一致。但不同的是，这幅画中，小主人所在的房间门外伸进了一双黑色的手臂！那惨白的双手死死扣住房门，仿佛拼命想要挤进来。

小主人在房间里拼尽全力抵住了门。他……似乎很害怕外面的那个东西！

"这小主人到底遇到了什么？怪吓人的！"

"难道是夫人？"有人猜测，但很快又否定了这个想法，"虽然夫人对外来者确实不友好，但她毕竟是小主人的母亲，常言道，虎毒不食子，没理由对小主人下手吧？"

"难道是管家？"宁秋水的脑海里，忽然冒出了这么一个想法。回想之前询问小主人下落时，管家的回答意味深长，仿佛他也在寻找小主人，而且已经找了很久。

宁秋水的目光落在第七幅画上。看着画中那双黑色的手臂和惨白的双手，不禁想起一幅令人寒意顿生的画面。他们吃饭时，管家推着餐车走来，身穿黑色西装，总是戴着一双白手套！

难道……那个想对小主人不利的黑影，真的是管家？他为什么要那么做？

"说到夫人和小主人，我倒是想到了一件事……"苏小小双臂环抱，缓缓踱步在走廊上。

宁秋水和君鹭远不约而同地看向他。

"你想到什么了？"

苏小小放慢脚步，提出了一个他们一直忽略的问题："既然古堡里有母亲和孩子，那父亲呢？"这个问题让宁秋水和君鹭远一惊。

"对啊……有母亲，有孩子，那应该也有父亲。可是管家好像从未提过小主人的父亲。"君鹭远喃喃自语，眉头越皱越紧。

没有父亲，孩子从何而来？如果有父亲，他又在哪里？为什么从未提及？

探索越深入，疑问越多，他的脑海中仿佛被一团乱麻搅动，难以理清。

"先回去吧！"宁秋水说道。

他们在走廊里停留越久，寒意越浓，谁也不敢保证再待下去会不会发生什么危险的事情。

反正画上的内容他们基本都记住了。

离开前，宁秋水特意多看了眼那幅门后带有花纹的画，总觉得哪里不对劲，仿佛忽略了某个细节。他摇了摇头，跟着其他人回到了大厅。此时已是下午四点。

过了一会儿，光勇和温倾雅等人从另一条走廊走了回来，脸色都不好看。宁秋水注意到，队伍里少了一个人。

"怎么回事啊？怎么少了一个人？"苏小小打了个哈欠，他等得都有些困了。

光勇脸色凝重，坐到一旁："出了点意外，有人突然失踪了。"

听到"失踪"二字，众人神色微变。又是失踪！这才第二天。

"你们也有人失踪了吗？"温倾雅皱眉问道，仔细一数，发现宁秋水他们那一队也只剩下五人。

"对。"苏小小点了点头，"我们去三楼时，庞云远也在一个房间里消失了。房间的门窗没有任何损坏的痕迹，也没有暗道，他就像凭空蒸发了一样……"

苏小小的话音刚落，众人的脸色更加凝重。大家已经感受到，这扇诡门里的世界远比他们想象的更加诡异。

一个大活人，突然就这么不见了……

即使被黑衣夫人带走，至少还能留下一些线索。然而，那些在古堡里失踪的人到底去了哪里？

"三楼有什么发现吗？"气氛变得压抑，光勇转头问苏小小。

"没什么有用的线索。靠东边的走廊挂满了黑衣夫人的自画像，我们靠近时，画像中的它就会盯着我们，然后开始渗水……紧接着，原本应该在偏殿的黑衣夫人，竟然从窗户爬了进来！要不是秋水哥及时破掉了循环时空，我们可能还走不出三楼。那个地方一定隐藏着什么重要的秘密，但我们只能明天再做打算。"苏小小坦率地分享了这些信息，因为此时隐瞒没有意义。

如果有重要线索，或许他会藏一藏，找机会从其他人那儿捞点好处。但现在，古堡的诡异程度已远超他们的预期。两天过去了，他们不仅毫无收获，还留下了一连串的谜团。

"你们那边呢？"苏小小反问道。

光勇叹了口气，说道："我们把一楼能找的地方全都找遍了，没见到管家，后来我们去了厨房……"

说到这里，光勇的脸色有些阴沉："那厨房根本没被用过，至少最近几个月没有！四周全是灰尘，水管里流出的水是带着锈渍的褐色。老鼠、蜘蛛网到处都是……这座古堡根本没有下人。我们吃的那些东西，也不是厨房里做的。"

光勇的话让宁秋水几人都吃了一惊。

"第二天都快结束了，什么有用的线索都没找到，还失踪了六个人……"之前指认宁秋水的那个瘦削男人愤怒地踢了一脚墙，低声咒骂。他的表情已经有些扭曲。显然是在寻找管家的过程中，遇到了一些不好的事情。

众人陷入了短暂的沉默。宁秋水缓缓开口，揭示了一个更加令人不安的事实："还有一件事没告诉你们。五天后，我们要离开的不是古堡，而是整个庄园。现在我们面临三个紧迫的问题：第一，庄园的大门在哪儿？第二，如何在不淋雨的情况下离开古堡，去到庄园的大门？第三，怎样才能弄到那把能打开庄园大门的钥匙？"

诸多谜题缠绕在众人心头。

很快，晚饭时间到了。宁秋水几人不敢懈怠，有诡器的握紧手中的诡器，没有的则随时准备逃离。晚餐时，夫人也会到场。白天因管家的缘故，夫人没有动手，但晚上不一定如此。

管家先行到了餐厅，他站在石膏像旁，微笑着对众人说道："夫人的祷告很快结束，请各位少安毋躁，待她回来后，我会为各位呈上丰盛的晚宴。"

说完后，他像之前一样静立不动。

宁秋水再次打量着管家。灯光照在他脖子上的饰物上，反射出刺眼的光芒。没过多久，高跟鞋的声音从走廊尽头传了过来。

嗒嗒嗒——

众人的心立刻提了起来，目光齐刷刷地看向走廊，瘦长的黑衣夫人从昏暗处缓步而来，

苍白的脸上挂着她标志性的微笑。它坐在了桌子的主位上，仿佛全然忘记了下午的事，对宁秋水等人表现得波澜不惊，没有显露出任何异样的情绪。

"请夫人与各位稍等，晚餐即将呈上。"尼尔微微鞠躬后，转身离去。大约三五分钟后，他推着餐车回来，手戴洁白的手套，白得有些刺眼。食物的香气随之在大厅弥漫开来，众人这才意识到自己已经饥肠辘辘。

不得不承认，尽管这古堡透着阴森，但餐食丰盛得令人惊叹，甚至有些食物在外面难以品尝到。

"尼尔管家，这里还有位置，你不坐下一起吃吗？"宁秋水问道。

管家微笑着回答："不了，我已提前用过餐。这顿晚宴是为夫人和各位准备的。"

宁秋水点了点头，接着又问："尼尔管家，古堡里有伞吗？"

管家这次没有回答，好像没有听见，饭桌上的气氛瞬间变得微妙起来。几人用眼神示意宁秋水不要再继续问下去。宁秋水也察觉到了异常，便安静地吃饭。

从白天的表现来看，管家似乎并非负责对付他们的诡物，或许他的任务只是为进入这扇诡门的人提供一些信息和有限的帮助。宁秋水心中暗想，这扇诡门的难度应该不低，因此才会有像管家这样的人物出现，提供某种程度的协助。当然，诡门不是慈善机构。管家能给予的保护必然十分有限，甚至可能有次数限制。不到万不得已，宁秋水不愿浪费这个机会。

吃完饭后，夫人如同昨晚一样自顾自地上了楼。直到她高跟鞋的声音消失在三楼，宁秋水才对管家提出了一直想问的问题："尼尔管家，请问小主人的父亲在哪里？"

管家正在收拾餐具，听到这个问题时，动作微微一顿，认真地看了宁秋水一眼。然而，他似乎并没有打算作答，视线不经意地转向餐桌旁的那尊石膏像，稍做停留后，便推着餐车离开了。

宁秋水的目光落在那尊石膏像上，若有所思。众人见管家没有回应，纷纷叹了口气。

"看来今天咱们也只能到这儿了……"光勇低声说道，"今晚大家还是小心点吧，就像倾雅说的，搞不好黑衣夫人每天晚上都会来！"

温倾雅点头："没错，虽然我们还不清楚具体的规则，但最好不要乱碰桌上的空白画册和笔。我们现在还剩十个人，情况不算太糟，但如果今晚再消失四个，剩下的六人只怕就很难撑下去了。"

温倾雅的话让众人心头一凛。

夜渐深，众人各自回房。君鹭远因白天的事情有些心神不宁，脱下外衣准备洗漱，却发现宁秋水正站在窗边，盯着桌上的空白画册和笔。

"秋水哥，你在干什么？"君鹭远看到宁秋水拿起那支笔，心头猛地一跳。

宁秋水目光锐利，语气平静："我们桌上的东西被人动过。"

自从经过了第二扇诡门后，他对其他同伴一直保持着高度警惕。听到这话，君鹭远的心也瞬间紧张起来。他们的门只能从里面反锁，只要房间里没人，外面的人便能轻易进来。想到这里，君鹭远立刻走到宁秋水身边，仔细看着桌上的画册和笔。

"秋水哥，你怎么知道有人动过我们的东西？"

宁秋水淡淡说道："笔帽的坐标没对齐。今早我离开前特意调整了笔帽的位置，现在它偏离了至少一厘米。"

听着宁秋水的解释，跟君鹭心里一沉，背脊发凉。有人潜入过他们的房间，用了他们的笔，而笔的作用显然是为了画画或写字。

所以……

君鹭远的目光落在了画册上，心则沉到了谷底。

宁秋水的猜测没有错，他当着君鹭远的面，仔细翻看那本空白画册。果然，在其中一页发现了一道细小的痕迹。看到这痕迹，君鹭顿时感到手脚冰凉。

"谁这么卑鄙，连自己人都害！"君鹭远握紧拳头，咬牙切齿，怒气冲天。他毕竟是年轻人，心里燃着一股不平之火。但他也清楚，眼下最重要的是化解危机，只有人没事，才能找出真正的幕后凶手。

"换。"宁秋水盯着画册，只说了一个字。

他快速走进对面的208房间，这房间没有住人。进入房间后，他将画册和笔悄悄与208房间里的调换，然后回到了自己的房间。二人再次检查画册，确认没有任何痕迹后，才将画册和笔放回桌面，终于稍微松了口气。

"这样……真的能行吗？"君鹭远仍有些不安。

宁秋水摇了摇头："能不能行，只有等今晚才知道了。现在也没有其他办法，死马当活马医吧。"在诡门背后就是这样，一旦有人想利用规则害人，防不胜防。

洗漱完毕后，他们躺在各自的床上，静静等待那黑影的到来。今夜，谁都没有睡意。随时可能敲窗的黑衣女人，像一颗定时炸弹悬在他们心头。

"秋水哥，你说是谁在害我们？"君鹭远盯着天花板问道。

宁秋水没有回答，因为他也不知道答案。

君鹭远又自顾自说道："会不会是光勇和温倾雅他们？一开始我还觉得他们是好人，专门提醒大家晚上不要碰笔和空白画册。可现在看来，他们也许是故意误导我们。毕竟只要我们不检查笔和画册，那他们在上面留下的痕迹，就不会被发现。"

宁秋水沉思了一会儿，说道："表面看，光勇和温倾雅的嫌疑很大，但我更趋向于他们跟我们一样，是受害者。"

君鹭远"啊"了一声，没太懂宁秋水的意思："他们也是受害者？"

宁秋水拿出手机看了看时间，然后对君鹭远解释道："诡门有个'十分之一法则'，触发条件是最后只剩一个人。所以，他们不太可能是团伙作案。少人和多人面临的诡门难度是一样的，但由于人数减少，少人团队反而会面临更大的危险。至于单人作案的可能性，也不大。他们之前几乎没有分开行动的机会。我觉得他们可能和我们一样被陷害了，只是不知道他们今晚有没有意识到。如果没发现，那麻烦就大了。"

听到宁秋水的分析，君鹭远恍然大悟。他对宁秋水竖起大拇指，心中佩服不已。

"如果不是他们，那会是谁？管家？夫人？还是……那些消失的人？"君鹭远陷入沉思，最终也将管家和夫人排除在外。管家看上去是个中立角色，不会害他们；而夫人本身就是规则的执行者，根本没有必要多此一举，何况她可能也没有那个能力。如果真有，第一天出事的就不止三个人了。所以，剩下的可能性只有那些消失的人，但这怎么可能？

思绪越来越混乱，君鹭远不禁叹了口气。此时，宁秋水也在思考白天的事情，试图回忆起自己忽略的细节。

"最初那种感觉出现在三楼的房间里。我看到了门后的花纹，联想到了一楼走廊上的一幅画……"宁秋水仔细回忆。逐渐把注意力集中到那幅画上。画中，小主人蜷缩在房间一角，门后的花纹清晰可见。

当宁秋水思考这幅画时，一股莫名的冰冷突然蔓延全身，他感到前所未有的危险。他想睁开眼睛，但发现根本做不到。黑暗中，那幅画越来越清晰，画中的孩子也慢慢转过头来，看向宁秋水。

就在这一瞬间，宁秋水意识到他忽略了什么。在一楼走廊时，他只是随意扫了一眼画作，根本不可能记得如此细节的纹路。显然，问题出在画上！

宁秋水终于明白了诡门的提示："不要与它长时间对视。"

这"对视"并不一定是通过眼睛，记忆中的观察也可以算作对视。难怪庞云远会在三楼莫名消失。他并没有在房间里遇到什么可怕的东西，而是长时间在回忆里与那些画中的诡物对视了。

此时，宁秋水感觉浑身冰冷，难以动弹。画中的孩子露出诡异的笑容，一步步向他走来。随着它越来越近，宁秋水的意识也逐渐模糊。就在他即将被拖入无尽的深渊时，一个古怪的声音忽然将他拉回现实。眼前的孩子发出一声不甘的号叫，伸出苍白的双手，想要抓住他。

与此同时，宁秋水的身体像被一层浓厚的阴影笼罩，耳边隐约传来一个苍老女人的低语……正是第二扇诡门里的阮婆！那孩子一触碰到这股神秘力量，便发出一声凄厉的尖叫。

宁秋水猛然睁开双眼，从床上坐起。他呼吸急促，浑身冰冷，仿佛失去了所有温度。君鹭远在一旁瞪大眼睛，眼中满是恐惧："秋……秋水哥，你没事吧？"

宁秋水大口喘息，过了片刻才平静下来，转头问君鹭远："我刚才怎么了？"

君鹭远的声音微微颤抖："你刚才身体突然变得模糊，像要透明了一样，仿佛随时会消失。而且你好像想喊什么，但刚张嘴就停住了……"

宁秋水闻言，下意识地摸了摸胸口的那本古书，感觉到里面一片湿润……

果然，是这本古书救了他。

身处诡门背后的世界，诡器一直是至关重要的道具。人类总有疏漏，而诡器的最大作用就是提高容错率。如果今天没有这本书，他刚才可能已经深陷险境。

"呵，古堡的小主人竟也要对我们下手，这一家人……全员恶人啊。"宁秋水心中暗想。

他拿出胸口的古书。书页已经开始出现明显的磨损，边缘有些裂开。他清楚，这件诡器的使用次数所剩无几。

白潇潇告诉过他，越是强大的诡器，使用次数越有限。像他手中的这本古书，最多只能使用三次。而现在，这本书仅剩最后一次机会。他的那把红剪刀也是不凡的诡器，但目前暂时交给了君鹭远运用来防身。

看来，要更加小心了。宁秋水在心中再次提醒自己。

他已经掌握了古堡内的四条重要规则：第一，不能长时间与一楼走廊的画"对视"。第二，不能在房间内的空白画册上留下痕迹。第三，不要随便进入古堡的三楼。第四，不可以淋雨。只要接下来的几天里不触碰这四条法则，危险应该不大。

当然，前提是熬过第五天。

实际上，他们不仅需要考虑如何熬过这五天，还得找到莫妮卡庄园的大门以及开启大门的钥匙。否则，五日一过，他们便会面临更大的危机。而在寻找钥匙的过程中，危险不可避免。

两人闭上眼睛，试图休息。到了后半夜，窗外又响起了急促的敲打声。

世上大多数人不会因为面对过一次恐惧，下一次就能够坦然无惧。所谓"一朝被蛇咬，十年怕井绳"，正是如此。虽然君鹭远早有心理准备，但当这急促的敲击声响起时，他仍不禁一阵惊慌。

他悄悄将眼睛睁开一条细缝，看到那个瘦长的黑影再次出现在房间里。温倾雅的猜测果然没错，这个家伙每晚都会来！有了第一晚的经验，他们这次应对得从容了许多。

黑衣女人照例检查了一下他们，随后来到桌前，快速翻阅桌上的空白画册。

"怎么找不到呢……"比雨声更寒冷的声音让君鹭远在被窝里忍不住打了个寒战。他默默祈祷，希望她快点离开。

早在进入诡门之前，他觉得自己已经做好了面对危险的准备。然而，真正面对这种恐怖时，君鹭远才发现，临危不乱并非易事。

十分钟后，黑衣夫人终于查看完了画册，悄无声息地离开。确认房间里没有任何动静后，君鹭远才长长地松了一口气。他没有打扰宁秋水休息，静静地盯着天花板，试图平复混乱的思绪。

"别在脑海里回想一楼走廊的那些画。"宁秋水突然提醒道。

君鹭远一怔，随即反应过来："秋水哥，你之前那样，难道就是……"

"嗯。"宁秋水点了点头，"任务提示说过，不要与它长时间对视，脑海中的对视也算。"

听到这儿，君鹭远忍不住吞了口唾沫。这实在是太诡异了……记忆中的对视也算数，怪不得庞云远消失得如此突然。

"秋水哥，你觉得是谁在害我们？"君鹭远依然纠结这个问题。

"我有猜测，但还需要验证，等明天见到其他人再说。"宁秋水回答。

君鹭远见状，也不再多问，静待天明。

清晨，走廊上传来了激烈的争吵声！

"昨天一共就两组人，到底是谁做的，你们心里没点数吗？"

"没错，就是！"

"什么你们做的我们做的，我们昨晚还不是被陷害了！"

"呵呵，要不是苏小小警惕，早就中了你们的圈套，还装好人样子提醒我们不要动桌上的画册和笔，要是真不动，就中了你们的计了！"

争吵声此起彼伏，君鹭远默默坐起身，看到宁秋水没有急着出去，而是在厕所里静静地洗漱。

"秋水哥，咱们不出去吗？"君鹭远问道。

宁秋水含着泡沫，含糊地回应："不急，先让他吵会儿吧。"

君鹭远点了点头，逐渐被宁秋水的沉稳感染。

等宁秋水洗漱完，他们才打开房门。此时，争吵声已经平息了不少，宁秋水开口道："大清早的，不去吃饭，吵什么呢？"

众人齐刷刷地看向他，眼神中透着锐利。

"你们昨晚没遇到什么事儿？"温倾雅问道。

宁秋水揉了揉头发："没有啊，就黑衣女人来过，怎么了？"

温倾雅皱了皱眉："我的意思是……你们桌上的空白画册没有被动过手脚吗？"

宁秋水点头："有人在上面画了一笔，不过昨晚我把那个画册扔到对面房间里去了。"

听到这话，众人的火药味顿时消散了不少。因为他们发现，昨晚似乎所有人的画册都被动过手脚。

"难道是管家和黑衣夫人做的？"

"你傻啊？要是管家和夫人能干这事，我们第一天晚上才少四个人？"

"那这……"

众人议论纷纷。

宁秋水扫了一眼在场的人，出乎他的预料，昨晚只有两人出事。现在，他们还剩八个人。对团队来说，这是个好消息，说明他们大多数人头脑清醒，心思缜密。

"光勇，我有个问题想问。"

宁秋水看向光勇，后者一怔，随即点头："你说。"

宁秋水清了清嗓子："昨天你们在一楼找管家时，不是有人失踪了吗？我想知道那个人失踪时，有没有发出什么声音，像是惨叫之类的？"

光勇神色一动，点头道："有，的确一声惨叫。"

宁秋水眯起眼，露出一个让人不寒而栗的笑容："那就对了。"

在场的七人都愣住了。

"什么对了？"

宁秋水扫视他们一圈，缓缓说道："到目前为止，尚在的人不是八个，而是九个！"

"九个？"

众人面面相觑，甚至有人还在数人数。

"怎么会是九个人呢？在场明明只有八个人呀！"

"我数也是八个，宁秋水，你是不是数错了？"

一旁沉默的苏小小反应过来："你的意思是，第一天晚上214或215房间失踪的那个人，其实没有遭遇不测……而是自己藏起来了？"

宁秋水点头："对。昨天我们在三楼寻找线索时，庞云远突然消失，消失前也发出了一声惨叫。从这一点来看，我认为庞云远的失踪和光勇队伍里消失的那个人一样，都是触发了相同的规则。但第一天晚上消失的那个人不一样，他没有发出任何惨叫。所以那个人可能没有触发规则，而是假装出事，然后藏了起来，试图利用规则对付我们，这样他撑到最后的几率就大大提高了。不过很可惜，那天晚上鹭远恰好没睡着，看见夫人只拖走了三个人。"

听到宁秋水的推测，众人愤怒不已。

"这个人居然暗中算计我们！"

"他是想让我们出事，自己得利。"

"今天不做任务也要把他找出来！"

见到这一幕，温倾雅反倒是皱了皱眉。

"行了，别放狠话了，就算真的找到他，你们也不能把他怎么样……我可得提醒一下你们，在诡门的背后可别乱动手，自己作死是小，影响到大家就不好了！先把人找出来吧，事后你们想要惩罚这个人的，自己再想办法。"

温倾雅的话让众人冷静了几分。苏小小抱着胸，眼神中带着一丝寒意。要不是昨晚他心存疑虑，去翻了那本空白画册，今天可能已经不在了。

无缘无故差点被害，任谁也都难以保持平静。

"其实，猜他躲在哪里并不难，古堡就这么大，三楼他不敢去，一楼昨天已经搜过了，剩下的只有二楼那些我们还没去过的房间。"

听到苏小小的分析，众人立刻开始在二楼展开搜寻。不久，212房间传来了一声呼喊："找到了！别让她跑了！"

伴随着这声呼喊，一道凄惨的女人声音在走廊中回荡："别打了！我不是故意的……我一个人进入的诡门，连个队友都没有……我只想平安离开……"

众人赶到门口，看到那个瘦削的男人正抓着一名女子的头发不放。女人满脸通红，蜷缩在地，瑟瑟发抖。

她可怜的模样并没有引起众人的怜悯。大家的目光依然冰冷。温倾雅走上前，伸手挑起她的下巴，冷冷地说道："如果不是诡门规则不允许轻易动手，我一定不会放过你。"

女人痛苦地蜷缩在地，哽咽道："没错，我是想对付你们……但我也只是想离开这里。我没有钱请人带我，也没有同伴，诡舍里的老人根本不帮我。我真的不能出事，我妈妈有心脏病，如果我有事，她肯定撑不住。"

众人一时间沉默不语，虽不能拿她怎么样，但也不能放她走。

"用床单把她绑起来，锁在房间里。白天给她点吃的，只要不捣乱就行。"

苏小小叹了口气，听到她妈妈的事后，他的心稍微软了一些。

众人简单商讨后，一致同意了苏小小的提议。他们决定暂时放过骆雨馨，这算是仁至义尽。并不是他们心生怜悯，而是暂时找不到更好的处理方法。众人将她绑好，扔在了房间的床上，随后离开二楼，到大厅吃早饭。

黑衣夫人如约而至，但今天的她显得有些不同。吃饭时，夫人的目光不时在他们身上徘徊，冰冷的眼神中似乎带着一丝审视。众人在她的注视下感到一阵寒意，仿佛有一种无形的压力笼罩着，随时可能降临。这种感觉在之前是没有的。

在场的八人都明显感受到，黑衣夫人对他们的敌意愈发浓烈，显然诡门正在逐渐解除对她的约束。可以预见，如果第五天他们依然找不到庄园大门的钥匙，古堡内将有极其可怕的事情发生。想到这里，众人不由得感到一阵不安。

很快，黑衣夫人吃完了盘子里的食物，像往常一样起身离开。她走后，气氛才稍微缓和。

廖健忍不住低声感慨："这家伙现在连白天都想对我们出手了吗？"

苏小小讽刺道："这还用说吗？这次任务就是要我们在第五天找到钥匙逃出去，时间一天天过去，有变化很正常。我敢肯定，到了第五天，这个黑衣女人一定会发生更可怕的变化！"

廖健瞪了他一眼："我没那么傻，只是随口感叹一下。"

温倾雅揉了揉太阳穴，思绪开始混乱："话说，我们今天该怎么办？昨天能找的地方都找遍了，没什么线索。而有线索的地方，我们又去不了……"

宁秋水放下碗，随口提醒道："诡门不会给出无解的法则，吃完后我们再到处转转。另外，小心一楼走廊的那些画，各种意义上。"

目前还剩下八人。由于不确定古堡内是否还有其他的法则，宁秋水不希望他们出事。毕竟，在场的这些人或许还能帮他试探出新的法则。

吃完饭后，众人陆续离开了餐桌。苏小小走时，看见宁秋水仍在慢条斯理地吃着面包，忍不住问："秋水哥，你不走？"

宁秋水头也不抬："等个人。"

苏小小和廖健对视一眼，立刻明白他在等谁。思索片刻后，苏小小拉着廖健坐下："那你不介意我们一起等吧？"

宁秋水继续切着盘子里的面包，淡淡回应："无所谓。"

大约十点钟，管家推着推车如约而至，开始收拾桌上的餐具。宁秋水的目光落在他脖子上那闪亮的十字吊坠上，突然开口："尼尔，我找到小主人了。"

听到这话，管家停下了手中的动作，抬头冷冷地盯住宁秋水，脸上的微笑逐渐变得热切："是吗？那请问客人，小主人在哪里？"

宁秋水淡然道："我告诉你小主人的位置，你告诉我大门钥匙在哪儿。"

管家沉默了片刻，点头答应。

宁秋水走到他身边，低声道："他在一楼走廊的画里。"

管家低声自语："原来藏在画里，难怪一直找不到……"

宁秋水站直身子，催促道："尼尔，现在该你回答我的问题了。"

管家冰冷的目光盯着宁秋水片刻，才说道："钥匙在小主人的父亲手中。"

苏小小急忙站起身，追问："小主人的父亲在哪儿？"

管家没有回答，继续收拾东西，然后推着餐车离开。即将消失在走廊深处时，低沉的声音再次传来："夫人不喜欢外人进入三楼。"

他消失在黑暗中，宁秋水的目光闪烁。这句话，管家已经反复提了三次。起初他们没太在意，但现在，宁秋水意识到，这话与其说是警告，倒更像是一种提示。

"这句话他重复了三遍，是不是在提醒我们什么？"廖健若有所思地说道。

一旁的苏小小轻轻拍了拍他的头，笑道："哟，咱们的健健开窍了啊！"

廖健没好气地瞪了他一眼："去去去，别捣乱！"

宁秋水瞥了一眼沉思中的君鹭远，问道："有什么想法吗？"

君鹭远点了点头："我觉得我们可能需要一些之前在这个庄园里工作的佣人的东西，比如衣物和工具。有了这些，应该能进入古堡三楼，不被那些画像察觉。"

从一开始，管家就在提示他们进入三楼的方法。

"看来，那里确实隐藏着重要的秘密。"宁秋水眯起了眼睛，觉得他们离真相越来越近了。关于这座莫妮卡庄园的过去，以及小主人的父亲究竟发生了什么，答案应该就在古堡三楼东侧走廊尽头的房间里！

"先找吧，一二楼里一定有线索。"

三人都点了点头。如果不去三楼，遇见危险的可能性其实较小，大家决定分头行动。

很快，宁秋水在一楼的废弃杂物间找到了一些陈旧的衣物，从外观来看，应该是属于以前在古堡里工作的佣人。只是不知道这些佣人最后去了哪里。

"穿上这些衣服后，应该就不算外人了吧？"宁秋水心想，拿起几件衣服，回到了大厅。不久，苏小小他们也找到了一些物品，会合了。

"有了这些，我们或许就不会再被三楼的那些画像排斥了。"君鹭远说道，"不过还不能完全确定。为了安全起见，我觉得还得把其他人也叫过来，到时候一起上三楼，万一遇到什么问题，彼此也能照应。"

宁秋水明白，君鹭远实际上是想借其他人的诡器来降低风险。这小子年纪轻轻，心思倒不少。

"我同意，不能让他们光坐着不做事，既然大家都进了同一扇诡门，自然是有福同享，有难同当。"苏小小附和道。

于是，他们把分散在一二楼的其他人召集到了一起，并将计划告知大家。光勇等人没有反对。

"我们还是分成两组，一组派一个人去三楼的窗口监视黑衣夫人，其他人去东边那条走廊深处的屋子里寻找线索。"光勇提议道，"我们这么多人，身上有不少诡器，遇到危险也不至于束手无策。"

方案确定后，众人快速分发了衣物和工具。吃过午饭，大家静静等候，直到夫人前往偏殿，便立刻开始行动。

众人换上佣人的衣服，拿上相关的工具，前往古堡三楼。君鹭远和另一名瘦削的男人负责放风。其余六人则小心翼翼地走向东边那条挂满黑衣夫人画像的走廊。

走廊上的黑衣夫人画像目光如炬，仿佛在紧盯着他们，气氛令人不寒而栗。不过，这次画像上并没有渗出水渍，似乎画像已经把他们当成了城堡里的佣人。

"成功了！"几人心中暗自庆幸，激动不已。

他们一路前行，最终来到走廊尽头唯一的房间，正是夫人的寝室。光勇走在最前面，轻轻扭动门把，房门应声而开。

房间内部看起来与普通的卧室无异。众人简单搜查了一番，但并未发现什么有价值的线索。

"不太对……"宁秋水看着房间里的布置，突然说道。

"哪里不对？"苏小小耳尖，见宁秋水有了发现，急忙问道。

宁秋水回答："夫人每天都去偏殿，可她房间里却没有任何相关物品。你们不觉得奇怪吗？"

众人顿时恍然大悟。

"除非……"宁秋水微微眯起眼睛，"她去偏殿根本不是为了祷告。"

温倾雅似有所悟,接道:"你们还记得那个叫君鹭远的男孩吗?他第一天晚上看到夫人拖着三个人去了偏殿。当时我们就应该意识到,夫人每天都去偏殿或许另有目的!"

宁秋水思索片刻,也说出了自己的看法:"今天早上管家告诉我,庄园大门的钥匙在古堡小主人的父亲手里。经过昨晚的事,我现在几乎可以确定,小主人的父亲比夫人还要危险。昨天我问他'小主人的父亲在哪里'时,他不经意地瞥了一眼饭桌旁的那座石膏像。管家的眼神像是在暗示我,小主人的父亲可能在偏殿。这或许就是夫人每天去偏殿的原因。"

众人暂时无法进入偏殿。

偏殿距离古堡较远,外面正下着暴雨,根本无法前往。诡门的提示中明确指出不能淋雨,没有人愿意冒险去试探诡门的法则。因此,即使想去偏殿,首先也得找到避雨的方法。

"照这么说,我们岂不是陷入困境了?连夫人都应付不了,如果古堡小主人的父亲比夫人更难对付,我们还有退路吗?"

几人脸色逐渐阴沉。

温倾雅看向不言不语的宁秋水:"喂,宁秋水,你有什么想法吗?"

她已经看出,宁秋水是众人中最冷静的一个。冷静不代表聪明,但至少能保持清醒的思考,而这在当前尤为重要。

"如果我的猜测没错,小主人的父亲应该受到了某种限制。他要么暂时无法使用自己的力量,要么不能离开偏殿。而这一切,可能与管家有关。"

宁秋水说着,转身看向众人,轻轻捏了捏锁骨中间,提醒他们回想起管家佩戴的十字吊坠。这时,苏小小似乎发现了什么,惊讶地"咦"了一声,走向夫人的书桌。桌上散乱地放着几本空白画册,也不全是空白,画册上依然留有一些痕迹,像是从他们之前的房间拿来的。当然,苏小小的注意力不在这些画册上。他将画册铺开,露出压在下面的记事本。

他拿起记事本翻开,众人立刻围了上来。当他们看清里面的内容时,全都一脸震惊。

记事本子上写着一行字:我知道你们会来!

知道你们会来?这个你们是指的谁呢?难道是指他们吗?

一想到这里,几人的背脊不禁泛起一阵凉意。

"不会是我们想的那样吧?"光勇队里的女孩王晓,忍不住颤抖着说道。

"恐怕,就是我们想的那样。"苏小小的神情愈发凝重。

他继续翻阅手中的记事本，却发现每一页上都只留着同样的一行字：我知道你们会来！

越往后翻，苏小小的动作越发急促："怎么会这样？难道这是个陷阱？"

就在众人陷入不安时，房外的走廊突然传来剧烈的震动声。

"什么情况？"

"不知道，出去看看！"

他们迅速回到挂着黑衣夫人画像的走廊。让人惊讶的是，走廊上那些画像剧烈地晃动着，不断撞击墙壁，背后渗出大量水渍，水流蔓延开来，朝众人涌去。

走廊尽头，窗边的君鹭远和瘦削男人脸色苍白，急切地喊道："快逃！"

几人没有犹豫，立刻朝着走廊的另一端奔逃。就在他们靠近窗边时，黑衣夫人的脸毫无征兆地出现。跑在最后的廖健不慎被她抓住了后颈。

"不！"他惊恐地叫喊，然而夫人的力气大得惊人，廖健的挣扎毫无效果。危急时刻，苏小小冲上前，手握一把修剪园林的大剪刀，狠狠刺向黑衣夫人。

夫人吃痛，发出刺耳的咆哮声，愈发狂暴。但这一下成功让她松了手。

"跑！"苏小小抓住廖健的手，迅速跟上众人。

他们冲到了楼梯口，然而管家这次并没有出现。宁秋水心中一沉，昨天，正是因为管家的出现，夫人才停止了追逐他们。今天管家不在，这是不是意味着，即便他们跑下了三楼，也未必能摆脱夫人的追击。

"糟了！"君鹭远低声说道，显然也意识到了这一点。

众人回头看去，黑衣夫人正拖着镰刀，快速向他们逼近。

"分开跑！"宁秋水大喊，众人立刻分散，朝古堡的一楼逃去。只有那个瘦削的男人跑向了二楼。

他为自己的决定感到窃喜。其他人都去了楼下，黑衣夫人不太可能先来找他。可还没跑几步，另一个念头在他的脑海中浮现：如果夫人反而先来二楼，那他怎么办？

二楼的空间比一楼的小得多，他根本没有多少可以躲避的地方。这种念头一旦出现，便如藤蔓般缠绕着他。但事已至此，他也无路可退了。眼下只能赶紧找个房间躲起来，唯一让他稍感安慰的是，二楼还有一个女人——骆雨馨。

想到她，男人加快了脚步，冲向212房间，推门而入，反锁上门。骆雨馨被绑在床上，一动不动，双眼呆滞地望着天花板，似乎早已放弃了挣扎。看见她，瘦削男人嘴角露出一丝笑容："有你在，我就安全多了！"

和众人预想中相差无几，黑衣夫人在没有管家阻止的情况下，直接从三楼追了下来。她拖着镰刀，发出让人不安的摩擦声。

夫人一步步走下楼梯，然而，当她到达二楼时，并没有继续追向一楼的众人，而是转身朝着二楼去了。一楼的众人看到这一幕，心里默默为那个瘦削男人祈祷了几秒。

"我们现在怎么办？你们昨天不是从黑衣夫人的追击中逃脱了吗？怎么做到的？"王晓的语气透出一丝慌乱，不停催促着宁秋水几人，"你们怎么不说话了？快说话呀！是你们让我们跟着上三楼的，现在出了事，你们总得提出一个解决方案吧？"

宁秋水摇了摇头，冷静地回应："昨天我们能逃脱是因为管家及时出面制止了夫人。当时管家对夫人说了一句'现在是偏殿的祷告时间'，不知道是管家让她停下的，还是这句话起了作用。"

此时，黑衣夫人去了二楼寻找那个瘦削的男人，一楼的七人有了些许时间讨论当前的处境。然而，焦急和压迫感依然笼罩在每个人的心头。他们知道，只要解决完二楼的那个人，夫人下一个要追击就是他们。

"那我们现在分开行动，先在一楼找管家。"温倾雅提议。

此时分开行动是较为安全的选择。因为追击他们的只有夫人。如果他们集中在一起，反而会面临更大的危险。

"事不宜迟，赶快行动吧！"

尽管他们不确定能否在古堡里找到管家，但眼下似乎也只有这条路可走。

君鹭远跟着宁秋水，两人刚走出不远，身后便传来一个熟悉的声音："等等！"

二人回头一看，是苏小小和廖健。

"你们怎么来了？不是说去找管家吗？"宁秋水问道。

苏小小没好气地翻了个白眼："找什么管家，他们昨天那么多人在一楼都没找到管家，最后还是管家自己出现的。这说明，管家不想出现的时候，我们是找不到的。"

宁秋水点头认可他的推理："既然不去找管家，就应该找个地方藏好，找我们做什么？"

苏小小转动着眼睛，牵着宁秋水的袖子撒娇道："你这么厉害，带我们一起吧。"

宁秋水无奈地叹了口气："先找个地方躲起来，看看情况。我有个办法或许有用，但是不到万不得已……"

他并没有拒绝苏小小和廖健的加入。这两人表现还算不错。都没什么心眼，且比较听话。两人听了宁秋水的话，心头暗喜。经过前几天的观察，苏小小断定，宁秋水绝对是个大佬，而且心地不坏。跟着这样的人，顺利脱身的机会要比自己在一楼乱闯强得多。

四人来到一楼东面的一个佣人房间，宁秋水锁上房门后，才对三人说："不出意外的话，今天管家应该不会再出现了。"

三人一怔。

君鹭远皱眉问道："为什么这么说啊，秋水哥？"

宁秋水摸着下巴："因为我今天告诉了管家小主人藏身的地方，他现在应该去找小主人了。如果我们继续待在古堡里，今天可能会出事。"

"那怎么办？"廖健紧张地问。

宁秋水缓缓说出两个字："入画。"

"啊？"

"小主人为了躲避管家躲进了画中，我们也可以。"

"可……"廖健迟疑道，"这能行吗？规则都已经明示过了……"

苏小小仿佛明白了宁秋水的用意："不，秋水哥的办法可行！正常情况下，我们不能入画，因为小主人会守株待兔。但现在情况不同了，管家大概率也进了画！我想，小主人之前就是在躲避管家。现在管家入画，小主人肯定会藏起来，不敢轻举妄动。"

廖建瞪大了眼："管家要对付小主人？为什么？"

苏小小耸了耸肩："古堡就三个人，总不能是夫人要动手吧？"

他看向了宁秋水，后者点头补充："我的推测也差不多，一直追着古堡小主人的，应该就是管家。在一楼走廊第七幅画上，有一双漆黑的手臂和一双惨白的手。细想一下，平时管家送饭时，是不是总穿着一身黑色西装，戴着白手套？"

听到这儿，廖健猛地一震："天哪，秋水哥，你这么一说，还真像！可是他为什么要这么做？"

宁秋水没有回答，而是忽然抬头看向天花板。顺着他的目光，房间里的三人也抬头看去。楼上传来刺耳的摩擦声，空气中弥漫着一股不安的气息，三人的神情顿时紧绷起来。

"她真的去找那个人了？"廖健压低声音问道。

"应该是。"苏小小轻轻叹息，"楼上那个布局，恐怕那家伙难以逃脱。"

他边说，脑海中又浮现出被绑在床上的女人，显然她也难逃此劫。

"我先告诉你们入画的方法，但现在别急着进去。或许夫人对二楼的人出手后，就不会再找其他人了。不到万不得已，最好不要进画中，有无法预估的风险性。"

与此同时，在二楼212房间的衣柜里，安鸿正努力平复心情。他随身带着一件诡器，即使被黑衣夫人发现，他仍然有脱身的可能。

想到这里，安鸿的心情不再那么紧张。他现在要做的，就是尽量利用外面的那个女人来吸引黑衣夫人的注意。

骆雨馨已经被他挪到了门口的位置。只要黑衣夫人推门，第一眼就会看到她。

在安鸿的设想中，黑衣夫人若对付了骆雨馨，或许就会离开。而他躲在衣柜里，也能因此逃过一劫。一切，都在他的计划之中。

几分钟后，安鸿屏住呼吸，只听到夫人镰刀拖地时发出的刺耳摩擦声越来越近，很快便抵达了212房间门口。就在此刻，摩擦声突然消失了。

寂静的房间中，除了骆雨馨在地上微弱的挣扎的声音，就只剩下他的心跳。

安鸿努力放慢呼吸，藏在衣柜里一动不动。衣柜里有一条细缝，透过缝隙可以勉强看到外面，但由于光线昏暗，外面的人几乎不可能发现他的存在。

安鸿确信，骆雨馨的微弱动静必然会被黑衣夫人察觉。他静静等待着，仿佛暴风雨来临前的那一刻宁静。

突然，门上传来一声巨响，打破了这片沉默。安鸿听到骆雨馨发出恐惧的呜咽，她拼命挣扎，可安鸿给她身上的捆绑加固过，无论她如何努力，都是徒劳。

安鸿不敢打开衣柜，只能透过缝隙，看到骆雨馨艰难地在地上挪动，试图摆脱束缚。夫人的身影很快进入了他的视线。她弯下腰，俯视着骆雨馨，阴冷的气息让房间中的空气仿佛凝固了一般。安鸿屏住呼吸，不敢发出一点声响。

几分钟后，房间恢复了诡异的寂静。骆雨馨不再动弹。而黑衣夫人已走向门边，发出轻微的嘎吱声，随后消失在门口。

她走了吗？此刻，安鸿脑海中只有这个念头。

他不敢出去，也不敢轻推柜门查看外面的情况。因为他没有听到夫人的脚步声远去。黑暗中，他只能听见自己的心跳声，伴随着刻意压低的微弱喘息……

五分钟过去了，门外依然毫无动静，安鸿心中的恐惧稍稍减退，他小心地挪动身体，将脸贴向柜门的缝隙，朝外观察。

一股浓重的气味传入鼻间。安鸿紧咬牙关，压抑着翻涌的恶心感。就在他准备推开衣柜时，突然感到一滴冰凉的液体落在额头上……他的身体瞬间僵住。

安鸿缓缓抬起头，黑暗中，他竟看到头顶出现了一张脸！

他猛地惊叫，想推开衣柜的门，可无论他怎么用力，门都纹丝不动。黑衣夫人的脸越靠越近，几乎要贴上他的额头。就在这时，安鸿身上的诡器忽然闪烁出明亮的光芒，驱散了那张惨白的脸。

安鸿抓住机会，一脚踢开柜门。然而，当他刚想冲出 212 房间时，却发现夫人的镰刀早已牢牢卡住了房门。

安鸿双手抓着那把镰刀，试图将它移开。可镰刀仿佛钉在了门上，无论他怎么用力，都无法撼动分毫。

见此情景，安鸿的心彻底沉到了谷底。他意识到，自己已无路可逃。

一楼，佣人房间。

"对了，秋水哥，入画的事咱们不告诉光勇他们吗？"廖健问道，"既然入画有风险，如果我们多拉几个人进去，是不是可以分散风险？"

宁秋水摇了摇头："这个想法看似不错，但实际上，可能会增加风险。"

廖健愣了一下："增加风险？为什么？"

苏小小拍了拍他的头："真笨！这么简单的道理都想不通。"

廖健瞪了苏小小一眼："就你聪明，那你说说看！"

苏小小笑吟吟道："因为我们现在面临的危险，不仅来自小主人，还有外面的夫人。如果留几个人在外面牵制夫人，可以吸引她的注意。不然我们一下子全都从古堡消失，夫人发现异常，可能会带来更大的麻烦，甚至她也可能进入画中。到时候里面既有小主人又有夫人，我们岂不是全都被困在里面，出不来了？"

他说完之后，君鹭远也点了点头。

这其实是很简单的道理。只是廖健有些一根筋，所以没想到。见三人看向他的目光带着几分无奈，廖健垂头丧气道："可恶啊，就我没有想到吗？"

此时，窗外突然掠过一道黑影，紧接着，传来重物落地的声音："咚！"

四人立即警觉，转头看去，发现一个人影在雨中狂奔！

"那不是安鸿吗？他这是被夫人逼急了，直接翻窗逃跑了？可是规则里不是说不能淋雨吗？"

苏小小话音刚落，远处的人影便发出凄厉的惨叫："啊！救命！"

众人被这突如其来的尖叫惊得不由后退几步。他们透过窗户观察，发现安鸿的身影在雨中逐渐变得模糊，仿佛被雨水吞噬一般，片刻之间，完全消失不见。

站在窗边的众人只觉得头皮发麻。

"这雨……真的是普通的雨吗？"廖健吞了吞口水，退后几步，远离窗户。

随着安鸿的消失，四人突然听到头顶传来熟悉的摩擦声，抬头发现天花板上出现了湿漉漉的痕迹，好似有水在一点点渗出……

"这房子漏水了？"廖健低声嘀咕。

宁秋水眼神一凝，缓缓道："恐怕不是漏水，是我们被黑衣夫人盯上了。"

廖健不禁缩了缩脖子，瞪大眼睛："被盯上了？"

"嗯，应该是我们刚才离她太近。"宁秋水神情沉重，随即果断道，"入画吧。她的速度很快，晚了可能就来不及了！"

其他三人闻言，心领神会。宁秋水提醒大家，各自观想自己记忆中最清晰的那幅画。果然，不到半分钟，他们就感觉那幅画变得越来越清晰，意识开始游离，仿佛即将被吸入其中。随着他们的意识逐渐被画吞没时，房间里的身影也变得越来越淡……

就在这时，走廊上传来了刺耳的摩擦声："嗞嗞……嗞嗞……"

声音由远及近，速度惊人。

其实他们本可以提前离开这间房子躲藏。但宁秋水觉得，那些水渍可能代表夫人对他们的锁定，无论逃到哪里都无济于事。更重要的是，他们赌不起。一旦猜想成真，他们频繁换位置不仅毫无意义，还会浪费入画的宝贵时间。

"别管外面的声音，集中精神观想！"宁秋水提醒道。

由于没有小主人的帮助，他们进入画中世界的时间被大大延长，但越是如此，越需要集中精力。

外面的夫人速度极快，正在逐步接近房间，如果此时观想被打断，后果不堪设想。

走廊昏暗，瘦长的黑衣夫人拖着镰刀，逐步逼近宁秋水等人所在的房间。当她来到门口，脸上浮现出一丝冷笑。片刻之后，她进入房间，冰冷的目光迅速扫视每个角落，水渍开始弥漫……

然而，夫人的笑容很快消失，变为冷漠和困惑。她锁定的四个人消失在了房间里，就像她的孩子一样。

不甘心的她四处寻找，翻遍了房间的每个角落，却毫无所获。她发出低沉的咆哮，随后目光转向了一楼的另一个方向，拖着镰刀快步离去……

画中清醒过来的宁秋水环顾四周，发现自己置身于一个被阴影笼罩的世界中。尽管头顶有明亮的灯光，房间却依旧昏暗，仿佛是相机曝光过度的效果。宁秋水走到门口，看着门后那熟悉的花纹，轻轻摸了摸下巴："这就是画里的世界吗？看起来，要玩躲猫猫的游戏了。猫抓老鼠，狗抓猫……"

他推门而出，发现自己正站在古堡三楼。与现实世界的古堡相比，画中的古堡显得更加破败，墙壁和地面上布满了水渍，空气中弥漫着一股潮湿的气息。宁秋水循着这股气息，来到了另一个房间门前。轻轻推开门，朝里一看，立刻发现了躺在地上的庞云远。

房门有被破坏的痕迹，表明管家不久前曾破门而入，所以这个房间应该是安全的。他走进房间，开始仔细勘察。地面上的水渍和凌乱的脚印引起了他的注意。

他从脚印中发现了一个较小的印迹，蹲下仔细查看后，确认这是小主人的脚印。

"这里的脚印有好几个人的，看来不止庞云远，还有其他人被拉入了这个画中的世界……"宁秋水微微皱眉，目光凝重。

之前在古堡一楼，看见小主人留下的那些画时，他还以为小主人是在躲避古堡之中的诡物。然而，随着那晚的意外发生，再结合眼前的情景，宁秋水才明白，原来小主人才是这个古堡里的诡物。

它只是在躲避一个能够威胁到他的人。

"小主人是诡物，夫人是诡物，那么它的父亲大概率也是诡物。可为什么管家只对小主人充满敌意？这里面有什么特别的原因吗？"宁秋水对此感到疑惑。

他在房间里仔细搜寻，不久就在床后的角落发现了一本画册。画册中的涂鸦非常诡异，描绘的是一个没有五官的男人，整个人笼罩在深沉的阴影中。小主人反复描绘同一个男人，画了许多张。

这些画中还夹杂着一些文字：爸爸说，他会永远和我在一起！

宁秋水继续翻阅，画册的后半部分开始描绘另一个人——古堡的管家尼尔。小主人将他画得狰狞恐怖，如果不是脖子上的十字吊坠，宁秋水几乎认不出来。

在这些涂鸦之间，也夹杂着文字，最常见的一句是：那个绑在石柱上的男人，已经被爸爸赶出了他的房子，你也迟早会被侍女赶出去。坏蛋，消失吧！消失！

看着这些文字，宁秋水脑中的线索逐渐连贯，一个令人不安的猜测逐渐浮现。他早就觉得，夫人将卡尔蒙特的石膏像放在餐桌旁看着他们吃饭，有些不妥，至少对卡尔蒙特的追随者而言是这样。现在看来，他并没有想错。夫人并不是卡尔蒙特的真正追随者，这种做法本身确有亵渎之嫌。

偏殿中原本保存的，应该是餐桌旁的那个卡尔蒙特石膏像。但后来，应该是有一个可怕的东西占据了偏殿，取代了原本的位置。此后，卡尔蒙特像仿佛沦为卑微的下人，站在他的追随者"管家"旁边，看着他服侍着黑衣夫人。

"你已被我从神位上驱逐，而你的追随者，也只配服侍我的仆从！"

这无疑是赤裸裸的挑衅，或者说……亵渎。

小主人称夫人为"侍女"，说明夫人和偏殿里的那个东西根本不是夫妻，她只是那个东西的傀儡。对方很可能只是利用夫人的身体作为孕育工具，生下了小主人。它想利用小主人做些什么呢？难道……

　　宁秋水回想起以前西方悬疑电影中的情节，神色逐渐凝重。有些事物因为存在某些规则的限制，无法直接现身世间。但如果有一个合适的载体，它们就能突破这些限制。而莫妮卡庄园偏殿里的那个东西，可能正企图通过小主人降临这个世界，而不再仅仅被困在偏殿中。

　　如果猜测没错，管家费尽心力寻找小主人，似乎就解释得通了……

　　正在宁秋水思考时，走廊外突然传来急促的脚步声！宁秋水迅速将小主人的画册收起，走到门口。他看到一个瘦小的身影慌乱地从远处跑来。就在对方靠近时，宁秋水突然伸脚，将小主人绊倒。

　　他随即对着走廊的另一头大声喝道："尼尔，小主人在我这里！快！"

　　这个声音如洪钟般回荡，震得地面微微颤动。趴在地上的小主人发出刺耳的尖叫，愤怒地盯着宁秋水。他猛地朝宁秋水扑去，气势汹汹。宁秋水冷静应对，机敏地后退一步，巧妙地避开了攻击。小主人还想继续进攻，但走廊尽头的黑影出现，让他猛地停住，转身逃跑。

　　就在他转身的瞬间，宁秋水迅速上前，一脚踢向他的膝弯，小主人应声跪倒在地。

　　就这么一会儿的工夫，管家已经追了上来。小主人连看都没看，直接回身一抓，墙壁上立刻出现了几道深深的抓痕！这要是落在人身上，后果不堪设想。幸好宁秋水早有预料，提前退后了几步，险而又险地躲开了这一击。

　　小主人急忙站起，想要继续逃跑，可还没等他跑出几步，旁边的房门突然被推开："我来了！"

　　小主人冲得太快，没来得及停下，直接撞在了门上，踉跄了一下，险些摔倒。他捂着鼻子，跌跌撞撞地朝旁边跑去，完全没顾得上刚才开门的苏小小。如果不是管家紧追不舍，他早就对苏小小有所动作了。然而，现在已经没时间多想，身后管家的脚步声像催命的钟声，越来越近。

　　苏小小紧跟其后，迅速抓住了小主人的衣角，关切地问道："小朋友，你没事吧？"

　　小主人回头，脸上满是怒气。他扬起手，正准备攻击苏小小，然而苏小小动作更快，迅速将一枚棺材钉插入了他的后背。小主人发出一声痛苦的低吼，站在原地，半响动弹不得。

　　眼看管家即将追到面前，小主人竟然挣脱了棺材钉的束缚，但已经来不及了，

321

管家那只苍白的手已经抓住了他的后颈。小主人奋力挣扎，可他的力量与管家相比实在太弱。

管家一手紧紧抓住他，另一手取下脖子上的纯银吊坠，用吊坠的力量压制住了小主人，使他无法挣脱。宁秋水等人看到小主人的脸上满是害怕和不甘，但众人并未动摇。

小主人低声喃喃："我的爸爸会为我报仇……"

话音未落，管家再一次挥动吊坠，小主人逐渐安静下来。

随着小主人失去知觉，整个画中世界开始冒出浓烟，火焰蔓延，灼烧过的地方逐渐化为虚无。管家走向宁秋水，将手中的纯银吊坠交给了他。

"只能用一次了，像上次那样……你知道怎么使用它。"他冷冷地说道，"夫人的神志越来越少，你们的时间不多了。"

他顿了一下，回答了宁秋水先前的问题："古堡里没有伞，只有卡尔蒙特的外袍能够挡住天上的雨。"

管家说完，指向走廊尽头。宁秋水几人回头望去，墙壁上显现出一扇巨大的门，门上画着一个十字标志，似乎就是画中世界的出口。烈火已逼近门口。

"尼尔，你不跟我们一起走吗？"宁秋水问。

管家摇了摇头，露出一丝淡淡的微笑："我出不去了。愿卡尔蒙特与你们同在。"

宁秋水没有再说什么，深深地看了他一眼，跟着其他几人冲向那扇门。跑在最前面的廖健一脚踹开了门，门后是一片漆黑，但远处隐约有一丝微光。

他们进入门内，宁秋水回头看了一眼，管家站在走廊上，最终被大火吞没。宁秋水叹了口气，继续朝着光点奔去，直到光完全包围了他，眼前的景象恢复正常——他们又回到了古堡一楼的房间。

四个人都安全返回。

"我们出来了？"廖健惊叹道。

"可是管家……是不是没能逃出来？"君鹭远语气低沉。

廖健的兴奋瞬间消失了。他们的确成功逃脱了，可管家留在了里面。没有了管家，那谁能去阻止夫人呢？

苏小小看向宁秋水，若有所思。在逃离画中世界时，只有宁秋水和管家有过短暂的交流。当时离得远，他没有听清他们的对话，但注意到管家将脖子上的十字吊坠交给了宁秋水。

"秋水哥，你有没有什么办法？"

宁秋水注视着掌心里的十字吊坠，说道："管家告诉了我一个办法，能够暂时控制夫人，不过这只是权宜之计。我们先去找夫人，先解决眼前的危机。"

几人点了点头，迅速走出房间。

刚出门，他们便看见走廊上有几条长长的痕迹，像是被镰刀拖过留下的。

"看样子，夫人行动了……"廖健低声说。

沿着痕迹前行，他们忽然听到前方传来一声尖叫。

四人迅速赶到声源处，看到黑衣夫人手持镰刀，堵在了门口。而房间里只剩下温倾雅一人。她脸色惨白，浑身颤抖不已，完全失去了之前的从容。

黑衣夫人转过脸，冷冷地盯住众人。宁秋水镇定自若，快步上前，举起银色的十字吊坠，正对着夫人："夫人，醒醒！"

黑衣夫人看到吊坠，像是瞬间被定住了一样。几分钟后，她脸上的狰狞逐渐消退。

随后，她竟然当着众人的面，缓缓转身，拖着镰刀离开了……

随着夫人离开，众人紧绷的神经才慢慢放松下来。房间里的温倾雅仍在发抖，但比刚才有所缓解。

"怎么只剩你一个人了，光勇呢？"苏小小问道。

温倾雅声音颤抖："我不知道……他本来跟我们躲在同一个房间里，但是后来突然消失了！"

听到这里，几人一怔，立刻想到光勇可能已经被卷入了画中世界。

"他在哪个房间消失的？带我们去看看！"

温倾雅带着宁秋水等人回到了他们之前躲藏的房间，房间里已不见光勇的身影。几人心中有数，光勇多半已经和画中世界一起消失了。如果没能及时逃出，恐怕身上再多的诡器也无济于事。

空气变得凝重，廖健惶恐地说："现在……是不是只剩下咱们五个了？"

他尽力压制内心的恐惧，但时间才过去不到三天，他们十六人中，已经淘汰了十一人。这样的损失实在令人难以接受。更糟糕的是，站在他们这边的管家也不在了。廖健不敢想象接下来的两天他们会遇到什么危险。他们……真的能坚持到第五天吗？

"其实，现在的局势对我们还算有利。"在众人不安之际，宁秋水依然保持着冷静。

"有利？"温倾雅抬眼，有些困惑。

"对。虽然我们损失了不少人，管家也不在了，但小主人的问题已经解决，古堡的大部分规则我们都已掌握。现在我们唯一要做的，就是去偏殿找到小主人的父亲，拿到离开庄园的钥匙。等任务时间一到，我们就能立刻逃出去。"宁秋水说完，将先前管家告诉他的那句话也讲了出来，"在我们离开画中世界前，管家回答了我昨天的问题。他说古堡里没有伞，唯一能遮雨的东西是"卡尔蒙特的外袍"。"

听到这句话，几人心中不免觉得有些荒谬。

"卡尔蒙特的外袍？是什么东西？"苏小小揉了揉头发，神情怪异。

温倾雅低声道："我们去哪儿找卡尔蒙特的外袍？古堡里唯一的卡尔蒙特，就是餐桌旁的那座石膏像。严格来说，它甚至没有外袍。"

几人陷入沉默。

不知不觉，已经到了晚饭时间。但今晚管家并未如往常般出现，望着管家原本站立的位置，几人心里竟有一丝莫名的怀念。少了一个站在他们这边的人，安全感骤减。

大厅的灯光昏暗，走廊里吹来的冷风让他们感觉寒意入骨。没有人微笑着为他们准备晚餐，餐桌上空荡荡的，一片寂静。就在此时，夫人的脚步声从远处的走廊传来。

熟悉的脚步声让众人浑身汗毛竖起。

今晚管家不在，餐桌上没有食物，夫人会不会生气？逐渐逼近的脚步声仿佛是在对众人进行无形的审判。不少人心里在想，如果现在待在自己的房间，会不会更安全些？他们之所以还留在这里，是因为宁秋水仍在此地。

苍白的灯光下，夫人穿着一袭黑裙，瘦长的身影缓缓坐在主位上，一如往常，没有丝毫变化。然而，今天没有东西供她享用。

众人僵坐着，沉默不语。饭桌上的气氛既诡异又紧张。黑衣夫人那张惨白的脸上，笑容愈发怪异。她就这样盯着众人，一刻不移。每当她的目光扫过，众人身上便感到刺骨的寒意。有诡器的人早已经紧紧握住了自己的诡器，随时准备应对突发的危机。根据前几天的情况，他们的用餐时间不会太久。然而今晚，时间似乎异常缓慢，每一秒都仿佛无限延长，考验着每个人的心理承受力。

终于，在漫长的等待后，夫人像往常一样僵硬地站起身，朝走廊走去。她似乎对桌上有没有食物毫不在意，也不关心古堡里的管家去了哪里，只是像走流程般按部就班地行动，一步一步，她向楼上走去……

黑衣夫人离开后，众人才松了口气。穿堂风一吹，他们这才发现自己已经被汗水浸透了。

"这也太吓人了！"廖健捂着胸口，神情疲惫，"要我说，今晚我们就该待在自己的房间里，不要出来！"

坐在宁秋水旁边的君鹭远点头表示赞同："刚才我差点以为她要对我们动手了！"

君鹭远说着，转头看向宁秋水，却发现他一直盯着楼道口。君鹭远敏锐地感觉到不对劲，问道："秋水哥，你在看什么？"

众人顺着宁秋水的目光看过去，瞬间一阵寒意涌上心头。原本应该上楼的夫人，此刻竟悄无声息地蹲在楼梯口，透过铁栏杆的缝隙，死死地盯着他们！

感受到夫人的注视，温倾雅和廖健被吓得魂飞魄散，几乎同时站了起来，准备逃走。

"坐下。"宁秋水淡淡地说道。

二人的动作停顿了一瞬，随即竟真的听从了宁秋水的话，乖乖地坐回了原位。此刻，宁秋水依然保持冷静，已然成为了这个小团队的核心。面对夫人那张惨白的脸，几人心惊肉跳，生怕下一刻她会突然冲出来，带来更大的危险。

然而，预想中的恐怖场景并没有发生。夫人似乎意识到众人已发现她，露出一个怪异的笑容，缓缓上楼。这次，她没有再偷窥几人。

"她刚刚在看什么呢？"廖健的指尖微微颤抖，肾上腺素的后遗症显现出来。

苏小小此时也没了开玩笑的心思。他清晰地感觉到，夫人的耐心快要耗尽。

"别慌，她刚才没有在看我们，也暂时不会动手……至少现在不行，除非我们主动犯规。"宁秋水说道。

今晚他选择留在餐厅，就是为了验证一个猜想，而刚才夫人的举动让他确认了这一点。

"没看我们？那她刚才到底在看谁？"廖健疑惑地问。

"卡尔蒙特。"宁秋水回答。

几人一愣，随即将目光投向了那座卡尔蒙特石膏像，石膏像看起来和之前没有任何区别。

"她看这个做什么？"廖健追问。

宁秋水陷入思考，苏小小帮他解释道："也许夫人担心我们对这个石膏像做些什么……"

他的话音刚落，宁秋水已经起身，走到石膏像旁，轻轻触摸着它。随着他的抚摸，宁秋水的脸色微变，石膏表面的触感……越来越像布料。

宁秋水心头一震，立刻对其他人说："你们也来摸一下。"

君鹭远率先上前，双手轻抚石膏像，疑惑地问："秋水哥，这个石膏像怎么了？"

"你没感觉到有什么异样吗？"

"没有啊,就是很普通的石膏像……"

其他几人也一一尝试,结果都一样。

宁秋水见状,若有所思。看来只有他能感受到这种异常,为什么?

正当他思索时,忽然想起了管家交给他的那个银色十字吊坠。难道只有拿着这个东西,才能感受到异常?

宁秋水心中一动,立刻让君鹭远将那柄红色剪刀递给他。诡器不仅能对付诡物,平常使用也无妨,不会损消它的效力。

这把剪刀锋利无比,宁秋水左手拿着吊坠,右手持剪刀,沿着石膏像雕刻的衣服纹路轻轻划下。旁边的几人立刻瞪大了双眼,只见随着剪刀划开石膏像的表面,坚硬的石质竟然变得柔软,仿佛脱下了一层外衣。

宁秋水的动作越来越熟练。不久,他从石膏像上剥下了一层外皮,而这层皮一离开石像,便立刻化作了普通的布料质感。

"太神奇了!"几人惊叹不已。

宁秋水掂了掂那块衣料,目光再次落在石膏像上。它比刚才小了一些,但外观仍保留着石膏的质感。他照样处理,很快又剥下第二层外衣。等他剥完第五层时,石膏像的体积明显缩小了许多。

"今晚把这些衣服收好,它们非常重要。"宁秋水提醒众人,稍做停顿后,又补充道,"只有披上这些,才能在雨中行走。否则,一旦被雨淋湿,便会消失。"

这番话主要是对温倾雅说的,其他三人已经亲眼看见了安鸿在雨中消失的景象。收好衣服后,宁秋水再次拿起十字吊坠,微微躬身向缩小的石膏像致谢。

诡门背后,万物皆有灵。不管这像究竟是什么,既然帮助了他们,感谢是必要的。

事情办妥,众人便上楼回到各自的房间。此时只剩五人,由于一间房只能住两人,温倾雅显得有些慌乱,却不得不硬着头皮独自住进一间。

"和往常一样,今晚无论发生什么事,无论听到什么声音,都不要睁眼。"睡前,宁秋水再次提醒,"不触发规则,我们尚有机会脱身。一旦触发,结局已定。"

他隐隐有种预感,今晚夫人很可能会再制造一些状况……

君鹭远躺在床上,翻来覆去,怎么也睡不着。

白天发生的事让他心里总觉得不踏实,但这种不安具体源自哪里,他也说不清楚。从他在诡门背后经历了一些危机之后,君鹭远开始相信自己的直觉,这种感觉有时比理智更可靠。

"秋水哥……"君鹭远侧头,看向旁边床上睁着眼的宁秋水,忍不住问道,"今夜还会像之前一样吗？"

宁秋水答道："按照规则，夫人今晚不能对我们动手。诡门中的规矩是不可逾越的，无论是人还是诡物，都不得侵犯。"

君鹭远点了点头，他很信任宁秋水，但宁秋水的眉头始终紧锁，显然有什么事情让他担忧。

"秋水哥，你是不是在担心什么？"

宁秋水沉默片刻，点了点头："嗯，是有什么地方感觉不对劲。"

其实这种感觉自进房间后就一直存在。宁秋水反复回想着今天的一切，试图找到不安的源头，这很重要，关乎他们的安危。

"其实我也有同样的感觉……"君鹭远的声音低沉。

宁秋水惊讶地抬眼："你也有？"

君鹭远点头道："对，回来后我把那两件衣服藏进了衣柜，本想休息，但一直觉得心里发慌，总感觉有危险在靠近。"

听到这话，宁秋水的目光转向衣柜。难道这种不安与那两件衣服有关？宁秋水走到衣柜旁，打开后，看到两件衣服叠得整整齐齐，没有任何异样。

"危险真的与这东西有关吗？还是我遗漏了什么重要的细节……"他再次回忆起今天的一切，突然想起了晚饭后的一个细节。当时夫人本应上楼休息，却躲在楼梯栏杆后，偷偷观察着他们。这是她从未有过的举动。

宁秋水的眼神骤然一变，他意识到自己遗漏了什么。

"快走！"他忽然对君鹭远喊道。

君鹭远虽不明所以，但看到宁秋水如此果断，立刻跟着他大步走出房间。

房门关上后，整条走廊陷入了昏暗，潮湿阴冷的空气弥漫。古堡的二楼本应有灯，但今晚没有亮，可能是管家不在的缘故。

漆黑的走廊让宁秋水感到一丝熟悉。他在第一扇诡门里经历过类似的情景，因此此刻显得格外镇定。

反观君鹭远，在这黑暗中，内心的勇气正在逐渐消散。他不仅要面对潜在的危险，还要抗衡人类天生对黑暗和未知的恐惧。每走一步，他都感到勇气被削弱了几分。如果不是旁边宁秋水的脚步声，他不知如何独自面对这可怖的黑暗。

"我们还有时间，夫人还没到行动的时候，赶紧把他们从房间里叫出来！"宁秋水沉声道。

听到黑暗中传来的声音，君鹭远稍微松了口气。不管怎样，宁秋水的冷静让他心安不少。

今夜，五人所住的三间房挨在一起，因此他们不必在黑暗中走太久。很快，他们来到了第一间房。宁秋水敲了敲门，里面没有回应。他将头靠近门缝，低声说道："我，宁秋水。里头不安全，快出来！"

不久后，里面传来了脚步声，门被轻轻打开，苏小小小心翼翼地露出了半张脸："秋水哥吗？怎么了？"

看到他狐疑的表情，宁秋水知道，苏小小显然在怀疑他的身份。他立刻从身上拿出了先前管家给他的纯银十字吊坠，在苏小小面前晃了晃："喏。"

苏小小看到吊坠后，终于松了一口气。他打开门，回头招呼廖健："廖健，快出来！"

廖健点头，急忙跟了过来："秋水哥，出什么事了？"

宁秋水摇摇头："情况复杂，暂时说不清，等会儿再解释。咱们先去叫温倾雅！"

几人小心地关上房门，赶往温倾雅的房间，轻轻敲门。很快，里面传来了温倾雅略显干涩的声音："谁？"

"倾雅，别怕，是我们。快出来，房间里不安全！"苏小小低声说道。

然而，许久没有回应，温倾雅似乎在判断外面的人是真是假。见她迟疑，廖健也催促道："我们不是黑衣夫人变的，快出来！"

廖健的声音似乎增加了温倾雅的信任，门终于轻轻开了一条缝。

"你们……真不是夫人变的？"她依然犹豫。

"当然不是！"苏小小急道，"夫人就算能伪装成我们，也不可能一下子变成这么多人！快点！"

正当此时，一阵冷风袭来，温倾雅感到背脊发凉，急忙从房间里钻了出来。

"秋水哥，到底发生了什么？"苏小小问道。

宁秋水低声回应："夫人的规则变了。"

众人闻言，心中皆是一凛。

"规则变了？"

"嗯。"

"秋水哥，你怎么看出来的？"

宁秋水计算着时间，简短地解释道："时间不多了，我也不能完全确定，接下来我会简单说明情况，之后的决定由你们自己做。这期间，不要提问。"

众人立刻点头。此时，他们站在远离楼梯的另一端，借着窗外微弱的月光勉强看清彼此。

"之前在画中世界，管家告诉我，夫人的神志所剩无几。这说明夫人的神志受到了偏殿里那东西的影响，已经变得与常人不同，她一直在寻找带有痕迹的画册，实际上是在寻找小主人。管家暗示过，小主人在古堡里失踪了很长时间，但夫人却没有停止寻找。我想，或许是母子间的特殊联系，让她感应到了小主人的存在。而如今，小主人已经不在了，夫人应该也意识到了这一点。所以，今夜，夫人不会再继续寻找小主人了。"

听到这个结论后，几人身体一颤。

"夫人效力于偏殿里的那个东西。她曾在楼梯口观察石膏像，可能是在担心管家会告诉我们如何避开外面的雨，这座石膏像摆了这么久都没有被破坏，说明夫人对它无能为力。换句话说，她也无法触碰我们剥离的卡尔蒙特外袍。既然如此，她要如何阻止我们前往偏殿呢？既然处理不了'工具'，当然只能对'持有工具的人'下手了！"

宁秋水的话让几人的心情越发沉重。

他的推测绝非空穴来风。以前几天的情况看，夫人的行动是按固定模式进行的，除非有特殊情况，否则她的行动轨迹不会改变。而昨晚，她在晚餐后没有立刻上楼，而是藏在楼梯间观察他们，这种异常行为，本身就是一种提示。

"所以，今夜夫人会对我们发起追击？"温倾雅捂住嘴，眼中的平静已被慌乱取代。

"不仅仅是今夜，她每晚都会行动，只不过今夜的规则和前几天不同。"苏小小大概是除了宁秋水外，心理素质最好的一位，即便此刻，他依然保持冷静，分析着当前局势，"如果秋水哥的推测没错，那今夜的规则应该是：只要房间里出现了卡尔蒙特的外袍，我们就会有危险。"

宁秋水点了点头："对，我也是这么想的。所以才急着把你们叫出来。"

廖健透着窗户，看见雨幕中的偏殿，心头一动："有没有一种可能，咱们今晚就釜底抽薪，去偏殿把事情办了？"

此话一出，众人陷入沉默。最后，宁秋水说道："不太建议，这么做的风险很高。除非有明确的提示，否则最好不要在晚上行动。咱们还是换个房间吧，先撑到明早再说。"

最终，众人采纳了宁秋水的提议，换了房间。

到了后半夜，夫人如约而至。这次，她没有再从窗户进来，而是直接推开了房门。夫人拖着那柄镰刀，在房间里走动，翻箱倒柜……

躺在床上的人自然没有睡着。他们闭着眼睛，身体微微颤抖，耳边不断传来夫人低沉的呢喃："在哪里？你们把它藏到哪儿了？应该就在这个房间里，我一定会找到的……"

几次，躺在床上的人都能感觉到，夫人的镰刀几乎碰到了他们。幸好，由于规则的保护，夫人无法伤到他们。无论她多么愤怒，多么狂躁，最终只能不甘地拖着镰刀离开，留下满屋狼藉。

夫人走后，房间里的人长舒了口气。宁秋水的推测是对的，他们暂时安全了。

次日清晨，君鹭远被噩梦惊醒，猛地坐起身，大口喘气时，他发现宁秋水已经不在床上了，洗手间传来刷牙洗漱的声音。

君鹭远走到洗手间门口，看见宁秋水像往常一样，快速收拾自己。他看着镜子里的人，苦笑道："秋水哥，你的心理素质真让人佩服，昨晚经历那种事，今天居然还有心情洗漱。"

宁秋水吐掉牙膏，笑道："意外永远都会在不经意间来临，学会整理自己，无论遇到什么情景都能体面些。"

他语带深意，似乎想起了过去的某些事。君鹭远自然不懂。只觉得宁秋水很帅。于是他也花了点时间洗漱。

就在他洗漱时，门外传来敲门声。君鹭远朝门口看去，透过昨晚被夫人砍出的巨大门缝，和苏小小对视。

"都这样了，还有敲门的必要吗？"他忍不住吐槽。

苏小小讪笑着推开门走了进来："我就是通知一下，我们都准备好了，什么时候出发？"

君鹭远看了宁秋水一眼，后者点头。于是君鹭远吐掉嘴里的白沫，简单漱了口，爽快地答道："现在！"

白天是相对安全的时间。只要他们不去古堡的三楼，触发夫人的行动规则，夫人一般不会出现，也不会找他们麻烦。众人决定趁这个时间，一同前往偏殿，寻找庄园大门的钥匙。

他们计算好了时间。正常情况下，夫人早上八点到九点左右会坐在餐桌旁，尽管现在已经没有早餐了，但她依旧会按习惯在那段时间里待在餐桌前。如果他们在这时进入偏殿，即使遇到危险，也能避免被前后夹击。

众人回到之前的房间，找到了叠好的外袍，并将其铺开。君鹭远表情复杂，天马行空地问道："夫人不是无法碰这东西吗？如果昨晚我们披着它，是不是也能安全无恙？"

宁秋水瞥他一眼："你有机会可以试试。"

君鹭远闻言，缩了缩脖子："算了吧……"

他可不敢冒险。他始终记得，自己要走到迷雾世界的终点，去看看那里是否真的有一棵青铜树,树下是否真能见到已逝的挚亲。

整装待发。众人确认时间后,走到一楼的一扇窗户旁等待。他们不敢在夫人面前披着卡尔蒙特的外袍大摇大摆地走出古堡,只能选择翻窗而出。

窗户推开后,潮湿的空气扑面而来,宁秋水率先披上外袍,翻窗而出。他的身体似乎被一种神秘力量笼罩,形成了类似气泡的隔绝区域,雨水全都落在外面。见他安然无恙,其他人纷纷效仿,一同离开古堡。

这是他们四天来第一次走出古堡,众人有一种逃离牢笼的恍惚感。五人沿着夫人曾走过的小路,朝庄园后院里的偏殿走去。远远望去,偏殿本应神圣肃穆,却透出一股奇怪的气息。这种感觉,宁秋水在第一天夜里便察觉到了。

推开偏殿的大门,眼前的一幕让他们全都愣住了!

偌大的偏殿内,满是静静悬浮的人影。他们分列两旁,中间留出一条通往中央的路。这些倒悬的人双手合十,闭目而笑。

路的尽头摆放着一尊石膏像。乍看之下,这尊石像与卡尔蒙特有几分相似,但实际上却完全不同。它缺乏平和与圣洁的气息,反而散发着一股难以言喻的怪异。

这种怪异并非源于外观,而是一种神秘的力量,让人在看到它的瞬间,心神恍惚。各种负面情绪开始滋生,四周的环境似乎开始变得暗红,仿佛整个空间都与现实脱离,进入了另一个世界。

"不要去看它!"宁秋水大声喝止。

他注意到,已经有两人的神色变得异常,面容扭曲,似乎在与某种力量抗争。幸好,宁秋水的及时提醒将他们拉了回来,表情逐渐恢复了正常,狰狞转为恐惧。

"该死……"廖健低声咒骂,后背被冷汗浸透,紧紧攥着从石像上取下的外袍。

"钥匙就在它的胸口,我去取。你们不要跟它对视,若我一会儿有什么异样,立刻提醒我!"

四人点了点头。此刻,他们的神经都绷得很紧。

宁秋水逐步靠近那尊石膏像,忽然,一阵风从偏殿外刮了进来。原本倒悬在空中的人齐齐转头,目光紧盯着宁秋水。这些眼神似乎带着某种警示,但它们无法真正伤害他。

宁秋水依旧保持冷静,他知道,这种虚张声势正说明对方无法直接动手。

"秋水哥,快!"身后的君鹭远忽然喊道,"夫人追过来了!"

几人迅速回头,看见那道瘦长的黑影,手持巨大的镰刀,正急速逼近。

宁秋水不敢迟疑，迅速冲向石像，一把握住插在它胸前的铁钥匙。

他力气虽大，但钥匙被强大的阻力卡住。拔得极其缓慢，仿佛石像在极力抵抗。随着钥匙一点点被拔出，石像发出低沉的嘶吼，面孔变得僵硬扭曲，死死盯着他。

"快啊，秋水哥！夫人要到了！"

站在偏殿中的四人既不敢逃跑，也不敢上前，生怕做错什么，影响到宁秋水。

"快了，帮我拖住它！"宁秋水脸色涨红，使出全力。他回头一瞥，发现钥匙每拔出一寸，雨中的黑衣夫人步伐就会踉跄几分。这让他想到，也许当钥匙完全拔出时，夫人会恢复神志。

但他绝不能被打断，因为石像胸口的吸力很强，一旦中断，钥匙可能会重新被吸回去。

看着宁秋水奋力拔钥匙，几人目光游离于他和已经冲到门口的夫人之间，双腿发软，温倾雅终于承受不住恐惧，披上卡尔蒙特的外袍，向偏殿窗户跑去，消失在雨幕中。她的心理防线在直面夫人的瞬间瓦解，脑中不自觉浮现出过去几天经历的可怕场面。

如果她再不逃，再面对夫人多一秒，即使能躲过一劫，也会被彻底逼疯。

人在多次面对恐惧后，可能会变得坚强，但前提是他们不会在此之前被恐惧摧毁。

温倾雅的逃跑在剩下的三人心中掀起了波澜，强烈的逃跑念头开始涌动。压抑的气息像潮水般逼近，几乎令他们窒息。夫人冷笑着，拖着巨大的镰刀，无视其他人，径直向宁秋水走去。

眼看她已到宁秋水身后，镰刀高举即将落下，苏小小咬牙冲了上去，猛撞在夫人的腿上。夫人一个踉跄，镰刀没能砍中宁秋水。她转头，冰冷的眼神让苏小小心底发颤。

"糟了！"苏小小刚喊出声，夫人已一把抓住他的领口，像拎小猫般将他提了起来。寒意瞬间笼罩了苏小小全身，他想掏出棺材钉攻击夫人，却因为恐惧，身体僵硬，无法动弹。

这时，廖健突然不顾一切地冲上前，将手伸进苏小小的口袋，迅速掏出棺材钉，在苏小小的惊呼声中，狠狠钉入了夫人的身体。

被棺材钉钉住的夫人立刻停下了动作，而钉在身上的那颗棺材钉，正以肉眼可见的速度锈蚀。两人心知，这棺材钉的效力已耗尽。

夫人挣脱的速度极快，嘴里发出令人不安的尖叫声。短短几息之间，夫人便挣脱了棺材钉，伸手抓住那柄巨大的镰刀。然而，当她刚握住镰刀时，神情突然一变，接着整个人开始剧烈抽搐。

三人转头看向宁秋水，后者已经将钥匙从石膏像的胸口完全拔出。石膏像失去了先前的怪异感，头颅垂下，陷入沉寂。胸口的裂痕开始扩散，逐渐蔓延至全身，很快，石膏像完全碎裂开来。

就在那一瞬间，众人隐约听到了一声咒骂，但这声音很快便消失无踪。倒悬的人们也逐渐化作了灰烬，随风散落在偏殿的每个角落。

随着神秘力量的消散，众人如释重负，瘫坐在地上，大口喘息。廖健复杂地看了看身旁的苏小小。苏小小察觉到他的目光，面颊微红，轻声骂道："看什么看？"

廖健干咳了一声，无奈地举起双手："好好，不看了。"

宁秋水手握钥匙，缓步走向已恢复平静，坐在地上出神的黑衣夫人。他从怀中取出管家交给他的十字吊坠，轻声说道："夫人，这是尼尔管家留给我的。但我觉得……你比我更需要它。"

黑衣夫人苍白的脸上已不见先前的凶狠与狰狞，取而代之的是一丝无法言喻的愧疚与沧桑。她伸出枯瘦的手，接过了吊坠，凝视了许久，喃喃道："连你也因为我而离去。早劝你走了，你说我执着，可你又何尝不是如此……"

她轻轻亲吻了吊坠，将它戴在脖子上，缓缓走出偏殿，步入雨幕。众人惊讶地发现，原本可以在雨中自如穿行的夫人，此刻正逐渐消散。随着她的消逝，庄园中的大雨也渐渐停歇。

看到雨彻底停了，四人才终于放下心来。

一切都结束了。庄园里没有了诡物的侵扰，随着大雨停止，阳光洒进来，原本阴暗的莫妮卡庄园变得温暖了不少。

四人走出偏殿，抬头望向阳光，心中竟有种莫名的恍惚。其实他们只在这里待了三天，第四天还没结束，却感觉像过了很久。

"结束了吗？"君鹭远闭上双眼，张开双臂，尽情享受阳光的洗礼。

苏小小和廖健的脸上也露出了欣喜的神情。这是他们经历的第四扇诡门，他们……成功通关了！

宁秋水站在他们身后，神情却有些严肃。

虽然同样是第四扇诡门，但他这一次处理起来明显要比上一次更加游刃有余。他清晰地感觉到自己的成长，同时也意识到，接下来的诡门会越来越残酷。才第四扇诡门，到了第五、第六，甚至第七扇，会是多么可怕？如果没有强大的诡器提高容错率，进入那样的诡门，几乎没有通关的可能！

这一扇诡门进来了十六个人，最后仅剩五人。宁秋水拿着钥匙，和其他三人在庄园内找到了大门。宁秋水用钥匙打开了大门后，几人又返回了古堡。

任务规定的日期未到，他们不能提前离开。但这已经无关紧要。因为这扇诡门的所有威胁都已消除。接下来的两天，只需忍住饥饿，等待大巴到来即可。

宁秋水抽空去了一楼的画廊和三楼夫人的房间。小主人走后，那些画已被完全烧毁，只剩下一片焦黑。而在夫人的房间里，他发现了一本被黑衣夫人妥善保存的相册。翻阅相册中的旧照片，他大致了解到了当年庄园里发生的事情。

夫人在理智尚存时，把这些都记录了下来。

庄园里的事大约发生在几十年前。夫人和丈夫年纪已高，晚年得子。不料，夫人才生下孩子没两年，丈夫便因病去世，留下偌大的莫妮卡庄园。丈夫的去世对夫人的打击极大，从照片上可以看出，夫人从前体态丰腴，虽然算不上美人，但气质温和。

丈夫去世后，夫人日渐消瘦，花费大量财力修建了偏殿，每日向卡尔蒙特祈祷，希望再见丈夫一面。她十分虔诚，每日吃完午饭后就会去偏殿，一直到傍晚，风雨无阻。然而在小主人五六岁时，庄园里发生了一场意外。

那天，庄园下着大雨。喜欢雨的小主人跑到外面玩耍，意外被一辆路过的车辆撞倒。当夫人和管家结束祷告时，才发现小主人不见了。全庄园的人前去寻找，最终在庄园外的水沟里找到了小主人，但他早已不幸去世。

小主人的意外去世成为压垮夫人的最后一根稻草。从此，夫人变得厌恶一切，尤其是偏殿里的卡尔蒙特。她每日都会指着卡尔蒙特的石膏像，发出疯狂的咒骂，直到去世。

夫人死前，强烈的执念侵蚀了偏殿。随着时间推移，一个恐怖的存在因她的执念诞生了。无论是偏殿里的石膏像、黑衣夫人，还是小主人，皆源自夫人的执念。她无法释怀丈夫留下的唯一孩子，所以才有了小主人的出现；她无法原谅自己的过失，导致孩子丧命于庄园外的车祸，所以她锁死了庄园的大门；她无法接受自己多年的虔诚祷告毫无回应，所以卡尔蒙特的雕像被赶出偏殿，蒙受亵渎。

同时，她也放不下多年来勤勤恳恳帮她打理庄园的管家。即便化为诡物，夫人依旧没有和管家产生任何争执，甚至屡次劝他离开这是非之地。她并非畏惧管家手中的纯银吊坠，而是不愿伤害这个陪伴了自己多年的老友。

如今，一切都结束了。宁秋水轻轻翻动着相册，最后一页是一张陈旧的照片。

夫人坐在壁炉旁，怀抱着孩子，脸上带着慈爱的笑容。管家穿着笔挺的西装，站在一旁，微笑着注视镜头。

那是莫妮卡庄园故事的开端,也是结局。

夫人最后的温柔和管家真挚的笑容,都消失在那场滂沱大雨中。

宁秋水轻轻抚摸着相册,低声叹息:"好大的一场雨。"

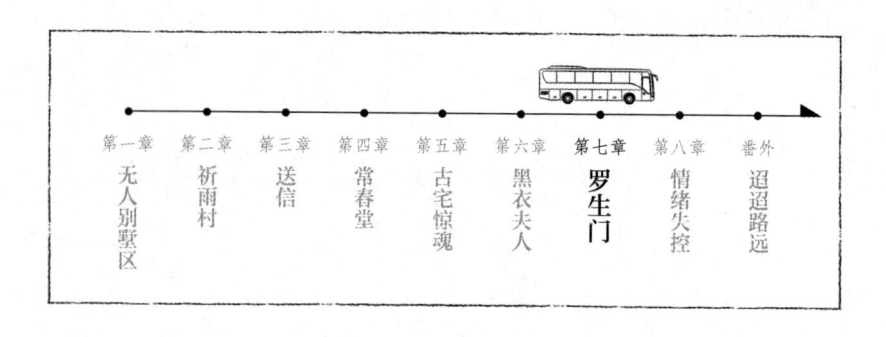

第一章	第二章	第三章	第四章	第五章	第六章	**第七章**	第八章	番外
无人别墅区	祈雨村	送信	常春堂	古宅惊魂	黑衣夫人	**罗生门**	情绪失控	迢迢路远

  宁秋水觉得这相册可能是一件诡器，于是将其收了起来。接下来的两天，几人平安度过。然而，温倾雅自那天情绪崩溃后便再未现身，仿佛藏身在了庄园某个无人知晓的角落。

  宁秋水对此并不在意，毕竟庄园的危险已经解除，而下午接他们的大巴车也会如约到达。相比之下，苏小小和廖健的表情却显得有些凝重。君鹭远疑惑地问起，苏小小低声解释："我们过第二扇诡门时，遇到过类似的情形。回去的时候，听另一队的老人们说，有个过第六扇诡门的老人，因为看到了不该看的东西，虽然没被删档，但……疯了。温倾雅的状况，和那老人有些相似。"

  宁秋水皱眉，问道："后来那老人怎么样了？"

  廖健嗤笑一声："还能怎么样，没回去呗。"

  宁秋水和君鹭远都愣住了："没回去？"

  廖健点头："嗯。诡门任务结束时，大巴车来接人，大家都上车了，只有他不愿意上，于是车就开走了，将他留在了诡门背后的世界。按理说，大巴车要接齐所有通关的诡客才会出发。但那些精神出了问题的人，似乎已经被诡舍放弃了。"

  说到这儿，廖健的表情也显得有些古怪。他们在诡门背后遭受的身体伤害，回到诡舍后都会被修复。但精神上的创伤，诡舍从来不管。如果有人在诡门内精神崩溃，甚至会被诡舍直接抛弃。

  这件事，宁秋水和君鹭远还是第一次听说。不过，他相信这是真的。苏小小和廖健没理由骗他。

336

到了下午，四人早早在庄园门口等待。突然，浓雾弥漫，大巴车熟悉的鸣笛声从雾中传来。不久，一辆破旧的大巴车缓缓出现。

"上车，回家！"廖健兴奋地第一个冲上了车，其他人也跟着上车，坐在座位上四处张望，却依旧不见温倾雅的身影。

"温倾雅怎么还不来？"苏小小疑惑道，目光始终盯着庄园门口。然而，等了半小时，温倾雅仍然没有出现，众人心中弥漫着一股不祥的预感。

就在这时，君鹭远忽然将手伸出窗外，喃喃道："怎么又开始下雨了？"

其他三人闻言，才注意到车外面的天空不知何时变得阴沉起来，雨点开始落下，笼罩了整个庄园。如果不是坐在大巴车内，他们几乎以为任务还没完成。然而，即便如此，几人仍觉得异常诡异。

车身轻微震动，大巴启动了。

"车子开了？"君鹭远讶异地环顾四周，"可是还有一个人没上车啊！"

就在他们猜测温倾雅是否出了意外时，大巴车已缓缓驶动，雨幕中，庄园里隐约出现一个瘦长的身影，拖着一把镰刀，冷冷地注视着他们。

"那是温倾雅？"四人瞬间愣住。虽然她没有夫人那么高，但大雨将她全身淋湿，衣服紧贴在身上，使她看上去格外纤瘦，活像个缩小版的夫人。

"温倾雅怎么会变成这样？"君鹭远瞪大眼睛，难以置信地说。

这一眼便是众人最后一次见到温倾雅。

大巴车逐渐驶入浓雾中，众人感到一阵困意袭来，纷纷昏昏沉沉地睡去。

当宁秋水和君鹭远醒来时，发现他们已经回到了诡舍。白潇潇穿着一袭单薄的紫色睡裙，早已在门口等候，见到他们后露出微笑。

"鹭远，恭喜加入诡舍。从今往后，大家就算是一家人了。"

宁秋水所在的诡舍看上去清冷，实际上颇有人情味，尤其是像白潇潇这样愿意在高风险情况下带新人过门的老人，实属少见。

君鹭远点头致谢，三人走进了大厅。言叔一如既往地忙碌着，很少能在诡舍见到他的身影。孟军去了外面的世界，而田勋正悠闲地坐在沙发上看电影。

见到宁秋水回来，田勋笑着打了个招呼，随后瞥了眼君鹭远，皱起眉头："秋水哥，这小子是你带回来的，你跟他说下注意事项吧，我实在不想再重复一遍了。"

宁秋水指了指诡舍的墙壁："回头我做个小黑板，把重要的事项写上去，以后新人来了就不用多说了。"

其实，诡舍的注意事项繁多，一时半会儿根本说不完，很多细节还需要新人自己在进入诡门后慢慢体会。但一些最基本、最重要的事项，可以用简洁的语言写在板子上。诡舍里的老人们都懒得管这些琐事,所以这活儿也一直没人去做。

田勋不负责新人介绍工作,只是因为诡舍的其他人都很忙,这项任务才落到他头上。随后,宁秋水带着君鹭远到了后院的平房,安排了舒适的宿舍,简单介绍了一下这里的情况便离开了。

回到自己房间,宁秋水摸了摸身上,那本从诡门带出来的相册还在。这说明相册的确是诡器。他能感觉到诡门里出产诡器的概率其实不小,但要找到并带出来则需要点功夫。

就在他翻看相册时,门口忽然传来了敲门声。宁秋水开门,看到白潇潇站在门外。

"有时间吗?"她开门见山地问道。

宁秋水点头,示意她进来。

白潇潇走进房间,坐在沙发上:"有一个特别的大单子,想邀请你一起。"

"什么时候?"

"下个月,初三。"

"几个人?"

"如果你参加的话,一共三个人,言叔也会来。"

听到这个单子竟然和言叔一起,宁秋水都惊讶了:"听上去的确是个大单子,居然连言叔都惊动了。"

白潇潇的脸上露出一丝无奈:"是的。不过我要先说明,这个单子主要是言叔的意思,我只是个传话人。被他叫到的时候,我其实都不大想去,因为这个单子实在太危险了。言叔希望你能尽量加入,由于某种特殊原因,他要提前进入第九扇门。所以在那之前,他想抽个机会,带带我们。你之前的表现一直不错,所以被言叔选中了。"

宁秋水笑了笑:"他觉得自己可能无法从第九扇门回来,所以提前为诡舍培养一下接班人?"

白潇潇沉默了一会儿,目光微微变化:"可以这么理解。"

"那为什么是我和你?孟军不去吗?"

白潇潇喉头微微动了动,接着说出一句让宁秋水愣住的话:"孟军会和言叔一起进入第九扇门。田勋太小,言叔不忍心。大胡子……你懂的。"

宁秋水陷入沉默,白潇潇站起身子来,轻声说道:"我知道你有很多问题,我也有。今天你好好休息,明天我们要离开诡舍,去迷雾外面的世界见一下言叔。"

宁秋水点了点头:"好。"

白潇潇离开后,宁秋水坐在床上,不断回想着白潇潇说的话。这一切来得太突然。先是言叔决定提前进入第九扇诡门,而且孟军也要一起去。紧接着,又是要带他和白潇潇接一个大单子，培养一下接班人。这一连串的事，让宁秋水隐约意识到一个可能。

言叔这次进入第九扇门，很可能和邝叔有关。

他心中有很多疑问，但今晚只能暂时压下，好好休息，等到明天，或许言叔会解答他的一些困惑。

第二天一早，宁秋水便离开房间，简单吃了早餐。刘承峰这家伙自从回到自己的小观里，就没了音信。宁秋水倒是有他的联系方式，发了一些信息过去，但刘承峰都未读，似乎忙得很。

宁秋水看着桌子上的简单食物，开始怀念起刘承峰在诡舍的日子。

田勋叹了口气："大胡子也不知道什么时候回来，真想喝他亲手煲的粥啊！"

虽然诡舍每天会定时提供食物，但那些食物都相当普通。白潇潇偶尔也会做饭，但她的厨艺也只是勉强算得上不难吃，远远比不上刘承峰的水准。

吃完饭后，白潇潇和田勋交代了几句，便和宁秋水一起坐上了大巴，离开了迷雾世界。

刚一出迷雾世界，宁秋水的手机便收到一条短信："不要回家，你被盯上了。我在香江小区给你准备了一套房子，暂时住在那里。"

这条短信是鼹鼠发来的。宁秋水眉头微皱，他又被人盯上了？上一次有人埋伏在他家里，才过去了没多久。

半山腰组织的首脑云杜临终前曾透露过一个名为罗生门的组织，并且在提到邝的事情时，直接选择了自杀。红豆在下线前也警告过宁秋水，千万不要透露他收到神秘信件的事情，否则会招来杀身之祸，有一群人专门追捕那些持有信件的人。

所以，邝是否也收到了神秘的信件？那个神秘组织是罗生门吗？

宁秋水思索了片刻，给鼹鼠发了消息，让他尽可能挖一挖这些人的资料。鼹鼠回复他，已经在查了，让他少安毋躁。

关掉手机后，白潇潇带着宁秋水来到她的庄园，言叔已经在那里等候多时，孟军也在场。

"言叔，人带过来了。"白潇潇伸了个懒腰，语气随意，似乎带着一丝江湖气息。

良言看了一眼宁秋水，微微点头，示意他进屋。

"我没法在下一扇诡门里保证你的安全。"良言开门见山，没有丝毫绕弯子的意思，"所以，我不会强迫你加入我们。"

他顿了顿，看着宁秋水，继续道："不过你应该很清楚，一旦进入了诡舍，想离开是不可能的，第七扇门只是时间问题。"

宁秋水没有急于回应，只是眼中闪过一丝异样的光芒。良言要带他们进入第七扇门，那个几乎代表团灭的诡门。

"为什么？"宁秋水开口，打破了短暂的沉默。

"为了一个朋友。"良言简单地回答。

"邝？"宁秋水追问。

"对。"

"你跟他关系很好？"

"生死之交。"

宁秋水沉默片刻，随后问道："你和孟军打算替他报仇？"

听到这话，良言那张一直严肃的脸上浮现出了一丝诡异的笑容："很意外吗？"

宁秋水冷静地与良言对视，毫不掩饰地说道："确实意外，没想到你看似冷静的外表下，竟有如此疯狂的一面。"

良言淡然道："我和你们不一样，我是个江湖人。一辈子，就活个恩怨。我不在乎那所谓的第九扇门，也不在乎自己能活多久，我只在乎人。他们害了邝，所以我要让他们付出代价。对我来说，就这么简单。"

宁秋水转头望向孟军，问道："那他呢？你问过他的想法吗？"

孟军冷冷道："我欠邝一条命，理应还给他。"

宁秋水微微眯起眼："你也是个江湖人？"

孟军沉默了许久，其他三人也陷入了长时间的沉默。

最终，宁秋水打破了这片宁静："看得出来，邝叔是一个很有人格魅力的人。否则，不会这么多人心甘情愿为他付出。既然如此，我想知道真相。关于邝的真相。你们一定知道不少吧？告诉我，我就加入你们。"

良言却摇了摇头："太乱了，你别掺和进来，没必要。"

宁秋水盯着他的眼睛，突然问道："告诉我，邝叔生前是不是收到过一些没有署名的信件？"

听到他的话，三人全身一震，用震惊的目光看向宁秋水。

白潇潇轻掩嘴唇，眼神闪动："秋水，你……"

看着众人的表情，宁秋水立即明白了自己的猜测是正确的。邝确实也收到了那封神秘的信件，就像他一样。

显然，收到这种无署名信的远不止他一个人。无论是他，还是红豆，甚至包括邝，他们都卷入了这场未解之谜。

这些信件到底来自何处？背后的意图是什么？宁秋水的脑海中充斥着无数的疑问。

"看来，我的猜测没错。邱叔也收到了没有署名的神秘来信。"他说道。

三人的表情变得有些复杂，尤其是看向宁秋水的目光中，似乎带着一种审视的意味。

"你为什么会知道信的事？"良言的声音里透出一丝细微的压迫感。

宁秋水察觉到了，但并不介意。

"我也收到过信。"他平静地开口。

良言直视宁秋水，似乎在判断他的话是否属实。宁秋水从身上取出一封信，递给了良言。这封信已显得陈旧，良言接过信后打开，便看见了上面的几个颇有一些年月痕迹的字：小心鸢尾花。

信件可以伪造，但某些细节却难以模仿。良言仔细看了许久，确认这封信不是伪造后，便将信还给了宁秋水。

"难怪……"他瞟了一眼宁秋水，低声喃喃道，"好吧，我相信你了。跟你猜测的差不多，邱也是收到了神秘信件的人。"

宁秋水的眼神微微一动，问道："邱叔的遭遇，和他收到的信有关？"

良言既没有承认，也没有否认："大概吧。之前邱收到的信，我都看过，是关于诡门的提示，除了最后一封。"

"最后一封？"宁秋水追问。

"邱收到最后一封信，是在他进入诡门的前一晚。他没有让我看，只是告诉我，他不回来了。"

宁秋水的表情微微变化："这么说，邱叔知道自己会出事？"

良言的语气中终于带上一丝波动，激动地说道："知道自己会出事？他怎么可能知道自己会出事？未来之事都是未发生之事，无限可能，无从试探！"

宁秋水看着良言的反应，平静地反问："如果他不知道自己会出事，为什么你要找到我和白姐，交代这些事情呢？"

良言猛然愣住，额头青筋隐现，但他并没有反驳："我知道你想说什么，可他不一样……"

宁秋水扬了扬手中的信："他有这个，会给他重要的提示。但你有没有想过，最后一封信，和之前的信不同呢？"

良言听着，心跳忽然一滞："你在说什么……"

宁秋水语气平静："你知道我在说什么。你问过邱叔吧？问过他关于那封信的内容，我猜他没告诉你。"

良言闻言，紧紧攥住了拳头。

"为什么不告诉你？无非是不能说，或者他说不出口。之前收到的信件，应该都是为了救他，而救他的目的，也许是为了让他在关键时刻做出牺牲。当然，这只是我的猜测。毕竟，在诡舍里越是留到最后的人，可能就越谨慎，不是一张信纸就能轻易左右的。

"所谓关心则乱，你有没有想过，邱叔可能并没有真的出局？他只是告诉你他不回来了，但或许他找到了某种方式，或者信上告诉了他某种方法，让他可以滞留在诡门背后的世界。"宁秋水作为旁观者，将自己的想法全部呈现在众人面前。

"不考虑主观因素的话，我个人倾向于最后一个猜测。邱叔可能以某种方式滞留在了诡门背后的世界。这并非不可能，在上一扇诡门里，我刚好就遇见了一个滞留在那里的诡客。只不过，她是由于失去理智，被诡舍抛弃了。你们都是诡舍的老人了，应该比我更清楚这些。"

宁秋水话音落下，白潇潇偷偷瞥了一眼沉默的良言。

之前他们受到邱叔消息的冲击，加上良言急于复仇，导致众人无法冷静思考。如今被宁秋水这么一点拨，他们发现，似乎也不是没有这个可能。

虽然这种情况听上去匪夷所思，但像邱这样的人，莫名其妙在新手诡门里出事，本身也难以让人相信。

"收到神秘信件的，远不止邱叔一人。据我所知，还有相当一批人收到。而且这些人都在被外面的一个神秘组织追踪。所以我想，那些从未知地点发出的信件，一定影响着一件非常重要的事。所以，邱叔不可能在一扇普通的诡门里出事。与其相信他真的没了，还不如相信他因某件极为重要的事，选择滞留在诡门之中。

"我知道这些话对你们的冲击不小，但你们是局内人，有些事情受主观情绪影响看不清。不用急着回复我或反驳，你们有足够的时间思考。至于下一个单子，我可以和你们一起进去。"

经过一阵思索，良言似乎平静了许多。

宁秋水的话，像是悬崖旁边的一根绳子，把他活活地拽了回来。

"这些事情，我会慢慢考虑，先跟你讲讲下个单子吧。我们的下个单子是第七扇诡门。这种高难度的诡门，一般不会有人发布求助帖，因为几乎没人愿意接，淘汰率实在太高了。所以到了第七、第八扇诡门，发布的帖子多是合作性质。

"发帖者可以召集超过三名诡客，但进入诡门的诡客总数不能超过二十个。帖子召集的大部分都是一些有能力、有胆识的人，大家的目标只有一个，借助彼此的运气和能力，想方设法通关。当然，通常也会有人发一些具有误导性的文案，召集三到五个容易受骗的新人，他们的主要作用就是试探规则……"

良言说这话时，表情平静，没有任何愧疚感。一个太过善良的人，很难走到第九扇诡门。虽然别人采取了不光彩的手段，但他也是受益者，所以他选择了沉默。这种沉默既冷酷，又狡猾。

正如良言所说，他既不是好人，也不是坏人，他是一个江湖人，一生结交了两三个挚友，过着快意恩仇的生活。

"无论你有多少诡器，进入第七扇及以后的诡门时，都只能带一件。而且诡器在诡门中，只会生效一次。"

宁秋水听完，表情微微一变。光是听这些话，就已经感受到第七扇诡门的危险。更高的难度，更低的容错率，难怪第七扇诡门的淘汰率如此之高。

"你要去的话，我现在可以把第七扇门的任务和提示给你。"

宁秋水低头沉思，白潇潇和孟军站在旁边，没有打扰。这是宁秋水的决定，他们无权干涉。

"算上我吧，世界那么大，我要去看看。"许久后，宁秋水忽然露出了一个笑容，"我想，进入第七扇门，一定比第四扇门有意思。"

他的诡门才到第四扇，而且那也是几个月后的事情。现在有机会进入第七扇门，若是常人，可能早就逃得远远的了，但宁秋水却觉得值得一探究竟。哪怕挑战失败，也能看见诡门背后更壮观的风景。

听到宁秋水这么说，良言的目光微微闪动，竟露出了一个宁秋水不曾见过的笑容。

"有意思，某些方面你跟邱还真像……倘若你早来几年，或许会跟他成为很好的朋友。"良言似有惋惜，轻轻打了个响指，一旁的孟军立刻翻出了一份文件，递给宁秋水。

"我已经为你准备了详细的资料。你自己看吧，看完有什么问题，现在就问。"

宁秋水接过资料，认真翻看。其实，资料上的内容并不多，一张照片，几段文字记录，但比之前接丰鱼那个单子时详细得多。

任务1：尽可能保护四个目标人物的安全。

任务2：坚持五日，直到大巴车出现。

注：在保护目标平安无事时，它的能力受到封印，每失去一人，封印会部分解除。

提示1：它的仇恨值会根据你们的行为进行积累。

提示2：目标人物尚有幸存时，它不会对其他人采取极端行动。

提示3：目标人物无人幸存时，它会根据仇恨优先级展开追击。

保护目标：关琯（女），王振（男），乐闻（女），葛凯（男）。

照片以及详情介绍：——

"这就是第七扇门的任务？"宁秋水简单浏览了内容，眉头微皱。乍看之下，这个任务似乎不算太难，而且还给他们开辟了一条安全通道。只要保护的目标尚有幸存，门后的那些诡物就不会对他们下狠手。这样一来，他们就能放心大胆地行动。

"不要低估这个任务的危险性。"良言语气沉重道，"算上自己的诡门，我已经三次进入第七扇门，每次都是九死一生。其中两次，如果不是有特别厉害的人带着，我恐怕无法全身而退。它的难度远非表面那么简单。任何对这扇门掉以轻心的人，都会付出惨痛的代价！"

宁秋水点了点头："放心，我心里有数。就这些资料吗？"

良言回道："嗯，暂时只有这些。更详细的情报，只能在诡门内通过NPC获取。"

宁秋水将资料还给孟军，孟军却没有接回去："你留着吧，言和潇潇都有备份。"

宁秋水也就收了起来，随后问道："最后问一句，你为什么要提前去第九扇门，是因为找到了什么线索吗？"

面对宁秋水的提问，良言沉默片刻，似乎在考虑这件事是否要告诉他。

"我们找到了之前和邝一起进入诡门、后来神秘消失的新人。这家伙蹭了一个熟人的车，想要直接去第九扇门看看，我要找到他，问清楚当时的情况。"

宁秋水若有所思。

良言见他这副模样，嗤笑了一声："你也想劝我？"

宁秋水摇头："有些事情，现在说还不合适。如果下个月初三，我们能顺利出来，我会告诉你一些事情。至于要不要提前进入第九扇门，到时候你再做决定。"

良言点头："好。"

一旁的白潇潇扬了扬手机，笑道："那今晚我们一起吃个饭吧？指不定就是最后一顿了呢。"

白潇潇不忌讳谈这样的结果，反倒是诡门的存在让她找到了生命的意义，她很珍惜自己在迷雾世界外面的每一天。甚至有时宁秋水都觉得，自己没有她活得通透。

四人当晚一起吃了饭，随后良言和孟军便告辞离开了。

白潇潇喝了点酒，想让宁秋水陪她散散心，他们来到一座天桥上，俯瞰川流不息的车辆，白潇潇的目光中流露出少见的迷茫。

"秋水，你说诡门存在的意义是什么呢？它让我们许多人进入这个诡异的世界，在恐惧中挣扎求生，却又不直接让我们出局……"

宁秋水也看着桥下的车流，神情变得柔和起来。

"这个问题我也想过，一开始我收到那封信时，总觉得背后有人操控一切。但后来我发现，收到信的不止我一个人，事情远远超出我的想象。大胡子说得对，这世上恐怕没有一个人有能力做到这些。"

白潇潇仰头又喝了一口啤酒，她很少喝这种廉价酒。渐渐，她的目光变得更加迷离，带着一丝妩媚。

"秋水，你说，去到迷雾世界的尽头，真的能见到逝去的亲人吗？"白潇潇的语气里透出少见的温柔与好奇，和她平日里的成熟截然不同，像个孩子在探寻答案。其实，她知道宁秋水也不知道答案，但她就是想找人说说话。

栀子离开后，她甚至没有一个可以说话的人。虽然她和良言、孟军关系很好，但那更像是战友间的信任，你可以把自己的后背交给他们，却无法交出心底的苦涩。

即使不知道答案，宁秋水还是回答了她的问题："应该可以吧。至少到目前为止，信里的内容没有骗过我。"

白潇潇听到后，绽放出一个如月牙般弯弯的笑容。这是宁秋水第一次看到她笑得如此无忧无虑，霓虹灯映照下，白潇潇呈现出一种难以言喻的美感，那介于成熟与青涩之间的韵味，真实而触手可及。

宁秋水只是安静地欣赏着。他不是第一次对女人心动，只是比起女人，他更在意自己的小命。所以，即便他有足够的钱去过风流日子，却早已习惯在安全距离内欣赏异性的美丽。

"喂，你这是什么眼神？"白潇潇突然伸手摸了摸宁秋水的脸，鼻子皱了皱。

"我这什么眼神？"宁秋水回过神来，不自觉地后退半步。

白潇潇笑了，掩嘴轻笑，带着些许娇羞："你那眼神，像个去动物园的游客，看见危险的动物，好奇却不敢靠近，怕发生意外。"

宁秋水毫不掩饰地说："对，就是这样。"

白潇潇闻言，笑容一僵，旋即白了他一眼："怎么，我还会吃了你？"

"那倒不会，只是职业习惯，不能离女人太近。"宁秋水微微一笑。

"什么职业还要戒女人？你是做什么工作的？"

"兽医。"

"兽医？兽医为什么要戒女人？"

宁秋水顿了顿，平静地说："这事有点复杂，改天再跟你说吧。"

白潇潇识趣地没有再追问。每个人都有自己的秘密，哪怕是至亲之人，也没有必要追根究底，更何况他们只是朋友。

"说实话……要是迷雾世界的终点真的可以看见逝去的亲人就好了。"白潇潇半醉半醒，低声说道，"仔细算算的话，我还有挺多人想见的。我今年才二十六岁，按人类的平均寿命来看，还算年轻，本该是被家人捧在手心宠爱的年纪，不该这么孑然一身。可身边的人，走得太快了。"

她笑着望向宁秋水，眼角却泛起泪光："我甚至没跟他们好好告别，想起来总觉得有亏欠……"

宁秋水轻轻擦掉她眼角的泪水，却无法安慰她，因为他比白潇潇还要孤独。

他是个被遗弃的孤儿，十一岁时偶然救下了一位代号"寿衣"的兽医。她成为了宁秋水的师父，教他各种本领。然而，在他前往边境地区的第一年，师父因突发脑溢血离世。

那是宁秋水第一次真正体会到生命的脆弱。他没有机会和师父道别。曾经的誓言和约定，随着师父的离去，一同烟消云散。

"抱歉，太久没和朋友说话了，不该跟你讲这些。"白潇潇深吸一口气，收敛了情绪，"其实我只是那天听鹭远提起这事，心里有了念想。谁也没有把握能够凑齐拼图碎片，走到迷雾世界的终点。更何况，我不像言叔和邝叔那么厉害，连他们都没有做到的事，我又怎么可能做到呢？"

宁秋水敲了敲她的酒瓶，将她从低迷的思绪中拉回现实，随后笑道："我师父以前告诉我，世上本没有路，走的人多了才有路。正巧我也想去迷雾世界的终点看看，不如咱们顺路一起？"

白潇潇看着他脸上的笑容，竟鬼使神差地点了点头，仿佛忘了自己刚刚的丧气话。

"好。"

虽然她不确定自己能否走出第七扇诡门，但此刻，她被宁秋水的乐观感染了。

人，不就是为了希望而活着吗？

一夜过去，翌日清晨，宁秋水从舒适的床上醒来，走进洗手间洗漱。

昨晚，他和半醉的白潇潇一起回到了迷迭香庄园，洗漱后各自入睡。宁秋水很少在别人家过夜，因为不安全。不过，迷迭香庄园戒备森严，二十四小时都有保安值守，他睡得还算舒坦。

洗漱声惊动了楼上的白潇潇，她光着脚走出来，揉着头发，笑道："这么早就醒了？"

宁秋水看着镜子里的白潇潇，道："还要去处理一些私事。"

"不留在这里吃个午饭再走？"

"不了，时间不等人。"

白潇潇见他坚持，便不再挽留，送他出了庄园，目送他坐车离开。

离开庄园后，宁秋水给鼹鼠打了个电话："喂？"

"怎么现在才接电话？"

"昨晚跟一个女人喝了点酒，聊了会儿人生。"

"哈哈，你小子，破戒了？"

"她没喝醉，我也没喝醉。"

"看来，酒量太好也不是件好事。"

"只是心事太重。"

"好吧……"鼹鼠轻咳一声，转入正题，"上次你让我查的红豆有了些线索。通过特殊的信号网络，我查到这个人最近一次出现在龙虎山脚下的小网吧里，用那里的电脑上过网。而且，这个号在附近的网吧登过三次，前后间隔大约半个月。"

宁秋水眯了眯眼："你的意思是红豆住在龙虎山附近？"

"理论上是这样。另外，你之前住的地方最好放弃，白號发现有人埋伏在对面楼顶。那些追踪你的人，我们查到的身份来自不同的地下组织，似乎是私人接的单，没有关于你的悬赏。"

听到最后一句话，宁秋水的目光立刻变得锐利。难道又跟罗生门有关？如果是这样，他们为什么要追踪收到信的人？其他人收到了信，跟他们有什么关系吗？

经过白潇潇的介绍，宁秋水了解到罗生门是迷雾世界里排行第一的诡舍。可迷雾世界之中，不同的诡舍之间没有明确的利益冲突，他们这样的行为实在是很反常。

宁秋水并不着急获得答案，他知道越是着急，就越容易中对方的圈套。眼下最重要的是找到红豆，了解更详细的情况，并想办法从第七扇诡门里出来。

"最近麻烦你了。"宁秋水说道。

鼹鼠笑道："谈不上麻烦，我本来就是干这个的，情况大体上就是这样，没别的事，我就先挂了。"

"好，回头再联系。"

挂断电话后，宁秋水认真思考了一下，决定不回之前的住处，也不去找那些追踪他的人。这些人未必能提供有用的信息，还有可能打草惊蛇。

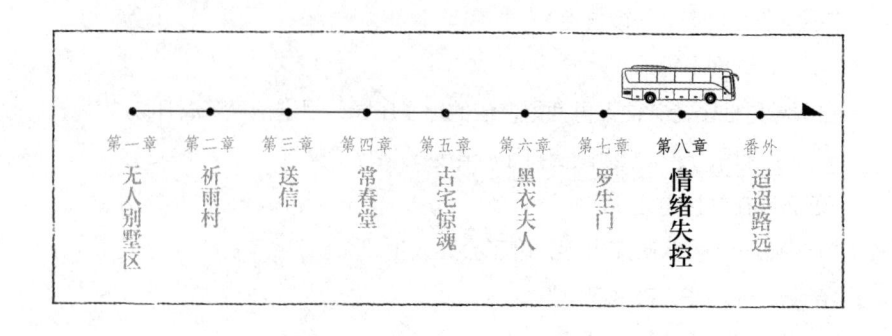

第一章 无人别墅区 — 第二章 祈雨村 — 第三章 送信 — 第四章 常春堂 — 第五章 古宅惊魂 — 第六章 黑衣夫人 — 第七章 罗生门 — **第八章 情绪失控** — 番外 迢迢路远

时间飞逝，转眼已到次月初三。宁秋水乘坐大巴，回到了诡舍。所有人都在，甚至久出未归的刘承峰也回来了。

一见到宁秋水，他便激动道："小哥，不是我说你，你跟着他们去凑什么热闹啊？这可是第七扇诡门，你自己连第四扇都还没进呢！"

"是，不过我想去看看。"宁秋水说道，"我知道你担心我的安全，不过人各有志，你不用过分劝我。"

他一进门，几乎便堵死了刘承峰的嘴。

刘承峰原本准备了一大堆劝说的话，可看见宁秋水的表情，话语化作一声叹息。他明白，自己阻止不了宁秋水了。越是冷静的人，做出选择的时候，就越是深思熟虑。这也代表着，他们越难受到旁人的干扰。

"唉……"他叹了口气，"算了，你自己的事我不掺和，不过我真不懂你们，这么急着去冒险……"

对于刘承峰的想法，众人也没有评价什么。大家都没有对错，无非是选择不同。

宁秋水轻声安慰："我们未必不能出来，不用太悲观。"

刘承峰哼了一声，没有多说什么。早在诡门中，他就已经感觉到宁秋水是个乐于冒险和善于抓住机会的人。这是好事，也是坏事。

"有什么需要帮忙的吗？"刘承峰问了一句，然后又补充道，"门外的。"

"没有，我一向独来独往，也没有什么特别要交代的。"宁秋水坐到沙发旁。

田勋则坐在火盆旁，低头啃着刘承峰烤的玉米，神情低落。

"喂，你们可得平安回来。"田勋说道，"咱们诡舍本来就没几个人，你们这一走，这里就更空了。"

站在楼梯口的良言，没有夸大说自己会保护好大家，只是非常认真地承诺道："我们一定会努力完成任务。"

说完，他对宁秋水和白潇潇使了个眼色，三人默契地朝楼上走去。

来到三楼后，他们之前和其他诡舍签订的契约已生效，诡门上浮现出这次的任务。

几人扫了一眼，发现与之前了解的情况没有太大差别，只不过这次诡门下方单独给出了一个能力的说明。

　　它被封印的能力分别为：手，脚，眼，口。
　　手：解除封印后，它会偷走一个人的诡器，冷却时间为一天。
　　脚：解除封印后，它可以在百米内实现一次瞬移，冷却时间为一小时。
　　眼：解除封印后，每隔一小时，它会看到当前仇恨目标的具体位置。
　　口：解除封印后，它能模仿所有人的声音，冷却时间为一小时。

随着时间到来，那扇木门被推开，众人的意识瞬间模糊。等他们回过神来时，发现自己已身处一座陌生的城市。幸运的是，他们并没有分开。三人环顾四周，看着川流不息的人群，迷茫了片刻，但很快恢复了镇定。

他们现在位于繁华街道旁的一家咖啡馆，咖啡馆的一楼有十九位客人。不用多说，这些人正是此次进入诡门执行任务的诡客。宁秋水、白潇潇和良言坐在同一张桌旁，手边是冒着热气的咖啡。

"十九个人……真是一如既往地残酷呢。"良言扫视了一下一楼，语气中带着一丝嘲弄。

宁秋水好奇地问道："为什么这么说？"

良言解释："还记得诡门的'十分之一法则'吗？因为这个法则，进入血门的诡客很少超过二十人。这意味着，这个法则最多只会庇护一个幸运儿。"

宁秋水恍然大悟，随后审视了一圈在场的人，记住了他们的容貌。由于人脸的记忆点比较多，因此记住人的容貌，要比记住一个人的名字容易得多。

"言叔，有没有可能有诡物一开始就混在我们之中？"白潇潇低声问道，她很难不担忧。

在宁秋水的第二扇诡门中，就有过这样的情况。

良言说道："不排除这个可能，但概率很小。"

他顿了顿，瞟了一眼宁秋水，显然他也知道宁秋水第二扇诡门中经历的事情。

"根据我的经验，第七扇门的诡客通常会提前进入诡门。在这段时间里，诡物基本没办法行动，也算是诡门给我们的缓冲时间，让我们有些准备的机会。"

听到良言的解释，白潇潇的心稍微放下了一些。

就在这时，一个高瘦的女人站了起来，吸引了所有人的目光。她的额头上戴着墨镜，拍了拍手。这个女人叫牧云婴，是这一扇诡门的发起者。

"大家都到齐了吧？我点个名！"由于是契约发起者，牧云婴掌握了所有人的基础信息。

当然，大家也都了解她。

点名结束后，她笑着说道："很好，大家都到了。接下来我们找个安静的地方，简单讨论一下这次任务的具体事项和分配。"

人群中，一个新人问道："那个，我们不先去找目标人物吗？万一这个时候诡物出现，岂不是没人保护他们？"

牧云婴微笑解释："我知道你的担忧，你们之中很多人可能是第一次进入第七扇诡门，不了解隐藏规则。我简单说一下，第七扇诡门会给我们一天的准备时间，第一天诡物是无法行动的，这个时间足够我们好好准备了。还有其他问题吗？"

听完她的解释，刚才提出问题的新人不再发问了。这些人多半是被良言提到的误导性帖子骗进来的。那些厉害的大佬会给他们承诺，说尽可能在这扇诡门里保护他们的安全。实际上，有头脑的人应该自己了解一下第七扇诡门的危险性。他们自身难保，哪里有多余精力去保护别人？所以敢进这扇门的新人，要么自命不凡，要么就是鲁莽之人。

"其实我觉得这扇门不适合带那些经验不足的新人，他们可能会坏事。"白潇潇走在两人的中间，低声嘟囔了一句。

良言和宁秋水都没有回应。宁秋水的目光在人群的缝隙中穿梭，打量着那个领头的女人。良言看向刚才提问的新人——冯宛铭，一个在人群中不起眼的普通男人。他看上去有些胆怯，什么都不大懂，也不知道是被谁骗进了这扇诡门。

众人很快来到城市偏远的施工地带。走着走着，原本晴朗的天空被远处飘来的乌云遮住，转为了阴天。云层厚重，似乎有一场大雨将至。

宁秋水经历了古宅和黑衣夫人这两扇诡门后，对雨天有些忌讳。他总觉得一旦下雨，就会发生不好的事情。

"好了，各位都到齐了，我简单说明一下计划，我们共有十九人，要保护四个目标，因此分成四组，三组五人，最后一组四人。每组负责一个目标。这是我的初步计划，大家有问题可以提出来，我们当场商量解决。"

不得不说，牧云婴确实是凭实力走到第七扇门的人，她一开始就展现了出色的领导力，坦诚相待，仅用极短的时间便赢得了大家的信任。

"我有个问题，为什么不把这四个人集中起来保护呢？大家在一起，有那么多诡器，一人用一个也能撑很久。分开反而不安全吧？"人群中一个魁梧的男人提出了疑问。

牧云婴从容地解释道："这个想法我也考虑过，但最终放弃了。原因是我们不知道诡物对目标的攻击是否有限制。如果没有限制，稍有疏忽，它可能在极短的时间内对四个目标同时下手。如果它成功了，各位也都清楚，诡物会觉醒四个非常可怕的技能。紧接着，它就会带着这四个技能来对付我们。我可以非常负责任地告诉大家，以我们目前每人只有一件诡器且只能使用一次的能力，一旦诡物提前解开所有封印，那么，我们十九人中有十八个人活下来的可能几乎为零。"

牧云婴的话已经说得很明白了。

在场的人都不是笨蛋，大家听得懂。这确实是一个风险评估的问题。理论上，将四个人放在同一地点，确实可以提供更好的保护。毕竟有十九双眼睛看着，手中也有十九件诡器可以使用。然而，问题在于，如果出现意外，一旦失控，可能就会彻底失败，连补救的机会都没有。

分开四个目标的优势在于，如果诡物袭击一个目标人物后，想要再去找下一个目标，路上会浪费很多时间。并且，在一个目标出事后，他们还有机会进行补救。

"我赞同你的看法。"见众人迟迟没有表态，良言站了出来，"我们的任务本质就是拖延时间，拖到第五天结束，大巴车到来。正如牧云婴所说，分开保护目标，我们可以争取更多宝贵的周旋时间。"

话音落下，宁秋水也点头表示支持："我也同意分组保护。集中保护的风险太大，我们承担不起。"

在场的人开始投票。有人支持集中保护，也有人同意分开保护。最终少数服从多数，众人开始分组，准备分别保护目标人物。

突然，"轰隆"一声雷响，震得众人耳鸣目眩。

"快点，要下雨了！"有人催促道。

分组结束后，宁秋水的团队又加入了一人，正是之前看起来有些胆小的冯宛铭。由于先前的"新人问题"，他遭到了大家的排挤。这里的大多数人都很精明，他们知道诡物在没有对所有目标完成袭击之前，不会对他们下狠手，因此，他们并不需要这些看起来不太可靠的新人来帮忙试错。反而担心他因为冲动或恐惧坏事。最后还是良言出面，冯宛铭才勉强找到了一处容身之地。

就在分组结束后，大家感觉头顶有雨滴落下，纷纷抬头望向天上压低的乌云。

已经开始下雨了。

"好了，现在下雨了，我们先找个地方躲一下，大家互相加个联系方式，平时呢，尽量不要联系，遇到问题再发信息。"牧云婴迅速带领众人进入一座尚未被拆除的废弃小楼里，互相加了联系方式，并将四个目标分到了各组。为了公平，她让其他三组先选，自己组则挑了剩下的。

"她的领导能力真是令人佩服。这些小动作做得太自然了，大家明明没有获得什么实质性的好处，却已经有人对她心存感激，甚至将她视为……团队的引领者。"白潇潇站在宁秋水的右侧，观察着楼里其他人的神情，眉宇间透露出一丝担忧。她知道，这绝对不是好事。

宁秋水他们分到的保护目标名叫葛凯，是个身材强壮的男人。对于这四个目标人物，诡门提供的信息比较简单。具体情况还得等他们和葛凯见面之后才能问清楚。

"往好处想，至少我们拿到了葛凯的电话号码，如果诡门连这个都不提供，我们还得费一番功夫去找。"白潇潇扬了扬手机，语气里带着一丝嘲讽。

她试图拨打电话，但因为下雨的缘故，信号不好，电话无法接通。

"去楼上吧。"宁秋水说道。

其他组也遇到同样的问题，大家默契地朝三楼走去。这是一栋老式楼房，室内基本由水泥堆砌而成，没有任何装潢，地面上除了碎石外，积着厚厚的灰尘。

到达顶楼后，白潇潇找到一个无人的房间，看见手机信号恢复，便开始拨打电话，组内的其他三人站在旁边倾听。

宁秋水走到窗边，眺望窗外的阴暗世界。雨越下越大，而他似乎在雨中看到了什么，表情微微变化，身体也不自觉地朝窗外倾斜。

就在这时，白潇潇另一只手居然下意识地抓住了宁秋水的手腕。宁秋水回头，两人对视，他轻轻摇了摇头，示意自己没事，只是想往外看看。

白潇潇松开了手，而旁边的良言也敏锐地发现了情况，立刻走到宁秋水旁边，与他一起看向外面。

"怎么了，秋水？"他问道。

宁秋水抬手指向雨幕远处，顺着他的手指，良言看过去，身子微微一震。他看到远处灯火通明的小区门口，一个诡异的黑色身影伫立在十字路口旁。那人的姿势十分怪异，双臂竭力向上伸直，头也用力仰起，不知道在做什么。

在这昏暗、阴云密布的世界里，偶尔有三三两两的人路过，却仿佛没有一个人看到它。

它就那么静静地站在雨中，一动不动，宛如一座雕像。

可他们心里明白，那种地方……不可能放置雕像。

"有人看到他什么时候出现的吗？"良言问道。

宁秋水摇摇头，解释道："我看到的时候，他已经站在那里了。"

两人的神情变得凝重。在外面的世界，任何奇异的现象或许都能用科学解释，但在诡门内，任何异常可能都是真的。他们并没有立刻将这件事告诉其他人。

等到大家打完电话后，他们又发现了一件怪异的事情。那四个人接电话时非常配合，他们最近确实被一些奇怪的现象困扰，听说众人要去保护他们，竟然欣喜得不得了，仿佛抓住了最后一根救命稻草一般。

众人也伪装了身份，自称某部门的调查团。而且是官方背景。显然，这四个人中肯定有什么隐情，居然连这样离谱的说法都信以为真。

"事情比我们想象的更复杂，虽然诡物一直没有对他们动手，但之前肯定已经骚扰他们很长时间了。"牧云婴通过电话察觉出了很多隐藏信息。她确定这四人已经见过要追击他们的诡物，而且不止一次。牧云婴提议道："事不宜迟，我们现在赶快过去找他们。人不要太多，每组派一个代表，不然十九个人一起去，恐怕会引起注意，带来不必要的麻烦。"

众人对此意见一致，立刻选出代表，随牧云婴一起去见这些保护对象。

"他们都在一起吗？"良言问白潇潇。

白潇潇点点头："都在一起，他们现在住在米林小区七幢的1043号公寓。我看看地图……嗯，还挺近的，就在那个方向。"白潇潇指向远方的一个小区。

当看到那个小区时，宁秋水和良言的神色都微微一变，因为正是刚才他们看到黑影的地方。只是现在小区大门口的那个诡异人影已经消失了。

宁秋水急忙走到窗边，撑着窗户再次查看，目光所及之处已彻底找不到那诡异人影。仿佛它已经离开了那个地方，又或者……它已经进入了小区内。

"怎么了？"白潇潇靠近，顺着他的视线看去。

宁秋水摇摇头："回头再说，过去时千万要小心。那里可能有些问题。"

虽然诡门提示说，四个任务目标没有遭受致命伤害前，诡物不会对他们下狠手。但这个"不下狠手"的范围相当宽泛。如果说只要不致命就算是没下狠手,哪怕已经造成了严重伤害,也仍然在这个范围内。而在这扇诡门中,一旦受了重创,想要完成任务并顺利离开的机会便微乎其微。

经过那晚的交谈后,宁秋水和白潇潇的关系亲近了不少。听到他的叮嘱,白潇潇俏皮地眨了眨眼:"知道了。"

四人冒雨前往米林小区,其余十五人暂时留在这里,等待进一步指示。小组成员各自待在房间里,有人在大厅抽烟缓解情绪。宁秋水所在的房间气氛沉闷,无论是良言还是他,都没有多说话,直到冯宛铭先开了口。

"那,那个……你们刚才也看见了吧?"他的声音微微颤抖。

"看见什么?"宁秋水故意问道。

"就是那个米林小区门口的奇怪黑影。"冯宛铭咬着牙说。

宁秋水和良言相视一眼,感到惊讶。之前冯宛铭表现得有些胆怯,没想到他在这种情况下还能如此敏锐地注意到周围的异常。

"看见了。"二人不再隐瞒。

冯宛铭松了口气,至少他没有被针对。在诡门里,如果你看到了别人看不见的东西,或是听到了别人听不见的声音,绝对不是好事。这意味着,你可能已经被那东西盯上了。

"我在过来的路上就看到它了。它当时站在北边街道上,我以为是什么行为艺术或雕塑……可下雨后,它居然出现在了米林小区的门口。而且周围路过的人,好像根本看不到它。"冯宛铭满头细汗,"你们说,它会不会就是……"

面对冯宛铭的询问,二人没有给予正面回答。

但沉默,也是一种回答。

冯宛铭在房间里来回踱步,显得十分不安,语气尽可能在保持冷静:"牧云婴不是说我们有一天的准备时间吗?这一天诡物不能行动啊,为什么会出现这种情况?难道我们的任务已经开始了?"

似乎是被他的不安感染,宁秋水微微偏头看向良言。良言说道:"第七扇诡门一定会给我们一天准备时间,这期间诡物可以行动,但不能对任务造成直接影响。我亲身经历过三次,而且论坛里的前辈们也都提到过这一点,所以你们可以放心。"

听到这话,冯宛铭的情绪稍微平静了下来。然而,宁秋水的心里依然有些不安。那个米林小区外的黑影,是这次诡门的诡物吗?它为什么抬头?它……在看什么?

"待会儿我们到了那个地方之后,先简单了解一下情况。"路上,牧云婴对其他三人说道。

四人居住的地方在十楼，因为楼层不高，他们正考虑是否走楼梯。

"要不还是坐电梯吧，毕竟现在任务还没开始，应该没什么危险。"方倪提议。

带头的牧云婴瞥了她一眼，说："觉得不危险的话，你可以坐电梯。"

方倪神色一僵："你不坐吗？"

牧云婴淡淡回应："想坐，但是胆子小，不敢。我还是走楼梯……"

她的话还没有说完，声音便戛然而止。四人已经走进第七幢公寓楼下的大厅，目光落在楼梯口的黄色标识上：此处施工，暂停使用。

楼梯施工？牧云婴一愣，走到楼梯口，抬头向上看。那里不知道被什么东西弄塌了，空出了一整层，短时间内应该是修不好了。

"这是谁搞的，把楼梯弄成这样？"牧云婴轻叹，"看来只能坐电梯了。"

四人走到电梯口，发现两部电梯都停在一层。牧云婴按上行键，电梯门同时打开。然而右侧电梯内的景象，却让他们情不自禁地后退了几步。

电梯角落里站着一个奇怪的人。

这个人穿得很厚，身形高大，站在角落里一动不动，头仰得高高的。由于这姿势，众人根本看不到他的脸，只能感觉到他身上传来的寒意。他除了仰头，双手也一上一下地朝头顶伸着，手指弯曲，像是在应对什么看不见的威胁。这动作看上去异常古怪，让人根本猜不到他想要做什么。

四人察觉到异样，心跳不自觉地加快了。

"您好？"队伍里唯一的男人陈邛试探性地问了一声，但那人毫无反应，仍旧呆立在角落里，保持着同样的姿势。

到了这时，哪怕是再迟钝的人也能猜到，它很可能就是这一扇诡门里的诡物。

即便如此，牧云婴仍然保持冷静，紧握着手中的诡器，走向旁边的电梯。

"走吧。"她的声音带着一丝颤抖，却十分坚定。

其他三人看着牧云婴，再看了看电梯里那个诡异的身影，背后寒意涌上心头。

"别担心，就算它是……也不会对我们出手，不然它早就动手了。"牧云婴似乎看穿了三人心中的想法，平静地说道。

她率先进入电梯，其他三人也只好硬着头皮跟上。如果在这个时候退缩，事后可能会受到排挤，甚至牵连组员。

电梯缓缓升至十楼。

电梯门打开后，四人走出。楼道里的光线昏暗，头顶那盏发白的廊灯一闪一闪，让人感到不安。脚旁安全通道的绿光也有些刺眼，但他们心中微微松了口气，因为另一部电梯仍然停在一楼。

355

白潇潇想起宁秋水临行前对她的叮嘱，心中一动。看来宁秋水早已察觉到了什么。

他们来到1043号公寓，轻轻敲了敲门。

咚咚咚！

门很快被打开，一个面色苍白的男人探头出来，警惕地看着四人："你们是……"

牧云婴亮明了身份，男人的脸上立刻浮现出欣喜之情，他拿出手电筒照了照四人，确认他们都有影子后，才让他们进了房间。

"准备还挺充分，哪里学的？"牧云婴笑问。

男人关上门，随口答道："01论坛。论坛里的人说，那些东西是没有影子的。"

牧云婴摇摇头，认真地说："你们很谨慎，这是好事，但我要提醒你们一句，没影子的只是少部分。大多数的诡物都有影子，靠这个来分辨并不可靠。"

她说得坦然，但几人听完，脸色都变得难看，尤其是蹲在角落里颤抖的女人乐闻，抱着膝盖，瞳孔因恐惧而有些涣散。

"好了，言归正传吧。"牧云婴坐在沙发上，看着四人问道，"你们最近被诡物缠上了，对吗？"

四人没有否认，不过那个看上去年轻的女孩关琯认真地纠正道："严谨一点说，是遇见了怪异现象。"

牧云婴微微皱眉："有区别吗？"

关琯喉头动了动，似乎想说什么，但最后选择了沉默。她的举动引起了白潇潇的注意，后者在心中悄悄记下了她的异常。

"好了，我继续说。"牧云婴道，"我们的时间不多，所以非必要情况，你们不要打断我。接下来我要确认你们四人的情况，今晚会把你们分别转移。"

坐在沙发上抽烟的葛凯听到这里，立刻皱起了眉头："你刚才说……分开转移？"

"有什么问题吗？"牧云婴直视着他。

烟雾缭绕中，葛凯目光里带着不解和质疑："为什么？"

牧云婴坦荡地跟他对视，答道："为了让你们尽量撑过五天。"

牧云婴几乎用阴森的语气说出这句话，让房间里四个需要保护的人浑身一紧。

"让我们尽量撑过五天……什么意思？"开门的男孩王振声音微微发颤，黑色眼镜因汗水滑到鼻翼上，但他好像毫无察觉，只是紧紧盯着牧云婴。

牧云婴的声音清冷，与之前在队伍中的形象截然不同："字面意思。如果我们的调查没错，你们最近应该被一只诡物缠上了，是吗？"

王振的脸上浮现出尴尬的笑容:"没……没那么严重吧?可能只是一些奇怪的现象而已啊,被缠上是不是太夸张了?"

牧云婴目光锐利:"夸张?是吗?如果只是一些异象,那她又是怎么回事?"她指向了角落里瑟瑟发抖的乐闻,"一个成年人,因为一点异象就吓成这样,你的说法未免太牵强了吧?"

王振想辩解,牧云婴却不给他机会,继续道:"我要提醒你们一句,我们这次可是冒了很大风险来帮你们,如果不是组织对我们有要求,你们的安危我们根本不会在意。"

她顿了顿,目光扫过四个人,随即说道:"你们最近撞见的,是个穿着厚实、身材高大、总是抬头、姿势怪异的'人'吧?"

四人瞬间把目光集中在牧云婴身上,眼中充满了恐惧、不解和震惊。

"你们已经见过它了?"王振扶了扶快要掉下来的眼镜,心脏狂跳,额头的汗水滴落在地。

"看见了,就在……"方倪抢答,可关键的信息还没说出口,便被旁边的白潇潇一把抓住了手腕。方倪一愣,意识到这件事不适合现在说。

她沉默,其他人却急切地追问:"它在哪里?"

方倪意识到自己说漏了嘴,闭紧了口。白潇潇站出来解围:"它已经离你们很近了,如果想避免危险,你们必须和我们合作,不然我们也无力保障你们的安全。"

葛凯熄灭烟头,将目光转向牧云婴:"你刚才说我们要尽量撑过五天,这是怎么回事?"

牧云婴眼皮都不眨一下:"那只诡物追捕你们的时间只有五天,过了这五天,它就没有办法再对你们动手了。你们也不要问我为什么,这是规则,具体的原因相当复杂,我没那个时间,更没那个精力跟你们解释。你们只需要知道,五天之后,大家就安全了。"

话说到这儿,葛凯不再质疑,事实上,他们已别无选择。

否则,当他们听说这是处理怪异事件的团队时,怎么会轻易相信和激动?换句话说,他们都很清楚自己现在的处境。

"好吧,告诉我们应该怎么做?"

牧云婴继续道:"我们一共来了十九个人,分成四组,分别保护你们四个。在任务期间,你们不能见面,只能用手机联系,而且必须相隔远远的。这样就算出现意外,那诡物短时间内也只能伤害一人。我们会尽全力保护你们,但需要你们全力配合,任何一点疏忽,都可能造成无法挽回的后果。"

她的每个字都带着强烈的压迫感。

"牧小姐，我们之前并不认识，也没有任何能够证明你们身份的文件，突然间要我们全然信任并配合你们，恕我直言，这的确很难……"王振虽然已是满头大汗，却仍硬撑着，试图与众人继续交涉。

牧云婴冷冷瞥了他一眼："你们的处境，自己最清楚……你想自讨苦吃，别人可不想。如果不愿意配合，我们不会勉强，你大可待在这儿，看看自己能撑多久。"

王振脸色一沉，难看至极："你说话有必要这么难听吗？"

牧云婴跷起长腿："我也不想说难听的话，但有人不识抬举。恕我直言，你们还有选择吗？你们不是很好奇那东西在什么哪里吗？好啊，我告诉你，它就在你们楼下！"

她话音刚落，蜷缩在角落里的乐闻猛然起身，连滚带爬地扑到牧云婴身旁，抓住她的手臂，颤声求救："我配合！我什么都配合……求你们救救我！"

她抬起头，几人都被吓了一跳。

乐闻的脸色苍白得像纸，眼眶深陷，显然好几天没合眼，尤其是那双布满血丝的眼睛，透着极度的恐惧。

看到乐闻的样子，牧云婴心中一喜。什么样的人最容易控制？当然是因为恐惧而情绪崩溃的人。

乐闻与其他三人不同，她已经完全被恐惧侵蚀了内心。在这种情况下，基本问她什么，她就会答什么。这对于弄清这扇诡门背后的故事的前因后果至关重要。只要了解了诡门的关键信息，找到生路的概率就会增加不少。

想到这里，牧云婴感觉自己抓住了事情的关键，嘴角微微上扬。看来第七扇诡门虽然危险，但并不像之前那些前辈描述得那么可怕。只要抓住要点找到生路还是有希望的。

然而，这里已经不再安全了。刚才他们上楼时，在电梯里遇到了那个奇怪的家伙，给了他们不小的压力。尽管任务还未开始，它无法对他们出手，但牧云婴仍心生不安。她决定先将这四人转移，再伺机击破乐闻。

"别害怕，乐闻姑娘，这正是我们此行的目的。"牧云婴安抚道，随即转向其他三人，说，"怎么样，你们三个考虑好了吗？如果愿意跟我们走，就尽量配合，我们也会尽全力帮助你们脱险。但若觉得我们的要求很过分，也可以选择留下，我们不强求。"

三人互相对视，面色阴晴不定，不时将目光投向乐闻。

"能给我们一点时间商量吗？"葛凯幽幽地说。他点燃一根烟，深吸一口后继续道，"我们需要单独待一会儿，不会很久，最多五分钟。"

牧云婴沉默片刻，最终点了点头："好，你们快些。"

她和其他三人交换了个眼色，随即走出房间。门外，方倪面色阴沉地嘀咕道："这些人真不知好歹，明明已经大难临头了，还在这里谈条件！"

她吐槽了两句，但无人响应，方倪顿时无趣地闭上了嘴。白潇潇低头盯着地面，脑中浮现出电梯里那个抬头男人的身影。真是奇怪。明明任务还没开始，它为什么出现在这里？只是为了单纯地吓唬他们吗？可是这么做似乎毫无意义，反倒徒增他们的警觉。

白潇潇想不明白，也正因为这样，她才觉得心里十分不安。这是第七扇门。诡物绝不会平白无故地做一些没有意义的事。一定是她忽略了什么……

思索间，身后的门开了。葛凯带头走出房间，说道："我们商量好了。大家都决定配合，现在我们先离开这里吧。"

牧云婴点点头，一行人走到电梯前，按下了下楼的按钮。就在此时，牧云婴瞳孔微缩，她看到右边那部原本停在一楼的电梯竟然启动了！一层、两层、三层……红色的数字不断跳动，牧云婴心头一紧，白潇潇等人也注意到了，心脏仿佛被一只大手紧紧攥住。

"不会这么倒霉吧！"方倪看着电梯数字跳到十层，头皮一阵发麻。

白潇潇瞥了眼左侧电梯，她刚才等候时无意间看到，这部电梯一直在B1和1层间反复，像是发生了故障。但她明白，这绝非技术问题。

叮——

电梯门打开，四人已经做好了遇到诡物的心理准备，却发现电梯里空空如也，那个站在角落里的诡异身影不见了。牧云婴几人松了口气。

此时，王振率先走进电梯，招呼道："还愣着干吗？你们不是要走吗？楼梯坏了，只能坐电梯了。"

牧云婴犹豫片刻，终究走进了电梯。楼梯口已坍塌，若真要走楼梯，至少需要准备绳子或是窗帘之类的东西，缠在楼梯扶手上，一个一个滑下去。这么做和坐电梯的风险似乎差不太多，而且会浪费大量时间。她虽然知道第七扇诡门背后的隐藏法则，可心里还是忍不住地在打鼓。

那只诡物还在电梯里吗？它既然不能对众人出手，为什么要早早来到米林小区？牧云婴心中仍忐忑不安。她总觉得对方是要做对他们非常不利的事情。但具体是什么事，她想不到。

电梯开始平稳下行。然而，当电梯降至三层时，顶灯忽然闪烁起来。电流声在狭小的空间里回响，众人内心骤然绷紧。

"电梯故障了，这么倒霉？会不会是……"王振颤抖地开口，大家心照不宣地明白他的意思。

随着头顶的灯光越来越快地闪烁，电梯也抖动了起来。众人感觉脚下传来了剧烈的震动，仿佛有某种力量在下方撞击。

牧云婴大喝一声："抓紧！"

她率先抓住扶手，众人纷纷跟随，确保自己稳住身形，不会摔倒。而在角落里的乐闻，忽然感到一丝异样，她抬起头，发现人群中竟然多了一个人，且那人就站在她身旁！

那一瞬间，乐闻感觉自己的血液仿佛凝固了。她不敢抬头，也不敢侧脸，深埋在心底的记忆如潮水般汹涌而出。

不知何时，电梯停止了抖动。乐闻回过神时，眼中涌现出难以言表的恐惧。她发现，原本拥挤的电梯里不知何时竟只剩下了两个人。一个是她，另一个则站在她面前，用尽全力抬头。

那人散发着冰冷的气息，仿佛一座沉寂了多年的雕像，带着一种令人不安的静默。乐闻恐惧得想逃，可却发现自己动弹不得。就在她不知所措时，那人发出了声音，像是干涩的关节在摩擦，发出难听的吱呀声。

伴随这个声音，乐闻惊恐地看到，那个男人开始缓缓地低下头。

"不……"乐闻慌乱地摇头，口中发出哀求声，"不要……求你……"

她崩溃了，泪水奔涌而出，但他丝毫不为所动。

最终，他与乐闻四目相对。乐闻看见了那张深埋在记忆中的脸！他与记忆中一模一样，苍白、冰冷、毫无血色。

"啊！"在极度的恐惧中，乐闻终于崩溃，伴随一声尖叫，她昏厥了过去……

"她还没醒吗？要不带她去医院看看吧。"

"让我来试试……"

白潇潇掐了掐乐闻的人中，她终于缓缓睁开了眼睛。众人关切地围上前来，可醒来的乐闻却发出诡异的笑声："它来了！逃不掉的……所有人都逃不掉的……"

幽冷的语气仿佛从冰窖传来，令本想上前安慰的关琯不由得后退了一步。

乐闻一直重复着这些话，神情错乱，任凭众人如何询问，她都不回答，只说一些模糊不清的话。牧云婴眉头紧锁，脸色沉重，她终于知道那只诡物想做什么了。

现在是属于他们这些诡客的准备时间，任务还没有开始，它的确不能够出手伤害他们。事实上，它也没有采取直接行动，只是找到了一名保护目标吓唬了对方一番。

之前提到过，情绪完全被恐惧控制的人会变得容易操控，前提是此人必须保持正常的精神状态，不能精神崩溃。而此刻，乐闻正处于崩溃的边缘。

原本，她会是一个重要的线索提供者。在恐惧的驱使下，她可能会透露许多信息，且这些信息的可信度极高。然而现在，她已经失去作用，无法为众人提供任何有价值的线索。

这，才是那只诡物真正的目的。虽然它没有对任何人造成实际伤害，但这个小小的举动成功破坏了他们的优势局面。

此时，牧云婴内心充满了震惊与懊悔。懊悔的是，如果当时没有急着离开，先从乐闻口中问出一些线索，局势或许不会这么糟糕；震惊的是，这扇诡门背后的诡物竟然懂得运用策略，阻止他们找到生路。

真正让牧云婴感到恐惧的地方，是这个已经在力量上碾压他们的存在，一旦具备智慧，他们的处境将变得更加危险和被动。

"该死，大意了！"牧云婴复杂地看着坐在地上喃喃自语的乐闻，心中充满懊悔，恨不得给自己一巴掌。

"现在怎么办？"其他人虽然没有被诡物吓到，精神状况也算稳定，但看到乐闻突然变成这副模样，他们心中也不禁感到一丝恐惧，有些慌乱。

"事情结束后，如果有机会，再带她去医院看看吧。这五天非常危险，本以为今天它会收敛一些，没想到……看来，我们的动作要加快了！"牧云婴不愧是凭借自己的实力走到第七扇门的人，很快调整了状态，不再消沉。

他们迅速回到了那座即将拆迁的破旧小楼。其他的十五人已经在这里等待了一段时间。

"你们总算回来了，进展如何？"牧云婴一回来，组里的队友们立刻迎了上来。

"出了点意外，但总体还算顺利。不过这次的对手，比我们预想的要难缠得多，计划必须要加快了！"牧云婴简单讲述了刚才的情况，接着说道，"任务一般会限定一个区域，我们无法离开任务区域，就算出去了也会以某种方式再回来。现在，我们要做的就是尽快把这四个人分散到任务区域的四个角落。"

她顿了顿，看一眼手机上的时间，神情严峻："我们只剩下三个小时的安全时间了。各位，赶快按照计划行动起来吧！祝你们好运！"

三个小时的时间，分散四个人到城市的各个角落。时间紧迫，大家没有废话，立刻行动起来。

白潇潇带着葛凯走到宁秋水面，介绍道："这位是葛凯。"接着又向葛凯介绍说，"这是我的队友，宁秋水、良言、冯宛铭……"

话音落下，只有冯宛铭热情地上前与葛凯握手，葛凯也没有拒绝。

"请稍等片刻，我们商量一下，马上就出发。"

葛凯点了点头："我去隔壁抽根烟。"

说完，他就离开了。

他一走，宁秋水低声问道："白姐，你们那边到底什么情况？"

宁秋水听牧云婴的描述时，觉得有些反常，但对方说得太笼统，缺少细节。白潇潇于是详细讲述了当时的场景。

听完她的描述后，良言的目光闪动："不是那只诡物聪明，而是诡门故意这样安排的。"

几人的神情微妙起来。

"是诡门的指示？"

良言点头："对，应该是为了平衡难度。从潇潇的描述来看，那个叫乐闻的女孩胆子很小，几次被诡物吓得精神几近崩溃，在这种情况下，她很容易被操控。只要将那四个人分开，再稍微对乐闻施加影响，她肯定会说出一些关键的讯息。一旦她泄露了某些信息，可能会导致这扇诡门的难度急剧下降。诡门不会允许这样的事情发生，所以它发出指令，让那只诡物去吓唬乐闻。"

顿了顿，良言补充道："另外，乐闻肯定和其他三个人不一样。她知道的更多，而这些信息会直接影响诡门的难度，这就是诡门想让诡物提前找上她的原因。"

白潇潇若有所思地问道："言叔，如果这是诡门的意志，那倘若我们之前就在房间里逼问乐闻，会发生什么？"

良言神色严峻地摇头："不知道。也许会有某种不可抗力阻止你们听到她说的内容，或者她会突然昏迷，精神崩溃。诡门的力量超出我们的理解，它有许多方式达成自己的目的。"

看着沉默的众人，良言安慰道："不必沮丧，想钻空子度过第七扇诡门本来就是不可取的。每扇诡门都肯定有生路存在，只要我们把握住每一个细节，一定能活下来！"

简单的讨论后，他们找到了葛凯，随即打车前往城市南方。

几辆车渐渐消失在雨幕中，那个奇怪的男人也出现在了米林小区的门口。他仍旧用尽全力地抬起头，望着倾泻而下的雨，两只手似乎在雨中抓取什么。

虽然时间已晚，小区内仍有不少人进出。但没有人注意到那个男人。仿佛他根本不存在。

车内，葛凯坐在靠窗的位置，指尖夹着一支未点燃的烟。

"你们把我们分开,是为了方便询问消息吧?"

宁秋水通过车窗玻璃的反射,观察着葛凯的神情,发现他始终保持着平静,毫无慌乱。

"你对我们戒备心这么强,是因为做过什么亏心事吗?"

葛凯闻言,嗤笑了一声:"亏心事?是,可人这一辈子,哪能不做亏心事呢?"

宁秋水道:"所以,你到底做了什么,让你即使在被诡物威胁时,仍要防着其他人?"

葛凯不再说话,自顾自地点燃了烟,随后拉上车窗,车厢内顿时烟雾缭绕。

"这年头,连办案都要玩角色扮演了吗?那个电梯,是你们提前动了手脚吧?本以为上次做完笔录,事情就该结束了,没想到你们还不死心,搞这些花招。要不是你们今天出现,我还真信了。"葛凯扫了一眼众人,眼神锐利,"不过,我记得咱们市里,就算警察查案,也不能随便动嫌疑人吧?现在,乐闻因为你们的过激手段精神出了问题,我倒想问问,这事你们准备怎么跟上级交代?"

车内一阵沉默,宁秋水轻叹:"看来最棘手的事情还是来了。如果其他两人也像他这样,恐怕这一扇门,真是凶多吉少。"

坐在葛凯身边的良言看了他一眼,淡淡道:"你以为我们是这座城市的警察?"

葛凯吐出一口呛人的烟雾,冷笑道:"不是我以为,而是事实。你们就是警察,不用再装了,我上次在警局已经全都交代清楚了。你们要是还想从我嘴里问出什么,那我只能编故事了。"

见众人不语,葛凯自顾自地继续道:"让我猜猜你们接下来的计划吧。你们先将我们四人分开,隔离起来,让我们彼此无法联系,接着,你们会继续实施计划,进一步给我们制造心理压力。毕竟,前期已经花费了那么多精力,若现在不继续演下去,岂不是浪费你们的努力?

"我相信,不久之后你们会收到其他人的通知,说有人已经被诡物害了。当然,实际上一切都在你们的掌控之中,根本没有人真正出事。这不过是你们谎言的一部分,目的是给我们施加更多的心理压力。按照你们的计划,最终一定会有一个人因为恐惧崩溃,而这个人就是你们的主要目标,审讯时只要稍加逼问,对方一定会在恐惧中全盘托出。我说得对吗,警官们?"

葛凯的声音愈发平静,甚至带着自信。他确信这一切只不过是一场精心策划的戏码。说完后,车上的其他人沉默不语,像是陷入了深思。

"看来我真是说中了,都没人反驳我。"葛凯自顾自地露出自信的笑容,觉得自己已经猜得八九不离十。

"不过可惜，你们从我们这里得不到更多有用的信息了。警官们，我早就告诉过你们，我们是无辜的，知道的所有事情都已经说了。无论你们怎么追问，答案都不会改变。就像一块没有金矿的土地，不会因为你们挖得更深，就突然冒出金矿来。"

葛凯话音未落，宁秋水通过后视镜，看到白潇潇悄悄握紧了拳头。显然，她已经忍不住给了他一拳。

宁秋水摇下了车窗，淡淡说道："看你一个人说了半天挺尴尬的，给我一根烟吧，我陪你聊聊。"

葛凯愣了一下，随即露出嘲讽的笑容，从口袋里掏出一支烟，点燃后递给宁秋水："好啊，这位警官想聊，那咱们就好好聊聊。"

宁秋水接过烟，轻轻吸了一口，随即将烟丢出窗外，皱眉道："你平时就抽这种烟？"

葛凯一时愣住，没来得及回应，便听见宁秋水继续说道："看来你也没什么有用的情报。你之前猜测我们的身份……呵，基本上全错了。你唯一猜对的是，我们确实想对你们的所作所为追根究底。不过这不是我们将你们四个人分开的原因。从一开始，我们就坦诚相待，这话你可以信，也可以不信，不过你迟早会明白的。"

宁秋水停顿片刻，冷静道："以上是个简单的总结。我不会驳斥你，毕竟叫不醒装睡的人。不过，接下来我会根据掌握的细节进行复盘，你姑且听听看。"

葛凯听着，脸色逐渐阴沉。他觉得宁秋水说的这些，都是虚张声势的空话。

"好啊，那你讲讲看，我倒要看看你能说出什么来。"

宁秋水继续说道："你们四个人最近都遇到了被诡物纠缠的情况，你们能看见它，但路人和小区居民却看不到，说明它专门针对你们。因此，我猜想你们四个人之前一起做了什么……哦，对了，这件事你们应该已经跟警方交代过了，但我们不是警方的人，事后你最好再跟我们说一遍，毕竟关系到你的安危。那只诡物找上你们，却对其他人无动于衷，只有两种可能：一是你们去了某个古老的地方，触犯了禁忌；二是它的遭遇跟你们有关。"

宁秋水一边冷静地叙述着，一边通过后视镜观察葛凯的反应。虽然葛凯的脸上没有太大变化，但眼神中却闪过一丝不易察觉的微光。

"我个人更倾向于后者，毕竟某人怀疑我们是警察的时候，在离开之前还特意和其他三人私下交谈，仿佛在交代什么，担心他们说漏了。"

宁秋水没有给葛凯插话的时间，继续道："在第二个猜测的基础上，我估计你们之前大约组织过一次活动，而且去了非常偏僻的地方。否则，哪怕是团伙作案，只要不是专业人士，警方很快就会找到线索并抓捕你们。只有在那些偏远无人的地方，事情做完后不会留下任何痕迹。人在那里出事，只能被当作意外处理。既然有一只诡物已经盯上了你们，且它变成这样和你们有关，说明当时参加活动的有五个人，但最终只有四个人回来，而你们四人和那第五人的关系应该还不错。"

说到这里，葛凯突然青筋暴起，大声吼道："胡说八道！"

旁边的冯宛铭被他这突如其来的喊声吓了一跳，然而坐在前排的宁秋水依然平静，通过后视镜直视葛凯。

"你很急？"

"我……"

"别急，我还没说完。"

宁秋水淡定地继续道："我想你们的行动中有三个帮手和一个执行者。原因很简单，你们四人在面对同一只诡物的纠缠时，反应却大不相同。尤其是有个叫乐闻的女孩，惊吓过度，精神几近崩溃，说明她是首要目标，或者说，她的内疚感和恐惧感远超你们。除了心理承受能力的差异，我更倾向于在你们进行那场行动时，她做了更多。"

葛凯沉默了。他竭力控制住自己的表情不显露变化，尽量让眼神保持平静。然而，他无法控制自己内心的紧张，额头的汗水也悄然滑落。宁秋水看到了他的反应，知道自己说中了大半。

"你不用紧张，这些事情没证据，查也无从查起，别说我们不是警察，就算是，只要你不说，我们也拿你没有办法。"宁秋水语气放缓，"当然，我们也有些事没告诉你。但你只需明白，你们的安全对我们有一定影响，所以我们才来保护你们。更细节的事我们不能透露。如果你什么时候想通了，觉得我们值得信任，最好还是把事情的经过告诉我们，这真的关系到你的生死。"

说到此处，宁秋水便沉默了。他不打算把双方的关系搞得太僵，这对谁都没好处。毕竟他们受限于诡门，尽管这个保护对象让人讨厌，但他们必须履行职责，保护他。个人情感在这件事情上不能左右他们的判断。

车继续在雨中平稳地行驶，司机戴着耳机听着音乐，朝城市边缘驶去。他不在意这些人为什么去那儿，反正给了钱，他乐意送他们过去。毕竟，他平时得跑半个月才能赚到这么多。

值得一提的是，诡门内外货币通用，外面的存款不仅可以带入诡门内，还会自动转换为诡门背后的世界里的货币。车上几人都是不缺钱的主儿。

上车前，白潇潇还特意和司机说，他们是某个剧团的演员，准备拍电影，路上可能会对台词。司机理所应当地表示理解。

有时候就连宁秋水也会惊异于白潇潇的心细，她常常会用一些很小的动作，

365

抹平可能会出现的隐患。

从市中心到城市边缘，花费了很长时间，雨一直没有停。凌晨时分，手机群里弹出一则消息，是方倪他们那一组发来的。消息很简短，只有六个字："它来找我们了。"

"方倪他们保护的是谁？"宁秋水转头问白潇潇。

白潇潇愣了一下，随即回答："乐闻。"

宁秋水微微点头，自言自语道："果然是她。"

他的声音虽然不大，却刚好让车内的人听见。一直沉默的葛凯偷偷看了几眼宁秋水的手机，想知道那消息的内容。虽然他大致能猜到那则信息说了什么，但仍忍不住想看看。然而，不知道是有意还是无意，宁秋水一直将手机侧到一个他看不见的角度。

"怎么，计划开始了？"葛凯淡淡嘲讽道，"接下来你们是不是要假装乐闻出事了？"

车上没人理他。葛凯心里升起一丝怒火，有种被人无视的羞恼。他本该是这里最受重视的人。可现在，大家却仿佛将他当成了空气。

他不甘心，继续挑衅道："不说话？那就是我说中了。"

这时，坐在后排的良言淡淡说道："除非你主动开口，否则我们不会再问你之前的事。我们只负责保护你五天，五天后你想去哪儿去哪儿，我们管不着。如果你觉得我们是警察，想从你嘴里套话也行，不聊那件事就是了。但这五天，请配合我们，毕竟是为你的安全着想。"

葛凯沉默了一会儿，觉得这是个不错的提议。至少这五天他无需再在那件事上多做纠缠。他不想回忆，更不能把那件事情说出来。

"行，我配合。"他说着，转头望向窗外的大雨。只是在这个角度下，他借着玻璃上反射的光，看见了宁秋水和白潇潇的脸。

二人的神色都有一种十分隐晦的凝重，不像是演的，更像是真的在担忧什么事情。

葛凯心里忽然冒出一个念头：他们说的会不会是真的？如果是真的……想到这里，葛凯急忙摇了摇头，将这念头甩出脑海。

不可能，绝对不可能！

这个世界哪有什么诡物，他活了三十几年从没见过，都是这些人搞出来的花招。他坚信，这一切只是想攻破他的心理防线，但内心的忐忑仍挥之不去。

他不知道王振和关珺能否顶住压力。乐闻的精神已经崩溃，无法提供任何有用的信息，即便说了什么，也不能作为证据，毕竟她现在是个精神病患者。

只要王振和关琯挺住，五天后这些人就会灰溜溜地离开。想到他们那时难堪的表情，葛凯忍不住扬起了嘴角："美好的生活，将在五天后开启……"

他在心里默念着，缓缓闭上眼睛休息。

"到了叫我。"他对其他人淡淡地说道。

城北，一辆破旧的面包车慌乱地行驶在茫茫大雨中。它仿佛无头苍蝇，在宽阔的公路上面到处乱窜。车内五人神情严肃而又紧张。原本开车的司机已经被他们扔下车，因为他看不见突然出现在路中央的诡异人影，差点直接撞上去。

那个人影不知何时出现在马路中央，姿态奇怪地站在雨中，仰着头，在雨幕和黑暗的掩映下，显得格外可怖。虽然那身影一动不动，但众人都不敢靠近。因为只要稍微接近，他们的心里就会涌起强烈的不安，仿佛一旦触碰到那人影，将会有极其可怕的事情发生。

"该死，为什么会发生这样的事？"方倪的队伍里有一个叫黄琴的新人颤声发问。

她和男友胡晨都属于被骗进来的半新人，他们自己的诡门才过到第三扇。如今见到如此诡异的场景，一股强烈的压迫感瞬间笼罩了两人。胡晨满脸狼狈地问："我记得只有开启了'眼睛'的能力，诡物才能精准地锁定我们的位置，可它为什么现在就能找到我们？"

外面的大雨透过车窗溅进车内，胡晨的头发和衣服都湿了，但他完全顾不上，目光紧锁在马路中间的那道身影上。他们已经不止一次掉头了，可无论走到哪里，那个身影总是会突然出现在前方，仿佛他们身上装了定位器。

方倪再一次掉头，咬牙骂道："你问我，我问谁？这诡物有病吧？乐闻都已经被它吓疯了，没法提供任何有用的信息，它不去找其他三组，偏偏缠上我们。"

她有些想不通，乐闻的精神几近崩溃，已经成了毫无用处的人。但其他三个目标不同，他们的精神状态依然正常。只要其他队伍使用合适的策略，完全可以从他们那里套出重要信息。

这只诡物为何不去找其他组的麻烦，却先盯上了自己，实在让人费解。

随着车速加快，方倪的心情也愈加烦躁，像窗外的暴雨一样凌乱。她咬紧牙关，一脚将油门踩到底，车辆迅速飞驰而出！

"既然五十迈甩不掉你，那我就开到八十迈！"

"到了。"

葛凯在车上沉睡时被摇醒，下车后跟着众人来到一座豪华酒店。良言毫不犹豫地在柜台开了一间亲子套房，里面有两个卧室、三张床，加上沙发，足够他们五人休息了。

现在情况特殊，他们不敢分开。稍有不慎，就可能出事。

安顿好葛凯后，良言让冯宛铭先照看他，等会儿再轮换。冯宛铭没多说，直接去了葛凯的房间。

客厅里，宁秋水拿起酒店提供的香烟闻了闻，然后点燃。

"言叔，抽根烟吗？"

良言摇头："戒了。"

宁秋水没有再说什么，走到窗边，抽完一根烟之后，将烟蒂掐灭在烟灰缸里，这才坐到沙发上。三人一时都沉默不语。

不久后，葛凯从房间里走出来，说里头太闷了，想待在客厅。众人没有阻拦，更没有回避他。

"我们就这么待着吗？什么都不做？"冯宛铭问道。

白潇潇一边玩着手机，一边懒散地回道："还能做什么，只能等。"

冯宛铭的脸色不太好："我们完全无法帮方倪他们吗？我记得诡门的提示说，诡物必须要在袭击一名保护目标之后，才会觉醒它的能力，包括能看到仇恨目标位置的'眼睛'，可为什么现在它就能找到方倪？"

一时间，众人陷入沉默。葛凯站在一旁，双手抱胸，冷眼旁观，没有参与话题。

短暂的沉默后，良言忽然眼神一亮："老冯，你的想法没错。现在，那只诡物的眼睛能力还没有觉醒，它无法远程锁定其他仇恨目标！所以它一直跟着方倪他们，很可能跟乐闻有关。"

众人一听，皆是一怔。

"跟乐闻有关？"白潇潇的语气瞬间从慵倦变得严肃，"言叔，你是说那只诡物在乐闻的身上做了标记？"

良言道："不大好说，这个猜测可能是错的，但现在最大的问题是，有些信息已经开始出现了奇怪的悖论了。那只诡物没有觉醒'眼'，却能够轻易锁定方倪他们；没有觉醒'脚'，却能轻易追着方倪的车子跑。如果它有这样的能力，似乎'眼'和'脚'解不解封根本没有影响。但诡门不会做这么多余的事，所以它的能力绝对被严重封印了。方倪那组之所以一直在被追击，一定有其他的原因。"

宁秋水忽然想起了什么，向白潇潇问道："白姐，你说你们之前在电梯里发生了一点意外？"

白潇潇点头："嗯，当时灯光一直在闪烁，电梯震动了几次，然后乐闻突然昏了过去。"

宁秋水追问:"那电梯是什么时候恢复正常的?"

白潇潇想了想:"乐闻昏倒后没多久,电梯就恢复了。"

宁秋水喃喃道:"对上了……"

众人一听,心脏莫名一紧。

"秋水,什么对上了?"

宁秋水神情凝重:"那只诡物,除了提示中的能力外,可能还有其他能力。比如心理干扰或者感知错觉,不过,这种能力对普通人而言太过强大,诡门可能对其做了限制。比如,它需要借助'体感的震动'和'视觉上快速的光影闪烁'才能发挥作用。"

众人闻言,脸色都有些诡异。

这时,葛凯站在窗口冷笑道:"荒谬!那些人现在在车上,哪来的震动和光影闪烁?"

面对葛凯的嘲讽,宁秋水淡淡回了句:"你自诩聪明,这么简单的事都想不到?"

葛凯面色一僵,脑子微微转动,立刻明白了宁秋水的意思。

其他组人数较多,普通的轿车根本载不下,所以他们租的都是老式面包车,那种车的减震差,连发动机的震动都能清晰地感受到。至于光影闪烁就更好解释。车灯打在雨幕上,自然会产生大量光影。

葛凯咬牙:"就算如此,你怎么确定车里的人一直盯着路灯?"

宁秋水道:"他们很难不盯着前方的路。飞蛾扑火是天性,趋光的生物不只是飞蛾,人也是。漆黑的路上,车灯照亮的区域是唯一的光源,人的注意力很难不集中在那里。"

说完,宁秋水语气一沉:"现在的情况很可能是方倪他们受到了诡物的干扰。他们以为车子在高速前进,实际上,他们一直都在原地,根本没动!"

宁秋水的猜测虽然显得有些离谱,但仔细一想,似乎又有几分道理。诡门从来不会将所有提示告诉他们,自然有可能隐藏诡物的某些能力。若是将这扇门背后的所有规则完全曝光,诡门的难度也会随之降低。

"不行,得赶紧给他们打电话!"冯宛铭反应过来,立刻拿起手机,准备拨打方倪的电话。然而,电话铃声响了许久,却始终无人接听。看着显示"未接通"的电话,众人心中逐渐沉重。

"糟了……"冯宛铭喃喃道,握着手机的手开始剧烈颤抖。

葛凯瞥见这一幕,心中一凛,不由自主地紧张起来好家伙，不像装的。不确定，再看看。

"现在该怎么办？"连续拨打三次电话后仍无人接听，冯宛铭顿觉绝望，目光投向良言三人。任务不过刚开始第一天，难道这么快就要出事？

以往就算被删档几个人，他们也不会太在意，甚至还希望有人先出局，好借此从一些细节中推断出诡门的规则。可这次的诡门与以往不同，每当诡物带走一个任务目标，它便会觉醒一种新的能力。冯宛铭难以想象，当诡物带着所有觉醒的能力来追击他们时，他们要怎么撑过五天？

"希望他们能撑得久一些吧……"良言双手交叉，神情无比凝重。

现在四个小组已经完全分开，彼此相距甚远，根本无法互相支援。事利弊参半，他们既然选择了要用这种方式来拖延时间，就必然要承受孤立无援的境地。

宁秋水对冯宛铭说道："老冯，你把对于那只诡物能力的猜测发到群里，给其他人看看。等到乐闻出事后，我们就要准备转移。"

冯宛铭点头，立刻执行。一旁的葛凯听得一头雾水，忍不住问道："还要转移？你们到底要做什么，我们待在这个地方难道不安全吗？"

宁秋水淡淡地看了他一眼，说："我们没时间跟你解释，你只需记住，你们四个人，每少一个，那只诡物就会觉醒新的能力。所以只要第一个人出了局，你们其他三人的处境立刻会变得极为危险。"

葛凯愣住了，嘴角微微抽搐。理性告诉他这些都是无稽之谈，毫无逻辑可言。然而，有些现象就是无法用常理解释。也正是这种无法解释的怪异感，打破了一切的假象和伪装，让宁秋水等人的行为显得诡异而真实。

葛凯逐渐从他们的表情和对话中，感到一丝不安，脑海中那个隐约的念头再次浮现。

如果之前他们看到的那个奇怪的男人不是警察扮演的，而这些人也真的不是警察……葛凯不由自主地打了个冷战，急忙将这个念头甩出脑海。

"别犯傻！葛凯，千万别犯傻！他们做的这些，不过是逼迫你说出真相的手段，一定要顶住！只要熬过这五天，你就自由了！"

他深吸一口气，在内心不停重复，强迫自己冷静下来。

方倪驾驶着小汽车，在风雨交加的街道上疾驰。明亮的车灯照在前方，无数细雨从天空垂落，在车灯下宛如流星般闪烁消失。

前方的街道上，那个抬头的男人再次出现。方倪和车上的人眼中布满血丝，他们已经不记得这是第几次看到他了。为什么……无论朝哪个方向逃，都无法摆脱他？

"车速已经飙到了一百迈，为什么还甩不掉它？"方倪的呼吸急促，长时间的紧张让她的表情变得扭曲。

车后面的其他人表情同样难看。原本疯疯癫癫的乐闻，在看到那只诡物后突然安静下来。她蜷缩在座位上，身体抖得像车的破旧发动机。虽然旁边的人嫌弃她的反应，但只能忍耐，谁让这家伙是他们的保护目标呢？

随着车子与那个黑影的距离越来越近，方倪不得不猛踩刹车，车子骤然停下，然后她掉转方向，朝着来路开去。就在这时，后座的一名男子突然问出一个让所有人不寒而栗的问题："你们有没有觉得，每次我们转头再看到它，就会离它更近一些！"

众人细细一想，好像还真是这么回事。随着他们相遇的次数变多，每次车子调头后，那个诡异的黑影总是离得更近。

其实这不是一个难发现的细节，但众人都选择性地忽略了。因为在他们看来，和那个黑影之间的距离到底有多长，取决于司机位置的方倪什么时候掉头。掉头比较晚，自然就会离黑影比较近。但随着这句话的提出，方倪那张已经扭曲的脸瞬间变得苍白。

对啊！她明明应该十分抵触那个黑影才对，可为什么每次看到它，内心却越发烦躁，甚至有种想要撞上去的冲动？难道，自己的精神被控制了？

一想到自己可能被诡物影响，方倪全身一阵发冷，汗水顺着鬓角滑落。她擦了擦汗，才发现自己的手在发抖。她的目光扫向手机："你们赶紧联系其他人，问问他们有没有什么……"

话未说完，同伴突然惊呼："方姐，小心前面！"

方倪迅速收回注意力，但为时已晚。下一刻，他们穿过了一道人影。尽管她奋力踩下刹车，车子仍然在雨夜的公路上滑行了十几米，最终狼狈地停在了路旁。

"方姐，你别这样啊，我们没系安全带呢！"

车内几个人因方倪的急刹车摔得东倒西歪。坐在第二排的那个女人好不容易从前排座位缝隙中挣脱出来，看到右边的乐闻以一种怪异的姿势倒在座位上，眉头紧皱，嫌弃地说道："姑奶奶，你怎么还不起，还要人扶啊？"

她一边抱怨，一边伸手去扶乐闻。然而，刚碰到乐闻的身体，她的脸色骤然大变，发出一声惊叫："啊！怎……怎么会……"

她仿佛发现了什么不可思议的事，猛地往后退去，眼中充满了惊恐。

其他人见状，纷纷将目光投向她。

"韵姐，怎么了？"有人紧张地问道。

刘丰韵胸口剧烈起伏，脸色苍白，手指颤抖着指向乐闻："她……她的身体好像……不对劲……"

顺着她手指的方向，车里的人看到乐闻的状态明显不对劲，整个人软绵绵地倒在那里，仿佛失去了所有支撑。显得异常虚弱。她的双腿间隐约有些湿润的痕迹。

起初，刘丰韵以为乐闻只是出现了小状况，但随着她姿势的改变，刘丰韵借着车顶的灯光发现，乐闻紧闭双眼，已经完全失去了意识。

"快，把她扶起来！"方倪急切地喊道。

坐在乐闻身旁的两人慌忙将她扶正，却发现她虚弱无力，仿佛失去了所有力量。

"天啊……"扶着乐闻的男子声音颤抖，脸色发白，"她好像……没呼吸了。"

话音刚落，车里的气氛瞬间凝固。众人虽然不敢仔细查看，但在接触她的瞬间，能感受到她的身体异常柔软，那种触感让每个人都感到不寒而栗。

他们吓得立刻缩回了手！

"一定是它出手了。"刘丰韵咬牙，强迫自己冷静下来。

看到乐闻的状况，众人心头一紧，仿佛整个人都悬在半空。

他们也会落得相同的下场吗？

"快看，外面的景色变了！"突然间，一个男人惊呼。

他们急忙望向窗外，发现车外的景象已经和先前完全不同。原本他们身处城北的边缘，而现在却出现在了高楼林立的市中心。

"这到底是怎么回事？"

嘟嘟嘟——

就在此时，手机忽然响起了群消息的提示音。几人打开一看，发现是冯宛铭发来的消息，上面记录了对那只诡物能力的推测，其他人也在回复中表示认同。

阅读了冯宛铭的猜测后，各组成员心中都隐隐感到后悔。如此厉害的人，分队时他们竟然还嫌弃过。好在对方没有记仇，要不然……

不过话说回来，队伍里有这么一个厉害的大佬，对他们而言的确是一件好事。看到冯宛铭发来的消息，方倪回忆了一番自己的经历，急忙在群里也发送了几则消息。

方倪："冯哥的猜测是正确的，我们刚才的确遇到了干扰，而且精神上也受到了影响，不过还没有严重到被完全控制的地步。"

冯宛铭："其实这不是我推测出来的。"

任丘:"冯哥,您就别谦虚了,之前的事情真是不好意思,多有得罪,还请您大人大量,不要放在心上!"

冯宛铭:"我说真的……"

牧云婴:"之前的事真的抱歉,冯哥。"

冯宛铭:"……"

白潇潇:"乐闻现在什么情况?"

方倪:"出局了。情况不太乐观,我发张图给你们看。"

聊天群里,众人看着方倪发来的照片,顿时一阵寒意袭遍全身,尤其是站在宁秋水身后偷看的葛凯,心脏猛跳。

"这……是假的吧……"他瞪大眼睛,自我安慰道,"应该是他们提前准备的道具……一定是这样……"

尽管他不断暗示自己,却仍然无法平静下来。他开始隐隐意识到,事情可能并不像他想得那么简单。

(未完待续)

第一章 无人别墅区　第二章 祈雨村　第三章 送信　第四章 常春堂　第五章 古宅惊魂　第六章 黑衣夫人　第七章 罗生门　第八章 情绪失控　番外 迢迢路远

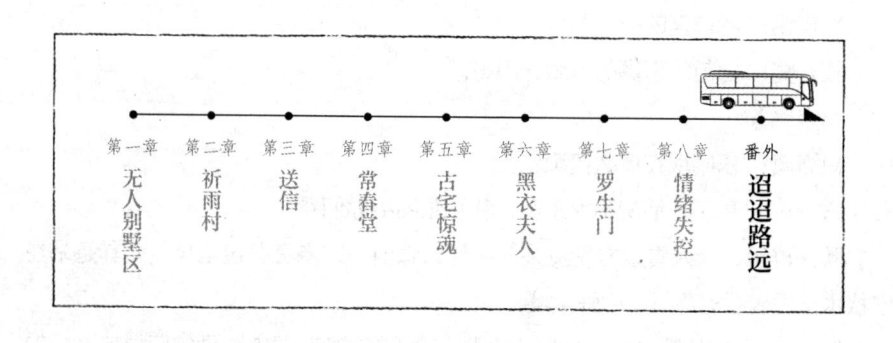

"姐，姐？"

熟悉的呼唤声打断了君迢迢的出神，她从窗外收回了目光，望向床上躺着的君鹭远，苍白的面容上露出了一抹微笑。

"怎么了，鹭远？"

躺在病床上的男孩肤色要比君迢迢更加苍白，而且是那种不正常的苍白，似乎病得很重。

"姐，你最近老是盯着窗外出神。"

面对弟弟的询问，君迢迢笑道："我在想，等你以后病好了，我带你去桃花林转转……"

她说着，声音忽然变小，喉咙里卡住了什么，脸上的笑容也变得僵硬了很多。

君鹭远直言不讳："姐，我的病治不好，对吗？"

君迢迢伸出与同龄人不相称的粗糙的手，抚摸着弟弟的面颊。

"想什么呢，当然治得好。这里是市区里最好的医院。负责医治你的医生也是本地最好的医生。"

窗外微光像是被风从缝隙里吹入，落在了君迢迢那张略沾风霜的面颊上，随着轻舞的发丝留下阴影。那片阴影，是阳光触摸不到的无奈。

君鹭远声音平静，更像是一名看破生死的老人："要是什么病都治得好，就不会有那么多人离开了……"

君迢迢望着自己的弟弟，语气变得很严肃，说是回复，反倒像是发誓："鹭远，别一天胡思乱想，你的病能治好。我问过医生，只是治愈的过程比较长，也很痛苦，你要挺住。其他的事，你不用担心，姐姐可以解决。"

君鹭远藏在被子里的手紧紧捏着一封信，他犹豫了片刻，还是将它无声无息地塞回了枕头里。

"姐，我想下去转转。"

在询问了医生的意见之后，君迢迢推着自己的弟弟坐上轮椅，来到了医院外院的小花园里，闻着花园里的花香，二人来到了人烟稀少的地方，君迢迢下意识地不安地查看周围，忽然听自己的弟弟说道："我记得，好像小时候，咱妈也这么推着我在外面吹过风。"

君迢迢被他说得一愣，认真想了想，说道："是。"

"爹白天出去工作，妈妈那段时间害了一场大病，身体虚弱，没法太劳累，所以天天带着我们在外面转悠，晒太阳。"

君鹭远说道："咱妈经常说，不管有什么病，晒晒太阳就好了。"

君迢迢附和："适当晒太阳，确实对身体好。等以后你病好了，咱们可以一起去外面转转，买个小车，带点儿炭火、烧烤架、肉、帐篷，出去野炊……"

她说着，自己的神情率先入迷了起来，那涂抹着花园中淡淡花草香的面容被阳光一照，连细小的绒毛都能看得很清楚。

君鹭远凝视着自己姐姐出神的面容，嘴角微微扬起，可这一抹笑容很快便消失了。

因为他知道，这样的场面……很可能永远都不会出现。

他的病，好不了。

君鹭远很害怕自己哪天忽然离世，自己的姐姐对着自己的尸体号啕大哭。

他是他姐在这个世界上唯一的亲人了。

无数次在深夜，他憎恨自己孱弱的身体，埋怨上天的不公，屈辱的泪水在眼眶里打转，又被他生生吞下。君鹭远比任何一个人都希望自己能够赶快好起来。只有这样，他才能分担他姐姐的压力。

念头追溯于这些，不知不觉间君鹭远又攥紧了拳头，发白的指节甚至发出了脆响声。

看着被脆响惊醒、望向自己的姐姐，君鹭远放松了下来，抿嘴笑道："姐，别担心，我会好起来的。"

君迢迢看见弟弟脸上的笑容，也鼓励道："是的……一切都会好起来的！"

二人继续在太阳下闲逛，边聊边笑。

阳光偶尔隐于一两片阴云之后，但很快又会冒出头来，地上没被扫净的落叶泛着淡淡金辉，是苍白病房中完全看不见的颜色。

君鹭远身上暖暖的，好似这花草树木都将力气给了他，于是他开始真的相信，自己会好起来，会跟自己的姐姐像儿时那样在阳光下奔跑，用尽全力地大笑。再后来，太阳快要落山了，君鹭远也即将被重新推回他的病房中。

"姐，我想听故事。"

君迢迢诧异地望着自己弟弟，这当然算不上什么过分的要求，但回顾从前的日子，君鹭远好像还从来没有让她讲过故事。就在君迢迢绞尽脑汁回忆那些适合给小孩子讲的故事时，君鹭远再一次说道："姐，我想听点吓人，惊险的，刺激的。"

君迢迢有些意外道："听这些做什么？"

君鹭远对着她露出了一个笑容，给了君迢迢一个无法拒绝的理由："我的生活实在是太无聊了，所以……想听点不无聊的。"

君迢迢的身体不由自主地绷紧，直勾勾地看着君鹭远的脖颈。不知为何，她总觉得自己弟弟好像……知道了些什么。但正常人是不可能了解到关于诡舍的事情的，就算了解到了，也会很快遗忘。

君迢迢平复了一下自己的情绪，便开始缓缓为君鹭远讲述起了自己在诡舍中经历的一些事。当然，为了不让自己弟弟担心，她将主角换成了一个陌生的名字。君鹭远听得惊心动魄，时不时用带着极为隐晦的担忧眼神看向自己的姐姐。

直到故事讲完，君迢迢口干舌燥，见自己弟弟那被吓住的样子，一时间竟是莞尔。

她难得见自己弟弟露出这般表情，大部分时间，他都沉稳得像个老小孩，有时候见到自己弟弟那副与年纪完全不相仿的成熟时，她会觉得心痛。

这世间，唯有苦难能让一个人快速成长。

离开的时候，君迢迢站在门外正要关门，望着自己弟弟那担忧的眼神，她抿了抿嘴，心头一动，对着他说道："鹭远，其实姐姐还有一个故事没跟你讲。"

君鹭远的眼神忽地一亮："什么故事？"

君迢迢嘻嘻一笑："一个关于电影拍摄的故事……不过这会儿没时间了，等姐回来给你讲。"

君鹭远用力点点头："嗯。姐，注意安全。"

君迢迢对着君鹭远挥了挥手，离开了医院，脸上的笑容消失。

站在大街上，她抬头望着暗淡的天，自言自语道："老天爷，请你保佑鹭远的病一定要好起来……"

她嘴唇嗫嚅，虔诚地说了许久，直到周围的环境被浓雾包裹，一辆大巴车缓缓从迷雾中驶来，她才呼出一口气，一时间又觉得有些冷，抱着自己的双臂上了车。

坐在车上，君迢迢望着远处几乎完全被迷雾遮掩的医院，目光中的恐惧渐渐消退，最终变成了坚定。

"鹭远……等姐回来。"